CLÁSSICOS DA LITERATURA UNIVERSAL

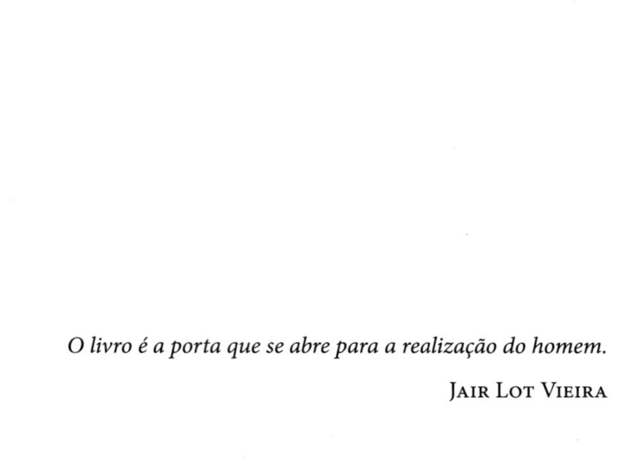

O livro é a porta que se abre para a realização do homem.

Jair Lot Vieira

Tradução e notas
José Ignácio Coelho Mendes Neto

VIA LEITURA

Título original: *Dracula*. Publicado originalmente em Londres, em 1897, por Archibald Constable and Company. Traduzido a partir da primeira edição.

Grafia conforme o novo Acordo Ortográfico da Língua Portuguesa.

1ª edição, 2017.

Editores: Jair Lot Vieira e Maíra Lot Vieira Micales
Edição de texto: Denise Gutierres Pessoa
Produção editorial: Denise Gutierres Pessoa e Carla Bitelli
Assistência editorial: Thiago Santos
Capa: Marcela Badolatto | Studio Mandragora
Preparação: Lucas Puntel Carrasco
Revisão: Lygia Roncel e Marta Almeida de Sá
Editoração eletrônica: Estúdio Design do Livro

Dados Internacionais de Catalogação na Publicação (CIP)
(Câmara Brasileira do Livro, SP, Brasil)

Stoker, Bram, 1847-1912.

Drácula / Bram Stoker; tradução de José Ignácio Coelho Mendes Neto. – São Paulo: Via Leitura, 2017. – (Clássicos da Literatura Universal).

Título original: *Dracula*; 1ª ed. 1897.

ISBN 978-85-67097-37-4

1. Drácula, conde (Personagem fictício) 2. Ficção irlandesa 3. Vampiros – Ficção I. Título II. Série.

16-00362 CDD-ir823.9

Índice para catálogo sistemático:
1. Ficção : Literatura irlandesa ir823.9

VIA LEITURA

São Paulo: (11) 3107-4788 • Bauru: (14) 3234-4121
www.vialeitura.com.br • edipro@edipro.com.br
@editoraedipro @editoraedipro

Ao meu querido amigo
Hommy-beg.

O modo como estes papéis foram colocados em sequência ficará evidente ao lê-los. Todos os assuntos desnecessários foram eliminados, de modo que uma história quase incongruente com as possibilidades admitidas pela crença moderna pudesse se apresentar como simples fato. Em todo este relato não há afirmação de coisas passadas na qual a memória possa extraviar-se, pois todos os registros escolhidos são exatamente contemporâneos dos acontecimentos, dados do ponto de vista e dentro do alcance do conhecimento daqueles que os deixaram.

I. Diário de Jonathan Harker
(*escrito em estenografia*)

3 de maio. Bistritz. Deixei Munique às 20h35 em 1º de maio, tendo chegado a Viena cedo na manhã seguinte; deveria ter chegado às 6h46, mas o trem atrasou uma hora. Budapeste parece um lugar maravilhoso, a julgar pelo que avistei do trem e o pouco que pude andar nas ruas. Temi aventurar-me muito longe da estação, pois chegamos tarde e partiríamos tão perto quanto possível da hora marcada.

A impressão que tive foi que estávamos deixando o Ocidente e entrando no Oriente; a mais ocidental das esplêndidas pontes sobre o Danúbio, que aqui tem largura e profundidade majestosas, levou-nos para as tradições do domínio turco.

Partimos em boa hora, e chegamos depois do anoitecer a Klausenburg. Aqui pernoitei no Hotel Royale. Comi no jantar, ou melhor, ceia, um frango preparado de algum jeito com pimenta vermelha, que era saboroso mas dava sede. (*Nota:* levar a receita para Mina.) Perguntei ao garçom, e ele disse que se chamava *paprika hendl* e que, como era um prato nacional, eu o encontraria em qualquer lugar ao longo dos Cárpatos.

Meus rudimentos de alemão me foram muito úteis aqui; na verdade, não sei como faria para prosseguir sem eles.

Tendo tido algum tempo à minha disposição quando estive em Londres, visitei o British Museum e fiz pesquisas nos livros e mapas da biblioteca acerca da Transilvânia; ocorrera-me que algum conhecimento prévio do país não poderia deixar de ter alguma importância ao tratar com um nobre de lá.

Descobri que o distrito que ele citou fica no extremo leste do país, bem na fronteira de três estados, Transilvânia, Moldávia e Bucovina, no meio da cordilheira dos Cárpatos, uma das partes mais selvagens e menos conhecidas da Europa.

Não consegui encontrar nenhum mapa ou obra que desse a localização exata do Castelo Drácula, pois ainda não existem mapas desse país que se comparem aos nossos mapas da Ordnance Survey; mas descobri que Bistritz, a cidade postal citada pelo conde Drácula, é um lugar bastante conhecido. Transcreverei aqui algumas de minhas anotações, já que podem me refrescar a memória quando eu falar de minhas viagens com Mina.

Na população da Transilvânia existem quatro nacionalidades distintas: saxões no sul, e misturados a eles os valáquios, que são os descendentes dos dácios; magiares no oeste, os *székely* no leste e no norte. Vou entre estes últimos, que dizem ser descendentes de Átila e dos hunos. Pode ser verdade, pois quando os magiares conquistaram o país, no século XI, encontraram os hunos instalados nele.

Li que todas as superstições conhecidas no mundo estão reunidas na ferradura dos Cárpatos, como se fosse o centro de algum tipo de turbilhão imaginativo; se assim for, minha estadia deverá ser muito interessante. (*Nota:* preciso perguntar ao conde tudo sobre elas.)

Não dormi bem, embora a cama fosse bastante confortável, pois tive toda sorte de sonhos esquisitos. Havia um cachorro uivando a noite inteira debaixo da minha janela, o que talvez tivesse relação com isso; ou então pode ter sido a páprica, pois precisei beber toda a água da minha moringa, e ainda estava com sede. Ao alvorecer adormeci e fui acordado por batidas constantes na minha porta, portanto acredito que estivesse num sono ferrado.

No desjejum comi mais páprica e uma espécie de mingau de farinha de milho, que eles disseram que era *mamaliga*, e berinjela recheada com carne picada, um prato delicioso, que eles chamam *impletata*. (*Nota:* pedir receita desse também.)

Tive que abreviar o desjejum, pois o trem sairia pouco antes das oito, ou melhor, deveria ter saído, já que, depois de ter corrido para a estação às sete e meia, tive que ficar sentado no vagão por mais de uma hora até começarmos a andar.

Parece-me que, quanto mais se avança para o leste, mais impontuais se tornam os trens. Como devem ser na China?

Durante o dia inteiro parecemos nos arrastar por uma região cheia de belezas de todo tipo. Às vezes víamos lugarejos ou castelos no topo de colinas escarpadas, como se vê em velhos missais; às vezes passávamos por rios e regatos que pareciam, a julgar pelas amplas margens pedregosas de cada lado, sujeitos a grandes inundações. É preciso muita água, correndo com muita força, para limpar a borda externa de um rio.

Em toda estação havia grupos de pessoas, às vezes multidões, com todo tipo de trajes. Alguns eram exatamente como os camponeses lá de casa ou os que vi ao atravessar a França e a Alemanha, com jaquetas curtas, chapéus redondos e calças caseiras; mas outros eram muito pitorescos.

As mulheres pareciam bonitas, salvo quando se chegava perto delas, mas eram muito desajeitadas no quadril. Todas tinham mangas brancas compridas de um tipo ou de outro, e a maioria delas tinha cintos largos com montes de tiras que esvoaçavam em torno delas como saias de balé, mas obviamente usavam anáguas por baixo.

As figuras mais estranhas que vimos foram os eslovacos, mais bárbaros que o resto, com seus grandes chapéus de vaqueiro, calças folgadas de um branco sujo, camisas de linho branco e cintos de couro enormes e pesados, com quase trinta centímetros de largura, todos cravejados de tachas de latão. Eles usavam botas altas, com as calças enfiadas dentro delas, e tinham longos cabelos negros e pesados bigodes negros. Eles são muito pitorescos, mas não causam boa impressão. No palco, seriam identificados imediatamente como um velho bando de assaltantes orientais. No entanto, foi-me dito que eles são perfeitamente inofensivos e por natureza desprovidos de arrogância.

Já era passado o crepúsculo quando chegamos a Bistritz, que é uma velha localidade muito interessante. Por estar praticamente na fronteira – já que o passo Borgo leva de lá a Bucovina –, ela teve uma existência muito turbulenta, que certamente deixou marcas. Cinquenta anos atrás, ocorreu uma série de grandes incêndios, o que causou terrível devastação em cinco ocasiões distintas. Logo no início do século XVII, ela sofreu um cerco de três semanas e perdeu treze mil pessoas, as baixas da guerra sendo acrescidas pela fome e pela doença.

O conde Drácula instruíra-me a ir ao hotel Golden Krone, que constatei ser, para meu grande deleite, antiquado demais, pois obviamente eu queria ver tudo o que pudesse dos costumes do país.

Era evidente que me esperavam, pois quando me aproximei da porta deparei com uma velhota risonha nas roupas campestres habituais: anágua branca com longo avental duplo, na frente e atrás, de tecido colorido, quase justo demais para o decoro. Quando cheguei perto, ela se curvou e disse: "O *Herr*[1] inglês?".

"Sim", respondi, "Jonathan Harker."

Ela sorriu e deu algum recado a um senhor idoso em mangas de camisa brancas, que a havia seguido até a porta.

---

1. Em alemão no original: "senhor".

Ele saiu e voltou imediatamente com uma carta:

> Meu amigo: bem-vindo aos Cárpatos. Estou esperando-o ansiosamente. Durma bem nesta noite. Amanhã às três a diligência partirá para Bucovina; um lugar nela está reservado para você. No passo Borgo minha carruagem o aguardará e o trará até mim. Acredito que sua viagem de Londres até aqui tenha sido prazerosa, e que você apreciará sua estadia em minha bela terra.
>
> Seu amigo,
> Drácula

4 de maio. Soube que o estalajadeiro recebera uma carta do conde, instruindo-o a garantir o melhor lugar no coche para mim; porém, quando eu quis perguntar dos detalhes, ele pareceu um tanto reticente e fingiu não entender meu alemão.

Isso não podia ser verdade, porque até então ele entendera perfeitamente; pelo menos respondia a minhas perguntas exatamente como se entendesse.

Ele e sua esposa, a velhota que me recebera, entreolhavam-se assustados. Ele balbuciou que o dinheiro havia sido enviado numa carta, e isso era tudo que ele sabia. Quando perguntei se ele conhecia o conde Drácula e se podia me contar algo sobre o castelo, ele e sua esposa fizeram o sinal da cruz e, dizendo que não sabiam absolutamente nada, simplesmente se recusaram a continuar a conversa. Estava tão perto da hora de partir que não tive tempo de perguntar a mais ninguém, de modo que era tudo muito misterioso e nem um pouco tranquilizador.

Logo antes de eu partir, a velhota veio ao meu quarto e disse de modo muito histérico: "Você precisa ir? Ó, jovem *Herr*, você precisa mesmo ir?". Ela estava num tal estado de agitação que parecia ter perdido o manejo do pouco de alemão que sabia, e misturava-o com alguma outra língua da qual eu não entendia nada. Consegui compreendê-la mal e mal, fazendo muitas perguntas. Quando lhe disse que eu precisava partir imediatamente, e que tinha compromissos de negócios importantes, ela de novo perguntou:

"Você sabe que dia é hoje?". Respondi que era 4 de maio. Ela sacudiu a cabeça e disse outra vez:

"Sim, eu sei disso! Eu sei disso, mas você sabe que dia é hoje?"

Quando eu disse que não entendia, ela prosseguiu:

"É a véspera do dia de São Jorge. Você não sabe que hoje à noite, quando o relógio bater meia-noite, todos os malefícios do mundo correrão soltos? Você sabe para onde está indo, e no que vai se meter?" Ela estava numa aflição tão evidente que tentei acalmá-la, mas sem sucesso. Por fim, ela se ajoelhou e implorou que eu não partisse, ou pelo menos que esperasse um dia ou dois antes de ir embora.

Era tudo muito ridículo, mas eu não me sentia à vontade. Porém havia negócios a tratar, e eu não podia deixar que nada interferisse.

Portanto, tentei levantá-la e disse, tão solenemente quanto pude, que lhe agradecia, mas meu dever era imperativo e eu tinha que ir.

Então ela se levantou e enxugou os olhos e, tirando um crucifixo do pescoço, ofereceu-o a mim.

Eu não sabia o que fazer, pois, como seguidor da Igreja anglicana, fui ensinado, em certa medida, a considerar essas coisas idolatria, mas parecia muito indelicado repelir uma velha senhora com tamanha boa intenção e naquele estado de espírito.

Ela terá percebido, suponho, a dúvida no meu rosto, pois pendurou o rosário no meu pescoço dizendo: "Pelo amor da sua mãe", e saiu do quarto.

Estou escrevendo esta parte do diário enquanto espero o coche, que, é claro, se atrasou; e o crucifixo ainda está pendurado no meu pescoço.

Se é por causa dos temores da velhota, ou das muitas tradições fantasmagóricas deste lugar, ou mesmo do crucifixo, eu não sei, mas estou longe de ter a consciência tranquila como de costume.

Se acontecer de este caderno chegar até Mina antes de mim, que ele leve meu adeus. Lá vem o coche!

5 de maio. O castelo. O alvor da manhã já passou, e o sol está alto sobre o horizonte distante, que aparenta ser acidentado, mas não sei se com árvores ou morros, pois está tão longe que as coisas grandes e pequenas se misturam.

Não estou com sono, e, como não devo ser chamado até despertar, naturalmente escrevo até que venha o sono.

Há muitas coisas estranhas a anotar, e, para que quem as lê não suspeite que jantei em demasia antes de deixar Bistritz, vou descrever meu jantar com precisão.

Comi o que chamam de "bife de bandido": pedaços de toucinho, cebola e carne, condimentados com pimenta vermelha, enfiados em palitos e assados na fogueira, no estilo simples dos churrascos de gato de Londres!

O vinho era Golden Mediasch, que provoca uma ardência curiosa na língua, mas sem ser desagradável.

Tomei apenas duas ou três taças, e nada mais.

Quando subi no coche, o cocheiro ainda não tinha tomado seu lugar, e o vi conversando com a estalajadeira.

Era evidente que estavam falando de mim, pois vez e outra olhavam na minha direção, e algumas das pessoas sentadas no banco do lado de fora da porta – que eles chamam por um nome que significa "portador de palavras" – acercavam-se e ouviam, e depois olhavam para mim, a maioria com piedade. Consegui ouvir muitas palavras repetidas com frequência, palavras exóticas, pois havia diversas nacionalidades na multidão; então discretamente tirei da mala meu dicionário poliglota e procurei as tais palavras.

Devo confessar que não me eram animadoras, pois entre elas estavam *Ordog* – Satã, *pokol* – inferno, *stregoica* – bruxa, *vrolok* e *vlkoslak* – ambas significando a mesma coisa, uma em eslovaco e a outra em sérvio, algo como um lobisomem ou um vampiro. (*Nota:* preciso perguntar ao conde sobre essas superstições.)

Quando partimos, todos os membros da multidão, que a essa altura já tinha atingido um tamanho considerável diante da porta da estalagem, fizeram o sinal da cruz e apontaram dois dedos para mim.

Com certa dificuldade, consegui que um companheiro de viagem me dissesse qual era a intenção deles; de início ele não quis responder, mas, ao saber que eu era inglês, explicou que era uma simpatia ou esconjuro contra o mau-olhado.

Isso não era muito agradável para mim, que acabara de partir rumo a um lugar desconhecido para encontrar um homem desconhecido; mas todos pareciam tão bondosos, tão pesarosos e tão compadecidos que não pude deixar de me comover.

Jamais esquecerei a última visão que tive do pátio da estalagem e da sua multidão de figuras pitorescas, todas se persignando, reunidas sob a ampla arcada, com seu fundo de rica folhagem de oleandro e laranjeiras em potes verdes aglomerados no centro do pátio.

Então nosso cocheiro, cujas largas ceroulas de linho cobriam toda a frente da boleia – são chamadas *gotza* –, fez estalar seu grande chicote sobre seus quatro pequenos cavalos, atrelados aos pares, e começamos nossa jornada.

Logo esqueci por completo meus temores fantasmagóricos diante da beleza do panorama que se desenrolava à nossa passagem. No entanto, se eu soubesse a língua, ou melhor, as línguas que meus companheiros de viagem estavam falando, talvez não tivesse me livrado de meus medos com tanta facilidade. À nossa frente se estendia uma terra verde e ondulante, cheia de florestas e bosques, pontuada aqui e ali de colinas escarpadas, coroadas de arvoredos ou casas de fazenda, com suas cumeeiras lisas voltadas para a estrada. Havia em todo lugar uma massa desconcertante de frutíferas em flor – macieira, ameixeira, pereira, cerejeira – e à medida que passávamos eu podia ver a grama verde sob as árvores salpicada de pétalas caídas. Por entre essas colinas verdes do que eles aqui chamam de Mittel Land corria a estrada, perdendo-se ao serpentear pelas curvas gramadas ou ao esconder-se sob as ramagens frouxas dos pinheiros, que aqui e ali desciam pelas encostas como línguas de fogo. A estrada era acidentada, mas mesmo assim parecíamos voar sobre ela numa precipitação febril. Naquele momento eu não podia entender o que significava tal precipitação, mas o cocheiro estava claramente determinado a não perder tempo para chegar a Borgo Prund. Foi-me dito que a estrada é excelente no verão, mas que ainda não havia sido reparada após as neves invernais. Nesse aspecto ela difere do estado geral das estradas nos Cárpatos, já que a velha tradição é que elas não devem ser mantidas em muito boas condições. Antigamente os hospodares não as consertavam, para os turcos não pensarem que eles estavam se preparando para trazer tropas estrangeiras e, assim, instigar a guerra sempre iminente.

Atrás das verdes colinas ondulantes da Mittel Land erguiam-se portentosas encostas de floresta até as escarpas altaneiras dos Cárpatos. À nossa direita e à nossa esquerda os Cárpatos se elevavam, com o sol da tarde batendo em cheio e ressaltando todas as gloriosas cores dessa magnífica cordilheira, azul profundo e violeta nas sombras dos picos, verde e marrom onde a grama e a rocha se misturavam, numa perspectiva infinita de cristas recortadas e rochedos pontiagudos, até que estes também se perdessem na distância, onde os cumes nevados se erguiam grandiosos. Aqui e ali surgiam brechas abissais nas montanhas, no fundo das quais, à medida que o sol se punha, avistávamos vez ou outra as brancas centelhas das quedas-d'água. Um de meus companheiros tocou meu braço quando contornamos a base de uma colina e descortinamos o imponente pico nevado de uma montanha, que aparentava, enquanto percorríamos nosso caminho sinuoso, estar bem à nossa frente:

"Veja! *Isten szek*! O assento de Deus!", ele disse, e persignou-se em reverência.

Enquanto ondeávamos em nosso caminho interminável e o sol baixava mais e mais atrás de nós, as sombras do anoitecer começaram a nos cercar. O contraste era reforçado pelo fato de que o pico nevado ainda recebia o pôr do sol e resplandecia com um delicado rosa pálido. Aqui e ali passávamos por tchecos e eslovacos, todos com vestimentas pitorescas, mas reparei que o bócio é dolorosamente comum. À beira da estrada havia muitas cruzes, e à medida que passávamos por elas todos os meus companheiros se persignavam. Aqui e ali, ajoelhado diante de um santuário, havia um camponês ou uma camponesa que nem se virava quando nos aproximávamos, mas parecia, entregue que estava à devoção, não ter olhos nem ouvidos para o mundo exterior. Muitas coisas eram novidade para mim: por exemplo, feixes de feno nas árvores, e aqui e ali belíssimas massas de bétulas, com seus troncos brancos brilhando como prata através do verde delicado das folhas.

Vez ou outra passávamos por um *Leiterwagen* – a carroça comum dos camponeses – com seu longo cabeçalho articulado, calculado para adaptar-se às irregularidades da estrada. Na carroça sempre estava sentado um grupo numeroso de camponeses que regressavam ao lar, os tchecos com seus velos brancos, os eslovacos com seus velos coloridos, estes carregando à maneira de lanças seus longos cajados com machado na ponta. Ao cair da noite começou a ficar muito frio, e o crepúsculo já avançado parecia fundir na mesma névoa sombria a penumbra das árvores, carvalhos, faias e pinheiros, embora nos vales que corriam profundamente entre as vertentes das montanhas, à medida que subíamos pelo passo, os abetos escuros se destacassem aqui e ali contra o fundo de neve remanescente. Por vezes, quando a estrada cortava através dos pinheirais que aparentavam, na escuridão, fechar-se sobre nós, grandes massas cinzentas, que aqui e ali recobriam as árvores, produziam um efeito lúgubre e solene, alimentando os pensamentos e as sinistras fantasias que tive ao entardecer, quando o pôr do sol conferia um estranho relevo às nuvens fantasmagóricas que, nos Cárpatos, parecem vagar incessantemente pelos vales. Às vezes os aclives eram tão íngremes que, apesar da precipitação do cocheiro, os cavalos só conseguiam avançar com lentidão. Eu quis apear e tangê-los, como fazemos em casa, mas o cocheiro não quis saber. "Não, não", ele disse, "você não pode andar aqui; os cães são muito ferozes." E acrescentou, como numa brincadeira sinistra, pois olhou em volta para receber o sorriso aprovador dos demais: "E você ainda verá muitas dessas coisas antes de ir dormir". A única parada que ele fez durou apenas um instante, para acender as lanternas.

Quando escureceu, parecia haver alguma agitação entre os passageiros; eles não paravam de falar com o cocheiro, um depois do outro, como se o apressassem. Ele açoitava os cavalos sem dó com seu longo chicote, e com berros furiosos forçava-os a avançar. Então, por entre a escuridão, pude ver uma espécie de mancha de luz grisalha à nossa frente, como se houvesse uma fenda nas montanhas. A agitação dos passageiros aumentou; o coche ensandecido sacudia-se sobre suas grandes molas de couro e balançava como um barco jogado num mar revolto. Tive que me segurar. A estrada aplainou-se, era como se voássemos. Então as montanhas pareceram aproximar-se de ambos os lados e nos cobrir; estávamos entrando no passo Borgo. Um por um, diversos passageiros ofereceram-me presentes, que me forçavam a aceitar sem recusa; eram certamente de tipos bizarros e variados, mas todos foram dados de simples boa-fé, com uma palavra gentil e uma bênção, e aquela estranha mistura de movimentos receosos que eu vira do lado de fora do hotel em Bistritz: o sinal da cruz e o esconjuro contra o mau-olhado. Daí, enquanto corríamos, o cocheiro inclinava-se para a frente, e de cada lado os passageiros, esticando-se por sobre a beira do coche, perscrutavam ansiosamente a escuridão. Era evidente que algo muito inquietante estava acontecendo ou era esperado, mas mesmo perguntando a todos os passageiros ninguém me deu a mínima explicação. Esse estado de inquietude durou algum tempo, até que finalmente vimos diante de nós o passo abrindo-se do lado oriental. Nuvens carregadas amontoavam-se no céu, e no ar ressoava o ruído pesado e abafado de trovões. Era como se a cadeia de montanhas separasse duas atmosferas, e agora tínhamos entrado na tempestuosa. Pus-me a procurar a condução que me levaria ao conde. A todo momento eu esperava ver um clarão de lanternas através da treva, mas tudo estava escuro. A única luz eram os raios vacilantes de nossas próprias lanternas, nos quais o vapor de nossos cavalos exaustos se erguia numa nuvem pálida. Podíamos ver agora a estrada de areia que se estendia branca à nossa frente, mas nela não havia sinal de veículo. Os passageiros recostaram-se com um suspiro de alívio que parecia zombar de minha decepção. Eu já estava pensando no que deveria fazer, quando o cocheiro, olhando seu relógio, disse aos outros algo que eu mal pude ouvir, por ter sido dito muito baixo e em tom muito grave; acho que foi "uma hora antes do horário". Então, voltando-se para mim, ele disse num alemão ainda pior que o meu:

"Não tem carruagem aqui. Ninguém está esperando o *Herr*. Ele virá conosco para Bucovina e voltará amanhã ou no outro dia; melhor no outro dia." Enquanto ele falava, os cavalos começaram a relinchar, a fungar e a pinotear furiosamente, tanto que o cocheiro precisou segurá--los. Então, entre um coro de gritos dos camponeses e uma benzedura geral, uma caleche com quatro cavalos aproximou-se por trás de nós, ultrapassou-nos e estacionou ao lado do coche. Pude ver, no lampejo das nossas lanternas, quando os raios deram neles, que os cavalos eram animais esplêndidos, pretos como carvão. Eram conduzidos por um homem alto, com uma longa barba castanha e um grande chapéu preto que escondia de nós o seu rosto. Só pude ver as fagulhas de um par de olhos muito brilhantes, que pareceram vermelhos à luz das lanternas, quando ele se virou para nós.

Ele disse ao cocheiro: "Você está adiantado esta noite, meu amigo".

O cocheiro respondeu balbuciando: "O *Herr* inglês estava com pressa".

Ao que o estranho respondeu: "É por isso, suponho, que você sugeriu a ele continuar até Bucovina. Você não pode me enganar, meu amigo; eu sei de tudo, e meus cavalos são rápidos".

Enquanto falava ele sorriu, e a luz das lanternas deu numa boca de aparência dura, com lábios muito vermelhos e dentes afiados, brancos como marfim. Um de meus companheiros sussurrou a outro o verso da *Lenore*, de Bürger:

Pois os mortos cavalgam rápido.[2]

O estranho evidentemente ouviu as palavras, pois levantou os olhos com um sorriso radiante. O passageiro virou o rosto, ao mesmo tempo levantando dois dedos e se persignando. "Dê-me a bagagem do *Herr*", disse o homem; e com excessiva rapidez minhas malas foram entregues e colocadas na caleche. Então desci pela lateral do coche, já que a caleche estava estacionada ao lado, e o estranho ajudou-me com uma mão que pegou meu braço num aperto de aço; sua força devia ser prodigiosa.

Sem uma palavra, ele sacudiu as rédeas, os cavalos se viraram, e nos lançamos na escuridão do passo. Ao olhar para trás, vi o vapor dos cavalos do coche à luz das lanternas, e projetadas contra ela as figuras de meus antigos companheiros que se persignavam. Então o cocheiro fez estalar seu

2. Em alemão no original: "*Denn die Todten reiten schnell*".

chicote para tocar os cavalos, e lá se foram eles a caminho de Bucovina. À medida que desapareciam na escuridão, senti um calafrio esquisito, e uma sensação de solidão tomou conta de mim; mas uma capa foi jogada sobre meus ombros, e uma manta sobre meus joelhos, e o cocheiro disse num alemão excelente: "A noite está gelada, *mein Herr,*[3] e meu amo o conde ordenou-me que tomasse conta de você. Há um frasco de *slivovitz* (o licor de ameixa do país) debaixo do assento, caso você necessite".

Não tomei o licor, mas era reconfortante saber que ele estava ali. Eu me sentia meio estranho, mas nem um pouco assustado. Creio que, se tivesse havido alguma alternativa, eu teria optado por ela, em vez de empreender aquela viagem noturna desconhecida. A carruagem avançou em ritmo puxado sempre em frente, depois demos uma volta completa e seguimos reto por outra estrada. Tive a impressão de que estávamos simplesmente indo e vindo repetidas vezes pelo mesmo trajeto, então tomei nota de algum ponto mais notável e descobri que era isso mesmo. Quis perguntar ao cocheiro o que significava tudo aquilo, mas na verdade tive medo de fazê-lo, pois pensei que, na minha situação, nenhum protesto teria efeito caso a intenção fosse mesmo demorar.

Pouco mais tarde, porém, como eu estava curioso para saber quanto tempo havia passado, acendi um fósforo e, à sua chama, olhei meu relógio: faltavam poucos minutos para a meia-noite. Isso me provocou uma espécie de choque, pois acredito que a superstição generalizada acerca da meia-noite foi reforçada pelas minhas experiências recentes. Aguardei com uma sensação ruim de suspense.

Então um cão começou a uivar em alguma casa de fazenda distante à nossa frente – um gemido longo e aflito, como se fosse de medo. O som foi prolongado por outro cão, depois por outro e mais outro, até que, levado pelo vento que agora gemia suavemente pelo passo, começou um uivo alucinado, que parecia vir de todos os pontos da paisagem, até onde a imaginação conseguia abarcá-la na sombra da noite.

Com o primeiro uivo os cavalos começaram a puxar e empinar-se, mas o cocheiro acalmou-os e eles se aquietaram, ainda tremendo e suando como se tivessem corrido de um temor súbito. Então, a grande distância, das montanhas de cada lado de nós, começou um uivo mais forte e mais agudo – de lobos – que afetou aos cavalos e a mim da mesma forma, pois eu pensei em saltar da caleche e correr, enquanto eles se empinaram de

3. Em alemão no original: "meu senhor".

novo e pinotearam loucamente, tanto que o cocheiro teve que usar toda a sua força colossal para impedir que disparassem. Em poucos minutos, contudo, meus ouvidos acostumaram-se com o som, e os cavalos sossegaram a ponto de o cocheiro poder descer e postar-se diante deles.

Ele os afagou e acalmou, e sussurrou algo em seu ouvido – como dizem que fazem os domadores de cavalos – que teve efeito extraordinário, pois com suas carícias eles se tornaram dóceis novamente, embora ainda estremecessem. O cocheiro retomou seu lugar e, sacudindo as rédeas, partiu em ritmo acelerado. Desta vez, depois de ir até a extremidade mais afastada do passo, ele virou de repente numa pista estreita que descia abruptamente para a direita.

Logo estávamos cercados de árvores, que em certos lugares curvavam-se tanto sobre a pista que passávamos como que num túnel; e mais uma vez grandes rochas pendentes nos guardavam imponentes de cada lado. Apesar de estarmos abrigados, podíamos ouvir o vento agitado, que gemia e silvava através das pedras e fazia os galhos das árvores se estraçalharem enquanto passávamos. Foi ficando cada vez mais frio, e uma neve fina como pó começou a cair, de modo que logo nós e tudo em volta estávamos cobertos por um manto branco. O vento vigoroso ainda carregava o ganido dos cães, mas ele se tornava mais abafado à medida que prosseguíamos. O uivo dos lobos soava cada vez mais próximo, como se eles se acercassem de nós por todos os lados. Comecei a sentir um medo terrível, e os cavalos o partilhavam. O cocheiro, no entanto, não estava nem um pouco abalado; ele virava continuamente a cabeça para a direita e para a esquerda, mas eu não conseguia ver nada na escuridão.

Subitamente, longe de nós, à esquerda, avistei uma chama azul pálida e vacilante. O cocheiro a viu no mesmo instante; ele imediatamente deteve os cavalos e, saltando ao chão, desapareceu entre as sombras. Eu não sabia o que fazer, e ainda menos à medida que o uivo dos lobos se aproximava; mas enquanto eu pensava nisso o cocheiro reapareceu de repente e sem uma palavra tomou assento, e retomamos nossa viagem. Acho que devo ter dormido e sonhado com o incidente, pois ele pareceu repetir-se interminavelmente, e agora, olhando em retrospecto, foi como uma espécie de pesadelo horroroso. Certa vez a chama apareceu tão perto da estrada que até mesmo na escuridão em torno de nós eu consegui observar os gestos do cocheiro. Ele foi rapidamente ao local onde a chama azul surgiu – ela deve ter sido muito pálida, pois não parecia iluminar nem um pouco ao seu redor – e, juntando algumas pedras, formou com elas um tipo de artefato.

Outra vez ocorreu um efeito óptico estranho: quando ele estava entre mim e a chama, ele não a obstruiu, pois eu continuava vendo da mesma forma a oscilação sinistra da chama. Isso me assustou, mas, como o efeito foi apenas momentâneo, presumi que meus olhos haviam me enganado ao tentar enxergar no escuro. Depois disso, durante algum tempo não houve mais chamas azuis, e avançamos a toda a velocidade em meio às trevas, com o uivo dos lobos ao redor, como se nos seguissem num círculo móvel.

Enfim chegou uma ocasião em que o cocheiro se afastou mais do que tinha feito até então, e na sua ausência os cavalos começaram a tremer como nunca, e a fungar e relinchar de pânico. Eu não via nenhuma causa para isso, pois o uivo dos lobos havia parado totalmente; mas bem nesse momento a lua, deslizando através das nuvens negras, apareceu atrás da crista recortada de um rochedo protuberante coberto de pinheiros, e à sua luz eu vi em torno de nós um círculo de lobos, com presas brancas e línguas vermelhas pendentes, com membros longos e robustos e pelo desgrenhado. Eles eram cem vezes mais temíveis no silêncio soturno que os envolvia do que quando uivavam. Da minha parte, senti uma espécie de paralisia causada pelo medo. É somente quando um homem se encontra frente a frente com tais horrores que ele consegue entender seu verdadeiro significado.

De repente, todos os lobos começaram a uivar, como se o luar tivesse algum efeito peculiar sobre eles. Os cavalos pinoteavam e se empinavam, e olhavam ao redor desesperados, revirando os olhos de uma maneira dolorosa de se ver; mas o círculo de terror vivo cercava-os de todos os lados e eles não tinham alternativa senão permanecer dentro dele. Chamei o cocheiro para que viesse, pois me pareceu que nossa única chance era tentar romper o círculo, e para ajudá-lo a aproximar-se eu gritei e bati na lateral da caleche, esperando que o barulho afugentasse os lobos daquele lado, a fim de lhe dar uma chance de alcançar a carruagem. Como ele chegou até ali eu não sei, mas ouvi sua voz erguida num tom de comando imperioso, e ao olhar na direção do som eu o vi de pé na estrada. Cada vez que ele abria seus longos braços, como se repelisse algum obstáculo impalpável, os lobos recuavam mais e mais. Bem nesse instante uma nuvem pesada cruzou a face da lua, e estávamos novamente no escuro.

Quando consegui enxergar de novo, o cocheiro estava subindo na caleche e os lobos haviam desaparecido. Tudo isso era tão estranho e misterioso que um medo atroz me tomou, e eu receava falar ou mover-me. O tempo pareceu interminável enquanto percorríamos nosso caminho, agora na treva quase completa, pois as nuvens carregadas obscureciam a lua.

Continuamos a subir, com períodos ocasionais de descida rápida, mas em geral sempre subindo. Subitamente, tomei consciência do fato de que o cocheiro estava detendo os cavalos no pátio de um vasto castelo em ruínas, de cujas altas janelas negras não vinha raio algum de luz, e cujas muralhas quebradas desenhavam uma linha recortada contra o céu enluarado.

II. Diário de Jonathan Harker
(*continuação*)

5 de maio. Devo ter dormido, pois certamente, se estivesse plenamente acordado, eu teria notado a aproximação de um lugar tão impressionante. Na penumbra, o pátio aparentava ser de tamanho considerável, e, como vários caminhos escuros partiam dele por sob grandes arcos, talvez ele parecesse maior do que realmente é. Ainda não pude vê-lo durante o dia.

Quando a caleche parou, o cocheiro saltou e estendeu a mão para ajudar-me a apear. Mais uma vez, não pude deixar de notar sua força prodigiosa. Sua mão assemelhava-se a um torno de aço que poderia esmagar a minha se ele quisesse. Então ele pegou minha bagagem e colocou-a no chão ao meu lado, ali onde eu estava, perto de uma grande porta, velha e cravejada de tachas de ferro, inserida num portal saliente de pedra maciça. Eu pude ver, mesmo na luminosidade fraca, que a pedra era talhada grosseiramente, mas que o entalhe havia sido muito gasto pelo tempo e pelas intempéries. Enquanto eu estava ali, o cocheiro subiu novamente no seu assento e sacudiu as rédeas; os cavalos dispararam e desapareceram juntamente com a carruagem por uma das aberturas sombrias.

Permaneci em silêncio onde estava, pois não sabia o que fazer. Não havia sinal de campa ou aldraba; através daquelas muralhas imponentes e janelas às escuras, minha voz não tinha chance de penetrar. Esperei por um tempo que pareceu interminável, e senti dúvidas e medos amontoando-se em mim. Que tipo de lugar era aquele onde eu tinha ido parar, e que tipo de gente morava lá? Que tipo de aventura sinistra era aquela em que eu tinha me metido? Seria esse um incidente costumeiro na vida de um assistente de advogado enviado para explicar a aquisição de uma propriedade em Londres a um estrangeiro? Assistente de advogado! Mina não gostaria disso. Advogado – pois logo antes de partir de Londres recebi a notícia de que fui aprovado no exame: sou agora um advogado de pleno direito! Comecei a esfregar os olhos e beliscar-me para ver se estava acordado. Tudo parecia um horrível pesadelo, e eu tinha a esperança de acordar de repente e encontrar-me em casa, com a aurora se esforçando para atravessar as janelas, como já sentira certas vezes de manhã após um dia de trabalho excessivo. Mas minha carne respondeu ao teste do beliscão e meus olhos não estavam enganados. Eu estava realmente acordado e nos Cárpatos. Tudo o que eu podia fazer agora era ser paciente e aguardar o romper da manhã.

Assim que cheguei a essa conclusão, ouvi passos pesados aproximando-se atrás da grande porta, e vi através das fendas o brilho de uma luz. Depois ouvi o som de correntes se chocando e a batida de travas maciças sendo puxadas. Uma chave foi girada com um rangido forte devido ao longo desuso, e a porta abriu-se por inteiro.

Do lado de dentro estava um ancião alto, de cara raspada, a não ser por um longo bigode branco, e vestido de preto dos pés à cabeça, sem uma única mancha de cor em seu traje. Ele segurava um antigo lampião de prata, no qual a chama queimava sem chaminé ou globo de qualquer tipo, lançando longas sombras oscilantes ao tremular na corrente de ar da porta aberta. O ancião me fez sinal para entrar com um gesto cortês de sua mão direita, dizendo em excelente inglês, mas com uma entonação estranha:

"Bem-vindo à minha casa! Entre de livre e espontânea vontade!" Ele não se moveu ao meu encontro, mas permaneceu imóvel como uma estátua, como se seu gesto de boas-vindas o tivesse fixado na pedra. No instante, porém, em que cruzei a soleira, ele avançou impulsivamente e, estendendo sua mão, apertou a minha com uma força que me fez estremecer, sensação que aumentou quando senti sua mão fria como gelo – mais como a mão de um homem morto do que vivo. Novamente ele disse:

"Bem-vindo à minha casa. Venha livremente. Vá em segurança; e deixe um pouco da felicidade que você traz!" A força do seu aperto de mão era tão semelhante àquela que eu percebera no cocheiro, cujo rosto eu não vira, que por um momento suspeitei que estava falando com a mesma pessoa; para ter certeza, arrisquei perguntar: "Conde Drácula?".

Ele fez uma reverência cortês ao responder: "Eu sou Drácula e lhe dou as boas-vindas, senhor Harker, à minha casa. Entre; o ar da noite é gelado, e você deve estar precisando de comida e descanso". Enquanto falava, ele pendurou o lampião num gancho na parede e saiu para pegar minha bagagem; ele a carregou para dentro antes que eu pudesse impedi-lo. Eu protestei, mas ele insistiu:

"Nada disso, senhor, você é meu hóspede. É tarde e meus criados não estão disponíveis. Deixe que eu mesmo cuide de seu conforto." Ele insistiu em carregar minha bagagem pelo saguão, depois subindo uma grande escadaria em espiral, e ainda por outro vasto saguão, em cujo piso de pedra nossos passos ecoavam sonoramente. No final do saguão, ele abriu uma porta maciça e eu alegrei-me em ver do lado de dentro um aposento bem iluminado onde uma mesa estava posta para a ceia, e em cuja possante lareira um belo fogo de lenha, abastecido recentemente, ardia e chamejava.

O conde parou, soltou minhas malas para fechar a porta e atravessou o aposento para abrir outra porta, que dava para um pequeno cômodo octogonal iluminado por uma única lâmpada, e aparentemente sem janelas de qualquer tipo. Atravessando-o, ele abriu outra porta e fez sinal para que eu entrasse. Era uma visão reconfortante, pois ali estava um quarto espaçoso, bastante claro e aquecido por outro fogo de lenha – também alimentado recentemente, pois os troncos de cima estavam ilesos –, que fazia subir um rugido oco pela ampla chaminé. O conde deixou minha bagagem lá dentro e retirou-se, dizendo, antes de fechar a porta:

"Você deve precisar, depois da sua viagem, refrescar-se fazendo sua toalete. Creio que encontrará tudo o que deseja. Quando estiver pronto, venha para o outro aposento, onde encontrará sua ceia preparada."

A luz e o calor, junto com as amáveis boas-vindas do conde, dissiparam todas as minhas dúvidas e temores. Voltando ao meu estado normal, descobri que estava meio morto de fome; por isso, após uma toalete apressada, fui para o outro aposento.

Encontrei a ceia já pronta. Meu anfitrião, que estava de pé ao lado da grande lareira, apoiado na cantaria, fez um aceno gracioso com a mão, indicando a mesa, e disse:

"Por obséquio, queira sentar-se e cear à vontade. Decerto me desculpará por não me juntar a você; mas eu já jantei, e não costumo cear."

Entreguei a ele a carta lacrada que o senhor Hawkins tinha me confiado. Ele a abriu e leu com gravidade; depois, com um sorriso cativante, entregou-a a mim para que a lesse. Um trecho dela, pelo menos, deu-me um arrepio de satisfação.

> Lamento que um ataque de gota, enfermidade da qual sou constante sofredor, impeça absolutamente qualquer deslocamento da minha parte por algum tempo; mas fico contente em dizer que posso enviar um substituto competente, em quem tenho toda a confiança possível. É um rapaz cheio de energia e talento como ninguém, e de uma atitude muito leal. Ele é discreto e silencioso, e fez-se homem a meu serviço. Ele estará ao seu dispor para atendê-lo

sempre que você necessitar durante a estadia dele e receberá suas instruções relativas a todo e qualquer assunto.

O conde avançou e tirou a tampa de um prato, e eu me lancei imediatamente a um excelente frango assado. Isso, junto com um pouco de queijo, uma salada e uma garrafa de velho Tokay, do qual tomei duas taças, foi minha ceia. Enquanto eu comia, o conde me fez muitas perguntas sobre minha viagem, e eu contei a ele por partes tudo o que tinha passado.

A essa altura eu já tinha acabado minha ceia, e a pedido de meu anfitrião havia puxado uma cadeira para perto da lareira e começado a fumar um charuto que ele me ofereceu, desculpando-se ao mesmo tempo por não fumar. Tive então a oportunidade de observá-lo, e percebi nele uma fisionomia muito marcada.

Seu rosto era fortemente – muito fortemente – aquilino, com um nariz afilado de ponte alta e narinas particularmente arqueadas; tinha uma testa arredondada e volumosa e cabelo que crescia ralo em torno das têmporas, mas abundante no resto da cabeça. Suas sobrancelhas eram muito espessas e quase se juntavam acima do nariz, com pelos fartos que se enrolavam de tanta profusão. A boca, até onde eu podia vê-la sob o pesado bigode, era rígida e de aparência um tanto cruel, com dentes brancos particularmente afiados, que se projetavam sobre os lábios, cuja notável vermelhidão demonstrava vitalidade espantosa num homem da sua idade. De resto, suas orelhas eram descoradas e extremamente pontudas no topo; o queixo era largo e forte, e as bochechas, firmes embora finas. O efeito geral era de palidez extraordinária.

Até então eu tinha notado as costas das suas mãos, que repousavam sobre seus joelhos à luz do fogo, e elas me pareceram bastante brancas e finas; mas, vendo-as agora perto de mim, não pude deixar de notar que eram bastante rudes – largas, com dedos grossos. É estranho, mas havia pelos no centro das palmas. As unhas eram longas e finas, cortadas em pontas aguçadas. Quando o conde se inclinou sobre mim e suas mãos me tocaram, não consegui reprimir um tremor. Pode ser que seu hálito fosse rançoso, mas fui tomado por uma sensação horrível de náusea, que, por mais que eu tentasse, não consegui ocultar.

O conde, que evidentemente a notou, recuou; e, com um sorriso meio sinistro, que deixou seus dentes protuberantes mais à mostra do que haviam estado até então, sentou-se novamente do seu lado da lareira. Ficamos em silêncio por algum tempo; e quando olhei para a janela vi o primeiro raio tênue da aurora iminente. Havia uma estranha quietude sobre tudo; mas ao prestar atenção escutei, vindo lá do fundo do vale, o uivo de muitos lobos. Os olhos do conde brilharam, e ele disse:

"Ouça-os, os filhos da noite. Que música eles fazem!". Vendo, suponho, alguma expressão no meu rosto que lhe era estranha, acrescentou: "Ah, meu senhor, vocês, habitantes da cidade, não podem partilhar dos sentimentos do caçador". Então ele se levantou e disse:

"Mas você deve estar cansado. Seu quarto está pronto, e amanhã você poderá dormir quanto quiser. Terei que me ausentar até a tarde; então durma bem e sonhe bem!". Com uma reverência cortês, ele abriu para mim a porta do cômodo octogonal, e entrei no meu quarto.

Estou imerso num mar de assombros. Tenho dúvidas; tenho medo; penso coisas estranhas, que não ouso confessar à minha própria alma. Deus me guarde, nem que seja pelo bem daqueles que me são caros!

7 de maio. É de manhã cedo novamente, mas descansei e aproveitei as últimas vinte e quatro horas. Dormi até o meio da tarde e acordei por vontade própria. Depois de me vestir, fui para o aposento onde havíamos ceado e encontrei um desjejum frio preparado, com café mantido quente no bule colocado sobre a lareira. Havia um cartão sobre a mesa, no qual estava escrito: "Tenho que me ausentar por algum tempo. Não me espere. D.". Dediquei-me com gosto a uma lauta refeição. Ao terminar, procurei uma sineta para dar a entender aos criados que eu havia acabado, mas não encontrei nenhuma. Há certamente deficiências inesperadas na casa, considerando as mostras extraordinárias de riqueza que me cercam. O serviço de mesa é de ouro, e lavrado com tanta beleza que deve ser de imenso valor. As cortinas e os estofados das poltronas e dos sofás, bem como o dossel da minha cama, são dos tecidos mais caros e mais belos, e devem ter tido valor fabuloso quando foram feitos, pois, apesar de terem séculos de idade, estão em excelente estado. Vi algo parecido com eles em Hampton Court, mas lá estavam gastos, esfiapados e roídos por traças. Ainda assim, em nenhum dos cômodos há espelhos. Não há nem mesmo um espelho de toalete na minha cômoda, e eu tive que pegar o pequeno espelho de barbear na minha mala para poder me barbear ou pentear meu cabelo. Ainda não vi criados em lugar nenhum, nem ouvi outro som perto do castelo a não ser o uivo dos lobos. Algum tempo depois de terminar minha refeição – não sei se a chamo de desjejum ou de jantar, pois foi entre cinco e seis horas que a fiz – procurei algo para ler, pois não queria andar pelo castelo antes de pedir permissão ao conde. Não havia absolutamente nada no quarto, livro, jornal ou material de escrita; por isso abri outra porta no quarto e dei com uma espécie de biblioteca. Tentei a porta na frente da minha, mas estava trancada.

Na biblioteca encontrei, para meu grande deleite, uma vasta quantidade de livros em inglês, prateleiras cheias deles, e volumes encadernados de revistas e jornais. Uma mesa no centro estava atulhada de revistas e jornais ingleses, embora nenhum deles fosse de data muito recente. Os livros eram dos tipos mais variados – história, geografia, política, economia política, botânica, geologia, direito –, todos relacionados à Inglaterra, à vida e aos usos e costumes ingleses. Havia até obras de referência como o *Guia de Ruas de Londres*, os livros *Vermelho* e *Azul*, o *Almanaque Whitaker's*, as listas do exército e da marinha e – de certa forma alegrou meu coração vê-la – a lista judiciária.

Enquanto eu olhava os livros, a porta se abriu e o conde entrou. Ele me saudou com amabilidade, desejando que eu tivesse descansado bem durante a noite. E então prosseguiu:

"Fico contente que tenha achado o caminho até aqui, pois estou certo de que há muitas coisas que o interessarão. Estes companheiros" – e ele pôs a mão em alguns livros – "têm sido bons amigos para mim, e nos últimos anos, desde que tive a ideia de ir para Londres, têm me dado muitas e muitas horas de prazer. Por meio deles vim a conhecer sua bela Inglaterra; e conhecê-la é amá-la. Anseio por andar pelas ruas abarrotadas da sua portentosa Londres, por estar no meio do turbilhão e da correnteza de humanidade, por compartilhar sua vida, seus percalços, sua morte, e tudo o que faz dela o que ela é. Mas ai de mim! Até agora só conheço sua língua através dos livros. A você, meu amigo, eu me volto para saber falá-la".

"Mas, conde", eu disse, "você sabe e fala inglês fluentemente!" Ele fez uma reverência solene.

"Obrigado, meu amigo, pela sua avaliação tão lisonjeira, mas ainda temo ter percorrido somente um pequeno trecho do caminho que desejo trilhar. Sim, conheço a gramática e as palavras, mas ainda não sei como pronunciá-las."

"Mas", respondi, "sua pronúncia é excelente."

"Nem tanto", ele respondeu. "Sei bem que, se eu me mudasse para a sua Londres e abrisse a boca lá, não haveria ninguém que não me reconheceria como estrangeiro que sou. Isso não é o bastante para mim. Aqui sou nobre, sou *boyar*; o comum do povo me conhece, e sou senhor. Mas um estrangeiro numa terra estranha não é ninguém; os homens não o conhecem – e desconhecer é desprezar. Ficarei satisfeito em ser como o resto, de forma que nenhum homem me pare ao me ver, ou interrompa sua fala ao ouvir minhas palavras, 'Ha, ha! Um estrangeiro!'. Sou senhor há tanto tempo que prefiro continuar a sê-lo – ou pelo menos que ninguém mais seja senhor de mim. Você veio até mim não apenas como agente do meu amigo Peter Hawkins, de Exeter, para me contar tudo acerca da minha nova propriedade em Londres. Você deverá, decerto, permanecer aqui comigo algum tempo, para que através da nossa conversa eu possa aprender a entonação inglesa; e eu lhe rogo que me diga quando eu cometer erros, mesmo os mais ínfimos, na minha fala. Peço desculpas por ter precisado me ausentar por tanto tempo hoje; mas você saberá, estou seguro, perdoar alguém que tem tantos assuntos importantes a tratar."

É claro que eu disse tudo o que podia para me mostrar solícito, e perguntei se poderia ir àquela sala quando quisesse. Ele respondeu: "Sim, certamente", e acrescentou:

"Você pode ir aonde quiser no castelo, exceto aonde as portas estão trancadas, aonde obviamente você não quererá ir. Há motivo para que todas as coisas sejam como são, e, se você visse com meus olhos e soubesse com meu saber, porventura entenderia melhor." Eu disse que estava certo disso, e ele continuou:

"Estamos na Transilvânia, e a Transilvânia não é a Inglaterra. Nossos hábitos não são seus hábitos, e haverá muitas coisas que lhe serão estranhas. Ou não; pelo que você já me contou das suas experiências, você tem noção de quais coisas estranhas podem acontecer."

Isso levou a muita conversa; e, como era evidente que ele queria falar, nem que fosse só por falar, eu lhe fiz muitas perguntas relacionadas a coisas que já me haviam ocorrido ou chegado ao meu conhecimento. Às vezes ele se esquivava do assunto, ou desviava a conversa fingindo não entender; mas geralmente respondia com toda a franqueza a tudo que eu perguntava. Depois de passado algum tempo, como eu me tornara um pouco mais ousado, eu o inquiri sobre algumas das coisas estranhas da noite anterior, como, por exemplo, por que o cocheiro ia aos lugares onde via as chamas azuis. Ele me explicou que havia uma crença generalizada de que, numa certa noite do ano – a noite passada, na verdade, quando se acredita que todos os espíritos malignos correm à solta –, uma chama azul é vista sobre qualquer lugar onde um tesouro foi ocultado.

"Esse tesouro foi escondido", ele continuou, "na região pela qual você passou ontem à noite, disso não pode restar dúvida; afinal, é o terreno disputado por séculos pelos valáquios, saxões e turcos. Ora, não deve haver um pé de solo em toda esta região que não tenha sido enriquecido pelo sangue de homens, patriotas ou invasores. Nos velhos tempos houve épocas tumultuadas, quando os austríacos e os húngaros vinham em hordas, e os patriotas iam enfrentá-los – homens e mulheres, idosos e crianças também – aguardando sua chegada nos rochedos acima dos passos, para poder despejar destruição sobre eles com suas avalanches artificiais. Quando o invasor triunfava, encontrava pouca coisa, pois o que havia tinha sido abrigado no solo amigo."

"Mas como", disse eu, "pode ter permanecido tanto tempo encoberto, se existe uma indicação clara dele caso as pessoas se deem apenas ao trabalho de olhar?" O conde sorriu, e, quando seus lábios se retraíram acima das gengivas, os dentes caninos longos e afiados destacaram-se estranhamente; ele respondeu:

"Porque o camponês é, no fundo, um covarde e um tolo! Essas chamas só aparecem em uma noite; e nessa noite nenhum homem nesta terra, se puder escolher, botará os pés para fora de casa. E, meu caro senhor, ainda que saísse de casa ele não saberia o que fazer. Ora, até o camponês de quem você me falou, que marcou o lugar da chama, não saberia onde procurar à luz do dia, por mais que tentasse. Até mesmo você, eu poderia jurar, não conseguiria encontrar esses lugares novamente".

"Nisso você tem razão", respondi, "não sei mais do que os mortos onde começar a procurá-los." Depois passamos a outros assuntos.

"Vamos", ele disse por fim, "fale-me de Londres e da casa que você obteve para mim." Pedindo desculpas pelo meu descuido, fui ao meu quarto para pegar os papéis na minha mala. Enquanto estava colocando-os em ordem ouvi um tinido de porcelana e prataria no cômodo adjacente, e ao passar por ele percebi que a mesa havia sido tirada, e a lâmpada, acesa, pois àquela altura já estava bem escuro. As lâmpadas também estavam acesas no estúdio ou biblioteca, e encontrei o conde recostado no sofá, lendo, para minha surpresa, um guia inglês Bradshaw. Quando entrei ele tirou os livros e papéis da mesa, e percorri junto com ele planos, documentos e cifras de todo tipo. Ele estava interessado em tudo e me fez uma infinidade de perguntas sobre o lugar e seus arredores. Claramente havia estudado com antecedência tudo o que pôde encontrar acerca da vizinhança, pois era evidente que, no fim das contas, ele sabia muito mais do que eu. Quando observei isso, ele respondeu:

"Mas, meu amigo, não é necessário que eu saiba? Quando eu for para lá estarei sozinho, e meu amigo Harker Jonathan – perdão, segui o hábito do meu país de pôr o sobrenome na frente – meu amigo Jonathan Harker não estará ao meu lado para me corrigir e ajudar. Ele estará em Exeter, a milhas de distância, provavelmente trabalhando em documentos jurídicos com meu outro amigo, Peter Hawkins. Então!"

Debatemos longamente o negócio de compra da propriedade em Purfleet. Depois de eu lhe contar os fatos e colher sua assinatura nos documentos necessários, e de escrever uma carta para ser enviada junto com eles ao senhor Hawkins, ele começou a me perguntar como eu havia descoberto um lugar tão apropriado. Li para ele as notas que tomei na época, e que transcrevo aqui:

Em Purfleet, numa vicinal, descobri um lugar que parece ser exatamente o que foi solicitado, no qual estava exposta uma placa carcomida dizendo que o lugar estava à venda. Ele é cercado por um muro alto, de estrutura antiga, feito de pedras volumosas, que não é reparado há muitos e muitos anos. Os portões fechados são de velho carvalho maciço e ferro, todo roído pela ferrugem.

A propriedade chama-se Carfax, sem dúvida uma corruptela do antigo *Quatre Face*, já que a casa tem quatro lados, voltados para os pontos cardeais da bússola. Ela contém no total uns vinte acres, todos cercados pelo sólido muro de pedra mencionado acima. Há muitas árvores nela, o que a torna ensombrecida em certos lugares, e há uma lagoa ou pequeno lago profundo e escuro, a toda evidência alimentado por algumas fontes, já que a água é límpida e sai dele num regato de bom tamanho. A casa é muito grande e data provavelmente, eu diria, da época medieval, pois uma parte é de pedra imensamente grossa, com somente poucas janelas no alto, dotadas de espessas grades de ferro. Parece ser parte de uma torre de menagem, e fica perto de uma velha capela ou igreja. Não pude entrar, já que não tinha a chave da porta que leva a ela saindo da casa, mas tirei com minha Kodak umas vistas dela de diversos pontos. A casa foi ampliada, mas de forma muito desordenada, e só posso adivinhar a quantidade de terreno que ela cobre, que deve ser muito grande. Há poucas casas nas proximidades, uma delas uma casa muito grande que foi recentemente ampliada e transformada num asilo particular para lunáticos. No entanto, ela não é visível da propriedade.

Quando terminei, ele disse: "Fico feliz que ela seja velha e grande. Eu mesmo sou de família antiga, e viver numa casa nova me mataria. Uma casa não pode ser tornada habitável em um dia; afinal, são tão poucos os dias que compõem um século. Alegro-me também que haja uma capela de época antiga. A nós, nobres transilvanos, não agrada pensar que nossos ossos possam jazer junto aos mortos comuns. Não procuro alegria nem jovialidade, nem a voluptuosidade luminosa do sol brilhante e das águas borbulhantes que encantam os jovens e risonhos. Já não sou jovem; e meu coração, após anos fatigantes de luto pelos mortos, não se afeiçoa mais à jovialidade. Além disso, as muralhas do meu castelo estão quebradas; as sombras são muitas, e o vento sopra gelado através das ameias e casamatas quebradas. Amo a penumbra e a sombra, e gosto de ficar a sós com meus pensamentos quando posso". De certo modo, suas palavras e seu semblante não pareciam concordar, ou então era sua expressão facial que fazia seu sorriso parecer maligno e saturnino.

Em seguida, com uma desculpa, ele me deixou, pedindo que eu reunisse todos os meus papéis. Ele se ausentou por algum tempo, e comecei a olhar alguns dos livros em torno de mim. Um era um atlas, aberto naturalmente na Inglaterra, como se aquele mapa tivesse sido muito usado. Observando-o, encontrei em certos lugares pequenos círculos assinalados, e, examinando-os, percebi que um estava perto de Londres, do lado leste, manifestamente onde sua nova propriedade se situava; os outros dois estavam em Exeter e em Whitby, na costa de Yorkshire.

Passou quase uma hora até que o conde retornasse. "Aha!", disse ele, "ainda entre os livros? Bom! Mas você não deve trabalhar o tempo todo. Venha, fui informado de que sua ceia está pronta." Ele tomou meu braço e passamos para o cômodo adjacente, onde encontrei uma excelente ceia pronta sobre a mesa. O conde mais uma vez se desculpou, pois tinha jantado enquanto estava fora de casa. Mas ele se sentou como na noite anterior, e tagarelou enquanto eu comia. Depois da ceia eu fumei, como na noite precedente, e o conde permaneceu comigo, tagarelando e fazendo perguntas sobre todos os assuntos imagináveis, hora após hora. Senti que estava ficando muito tarde mesmo, mas não disse nada, pois me sentia na obrigação de satisfazer os desejos do meu anfitrião de todas as formas possíveis. Não estava com sono, pois o longo sono do dia anterior tinha me fortificado; mas não pude deixar de experimentar aquele arrepio que nos percorre na chegada da aurora, que é, a seu modo, como a virada da maré. Dizem que as pessoas que estão perto da morte morrem geralmente na mudança para a aurora ou na virada da maré; qualquer um que, estando cansado e como que atado ao seu posto, já experimentou essa mudança na atmosfera acreditará nisso sem dificuldade. De súbito, ouvimos o canto de um galo surgir com estridência sobrenatural no ar claro da manhã.

Conde Drácula, levantando-se abruptamente, disse: "Puxa, já é manhã de novo! Como sou relapso de deixá-lo acordado por tanto tempo. Você precisa tornar sua conversa a respeito do meu querido novo país, a Inglaterra, menos interessante, para que eu não esqueça como o tempo voa para nós". E, com uma reverência cortês, ele rapidamente me deixou.

Fui para meu quarto e abri as cortinas, mas havia pouca coisa em que reparar; minha janela dava para o pátio, tudo o que eu podia ver era o cinza cálido do céu alvorecente. Então fechei as cortinas novamente, e escrevi sobre este dia.

8 de maio. Comecei a temer, à medida que escrevia neste livro, que estivesse me tornando demasiado disperso; mas agora estou contente por ter entrado em detalhes desde o início, pois existe algo tão estranho neste lugar e em tudo o que há nele que não posso evitar me sentir apreensivo. Gostaria de sair ileso dele, ou de nunca ter vindo. Pode ser que esta estranha existência noturna esteja me afetando; quem dera fosse apenas isso! Se houvesse qualquer pessoa com quem falar eu poderia suportar, mas não há ninguém. Tenho somente o conde com quem falar, e ele! – Temo que eu seja a única alma viva neste lugar. Que eu seja tão direto quanto os fatos permitem: isso me ajudará a ter forças, e a imaginação não deve me desvairar. Se o fizer, estarei perdido. Que eu diga logo qual é minha situação – ou qual aparenta ser.

Dormi somente poucas horas quando me deitei, e, sentindo que não conseguiria dormir mais, levantei-me. Eu havia pendurado meu espelho de barbear junto à janela, e estava começando a me barbear. De repente senti uma mão em meu ombro, e ouvi a voz do conde me dizendo: "Bom dia". Eu me sobressaltei, pois me espantou não tê-lo visto, já que o reflexo do espelho cobria todo o quarto atrás de mim. Ao sobressaltar-me cortei-me ligeiramente, mas no momento não percebi. Tendo respondido à saudação do conde, voltei-me novamente para o espelho para ver como era possível ter me enganado. Dessa vez não haveria erro, pois o homem estava perto de mim, e eu podia vê-lo por cima do meu ombro. Mas não havia reflexo dele no espelho! Todo o quarto atrás de mim estava refletido, mas não havia sinal de nenhum homem nele, exceto eu mesmo.

Isso era assombroso, e, tendo ocorrido depois de tantas coisas estranhas, começava a aumentar aquela vaga sensação de apreensão que eu sempre tinha quando o conde estava próximo. Porém, na mesma hora vi que o corte havia sangrado um pouco, e o sangue estava escorrendo no meu queixo. Larguei a navalha, dando meia-volta ao fazê-lo para procurar um curativo. Quando o conde viu meu rosto, seus olhos flamejaram com uma espécie de fúria demoníaca, e subitamente ele tentou agarrar meu pescoço. Afastei-me, e sua mão tocou o rosário que sustentava o crucifixo. Isso provocou uma mudança instantânea nele, pois a fúria passou tão rápido que eu mal podia acreditar que ela havia estado ali.

"Tome cuidado", ele disse, "tome cuidado para não se cortar. É mais perigoso do que você pensa, neste país." Então, tomando o espelho de barbear, ele prosseguiu: "E isto é o objeto desgraçado que causou o infortúnio. É um badulaque desprezível da vaidade humana. Fora com ele!", e, abrindo a pesada janela com uma puxada de sua terrível mão, jogou fora o espelho, que se espatifou em mil pedaços nas pedras do pátio lá embaixo. Então ele se retirou sem uma palavra. É muito importuno, pois não vejo como farei para barbear-me, a não ser no estojo do meu relógio ou no fundo do pote de barbear, que felizmente é de metal.

Quando entrei na sala de jantar, o desjejum estava preparado; mas não encontrei o conde em lugar algum, então tomei o desjejum sozinho. É estranho que, até agora, eu não tenha visto o conde comer nem beber. Ele deve ser um homem muito peculiar! Após o desjejum, explorei um pouco o castelo. Saí pelas escadas e descobri um cômodo voltado para o sul.

A vista era magnífica, e de onde eu estava tinha toda a oportunidade de apreciá-la. O castelo está bem na beira de um terrível precipício. Uma pedra que caísse da janela despencaria trezentos metros sem tocar em nada! Até onde o olho alcança, é um mar de copas verdes, ocasionalmente com uma fenda profunda onde há um abismo. Aqui e ali surgem fios de prata onde os rios serpenteiam em desfiladeiros profundos através das florestas.

Mas não me sinto com humor para descrever a beleza, pois após apreciar a vista eu continuei explorando: portas, portas, portas por todo lado, todas trancadas e travadas. Em lugar nenhum, salvo pelas janelas nas paredes do castelo, existe uma saída disponível. O castelo é uma verdadeira prisão, e eu sou prisioneiro!

III. Diário de Jonathan Harker
(*continuação*)

Quando descobri que era prisioneiro, uma espécie de sentimento insano tomou conta de mim. Subi e desci as escadas correndo, tentando abrir todas as portas e espiando por todas as janelas que achava; mas pouco depois a convicção do meu desamparo sobrepujou todos os outros sentimentos. Ao reconsiderar essas últimas horas, creio que estivesse louco naquele momento, pois comportei-me como faz um rato numa armadilha. Quando, porém, me veio a convicção de que eu estava desamparado, sentei-me calmamente – mais calmamente do que jamais fiz qualquer coisa em minha vida – e comecei a pensar no que era melhor fazer. Ainda estou pensando, e até agora não cheguei a nenhuma conclusão definida. De uma única coisa estou certo: de que é inútil revelar minhas ideias ao conde. Ele sabe muito bem que estou encarcerado; e como ele mesmo o fez, e sem dúvida tem seus motivos para isso, ele só me enganaria se eu lhe confiasse plenamente os fatos. Até onde posso ver, meu único plano será guardar para mim meu conhecimento e meus temores, e manter os olhos abertos. Ou estou, bem sei, sendo enganado, como um bebê, por meus próprios receios, ou então estou numa situação desesperadora; e, se esse é o caso, preciso, e precisarei, de todo o meu intelecto para me safar.

Mal havia chegado a essa conclusão quando ouvi a grande porta lá embaixo se fechar e soube que o conde havia retornado. Ele não veio imediatamente à biblioteca, por isso fui com cuidado para meu quarto e o encontrei fazendo a cama. Era esquisito, mas somente confirmou o que eu tinha pensado desde o início – que não havia criados na casa. Mais tarde, quando o vi através das frestas das dobradiças da porta pondo a mesa na sala de jantar, tive certeza disso; afinal, se ele mesmo executa todas essas tarefas domésticas, seguramente é prova de que não há mais ninguém para executá-las. Isso me deu um calafrio, pois, se não há mais ninguém no castelo, deve ter sido o próprio conde o cocheiro da carruagem que me trouxe até aqui. É um pensamento terrível, pois, se foi assim, isso significa que ele consegue controlar os lobos, como fez, apenas levantando a mão em silêncio? Por que será que todas as pessoas em Bistritz e no coche tinham um medo terrível por mim? O que significou a doação do crucifixo, do alho, da rosa-mosqueta, da tramazeira?

Bendita seja aquela boa, boa mulher que pendurou o crucifixo no meu pescoço! Pois ele é um reconforto e uma força para mim cada vez que o toco. É estranho que uma coisa que aprendi a considerar desfavoravelmente por ser idólatra venha, nesta hora de solidão e apuro, ser de auxílio. Haverá algo na essência da coisa, ou será ela um meio, uma ajuda tangível, para transmitir memórias de simpatia e reconforto? Alguma vez, se for possível, terei que examinar esse assunto e tentar formular uma opinião a respeito. Enquanto isso, preciso descobrir tudo o que puder sobre o conde Drácula, pois isso talvez me ajude a entender. Hoje à noite ele poderá falar sobre si mesmo, se eu dirigir a conversa nessa direção. Mas preciso ser muito cauteloso para não despertar sua suspeita.

Meia-noite. Tive uma longa conversa com o conde. Fiz a ele algumas perguntas sobre a história da Transilvânia e ele se animou magnificamente com o assunto. Ao falar de coisas e pessoas, e especialmente de batalhas, falou como se tivesse estado presente em todas elas. Ele explicou isso depois dizendo que, para um *boyar*, o orgulho da sua casa e do seu nome é seu próprio orgulho, que a glória deles é a sua glória, que o destino deles é o seu destino. Sempre que falava da sua casa ele dizia "nós", e falava quase no plural, como um rei. Eu gostaria de conseguir escrever tudo o que ele disse exatamente como o disse, pois para mim foi deveras fascinante. Parecia haver nisso toda uma história do país. Ele se entusiasmou enquanto falava, e andou pela sala puxando seus longos bigodes brancos e agarrando qualquer coisa que estivesse ao seu alcance como se fosse esmagá-la de tanta força. Uma coisa que ele disse vou transcrever tão fielmente quanto posso, pois conta, a seu modo, a história da sua raça:

"Nós, *székelys*, temos o direito de nos orgulhar, pois em nossas veias corre o sangue de muitas raças valentes que lutaram como luta o leão pela soberania. Aqui, no torvelinho das raças europeias, a tribo úgrica trouxe da Islândia o espírito combativo que lhe foi dado por Thor e Odin e que seus *berserkers* demonstraram com tamanha sede de matança nos litorais da Europa, e da Ásia e da África também, tanto que os povos pensaram que verdadeiros lobisomens haviam chegado. Aqui, quando chegaram, encontraram os hunos, cuja fúria belicosa havia assolado a terra como uma chama viva, a tal ponto que os povos moribundos acreditaram que, nas veias deles, corria o sangue daquelas velhas bruxas que, expulsas da Cítia, haviam copulado com os demônios no deserto. Tolos, tolos! Qual demônio ou bruxa já foi tão grande quanto Átila, cujo sangue está nestas veias?". Ele ergueu os braços. "Será um prodígio que fomos uma raça conquistadora? Que fomos orgulhosos? Que, quando os magiares, os lombardos, os ávaros, os búlgaros ou os turcos verteram seus milhares sobre nossas fronteiras, nós os repelimos? Será estranho que, quando Arpad e suas legiões devastaram a pátria-mãe húngara, eles nos encontraram aqui ao atingir a fronteira? Que a Honfoglalás foi completada ali? E, quando a torrente húngara se alastrou para leste, os *székelys* foram tidos como parentes pelos magiares vitoriosos, e a nós foi confiada por séculos a guarda da fronteira com as terras turcas e, mais do que isso, o dever eterno de guarda da fronteira, pois, como dizem os turcos, 'a água dorme, mas o inimigo não tem sono'. Quem, com maior contentamento que o nosso, em todas as Quatro Nações, recebeu a 'espada sangrenta', ou ao seu chamado de guerra acorreu mais rapidamente ao estandarte do rei? Quando foi redimida aquela grande vergonha da minha nação, a vergonha de Cassova,[4] em que as bandeiras dos valáquios e dos magiares caíram perante o Crescente? Quem foi senão um da minha estirpe que, na qualidade de voivoda, cruzou o Danúbio e venceu os turcos em suas próprias terras? Foi um Drácula, sim senhor! Foi pena que seu próprio irmão indigno, depois de ele ser derrotado, tenha vendido seu povo aos turcos e lançado sobre ele a infâmia da escravidão! Mas não foi esse mesmo Drácula que inspirou aquele outro da sua raça que, em época posterior, cruzou o grande rio com suas forças, repetidas vezes, para invadir a Turquia? Que, ao ser rechaçado, voltou, e voltou, e voltou, ainda que tivesse que regressar sozinho do campo sangrento onde suas tropas estavam sendo massacradas, já que sabia que somente ele poderia triunfar no final! Disseram que ele pensava apenas em si próprio. Bah! De que servem os camponeses sem um líder? Onde termina a guerra sem um cérebro e um coração para conduzi-la? Mais uma vez, quando, após a batalha de Mohács,[5] nós nos livramos do jugo húngaro, nós do sangue de Drácula estávamos entre seus líderes, pois nosso espírito não tolerava que não fôssemos livres. Ah, meu jovem senhor, os *székelys* – e os Drácula, que são o sangue do seu coração, seu cérebro e suas espadas – podem ostentar um histórico que ervas rasteiras como os Habsburgo e os Romanov nunca alcançarão. Os dias de guerra já acabaram. O sangue é algo precioso demais nos dias

4. É o Kosovo atual. Refere-se à vitória otomana de 1389 contra o principado da Sérvia.
5. Conflagração de 1526 em que o império otomano derrotou o reino da Hungria, levando à partição deste entre os otomanos, a monarquia Habsburgo e o principado da Transilvânia.

de paz desonrosa de hoje, e as glórias das grandes raças são apenas uma história que é contada."

A essa altura já era quase de manhã, e fomos para a cama. (*Nota:* este diário se parece horrivelmente com o começo das *Mil e uma noites*, pois tudo tem que ser interrompido ao raiar do dia – ou com o fantasma do pai de Hamlet.)

12 de maio. Vou começar com fatos – fatos puros e simples, verificados por livros e números, e sobre os quais não pode haver dúvida. Não devo confundi-los com experiências que só podem se basear em minhas próprias observações, ou em minha memória delas. Na noite passada, quando o conde veio do seu quarto, ele começou me fazendo perguntas sobre assuntos jurídicos e sobre a realização de certos tipos de negócios. Eu havia passado o dia fatigado em meio aos livros e, simplesmente para manter minha mente ocupada, tinha revisto alguns dos tópicos acerca dos quais eu fora examinado no Lincoln's Inn. Havia certo método nas indagações do conde, por isso tentarei transcrevê-las na sequência; o conhecimento pode de alguma forma ou em algum momento me ser útil.

Primeiramente, ele perguntou se um homem na Inglaterra podia ter dois advogados ou mais. Eu lhe disse que ele podia ter uma dúzia se quisesse, mas que não seria aconselhável ter mais de um advogado envolvido numa mesma transação, pois somente um podia agir de cada vez, e mudar seria certamente militar contra o seu interesse. Ele pareceu entender perfeitamente, e continuou perguntando se haveria alguma dificuldade prática em ter um advogado para cuidar de, digamos, assuntos bancários e outro para cuidar de frete marítimo, caso um auxílio local fosse necessário num lugar afastado da sede do advogado bancário. Pedi que ele explicasse com mais detalhes, para que eu porventura não o orientasse mal, e então ele disse:

"Vou ilustrar. Seu amigo e o meu, o senhor Peter Hawkins, ali à sombra da sua bela catedral de Exeter, que fica longe de Londres, compra para mim por intermédio da sua ótima pessoa minha propriedade em Londres. Ótimo! Agora permita-me dizer francamente, para que você não ache estranho eu ter procurado os serviços de alguém tão distante de Londres em vez dos de alguém que lá reside, que meu motivo foi que nenhum interesse local fosse atendido além do meu único desejo; e como alguém residente em Londres poderia, talvez, ter algum intento seu ou de um amigo a atender, fui a outras paragens procurar meu agente, cujos esforços devem ser em prol do meu interesse apenas. Bem, suponha que eu, que sou muito atarefado, deseje enviar mercadorias, digamos, a Newcastle, ou Durham, ou Harwich, ou Dover; não seria possivelmente mais fácil fazê-lo recorrendo a alguém nesses portos?"

Respondi que certamente seria muito mais fácil, mas que nós, advogados, tínhamos um sistema de representação recíproca, de forma que o trabalho local podia ser feito ali mesmo mediante instruções de qualquer advogado, para que o cliente, simplesmente pondo-se nas mãos de um único homem, pudesse ter seus desejos atendidos por ele sem mais complicações.

"Mas", disse ele, "eu poderia ter a liberdade de cuidar dos meus próprios negócios. Não é verdade?"

"Claro", respondi, "e isso é feito com frequência por homens de negócios que não gostam que a totalidade dos seus assuntos seja conhecida por outra pessoa."

"Bom!", disse ele, e continuou perguntando sobre os meios de fazer remessas e os formulários a serem preenchidos, e todos os tipos de dificuldade que poderiam surgir, mas que por previdência poderiam ser evitados. Expliquei-lhe todas essas coisas do melhor modo que podia, e ele me deixou com a certeza de que teria dado um advogado fenomenal, pois não havia nada que ele não imaginasse ou antecipasse. Para um homem que nunca havia estado no país e que, evidentemente, não atuava muito no ramo dos negócios, seu conhecimento e sua acuidade eram fantásticos. Quando ele ficou satisfeito com esses pontos dos quais falara, e eu verifiquei tudo da melhor maneira que podia com os livros disponíveis, ele subitamente se levantou e disse: "Você escreveu novamente desde a sua primeira carta ao nosso amigo, o senhor Peter Hawkins, ou a qualquer outra pessoa?".

Foi com certo amargor no coração que respondi que não, que até então não havia tido nenhuma oportunidade de enviar cartas a ninguém.

"Então escreva agora, meu jovem amigo", ele disse, apoiando a mão pesada no meu ombro, "escreva ao nosso amigo e a quem quiser; e diga, se for do seu agrado, que você ficará comigo por um mês a partir de agora."

"Você quer que eu fique tanto tempo assim?", perguntei, pois meu coração gelou diante desse pensamento.

"Desejo muito que sim; na verdade, não aceitarei recusa. Quando seu mestre, empregador, ou o que quer que seja, incumbiu alguém de vir em seu nome, ficou entendido que somente minhas necessidades seriam consultadas. Não fixei prazos. Não é verdade?"

O que eu podia fazer senão aquiescer? Era o interesse do senhor Hawkins, não o meu, e eu tinha que pensar nele, não em mim; além disso, enquanto o conde Drácula falava, havia algo nos seus olhos e na sua postura que me fazia lembrar que eu era prisioneiro e que, mesmo se quisesse, não tinha escolha. O conde viu sua vitória na minha aquiescência, e seu domínio na aflição do meu rosto, pois começou de imediato a usá-los, mas do seu jeito suave e irresistível:

"Eu lhe rogo, meu caro jovem amigo, que não discorra sobre outras coisas além de negócios nas suas cartas. Sem dúvida, agradará a seus amigos saber que você está bem e que está ansioso por voltar para casa para vê-los. Não é verdade?" Enquanto falava, ele me entregou três folhas de papel de carta e três envelopes. Eram todos da mais fina correspondência estrangeira, e olhando para eles, depois para ele, e percebendo seu sorriso silencioso, com os dentes caninos afiados repousando sobre o rubro lábio inferior, entendi tão bem quanto se ele o tivesse dito que eu devia ter cuidado com o que escrevia, pois ele conseguiria lê-lo. Então decidi escrever apenas notas formais agora, mas escrever tudo ao senhor Hawkins em segredo, e também para Mina, pois para ela eu podia escrever em estenografia, o que desarvoraria o conde, se ele o visse. Depois de escrever minhas duas cartas sentei-me em silêncio, lendo um livro enquanto o conde escrevia várias notas, consultando ao escrevê-las alguns livros sobre sua mesa. Então ele pegou minhas cartas e colocou-as junto das suas, e pôs de lado seu material de escrita. Depois disso, no instante em que a porta se fechou atrás dele, eu me debrucei e olhei as cartas, que estavam viradas para baixo sobre a mesa. Não tive escrúpulos de fazê-lo, pois naquelas circunstâncias senti que devia me proteger de todas as formas que pudesse.

Uma das cartas estava endereçada a Samuel F. Billington, nº 7, The Crescent, Whitby, outra ao *Herr* Leutner, Varna, a terceira a Coutts & Co., Londres, e a quarta aos *Herren*[6] Klopstock & Billreuth, banqueiros, Budapeste. A segunda e a quarta estavam sem lacre. Eu estava prestes a lê-las quando vi a maçaneta da porta se mover. Afundei novamente na minha poltrona, tendo tido o tempo exato de recolocar as cartas como estavam e retomar meu livro antes que o conde, segurando mais uma

6. Em alemão no original: "senhores".

carta na mão, entrasse na sala. Ele pegou as cartas sobre a mesa e selou-as cuidadosamente; depois, voltando-se para mim, disse:

"Peço que me desculpe, mas tenho muito trabalho a fazer em particular esta noite. Você encontrará, acredito, todas as coisas ao seu dispor." Chegando à porta, ele se virou e, depois de uma pausa, disse: "Deixe-me aconselhá-lo, meu caro jovem amigo – não, deixe-me adverti-lo com toda a seriedade que, se você sair destes aposentos, você não deve de forma alguma dormir em outra parte do castelo. Ele é velho e tem muitas memórias, e os sonhos são ruins para aqueles que dormem desprotegidos. Fique atento! Se o sono, em algum momento, se apossar de você, ou estiver prestes a fazê-lo, corra para o seu quarto ou para esta sala, pois aqui seu descanso será seguro. Mas, se você não tiver cuidado a esse respeito, então...". Ele terminou seu discurso de modo macabro, pois gesticulou com as mãos como se as estivesse lavando. Entendi bem; minha única dúvida era se algum sonho podia ser mais assustador que a horrível e anormal rede de morbidez e mistério que parecia se fechar ao meu redor.

Mais tarde. Ratifico as últimas palavras escritas, mas desta vez não resta dúvida. Não terei medo de dormir em qualquer lugar onde ele não esteja. Coloquei o crucifixo acima da cabeceira da minha cama – imagino que assim meu descanso estará mais livre de sonhos – e ali ele permanecerá.

Quando ele me deixou, fui para meu quarto. Pouco depois, não ouvindo nenhum som, saí e subi a escadaria de pedra até onde eu podia olhar em direção ao sul. Havia certa sensação de liberdade na vasta amplidão – por mais que me fosse inacessível – quando comparada à angusta escuridão do pátio. Olhando para fora, senti que estava realmente numa prisão, e pareceu-me precisar de um pouco de ar fresco, ainda que fosse o da noite. Estou começando a me sentir afetado por esta existência noturna. Está destruindo meus nervos. Assusto-me com minha própria sombra, e estou repleto de toda sorte de devaneios horríveis. Deus sabe que há fundamento para meu medo atroz neste lugar amaldiçoado! Lancei meu olhar sobre a bela amplidão, banhada na suave luz amarela do luar, até que estivesse quase tão claro como o dia. Na luz branda, as montanhas distantes confundiam-se, e as sombras nos vales e desfiladeiros uniam-se em aveludada escuridão. A simples beleza pareceu me alegrar; havia paz e reconforto em cada respiração minha. Ao inclinar-me pela janela, avistei algo que se movia um andar abaixo de mim, e um pouco à minha esquerda, onde eu imaginava, segundo a ordem dos cômodos, que se abriam as janelas do quarto do conde. A janela onde eu estava era alta e profunda, com mainéis de pedra, e, apesar de gasta pelo tempo, ainda estava intacta; mas, a toda evidência, já fazia muito tempo que perdera o caixilho. Escondi-me atrás da cantaria e olhei cuidadosamente para fora.

O que vi foi a cabeça do conde saindo da janela. Não vi seu rosto, mas reconheci-o pelo pescoço e pelo movimento de suas costas e braços. De qualquer forma, eu não poderia me enganar quanto às mãos que tivera tantas oportunidades de estudar. De início eu estava interessado e um tanto entretido, pois é incrível como um ínfimo acontecimento interessa e entretém um homem quando ele é prisioneiro. Mas meus sentimentos se transformaram em repulsa e terror quando vi o homem inteiro emergir lentamente da janela e começar a rastejar pela parede do castelo, *de cabeça para baixo* sobre o temível abismo, com sua capa se abrindo em volta dele como grandes asas. De início não pude acreditar no que via. Pensei que fosse algum jogo do luar, algum efeito de sombra esquisito; mas continuei olhando, e não podia haver equívoco. Eu vi os dedos das mãos e dos pés agarrarem os cantos das pedras, desprovidas de argamassa pelo desgaste dos anos, e, usando assim toda protuberância e irregularidade, moverem-no para baixo com velocidade considerável, tal como um lagarto se move por uma parede.

Que espécie de homem é esse, ou que espécie de criatura com aparência de homem? Sinto o pavor deste lugar horrível sobrepujar-me; tenho medo – um medo horrendo – e não há escapatória para mim; estou cercado de terrores nos quais não ouso pensar.

15 de maio. Mais uma vez vi o conde sair com seu jeito de lagarto. Ele desceu movendo-se de lado, uns trinta metros para baixo e um bom tanto para a esquerda. E desapareceu em algum buraco ou janela. Quando sua cabeça sumiu, debrucei-me para tentar ver mais, mas em vão – a distância era grande demais para oferecer um ângulo de visão adequado. Eu sabia que ele tinha deixado o castelo, e pensei em usar a oportunidade para explorar mais do que tinha ousado fazer até então. Voltei ao quarto e, pegando uma lanterna, tentei todas as portas. Estavam todas trancadas, como eu imaginara, e as fechaduras eram comparativamente novas; mas desci a escadaria de pedra até o saguão por onde eu havia entrado no início. Descobri que eu podia puxar as travas com certa facilidade e soltar as grandes correntes; mas a porta estava trancada e a chave não estava lá! A chave deve estar no quarto do conde; preciso ficar atento caso sua porta fique destrancada, para que eu possa pegá-la e escapar. Prossegui num exame minucioso das diversas escadas e dos corredores, tentando abrir as portas que havia neles. Um ou dois pequenos cômodos perto do saguão estavam abertos, mas não havia nada neles exceto móveis velhos, empoeirados e carcomidos. Finalmente, porém, encontrei uma porta no alto da escadaria que, apesar de parecer trancada, cedeu um pouco sob pressão. Tentei com mais força e descobri que não estava realmente trancada; a resistência vinha do fato de que as dobradiças tinham caído um pouco e a porta pesada encostava no chão. Ali estava uma oportunidade que eu poderia não ter de novo, por isso me empenhei e, com muitos esforços, forcei-a para trás para poder entrar. Eu estava agora numa ala do castelo mais para a direita que os cômodos que eu conhecia e um andar mais abaixo. Das janelas pude ver que a sequência de aposentos ficava do lado sul do castelo, e as janelas do último quarto davam para o oeste e para o sul. De ambos os lados, havia um enorme precipício. O castelo estava construído no ângulo de um grande rochedo, de modo que, de três lados, era totalmente inexpugnável, e imensas janelas estavam situadas ali onde a funda, o arco ou a colubrina não alcançavam, e consequentemente a luz e o conforto, impossíveis numa posição que tinha que ser defendida, estavam garantidos. A oeste havia um amplo vale, e depois, erguendo-se na distância, enormes bastiões montanhosos escarpados, elevando-se pico sobre pico, a rocha íngreme cravejada de tramazeiras e espinhos, cujas raízes agarravam-se a gretas e rachas e fendas da pedra. Esta era evidentemente a parte do castelo ocupada pelas damas nos dias de outrora, pois os móveis tinham mais aspecto de conforto do que os outros que eu havia visto.

As janelas não tinham cortinas, e o luar amarelo que se derramava pelas vidraças em losango permitia ver cores uniformes e atenuava a abundância de poeira que cobria tudo e disfarçava, em certa medida, os estragos do tempo e das traças. Minha lanterna parecia surtir pouco efeito no brilho do luar, mas eu estava contente em tê-la comigo, pois havia no lugar uma solidão medonha que gelava meu coração e fazia meus nervos tremerem. Mas ainda era melhor do que viver sozinho nos cômodos que eu passara a odiar devido à presença do conde, e, depois de tentar controlar um pouco meus nervos, senti uma suave quietude tomar conta de mim. Aqui estou eu, sentado a uma pequena mesa de carvalho na qual outrora possivelmente alguma bela dama se sentava para redigir, com muito recato e muitos rubores, sua carta de amor mal grafada, e escrevo em estenografia no meu diário tudo o que aconteceu desde que o fechei pela última vez. É o progresso do século XIX com força total. E mesmo assim, a menos que meus sentidos me iludam, os velhos séculos tiveram, e têm, poderes próprios que a mera "modernidade" não consegue matar.

Mais tarde, na manhã de 16 de maio. Deus preserve minha sanidade, pois estou reduzido a isso. A segurança e a certeza da segurança são coisas do passado. Enquanto eu sobreviver aqui, há somente uma coisa a esperar, que eu não fique louco, isso se já não o estiver. Se eu estiver são, então decerto é enlouquecedor pensar que, de todas as coisas abomináveis que infestam este lugar odioso, o conde é a menos assustadora para mim; que somente ele pode me proporcionar segurança, ainda que seja apenas enquanto eu servir ao seu propósito. Grande Deus! Deus misericordioso! Que eu fique calmo, pois fora desse caminho só pode haver loucura. Começo a fazer novas descobertas sobre certas coisas que me intrigavam. Até agora eu não havia entendido muito bem o que Shakespeare quis dizer quando fez Hamlet clamar: "Minha caderneta! Rápido, minha caderneta! É mister que eu anote isso" *etc.*[7] Mas agora que sinto como se meu cérebro estivesse desmantelado ou como se tivesse ocorrido o choque que vai acabar por desfazê-lo, volto-me ao meu diário em busca de repouso. O hábito de registrar com exatidão deve ajudar a me acalmar.

O misterioso aviso do conde assustou-me naquele momento, e assusta-me mais ainda agora que penso nele, pois no futuro ele terá um poder assombroso sobre mim. Terei medo de duvidar do que ele disser!

Depois de ter escrito no meu diário e, felizmente, colocado o livro e a caneta no bolso, senti sono. O aviso do conde me veio à mente, mas tive prazer em desobedecê-lo. A sensação de sono me dominava com a obstinação de sentinela que o sono tem. O luar suave me acalmava, e a vasta amplidão lá fora dava uma sensação de liberdade que me revigorou. Decidi não voltar naquela noite aos cômodos mal-assombrados, mas dormir ali, onde, antigamente, damas se sentavam e cantavam e viviam doces vidas enquanto seus peitos gentis se entristeciam pelos seus homens distantes em meio a guerras implacáveis. Tirei um grande sofá do seu lugar, perto

---

7. No original: *"My tablets! Quick, my tablets! 'Tis meet that I put it down"*. O texto que consta em *Hamlet*, ato I, cena 5, é: *"My tables – meet it is I set it down"*, que pode ser traduzido como: "Minha caderneta – é mister que eu anote isso".

do canto, para que, ao me deitar, eu pudesse olhar a vista encantadora a leste e ao sul, e, sem pensar em poeira nem ligar para ela, ajeitei-me para dormir. Imagino que tenha adormecido; espero que sim, mas receio que não, pois tudo o que se seguiu foi alarmantemente real – tão real que agora, sentado aqui em pleno sol da manhã, não consigo acreditar nem um pouco que tenha sido um sonho.

Eu não estava só. O aposento era o mesmo, não mudara nada desde que eu o adentrara; eu podia ver no chão, à luz brilhante do luar, minhas próprias pegadas marcadas ali onde eu perturbara a longa acumulação de poeira. À luz do luar, diante de mim, havia três moças, damas no vestir e no portar-se. Pensei, naquele momento em que as vi, que estivesse sonhando, pois, embora o luar brilhasse por trás delas, elas não lançavam sombra sobre o chão. Elas se aproximaram e olharam para mim por algum tempo, e então sussurraram entre si. Duas eram morenas e tinham nariz longo e aquilino, como o conde, e grandes olhos negros e penetrantes, que pareciam ser quase vermelhos quando contrastados com a pálida lua amarela. A outra era loira, tão loira quanto se pode ser, com volumosas massas ondulantes de cabelo dourado e olhos como delicadas safiras. Pareceu-me de algum modo reconhecer seu rosto, e reconhecê-lo em ligação com algum sonho temeroso, mas na hora não pude me lembrar como ou onde. Todas as três tinham dentes brancos cintilantes que reluziam como pérolas contra o rubi de seus lábios voluptuosos. Elas inspiravam algo que me deixava apreensivo, um anseio e ao mesmo tempo um medo mortal. Senti no meu coração um desejo maléfico e candente de que elas me beijassem com aqueles lábios vermelhos. Não é bom anotar isso; se algum dia Mina vier a ler, lhe causará desgosto; mas é a verdade. Elas sussurraram entre si, e então todas as três riram – um riso sonoro e musical, mas duro como se tal som nunca pudesse ter passado pela maciez de lábios humanos. Era como a doçura intolerável e arrepiante de copos musicais quando tocados por uma mão habilidosa. A moça loira sacudiu a cabeça com malícia, e as outras duas incentivaram-na.

Uma disse: "Vá! Você será a primeira, e nós seguiremos; é seu direito começar".

A outra acrescentou: "Ele é jovem e forte; haverá beijos para todas nós".

Permaneci deitado em silêncio, olhando por debaixo dos cílios numa agonia de antecipação deliciosa. A moça loira avançou e inclinou-se por cima de mim até que eu pudesse sentir o movimento de sua respiração sobre mim. Era doce, de certa forma, doce como mel, e disparava pelos nervos o mesmo arrepio que a sua voz, mas com um amargor por baixo da doçura, um amargor repugnante, como o cheiro de sangue.

Eu estava com medo de levantar as pálpebras, mas olhei e vi perfeitamente por debaixo dos cílios. A moça ajoelhou-se e inclinou-se sobre mim, totalmente extasiada. Havia uma voluptuosidade deliberada que era ao mesmo tempo excitante e repulsiva, e, enquanto ela arqueava o pescoço, começou a lamber os lábios como um animal, a ponto de eu poder ver ao luar a umidade reluzindo nos lábios escarlates e na língua rosada enquanto ela a passava sobre os dentes brancos e afiados. Sua cabeça foi descendo, descendo à medida que os lábios deixavam a altura da minha boca e do meu queixo e pareciam prestes a aferrar-se à minha garganta. Então ela parou, e eu podia ouvir o som da sua língua se revirando enquanto lambia seus dentes e lábios, e podia sentir o hálito quente no meu pescoço. Então a pele da minha garganta começou a arrepiar-se, como acontece com a carne quando a mão que vai roçá-la se aproxima mais – e mais. Eu podia sentir o toque suave e fremente dos lábios na pele supersensível da minha garganta, e as duras pontas de dois dentes afiados, apenas tocando-a imóveis. Fechei os olhos num êxtase langoroso e aguardei – aguardei com o coração aos saltos.

Porém, nesse instante, outra sensação me percorreu com a velocidade de um raio. Tomei consciência da presença do conde e de que ele estava como que envolto numa tempestade de fúria. Quando meus olhos se abriram involuntariamente, vi sua mão robusta agarrar o pescoço esguio da moça loira e, com poder de gigante, puxá-lo para trás; os olhos azuis dela estavam transtornados de fúria, os dentes brancos mordiam com raiva, e as bochechas claras ardiam de paixão. Mas o conde! Jamais imaginei tamanha cólera e furor, mesmo nos demônios das profundezas. Seus olhos estavam literalmente inflamados. A luz vermelha neles era vívida, como se as chamas do fogo infernal ardessem por detrás deles. Seu rosto era de uma palidez funérea, e seus traços eram duros como fios de aço; as grossas sobrancelhas que se encontravam acima do nariz agora pareciam uma barra de metal incandescente. Com um giro violento do braço, ele arremessou a mulher para longe dele, e então dirigiu-se para as outras, como se as estivesse rechaçando; foi o mesmo gesto imperioso que eu vira ser usado com os lobos. Numa voz que, apesar de grave e quase sussurrante, parecia cortar o ar e repercutir pelo aposento, ele disse:

"Como ousam tocá-lo, qualquer uma de vocês? Como ousam deitar olhos sobre ele, quando eu o havia proibido? Para trás, eu lhes digo, todas vocês! Este homem me pertence! Tomem cuidado para não mexer com ele, ou vocês se verão comigo."

A moça loira, com um riso de obscena malícia, virou-se para responder--lhe: "Você mesmo nunca amou; você nunca ama!". A isso juntaram-se as outras mulheres, e ecoou pelo aposento um riso tão duro, sem alma e sem alegria, que quase desmaiei ao ouvi-lo; parecia o prazer dos malignos.

Então o conde se voltou, depois de olhar atentamente para o meu rosto, e disse num suave murmúrio: "Sim, eu também sei amar; vocês mesmas o constataram no passado. Não foi assim? Bem, agora prometo a vocês que, quando eu tiver acabado com ele, vocês poderão beijá-lo à vontade. Agora vão! Vão! Preciso acordá-lo, pois há trabalho a fazer".

"Não vamos receber nada esta noite?", disse uma delas, com um riso baixo, enquanto apontava para o saco que ele havia jogado no chão, e que se movia como se houvesse algo vivo dentro dele. Em resposta ele fez que sim com a cabeça. Uma das mulheres deu um salto para a frente e abriu o saco. Se meus ouvidos não me enganaram, houve um soluço e um gemido baixo, como de uma criança meio sufocada. As mulheres cercaram o saco, enquanto eu pasmava de horror; mas quando olhei elas tinham sumido, e com elas o pavoroso saco. Não havia porta perto delas, e elas não podiam ter passado por mim sem que eu percebesse. Elas simplesmente pareciam ter desvanecido nos raios do luar e atravessado a janela, pois eu pude ver do lado de fora, por um momento, as tênues formas esfumaçadas, antes que desaparecessem por completo.

Então o horror tomou conta de mim, e afundei na inconsciência.

IV. Diário de Jonathan Harker
(*continuação*)

Acordei na minha própria cama. Se realmente não sonhei, o conde deve ter me carregado até aqui. Tentei averiguar o assunto, mas não consegui chegar a nenhum resultado inquestionável. Com certeza, havia certos pequenos indícios, como o de que minhas roupas estavam dobradas e guardadas de uma maneira que não me era habitual. Meu relógio ainda estava sem corda, e dar corda nele – seguindo um hábito rigoroso – é a última coisa que faço antes de me deitar; além de muitos detalhes assim. Mas essas coisas não são provas, pois podem ter sido indícios de que minha mente não estava como de costume; e, por algum motivo, eu certamente estava muito alterado. Preciso procurar provas. Pelo menos uma coisa me deixou contente: se foi o conde que me carregou até aqui e me despiu, ele deve ter cumprido sua tarefa com pressa, pois meus bolsos estão intactos. Estou certo de que este diário teria sido para ele um mistério que ele não aceitaria. Ele o teria pego ou destruído. Ao olhar para este quarto, sinto que, embora tenha me trazido tantos temores, agora é uma espécie de santuário, pois nada pode ser mais aterrador que aquelas mulheres horrendas, que estavam – que *estão* – esperando para sugar meu sangue.

18 de maio. Desci para ver novamente aquele aposento à luz do dia, pois *preciso* saber a verdade. Quando cheguei à porta no alto da escadaria, encontrei-a fechada. Tinha sido empurrada contra o batente com tanta força que parte da madeira estava rachada. Pude ver que o pino da fechadura não havia sido acionado, mas a porta está presa por dentro. Temo que não tenha sido sonho, e devo agir com base nessa suposição.

19 de maio. Estou certamente em apuros. Na noite passada o conde me pediu, com os tons mais suaves, que escrevesse três cartas, uma dizendo que meu trabalho aqui estava quase terminado e que eu partiria para casa dentro de poucos dias, outra dizendo que eu partiria na manhã seguinte à data da carta, e a terceira dizendo que eu tinha deixado o castelo e chegado em Bistritz. Eu teria me rebelado com gosto, mas senti que, no atual estado de coisas, seria loucura brigar abertamente com o conde enquanto estou tão absolutamente em seu poder; e recusar-me seria levantar sua suspeita e despertar sua cólera. Ele sabe que eu sei demais, e que não devo viver, para não representar perigo para ele; minha única chance é prolongar minhas oportunidades. Pode acontecer algo que me dê uma chance de escapar. Vi nos olhos dele algo daquela ira acumulada que se manifestou quando ele arremessou aquela bela mulher longe dele. Ele me explicou que o correio era escasso e incerto, e que ao escrever agora eu garantiria paz de espírito aos meus amigos; e ele me assegurou com tanta ênfase que revocaria as últimas cartas, que ficariam retidas em Bistritz até a data apropriada caso a sorte admitisse que minha estadia fosse prolongada, que me opor a ele teria sido criar uma nova suspeita. Portanto, fingi acatar suas sugestões e perguntei-lhe quais datas eu deveria pôr nas cartas.

Ele calculou por um minuto e disse: "A primeira de 12 de junho, a segunda de 19 de junho e a terceira de 29 de junho".

Agora sei a duração da minha vida. Valha-me Deus!

28 de maio. Há uma chance de escapar, ou pelo menos de conseguir mandar uma mensagem para casa. Um bando de Szgany veio ao castelo e está acampado no pátio. Esses Szgany são ciganos; tomei notas sobre eles no meu livro. São nativos desta parte do mundo, mas aliados aos ciganos comuns do mundo todo. Há milhares deles na Hungria e na Transilvânia, e eles são quase totalmente fora da lei. Ligam-se, via de regra, a algum grande nobre ou *boyar,* e chamam-se pelo nome dele. São destemidos e não têm religião, exceto superstições, e falam somente suas próprias variedades da língua romani.

Escreverei algumas cartas para casa e tentarei fazer com que eles as postem. Já falei com eles pela minha janela para começar a travar conhecimento. Tiraram seus chapéus e fizeram saudações e muitos sinais, que, no entanto, entendi tão pouco quanto sua língua falada...

Escrevi as cartas. A de Mina vai em estenografia, e simplesmente peço ao senhor Hawkins para comunicar-se com ela. A ela expliquei minha situação, mas sem os horrores que só posso supor. Ela morreria de choque e de medo se eu abrisse meu coração com ela. Se as cartas não chegarem, o conde ainda não ficará sabendo meu segredo ou a extensão do meu conhecimento...

Entreguei as cartas; joguei-as através das grades da minha janela junto com uma moeda de ouro, e fiz os sinais que pude para que elas fossem postadas. O homem que as pegou apertou-as junto ao peito e fez uma reverência, depois guardou-as na touca. Eu não podia fazer mais nada. Retornei furtivamente à biblioteca e comecei a ler. Como o conde não veio, escrevi aqui...

O conde chegou. Sentou-se ao meu lado e disse na sua voz mais branda, enquanto abria duas cartas: "O Szgany me deu estas cartas, às quais, embora eu não saiba de onde vêm, darei, evidentemente, um destino. Veja!". – Ele deve ter olhado. "Uma é sua, para o meu amigo Peter Hawkins; a outra" – ele notou os estranhos símbolos ao abrir o envelope, e um aspecto sombrio cobriu seu rosto, e seus olhos flamejaram com maldade – "a outra é uma coisa abjeta, um ultraje à amizade e à hospitalidade! Não está assinada. Então não deve importar para nós". E ele segurou calmamente a carta e o envelope na chama da lâmpada até que se consumissem.

Depois prosseguiu: "A carta para Hawkins – esta, é claro, eu encaminharei, já que é sua. Suas cartas são sagradas para mim. Me perdoe, meu amigo, por ter inadvertidamente quebrado o lacre. Você não quer cobri-lo de novo?". Ele me estendeu a carta e, com uma reverência cortês, entregou-me um envelope limpo.

Eu só podia endereçá-lo novamente e entregá-lo a ele em silêncio. Quando ele saiu do cômodo, ouvi a chave girar delicadamente. Um minuto depois fui até lá e tentei abrir a porta, mas estava trancada.

Quando, uma hora ou duas depois, o conde entrou no cômodo sem ruído, sua chegada me despertou, pois eu tinha adormecido no sofá. Ele foi muito cortês e muito jovial à sua maneira, e, vendo que eu tinha dormido, disse: "Então, meu amigo, está cansado? Vá para a cama. Ali é o descanso mais seguro. Eu não poderei ter o prazer de conversar esta noite, já que tenho muitas tarefas a cumprir; mas você dormirá, eu lhe rogo".

Fui para o meu quarto e deitei-me na cama; é estranho, mas dormi sem sonhar. O desespero tem sua própria calma.

31 de maio. Nesta manhã, quando acordei, pensei em munir-me de papel e envelopes da minha mala e guardá-los no meu bolso, para poder escrever caso tenha uma oportunidade, mas de novo uma surpresa, um choque!

Todo pedaço de papel tinha sumido, e com isso todas as minhas notas, meus memorandos relacionados a ferrovias e viagens, minha carta de crédito, na verdade tudo o que me poderia ser útil uma vez fora do castelo. Sentei-me e ponderei por algum tempo, e então um pensamento me ocorreu, e fiz uma busca no meu malote e no armário onde eu tinha colocado minhas roupas.

O terno com o qual eu viajara tinha sumido, bem como meu sobretudo e minha manta; não consegui achá-los em lugar nenhum. Isso parecia um novo plano maléfico...

17 de junho. Nesta manhã, enquanto eu estava sentado na beira da minha cama perdido nos meus pensamentos, ouvi do lado de fora chicotes estalando e cascos de cavalos batendo e raspando no caminho de pedra além do pátio. Com alegria corri para a janela e vi entrar no pátio duas grandes carroças, cada uma puxada por oito cavalos robustos, e na cabeceira de cada parelha um eslovaco, com seu chapéu largo, enorme cinto cravejado de tachas, velo sujo e botas altas. Eles também portavam seus longos cajados na mão. Corri para a porta com a intenção de descer e tentar juntar-me a eles atravessando o saguão principal, pois imaginei que esse caminho estaria aberto para eles. Novamente um choque: minha porta estava trancada por fora.

Então corri para a janela e chamei-os. Eles me olharam com ar estúpido e apontaram, mas bem nesse momento o "*hetman*"[8] dos Szgany apareceu, e vendo-os apontar para a minha janela disse algo que os fez rir.

Dali em diante, nenhum esforço meu, nenhum grito lancinante ou súplica desesperada os fez sequer olhar para mim. Eles me deram as costas irredutivelmente. As carroças continham grandes caixotes quadrados, com alças de corda grossa; estavam evidentemente vazios, pela facilidade com que os eslovacos os manejavam e pela sua ressonância quando eram deslocados com rudeza.

Uma vez que tinham sido todos descarregados e empilhados num grande amontoado num canto do pátio, os eslovacos receberam dinheiro dos Szgany e, cuspindo nele para dar sorte, dirigiram-se preguiçosamente cada qual ao seu cavalo. Pouco depois, ouvi o estalar de seus chicotes morrer na distância.

8. O termo *hetman*, existente em inglês, tem origem no *Heubtmann* do alto-alemão protomoderno (*Hauptmann* no alemão moderno falado hoje) e significa, literalmente, "capitão". Era um título militar que designava o segundo oficial no escalão de comando, logo abaixo do monarca (que cumulava o cargo de voivoda, chefe supremo das forças armadas). Foi usado na Polônia, Lituânia, Moldávia e Boêmia, e é muito associado aos cossacos ucranianos. Aqui indica figuradamente o chefe do bando.

24 de junho, antes do amanhecer. Na noite passada, o conde deixou-me cedo e trancou-se no seu quarto. Assim que tive coragem, subi correndo a escadaria em espiral e olhei para fora da janela, que dava para o sul. Pensei em observar o conde, pois algo está acontecendo. Os Szgany estão alojados em algum lugar do castelo, fazendo algum tipo de trabalho. Sei disso porque, de vez em quando, ouço um som distante e abafado como se fosse de enxada ou de pá, e, seja o que for, deve ser o fim de alguma vilania cruel.

Eu estava na janela há pouco menos de meia hora quando vi algo sair da janela do conde. Recuei e, observando com cautela, vi o homem inteiro emergir. Foi um novo choque para mim descobrir que ele estava usando o terno que eu usara ao viajar para cá, e que levava jogado sobre o ombro o terrível saco que eu vira as mulheres levarem. Não restava dúvida quanto à sua busca, e ainda por cima com os meus trajes! É este, então, o seu novo plano maligno: fazer com que outros me vejam, ou pensem que me veem, para que ele deixe indícios de que eu fui visto nas cidades ou aldeias postando minhas próprias cartas, e para que toda maldade que ele fizer seja atribuída a mim pelo povo local.

Fico enfurecido de pensar que isso pode continuar enquanto estou trancado aqui, verdadeiramente prisioneiro, mas sem a proteção da lei, que, até para um criminoso, é seu direito e consolo.

Pensei em aguardar o retorno do conde, e por muito tempo fiquei sentado teimosamente à janela. Então comecei a notar que havia umas pintinhas curiosas flutuando nos raios do luar. Eram como minúsculos grãos de poeira, que rodopiavam e se aglutinavam em nódoas de aspecto nebuloso. Observei-os com uma sensação relaxante, e uma espécie de calma tomou conta de mim. Reclinei-me no nicho da janela numa posição mais confortável, para apreciar plenamente os volteios aéreos.

Algo me fez sobressaltar, um uivo grave e pungente de cachorros em algum lugar nas profundezas do vale, que estava escondido da minha vista. Ele parecia soar mais alto nos meus ouvidos, e os ciscos de pó flutuantes pareciam assumir novas formas conforme o som enquanto dançavam ao luar. Senti-me lutando para acordar, atendendo a um clamor dos meus instintos; na verdade, era minha alma que lutava, e minhas sensibilidades meio amortecidas estavam se debatendo para atender ao chamado. Eu estava sendo hipnotizado!

Mais e mais rápido, a poeira dançava; os raios do luar pareciam estremecer ao passar por mim em direção à massa escura às minhas costas.

Mais e mais as partículas se ajuntavam, até que pareceram assumir turvas formas espectrais. Então saltei, totalmente desperto e em plena posse dos meus sentidos, e fugi gritando do lugar.

As formas espectrais, que estavam se tornando gradualmente materializadas nos raios do luar, eram as das três mulheres fantasmas a quem eu fora prometido.

Escapei e senti-me um pouco mais seguro no meu quarto, onde não havia luar e a lâmpada ardia com intensidade.

Passadas algumas horas, ouvi um ruído no quarto do conde, algo como um gemido agudo rapidamente sufocado; e então fez-se silêncio, um silêncio profundo e aterrador, que me fez gelar. Com o coração aos saltos, tentei abrir a porta; mas eu estava trancado na minha prisão e não podia fazer nada. Sentei-me e simplesmente chorei.

Ao sentar-me, ouvi um som no pátio lá fora – o grito angustiado de uma mulher. Corri à janela e, levantando-a, espiei para fora entre as grades.

Ali estava, de fato, uma mulher de cabelo desgrenhado, com as mãos junto ao coração como se estivesse exausta de tanto correr. Ela estava apoiada num canto do portal. Quando ela viu meu rosto na janela, lançou-se para a frente e gritou numa voz cheia de ameaça: "Monstro, devolva minha criança!".

Ela caiu de joelhos e, erguendo as mãos, berrou as mesmas palavras em tons que oprimiram meu coração. Então ela arrancou os cabelos e bateu no peito, e entregou-se a todas as violências da emoção extravagante. Finalmente, lançou-se para a frente e, embora eu não pudesse vê-la, podia ouvir os golpes de suas mãos nuas contra a porta.

Em algum lugar muito acima de nós, provavelmente na torre, ouvi a voz do conde chamar com seu sussurro áspero e metálico. Seu chamado foi respondido de toda parte pelo uivo dos lobos. Poucos minutos se passaram até que um bando deles inundou o pátio pela ampla entrada, como uma represa cheia que estoura.

Não houve grito da mulher, e o uivo dos lobos foi curto. Em pouco tempo eles se dispersaram um a um, lambendo os beiços.

Não pude me apiedar dela, pois eu sabia o que havia acontecido com sua criança, e era melhor para ela que estivesse morta.

O que devo fazer? O que posso fazer? Como poderei escapar deste lugar atroz de trevas e morte e terror?

25 de junho, manhã. Ninguém sabe, até ter sofrido por toda a noite, como a manhã pode ser doce e preciosa para seu coração e seus olhos. Quando o sol subiu, nesta manhã, até atingir o topo do grande portal diante da minha janela, o ponto alto que ele tocou me pareceu ser como a pomba da arca pousada ali. Meu medo me abandonou como se fora uma roupa vaporosa que se dissolvera com o calor.

Preciso agir de alguma maneira enquanto a coragem do dia está comigo. Na noite passada, uma das minhas cartas pós-datadas foi postada, a primeira da série fatal destinada a apagar da terra até os vestígios da minha existência.

Não devo pensar nisso. Ação!

Foi sempre à noite que fui molestado ou ameaçado, ou de algum modo exposto ao perigo e ao medo. Ainda não vi o conde durante o dia. Será que ele dorme enquanto os outros estão acordados, que fica acordado enquanto dormem? Se pelo menos eu pudesse entrar no seu quarto! Mas não é possível. A porta está sempre trancada, não tenho acesso.

Sim, há um jeito, se eu quiser correr o risco. Por que outro corpo não poderia ir aonde foi o corpo dele? Eu o vi rastejar para fora da sua janela. Por que eu não poderia imitá-lo e entrar pela sua janela? As chances são desesperadoras, mas minha necessidade é ainda mais. Vou correr o risco. No pior dos casos, é apenas a morte; e a morte de um homem não é a de um bezerro, e o temido Além ainda pode estar aberto para mim. Deus me ajude na minha empreitada! Adeus, Mina, se eu fracassar; adeus, meu amigo fiel e segundo pai; adeus a todos, e por último a Mina!

Mesmo dia, mais tarde. Fiz o esforço e, com a ajuda de Deus, regressei são e salvo a este quarto. Preciso registrar cada detalhe em ordem. Enquanto minha coragem estava fresca, fui direto para a janela do lado sul e saí imediatamente sobre o estreito beiral de pedra que cerca o edifício desse lado. As pedras são grandes e grosseiras, e a argamassa entre elas foi removida pela ação do tempo. Tirei minhas botas e aventurei-me pelo caminho desesperado. Olhei para baixo uma vez, para assegurar-me que um vislumbre repentino do terrível abismo não me surpreenderia, mas depois disso mantive meus olhos afastados dele. Eu sabia bem a direção e a distância até a janela do conde, e dirigi-me para lá tão bem quanto podia, considerando as oportunidades disponíveis. Não me senti zonzo – acredito que estivesse agitado demais –, e o tempo pareceu ridiculamente curto até que me vi de pé sobre o peitoril, tentando erguer a folha da janela. No entanto, foi cheio de ansiedade que me agachei e escorreguei para dentro com os pés para a frente. Então olhei ao redor procurando o conde, mas, com surpresa e alegria, fiz uma descoberta. O quarto estava vazio! Estava escassamente mobiliado com coisas disparatadas, que pareciam nunca ter sido usadas.

A mobília era do mesmo estilo que a dos aposentos da ala sul, e estava coberta de poeira. Procurei a chave, mas não estava na fechadura, e não consegui encontrá-la em lugar algum. A única coisa que encontrei foi uma grande pilha de ouro num canto – ouro de todos os tipos, dinheiro romano, britânico, austríaco, húngaro, grego, turco, coberto por uma película de pó, como se estivesse há muito tempo jogado no chão. Nenhum dinheiro que vi tinha menos de trezentos anos de idade. Também havia correntes e ornamentos, alguns com joias, mas todos velhos e manchados.

Num canto do quarto havia uma porta maciça. Tentei abri-la, pois, como não conseguia encontrar a chave do quarto ou a chave da porta externa, que era o principal objeto da minha busca, eu precisava continuar a investigar, senão todos os meus esforços seriam em vão. Ela estava aberta, e dava para um corredor de pedra que levava a uma escada circular, que descia abruptamente.

Desci, olhando com cuidado aonde ia, pois a escada era escura, iluminada apenas por seteiras na pesada alvenaria. No fundo havia uma passagem escura em forma de túnel, da qual vinha um odor nauseante de putrefação, o odor de terra velha recém-revirada. Conforme eu avançava pela passagem, o cheiro ficava mais próximo e mais intenso. Enfim, escancarei uma porta pesada que estava entreaberta, e vi-me numa velha capela arruinada, que tinha sido, a toda evidência, usada como sepulcro. O teto estava quebrado, e em dois lugares havia degraus que levavam a criptas, mas o solo havia sido escavado recentemente, e a terra, colocada em grandes caixotes de madeira, visivelmente aqueles que foram trazidos pelos eslovacos.

Não havia ninguém por perto; procurei alguma outra saída, mas não encontrei. Então vasculhei cada centímetro do chão, para não perder nenhuma chance. Até desci nas criptas, onde a luz minguada fraquejava, ainda que fazê-lo enchesse minha alma de terror. Entrei em duas delas, mas não vi nada exceto fragmentos de velhos caixões e montes de pó; na terceira, porém, fiz uma descoberta.

Ali, em um dos grandes caixotes, dos quais havia cinquenta no total, sobre um monte de terra recém-escavada, jazia o conde! Ou ele estava morto ou adormecido, não soube dizer qual – pois os olhos estavam abertos e petrificados, mas sem o aspecto vítreo da morte, e as bochechas tinham o calor da vida apesar de toda a sua palidez; os lábios estavam vermelhos como nunca. Mas não havia movimento, nenhuma pulsação, nenhuma respiração, nenhum batimento do coração.

Inclinei-me sobre ele e tentei encontrar algum sinal de vida, mas em vão. Ele não podia estar deitado ali há muito tempo, pois o cheiro de terra teria sumido em poucas horas. Ao lado do caixote estava sua tampa, com furos aqui e ali. Pensei que as chaves pudessem estar com ele, mas quando fui procurar vi os olhos mortos e neles, apesar de mortos, tamanho olhar de ódio, embora inconsciente de mim e da minha presença, que fugi do lugar e, saindo do quarto do conde pela janela, escalei novamente o muro do castelo. Regressando ao meu quarto, joguei-me ofegante sobre a cama e tentei pensar...

29 de junho. Hoje é a data da minha última carta, e o conde tomou medidas para provar que era genuína, pois mais uma vez o vi deixar o castelo pela mesma janela, usando minhas roupas. Enquanto ele descia pelo muro à maneira de um lagarto, desejei ter uma espingarda ou qualquer arma letal para poder destruí-lo; mas temo que nenhuma arma forjada somente pela mão do homem tenha qualquer efeito sobre ele. Não ousei esperar sua volta, pois tive medo de ver aquelas tenebrosas irmãs. Retornei à biblioteca e fiquei lendo lá até adormecer.

Fui despertado pelo conde, que me olhou com a expressão mais medonha que um homem pode fazer e disse: "Amanhã, meu amigo, teremos que nos separar. Você retornará à sua bela Inglaterra; eu, a um certo trabalho que pode ter um desfecho tal que nunca mais nos encontremos. Sua carta para casa foi enviada; amanhã eu não estarei aqui, mas tudo estará pronto para sua viagem. Pela manhã virão os Szgany, que têm certas tarefas a fazer aqui, e também virão alguns eslovacos. Quando tiverem partido, minha carruagem virá buscá-lo e o levará ao passo Borgo para encontrar a diligência de Bucovina para Bistritz. Mas tenho esperança de vê-lo mais vezes no Castelo Drácula".

Desconfiei dele e resolvi testar sua sinceridade. Sinceridade! Parece uma profanação da palavra, escrevê-la relacionada a esse monstro, por isso perguntei à queima-roupa: "Por que não posso ir hoje à noite?".

"Porque, meu caro senhor, meu cocheiro e meus cavalos partiram numa missão."

"Mas posso andar com prazer. Quero partir imediatamente."

Ele sorriu um sorriso tão afável, suave e diabólico que eu sabia que havia algum truque por trás de tanta suavidade. Ele disse: "E sua bagagem?".

"Não me importo com ela. Posso mandar buscá-la mais tarde."

O conde levantou-se e disse, com uma cortesia tão gentil que me fez esfregar os olhos, de tão real que parecia: "Vocês, ingleses, têm um ditado que muito me agrada, pois seu espírito é o mesmo que rege nossos *boyars*: 'Acolha o hóspede que vem, apresse o que vai'.[9] Venha comigo, meu caro jovem amigo. Você não aguardará nem uma hora sequer na minha casa contra a sua vontade, embora eu fique triste com sua partida e com o fato de que você a deseje tão repentinamente. Venha!". Com austera solenidade, ele me precedeu, com o lampião, descendo as escadas e atravessando o saguão. De repente ele parou. "Ouça!"

Logo em seguida veio o uivo de muitos lobos. Foi quase como se o som brotasse de sua mão levantada, tal como a música de uma grande orquestra parece saltar da batuta do maestro. Após uma pausa momentânea, ele avançou, com seu ar solene, até a porta, puxou as imensas travas, soltou as pesadas correntes e começou a abri-la.

Para meu profundo espanto, vi que ela não estava trancada. Olhei em torno com desconfiança, mas não vi nenhuma chave.

Assim que a porta começou a se abrir, o uivo dos lobos do lado de fora ficou mais alto e mais raivoso; suas mandíbulas vermelhas, com mordidas furiosas, e suas patas de garras obtusas, aos saltos, surgiram pela abertura da porta. Percebi então que lutar naquele momento contra o conde era inútil. Com aliados como aqueles ao seu comando, eu não podia fazer nada.

Mas a porta continuava a se abrir devagar, e só o corpo do conde estava no vão. Subitamente me ocorreu que este poderia ser o momento e o meio da minha derrota: eu seria dado aos lobos, e por minha própria instigação. Havia uma maldade diabólica na ideia que era grande o bastante para o conde, e numa última chance eu gritei: "Feche a porta, eu

---

9. Trata-se, na verdade, de um verso da tradução de Alexander Pope para a *Odisseia* de Homero (livro xv, verso 83): *"True friendship's laws are by this rule expressed,/ Welcome the coming, speed the parting guest"* ("As leis da verdadeira amizade são expressas por esta regra:/ Acolha o hóspede que vem, apresse o que vai").

esperarei até a manhã!"; e cobri meu rosto com as mãos para esconder minhas lágrimas de amarga frustração.

Com um empurrão de seu braço poderoso, o conde fechou a porta, e as enormes travas soaram e ecoaram pelo saguão ao cair de volta em seus lugares.

Em silêncio, retornamos à biblioteca, e depois de um minuto ou dois fui para meu quarto. A última coisa que vi o conde Drácula fazer foi beijar sua mão para despedir-se de mim, com uma luz vermelha de triunfo em seus olhos e um sorriso do qual o próprio Judas no inferno ficaria orgulhoso.

Quando eu estava no meu quarto, pronto para me deitar, pensei ter ouvido um sussurro em minha porta. Fui até lá sem fazer ruído e escutei. A não ser que meus ouvidos tenham me enganado, ouvi a voz do conde:

"Voltem, voltem para o seu lugar! A hora de vocês ainda não chegou. Esperem! Tenham paciência! Esta noite é minha. A noite de amanhã é de vocês!"

Houve um marulho de risos baixos e ligeiros, e num acesso de raiva eu escancarei a porta e vi ali fora as três terríveis mulheres lambendo os lábios. Quando apareci todas se uniram numa risada horrível e fugiram.

Voltei ao meu quarto e caí de joelhos. Então está tão perto o fim? Amanhã! Amanhã! Senhor, ajude-me, a mim e àqueles que me querem bem!

30 de junho, manhã. Estas podem ser as últimas palavras que escreverei neste diário. Dormi até logo antes da aurora, e ao acordar ajoelhei-me, por decidir que, se a morte viesse, ela me encontraria pronto.

Por fim, senti aquela mudança sutil no ar e soube que a manhã havia chegado. Então veio o raiar do dia benfazejo, e senti que eu estava seguro. Com o coração leve, abri minha porta e desci correndo ao saguão. Eu tinha visto que a porta não estava trancada, e agora a fuga estava ao meu alcance. Com mãos tremendo de ansiedade, soltei as correntes e puxei as travas maciças.

Mas a porta não se mexeu. O desespero apoderou-se de mim. Puxei e puxei a porta, e sacudi-a até que, por mais maciça que fosse, chacoalhasse no batente. Pude ver o pino acionado. A porta havia sido trancada depois que me separei do conde.

Então fui tomado por um desejo louco de obter aquela chave a qualquer preço, e decidi ali mesmo escalar o muro novamente e entrar no quarto do conde. Ele poderia me matar, mas a morte agora parecia a escolha mais feliz entre tantos males. Sem interrupção, subi correndo para a janela leste e desci o muro aos trancos, como antes, até entrar no quarto do conde. Estava vazio, mas era o que eu esperava. Não vi chave em lugar nenhum, mas a pilha de ouro ainda estava lá. Transpus a porta do canto, desci a escada em espiral e atravessei a passagem escura até a velha capela. Agora eu sabia muito bem onde encontrar o monstro que eu procurava.

O grande caixote estava no mesmo lugar, bem junto da parede, mas a tampa estava sobre ele, não fixada, mas com os pregos prontos para serem batidos nos seus lugares.

Eu sabia que precisaria procurar a chave no corpo, por isso levantei a tampa e encostei-a na parede; então vi algo que encheu minha alma de horror. Ali jazia o conde, mas aparentando ter tido sua juventude parcialmente restaurada, pois o cabelo e o bigode brancos tinham mudado para um cinza férreo escuro; as bochechas estavam mais cheias e a pele branca parecia escarlate por baixo; a boca estava mais vermelha do que nunca, pois havia nos lábios gotas de sangue fresco, que brotavam dos cantos da boca e escorriam sobre o queixo e o pescoço. Até os olhos fundos e ardentes pareciam enxertados numa carne inchada, pois as pálpebras e as bolsas abaixo deles estavam dilatadas. Era como se toda a odiosa criatura estivesse simplesmente empanturrada de sangue. Lá estava ele deitado qual uma sanguessuga asquerosa, exausta de tanto se fartar.

Estremeci ao debruçar-me para tocá-lo, e todos os meus sentidos se repugnaram com o contato; mas eu tinha que procurar, ou estaria perdido. A noite vindoura poderia trazer meu próprio corpo como banquete semelhante para aquelas três horrendas. Tateei por todo o corpo, mas não consegui encontrar sinal da chave. Então parei e olhei para o conde. Havia um sorriso sarcástico no rosto inflado capaz de me levar à loucura. Era essa a criatura que eu estava ajudando a transferir-se para Londres, onde, talvez, nos séculos por vir, ele pudesse, na efervescência de milhões de pessoas, saciar sua sede de sangue e criar um círculo novo e cada vez mais amplo de criaturas demoníacas para nutrir-se dos indefesos.

Esse pensamento me enfureceu. Fui tomado por um desejo premente de livrar o mundo desse monstro. Não havia nenhuma arma letal à mão, por isso agarrei uma pá que os trabalhadores estavam usando para encher os caixotes e, levantando-a bem alto, arremeti, com a ponta para baixo, contra o rosto odioso. Mas, no momento em que fiz isso, a cabeça virou-se e os olhos cravaram-se em mim com todo o seu ardor de horrendo basilisco. A visão como que me paralisou, e a pá girou na minha mão e desviou do rosto, deixando apenas um talho profundo no alto da testa. A pá caiu da minha mão atravessada sobre o caixote, e, quando eu a puxei de volta, a borda da lâmina bateu na quina da tampa, que caiu novamente e ocultou a coisa hedionda da minha vista. O último relance que tive foi do rosto inflado, manchado de sangue e fixado num ricto de malícia que teria lugar de destaque no mais profundo dos infernos.

Pensei e repensei qual deveria ser minha próxima ação, mas meu cérebro parecia estar pegando fogo, por isso esperei, subjugado por um sentimento crescente de desespero. Enquanto esperava, ouvi a distância uma canção cigana cantada por vozes alegres que se aproximavam, e, por entre a canção, as rodas pesadas girando e os chicotes estalando; os Szgany e os eslovacos de quem o conde falara estavam chegando. Com uma última olhada ao redor e para o caixote que continha o corpo vil, fugi do lugar e cheguei ao quarto do conde, determinado a escapar assim que a porta fosse aberta. Apurando os ouvidos, escutei lá embaixo a chave ranger na enorme fechadura e a porta maciça abrir-se por completo. Devia haver alguma outra via de entrada, ou alguém tinha a chave de uma das portas trancadas.

Então veio o som de muitos pés em tropelia, sumindo num corredor que devolvia um eco estrondoso. Virei-me para descer correndo novamente em direção à cripta, onde poderia achar a nova entrada; mas nesse instante soprou um violento pé de vento e a porta da escada em espiral bateu com um choque que fez voar a poeira do lintel. Quando corri para empurrá-la, constatei que estava irremediavelmente emperrada. Eu era prisioneiro mais uma vez, e a rede de perdição estava se fechando ainda mais ao meu redor.

Enquanto escrevo, ouço na passagem abaixo o tropel de muitos pés e o baque de pesos sendo largados no chão, sem dúvida os caixotes com sua carga de terra. Ouço o som de marteladas; são os pregos sendo fincados nos caixotes. Agora ouço o pisoteio dos pés carregados voltando pelo saguão, com muitos outros pés ociosos vindo atrás deles.

A porta fecha-se e as correntes entrechocam-se; a chave range na fechadura; ouço a chave ser retirada; então outra porta abre-se e fecha-se; ouço a pancada da tranca e da trava.

Ouço no pátio e descendo o caminho pedregoso as rodas pesadas girando, os chicotes estalando e o coro dos Szgany, que somem na distância.

Estou sozinho no castelo com aquelas mulheres horripilantes. Bah! Mina é uma mulher, e não tem nada em comum com elas. Elas são demônios das profundezas!

Não ficarei a sós com elas; tentarei escalar o muro do castelo e chegar mais longe do que já cheguei até agora. Levarei um pouco do ouro comigo, caso precise dele mais tarde. Talvez encontre uma saída deste lugar medonho.

E daí irei para casa! Pelo trem mais rápido e mais próximo! Bem distante deste local amaldiçoado, desta terra amaldiçoada, onde o Diabo e sua prole ainda caminham com pés terrenos!

Ao menos a misericórdia de Deus é melhor que a desses monstros, e o precipício é alto e íngreme. Ao pé dele um homem pode dormir – como homem. Adeus a todos! Mina!

V. Carta da senhorita Mina Murray à senhorita Lucy Westenra

9 de maio

Minha querida Lucy,

Desculpe-me por ter demorado tanto para escrever, mas estive simplesmente soterrada de trabalho. A vida de uma assistente de professora primária às vezes pode ser estafante. Queria muito estar com você, e à beira-mar, onde poderemos conversar livremente e construir nossos castelos no ar. Tenho trabalhado muito ultimamente, porque quero acompanhar os estudos de Jonathan, e tenho praticado a estenografia com muita assiduidade. Quando nos casarmos, poderei ser útil a Jonathan, e, se eu puder estenografar bem o bastante, poderei dessa forma tomar nota do que ele quer dizer e registrar para ele na máquina de escrever, na qual eu também estou praticando muito.

Às vezes, ele e eu nos escrevemos cartas estenografadas, e ele está mantendo um diário estenográfico de suas viagens ao exterior. Quando eu estiver com você, vou manter um diário da mesma maneira. Não estou falando de uma dessas agendas de duas-páginas-por-semana-com-o--domingo-espremido-num-canto, mas do tipo de diário no qual poderei escrever sempre que estiver a fim.

Não imagino que haverá muita coisa de interesse para outras pessoas, mas não é pensado para elas. Poderei mostrá-lo a Jonathan algum dia se houver nele algo que valha a pena partilhar, mas na verdade é um caderno de exercícios. Vou tentar fazer o que vejo senhoras jornalistas fazerem: entrevistar, escrever descrições e tentar lembrar conversas. Ouvi falar que, com um pouco de prática, dá para lembrar tudo o que acontece ou que se ouve dizer durante o dia.

Mas vamos ver. Contarei para você meus pequenos planos quando nos encontrarmos. Acabei de receber umas linhas apressadas que Jonathan mandou da Transilvânia. Ele está bem e deve retornar em cerca de uma semana. Estou ansiosa para ouvir todas as novidades dele. Deve ser tão bom conhecer países estrangeiros. Será que um dia nós – quero dizer Jonathan e eu – os conheceremos juntos? O sino das dez está tocando. Até logo.

Sua amiga
Mina

Conte-me todas as novidades quando você escrever. Faz muito tempo que você não me conta nada. Ouvi rumores, especialmente sobre um homem alto, bonito e de cabelos cacheados???

CARTA DE LUCY WESTENRA A MINA MURRAY

17, Chatham Street, quarta-feira

Minha querida Mina,

Preciso dizer que você me acusa *muito* injustamente de ser uma má correspondente. Eu escrevi para você *duas vezes* desde que nos despedimos, e sua última carta foi apenas a sua *segunda*. Além disso, não tenho nada para lhe contar. Realmente não há nada que possa lhe interessar.

A cidade está muito agradável agora, e vamos bastante às galerias de pintura e a passeios e cavalgadas no parque. Quanto ao homem alto e de cabelos cacheados, imagino que seja o que estava comigo no último Pop. Está na cara que alguém andou fazendo fofocas.

Era o senhor Holmwood. Ele vem nos ver com frequência; ele e mamãe se dão muito bem, têm tantas coisas em comum para conversar.

Encontramos há algum tempo um homem que seria ótimo *para você*, se você já não estivesse noiva de Jonathan. É um excelente partido, bonito, bem de vida e bem-nascido. Ele é médico e muito inteligente. Imagine só! Ele só tem vinte e nove anos e tem um imenso asilo de lunáticos sob sua exclusiva responsabilidade. O senhor Holmwood me apresentou a ele, e ele veio aqui nos visitar, e vem muitas vezes agora. Acho que é um dos homens mais decididos que já vi, e no entanto o mais calmo. Ele parece absolutamente imperturbável. Imagino o poder fantástico que deve ter sobre seus pacientes. Ele tem o hábito curioso de olhar as pessoas direto nos olhos, como se tentasse ler seus pensamentos. Ele tenta isso muito comigo, mas me orgulho em dizer que tenho a casca dura. Sei disso graças ao meu espelho.

Você já tentou analisar seu próprio rosto? *Eu sim*, e posso lhe dizer que não é um mau estudo, e que dá mais trabalho do que você pode imaginar se nunca tentou.

Ele diz que eu lhe proporciono um estudo psicológico curioso, e humildemente acho que sim. Como você sabe, não me interesso o bastante por roupas para saber descrever as novas modas. Roupa é um tédio. Isso é gíria de novo, mas e daí? Arthur diz isso todo dia.

Pronto, já falei. Mina, nós nos contamos todos os nossos segredos desde que somos *crianças*; já dormimos juntas e comemos juntas, rimos e choramos juntas; e agora, mesmo se já falei, quero falar mais. Ai, Mina, você não adivinhou? Eu o amo. Estou corando enquanto escrevo, pois apesar de *pensar* que ele me ama, ele não me disse isso com palavras. Mas, ai, Mina, eu o amo; eu o amo; eu o amo! Pronto, isso me fez bem.

Queria que estivéssemos juntas, querida, sentadas junto da lareira nos despindo, como costumávamos fazer; e eu tentaria lhe dizer o que sinto. Não sei como consigo escrever isto, até para você. Tenho medo de parar, senão vou rasgar a carta, e não quero parar, pois quero *tanto* contar tudo a você. Escreva para mim *imediatamente*, e diga-me tudo o que você acha disso. Mina, preciso parar. Boa noite. Abençoe-me nas suas preces; e, Mina, reze pela minha felicidade.

Lucy

P.S.: Não preciso lhe dizer que isto é um segredo. Boa noite de novo.

L.

CARTA DE LUCY WESTENRA A MINA MURRAY

24 de maio

Minha querida Mina,

Obrigada, obrigada, e obrigada de novo pela sua carta adorável. Foi tão bom poder contar a você e receber a sua aprovação.

Amiga, se nunca chove vem tempestade. Como os velhos provérbios são sábios! Aqui estou eu, que farei vinte anos em setembro e até hoje nunca tinha recebido um pedido de casamento, não um pedido de verdade, e hoje recebi três. Imagine só! TRÊS pedidos num mesmo dia! Não é terrível? Tenho pena, pena verdadeira e genuína, dos dois outros coitados. Ai, Mina, estou tão feliz que não sei o que fazer. Três pedidos! Mas, pelo amor de Deus, não vá contar a nenhuma das garotas, senão elas vão ter todo tipo de ideias extravagantes e se julgar lesadas e ofendidas se, no seu primeiro dia em casa, não receberem pelo menos seis pedidos. Certas garotas são tão fúteis! Você e eu, Mina querida, que estamos noivas e logo vamos nos assentar sobriamente como velhas senhoras casadas, podemos desprezar a futilidade. Bom, eu preciso lhe falar dos três, mas você precisa guardar segredo, querida, de *todo mundo*, exceto, é claro, de

Jonathan. Você contará a ele, porque eu, se estivesse no seu lugar, certamente contaria a Arthur. Uma mulher deve contar tudo ao seu marido – você não acha, querida? – e eu preciso ser justa. Os homens gostam que as mulheres, e com certeza suas esposas, sejam tão justas quanto eles; e as mulheres, receio que não sejam sempre tão justas quanto deveriam.

Bem, querida, o número Um veio pouco antes do almoço. Já lhe falei dele, o doutor John Seward, o homem do asilo de lunáticos, com uma mandíbula forte e uma bela testa. Ele estava muito calmo por fora, mas mesmo assim nervoso. Tinha claramente premeditado fazer uma série de pequenas coisas, e lembrou-se delas; mas quase conseguiu sentar-se no seu chapéu de seda, coisa que os homens geralmente não fazem quando estão calmos, e daí, quando quis parecer à vontade, ficou brincando com um bisturi de um jeito que quase me fez gritar. Ele falou comigo, Mina, de modo muito direto. Disse que gostava muito de mim, embora me conhecesse tão pouco, e como seria a vida dele comigo para ajudá-lo e animá-lo. Ia me dizer que seria muito infeliz se eu não tivesse afeição por ele, mas, quando me viu chorar, disse que era um bruto e que não aumentaria minha aflição. Então parou e me perguntou se eu poderia vir a amá-lo; quando eu fiz que não com a cabeça, suas mãos tremeram, daí, com alguma hesitação, ele me perguntou se eu já gostava de outra pessoa. Ele foi muito gentil, dizendo que não queria me forçar a fazer confidências, mas apenas saber, porque, se o coração de uma mulher é livre, o homem pode ter esperança. E então, Mina, eu me senti como que obrigada a lhe dizer que havia alguém. Eu só lhe disse isso, e então ele se levantou, e fez uma expressão muito dura e muito séria ao pegar ambas as minhas mãos nas suas e dizer que esperava que eu fosse feliz, e que, se algum dia eu quisesse um amigo, eu podia contá-lo entre os melhores.

Ai, Mina querida, não posso conter o choro, e você me desculpe esta carta toda manchada. Ser pedida em casamento é muito bom e tudo o mais, mas não é nem um pouco feliz quando você precisa ver um pobre coitado, que você sabe que a ama sinceramente, ir embora com o coração todo partido, e saber que, não importa o que ele diga naquele momento, você está saindo para sempre da vida dele. Querida, preciso parar por aqui agora, sinto-me tão infeliz, embora esteja tão contente.

Noite. Arthur acabou de sair, e meu humor melhorou desde que interrompi a carta, por isso posso continuar a lhe contar o meu dia.

Bem, querida, o número Dois veio depois do almoço. É um moço tão simpático, um americano do Texas, e aparenta ser tão jovem e tão inocente que parece quase impossível que ele tenha estado em tantos lugares e vivido tantas aventuras. Solidarizo-me com a pobre Desdêmona, que teve uma torrente tão tentadora despejada em seu ouvido, ainda que fosse por um homem negro. Imagino que nós, mulheres, sejamos tão covardes que acreditamos que um homem vai nos salvar dos nossos medos, e casamos com ele. Agora sei o que faria se fosse um homem e quisesse fazer uma garota me amar. Ou não, não sei, pois ali estava o senhor Morris nos contando suas histórias, e Arthur nunca contou nenhuma, e ainda assim...

Querida, estou me precipitando um pouco. O senhor Quincey P. Morris encontrou-me sozinha. Parece que os homens sempre encontram as garotas sozinhas. Ou não, não encontram, porque Arthur tentou duas vezes *arriscar* a sorte, e eu o ajudei quanto pude; não me envergonho de dizer isso agora. Mas antes preciso lhe dizer que o senhor Morris nem sempre fala gíria – quer dizer, nunca o faz com estranhos ou na frente deles, pois é extremamente bem-educado e tem modos impecáveis –, mas descobriu que me divirto ao ouvi-lo falar gíria americana, e sempre que estou presente, e que não há ninguém que possa se chocar, diz coisas muito engraçadas. Suspeito, querida, que ele tenha que inventar todas elas, porque se encaixam exatamente em qualquer coisa que ele queira dizer. Mas gíria é assim mesmo. Acho que eu mesma nunca vou falar gíria; não sei se Arthur gosta disso, pois nunca o ouvi falar assim.

Bem, o senhor Morris sentou-se ao meu lado e fez uma cara tão alegre e risonha quanto conseguiu, mas percebi, mesmo assim, que ele estava nervoso. Pegou na minha mão e disse do jeito mais meigo que existe:

"Senhorita Lucy, eu sei que não presto nem pra ajustar as alças dos seus sapatinhos, mas, cá pra mim, se vosmecê esperar até achar um homem que preste, vai acabar junto com aquelas sete mocinhas das lâmpadas quando desistir. Vosmecê não quer juntar os seus trapos com os meus pra gente seguir por essa longa estrada juntos, cavalgando em parelha?"

Bem, ele parecia tão brejeiro e tão animado que foi bem mais fácil recusá-lo do que ao coitado do doutor Seward; por isso eu disse, do modo mais ligeiro que pude, que não sabia nada sobre juntar trapos e que ainda não estava pronta para galopar. Então ele disse que tinha falado em tom de brincadeira e que esperava que, se tivesse cometido um erro ao fazer isso numa ocasião tão solene e importante para ele, eu o perdoasse. Ele realmente pareceu sério ao dizer isso, e não pude evitar me sentir um pouco séria também – eu sei, Mina, você vai pensar que sou uma coquete deplorável –, embora não pudesse evitar sentir uma espécie de exultação por ele ser o número Dois em um dia. E então, querida, antes que eu pudesse dizer uma palavra, ele começou a despejar uma verdadeira enxurrada de galanteios, depositando seu coração e sua alma aos meus pés. Parecia tão sincero nisso tudo que nunca mais vou pensar que um homem tem que ser sempre brincalhão, e jamais sincero, só porque às vezes é gaiato. Imagino que ele tenha visto algo no meu rosto que o conteve, porque de repente parou e disse, com uma espécie de fervor másculo que poderia me fazer amá-lo se eu fosse livre:

"Lucy, vosmecê é uma garota de bom coração, que eu sei. Eu não estaria aqui falando com vosmecê como estou agora se não acreditasse que sua índole é pura até o mais profundo da sua alma. Conta pra mim, de um camarada decente pra outro, tem mais alguém que vosmecê estima? E, se tiver, eu nunca mais vou incomodar nem um fiozinho de cabelo seu, mas vou ser, se vosmecê deixar, um amigo muito fiel."

Minha querida Mina, por que os homens são tão nobres, quando nós, mulheres, somos tão pouco merecedoras deles? Lá estava eu, quase zombando daquele autêntico cavalheiro de coração magnânimo. Desatei a chorar – receio, querida, que você achará esta carta muito melosa em mais de um sentido – e realmente me senti muito mal.

Por que não podem deixar uma garota se casar com três homens, ou tantos quantos a quiserem, e lhe poupar todo esse tormento? Mas isso é heresia, e não devo dizê-lo. Fico, sim, contente em dizer que, apesar de estar chorando, eu consegui olhar o destemido senhor Morris nos olhos e disse-lhe, sem rodeios:

"Sim, tem alguém que eu amo, embora ele ainda nem tenha me dito que me ama." Agi bem em falar com ele assim tão francamente, já que seu rosto se iluminou e ele estendeu ambas as mãos para pegar as minhas – ou acho que pus as minhas entre as dele – e disse com entusiasmo:

"Essa é a minha menina valente! Vale mais chegar atrasado para uma chance de conquistar vosmecê do que chegar a tempo para qualquer outra garota do mundo. Não chore, meu doce. Se for por mim, sou duro na queda, e aguento o que vier. Se esse outro camarada não sabe a felicidade que tem, então é melhor ele abrir o olho logo, ou vai se ver comigo. Minha pequena, sua honestidade e bravura me tornaram seu amigo, e isso é mais raro que um amante; é menos egoísta, de qualquer forma. Meu doce, minha caminhada vai ser bem solitária daqui até o dia do Juízo. Vosmecê não quer me dar um beijo só? Vai ser algo pra espantar a escuridão vez ou outra. Vosmecê pode, sabe, se quiser, porque esse outro bom camarada – ele deve ser um bom camarada, meu doce, e dos decentes, senão vosmecê não poderia amá-lo – ainda não se manifestou."

Isso me conquistou, Mina, pois foi *mesmo* corajoso e gentil da parte dele, e nobre, também, para com seu rival – não foi? –, e ele estava tão triste; por isso me inclinei e o beijei.

Ele se levantou com minhas duas mãos nas dele e, olhando bem no meu rosto – receio que estivesse muito corada –, disse: "Minha pequena, seguro sua mão, e vosmecê me beijou, e se essas coisas não nos tornarem amigos, nada jamais tornará. Obrigado pela sua doce honestidade comigo, e adeus".

Ele apertou minha mão e, pegando seu chapéu, saiu direto da sala sem olhar para trás, sem uma lágrima nem tremor nem pausa; e eu estou chorando como um bebê.

Oh, por que um homem assim tem que ficar infeliz quando existem montes de garotas por aí que venerariam o próprio chão que ele pisa? Eu faria isso se fosse livre – mas não quero ser livre. Querida, isso me deixou toda agitada, e sinto que não consigo escrever sobre felicidade logo agora, que lhe falei dela; e não quero falar sobre o número Três enquanto tudo não puder ser feliz. Sempre sua amiga...

Lucy

P.S.: Oh, sobre o número Três – não preciso lhe contar sobre o número Três, preciso? Além disso, foi tudo tão confuso; parece que foi apenas um momento entre ele entrar na sala e os seus braços estarem em torno de mim e ele estar me beijando. Estou muito, muito feliz, e não sei o que fiz para merecer isso. Preciso apenas tentar no futuro mostrar que não sou ingrata a Deus por toda a Sua bondade comigo ao me mandar um amante, um esposo e um amigo assim.

Adeus.

DIÁRIO DO DOUTOR SEWARD
(ditado ao fonógrafo)

25 de maio. Baixa no apetite hoje. Sem comer, sem descansar, resta o diário. Desde minha recusa de ontem tenho uma espécie de sentimento vazio: nada no mundo parece ter importância suficiente para valer a pena ser feito... Como sei que a única cura para esse tipo de coisa é o trabalho, fui ver os pacientes. Escolhi um que tem me proporcionado um estudo de grande interesse. Ele é tão peculiar que estou determinado a entendê-lo tanto quanto puder. Hoje me pareceu ter me aproximado mais do que nunca do cerne do seu mistério.

Inquiri-o com mais insistência do que jamais havia feito, com vistas a dominar os fatos da sua alucinação. Na minha maneira de proceder havia, agora percebo, certa crueldade. Era como se eu quisesse mantê-lo à beira da loucura – coisa que evito com os pacientes tal como evitaria a boca do inferno.

(*Nota:* em quais circunstâncias eu *não* evitaria as profundezas do inferno?) *Omnia Romae venalia sunt.*[10] O inferno tem um preço! *Verb. sap.*[11] Se existe algo por trás desse instinto, será proveitoso detectá-lo posteriormente *com precisão*, de modo que é melhor começar logo a fazê-lo; portanto:

R.M. Renfield, 59 anos. Temperamento sanguíneo; grande força física; morbidamente excitável; períodos de depressão, terminados em alguma ideia fixa que não consigo distinguir. Presumo que o temperamento sanguíneo em si mesmo e sua influência perturbadora terminem num desfecho mentalmente realizado; um homem possivelmente perigoso, provavelmente perigoso se altruísta. Em homens egoístas a cautela é uma armadura tão segura para seus inimigos quanto para eles. O que penso a esta altura é que, quando o *self* é o ponto fixo, a força centrípeta é equilibrada pela centrífuga; quando o dever, uma causa etc. é o ponto fixo, esta última força prevalece, e somente um acidente ou uma série de acidentes pode equilibrá-la.

CARTA DE QUINCEY P. MORRIS AO EXCELENTÍSSIMO ARTHUR HOLMWOOD

25 de maio

Meu caro Art,

Já contamos causos ao redor da fogueira nas pradarias; e tratamos das feridas um do outro depois de tentar um desembarque nas Marquesas; e

10. Em latim no original: "Tudo em Roma está à venda".
11. Em latim no original: abreviação de *verbum sapienti satis est*, "ao sábio basta uma palavra".

fizemos brindes à margem do Titicaca. Há novos causos a contar, e outras feridas a tratar, e outro brinde a fazer. Você aceita que seja ao redor da minha fogueira amanhã à noite? Não hesito em chamar você, pois sei que certa dama tem compromisso num certo jantar e que você estará livre. Haverá apenas um outro, nosso velho chapa na Coreia, Jack Seward. Ele virá também, e nós dois queremos misturar nossos prantos à taça de vinho, e fazer um brinde de coração aberto ao homem mais feliz no mundo inteiro, que conquistou o coração mais nobre que Deus já fez e o que mais valia conquistar. Nós lhe prometemos uma acolhida calorosa, uma saudação afetuosa e um brinde tão fiel quanto sua própria mão direita. Nós dois juramos deixá-lo em casa se você brindar demais a certo par de olhos. Venha!

Seu amigo, hoje e sempre,
Quincey P. Morris

TELEGRAMA DE ARTHUR HOLMWOOD A QUINCEY P. MORRIS

26 de maio

Conte comigo em todas as ocasiões. Tenho notícias que vão fazer suas duas orelhas coçarem.

Art

VI. Diário de Mina Murray

24 de julho. Whitby. Lucy encontrou-me na estação, mais meiga e formosa do que nunca, e subimos até a casa na The Crescent onde eles têm quartos. O lugar é adorável. O pequeno rio, o Esk, corre por um vale profundo, que se alarga ao aproximar-se do porto. Um grande viaduto o atravessa, com plataformas elevadas, das quais a vista parece ser mais distante do que realmente é. O vale é de uma bela verdura, e tão íngreme que quem está no topo de cada lado enxerga através dele, a menos que esteja perto o bastante para olhar para baixo. As casas da cidade velha – o lado oposto ao nosso – têm todas telhados vermelhos, e parecem empilhadas de qualquer jeito, como as imagens que vemos de Nuremberg. Logo acima da cidade estão as ruínas da abadia de Whitby, que foi saqueada pelos danos e que é o cenário de um trecho de *Marmion* em que a garota foi emparedada viva.[12] São ruínas de extrema nobreza e tamanho imenso, cheias de recantos belos e românticos; há uma lenda de que uma dama branca aparece numa das janelas. Entre a abadia e a cidade há outra igreja, a paroquial, em torno da qual está um grande cemitério, todo cheio de lápides. Esse é, a meu ver, o melhor canto de Whitby, pois fica bem acima da cidade e tem uma vista completa desde o porto até o fim da baía, onde o promontório chamado Kettleness se estende mar adentro. O cemitério desce tão abruptamente sobre o porto que parte da ribanceira se desprendeu e algumas tumbas foram destruídas.

Há um lugar em que uma parcela das pedras tumulares segue sobre o caminho de areia lá embaixo. Há ruelas, com bancos à beira delas, por dentro do cemitério; as pessoas vão lá e sentam-se o dia inteiro olhando para a linda vista e apreciando a brisa.

Eu também virei e me sentarei aqui com muita frequência para trabalhar. Na verdade, estou escrevendo agora com meu caderno sobre os joelhos, e ouvindo a conversa de três velhinhos que estão sentados ao meu lado. Parece que eles não fazem mais nada o dia todo a não ser sentar aqui e conversar.

O porto jaz abaixo de mim, com, no extremo oposto, um longo muro de granito que avança para dentro do mar, curvando-se para fora

---

12. Do poema de Walter Scott, canto II, XXXIII.

na ponta, e no meio dele um farol. Um quebra-mar maciço o acompanha do lado de fora. Do lado de dentro, o quebra-mar forma um cotovelo dobrado inversamente, e na sua extremidade também há um farol. Entre os dois pontões há uma abertura estreita dando para o porto, que subitamente se alarga.

É bonito na maré alta, mas, quando a maré baixa, ela deixa uma restinga seca, e sobra apenas o córrego do Esk, correndo entre bancos de areia, com pedras aqui e ali. Fora do porto, deste lado, ergue-se por cerca de um quilômetro um grande recife, cuja borda afiada sai diretamente de baixo do farol sul. Na extremidade dele fica uma boia com um sino, que balança com o tempo ruim e solta ao vento um som lamentoso.

Aqui existe uma lenda segundo a qual, quando um navio está perdido, são ouvidos sinos no mar. Preciso perguntar ao velhinho sobre isso; ele está vindo para cá...

É um velhinho engraçado. Deve ser tremendamente velho, pois seu rosto é todo nodoso e retorcido como a casca de uma árvore. Ele me disse que tem quase cem anos e que foi marinheiro na frota pesqueira da Groenlândia à época da batalha de Waterloo. Receio que ele seja uma pessoa muito cética, pois, quando eu lhe perguntei sobre os sinos no mar e a Dama Branca na abadia, ele disse muito bruscamente:

"Eu não me amolaria com isso, mocinha. Essas coisas já passaram faz tempo. Quer dizer, não estou dizendo que nunca existiram, mas estou dizendo que não existiram na minha época. Elas prestam para forasteiros e vagabundos, e gente dessa laia, mas não para uma senhorita decente como você. Esse povo afetado de York e Leeds, que está sempre comendo arenque defumado e bebendo chá, de butuca para comprar azeviche barato, acredita em qualquer coisa. Eu me pergunto quem se daria ao trabalho de contar mentiras para eles – até os jornais, que estão cheios de balelas."

Pensei que ele seria uma pessoa com quem eu poderia aprender coisas interessantes, por isso perguntei se se importaria de me contar algo sobre a caça à baleia nos velhos tempos. Ele estava se preparando para começar quando o relógio bateu as seis, e nisso ele se esforçou para levantar e disse:

"Preciso voltar para casa agora, mocinha. Minha neta não gosta de ficar esperando quando o chá está pronto, porque eu demoro para descer os degraus, de tantos que há; e, mocinha, com certeza vou perder a janta se chegar atrasado."

Ele foi embora claudicando, e eu o vi descer os degraus tão rápido quanto podia. Os degraus são uma característica marcante do lugar. Eles levam da cidade até a igreja no alto, há centenas deles – não sei quantos –, e sobem serpenteando numa curva delicada; a inclinação é tão branda que um cavalo poderia facilmente subir ou descer por eles.

Acho que originalmente eles tiveram algo a ver com a abadia. Também vou para casa. Lucy saiu para fazer visitas com a mãe, e, como eram somente visitas de cortesia, eu não fui. Já devem estar em casa agora.

1º de agosto. Cheguei aqui em cima há uma hora com Lucy, e tivemos uma conversa muito interessante com meu velho amigo e os outros dois que sempre vêm se juntar a ele. Está claro que ele é o guru deles, e creio que tenha sido, quando jovem, uma pessoa muito autoritária.

Ele não admite nada e despreza todo mundo. Se não consegue vencer argumentando, hostiliza os outros e depois toma o silêncio deles como concordância com as suas opiniões.

Lucy estava um doce na sua túnica branca de musselina; ela pegou uma cor linda desde que está aqui.

Percebi que os velhinhos não perdem tempo para subir e sentar-se ao lado dela assim que nos sentamos. Ela é tão gentil com idosos; acho que todos eles se apaixonaram por ela na hora. Até o meu velhinho sucumbiu e não a contradizia, mas, para compensar, me deu trabalho em dobro. Encaminhei-o para o assunto das lendas e ele imediatamente se lançou num tipo de sermão. Vou tentar recordá-lo e anotá-lo:

"É tudo baboseira, sem tirar nem pôr; é isso que é, e nada mais. Essas visagens e fantasmas e aparições e espíritos e duendes e tudo o mais só servem para botar os pirralhos e as mulheres tontas choramingando. Tudo isso é conversa fiada. Isso e todos os agouros, sinais e avisos, tudo isso é inventado pelos padres e escrevinhadores imprestáveis e pregoeiros das ferrovias para assustar e afugentar os moleques, e para fazer o povo fazer coisas que não queria. Fico irritado de pensar neles. Ora, não basta imprimirem mentiras no papel e as pregarem do alto dos púlpitos, eles também querem gravá-las nas lápides. Olhe aqui em volta de você, para qualquer lado que for; todas essas pedras, erguendo a cabeça o quanto podem, cheias de orgulho, estão tortas – simplesmente desmoronando sob o peso das mentiras escritas nelas. 'Aqui jaz o corpo' ou 'de sagrada memória' escrito em todas elas, mas em quase metade delas não há corpo; e as memórias delas não valem nem uma pitada de rapé, nem muito menos são sagradas. São todas mentiras, nada além de mentiras de um tipo ou de outro! Deus meu, mas vai ser uma bruta duma comoção, no dia do Juízo, quando eles vierem tropeçando nas suas mortalhas, todos pingando e tentando arrastar suas lápides com eles para provar como foram bons, alguns tremendo e vacilando, com suas mãos tão enrugadas e escorregadias de deitar no mar que não vão conseguir nem segurá-las."

Percebi, pelo ar satisfeito do velhinho e pelo modo como olhou em torno de si, buscando a aprovação dos seus colegas, que ele estava se exibindo, por isso dei uma palavrinha para mantê-lo falando:

"Oh, senhor Swales, o senhor não pode estar falando sério. Com certeza nem todas essas lápides estão erradas."

"Vai ver que não! Pode ser que uma ou outra não estejam erradas, salvo quando pintam as pessoas como boas demais; porque tem gente que pensa que um penico é igual ao mar, se for o deles. Isso tudo é uma baita mentira. Agora escute bem: chega aqui você, que é de fora, e vê este cemitério."

Fiz que sim com a cabeça, pois achei melhor concordar, embora não entendesse bem seu dialeto. Sabia que tinha algo a ver com a igreja.

Ele prosseguiu: "E você acredita que todas essas pedras estão em cima de gente que está enterrada aqui bonitinha?". Concordei novamente. "Pois é bem aí que vem a mentira. Ora, tem montes dessas tumbas que estão tão vazias quanto a caixa de tabaco do velho Dun numa sexta-feira à noite."

Ele cutucou um dos seus companheiros, e todos eles riram. "E meu Deus! Como poderia ser de outra forma? Veja só aquela, a última atrás do catafalco: leia-a!"

Fui até lá e li: "Edward Spencelagh, mestre costeiro, assassinado por piratas ao largo da costa de Andres, em abril de 1854, aos 30 anos de idade". Quando retornei, o senhor Swales continuou:

"Quem será que o trouxe para casa, para enterrá-lo aqui? Assassinado ao largo da costa de Andres! E você acreditou que o corpo dele está aí! Ora, eu poderia citar uma dúzia cujos ossos jazem lá nos mares da Groenlândia" – ele apontou para o norte – "ou aonde quer que as correntes os tenham levado. Aí estão as pedras ao seu redor. Você pode, com seus olhos jovens, ler a letra miúda das mentiras daqui. Esse Braithwaite Lowrey – eu conheci o pai dele, perdido no *Lively* na costa da Groenlândia na década de 20; ou Andrew Woodhouse, afogado nos mesmos mares em 1777; ou John Paxton, afogado ao largo do cabo Farewell um ano depois; ou o velho John Rawlings, cujo avô navegou comigo, afogado no golfo da Finlândia na década de 50. Você acha que todos esses homens vão ter que vir correndo para Whitby quando a trombeta soar? Eu tenho minhas dúvidas quanto a isso! Eu lhe digo que, quando chegassem aqui, estariam se acotovelando e se empurrando de um jeito que seria uma luta no gelo como nos velhos tempos, quando nós ficávamos nos enfrentando do raiar do dia até a noite, e tentávamos remendar nossos cortes à luz da aurora boreal." Era evidentemente uma piada local, porque o velhinho gargalhou com ela e seus colegas se juntaram a ele com animação.

"Mas", eu disse, "decerto você não tem tanta razão, pois parte do pressuposto de que todas as pessoas pobres, ou seus espíritos, terão que levar suas lápides consigo no dia do Juízo. Você acha que isso será realmente necessário?"

"Ora, para que mais servem as lápides? Me responda isso, mocinha!"

"Para agradar aos parentes, imagino."

"Para agradar aos parentes, você imagina!" Ele disse isso com profundo desdém. "Como vai agradar aos parentes saber que mentiras estão escritas nelas e que todo mundo no lugar sabe que são mentiras?"

Ele apontou para uma pedra aos nossos pés, que tinha sido disposta como lápide, na qual estava apoiado o banco, próximo à borda da falésia. "Leia as mentiras nesta lápide", ele disse.

As letras estavam de cabeça para baixo para mim de onde estava sentada, mas Lucy estava mais de frente para elas, por isso se debruçou e leu: "À sagrada memória de George Canon, que morreu, na esperança de gloriosa ressurreição, em 29 de julho de 1873, tendo caído dos rochedos em Kettleness. Este túmulo foi erguido por sua mãe enlutada ao seu filho amado e querido. 'Ele era o único filho de sua mãe e ela era viúva.' Francamente, senhor Swales, não vejo nada de engraçado nisso!". Ela fez seu comentário com muita gravidade e um tanto de severidade.

"Você não vê nada de engraçado! Ha! Ha! Mas isso é porque você não sabe que a mãe enlutada era uma megera que o detestava porque ele era torto – era um belo dum aleijado, isso sim –, e ele a detestava tanto que cometeu suicídio para que ela não pudesse ficar com o seguro de vida que havia feito para ele. Ele estourou a tampa da cachola com um velho mosquetão que eles usavam para espantar os corvos. Assustou os corvos, mas jogou as varejeiras e os carniceiros em cima dele. Foi assim que ele caiu do penhasco. E, quanto à esperança de gloriosa ressurreição, eu mesmo o ouvi dizer várias vezes que ele esperava ir para o inferno, porque sua mãe era tão beata que ela certamente iria para o céu, e ele não queria apodrecer onde ela estivesse. Então, me diga se esta pedra aqui" – ele bateu nela com sua bengala ao falar – "não é um monte de lorota? E imagine como o arcanjo Gabriel vai cascar o bico quando vir o Geordie subir os degraus ofegante com a lápide equilibrada no lombo e pedir que ela seja usada como prova!"

Eu não sabia o que dizer, mas Lucy desviou a conversa, levantando-se: "Por que o senhor tinha que nos contar isso? É meu banco predileto, não posso trocá-lo por outro; e agora vou ter que continuar me sentando sobre a tumba de um suicida".

"Não vai te fazer mal, boneca; e pode deixar o coitado do Geordie contente em ter uma moça tão jeitosa sentada no colo dele. Não vai te machucar. Ora, eu venho me sentar aqui faça chuva ou faça sol há quase vinte anos, e nunca me fez mal nenhum. Não se amole com o que a terra comeu, senão não vai ficar comido. Deixe para ficar com medo quando todas as lápides forem arrancadas e o lugar ficar vazio como um campo depois da colheita! É o relógio, preciso ir. Cumprimentos a vocês, senhoritas!" E lá se foi ele claudicando.

Lucy e eu ficamos sentadas mais um pouco, e tudo era tão bonito diante de nós que nos demos as mãos; e ela me contou tudo de novo sobre Arthur e os preparativos para o casamento deles. Isso me deixou só um pouquinho agoniada, pois faz um mês inteiro que não tenho notícias de Jonathan.

No mesmo dia. Subi aqui sozinha, pois estou muito triste. Não havia carta para mim. Espero que não tenha acontecido nada com Jonathan. O relógio acaba de bater as nove. Vejo as luzes espalhadas sobre a cidade toda, às vezes em fileiras ali onde estão as ruas, às vezes isoladas; elas acompanham o Esk e somem na curva do vale. À minha esquerda a vista é cortada pela linha negra do telhado da velha casa junto à abadia. Ovelhas e cabritos estão balindo nos campos distantes atrás de mim, e ouço as pancadas dos cascos de um burro subindo a estrada calçada ali embaixo. A banda no pontão está tocando uma valsa estridente em andamento rápido, e mais adiante, no cais, está ocorrendo uma reunião do Exército de Salvação numa rua transversal. Nenhuma das bandas escuta a outra, mas daqui de cima ouço e vejo ambas. Queria saber onde está Jonathan e se está pensando em mim! Gostaria que ele estivesse aqui.

DIÁRIO DO DOUTOR SEWARD

5 de junho. O caso Renfield torna-se mais interessante à medida que entendo melhor o sujeito. Ele tem certas características muito desenvolvidas: egoísmo, secretividade e determinação.

Gostaria muito de descobrir qual é o objeto desta última. Ele parece ter concebido algum plano, mas não sei qual é. A qualidade que o redime é seu amor pelos animais, embora ele tenha inclinações tão curiosas que por vezes imagino que ele seja apenas anormalmente cruel. Seus bichos de estimação são esquisitos.

Agora seu passatempo é pegar moscas. Ele possui atualmente uma quantidade tão grande que precisei dissuadi-lo. Para minha surpresa, não teve um ataque de fúria, como eu esperava, mas encarou o assunto com mansa seriedade. Pensou por um instante e disse: "Pode esperar três dias? Vou tirá-las daqui". Obviamente, eu disse que assim estava bom. Preciso ficar de olho nele.

18 de junho. Agora ele se dedicou às aranhas, e possui vários espécimes muito grandes numa caixa. Ele as alimenta com suas moscas, cujo número está diminuindo sensivelmente, embora ele tenha usado metade de suas refeições para atrair mais moscas para seu quarto.

1º de julho. Suas aranhas estão se tornando um incômodo tão grande quanto suas moscas, e hoje eu lhe disse que ele precisa se livrar delas.

Ele ficou muito triste, então eu disse que precisa se desfazer de algumas delas, pelo menos. Ele concordou efusivamente, e lhe dei o mesmo prazo que antes para a redução.

Ele me enojou profundamente enquanto falávamos, pois, quando uma mosca verde abjeta, inchada de tanto comer carniça, entrou zumbindo na sala, ele a pegou, segurou-a exultante por alguns momentos entre o indicador e o polegar, e, antes que eu percebesse o que ele ia fazer, pôs na boca e comeu.

Repreendi-o por isso, mas ele argumentou calmamente que era muito bom e muito saudável; que era vida, vida forte, e dava vida a ele. Isso me deu uma ideia, ou um rudimento de ideia. Preciso observar como ele se livra das aranhas.

Ele tem evidentemente graves problemas em sua mente, pois guarda consigo um bloco de anotações no qual sempre está rabiscando algo.

Páginas e mais páginas estão cheias de montes de números, geralmente algarismos isolados adicionados em grupos, depois os totais adicionados em grupos também, como se estivesse "concentrando" uma conta, como dizem os contabilistas.

8 de julho. Há um método na sua loucura, e a ideia rudimentar que tive está crescendo. Logo será uma ideia por inteiro, e então, ó, ruminação inconsciente!, você terá que ceder seu lugar à sua irmã consciente.

Mantive-me afastado do meu amigo por uns dias, para poder notar se houvesse alguma mudança. Tudo permanece como antes, mas ele se desfez de alguns dos seus bichinhos e obteve um novo.

Ele conseguiu pegar um pardal e já o domesticou parcialmente. Sua forma de domesticar é simples, pois o número de aranhas já diminuiu. No entanto, aquelas que restam estão bem alimentadas, pois ele ainda atrai moscas usando sua comida como isca.

19 de julho. Estamos progredindo. Meu amigo agora tem uma verdadeira colônia de pardais, e suas moscas e aranhas foram quase obliteradas. Quando entrei, ele correu até mim e disse que queria me pedir um grande favor – um favor muito, muito grande; e enquanto falava me adulava como um cão.

Perguntei o que era e ele disse, com certa euforia na voz e na postura: "Um gatinho, um gatinho fofo, sedoso e brincalhão, para eu brincar com ele, e adestrá-lo, e alimentá-lo – alimentá-lo – alimentá-lo!".

Eu não estava despreparado para esse pedido, pois havia notado que seus animais de estimação estavam ganhando tamanho e vivacidade, mas não gostava da ideia de ver sua bela família de pardais domesticados ser eliminada da mesma forma que as moscas e aranhas; por isso, falei que veria o que podia fazer, e perguntei se ele não preferia um gato a um filhote.

Seu entusiasmo o traiu quando ele respondeu: "Sim, claro, eu quero um gato! Só pedi um gatinho porque achei que você não me daria um gato. Ninguém me recusaria um gatinho, não é?".

Fiz que não com a cabeça, e disse que, no momento, receava que não fosse possível, mas que veria o que podia fazer. A frustração ficou evidente em seu rosto, e percebi um sinal de perigo ao constatar um olhar oblíquo, repentino e feroz, que significava matança. O homem é um maníaco homicida não desenvolvido. Vou testá-lo com seu desejo atual e ver o que acontece; assim saberei mais.

Vinte e duas horas. Visitei-o novamente e encontrei-o sentado num canto, amuado. Quando entrei, ele caiu de joelhos na minha frente e implorou que eu lhe desse um gato, pois sua salvação dependia disso.

No entanto, fui firme e disse que ele não podia ter um; nisso ele se afastou sem uma palavra e sentou-se, roendo as unhas, no canto onde eu o havia encontrado. Virei vê-lo amanhã cedo.

20 de julho. Visitei Renfield muito cedo, antes de o enfermeiro fazer a ronda. Encontrei-o acordado, murmurando uma melodia. Ele estava espalhando na janela o açúcar que havia guardado, a toda evidência retomando sua caça às moscas, e retomando-a alegremente e com boa disposição. Procurei os pássaros e, não os vendo, perguntei onde estavam. Ele respondeu, sem se virar, que todos tinham fugido. Havia algumas penas pelo quarto e, no seu travesseiro, uma gota de sangue. Não falei nada, apenas saí e disse ao vigia que me avisasse caso acontecesse algo estranho com ele durante o dia.

Onze horas. O enfermeiro acabou de vir me contar que Renfield passou muito mal e regurgitou um monte de penas. "Minha convicção, doutor", ele disse, "é que ele comeu os pássaros, e que simplesmente os pegou e os engoliu vivos!"

Vinte e três horas. Esta noite dei a Renfield um opiato forte, o bastante para fazer até mesmo ele dormir, e peguei seu bloco de anotações para dar uma olhada. O pensamento que andou zanzando recentemente no meu cérebro está completo, e a teoria, provada.

Meu maníaco homicida é de um tipo peculiar. Terei que inventar uma nova classificação para ele, e chamá-lo de maníaco zoófago (comedor de vida); o que ele deseja é absorver tantas vidas quanto puder, e organizou-se para realizar isso de forma cumulativa. Ele deu muitas moscas a uma aranha e muitas aranhas a um pássaro, e depois quis um gato para comer os numerosos pássaros. Quais teriam sido seus próximos passos?

Quase valeria a pena completar o experimento. Até pode ser feito se houver causa suficiente. Quantos homens não repudiaram a vivissecção, e vejam seus resultados hoje! Por que não fazer avançar a ciência no seu aspecto mais difícil e mais vital – o conhecimento do cérebro?

Se eu decifrasse o segredo de uma mente como essa – se eu obtivesse a chave do delírio de um único lunático –, poderia levar meu ramo da ciência a um grau tão elevado que a fisiologia de Burdon-Sanderson ou a neurologia de Ferrier pareceriam pífias. Bastaria apenas uma causa suficiente! Não devo pensar muito nisso para não ser tentado. Uma boa causa pode voltar-se contra mim, pois eu também poderia ter um cérebro excepcional, congenitamente?

Como o homem raciocinou bem; os lunáticos sempre o fazem, dentro do seu alcance. Quantas vidas valerá um homem para ele – ou valerá apenas uma? Ele fechou a conta com a maior precisão, e começou hoje um novo registro. Quantos de nós começam um novo registro a cada dia de nossa vida?

Para mim parece que foi ontem que minha vida inteira terminou junto com minha nova esperança, e que eu realmente comecei um novo registro. Assim será até que o Grande Contador me convoque e encerre minha conta-corrente com um balanço de lucro ou perda.

Oh, Lucy, Lucy, não posso me zangar com você, nem posso me zangar com meu amigo cuja felicidade lhe pertence; só posso aguardar sem esperança e trabalhar. Trabalhar, trabalhar!

Se pelo menos eu tivesse uma causa tão forte quanto a do meu pobre amigo louco – uma boa causa altruísta para me fazer trabalhar –, isso realmente seria a felicidade.

DIÁRIO DE MINA MURRAY

26 de julho. Estou ansiosa, e expressar-me aqui me acalma; é como sussurrar para mim mesma e ouvir ao mesmo tempo. E também há algo nos símbolos estenográficos que os torna diferentes da escrita. Estou triste com Lucy e com Jonathan. Não tive notícias de Jonathan por algum tempo e fiquei muito aflita; mas ontem o caro senhor Hawkins, que é sempre tão gentil, enviou-me uma carta dele. Eu havia escrito perguntando se ele tinha notícias, e ele disse que o bilhete anexo acabara de chegar. É somente uma linha datada do Castelo Drácula, na qual Jonathan diz que está de partida para casa. Não é do feitio dele; não entendo, e me deixa apreensiva.

E Lucy também, apesar de estar muito bem, recaiu recentemente no seu antigo hábito de sonambulismo. Sua mãe me contou, e decidimos que vou trancar a porta do nosso quarto todas as noites.

A senhora Westenra imagina que os sonâmbulos sempre sobem no telhado das casas e andam à beira de precipícios, para, quando despertarem repentinamente, despencar com um grito desesperador que ecoa por toda parte.

Pobrezinha, é natural que fique preocupada com Lucy, e ela me contou que seu marido, o pai de Lucy, tinha o mesmo hábito; que levantava de noite, vestia-se e saía, se não fosse impedido.

Lucy vai casar-se no outono, e já está planejando seus vestidos e a arrumação da sua casa. Eu a compreendo, pois estou fazendo o mesmo, mas Jonathan e eu vamos começar a vida de modo muito simples, e teremos que nos esforçar para segurar as pontas.

O senhor Holmwood – ele é o excelentíssimo Arthur Holmwood, filho único de lorde Godalming – deve chegar aqui muito em breve, assim que puder deixar a cidade, pois seu pai não está muito bem, e creio que minha querida Lucy esteja contando os segundos até ele chegar.

Ela quer levá-lo ao banco do cemitério, no alto da falésia, e mostrar a ele a beleza de Whitby. Suponho que seja a espera que a está perturbando; ela vai ficar bem quando ele chegar.

27 de julho. Sem notícias de Jonathan. Estou ficando muito preocupada com ele, embora não saiba por quê; mas gostaria muito que ele escrevesse, ainda que fosse uma única linha.

Lucy está cada vez mais sonâmbula, e toda noite eu acordo com ela andando pelo quarto. Felizmente, o tempo está tão quente que ela não vai se resfriar; mas a ansiedade e o fato de ser despertada a toda hora estão começando a me desgastar; eu também estou ficando nervosa e insone. Graças a Deus, a saúde de Lucy está aguentando. O senhor Holmwood foi chamado às pressas ao Ring para ver seu pai, que adoeceu gravemente. Lucy está aflita por ter que prorrogar o dia em que vai vê-lo, mas isso não afetou sua aparência; ela está um tiquinho mais robusta e suas bochechas têm uma coloração rosada encantadora. Ela perdeu aquele aspecto anêmico que tinha. Rezo para que isso dure.

3 de agosto. Mais uma semana se passou sem notícias de Jonathan, nem mesmo para o senhor Hawkins, que se comunicou comigo. Eu realmente espero que ele não esteja doente. Ele certamente teria escrito. Olho para aquela última carta dele, mas de alguma forma ela não me satisfaz. Não parecem palavras dele, mas é de fato sua letra. Disso não há dúvida.

Lucy não esteve muito sonâmbula nesta última semana, mas noto nela uma estranha concentração que não entendo; até no sono ela parece estar me vigiando. Ela tenta abrir a porta e, ao encontrá-la trancada, vagueia pelo quarto procurando a chave.

6 de agosto. Mais três dias sem notícias. Este suspense está ficando tenebroso. Se pelo menos eu soubesse para onde escrever ou para onde ir, eu me sentiria melhor; mas ninguém recebeu uma palavra de Jonathan desde aquela última carta. Só posso rezar a Deus para ter paciência.

Lucy está mais irritadiça do que nunca, mas fora isso está bem. A noite passada foi muito ameaçadora, e os pescadores dizem que uma tempestade vem aí. Vou tentar observá-la e aprender os sinais meteorológicos.

Hoje é um dia cinzento; enquanto escrevo, o sol está escondido atrás de nuvens espessas que pairam alto sobre Kettleness. Tudo é cinzento – exceto a grama verde, que brilha como esmeralda em meio à cinza; a rocha terrosa é cinzenta; nuvens cinzentas, tingidas pelo clarão do sol nas suas bordas mais afastadas, pairam sobre o mar cinzento, para dentro do qual as restingas se esticam como dedos cinzentos. O mar arrebenta nos baixios e lagamares com um rugido abafado pelos nevoeiros de vapor que deslizam para a terra. O horizonte perde-se numa névoa cinzenta. Tudo é vastidão; as nuvens amontoam-se como rochas gigantescas e ouve-se um reboo sobre o mar que soa como um presságio funesto. Figuras escuras pontuam a praia aqui e ali, às vezes meio encobertas pela névoa, e parecem "homens como árvores que andam".[13] Os barcos de pesca correm para voltar à costa, subindo e descendo nas ondulações ao entrar no porto, vertendo água pelos embornais. Lá vem o velho senhor Swales. Está vindo direto na minha direção, e posso ver, pela maneira como levanta o chapéu, que quer conversar.

Fiquei comovida com a mudança no pobre velhote. Ao sentar-se ao meu lado, ele disse com muita gentileza: "Quero lhe dizer uma coisa, mocinha".

Percebi que ele não estava à vontade, por isso segurei sua velha mão enrugada e pedi a ele que falasse tudo.

Então ele disse, deixando a mão na minha: "Eu receio, queridinha, ter chocado você com todas as coisas feias que falei sobre os mortos, e

13. Referência às palavras do homem cego curado por Jesus Cristo em Betsaida; cf. na *Bíblia* o Evangelho segundo são Marcos, 8:22-26.

tudo o mais, nessas últimas semanas; mas não é o que eu penso, e quero que você se lembre disso quando eu me for. Nós, idosos, que estamos caducos e com um pé na cova, não gostamos nem um pouco de pensar a respeito, e não queremos ter medo; foi por isso que me acostumei a fazer chacota com o assunto, para alegrar um pouco meu próprio coração. Mas, que Deus a tenha, mocinha, eu não tenho medo de morrer, nem um pouco; só não queria morrer, se pudesse escolher. Minha hora já deve estar bem perto agora, porque eu sou velho, e cem anos é demais para um homem esperar; e minha hora está tão próxima que a Velha já está afiando a foice. Entende, eu não consigo me livrar de uma vez do hábito de zombar disso; o joio continua balançando como de costume. Algum dia em breve o Anjo da Morte vai fazer soar sua trombeta para mim. Mas não precisa se lamentar, queridinha!" – pois ele viu que eu estava chorando. "Se ele viesse hoje à noite, eu não recusaria o seu chamado. Porque a vida é, afinal, somente esperar por algo que não é o que estamos fazendo; e a morte é a única coisa com a qual podemos contar com certeza. Mas estou contente, porque ele vai chegar para mim, queridinha, e vai chegar bem rápido. Pode chegar enquanto estivermos olhando e matutando. Talvez esteja naquele vento lá sobre o mar que está trazendo estrago e destruição, e muito sofrimento, e corações infelizes. Veja! Veja!", ele gritou de repente. "Há algo naquele vento e no grunhido atrás dele que tem o som, o aspecto, o gosto e o cheiro da morte. Está no ar; sinto que está chegando. Senhor, faz com que eu responda com alegria quando meu chamado vier!" Ele ergueu os braços com devoção e levantou seu chapéu. Sua boca moveu-se como se estivesse rezando. Depois de alguns minutos de silêncio, ele se levantou, apertou minha mão, abençoou-me, disse adeus e foi embora claudicando. Tudo isso me comoveu e me inquietou muito.

Fiquei contente quando o guarda costeiro apareceu, com sua luneta debaixo do braço. Ele parou para falar comigo, como sempre faz, mas observou o tempo todo um estranho navio.

"Não consigo distingui-lo", ele disse. "É russo, pela aparência, mas está vagando de um jeito muito esquisito. Não tem ideia do que fazer; parece ver que a tempestade está chegando, mas não consegue decidir se vai para o norte, em direção ao mar aberto, ou se ruma para cá. Olha lá de novo! É pilotado de um jeito muito esquisito, pois não obedece à mão no leme e muda com qualquer lufada de vento. Vamos ouvir falar mais dele amanhã a esta hora."

VII. Recorte de *The Dailygraph*, 8 de agosto (*colado no diário de Mina Murray*)

De um correspondente.

Whitby.
Uma das maiores e mais repentinas tempestades de que se tem notícia acaba de acontecer aqui, com resultados estranhos e peculiares. O tempo estava um tanto abafado, mas nada de incomum para o mês de agosto. A noite de sábado foi das melhores que já se viu, e a grande massa de veranistas espalhou-se ontem para visitar Mulgrave Woods, Robin Hood's Bay, Rig Mill, Runswick, Staithes e as diversas atrações nos arredores de Whitby. Os vapores *Emma* e *Scarborough* fizeram trajetos subindo e descendo a costa, e houve uma quantidade inabitual de idas e vindas de e para Whitby. O dia estava singularmente agradável até a tarde, quando alguns dos moradores que frequentam o cemitério da East Cliff, e daquele promontório sobranceiro vigiam a vasta amplidão de mar visível a norte e a leste, chamaram atenção para uma presença repentina de *cirrus uncinus* alto no céu a noroeste. O vento estava soprando de sudoeste com a força suave que, na linguagem barométrica, é classificada como "número dois: brisa leve".

O guarda costeiro de plantão relatou imediatamente, e um velho pescador, que por mais de meio século vigia os sinais meteorológicos de cima da East Cliff, previu de maneira enfática a vinda de uma tempestade súbita. A aproximação do crepúsculo estava tão bela e tão grandiosa com suas massas de nuvens de cor esplêndida que havia uma aglomeração no passeio à beira da falésia no velho cemitério para apreciar a beleza. Antes de o sol mergulhar atrás da massa negra de Kettleness, ocupando soberbamente o céu do poente, seu caminho descendente foi marcado por miríades de nuvens de todas as cores do arrebol: laranja avermelhado, púrpura, rosa, verde, violeta e todos os tons de ouro; e aqui e ali massas de pouco tamanho, mas de escuridão aparentemente absoluta, de formas de todos os tipos, com o contorno preciso de silhuetas colossais. A experiência não deixou de impressionar os pintores, e sem dúvida alguns esboços do "Prelúdio à grande tempestade" adornarão os muros de R.A. e R.I. em maio próximo.

Mais de um capitão decidiu ali mesmo que seu *coble* ou *mule*, como denominam as diferentes classes de barcos, ficaria no porto até a tempestade passar. O vento caiu por completo durante a noite, e à meia-noite sobreveio uma calma de morte, um calor abafado, e aquela intensidade esmagadora que, na iminência do trovão, afeta as pessoas de natureza sensível.

Havia poucas luzes à vista no mar, pois até mesmo os vapores costeiros, que geralmente vão costeando o litoral, mantinham-se bem para dentro do mar, e apenas alguns barcos de pesca eram visíveis. A única vela perceptível era uma escuna estrangeira com todas as velas desfraldadas, que parecia estar indo para oeste. A ousadia ou ignorância dos seus oficiais foi tema de prolíficos comentários enquanto ela permaneceu à vista, e foram feitos esforços para sinalizar que içasse as velas diante do perigo que corria. Antes do cair da noite, ela foi vista com as velas tremulando ao léu enquanto balançava suavemente nas ondulações do mar,

Ociosa como um navio pintado num oceano pintado.[14]

Pouco antes das dez, a imobilidade do ar tornou-se muito opressiva e o silêncio ficou tão marcado que o balido de uma ovelha em terra ou o latido de um cão na cidade eram ouvidos com clareza, e a banda no pontão, com sua animada melodia francesa, soava dissonante na grande harmonia do silêncio da natureza. Pouco após a meia-noite, um estranho som veio do mar, e nas alturas o ar começou a carregar uma estranha reverberação, oca e abafada.

Então, sem aviso, a tempestade estourou. Com uma rapidez que, na hora, parecia inacreditável, e mesmo depois é impossível de conceber, todo o aspecto da natureza convulsionou-se de repente. As ondas ergueram-se com fúria crescente, cada qual superando a anterior, até que em poucos minutos o mar, que antes parecia um espelho, assumiu feição de monstro que ruge e devora. Ondas de crista branca batiam loucamente as areias planas e disparavam pelas falésias acima; outras se quebravam sobre os pontões e com sua espuma varriam as lanternas dos faróis erigidos na extremidade de cada pontão do porto de Whitby.

14. No original: "*As idle as a painted ship upon a painted ocean*". Versos do poema "The Rime of the Ancient Mariner" (parte II), de Samuel Taylor Coleridge.

O vento rugia como trovão e soprava com tamanha força que era somente com dificuldade que até mesmo homens fortes se mantinham de pé, ou se agarravam com desespero aos postes de ferro. Julgou-se necessário liberar todos os pontões da massa de curiosos, senão os acidentes da noite teriam se multiplicado muitas vezes. Para piorar as dificuldades e os perigos do momento, massas de neblina marítima derivaram para a terra – nuvens brancas e úmidas, que vagavam qual fantasmas, tão cerradas e úmidas e frias que bastava pouco esforço de imaginação para pensar que os espíritos daqueles que haviam morrido no mar estavam tocando seus irmãos vivos com as mãos viscosas da morte, e muitos estremeciam quando as guirlandas de névoa marítima passavam por eles.

Às vezes a neblina se dissipava e o mar podia ser visto a alguma distância à luz dos relâmpagos, que agora caíam espessos e rápidos, seguidos por trovoadas tão repentinas que todo o céu acima parecia tremer com o choque dos passos da tempestade.

Algumas das cenas assim reveladas eram de enorme grandeza e do maior interesse: o mar, alcançando o topo das montanhas, lançava ao céu com cada onda poderosas massas de espuma branca, que a tempestade parecia agarrar e fazer rodopiar no espaço; aqui e ali um barco de pesca, com uma vela rota, corria loucamente em busca de abrigo antes de estourar; vez ou outra se viam as asas brancas de um pássaro marítimo fustigado pela tempestade. No alto da East Cliff, o novo holofote estava pronto para ser testado, mas ainda não havia sido usado. Os oficiais encarregados dele prepararam-no para operar, e nos intervalos da névoa cerrada varriam com ele a superfície do mar. Uma ou duas vezes seu serviço foi deveras eficiente, como quando um barco de pesca, com a borda sob a água, acorreu para o porto e conseguiu, graças à orientação da luz protetora, escapar ao perigo de despedaçar-se contra os pontões. Quando um barco alcançava a segurança do porto havia um grito de alegria da massa de pessoas na orla, grito que, por um momento, parecia cindir o vento e depois era varrido pelo seu sopro.

Dentro de pouco tempo, o holofote descobriu a certa distância uma escuna com todas as velas desfraldadas, aparentemente a mesma nau que havia sido avistada mais cedo naquela noite. A essa altura o vento havia se retraído para leste, e houve um estremecimento entre os presentes na falésia quando eles perceberam o terrível perigo em que ela se encontrava agora.

Entre ela e o porto estava o grande recife plano no qual tantos bons navios sofreram de vez em quando, e, com o vento soprando daquele quadrante, seria totalmente impossível para ela demandar à entrada do porto.

Já era quase a hora da maré cheia, mas as ondas estavam tão altas que nos seus intervalos os baixios da costa eram quase visíveis, e a escuna, com todas as velas desfraldadas, zarpava com tal velocidade que, nas palavras de um velho lobo do mar, "ela vai dar com os costados em algum lugar, nem que seja no inferno". Então veio outra leva de neblina marítima, maior que todas as anteriores – uma massa de névoa úmida, que parecia cobrir todas as coisas como uma mortalha cinzenta, e deixava disponíveis aos homens apenas os órgãos da audição, pois o rugido da tempestade, o ribombar do trovão e o estrondo dos vagalhões poderosos atravessavam o limbo tormentoso ainda mais altos do que antes. Os raios do holofote foram mantidos fixos na boca do porto defronte ao East Pier, onde o choque era esperado, e os homens aguardavam sem respirar.

O vento mudou repentinamente para nordeste, e o restante da neblina marítima dissolveu-se na rajada; e então, *mirabile dictu*,[15] entre os pontões, saltando de onda para onda enquanto disparava a toda velocidade, a estranha escuna surgiu diante do vento, com todas as velas desfraldadas, e ganhou a segurança do porto. O holofote a seguiu, e um calafrio percorreu todos que a viram, pois amarrado ao timão havia um cadáver, com a cabeça pendente, que balançava horrivelmente para a frente e para trás a cada movimento do navio. Nenhuma outra forma era visível no convés.

Um grande espanto tomou conta de todos quando perceberam que o navio, como que por milagre, havia encontrado o porto, pilotado por ninguém menos que um homem morto! Contudo, tudo aconteceu mais rápido do que se leva para escrever estas palavras. A escuna não parou, mas atravessou o porto velozmente e fincou-se na acumulação de areia e cascalho varrida por muitas marés e tempestades no canto sudeste do pontão que se projeta sob a East Cliff, conhecido localmente como Tate Hill Pier.

Obviamente, houve uma concussão considerável quando a nau encalhou no monte de areia. Cada antena, corda e cabo sofreu tensão, e parte da armação despencou. Mas o mais estranho de tudo foi que, no

15. Em latim no original: literalmente "admirável de se dizer", ou "por incrível que pareça".

exato instante em que ela deu na orla, um imenso cachorro saltou sobre o convés vindo de baixo, como que propulsionado pela colisão, e, correndo para a frente, pulou da proa para a areia.

Correndo direto em direção à falésia íngreme, na qual o cemitério se debruça sobre a trilha que leva ao East Pier de modo tão abrupto que algumas das lápides horizontais – *thruff-steans* ou *through-stones*, como são chamadas no vernáculo de Whitby – chegam a se projetar sobre o local onde a falésia subjacente cedeu, ele desapareceu na escuridão, que parecia mais intensa logo além do foco do holofote.

Por coincidência, não havia ninguém naquele momento no Tate Hill Pier, já que todos que moram perto estavam ou na cama ou fora de casa, no alto da falésia. Assim, o guarda costeiro de plantão no lado leste do porto, que acorreu imediatamente ao pequeno pontão, foi o primeiro a subir a bordo. Os homens que operavam o holofote, depois de varrer a entrada do porto sem ver nada, voltaram a luz para os destroços e deixaram-na sobre eles. O guarda costeiro correu para a popa e, ao chegar à altura do timão, inclinou-se para examiná-lo, recuando de imediato como sob o impacto de uma emoção repentina. Eis que isso aguçou a curiosidade geral, e um bom número de pessoas começou a correr.

É um caminho e tanto da West Cliff pela Drawbridge até o Tate Hill Pier, mas seu correspondente é um bom corredor e chegou bem adiante da multidão. Porém, quando cheguei, já encontrei no pontão outra multidão aglomerada, que o guarda costeiro e a polícia proibiam de subir a bordo. Por cortesia do chefe da guarda-costeira, foi-me permitido, na condição de seu correspondente, subir ao convés, e fiz parte do pequeno grupo que viu o marinheiro morto efetivamente amarrado ao timão.

Não espanta que o guarda costeiro estivesse surpreso, ou até mesmo assustado, pois não é sempre que se vê uma coisa dessas. O homem estava simplesmente atado pelas mãos, amarradas uma sobre a outra, a um raio do timão. Entre a mão de dentro e a madeira havia um crucifixo, e o rosário ao qual ele estava atado dava a volta em ambos os pulsos e no timão, tudo isso mantido preso pelas cordas. O pobre coitado deve ter se sentado em algum momento, mas a agitação e as pancadas das velas haviam acionado a roda do leme e o haviam arrastado para a frente e para trás, de forma que as cordas com as quais ele estava amarrado haviam cortado a carne até o osso.

Foi feito um registro preciso do estado das coisas, e um médico – o cirurgião J. M. Caffyn, de 33, East Elliot Place –, que chegou imediatamente depois de mim, declarou, após exame, que o homem devia ter morrido há mais ou menos dois dias. No seu bolso estava uma garrafa, cuidadosamente arrolhada, vazia a não ser por um pequeno rolo de papel, que se mostrou ser um adendo ao diário de bordo.

O guarda costeiro disse que o homem devia ter amarrado suas próprias mãos, apertando os nós com os dentes. O fato de um guarda costeiro ter sido o primeiro a bordo pode poupar algumas complicações, mais tarde, no Tribunal Marítimo, pois os guardas costeiros não podem reivindicar os salvados, que pertencem por direito ao primeiro civil que entra num destroço. Todavia, as línguas jurídicas já estão se agitando, e um jovem estudante de direito está afirmando veementemente que os direitos do armador já foram completamente sacrificados, haja vista que sua propriedade é mantida em infração às leis de mão-morta, dado que a cana do leme, na qualidade de indício, se não de prova, de posse delegada, é mantida em *mão-morta*.

Desnecessário dizer que o timoneiro morto foi removido com reverência do lugar onde manteve sua honrosa vigília até a morte – firmeza tão nobre quanto a do jovem Casabianca – e disposto no mortuário para aguardar inquérito.

A tempestade súbita já está passando e sua ferocidade, arrefecendo; as multidões dispersam-se rumo a suas casas e o céu começa a vermelhar sobre os descampados de Yorkshire.

Enviarei, a tempo para sua próxima edição, mais detalhes sobre o navio destroçado que veio dar tão milagrosamente ao porto durante a tempestade.

9 de agosto. A sequência da estranha chegada do navio destroçado na tempestade da noite passada é quase mais inquietante que o próprio fato. Acontece que a escuna é uma embarcação russa de Varna, chamada *Demeter.* Contém quase inteiramente um lastro de areia branca, com apenas uma pequena quantidade de carga – vários grandes caixotes de madeira cheios de mofo.

A carga foi consignada a um advogado de Whitby, o senhor M. F. Billington, de 7, The Crescent, que nesta manhã subiu a bordo e tomou posse formalmente dos bens que lhe foram consignados.

O cônsul russo, agindo em conformidade com o contrato de fretamento, também tomou posse formalmente do navio e pagou todas as taxas portuárias etc.

Sobre nada mais se falou hoje exceto da estranha coincidência; os funcionários da Câmara de Comércio foram extremamente meticulosos ao verificar o cumprimento de todos os itens dos regulamentos existentes. Como o fato tem tudo para ser um "fogo de palha", eles estão visivelmente determinados a evitar qualquer causa de reclamação posterior.

Propagou-se uma boa dose de interesse quanto ao cachorro que desembarcou quando o navio encalhou, e não foram poucos os membros da SPCA,[16] que é muito forte em Whitby, que tentaram cativar o animal. Porém, para frustração geral, ele não foi encontrado; parece ter sumido completamente da cidade. Pode ser que estivesse assustado e tenha fugido para os charcos, onde ainda está escondido, aterrorizado.

Alguns consideram com apreensão essa possibilidade, com medo de que mais tarde ele também se torne um perigo, pois é evidentemente uma besta feroz. Hoje de manhã cedo um cão de grande porte, mestiço de mastim, pertencente a um mercador de carvão que mora perto de Tate Hill Pier, foi encontrado morto na estrada em frente ao jardim de seu dono. Ele havia lutado, manifestamente contra um oponente brutal, pois sua garganta havia sido arrancada e sua barriga estava aberta, como que rasgada por uma garra feroz.

Mais tarde. Por obséquio do inspetor da Câmara de Comércio, fui autorizado a consultar o diário de bordo do *Demeter*, que estava em ordem até três dias atrás, mas não continha nada de especial interesse, exceto por ocorrências de tripulantes desaparecidos. O interesse maior, na verdade, recai sobre o papel encontrado na garrafa, que hoje foi apresentado ao inquérito; e o destino nunca me pôs diante de narrativa mais estranha que aquela que se depreende desses dois objetos.

Como não há motivo para sigilo, tenho permissão para usá-los, e por isso lhes envio uma transcrição, apenas omitindo detalhes técnicos de navegação e armação. Parece até que o capitão foi tomado de algum tipo de mania antes de chegar ao alto-mar, e que ela se desenvolveu com persistência durante a viagem. Evidentemente, minha declaração deve ser tomada *cum grano*,[17] já que escrevo mediante ditado de um secretário do cônsul russo, que gentilmente fez a tradução para mim, dado que o tempo era escasso.

16. Sociedade para a Prevenção da Crueldade contra Animais, fundada na Inglaterra em 1824.
17. Em latim no original: *cum grano salis*, literalmente "com um grão de sal", ou seja, com precaução.

DIÁRIO DE BORDO DO DEMETER
De Varna para Whitby.

Escrito em 18 de julho, coisas tão estranhas acontecendo que manterei registro preciso a partir de agora até aportarmos.

Em 6 de julho acabamos de embarcar a carga, areia branca e caixotes de terra. Ao meio-dia zarpamos. Vento leste, fresco. Tripulação: cinco marujos, dois oficiais, cozinheiro e eu (capitão).

Em 11 de julho, ao romper do dia, entramos no Bósforo. Abordados por oficiais da alfândega turca. Propina. Tudo certo. Seguimos caminho às dezesseis horas.

Em 12 de julho atravessamos o Dardanelos. Mais agentes da alfândega e nau capitânia da esquadra de guarda. Propina de novo. Trabalho dos agentes meticuloso mas veloz. Querem que partamos logo. Ao anoitecer entramos no Arquipélago.[18]

Em 13 de julho cruzamos o cabo Matapão. Tripulação insatisfeita com algo. Pareciam assustados, mas não disseram por quê.

Em 14 de julho, um tanto apreensivo com a tripulação. Todos homens sólidos, que navegaram comigo antes. O imediato não conseguiu descobrir o que havia de errado; só lhe disseram que havia *algo*, e fizeram o sinal da cruz. O imediato perdeu a paciência com um deles nesse dia e bateu nele. Eu esperava briga feia, mas tudo quieto.

Em 16 de julho, o imediato relatou de manhã que um membro da tripulação, Petrofsky, estava desaparecido. Não soube explicar o motivo. Assumiu vigia de bombordo oito horas ontem à noite; foi rendido por Abramoff, mas não foi dormir. Homens mais abatidos do que nunca. Todos disseram que esperavam algo do tipo, mas não disseram nada além de que havia *algo* a bordo. Imediato ficando muito impaciente com eles; temia que houvesse algum incidente.

---

18. Nome usado na Antiguidade para o mar Egeu.

Em 17 de julho, ontem, um dos homens, Olgaren, veio à minha cabine e, com ar amedrontado, me segredou que acreditava haver um homem estranho a bordo. Ele disse que, no seu turno, estava abrigado atrás da guarita, por causa da tempestade, quando viu um homem alto e magro, que não se parecia com ninguém da tripulação, subir pela escada de escotilha, atravessar o convés em direção à proa e desaparecer. Ele o seguiu com cautela, mas quando chegou à proa não encontrou ninguém, e todas as escadas de escotilha estavam fechadas. Ele estava em pânico sob efeito de medo supersticioso, e temo que o pânico se espalhe. Para atenuá-lo, farei hoje busca cuidadosa em todo o navio, de proa a popa.

Mais tarde reuni toda a tripulação e informei, já que eles manifestamente pensavam que havia alguém a bordo, que procuraríamos de proa a popa. Imediato zangado; disse que era loucura e que ceder a essas ideias tolas desmoralizaria os homens; disse que cuidaria para mantê-los fora de encrenca com um espigão. Encarreguei-o do leme, enquanto os demais começaram uma busca minuciosa, sempre lado a lado, com lanternas: não deixamos de olhar nenhum canto. Como havia somente os grandes caixotes de madeira, não existiam recônditos onde um homem pudesse se esconder. Homens muito aliviados quando a busca acabou, e voltaram alegremente ao trabalho. Imediato aborrecido, mas não disse nada.

22 de julho. Borrasca nos últimos três dias, toda a tripulação ocupada com as velas – sem tempo de ter medo. Os homens parecem ter esquecido seu temor. Imediato de bom humor novamente, e todos se dando bem. Elogiei os homens pelo trabalho em tempo ruim. Passamos Gibraltar e saímos pelo estreito. Tudo calmo.

24 de julho. Deve haver alguma maldição sobre este navio. Com um a menos na tripulação, entrando na baía de Biscaia com tempo tormentoso pela frente, e na noite passada mais um homem perdido – desaparecido. Como o primeiro, ele encerrou seu turno e não foi mais visto. Todos os homens em pânico; fizeram um abaixo-assinado pedindo vigia em dupla, pois têm medo de ficar sós. Imediato zangado. Temo que haja algum incidente, se ele ou os homens usarem de violência.

28 de julho. Quatro dias no inferno, à deriva numa espécie de *maelström*,[19] com vento de tempestade. Nada de ninguém dormir. Todos os homens exaustos. Mal dá para dividir os turnos, pois ninguém tem condições de cumpri-los. O segundo oficial voluntariou-se para pilotar e vigiar, para os homens pregarem os olhos por algumas horas. Vento amainando; mar ainda medonho, mas sinto menos, pois o navio está mais firme.

29 de julho. Nova tragédia. Vigia solitária nesta noite, pois tripulação cansada demais para dupla. Quando o vigia da manhã subiu ao convés, não encontrou ninguém exceto o timoneiro. Deu o alarme e todos subiram ao convés. Busca exaustiva, mas ninguém achado. Agora estamos sem segundo oficial, e tripulação em pânico. Imediato e eu concordamos em andar armados daqui para a frente e aguardar qualquer sinal de causa.

30 de julho. Noite passada. Exultei por nos aproximarmos da Inglaterra. Tempo bom, todas as velas abertas. Recolhi-me exausto; dormi profundamente; acordado pelo imediato contando que vigia e timoneiro sumiram. Sobramos somente eu, o imediato e dois marujos para manejar o navio.

1º de agosto. Dois dias de nevoeiro, e nem uma vela avistada. Esperava que, quando no canal da Mancha, pudesse emitir sinal de socorro ou atracar em algum lugar. Sem capacidade para manejar velas, preciso navegar na direção do vento. Não ouso baixar, porque poderia não conseguir levantá-las de novo. Parecemos estar à deriva rumo a uma terrível sina. Imediato agora mais desmoralizado que os outros dois homens. Sua natureza mais forte parece ter se voltado internamente contra ele. Homens além do medo, trabalhando impassíveis e pacientes, com mentes prontas para o pior. Eles são russos; ele, romeno.

2 de agosto, meia-noite. Acordei de sono de poucos minutos ao ouvir um grito, aparentemente do lado de fora a bombordo. Não pude ver nada no nevoeiro. Acorri ao convés e topei com o imediato. Disse que ouviu grito e correu, mas sem sinal do homem de vigia. Um a menos. Deus nos ajude! O imediato disse que devemos ter passado o estreito de Dover, pois, num intervalo do nevoeiro, ele viu North Foreland, bem na hora em que ouviu

19. Em holandês no original: "turbilhão".

o homem gritar. Se for assim, estamos agora entrando no mar do Norte, e somente Deus pode nos guiar através do nevoeiro, que parece mover-se junto conosco; e Deus parece ter nos desertado.

3 de agosto. À meia-noite fui render o homem ao timão, e quando cheguei não encontrei ninguém. O vento estava constante e, como navegávamos na direção dele, o navio não adernava. Não ousei deixar o timão, por isso gritei para chamar o imediato. Depois de alguns segundos ele acorreu ao convés de ceroulas. Tinha os olhos esbugalhados e o aspecto lívido, e temo muito que sua razão tenha cedido. Aproximou-se de mim e sussurrou com voz rouca, pondo a boca junto ao meu ouvido, como se temesse que o próprio ar pudesse ouvir: "*Aquilo* está aqui; agora eu sei. No meu turno ontem à noite eu vi, parece um homem, alto e magro, de palidez cadavérica. Estava na proa, à espreita. Esgueirei-me por trás dele e golpeei-o com minha faca, mas a faca o atravessou, vazio como ar". Enquanto falava, ele sacou sua faca e sacudiu-a violentamente no espaço. Então prosseguiu: "Mas *aquilo* está aqui, e vou achar. Está no porão, talvez num daqueles caixotes. Vou desparafusá-los um por um para ver. Você segura o timão". E, com um olhar de advertência e um dedo diante dos lábios, ele desceu. Um vento agitado estava se levantando, e eu não podia deixar o timão. Eu o vi retornar ao convés com uma caixa de ferramentas e uma lanterna, e descer pela escotilha dianteira. Está louco, louco de pedra, e não adianta tentar impedi-lo. Não pode danificar aqueles caixotes: foram declarados como "argila", e ele não causará nenhum estrago se chacoalhá-los um pouco. Por isso permaneço aqui e cuido do leme, escrevendo estas notas. Só me resta confiar em Deus e esperar que o nevoeiro se dissipe. Então, se não puder rumar para nenhum porto com o vento que houver, reduzirei as velas e aguardarei, emitindo sinal de socorro.

Agora já está quase tudo acabado. Bem quando eu estava começando a esperar que o imediato voltasse mais calmo – pois ouvi-o martelar com insistência no porão, e o trabalho faz bem para ele –, veio da escotilha um grito repentino de susto, que fez meu sangue gelar, e ele subiu ao convés como disparado por uma arma – um louco furioso, com os olhos esgazeados e o rosto convulsionado pelo medo. "Salve-me! Salve-me!", ele bradou, e depois olhou para o espesso nevoeiro. Seu horror tornou-se desespero, e, com voz firme, ele disse: "É melhor você vir também, capitão, antes que seja tarde demais. *Ele* está lá. Agora sei o segredo.

O mar me salvará dele, e é tudo que resta!". Antes que eu pudesse dizer palavra, ou avançar para segurá-lo, ele saltou sobre a amurada e jogou-se deliberadamente ao mar. Imagino que eu também conheça o segredo, agora. Foi esse louco que se livrou dos homens um a um, e agora os seguiu. Deus me ajude! Como vou explicar todos esses horrores quando aportar? *Se é que* vou aportar! Será que esse dia vai chegar?

4 de agosto. Ainda nevoeiro, que o sol não consegue transpassar. Sei que o sol nasceu porque sou marinheiro, e por nenhuma outra razão. Não ousei descer ao porão, não ousei deixar o leme; por isso permaneci aqui a noite toda, e na sombra da noite eu vi aquilo – ele! Deus me perdoe, mas o imediato estava certo de lançar-se ao mar. Era melhor morrer como um homem; morrer como um marinheiro em alto-mar é algo que homem nenhum desaprova. Mas eu sou o capitão e não devo abandonar meu navio. Porém, vou iludir esse vilão ou monstro, pois amarrarei minhas mãos ao timão quando minhas forças começarem a faltar, e junto com elas amarrarei algo que ele – aquilo! – não ousa tocar; e então, venham bons ou maus ventos, salvarei minha alma e minha honra de capitão. Estou ficando fraco e a noite está chegando. Se ele conseguir olhar no meu rosto novamente, talvez eu não tenha tempo de agir... Se naufragarmos, talvez esta garrafa seja encontrada e aqueles que a encontrarem possam compreender; se não... bem, então todos os homens saberão que fui fiel ao meu dever. Deus e a Virgem Santa e os santos ajudem uma pobre alma ignorante tentando cumprir sua obrigação...

Obviamente, o veredicto ficou em aberto. Não há provas a produzir; e agora ninguém pode dizer se o homem cometeu ou não os assassinatos. O povo daqui considera quase unanimemente que o capitão é simplesmente um herói e merece um funeral público. Já foi acertado que seu corpo será levado por um cortejo de barcos pelo Esk acima por certa distância e depois trazido de volta a Tate Hill Pier e até o alto da escadaria da abadia, pois será inumado no cemitério sobre a falésia. Os proprietários de mais de cem barcos já deram seus nomes, por desejarem acompanhá-lo ao jazigo.

Jamais se encontrou rastro do grande cão, coisa que muito se lamenta, pois, com a opinião pública no estado atual, ele seria, creio eu, adotado pela cidade. Amanhã ocorrerá o funeral, e assim terminará mais esse "mistério do mar".

DIÁRIO DE MINA MURRAY

8 de agosto. Lucy esteve muito agitada a noite toda, e eu tampouco consegui dormir. A tempestade foi medonha, e, ao reboar com força nas chaminés, me fez estremecer. Toda rajada mais violenta soava como um disparo distante de arma de fogo. É estranho que Lucy não tenha acordado; mas levantou-se duas vezes e vestiu-se. Felizmente, a cada vez eu acordei a tempo e consegui despi-la sem acordá-la, e coloquei-a de volta na cama. É uma coisa muito estranha, esse sonambulismo, pois, assim que a vontade dela é frustrada de maneira física, sua intenção, se é que existia, desaparece e ela se entrega quase exatamente à rotina da sua vida.

De manhã cedo nós duas nos levantamos e descemos ao porto para ver se algo tinha acontecido durante a noite. Havia muito poucas pessoas lá, e, embora o sol brilhasse e o ar estivesse claro e fresco, as grandes ondas sinistras, que pareciam escuras porque a espuma que as coroava era branca como a neve, invadiam a boca estreita do porto, qual um brutamontes abrindo caminho numa multidão. De certa forma fiquei contente por Jonathan não estar no mar ontem à noite, e sim em terra. Mas onde estará ele afinal, em terra ou no mar? Onde está ele, e como? Estou ficando terrivelmente aflita por causa dele. Se pelo menos eu soubesse o que fazer, se pudesse fazer alguma coisa!

10 de agosto. O funeral do pobre capitão do mar hoje foi muito tocante. Todos os barcos do porto pareciam estar presentes, e o caixão foi carregado por capitães por todo o caminho de Tate Hill Pier até o cemitério. Lucy foi comigo, e fomos logo cedo para o nosso banco de sempre, enquanto o cortejo de barcos subia o rio até o Viaduct para depois descer. A vista que tínhamos era esplêndida, e assistimos à procissão por quase todo o trajeto. O pobre homem foi sepultado bem perto do nosso banco, por isso ficamos de pé sobre ele quando chegou a hora e vimos tudo.

Coitada da Lucy, parecia tão comovida. Estava agitada e inquieta o tempo todo, e só posso supor que o fato de sonhar todas as noites a esteja afetando. Numa coisa ela está muito esquisita: não admite que haja qualquer motivo para agitação, ou, se houver, ela mesma não entende.

Um motivo adicional é que o pobre senhor Swales foi encontrado morto esta manhã em nosso banco, com o pescoço quebrado. A toda evidência, como disse o médico, ele caiu do banco para trás ao levar algum susto, pois havia no seu rosto uma expressão de medo e horror que, no dizer dos homens, os fez estremecer. Pobre velhinho! Quiçá terá visto a morte com seus olhos moribundos!

Lucy é tão doce e sensível que sente influências com mais intensidade do que outras pessoas. Agora mesmo ela ficou muito abalada por uma coisa de nada à qual não dei muita atenção, apesar de ser muito afeiçoada a animais.

Um dos homens que subia aqui com frequência para olhar os barcos foi seguido pelo seu cachorro. O cachorro está sempre com ele. Ambos são muito quietos, e nunca vi o homem zangado, nem o cachorro latir. Durante a cerimônia o cachorro não quis ficar junto do seu dono, que estava no banco conosco, mas permaneceu a alguns metros de distância, latindo e uivando. O dono falou com ele gentilmente, depois rispidamente, e enfim raivosamente; mas ele não vinha nem parava de fazer barulho. Estava numa espécie de fúria, com os olhos bravios e todos os pelos eriçados como o rabo de um gato quando o bichano está acuado.

Finalmente, o homem também se irritou, saltou do banco e chutou o cachorro, depois o pegou pelo cangote e meio que o arrastou, meio que o jogou sobre a lápide à qual o banco está fixado. No instante em que tocou a pedra, a pobre criatura ficou quieta e encolheu-se, toda trêmula. Não tentou fugir, mas agachou-se, tremendo e contraindo-se, e estava em um estado tão lastimável de terror que eu tentei, em vão, reconfortá-lo.

Lucy também se encheu de piedade, mas não tentou tocar o cachorro, apenas olhou para ele com uma expressão agoniada. Tenho muito receio de que ela seja de natureza sensível demais para frequentar o mundo sem dificuldades. Ela vai sonhar com isso hoje à noite, tenho certeza. Toda essa aglomeração de coisas – o navio conduzido ao porto por um homem morto; a atitude dele, atado ao timão com um crucifixo e um rosário; o funeral tocante; o cachorro, ora furioso, ora aterrorizado – fornecerá material para seus sonhos.

Creio que será melhor para ela ir para a cama cansada fisicamente, por isso vou levá-la para um longo passeio pelas falésias até Robin Hood's Bay e então de volta. Depois disso ela não deverá ter muita inclinação para o sonambulismo.

VIII. Diário de Mina Murray

Mesmo dia, vinte e três horas. Oh, como estou cansada! Se não tivesse feito do meu diário uma obrigação, não o abriria esta noite. Fizemos um lindo passeio. Lucy, depois de um tempo, estava de humor jovial, por causa, imagino, de umas graças de vaquinhas que arremeteram de focinho contra nós num campo perto do farol e nos deixaram apavoradas. Creio que esquecemos tudo, exceto, claro, nosso próprio medo, e isso como que apagou todas as preocupações e nos proporcionou um novo começo. Tomamos um senhor dum chá em Robin Hood's Bay, numa belezinha de estalagem antiquada, com uma sacada envidraçada bem acima das rochas cobertas de algas da orla. Acredito que teríamos chocado a "Nova Mulher" com nosso apetite. Os homens são mais tolerantes, abençoados sejam! Depois voltamos andando para casa, com algumas, na verdade muitas, paradas para descanso, e com o coração cheio de um temor constante de touros selvagens.

Lucy estava muito cansada, e nossa intenção era ir para a cama assim que pudéssemos. O jovem vigário, no entanto, veio nos visitar, e a senhora Westenra convidou-o a ficar para o jantar. Lucy e eu travamos combate com o João Pestana; eu sei que foi uma luta renhida da minha parte, e que fui muito heroica. Acho que algum dia os bispos precisam se reunir e pensar em criar uma nova classe de vigários, que não jantam, não importa quão insistentemente sejam convidados, e que sabem quando uma moça está cansada.

Lucy está adormecida, respirando suavemente. Ela está com as bochechas mais coradas que o normal, e tem um aspecto tão meigo! Se o senhor Holmwood se apaixonou por ela só de vê-la na sala de estar, imagino o que diria se a visse agora. Algumas das escritoras "Novas Mulheres" lançarão algum dia a ideia de que homens e mulheres deveriam ser autorizados a ver-se mutuamente durante o sono antes de fazer uma proposta de casamento ou aceitá-la. Mas suponho que, no futuro, a Nova Mulher não se rebaixará a aceitar; ela mesma fará a proposta. E vai fazer muito bem-feita! Isso já serve de consolo. Estou tão feliz hoje porque minha querida Lucy parece melhor. Realmente acredito que o pior já passou e que superamos seus problemas com sonhos. Eu ficaria mais feliz ainda se pudesse saber se Jonathan... Deus o guarde e abençoe.

11 de agosto, três horas. Diário de novo. Não consigo dormir, então por que não escrever? Estou agitada demais para dormir. Tivemos tamanha aventura, uma experiência tão excruciante. Adormeci assim que fechei meu diário... De repente estava totalmente desperta, e sentada, tomada por uma sensação horrível de medo, e com um sentimento de vazio em torno de mim. O quarto estava escuro, de modo que eu não podia ver a cama de Lucy; avancei tateando e tentei senti-la. A cama estava vazia. Acendi um fósforo e descobri que ela não estava no quarto. A porta estava fechada, mas não trancada, como eu a havia deixado. Receei acordar a mãe dela, que ultimamente tem estado mais doente que de costume, por isso me vesti às pressas e me preparei para procurá-la. Ao sair do quarto, me ocorreu que as roupas que ela estivesse usando poderiam me dar alguma pista da sua intenção sonâmbula. Robe significaria casa; vestido, fora de casa. Porém ambos estavam no seu lugar. "Graças a Deus", pensei comigo, "ela não deve ter ido longe, já que está somente de camisola."

Desci as escadas correndo e procurei na sala de estar. Não encontrei! Depois procurei em todos os outros cômodos abertos da casa, com um temor crescente que gelava meu coração. Finalmente cheguei à porta do saguão e encontrei-a aberta. Não estava escancarada, mas o trinco da fechadura não tinha sido fechado. Os criados da casa têm o cuidado de trancar a porta todas as noites, por isso temi que Lucy tivesse saído do jeito que estava. Não havia tempo para pensar no que poderia acontecer; um medo vago e avassalador obscurecia todos os detalhes.

Peguei um xale grande e pesado e saí correndo. O relógio marcava uma hora quando cheguei à The Crescent, e não havia nenhuma alma à vista. Corri pelo North Terrace, mas não vi sinal algum da figura branca que eu esperava. Na beira da West Cliff, acima do pontão, olhei para o outro lado do porto, em direção à East Cliff, na esperança ou com medo – não sei qual – de ver Lucy em nosso banco favorito.

A lua cheia brilhava sobre pesadas nuvens, escuras e fugidias, que transformavam a paisagem num diorama fugaz de luz e sombra ao atravessá-la. Por alguns instantes não pude ver nada, enquanto a sombra de uma nuvem obscureceu a igreja de St. Mary e todo o seu entorno. Então, depois que a nuvem passou, pude ver as ruínas da abadia se delineando; e, à medida que a borda de uma faixa estreita de luz, aguçada como o fio de uma espada, avançava, a igreja e o cemitério tornavam-se gradualmente visíveis. Seja qual fosse minha expectativa, ela não foi frustrada, pois ali, em nosso banco favorito, o luar prateado incidiu sobre uma figura reclinada, branca como a neve. A chegada de outra nuvem foi rápida demais para que eu pudesse ver muita coisa, pois a escuridão sucedeu à luz quase imediatamente; mas me pareceu que algo sombrio estava de pé atrás do banco onde a figura branca resplandecia e se inclinava sobre ela. O que era, se homem ou animal, eu não saberia dizer.

Não esperei para ter outro vislumbre, apenas desci correndo os degraus íngremes até o pontão e atravessei o mercado de peixes até a ponte, que era o único caminho para chegar à East Cliff. A cidade morta, não avistei vivalma; alegrei-me com isso, pois não queria testemunhas da condição lamentável de Lucy. O tempo e a distância se mostravam infinitos, meus joelhos tremiam, e a respiração me saía ofegante enquanto eu galgava os intermináveis degraus até a abadia. Devo ter corrido rápido, e no entanto parecia que meus pés tinham lastros de chumbo e que todas as juntas do meu corpo estavam enferrujadas.

Quando cheguei quase no topo pude ver o banco e a figura branca, pois já estava perto o bastante para distingui-los mesmo através dos jogos de sombra. Havia indubitavelmente algo, longo e negro, debruçado sobre a figura branca reclinada. Gritei apavorada: "Lucy! Lucy!"; uma cabeça se ergueu, e de onde eu estava pude ver um rosto branco e olhos vermelhos flamejantes.

Lucy não respondeu, por isso continuei correndo para a entrada do cemitério. Quando entrei, a igreja estava entre mim e o banco, e por um ou dois minutos perdi Lucy de vista. Quando avistei-a novamente, a nuvem havia passado e o luar brilhava tão forte que pude ver Lucy reclinada com sua cabeça caída sobre o encosto do banco. Ela estava inteiramente só e não havia sinal de nenhuma criatura viva ao redor.

Ao debruçar-me sobre ela, percebi que ainda estava adormecida. Seus lábios estavam entreabertos e ela estava respirando – não suavemente como é seu costume, mas com arfadas longas e profundas, como se lutasse para encher os pulmões a cada respiração. Quando me aproximei, ela ergueu a mão dormindo e puxou a gola da camisola para cobrir a garganta. Ao fazer isso, um pequeno arrepio a percorreu, como se ela sentisse frio. Joguei o xale grosso sobre ela e apertei as pontas em torno de seu pescoço, para que ela não pegasse um resfriado mortal por causa do ar noturno, despida que estava. Receei acordá-la de uma vez; por isso, para ficar com as mãos livres de modo a poder ajudá-la, prendi o xale ao redor de seu pescoço com um grande alfinete; mas devo ter sido desajeitada na minha ansiedade e tê-la beliscado ou espetado com ele, pois logo em seguida, quando sua respiração se aquietou, ela pôs novamente a mão na garganta e gemeu. Depois de tê-la envolvido com cuidado, coloquei meus sapatos nela, e aí comecei muito suavemente a acordá-la.

De início ela não reagiu, mas gradualmente tornou-se mais e mais irrequieta em seu sono, gemendo e suspirando ocasionalmente. Enfim, como o tempo passava depressa e, por muitas outras razões, eu queria levá-la para casa imediatamente, sacudi-a com mais força, até que finalmente ela abriu os olhos e acordou. Não pareceu surpresa ao me ver, dado que, evidentemente, não percebeu de imediato onde estava.

Lucy sempre acorda transpirando beleza, e mesmo em tal ocasião, em que seu corpo devia estar transido de frio e sua mente um tanto espavorida de despertar despida num cemitério à noite, ela não perdeu seu charme. Ela tremeu um pouco e agarrou-se em mim; quando lhe disse para vir imediatamente comigo para casa, levantou-se sem uma palavra, obediente como uma criança. Ao caminharmos, o cascalho machucou meus pés e Lucy me viu recuar. Ela parou e insistiu em devolver meus sapatos, mas não aceitei. Contudo, quando chegamos ao caminho fora do cemitério, onde havia uma poça de água que restou da tempestade, eu embarrei meus pés usando um pé para cobrir o outro, de forma que, ao voltar para casa, ninguém, se encontrássemos alguém, notaria meus pés descalços.

A fortuna nos sorriu, e chegamos em casa sem encontrar vivalma. Apenas uma vez vimos um homem, que não parecia muito sóbrio, passar por uma rua à nossa frente; mas nos escondemos num vão de porta até que ele desapareceu numa abertura dessas que existem aqui, pequenas vielas inclinadas, ou *wynds*, como são chamadas na Escócia. Meu coração batia tão forte o tempo todo que às vezes pensei que eu fosse desmaiar. Estava repleta de ansiedade por Lucy, não somente pela sua saúde, com medo que sofresse pela exposição, mas pela sua reputação caso a história se alastrasse. Quando entramos, depois de lavar os pés e rezar juntas uma oração de graças, pus Lucy na cama. Antes de adormecer ela me pediu – até implorou – que não dissesse nada a ninguém, nem mesmo a sua mãe, sobre sua aventura sonâmbula.

De início hesitei em prometer; porém, pensando no estado de saúde da sua mãe, e em como o conhecimento de tal fato a afligiria, e pensando também em como essa história poderia ser distorcida –

como infalivelmente seria – caso viesse a lume, julguei mais prudente proceder assim. Espero ter agido certo. Tranquei a porta e amarrei a chave ao meu pulso, então não devo ser incomodada de novo. Lucy está dormindo profundamente; o reflexo da aurora está alto e distante sobre o mar...

Mesmo dia, meio-dia. Tudo está bem. Lucy dormiu até eu acordá-la e não aparenta nem ter virado de lado. A aventura da noite não parece tê-la prejudicado; pelo contrário, beneficiou-a, pois ela está com melhor aspecto esta manhã do que nas últimas semanas. Fiquei chateada ao notar que minha inabilidade com o alfinete a machucou. Pode ter sido sério mesmo, pois a pele do seu pescoço está furada. Devo ter beliscado um pedaço de pele solta e tê-la transfixado, pois há dois pontinhos vermelhos iguais a furos de agulha, e na gola da sua camisola havia uma gota de sangue. Quando me desculpei e mostrei minha preocupação, ela riu e me acariciou, dizendo que nem estava sentindo. Felizmente não deixarão cicatriz, por serem tão diminutos.

Mesmo dia, noite. Tivemos um dia feliz. O ar estava claro, e o sol, brilhante, e havia uma brisa leve. Levamos nosso almoço para Mulgrave Woods; a senhora Westenra foi de carruagem pela estrada, Lucy e eu andamos pelo caminho da falésia e a encontramos no portão. Eu estava um pouco triste, pois não podia deixar de sentir como estaria *absolutamente* feliz se Jonathan estivesse comigo. Mas fazer o quê? Devo ser paciente. Ao anoitecer passeamos pelo Cassino Terrace e ouvimos boa música de Spohr e Mackenzie, e fomos para a cama cedo. Lucy parece mais descansada do que esteve ultimamente, e adormeceu de imediato. Vou trancar a porta e guardar a chave como fiz antes, embora não espere nenhuma confusão esta noite.

12 de agosto. Minhas expectativas estavam erradas, pois duas vezes durante a noite fui acordada por Lucy tentando sair. Ela parecia, mesmo dormindo, estar um pouco contrariada por encontrar a porta fechada, e voltou para a cama com uma espécie de protesto. Acordei com a alvorada e ouvi os pássaros gorjeando do lado de fora da janela. Lucy também acordou e, para minha alegria, estava ainda melhor do que na manhã anterior. Toda a sua velha jovialidade nos modos parece ter voltado, e ela veio aconchegar-se ao meu lado para me contar tudo sobre Arthur.

Contei a ela como estava aflita com Jonathan e ela tentou me consolar. Bem, ela conseguiu de certa forma, já que, se a simpatia não pode alterar os fatos, pode ajudar a torná-los mais suportáveis.

13 de agosto. Outro dia tranquilo, fui para a cama com a chave no meu pulso como antes. De novo acordei à noite e encontrei Lucy sentada na cama, ainda adormecida, apontando para a janela. Levantei em silêncio e, afastando a persiana, olhei para fora. O luar resplandecia, e o efeito suave da luz sobre o mar e o céu – fundidos num único mistério, grandioso e silente – era de uma beleza indescritível. Entre mim e o luar voltejava um enorme morcego, indo e vindo em grandes rodopios. Algumas vezes ele chegou bem perto, mas ficou, imagino, com medo ao me ver, e fugiu esvoaçando pelo porto na direção da abadia. Quando retornei da janela, Lucy tinha se deitado de novo e estava dormindo serena. Ela não voltou a se mexer a noite toda.

14 de agosto. Na East Cliff, lendo e escrevendo o dia todo. Lucy parece ter se apaixonado pelo lugar tanto quanto eu, e é difícil tirá-la de lá quando é hora de voltar para casa para o almoço, o chá ou o jantar. Esta tarde ela fez um comentário engraçado. Estávamos voltando para casa para jantar e, tendo chegado ao topo dos degraus vindo do West Pier, paramos para olhar a vista, como costumamos fazer. O sol poente, muito baixo no horizonte, escondia-se atrás de Kettleness; a luminosidade vermelha se espalhava sobre a East Cliff e a velha abadia, banhando tudo num lindo clarão rosado. Ficamos em silêncio por algum tempo, e subitamente Lucy murmurou como que para si mesma:

"Os olhos vermelhos dele de novo! Estão exatamente iguais". Foi uma expressão tão esquisita, a propósito de nada, que me fez sobressaltar. Virei-me ligeiramente para poder ver Lucy melhor sem encará-la, e vi que ela estava como que num torpor, com um aspecto estranho no rosto que eu não consegui decifrar; por isso não disse nada, mas segui seu olhar. Ela aparentava estar olhando para o nosso banco, sobre o qual havia uma figura sombria sentada sozinha. Fiquei um pouco assustada, pois por um instante o estranho aparentava ter imensos olhos como chamas ardentes; mas um segundo olhar dissipou a ilusão. O sol avermelhado brilhava sobre as janelas da igreja de St. Mary atrás do nosso banco, e, à medida que o sol baixava, havia mudança apenas suficiente na refração e reflexão para fazer parecer que a luz se movia.

Chamei a atenção de Lucy para o efeito peculiar, e ela voltou a si com um sobressalto, aparentando estar triste; pode ser que estivesse pensando naquela noite terrível ali em cima. Nunca falamos sobre isso; por essa razão não falei nada, e fomos para casa jantar. Lucy ficou com dor de cabeça e foi cedo para a cama. Vi que dormia e saí sozinha para um pequeno passeio.

Caminhei junto às falésias para oeste, tomada por uma doce tristeza, pois estava pensando em Jonathan. Ao chegar em casa – o luar brilhava intenso, tão intenso que, embora a frente do nosso pedaço da The Crescent estivesse na sombra, tudo podia ser visto com nitidez – ergui os olhos para nossa janela e vi a cabeça de Lucy inclinada para fora. Pensei que talvez ela estivesse me procurando, por isso abri meu lenço e o agitei. Ela não notou nem fez qualquer movimento. Bem nesse instante, o luar contornou um ângulo do edifício e a luz incidiu sobre a janela. Ali estava Lucy distintamente, com sua cabeça encostada no montante e os olhos fechados. Estava dormindo profundamente, e ao lado dela, sentado no peitoril, havia algo que se assemelhava a um pássaro de grande porte. Fiquei com medo que ela se resfriasse, por isso subi correndo, mas quando entrei no quarto ela estava voltando para a cama, sempre dormindo, e respirando pesadamente; estava segurando a garganta com a mão, como para protegê-la do frio.

Não a acordei, mas cuidei para que ficasse bem coberta; assegurei-me de que a porta estava trancada e a janela firmemente travada.

Ela fica tão meiga quando dorme; mas está mais pálida que de costume, e há um traço tenso e exaurido sob os seus olhos que não me agrada. Temo que esteja se afligindo com algo. Como queria descobrir o que é!

15 de agosto. Levantei-me mais tarde que de costume. Lucy estava lânguida e cansada, e voltou a dormir depois de termos sido chamadas. Tivemos uma boa surpresa durante o café da manhã. O pai de Arthur está melhor e quer que o casamento se realize logo. Lucy está cheia de uma alegria serena, e sua mãe está contente e triste ao mesmo tempo. Mais tarde nesse dia ela me contou o motivo. Lamenta perder sua Lucy, mas alegra-se porque logo a filha terá alguém para protegê-la. Pobre, amável senhora! Ela me confidenciou que recebeu sua sentença de morte. Não contou a Lucy e me fez prometer segredo; seu médico disse que dentro de poucos meses, no máximo, ela vai morrer, porque seu coração está fraquejando. A qualquer momento, até mesmo agora, um choque repentino quase certamente a mataria. Ah, como foi prudente ocultar dela o negócio daquela terrível noite de sonambulismo de Lucy!

17 de agosto. Sem diário por dois dias inteiros. Não me animei a escrever. Algum tipo de mortalha sombria parece estar encobrindo nossa felicidade. Sem notícias de Jonathan, e Lucy parece estar ficando mais fraca, enquanto as horas de sua mãe estão chegando ao fim. Não entendo por que Lucy está definhando desse jeito. Ela come bem e dorme bem, e aproveita o ar fresco; mas a todo tempo o rosado das suas bochechas está sumindo, e ela fica mais fraca e mais lânguida dia após dia; à noite eu a ouço arquejar como se lhe faltasse ar.

Mantenho a chave da nossa porta sempre atada ao meu pulso à noite, mas ela se levanta e anda pelo quarto, e senta-se à janela aberta. Na noite passada eu a encontrei debruçada para fora quando acordei, e quando tentei despertá-la não consegui.

Ela estava desmaiada. Quando logrei reanimá-la ela estava fraca de tudo, e chorou baixinho entre longos esforços dolorosos para respirar. Quando perguntei por que motivo estava à janela, sacudiu a cabeça e virou o rosto.

Acredito que seu mal-estar não se deva àquela infeliz espetada com o alfinete. Acabo de observar seu pescoço agora, enquanto ela dorme, e as diminutas feridas não sararam. Ainda estão abertas e, pior que isso, maiores do que antes, e suas bordas estão ligeiramente brancas. São como pequenos pontos brancos com centro vermelho. Se não sararem em um dia ou dois, insistirei para que o médico as examine.

CARTA DE SAMUEL F. BILLINGTON & SON, ADVOGADOS, WHITBY, AOS SRS. CARTER, PATERSON & CO., LONDRES

17 de agosto

Prezados senhores,

Queiram por gentileza receber junto com esta a fatura de mercadorias enviadas pela Great Northern Railway. Estas devem ser entregues em Carfax, perto de Purfleet, assim que forem recebidas na estação de mercadorias King's Cross. A casa encontra-se atualmente desocupada, mas queiram encontrar adjuntas as chaves, todas elas etiquetadas.

Queiram por obséquio depositar os caixotes, cinquenta ao todo, que compõem a consignação, no edifício parcialmente arruinado que faz parte da casa e está assinalado com um "A" no diagrama anexo. Seu agente reconhecerá facilmente o local, haja vista que se trata da antiga capela da mansão. As mercadorias partirão hoje pelo trem das vinte e uma e trinta e devem chegar a King's Cross amanhã às dezesseis e trinta. Como nosso cliente deseja que a entrega seja feita tão logo quanto possível, ficaremos gratos se vossas senhorias puderem ter equipes prontas em King's Cross na hora indicada para despachar imediatamente as mercadorias ao seu destino. A fim de evitar quaisquer atrasos provocados por exigências de rotina no pagamento em seus departamentos, anexamos a esta um cheque de dez libras, cujo recebimento solicitamos que confirmem. Caso o encargo seja inferior a essa quantia, pedimos a gentileza de devolver o saldo; sendo superior, enviaremos de imediato outro cheque para cobrir a diferença assim que tivermos notícias suas. As chaves deverão ser deixadas ao partir no saguão principal da casa, onde o proprietário poderá recuperá-las ao entrar na casa mediante sua chave em duplicata.

Rogamos que não considerem que excedemos os limites da cortesia comercial ao instá-los de todas as maneiras para que ajam com a mais extrema diligência.

De nossa parte, prezados senhores,
atenciosamente,
Samuel F. Billington & Son

CARTA DOS SRS. CARTER, PATERSON & CO., LONDRES, AOS SRS. BILLINGTON & SON, WHITBY

21 de agosto

Prezados senhores,

Confirmamos por meio desta recebimento de dez libras e retornamos cheque de uma libra, dezessete xelins e nove *pennies*, quantia excedente, como mostrado na prestação de contas em anexo. Mercadorias entregues em exata conformidade com instruções e chaves deixadas em pacote no saguão principal, como orientado.

De nossa parte, prezados srs.,
Atenciosamente,
Pro Carter, Paterson & Co.

DIÁRIO DE MINA MURRAY

18 de agosto. Hoje estou feliz, e escrevo sentada no banco do cemitério. Lucy está muito melhor. Na noite passada ela dormiu bem a noite inteira e não me incomodou uma única vez.

A cor já está voltando às suas bochechas, embora ela ainda esteja tristemente pálida e descorada. Se ela fosse anêmica ou algo assim eu entenderia, mas não é. Ela está de bom humor, cheia de vida e alegria. Toda aquela reticência mórbida parece tê-la deixado, e ela acaba de me lembrar – como se eu pudesse esquecer – *daquela* noite, e de que foi aqui, neste mesmo banco, que eu a encontrei adormecida.

Ao falar isso ela batucou de brincadeira com o salto de sua bota na lápide de pedra e disse:

"Meus pobres pezinhos não fizeram muito barulho daquela vez! Imagino que o finado senhor Swales me teria dito que era porque eu não queria acordar o Geordie."

Como ela estava de bom humor e comunicativa, perguntei se tinha sonhado aquela noite.

Antes de responder, ela franziu a testa daquele jeito meigo que Arthur – chamo-o de Arthur por causa dela – diz que adora; e, realmente, não me espanta que ele adore. Daí ela prosseguiu de um modo meio sonhador, como se tentasse recordar:

"Não sonhei exatamente; mas tudo parecia ser real. Eu só queria estar aqui neste lugar – não sei por quê, já que estava com medo de alguma coisa, não sei o quê. Eu me lembro, embora imagine que estivesse dormindo, de passar pelas ruas e pela ponte. Um peixe saltou quando passei, me debrucei, para olhá-lo, e ouvi um monte de cachorros uivando – a cidade toda cheia de cachorros uivando ao mesmo tempo – enquanto eu subia os degraus. Então tive uma vaga recordação de algo longo e escuro com olhos vermelhos, igual ao que vimos ao pôr do sol, e algo ao mesmo tempo muito doce e muito amargo em volta de mim; daí afundei numa água verde e profunda, e ouvi uma canção em meus ouvidos, como eu soube que acontece com as pessoas que se afogam; logo depois tudo se distanciou de mim; minha alma parecia ter saído do corpo e flutuava no ar. Lembro vagamente que, em certo momento, o farol oeste estava bem abaixo de mim, e tive um sentimento meio angustiante, como se estivesse num terremoto, e eu voltei e encontrei você chacoalhando meu corpo. Eu vi você fazendo-o antes de sentir você."

Daí ela começou a rir. Pareceu-me um pouco extravagante, e ouvi-a sem fôlego. Não gostei nada disso, e achei melhor não manter a atenção dela nesse tema, por isso desviamos para outros assuntos e Lucy voltou a ser ela mesma. Quando chegamos em casa, a brisa fresca a havia revigorado, suas bochechas pálidas estavam realmente mais rosadas. Sua mãe alegrou-se quando a viu, e passamos uma noite muito agradável juntas.

19 de agosto. Que bom, que bom, que bom! Ainda que tudo não esteja bem. Enfim, notícias de Jonathan. Meu querido esteve doente; é por isso que não escreveu. Não tenho medo de pensá-lo ou dizê-lo, agora que sei. O senhor Hawkins me encaminhou a carta e escreveu também, foi tão gentil. Vou partir de manhã para ver Jonathan, ajudar a cuidar dele se necessário e levá-lo para casa. O senhor Hawkins disse que não seria má ideia se pudéssemos nos casar lá mesmo. Chorei sobre a carta da bondosa irmã até senti-la molhada contra o meu peito, onde se encontra. É de Jonathan e tem que ficar junto do meu coração, pois ele está no meu coração. Minha viagem está toda mapeada e minha bagagem está pronta. Vou levar apenas uma muda de roupa; Lucy vai levar meu baú para Londres e guardá-lo até que eu mande buscá-lo, pois pode ser que... Não devo escrever mais; devo guardar isso para dizê-lo a Jonathan, meu marido. A carta que ele viu e tocou deve me alentar até que nos encontremos.

CARTA DA IRMÃ AGATHA, HOSPITAL DE SÃO JOSÉ E SANTA MARIA, BUDAPESTE, À SENHORITA WILHELMINA MURRAY

12 de agosto

Cara senhora,

Escrevo a pedido do senhor Jonathan Harker, que não está forte o bastante para escrever, apesar de estar se recuperando bem, graças a Deus e a São José e à Virgem Maria. Ele está sob os nossos cuidados há quase seis semanas, sofrendo de uma violenta febre cerebral. Ele me pede para exprimir sua afeição e para dizer que, por meio desta, escrevo em nome dele ao senhor Peter Hawkins, em Exeter, a fim de dizer, com suas respeitosas saudações, que ele se desculpa pelo seu atraso e que todo o seu trabalho foi realizado. Ele precisará de algumas semanas de repouso em nosso sanatório nas montanhas, mas depois retornará. Ele me pede para dizer que não tem dinheiro suficiente consigo e que gostaria de pagar pela sua estadia aqui, de modo que outros necessitados não careçam de auxílio.

Receba, cara senhora,
minha simpatia e todas as bênçãos,
Irmã Agatha

P.S.: Como meu paciente está dormindo, abro esta para informá-la de mais uma coisa. Ele me contou tudo sobre você, e que muito em breve você será sua esposa. Que sejam abençoados! Ele sofreu algum choque terrível – segundo nosso médico –, e em seu delírio as alucinações foram medonhas, de lobos, veneno e sangue, de fantasmas e demônios, e receio dizer do que mais. Tome cuidado sempre com ele para que não haja nada desse tipo que possa impressioná-lo por muito tempo daqui para a frente; as sequelas de uma doença como a dele não desaparecem facilmente. Deveríamos ter escrito há muito tempo, mas não sabíamos nada dos seus amigos, e não havia com ele nada que alguém pudesse entender. Ele veio no trem de Klausenburg, e o controlador foi informado pelo chefe de estação de lá que ele entrou correndo na gare pedindo aos brados uma passagem para casa. Vendo pela sua conduta violenta que ele era inglês, deram-lhe uma passagem para a parada mais distante que o trem alcançava naquela direção.

Fique certa de que ele está sob ótimos cuidados. Ele conquistou todos os corações com sua doçura e gentileza. Está realmente melhorando, e não tenho dúvida de que, em poucas semanas, estará recuperado. Mas tome conta dele por questão de segurança. Rogo a Deus e a São José e à Virgem Maria que vocês tenham muitos e muitos anos felizes juntos!

DIÁRIO DO DOUTOR SEWARD

19 de agosto. Estranha e súbita mudança em Renfield na noite passada. Por volta das oito horas ele começou a ficar agitado e farejar como um cão ao seguir um rastro. O enfermeiro ficou impressionado com seu comportamento e, sabendo do meu interesse nele, incentivou-o a falar. Ele geralmente é respeitoso com o enfermeiro e às vezes servil; mas nessa noite, disse-me o homem, estava muito arrogante. Nem mesmo se dignou a falar com ele.

A única coisa que dizia era: "Não quero falar com você: agora você não importa mais; o mestre está vindo".

O enfermeiro acha que é algum tipo de forma súbita de mania religiosa que o acometeu. Se assim for, precisamos estar atentos aos surtos, pois um homem robusto com mania homicida acoplada à religiosa pode ser perigoso. A combinação é nefasta.

Às nove horas eu mesmo o visitei. Sua atitude para comigo foi igual àquela com o enfermeiro; na sua sublime superioridade, a diferença entre mim e o enfermeiro lhe era insignificante. Parece ser mania religiosa, e ele logo pensará que é Deus.

Essas distinções infinitesimais entre um homem e outro são irrisórias para um Ser Onipotente. Como esses loucos se entregam! O verdadeiro Deus cuida para não ferir um pardal; mas o Deus criado da vaidade humana não vê diferença entre uma águia e um pardal. Oh, se os homens soubessem!

Durante meia hora ou mais Renfield foi ficando agitado em grau cada vez maior. Fingi não o estar vigiando, mas mantive estrita observação mesmo assim. Subitamente seus olhos foram tomados por aquele olhar esquivo que sempre vemos quando um louco agarra uma ideia, e com ele o movimento fugidio da cabeça e das costas que os enfermeiros de asilo acabam conhecendo tão bem. Ele ficou muito quieto e foi sentar na beirada da cama, resignado, olhando para o vazio com olhos mortiços.

Pensei em tentar descobrir se sua apatia era real ou apenas simulada, e tentei levá-lo a falar de seus animais de estimação, um tema que nunca deixou de atrair sua atenção.

No começo ele não deu resposta, mas ao cabo disse irritado: "Danem-se todos! Não dou a mínima para eles".

"O quê?", eu disse. "Vai me dizer que não liga para aranhas?" (As aranhas atualmente são seu passatempo e o bloco de anotações está se enchendo de colunas com pequenos números.)

A isso ele respondeu enigmaticamente: "As damas de honra enchem os olhos que aguardam a chegada da noiva; mas, quando a noiva se aproxima, as damas não brilham para os olhos que estão deslumbrados".

Ele não quis explicar, apenas permaneceu sentado obstinadamente na sua cama por todo o tempo em que estive com ele.

Hoje estou cansado e desanimado. Só consigo pensar em Lucy e em como as coisas poderiam ter sido diferentes. Se eu não dormir imediatamente, cloral, o Morfeu moderno! Tenho que tomar cuidado para não fazer disso um hábito. Não, esta noite não vou tomar! Pensei em Lucy, e não vou desonrá-la misturando ambos. Se for o caso, hoje não dormirei...

Mais tarde. Contente em ter tomado a resolução; mais contente em tê-la mantido. Estava deitado me revirando, e tinha ouvido o relógio bater somente duas vezes, quando o vigia noturno veio me ver, enviado da enfermaria, para dizer que Renfield havia escapado. Vesti-me às pressas e desci correndo; meu paciente é uma pessoa perigosa demais para ficar vagando por aí. Aquelas ideias dele podem ser um perigo se aplicadas a estranhos.

O enfermeiro estava me esperando. Ele disse que o havia visto há menos de dez minutos, aparentemente dormindo em sua cama, quando olhara pela portinhola de observação. Sua atenção foi chamada pelo som da janela sendo arrancada. Ele voltou correndo e viu os pés dele desaparecendo pela janela, e mandou me chamar imediatamente. Renfield estava apenas de pijama e não pode estar muito longe.

O enfermeiro pensou que seria mais útil ver para onde ele estava indo do que segui-lo, pois poderia perdê-lo de vista ao deixar o edifício pela porta. O enfermeiro é um homem corpulento e não poderia passar pela janela.

Eu sou magro, portanto com a ajuda dele saí com os pés primeiro e, como estávamos somente a poucos metros do chão, aterrissei ileso.

O enfermeiro me disse que o paciente tinha ido para a esquerda e seguido uma linha reta, por isso corri o mais rápido que pude. Depois de atravessar o cinturão de árvores, vi uma figura branca escalar o muro alto que separa nosso terreno do da casa abandonada.

Voltei correndo na hora, disse ao vigia para pegar três ou quatro homens imediatamente e seguir-me até a propriedade de Carfax, caso nosso amigo oferecesse perigo. Peguei uma escada e, ao cruzar o muro, deixei-a cair do outro lado. Avistei a figura de Renfield desaparecendo atrás do ângulo da casa e corri atrás dele. Do lado oposto da casa, encontrei-o encostado à velha porta de carvalho da capela, emoldurada em ferro.

Ele estava falando, aparentemente com alguém, mas tive receio de aproximar-me o bastante para ouvir o que ele estava dizendo, para não assustá-lo e fazê-lo fugir.

Perseguir um enxame errante de abelhas não é nada perto de seguir um lunático desnudo, quando tomado pela vontade de escapar! No entanto, depois de alguns minutos, percebi que ele não reparava em nada ao seu redor, por isso arrisquei aproximar-me dele – ainda mais porque meus homens haviam cruzado o muro e o estavam rodeando. Ouvi-o dizer:

"Estou aqui para cumprir suas ordens, mestre. Sou seu escravo, e você me recompensará, pois serei fiel. Venerei-o por muito tempo a distância. Agora que você está próximo, aguardo seu comando, e você não se descuidará de mim, não é, mestre querido, na sua distribuição de boas coisas?"

Ele é *mesmo* um pedinte egoísta. Pensa em benesses até quando acredita estar diante de uma Presença Real. Suas manias compõem uma combinação intrigante. Quando caímos sobre ele, lutou como um tigre. Ele é tremendamente forte, e lembrava mais uma fera que um homem.

Nunca antes vi um lunático num tal paroxismo de fúria, e espero nunca mais ver. Foi uma sorte termos descoberto sua força e seu perigo a tempo. Com tamanha força e determinação, ele poderia ter feito um estrago antes de ser capturado.

De qualquer forma, agora está contido. Nem o próprio Jack Sheppard conseguiria libertar-se da camisa de força que o segura, e ele está acorrentado à parede no quarto acolchoado.

Por vezes seus gritos são horríveis, mas os silêncios que se seguem são ainda mais soturnos, pois ele tenciona matar em cada expressão e cada movimento.

Agora mesmo ele pronunciou palavras coerentes pela primeira vez: "Serei paciente, mestre. Está chegando – chegando – chegando!".

Então aproveitei a deixa e me retirei. Estava agitado demais para dormir, mas este diário me acalmou, e sinto que vou conseguir dormir esta noite.

IX. Carta de Mina Harker a Lucy Westenra

Budapeste, 24 de agosto

Minha querida Lucy,

Sei que você está ansiosa para ouvir tudo o que aconteceu desde que nos despedimos na estação de trem em Whitby.

Bem, minha querida, cheguei a Hull sem problemas e peguei o barco para Hamburgo, e daí o trem para cá. Sinto que mal consigo lembrar da viagem, exceto que sabia que estava indo ao encontro de Jonathan e que, como teria que cuidar dele, seria melhor dormir tanto quanto pudesse... Encontrei o meu querido, ai, tão magro e pálido e abatido. Todo o ânimo partiu dos seus belos olhos, e aquela dignidade serena que eu dissera haver em seu rosto desapareceu. Ele está em frangalhos, e não se recorda de nada que lhe aconteceu nos últimos longos períodos. Pelo menos é nisso que ele quer que eu acredite, e nunca hei de perguntar.

Ele sofreu algum choque terrível, e receio que poderia prejudicar seu cérebro se tentasse lembrar. A irmã Agatha, que é uma boa criatura e uma enfermeira nata, me disse que ele delirou com coisas horrendas enquanto estava fora de si. Pedi a ela que me contasse o que eram, mas ela só fazia persignar-se e dizer que nunca contaria; que os delírios dos enfermos são segredos de Deus e que, se uma enfermeira, por força da sua vocação, vier a escutá-los, deve respeitar seu sigilo.

Ela é uma alma doce e bondosa, e no dia seguinte, quando viu que eu estava perturbada, introduziu o assunto novamente e, depois de dizer que nunca poderia mencionar com o que meu pobre querido delirava, acrescentou: "Isto eu posso lhe dizer, minha criança: que não foi com nada de errado que ele fez; e você, como sua futura esposa, não tem motivo para se preocupar. Ele não se esqueceu de você nem do que lhe deve. Seu temor era de coisas monstruosas e aterradoras, que nenhum mortal consegue conceber".

Acredito que a boa alma tenha pensado que eu estava com ciúmes caso meu pobre querido tivesse se enamorado de alguma outra moça. Que ideia, *eu* com ciúmes de Jonathan! E mesmo assim, minha querida, deixe-me confessar que senti um arrepio de alegria me percorrer quando *soube* que nenhuma outra mulher tinha sido a causa do infortúnio. Agora estou sentada à cabeceira dele, de onde posso ver seu rosto enquanto dorme. Ele está acordando!...

Ao acordar ele me pediu seu casaco, pois queria pegar algo no bolso; chamei a irmã Agatha e ela trouxe todas as coisas dele. Vi que entre elas estava seu bloco de anotações, e ia pedir a ele que me deixasse dar uma olhada – pois já sabia que poderia encontrar alguma pista sobre seu tormento –, mas acredito que ele tenha visto meu desejo em meus olhos, pois me enviou para perto da janela, dizendo que queria ficar sozinho por um momento.

Depois me chamou de volta; quando cheguei, ele estava com a mão sobre o bloco de anotações e disse, solene: "Wilhelmina". Entendi então que ele falava sério, pois nunca mais me chamou por esse nome desde que me pediu em casamento. "Você conhece, meu bem, minhas ideias sobre a confiança entre marido e mulher: não deve haver segredo nem dissimulação. Sofri um grande choque, e quando tento pensar no que foi sinto minha cabeça girar, não sei se tudo foi real ou se foi devaneio de um louco. Você sabe que tive febre cerebral, e isso é ser louco. O segredo está aqui, e eu não quero sabê-lo. Quero recomeçar minha vida aqui, com nosso casamento." Isso porque, minha querida, nós tínhamos decidido nos casar assim que as formalidades estivessem resolvidas. "Você está disposta, Wilhelmina, a partilhar da minha ignorância? Aqui está o livro. Pegue-o e guarde-o, leia-o se quiser, mas nunca me deixe saber; a menos, claro, que algum dever solene venha me obrigar a voltar às horas penosas, adormecido ou acordado, são ou louco, registradas aqui." Ele se deitou, exausto; e eu pus o livro sob seu travesseiro e o beijei. Pedi à irmã Agatha para implorar à superiora que autorizasse nosso casamento para esta tarde, e estou esperando a resposta...

Ela voltou e me disse que o capelão da igreja missionária inglesa foi chamado. Deveremos nos casar em uma hora, ou assim que Jonathan acordar.

Lucy, o tempo voou. Sinto-me muito solene, mas muito, muito feliz. Jonathan acordou um pouco depois de uma hora; tudo estava pronto, e ele se sentou na cama, escorado com travesseiros. Ele respondeu seu "aceito" com firmeza e segurança. Eu mal podia falar; meu coração estava tão cheio que até essa palavra parecia me sufocar.

As irmãs foram muito gentis. Queira Deus que eu nunca, nunca as esqueça, nem as graves e doces responsabilidades que assumi. Preciso te falar do meu presente de casamento. Quando o capelão e as irmãs me deixaram a sós com meu marido – oh, Lucy, é a primeira vez que escrevo as palavras "meu marido" –, eu dizia, a sós com meu marido, peguei o livro debaixo do seu travesseiro, embrulhei-o em papel branco, amarrei-o com um pedacinho da fita azul-clara que estava em torno do meu pescoço, selei-o sobre o nó com cera, e como sinete usei minha aliança de casamento. Em seguida beijei-o e mostrei-o ao meu marido, dizendo que o manteria assim e que seria para nós um sinal externo e visível durante toda a nossa vida de que confiamos um no outro; que eu nunca o abriria, a não ser que fosse para o bem dele ou para cumprir algum dever imperioso. Então ele pegou minha mão e, oh, Lucy, foi a primeira vez que ele pegou a mão da *sua mulher*, e disse que era a coisa mais encantadora do mundo, e que passaria de novo por tudo o que passou para conquistá-la, se preciso fosse. O pobre querido quis dizer "uma parte do que passou", mas ainda não consegue pensar em tempo, e não me espantará se no começo ele confundir não apenas o mês, mas também o ano.

Bom, minha querida, o que eu podia dizer? Só podia dizer a ele que eu era a mulher mais feliz do mundo e que não tinha nada para lhe dar exceto eu mesma, minha vida e minha lealdade, e que junto com isso iam meu amor e compromisso por todos os dias da minha vida. E, minha querida, quando ele me beijou e me puxou para si com suas mãos fraquejantes, foi como um juramento muito solene entre nós...

Lucy querida, você sabe por que estou te contando tudo isso? Não é somente porque é tudo tão doce para mim, mas porque você sempre foi, e é, muito querida para mim. Foi um privilégio ser sua amiga e guia quando você saiu da sala de aula e teve que se preparar para a vida. Quero que você veja agora, e com os olhos de uma esposa muito feliz, até onde me levou o compromisso, para que você também, na sua vida de casada, possa ser tão feliz quanto eu sou. Minha querida, queira Deus todo-poderoso que sua vida seja tudo o que ela promete: um longo dia de sol, sem vento forte, sem esquecer o compromisso, sem desconfiança. Não posso lhe desejar nenhuma dor, porque isso não pode existir; mas espero, sim, que você seja *sempre* tão feliz quanto eu sou *agora*. Adeus, querida. Vou postar esta carta imediatamente e, talvez, escrever de novo para você muito em breve. Preciso parar, pois Jonathan está acordando – tenho que cuidar do meu marido!

Da sua amiga que te ama,
Mina Harker

CARTA DE LUCY WESTENRA A MINA HARKER

Whitby, 30 de agosto

Minha querida Mina,

Oceanos de amor e milhões de beijos, e que você esteja logo no seu lar com o seu marido. Queria que você pudesse voltar para casa a tempo de ficar conosco aqui. O ar limpo logo restauraria Jonathan, como me restaurou. Tenho um apetite de biguá, estou cheia de vida e durmo bem. Você vai gostar de saber que meu sonambulismo acabou completamente. Acho que não saí da cama por uma semana, quer dizer, depois que me deito nela à noite. Arthur diz que estou engordando. Aliás, esqueci de te contar que Arthur está aqui. Fazemos lindos passeios a pé e de carruagem, cavalgamos, remamos, jogamos tênis e pescamos juntos; e eu o amo mais do que nunca. Ele me diz que me ama mais, mas eu duvido, porque no começo ele me disse que não poderia me amar mais do que naquele momento. Mas isso é besteira. Aí está ele, chamando por mim. Assim, sem mais por ora, da sua amada

Lucy

P.S.: Mamãe manda beijos. Ela parece melhor, coitadinha.
P.P.S.: Vamos nos casar em 28 de setembro.

DIÁRIO DO DOUTOR SEWARD

20 de agosto. O caso Renfield está se tornando cada vez mais interessante. Ele se acalmou tanto até agora que há intervalos de cessação da sua paixão. Na primeira semana após o ataque, ele estava continuamente violento. Então, uma noite, assim que surgiu a lua, aquietou-se e ficou murmurando para si mesmo: "Agora posso esperar; agora posso esperar".

O enfermeiro veio me contar, por isso desci correndo para dar uma olhada. Ele ainda estava na camisa de força e no quarto acolchoado, mas o olhar exaltado havia sumido do seu rosto, e seus olhos tinham algo da costumeira mansidão suplicante – eu poderia quase dizer "aduladora". Fiquei satisfeito com sua condição atual, e ordenei que fosse solto. Os enfermeiros hesitaram, mas finalmente executaram minha ordem sem protestar.

Foi uma coisa estranha o paciente ter tido humor suficiente para enxergar a desconfiança deles, já que, ao aproximar-se de mim, disse num sussurro, enquanto olhava furtivamente para eles: "Eles pensam que eu poderia feri-lo! Imagine só, *eu* ferir *você*! Que tolos!".

Foi uma sensação de alívio, de certa forma, ver-me dissociado dos outros, ainda que na cabeça desse pobre demente; porém, mesmo assim não acompanhei seu raciocínio. Devo considerar que tenho algo em comum com ele, de forma que devemos, por assim dizer, unir forças? Ou ele espera ganhar de mim algum benefício tão estupendo que meu bem-estar é necessário para ele? Preciso descobrir mais tarde. Nesta noite ele não quis falar. Nem a oferta de um gatinho, nem mesmo a de um gato adulto o tentou.

Ele só diz: "Não tenho interesse algum por gatos. Tenho mais no que pensar agora, e posso esperar; posso esperar".

Pouco depois eu o deixei. O enfermeiro me disse que ele ficou sossegado até pouco antes da aurora, e que então começou a ficar inquieto, e em seguida violento, até atingir um paroxismo que o exauriu a ponto de fazê-lo desmaiar numa espécie de coma.

...Em três noites seguidas a mesma coisa aconteceu – violento o dia inteiro, depois quieto do anoitecer ao amanhecer. Como eu queria ter alguma pista da causa! Parece até que há alguma influência que vem e volta. Boa ideia! Esta noite oporemos o espírito são ao louco. Ele escapou antes sem a nossa ajuda; hoje escapará com ela. Vamos lhe dar uma chance, e deixar os homens prontos para segui-lo caso seja necessário...

23 de agosto. "O inesperado sempre acontece."[20] Como Disraeli conhecia bem a vida! Nosso pássaro, ao encontrar a gaiola aberta, não quis voar, por isso todos os nossos arranjos sutis foram em vão. De qualquer forma, provamos uma coisa: que os intervalos de calma duram um tempo razoável. No futuro poderemos afrouxar suas amarras por algumas horas todos os dias. Dei ordens ao enfermeiro da noite para apenas trancá-lo no quarto acolchoado, quando ele se acalmar, até uma hora antes do amanhecer. O corpo dessa pobre alma vai ficar aliviado, ainda que sua mente não possa apreciar. Vejam só! O inesperado novamente! Estou sendo chamado; o paciente escapou mais uma vez.

---

20. A citação correta da sentença de Disraeli, tirada de *Henrietta Temple* (livro II, capítulo 4), é: "*What we anticipate seldom occurs; what we least expected generally happens*" ("O que antecipamos raramente ocorre; o que menos esperamos é o que geralmente acontece").

Mais tarde. Outra aventura noturna. O astucioso Renfield esperou o enfermeiro entrar no quarto para inspecionar. Daí passou disparado pelo enfermeiro e sumiu pelo corredor. Ordenei aos enfermeiros que o seguissem. Mais uma vez ele entrou no terreno da casa abandonada, e encontramo-lo no mesmo lugar, encostado à velha porta da capela. Quando me viu, ficou furioso, e se os enfermeiros não o tivessem agarrado a tempo ele teria tentado me matar. Enquanto o segurávamos, uma coisa estranha aconteceu. Ele subitamente redobrou seus esforços e depois, de modo igualmente súbito, recobrou a calma. Olhei instintivamente em torno de nós, mas não vi nada. Então cruzei o olhar do paciente e segui-o, mas não avistei nada na sua mirada perdida no céu enluarado, exceto um grande morcego, que batia as asas de forma silenciosa e sinistra rumo a oeste. Os morcegos geralmente giram e rodopiam, mas esse seguia reto, como se soubesse para onde ia ou se tivesse alguma intenção própria.

O paciente se acalmava cada vez mais, e finalmente disse: "Não precisam me amarrar; eu irei calmamente". Voltamos ao asilo sem incidentes. Sinto que há algo funesto na sua calma, e não esquecerei esta noite...

DIÁRIO DE LUCY WESTENRA

Hillingham, 24 de agosto. Preciso imitar Mina e escrever regularmente. Assim poderemos ter longas conversas quando nos encontrarmos. Quando será isso? Queria que ela estivesse aqui comigo, pois me sinto tão infeliz. Na noite passada sonhei de novo, como acontecia em Whitby. Deve ser a mudança de ar, ou por ter voltado para casa. Tudo está escuro e tenebroso para mim, pois não consigo me lembrar de nada; mas estou cheia de um vago temor e sinto-me tão fraca e esgotada. Quando Arthur veio almoçar, ficou muito triste ao me ver, e não tive forças para tentar me animar. Será que poderei dormir no quarto de mamãe esta noite? Vou dar uma desculpa e tentar.

25 de agosto. Outra noite ruim. Mamãe não quis aceitar minha proposta. Ela mesma não parece estar muito bem, e certamente não quer me deixar preocupada. Tentei ficar acordada, e consegui por algum tempo; mas quando o relógio bateu as doze despertou-me de um cochilo, então devo ter caído no sono. Alguma coisa estava arranhando a janela ou batendo nela, mas não liguei, e como não lembro de mais nada devo ter dormido.

Mais pesadelos. Gostaria de me lembrar deles. Esta manhã estou terrivelmente fraca. Meu rosto está com uma palidez medonha e minha garganta dói. Deve haver algo errado com meus pulmões, pois nunca consigo respirar direito. Vou tentar me animar quando Arthur chegar, senão sei que ele vai ficar infeliz de me ver assim.

CARTA DE ARTHUR HOLMWOOD AO DOUTOR SEWARD

Hotel Albemarle, 31 de agosto

Meu caro Jack,

Quero lhe pedir um favor. Lucy está doente; quer dizer, ela não tem nenhuma doença específica, mas está com uma aparência péssima, e piorando a cada dia. Perguntei a ela se havia alguma causa; não ouso perguntar à mãe dela, pois inculcar na pobre senhora uma preocupação com sua filha, no seu estado atual de saúde, seria fatal. A senhora Westenra confidenciou-me que seus dias estão contados – doença do coração –, mas a pobre Lucy ainda não sabe. Tenho certeza de que algo está atormentando minha garota. Chego a ficar aturdido quando penso nela, e olhar para ela me dá uma pontada. Eu disse a ela que pediria a você que a examinasse, e, embora ela tenha resistido inicialmente – sei por quê, meu chapa –, acabou concordando. Sei que será uma tarefa penosa para você, velho amigo, mas é para o bem *dela*, e não vou hesitar em pedir, nem você em agir. Venha almoçar em Hillingham amanhã, às duas horas, para não levantar suspeita na senhora Westenra, e depois do almoço Lucy criará uma oportunidade para ficar a sós com você. Eu virei para o chá, e poderemos partir juntos; estou cheio de ansiedade e quero conversar com você a sós assim que puder, depois que você a examinar. Não deixe de vir!

Arthur

TELEGRAMA DE ARTHUR HOLMWOOD A SEWARD

1º de setembro

Chamado para ver meu pai, que piorou. Estou escrevendo. Mande-me detalhes por correio noturno de hoje ao Ring. Envie telegrama se necessário.

CARTA DO DOUTOR SEWARD A ARTHUR HOLMWOOD

2 de setembro

Meu caro amigo,

Com relação à saúde da senhorita Westenra, apresso-me em dizer que, na minha opinião, não há nenhum distúrbio funcional nem moléstia que eu conheça. Por outro lado, não estou nem um pouco satisfeito com a aparência dela; está terrivelmente diferente de quando a vi pela última vez. É claro que você deve ter em mente que não tive oportunidade de examiná-la tão completamente quanto gostaria; nossa própria amizade impõe certa dificuldade que nem mesmo a ciência ou a praxe médica conseguem superar. Mas é melhor eu lhe contar exatamente o que aconteceu, deixando que você tire, na medida do possível, suas próprias conclusões. Então lhe direi o que fiz e o que proponho fazer.

Encontrei a senhorita Westenra aparentemente de bom humor. Sua mãe estava presente e, em poucos segundos, percebi que ela estava tentando tudo o que podia para iludir sua mãe e impedir que ficasse preocupada. Não tenho dúvida que ela imagina, se é que não sabe, que há necessidade de cautela.

Almoçamos sós, e, como nos esforçamos todos para ficar alegres, obtivemos, como recompensa por nossos esforços, alguma alegria de verdade entre nós. Então a senhora Westenra foi deitar-se e Lucy ficou comigo. Fomos ao seu *boudoir*,[21] e até chegarmos lá ela manteve sua jovialidade, já que havia criados indo e voltando.

Assim que a porta se fechou, no entanto, a máscara caiu de seu rosto, e ela se jogou numa cadeira com um profundo suspiro, escondendo os olhos com as mãos. Quando vi que sua boa disposição havia sumido, aproveitei imediatamente sua reação para fazer um diagnóstico.

Ela me disse com muita doçura: "Você não imagina como detesto falar de mim mesma". Lembrei-lhe que o sigilo médico é sagrado, mas que você estava terrivelmente preocupado com ela. Ela entendeu meu recado na hora, e resolveu a questão em poucas palavras: "Diga a Arthur tudo o que quiser. Não ligo para mim, só para ele!". Portanto, estou totalmente livre.

Percebi facilmente que ela estava meio sem sangue, mas não encontrei os sinais habituais de anemia, e por sorte consegui efetivamente testar a

---

21. Em francês no original: pequena sala de visitas reservada à dona da casa.

qualidade do seu sangue, pois, ao abrir uma janela que estava emperrada, uma corda cedeu e ela cortou ligeiramente a mão no vidro quebrado. Foi um incidente anódino, mas me proporcionou uma chance de obter algumas gotas de sangue, que analisei.

A análise qualitativa mostra uma condição normal e indica, a meu ver, um estado de saúde vigoroso. Quanto a outros assuntos físicos, fiquei satisfeito por não haver motivo para alarme; mas, como deve existir alguma causa, cheguei à conclusão de que deve ser algo mental.

Ela se queixa de dificuldade para respirar satisfatoriamente por vezes, e de um sono pesado, letárgico, com sonhos que a assustam, mas dos quais não se consegue lembrar de nada. Disse que, quando criança, costumava ser sonâmbula, e que em Whitby esse hábito voltou, e que certa vez saiu durante a noite e foi até a East Cliff, onde a senhorita Murray a encontrou; mas me garantiu que ultimamente não vinha mais acontecendo.

Estou em dúvida, por isso fiz a melhor coisa que me ocorreu: escrevi a meu velho amigo e mestre, o professor Van Helsing, de Amsterdã, que conhece mais sobre doenças obscuras do que qualquer pessoa no mundo. Pedi a ele que viesse para cá, e, como você me disse que tudo ficaria a seu cargo, contei a ele quem você é e qual é sua relação com a senhorita Westenra. Tudo isso, meu amigo, para atender ao seu pedido, pois fico muito orgulhoso e feliz de fazer tudo o que posso por ela.

Sei que Van Helsing faria tudo por mim, por um motivo pessoal; por isso, não importa quais sejam suas condições, devemos acatar seus desejos. Ele pode parecer arbitrário, mas isso é porque ele sabe muito melhor do que qualquer um do que está falando. Ele é filósofo e metafísico, e um dos cientistas mais avançados da nossa época; e tem, julgo eu, uma mente absolutamente aberta. Além disso, nervos de aço, um temperamento de gelo, uma resolução indomável, autocontrole e tolerância exaltada de virtudes em bênçãos, e o coração mais bondoso e fiel que já bateu – tudo isso forma seu equipamento para o nobre trabalho que ele está fazendo pela humanidade, trabalho na teoria e na prática, pois suas visões são tão amplas quanto sua compaixão por tudo e todos. Estou lhe contando esses fatos para que você saiba por que tenho tanta confiança nele. Pedi que viesse imediatamente. Verei a senhorita Westenra amanhã de novo. Ela vai me encontrar na Harrods, para que eu não inquiete sua mãe com uma repetição prematura da minha visita.

Do seu amigo,
John Seward

CARTA DE ABRAHAM VAN HELSING, M.D., PH.D., LIT.D. ETC. ETC., AO DOUTOR SEWARD

2 de setembro

Meu bom amigo,

Assim que recebi sua carta, parti ao seu encontro. Quis a boa fortuna que eu pudesse partir imediatamente, sem prejudicar nenhum daqueles que confiaram em mim. Tivesse a fortuna sido diversa, então seria pior para aqueles que confiaram, porque atenderei ao meu amigo sempre que me chamar para ajudar aqueles que lhe são caros. Diga ao seu amigo que, naquela vez em que você sugou tão rapidamente da minha ferida o veneno da gangrena daquela faca que nosso outro amigo, nervoso demais, deixou cair, você fez mais por ele, quando ele requer meus préstimos e você os solicita, do que toda a sua grande fortuna poderia fazer. Mas o prazer é redobrado em fazer para ele, seu amigo, pois assim poderei ver você. Reserve quartos para mim no Great Eastern Hotel, para que eu possa estar próximo, e por favor cuide para que possamos ver a jovem senhorita não muito tarde hoje, pois provavelmente terei que retornar para cá esta noite. Mas se houver necessidade voltarei dentro de três dias, e ficarei mais se precisar. Até então, adeus, amigo John.

Van Helsing

CARTA DO DOUTOR SEWARD AO EXCELENTÍSSIMO ARTHUR HOLMWOOD

3 de setembro

Meu caro Art,

Van Helsing veio e já voltou. Ele foi comigo a Hillingham e descobriu que, por iniciativa de Lucy, a mãe dela estava almoçando fora, de modo que estivemos a sós com ela.

Van Helsing fez um exame minucioso da paciente. Ele vai me informar e eu avisarei você, pois evidentemente não estive presente o tempo todo. Temo que esteja muito preocupado, mas ele disse que precisa pensar. Quando lhe contei da nossa amizade e de como você confia em mim nessa questão, ele disse: "Você deve lhe dizer tudo o que pensa. Diga-lhe o que eu penso, se você conseguir adivinhar, se você quiser. Não estou brincando. Isto não é brincadeira, mas vida e morte, talvez mais". Perguntei o que ele queria dizer, pois falou muito sério. Isso foi quando tínhamos voltado para a cidade, e ele estava tomando uma xícara de chá antes de voltar para Amsterdã. Ele não me deu nenhuma outra pista. Não fique bravo comigo, Art, porque a própria reticência dele significa que seu cérebro está trabalhando inteiramente para o bem dela. Ele falará bastante claramente quando for a hora, pode estar certo disso. Então eu lhe disse que escreveria simplesmente um informe da nossa visita, como se estivesse redigindo um artigo especial descritivo para *The Daily Telegraph*. Ele pareceu não ouvir, apenas observou que a fuligem em Londres não estava tão ruim como na época em que ele era estudante aqui. Devo receber seu relatório amanhã, se ele conseguir terminar. Em todo caso, receberei uma carta.

Bem, quanto à visita, Lucy estava mais animada do que no outro dia em que a vi, e certamente aparentava estar melhor. Tinha perdido um pouco daquela aparência deslavada que tanto te alarmou, e sua respiração estava normal. Ela foi muito meiga com o professor (como sempre é) e tentou fazê-lo sentir-se à vontade; mas percebi que a pobre coitada estava fazendo um tremendo esforço para isso.

Acredito que Van Helsing tenha percebido também, pois vi a expressão fugaz sob suas sobrancelhas espessas, que conheço faz tempo. Então ele começou a papear sobre tudo, menos sobre nós e as doenças, e com uma genialidade infinita que fez visivelmente o fingimento de animação de Lucy transformar-se em realidade. Daí, sem nenhuma mudança aparente, ele conduziu a conversa de maneira gentil para sua visita e disse com suavidade:

"Minha cara senhorita, para mim é um prazer tão grande, porque você é muito querida. Isso é muito, minha cara, caso haja aquilo que não vejo. Me disseram que você estava deprimida e com uma palidez medonha. A eles eu digo: 'Bah!'." Ele estalou os dedos na minha direção e continuou: "Mas você e eu vamos mostrar a eles como estavam enganados. Como pode ele" – e apontou para mim com a mesma expressão e o mesmo gesto com que uma vez fez isso diante da classe em, ou pouco depois de, uma ocasião específica que ele nunca deixa de me fazer recordar – "saber qualquer coisa sobre senhoritas? Ele tem seus malucos para brincar, para trazer de volta à felicidade e àqueles que os amam. É muita coisa para fazer, sim, mas há recompensas, por podermos propiciar essa felicidade. Mas as senhoritas! Ele não tem mulher nem filha, e os jovens não fazem confidências aos jovens, mas aos velhos, como eu, que conheceram tantas mágoas e as causas delas. Por isso, minha cara, vamos mandá-lo fumar um cigarro no jardim, enquanto eu e você temos uma conversinha só entre nós". Eu aproveitei a deixa e fui dar uma volta; pouco depois, o professor veio à janela e pediu que eu entrasse. Ele estava sério, mas disse: "Realizei um exame cuidadoso, mas não há nenhuma causa funcional. Concordo com você que muito sangue foi perdido; foi, mas não é mais. No entanto a condição dela não é de modo algum anêmica. Pedi que ela chamasse a criada, para que eu pudesse fazer uma ou duas perguntas, assim não correrei o risco de deixar passar nada. Sei bem o que ela dirá. Porém há um motivo; há sempre um motivo para tudo. Preciso voltar para casa e pensar. Você precisa me mandar um telegrama todo dia; e se houver motivo eu virei de novo. A doença – porque não estar bem de todo é uma doença – me interessa, e a doce jovem também me interessa. Ela me encanta, e por ela, se não for por você ou pela doença, eu virei".

Como mencionei, ele não quis dizer mais nada, mesmo quando estávamos sós. Agora, Art, você sabe tudo o que eu sei. Manterei uma guarda segura. Imagino que seu pai esteja se recuperando. Deve ser terrível para você, meu caro amigo, estar nessa posição entre duas pessoas que lhe são tão queridas. Conheço sua noção de dever para com seu pai, e você tem razão de segui-la; mas, se houver necessidade, mandarei chamá-lo para vir ver Lucy de imediato. Portanto, não se aflija demais se eu não lhe mandar notícias.

DIÁRIO DO DOUTOR SEWARD

4 de setembro. O paciente zoófago ainda mantém nosso interesse por ele. Teve somente um acesso; isso foi ontem, numa hora incomum. Logo antes do meio-dia, ele começou a ficar agitado. O enfermeiro conhecia os sintomas e pediu ajuda imediatamente. Felizmente, os homens vieram correndo e chegaram bem na hora, pois ao soar meio-dia ele ficou tão violento que foi preciso toda a força deles para segurá-lo. Porém, em cerca de cinco minutos, ele começou a ficar mais e mais calmo, e finalmente caiu numa espécie de melancolia, estado em que permanece até agora. O enfermeiro me disse que os gritos dele no paroxismo eram realmente pavorosos; fui muito solicitado ao entrar, pois tive de atender outros pacientes, que ficaram assustados com ele. Entendo perfeitamente o efeito, pois os sons abalaram até a mim, embora estivesse a alguma distância. Agora já passou da hora do jantar no sanatório, e meu paciente ainda está sentado num canto, amuado, com uma expressão apática, taciturna e acabrunhada no rosto, que parece mais indicar que mostrar algo diretamente. Não consigo entender.

Mais tarde. Outra mudança no meu paciente. Às cinco horas, fui vê-lo e encontrei-o aparentemente tão feliz e contente quanto costumava estar. Ele estava pegando moscas e comendo-as, e anotava suas capturas fazendo marcas com a unha no batente da porta entre as costuras do acolchoamento. Quando me viu, veio até mim e desculpou-se pela má conduta, e pediu de maneira muito humilde e subserviente que o levassem de volta ao seu quarto e lhe devolvessem seu bloco de anotações. Julguei que seria bom agradá-lo, por isso ele está de volta ao seu quarto, com a janela aberta. Ele espalhou o açúcar do chá sobre o peitoril da janela e está colhendo uma boa safra de moscas. Agora ele não as come, mas coloca-as numa caixa, como antes, e já está examinando os cantos do seu quarto para encontrar uma aranha. Tentei fazê-lo falar sobre os últimos dias, pois qualquer pista sobre seus pensamentos seria de imensa valia para mim; mas ele não quis se levantar. Por alguns instantes pareceu muito triste, e disse numa voz meio aérea, como se dissesse mais para ele mesmo do que para mim:

"Tudo acabado! Tudo acabado! Ele me desertou. Agora não há mais esperança para mim, a não ser que eu aja por mim mesmo!" Então, virando-se subitamente para mim de modo decidido, ele disse: "Doutor, você poderia me fazer uma gentileza e me dar um pouco mais de açúcar? Eu acho que seria bom para mim".

"E as moscas?", perguntei.

"Sim! As moscas também gostam, e eu gosto das moscas; portanto, eu gosto de açúcar." E tem gente que sabe tão pouco a ponto de pensar que os loucos não raciocinam! Forneci a ele uma dose dupla e fiz dele um homem mais feliz, imagino, que qualquer outro no mundo. Como eu gostaria de decifrar sua mente!

Meia-noite. Outra mudança nele. Eu tinha ido ver a senhorita Westenra – que estava muito melhor –, tinha acabado de regressar e estava de pé diante do portão, olhando o pôr do sol, quando o ouvi gritar mais uma vez. Como o quarto dele fica deste lado do edifício, pude ouvir melhor que de manhã. Foi um choque para mim dar as costas à maravilhosa beleza esfumaçada de um pôr do sol sobre Londres, com suas luzes vívidas e sombras profundas, e todos os tons esplêndidos que vêm cobrir as nuvens sujas e a água turva, e deparar com a austeridade cinzenta do nosso frio edifício de pedra, com sua profusão de miséria viva, e meu próprio coração desolado para suportar tudo isso. Cheguei ao meu paciente bem quando o sol estava descendo, e da janela dele vi o disco vermelho afundar. À medida que ele afundava, a agitação de Renfield foi passando, e assim que ele sumiu de vista o paciente escapou das mãos que o retinham, qual massa inerte, no chão. É maravilhoso o poder de recuperação intelectual que têm os lunáticos, pois em poucos minutos ele se levantou muito calmamente e olhou em torno de si. Fiz sinal aos enfermeiros para que não o segurassem, pois estava ansioso para ver o que ele faria. Ele foi direto para a janela e varreu os torrões de açúcar; depois pegou sua caixa de moscas, esvaziou-a do lado externo e jogou-a fora; então fechou a janela, atravessou o quarto e sentou-se na cama. Tudo isso me surpreendeu, por isso perguntei: "Você não vai mais guardar moscas?".

"Não", ele respondeu, "estou farto de tanta besteira!" Ele certamente é um estudo de caso deveras interessante. Como eu gostaria de entrever uma fração da sua mente ou da causa da sua súbita paixão! Mas ora – talvez haja uma pista, se pudermos descobrir por que hoje seus paroxismos vieram ao meio-dia e ao pôr do sol. Será que existe uma influência maligna do sol em períodos que afeta certas naturezas, assim como a lua por vezes afeta outras? Veremos.

TELEGRAMA DE SEWARD, LONDRES, A VAN HELSING, AMSTERDÃ

4 de setembro. Paciente ainda melhor hoje.

TELEGRAMA DE SEWARD, LONDRES, A VAN HELSING, AMSTERDÃ

5 de setembro. O paciente melhorou muito. Apetite bom; dorme naturalmente; boa disposição; cor retornando.

TELEGRAMA DE SEWARD, LONDRES, A VAN HELSING, AMSTERDÃ

6 de setembro. Terrível alteração para pior. Venha já; não perca nem uma hora. Seguro telegrama para Holmwood até ver você.

X. Carta do doutor Seward ao excelentíssimo Arthur Holmwood

6 de setembro

Meu caro Art,

Minhas notícias hoje não são muito boas. Esta manhã Lucy teve uma pequena recaída. Todavia, uma coisa boa adveio disso; a senhora Westenra, naturalmente, estava preocupada com Lucy, e consultou-me profissionalmente a respeito dela. Aproveitei a oportunidade e contei-lhe que meu velho mestre, Van Helsing, o grande especialista, estava vindo para ficar comigo, e que eu colocaria Lucy sob os cuidados dele juntamente com os meus. Assim, agora podemos ir e vir sem alarmá-la indevidamente, pois para ela um choque significaria morte súbita, e isso, na condição enfraquecida de Lucy, poderia ser desastroso. Estamos cercados de dificuldades, todos nós, meu pobre amigo; mas, querendo Deus, havemos de superá-las, com certeza. Se houver necessidade, escreverei; portanto, se você não tiver notícias, pode presumir que estou simplesmente aguardando novidades. Com pressa,

Seu amigo fiel,
John Seward

DIÁRIO DO DOUTOR SEWARD

7 de setembro. A primeira coisa que Van Helsing me disse quando nos encontramos na Liverpool Street foi: "Você disse alguma coisa ao nosso jovem amigo, o namorado dela?".

"Não", respondi, "esperei até encontrar você, como disse no meu telegrama. Escrevi uma carta para ele dizendo simplesmente que você estava vindo porque a senhorita Westenra não estava muito bem, e que lhe daria notícias se houvesse necessidade."

"Certo, meu amigo", ele disse, "certíssimo! Melhor ele não saber por enquanto; talvez nunca saiba. Rogo que seja assim; mas, se for preciso, ele saberá tudo. E, meu bom amigo John, deixe-me acautelá-lo. Você lida com loucos. Todo homem é louco de uma maneira ou de outra; e, assim como você lida discretamente com seus loucos, lide assim também com os loucos de Deus – o resto do mundo. Você não conta aos seus loucos o que faz nem por que o faz; você não conta a eles o que pensa. Assim, manterá o conhecimento no seu lugar, onde poderá descansar – onde poderá amealhar seus afins e multiplicar-se. Você e eu manteremos por enquanto aquilo que sabemos aqui, e aqui." Ele tocou meu coração e minha testa, e depois tocou a si mesmo da mesma forma. "Tenho para mim pensamentos no momento. Mais tarde os divulgarei a você."

"Por que não agora?", perguntei. "Pode ser de alguma valia; podemos chegar a alguma conclusão." Ele parou, olhou para mim e disse: "Meu amigo John, quando o milho está crescido, antes mesmo de amadurecer, enquanto o leite da Mãe Terra está nele e o sol ainda não começou a pintá-lo de dourado, o fazendeiro puxa a espiga e a esfrega entre suas mãos calosas, e assopra a palha verde, e diz para você: 'Veja! É milho bom; vai dar boa safra quando chegar a hora'".

Não entendi a relação e disse isso a ele. Como resposta, ele aproximou-se, pegou na minha orelha e puxou-a de brincadeira, como costumava fazer há muito tempo nas palestras, e disse: "O bom fazendeiro lhe diz isso nesse momento porque então ele sabe, mas não antes. Mas você não vê o bom fazendeiro desenterrar o milho plantado para ver se está crescendo; isso é para as crianças que brincam de cultivar, e não para aqueles que fazem disso o trabalho da sua vida. Agora você entende, amigo John? Eu semeei meu milho, e a natureza tem que fazer seu trabalho para que ele brote; se ele brotar, será uma promessa; e aguardarei até que a espiga comece a inchar". Ele parou ao ver que evidentemente eu compreendia. Depois prosseguiu, com muita gravidade: "Você sempre foi um aluno aplicado, e seu diário clínico estava sempre mais cheio que o dos outros. Naquela época você era só um estudante; agora você é mestre, e tenho confiança em que os bons hábitos não perecem. Lembre-se, meu amigo, que o conhecimento é mais forte que a memória, e que não devemos acreditar na mais fraca. Mesmo que você não tenha mantido a boa prática, deixe-me dizer que esse caso da nossa querida senhorita pode ser – repare que digo *pode ser* – de tal interesse para nós e para outros que todo o resto pode não fazer pender a balança, como vocês dizem. Por isso preste bem atenção. Nada é pequeno demais; eu o aconselho a anotar até mesmo suas dúvidas e suposições. Posteriormente pode ser interessante para você ver como adivinhou certo. Aprendemos com o fracasso, não com o sucesso!".

Quando descrevi os sintomas de Lucy – os mesmos de antes, mas infinitamente mais marcados –, ele fez uma cara muito séria, mas não disse nada. Ele trazia consigo uma mala na qual havia muitos instrumentos e drogas, "a parafernália tenebrosa do nosso benéfico ofício", como ele chamou certa vez, numa de suas palestras, o equipamento de um professor da arte de curar.

Quando nos admitiram, a senhora Westenra nos recebeu. Ela estava alarmada, mas muito menos do que eu esperava. A natureza, numa de suas inclinações benévolas, ordenou que até a morte tivesse algum antídoto para seus próprios terrores. Aqui, num caso em que qualquer choque poderia provar-se fatal, as coisas são ordenadas de forma que, por uma ou outra causa, os assuntos que não são pessoais – até a terrível mudança na sua filha, a quem ela é tão afeiçoada – parecem não atingi-la. É meio como o modo com que a Mãe Natureza envolve um corpo estranho num envelope de tecido insensível que pode proteger do mal aquilo que, de outra maneira, ele prejudicaria pelo contato. Se isso for um egoísmo ordenado, então devemos nos deter antes de condenar qualquer um pelo vício do egoísmo, já que pode haver uma raiz mais profunda do que sabemos para suas causas.

Usei meu conhecimento dessa fase de patologia espiritual e estipulei uma regra segundo a qual ela não deve ficar junto de Lucy ou pensar na doença dela mais do que o absolutamente necessário. Ela consentiu prontamente, tão prontamente que vi mais uma vez a mão da natureza lutando pela vida. Van Helsing e eu fomos levados ao quarto de Lucy, no andar de cima. Se eu tinha ficado chocado quando a vi ontem, fiquei horrorizado quando a vi hoje.

Ela estava macilenta, pálida como giz; a cor parecia ter fugido até dos lábios e gengivas, e os ossos do rosto estavam proeminentes; dava dó ver ou ouvir sua respiração. O rosto de Van Helsing ficou duro como mármore, e suas sobrancelhas convergiram até quase se encostar acima do nariz. Lucy estava deitada imóvel e parecia não ter forças para falar, por isso ficamos todos em silêncio por algum tempo. Então Van Helsing fez sinal para mim, e saímos suavemente do quarto. No instante em que fechamos a porta, ele andou apressado pelo corredor até a próxima porta, que estava aberta. Daí ele me puxou rapidamente para dentro junto com ele e fechou a porta. "Meu Deus!", ele exclamou. "Isso é horrível! Não há tempo a perder. Ela vai morrer por falta de sangue para manter o coração batendo. Devemos fazer uma transfusão agora mesmo. Será você, ou eu?"

"Sou mais jovem e mais forte, professor. É melhor que seja eu."

"Então se apronte imediatamente. Vou trazer minha mala. Estou preparado."

Desci com ele e, enquanto andávamos, ouvimos alguém bater na porta de entrada. Quando chegamos ao saguão, a criada acabara de abrir a porta, e Arthur estava entrando acelerado. Ele correu até mim, dizendo num sussurro afoito:

"Jack, estava tão aflito. Li entre as linhas da sua carta e fiquei agoniado. Papai estava melhor, por isso corri para cá para ver por mim mesmo. Este cavalheiro é Van Helsing? Sou tão grato ao senhor por ter vindo, professor."

Quando o olhar do professor incidiu pela primeira vez sobre Arthur, foi com irritação pela interrupção naquele momento; mas agora, ao constatar sua compleição robusta e reconhecer a virilidade jovem e forte que emanava dele, seus olhos brilharam. Sem pausa, ele disse gravemente ao lhe estender a mão:

"Meu caro, você chegou a tempo. Você é o namorado da nossa querida senhorita. Ela está mal, muito, muito mal. Mas não, meu filho, não fique assim." Pois ele empalideceu de repente e desabou numa cadeira, quase desmaiando. "Você vai ajudá-la. Você pode fazer mais do que qualquer pessoa viva, e sua coragem é seu maior auxílio."

"O que posso fazer?", perguntou Arthur com voz rouca. "Diga e eu farei. Minha vida é dela, e eu daria até a última gota de sangue no meu corpo por ela." O professor tem uma forte veia humorística, e, conhecendo-o há muito tempo, pude detectar um traço dela na sua resposta:

"Meu jovem, eu não lhe peço tanto – não a última!"

"O que devo fazer?" Havia fogo em seus olhos, e suas narinas dilatadas tremulavam febris. Van Helsing deu-lhe um tapa no ombro.

"Venha!", disse ele. "Você é um homem, e é de um homem que precisamos. Você é melhor do que eu, melhor que meu amigo John." Arthur parecia confuso, e o professor continuou explicando com gentileza:

"A jovem senhorita está mal, muito mal. Ela precisa de sangue, e ou recebe sangue ou morre. Meu amigo John e eu confabulamos; e estamos prestes a realizar o que chamamos de transfusão de sangue – transferi-lo das veias cheias de um para as veias vazias que anseiam por ele. John ia dar seu sangue, por ser mais jovem e forte do que eu", aqui Arthur pegou minha mão e apertou-a com força em silêncio, "mas, agora que você está aqui, você é melhor do que nós, velho ou jovem, que labutamos tanto no mundo do pensamento. Nossos nervos não são tão calmos e nosso sangue não é tão límpido quanto o seu!"

Arthur virou-se para ele e disse: "Se soubesse como eu ficaria contente de morrer por ela, você entenderia...". Ele se interrompeu, com a voz embargada.

"Bom rapaz!", exclamou Van Helsing. "Num futuro não muito distante você ficará feliz por ter feito tudo por aquela que você ama. Agora venha e faça silêncio. Você poderá beijá-la uma vez antes de acabar, mas depois precisa ir embora; e deve partir ao meu sinal. Não diga nada à senhora Westenra; você sabe como ela é! Não pode haver nenhum choque; tomar conhecimento disso seria um. Venha!"

Subimos todos para o quarto de Lucy. Arthur foi instruído a ficar do lado de fora. Lucy virou a cabeça e olhou para nós, mas não disse nada. Ela não estava dormindo, mas estava simplesmente fraca demais para esse esforço. Seus olhos falaram conosco, e só.

Van Helsing tirou algumas coisas da sua mala e as dispôs numa pequena mesa fora do campo de visão dela. Então ele misturou um narcótico e, aproximando-se da cama, disse alegremente: "Pronto, minha querida, aqui está o seu remédio. Tome tudo, como uma boa menina. Vou te levantar para você engolir mais facilmente. Isso". Ela fez o esforço com sucesso.

Fiquei espantado de ver como a droga demorou para agir. Na verdade, isso mostrou a extensão da fraqueza de Lucy. O tempo pareceu interminável até que o sono começou a fazer oscilarem as pálpebras dela. Mas finalmente o narcótico manifestou sua potência, e ela caiu num sono profundo. Quando o professor ficou satisfeito, pediu a Arthur que entrasse no quarto e tirasse o casaco. Daí acrescentou: "Pode dar aquele único beijinho enquanto eu trago a mesa. Amigo John, ajude-me!". Assim, nenhum de nós olhou enquanto ele se inclinava sobre ela.

Van Helsing, virando-se para mim, disse: "Ele é tão jovem e forte, e de sangue tão puro, que não vamos precisar desfibriná-lo".

Então, com velocidade mas absoluta precisão, Van Helsing realizou a operação. À medida que a transfusão ocorria, algo semelhante à vida parecia voltar às bochechas da pobre Lucy, e através da palidez crescente de Arthur seu rosto alegre emitia um brilho resplandecente. Depois de algum tempo passei a ficar preocupado, pois a perda de sangue começou a afetar Arthur, mesmo sendo um homem forte. Tive uma noção da terrível pressão à qual o organismo de Lucy foi submetido ao ver que o que enfraqueceu Arthur restaurou-a apenas parcialmente.

Mas o rosto do professor estava rígido, e ele permaneceu com o relógio na mão e seus olhos fixos ora na paciente, ora em Arthur. Eu podia ouvir meu próprio coração batendo. Enfim ele disse, com voz suave: "Não saia daqui nem por um segundo. Já é suficiente. Cuide dele, vou tratar dela".

Quando tudo acabou, pude ver como Arthur estava enfraquecido. Fiz um curativo na ferida e peguei-o pelo braço para levá-lo embora. Nesse momento Van Helsing falou sem se virar – o homem parece ter olhos atrás da cabeça: "O valente namorado merece, creio, mais um beijo, que ele poderá dar agora". Como ele tinha terminado a operação, acomodou o travesseiro sob a cabeça da paciente. Quando fez isso, a estreita tira preta de veludo que Lucy sempre usa ao redor do pescoço, presa por uma velha fivela de diamante que seu namorado lhe dera, foi puxada um pouco para cima e revelou uma marca vermelha na garganta dela.

Arthur não notou, mas eu pude ouvir o sibilo profundo de inspiração que é uma das maneiras de Van Helsing demonstrar emoção. Ele não comentou nada na hora, mas virou-se para mim, dizendo: "Agora leve nosso valente namorado para baixo, dê-lhe um pouco de vinho do Porto e deixe-o deitar-se por alguns instantes. Depois ele tem que ir para casa descansar, dormir muito e comer muito, para recuperar aquilo que deu a sua amada. Ele não deve ficar aqui. Espere! Um momento. Eu presumo, meu caro, que você esteja ansioso para saber o resultado. Então saiba que, em todos os aspectos, a operação teve êxito. Você salvou a vida dela desta vez, e pode ir para casa e ficar tranquilo, pois foi feito tudo o que era necessário. Eu direi tudo a ela quando ela estiver bem; ela o amará mais ainda pelo que você fez. Adeus".

Depois que Arthur partiu eu retornei ao quarto. Lucy dormia pacificamente; sua respiração parecia mais forte, eu via a colcha mexer-se no ritmo arfante de seu peito. Van Helsing estava sentado junto à cabeceira, olhando fixo para ela. A tira de veludo cobria novamente a marca vermelha. Perguntei ao professor num sussurro: "O que você acha dessa marca no pescoço dela?".

"O que você acha?"

"Ainda não a examinei", respondi, e comecei imediatamente a desatar a tira. Logo acima da veia jugular externa havia duas picadas, não grandes, mas tampouco de aspecto saudável. Não havia sinal de doença, mas as bordas eram brancas e desgastadas, como por trituração. De pronto ocorreu-me que essa ferida, ou fosse lá o que fosse, poderia ser a causa da perda evidente de sangue; mas abandonei a ideia assim que a formei, porque uma coisa dessas não podia acontecer. Toda a cama teria ficado encharcada de escarlate com o sangue que a garota deve ter perdido para provocar a palidez extrema que ela tinha antes da transfusão.

"Então?", perguntou Van Helsing.

"Bem", respondi, "não sei o que é."

O professor levantou-se. "Preciso voltar para Amsterdã esta noite", ele disse. "Lá tenho livros e coisas de que preciso. Você deve ficar aqui a noite toda e não deve tirar os olhos dela."

"Posso chamar uma enfermeira?", perguntei.

"Nós somos as melhores enfermeiras, você e eu. Fique de vigília a noite toda; cuide para que ela seja bem alimentada e que nada a perturbe. Você não deve dormir a noite toda. Mais tarde poderemos dormir, você e eu. Estarei de volta assim que possível. Daí poderemos começar."

"Começar o quê?", perguntei. "O que você quer dizer?"

"Veremos!", ele respondeu, saindo apressado. Ele retornou momentos depois e, botando a cabeça pela porta adentro, disse com um dedo levantado em alerta: "Lembre-se, ela está sob seus cuidados. Se você deixá-la, e algo ruim acontecer, você nunca mais vai dormir direito!".

DIÁRIO DO DOUTOR SEWARD
(*continuação*)

8 de setembro. Fiquei acordado a noite inteira com Lucy. O efeito do opiato passou por volta do anoitecer e ela acordou naturalmente, aparentando ser uma pessoa diferente do que era antes da operação. Até sua disposição estava boa, e ela estava cheia de vivacidade jovial, mas pude perceber sinais da prostração absoluta pela qual ela tinha passado. Quando contei à senhora Westenra que o doutor Van Helsing havia instruído que eu ficasse acordado com Lucy, ela quase desprezou a ideia, salientando o vigor renovado e a excelente disposição de sua filha. Fui firme, contudo, e fiz preparativos para minha longa vigília. Depois que a criada a preparou para a noite, eu entrei, terminado o jantar, e me sentei junto à cabeceira.

Ela não se opôs de forma alguma, e olhava para mim com gratidão sempre que meu olhar cruzava o seu. Depois de um longo período ela pareceu estar adormecendo, mas com um esforço recobrou-se e manteve-se acordada. Isso se repetiu diversas vezes, com maior esforço e pausas mais curtas à medida que o tempo avançava. Era evidente que ela não queria dormir, por isso abordei o assunto diretamente:

"Você não quer dormir?".

"Não, estou com medo."

"Com medo de dormir! Por quê? É a dádiva pela qual todos ansiamos."

"Ah, não se você fosse como eu – se o sono fosse para você um presságio de horror!"

"Um presságio de horror! O que você quer dizer?"

"Eu não sei; oh, eu não sei. E é isso que é tão terrível. Toda essa fraqueza me vem durante o sono; tenho medo só de pensar nisso."

"Mas, minha querida, você pode dormir esta noite. Estou aqui guardando você e prometo que nada vai acontecer."

"Ah, eu confio em você!"

Aproveitei a oportunidade e disse: "Prometo que, se eu vir qualquer sinal de pesadelo, vou acordar você imediatamente".

"Mesmo? Oh, você vai mesmo? Como você é bom comigo. Então vou dormir!" Dizendo isso, ela deu um profundo suspiro de alívio e deitou-se, adormecida.

Durante toda a noite eu estive com ela. Ela nem se mexeu, apenas continuou dormindo, num sono profundo, tranquilo, revitalizante e revigorante. Seus lábios estavam ligeiramente entreabertos e seu peito subia e descia com a regularidade de um pêndulo. Ela tinha um sorriso no rosto e estava evidente que nenhum pesadelo vinha perturbar sua paz de espírito.

De manhã cedo a criada veio; deixei Lucy aos cuidados dela e voltei para casa, pois estava preocupado com muitas coisas. Mandei um curto telegrama a Van Helsing e outro a Arthur, contando a eles o excelente resultado da operação. Meu próprio trabalho, com seus múltiplos atrasos, tomou-me o dia inteiro para ser concluído; estava escuro quando pude indagar sobre meu paciente zoófago. O relatório foi bom: ele tinha ficado quieto no último dia e na última noite. Enquanto eu jantava, chegou de Amsterdã um telegrama de Van Helsing sugerindo que eu fosse a Hillingham esta noite, pois poderia ser útil estar disponível, e anunciando que ele estava partindo na diligência noturna e me encontraria cedo na manhã seguinte.

9 de setembro. Eu estava muito cansado e exaurido quando cheguei a Hillingham. Por duas noites seguidas eu mal pregara os olhos, e meu cérebro estava começando a sentir aquele torpor que assinala a exaustão cerebral. Lucy estava de pé e bem animada. Quando ela apertou minha mão, olhou-me vivamente no olho e disse:

"Nada de ficar acordado esta noite. Você está exausto. Eu estou muito bem de novo, estou mesmo; e, se alguém tiver que ficar desperto, serei eu acordada ao seu lado."

Não quis discutir, apenas entrei e jantei. Lucy veio comigo e, avivado pela sua presença encantadora, fiz uma refeição excelente e tomei algumas taças de um Porto mais que excelente. Depois Lucy me levou para cima e me mostrou um quarto ao lado do dela, onde ardia um fogo aconchegante.

"Bem", disse ela, "você vai ficar aqui. Vou deixar esta porta aberta e a minha porta também. Você pode deitar no sofá, porque eu sei que nada vai convencer nenhum de vocês, médicos, a ir para a cama enquanto houver um paciente à vista. Se eu quiser alguma coisa, chamarei você, e você pode vir imediatamente."

Eu só podia aquiescer, pois estava "pregado" e não poderia ficar acordado nem se quisesse. Assim, tendo ela renovado sua promessa de me chamar se precisasse de algo, deitei-me no sofá e esqueci-me de tudo.

DIÁRIO DE LUCY WESTENRA

9 de setembro. Estou tão feliz esta noite. Estava tão miseravelmente fraca que poder pensar e me movimentar é como sentir o calor do sol depois de um longo período de vento leste num céu de aço. De alguma forma, sinto Arthur muito, muito próximo de mim. É como se a presença dele me aquecesse. Imagino que a doença e a fraqueza sejam coisas egoístas que voltam nossos olhos internos e simpatia para nós mesmos, ao passo que a saúde e a força deixam correr o amor, e em pensamento e sentimento ele pode vagar por onde quiser. Sei onde estão meus pensamentos. Se Arthur soubesse! Meu querido, meu querido, suas orelhas devem estar coçando no sono, tal como as minhas na vigília. Como foi reparador o descanso da noite passada! Como eu dormi, com o bom e querido doutor Seward me guardando. E hoje não terei medo de dormir, pois ele está perto e atenderá ao meu chamado. Obrigada a todos por serem tão bons para mim! Obrigada, Deus! Boa noite, Arthur.

10 de setembro. Tomei consciência da mão do professor na minha cabeça e acordei de sobressalto em um segundo. Essa é uma das coisas que aprendemos num sanatório, pelo menos.

"Como está a nossa paciente?"

"Estava bem quando a deixei, ou, na verdade, quando ela me deixou", respondi.

"Vamos lá ver", ele disse. E entramos juntos no quarto.

A persiana estava abaixada e fui levantá-la suavemente, enquanto Van Helsing se aproximava, com seus passos macios de felino, da cama.

Quando levantei a persiana e o sol da manhã inundou o quarto, ouvi o sibilo profundo de inspiração do professor e, sabendo da sua raridade, um temor fatal atingiu meu coração. Quando me aproximei ele se afastou, e sua exclamação de horror, "*Gott in Himmel!*",[22] não precisava do reforço do seu semblante agoniado. Ele ergueu a mão e apontou para a cama, e seu rosto de ferro estava crispado e descorado. Senti meus joelhos começarem a tremer.

Ali na cama, aparentemente desfalecida, estava a pobre Lucy, mais horrivelmente branca e debilitada do que nunca. Até os lábios estavam brancos, e as gengivas pareciam ter se retraído sobre os dentes, como se vê às vezes num cadáver após uma doença prolongada.

Van Helsing ergueu o pé para batê-lo no chão com raiva, mas seu instinto vital e os longos anos de hábito lhe valeram, e ele o abaixou suavemente. "Rápido!", ele disse. "Traga o conhaque." Corri para a sala de jantar e voltei com o decantador. Ele molhou os tristes lábios brancos com conhaque, e juntos esfregamos as palmas, os pulsos e o coração. Ele ouviu o coração dela e, após alguns momentos de suspense insuportável, disse:

"Não é tarde demais. Está batendo, embora fraco. Todo o nosso trabalho foi desfeito; temos que começar de novo. O jovem Arthur não está aqui agora; vou ter que recorrer a você desta vez, amigo John". Enquanto falava, enfiava a mão na mala e tirava os instrumentos para a transfusão; eu tirei meu casaco e enrolei a manga da camisa. Não havia possibilidade de opiato naquele instante, nem necessidade; então, sem perder um segundo, começamos a operação.

22. Em alemão no original: "Deus do céu!".

Depois de um tempo – que não pareceu curto, pois a sensação do escoamento do próprio sangue, não importa se realizado de bom grado, é terrível – Van Helsing ergueu o dedo em alerta. "Não se mexa", ele advertiu, "mas temo que, conforme sua força aumenta, ela possa acordar; e isso seria um perigo, um grande perigo. Mas tomarei precauções. Darei uma injeção hipodérmica de morfina." Ele passou então, velozmente e habilmente, a executar a tarefa.

O efeito em Lucy não foi ruim, pois o desmaio pareceu dar lugar sutilmente ao sono narcótico. Foi com sentimento de orgulho pessoal que pude ver uma coloração tênue retornar sorrateiramente às pálidas bochechas e aos lábios. Nenhum homem pode saber, até ter essa experiência, o que é sentir seu próprio sangue vital ser drenado para as veias da mulher que ele ama.

O professor observou-me criticamente. "Isso basta", ele disse. "Já?", protestei. "Você tirou muito mais de Art." Diante disso, ele deu um sorriso tristonho e respondeu:

"Ele é o namorado dela, seu *fiancé*.[23] Você tem trabalho, muito trabalho a fazer por ela e pelos outros; e por ora é suficiente."

Quando concluímos a operação, ele cuidou de Lucy enquanto eu pressionava com o dedo minha própria incisão. Deitei-me aguardando que ele estivesse livre para cuidar de mim, pois me sentia fraco e um pouco enjoado. Pouco depois ele atou minha ferida e enviou-me para baixo para tomar uma taça de vinho. Eu estava saindo do quarto quando ele veio atrás de mim e sussurrou:

"Note que não se deve falar nada sobre isso. Se nosso jovem namorado aparecer inesperadamente, como antes, nem uma palavra para ele. Ele ficaria ao mesmo tempo assustado e enciumado. Nada disso, certo?"

Quando retornei, ele olhou atentamente para mim e disse: "Você não está muito mal. Vá para seu quarto, deite no sofá e descanse um pouco; depois coma bastante no café da manhã e venha aqui me ver".

Segui suas ordens, pois sabia o quanto elas eram corretas e sábias. Eu tinha feito a minha parte, e agora a próxima tarefa era manter minhas forças. Estava me sentindo muito fraco, e com a fraqueza perdi parte do assombro diante do que havia ocorrido. Adormeci no sofá, procurando reiteradamente entender como Lucy podia ter feito tal movimento retrógrado, e como podia ter perdido tanto sangue sem nenhum sinal dele em

23. Em francês no original: "noivo".

parte alguma. Creio que continuei a ponderar nos meus sonhos, já que, dormindo e acordando, meus pensamentos sempre voltavam às pequenas picadas no pescoço dela e à aparência picotada e desgastada das suas bordas, apesar de diminutas.

Lucy dormiu durante a maior parte do dia, e quando acordou estava bastante bem e forte, embora não tanto quanto no dia anterior. Depois de examiná-la, Van Helsing saiu para dar uma volta e a confiou aos meus cuidados, com instruções estritas para não a deixar sozinha nem por um momento. Ouvi a voz dele no saguão, perguntando o caminho para a agência de telégrafo mais próxima.

Lucy conversou comigo livremente e parecia não ter consciência de nada do que havia acontecido. Tentei mantê-la entretida e interessada. Quando sua mãe subiu para vê-la, pareceu não perceber nenhuma mudança, mas me disse com gratidão:

"Nós lhe devemos tanto, doutor Seward, por tudo o que você fez, mas agora realmente precisa tomar cuidado para não se estafar. Você também está pálido. Precisa de uma esposa para cuidar direito de você, isso sim!" Quando ela falou, Lucy ficou ruborizada, embora apenas momentaneamente, pois suas pobres veias, devastadas, não conseguiam aguentar por muito tempo um influxo não usual para a cabeça. A reação veio na forma de palidez excessiva, e ela voltou os olhos implorantes para mim. Sorri assentindo com a cabeça, e levei um dedo aos lábios; com um suspiro, ela deixou-se cair entre os travesseiros.

Van Helsing retornou em algumas horas e veio me dizer: "Agora vá para casa, coma muito e beba bastante. Fortaleça-se. Ficarei aqui hoje e passarei a noite acordado com a senhorita. Você e eu precisamos observar o caso, e não podemos deixar mais ninguém saber. Tenho sérios motivos. Não pergunte quais são; pense o que quiser. Não tema em pensar mesmo nos mais improváveis. Boa noite".

No saguão, duas das criadas vieram me ver e perguntaram se ambas ou uma delas poderia passar a noite com a senhorita Lucy. Elas imploraram que eu autorizasse, e, quando eu disse que era desejo do doutor Van Helsing que um de nós dois passasse a noite com Lucy, elas suplicaram fervorosamente que eu intercedesse junto ao "cavalheiro estrangeiro". Fiquei muito tocado com a gentileza delas. Talvez seja porque estou fraco neste momento, talvez porque foi em prol de Lucy que a devoção delas se manifestou; pois já vi repetidas vezes casos semelhantes de gentileza feminina. Voltei ao sanatório a tempo para um jantar tardio; fiz minha ronda – tudo certo; e anotei tudo isto aguardando o sono. Lá vem ele.

11 de setembro. Esta tarde fui para Hillingham. Encontrei Van Helsing de excelente humor, e Lucy muito melhor. Pouco depois de eu chegar, o professor recebeu um grande pacote vindo do exterior. Ele o abriu com muita agitação – fingida, é claro – e mostrou um grande maço de flores brancas.

"São para você, senhorita Lucy", ele disse.

"Para mim? Oh, doutor Van Helsing!"

"Sim, minha querida, mas não para você brincar. Elas são medicinais." Lucy fez uma careta. "Mas não são para tomar numa decocção ou qualquer outra forma nauseabunda, por isso não precisa torcer esse seu narizinho charmoso, senão terei que salientar ao meu amigo Arthur o pesar que ele teria que suportar ao ver a beleza que ele tanto adora distorcida dessa maneira. Viu, bela senhorita, isso endireitou o formoso nariz novamente. Elas são medicinais, mas você não sabe como. Vou colocá-las na sua janela, fazer uma bela coroa e pendurá-la no seu pescoço para você dormir bem. Oh, sim! Elas, como a flor de lótus, fazem esquecer os problemas. Têm o aroma das águas do Lete, e daquela fonte da juventude que os conquistadores procuraram na Flórida e acabaram achando tarde demais."

Enquanto ele falava, Lucy examinava as flores e cheirava-as. Por fim, jogou-as longe, dizendo, meio rindo e meio enojada:

"Oh, professor, acho que o senhor está só me pregando uma peça. Ora, essas flores não passam de alho comum."

Para minha surpresa, Van Helsing levantou-se e disse com toda a seriedade, a mandíbula de ferro contraída, as sobrancelhas espessas franzidas:

"Nada de gracejo comigo! Eu nunca brinco! Há um propósito solene em tudo o que faço; e eu lhe advirto que não tente me impedir. Tome cuidado, para o bem dos outros, se não for para o seu próprio." Então, vendo como a pobre Lucy ficou amedrontada, e com razão, ele prosseguiu mais amavelmente: "Oh, senhorita, minha querida, não me tema. Tudo o que faço é para o seu bem; mas há muito benefício para você nessas flores tão comuns. Veja, eu mesmo vou colocá-las no seu quarto. Eu mesmo farei a coroa que você vai usar. Mas nada de contar aos outros que fazem perguntas tão inquisitivas. Devemos obedecer, e o silêncio faz parte da obediência; e obediência é deixá-la forte e sadia nos braços amorosos que esperam por você. Agora sente-se um pouco. Venha comigo, amigo John, você me ajudará a enfeitar o quarto com meu alho, que veio lá de Haarlem, onde meu amigo Vanderpool cultiva ervas em suas estufas o ano todo. Tive que telegrafar ontem, senão elas não estariam aqui".

Entramos no quarto trazendo as flores conosco. As ações do professor eram deveras bizarras e não constavam de nenhuma farmacopeia que eu já tivesse visto. Primeiro ele calafetou as janelas e travou-as firmemente; depois pegou um punhado de flores e esfregou-as em todos os painéis das janelas, como para garantir que todo sopro de ar que porventura entrasse ficasse carregado com o cheiro de alho. Daí, com o tufo, ele esfregou todo o batente da porta, em cima, embaixo e dos lados, e do mesmo modo em torno da lareira. Tudo me pareceu grotesco, e enfim eu disse: "Bem, professor, eu sei que você sempre tem um motivo para tudo o que faz, mas isso está realmente me intrigando. Ainda bem que não temos nenhum cético aqui, senão ele diria que você está conjurando um feitiço para afastar os maus espíritos".

"Talvez eu esteja!", ele respondeu calmamente enquanto começava a fazer a coroa que Lucy deveria usar no pescoço.

Em seguida esperamos Lucy fazer sua toalete para a noite, e quando ela estava na cama ele entrou e colocou a coroa de alho em torno do pescoço dela. As últimas palavras que ele lhe disse foram:

"Tome cuidado para não deixá-la cair; e, mesmo que o quarto fique abafado, não abra nem a janela nem a porta esta noite."

"Eu prometo", disse Lucy, "e obrigada mil vezes a vocês dois por toda a sua gentileza para comigo! Oh, que terei feito para ser abençoada com tais amigos?"

Ao deixarmos a casa no meu fiacre, que estava esperando, Van Helsing disse: "Hoje posso dormir em paz, e como quero dormir – duas noites de viagem, muita leitura no dia entre elas, e muita aflição no dia seguinte, e uma noite acordado, sem piscar. Amanhã cedo você me chama, e viremos juntos para ver nossa bela senhorita, que estará bem mais forte graças ao meu 'feitiço'. Ho! Ho!".

Ele pareceu tão confiante que eu, lembrando da minha própria confiança duas noites antes e do seu resultado desastroso, senti assombro e um vago terror. Deve ter sido minha fraqueza que me fez hesitar em contar ao meu amigo, e por isso senti mais ainda, como lágrimas não vertidas.

XI. Diário de Lucy Westenra

12 de setembro. Como todos são bons comigo! Eu adoro o doutor Van Helsing. Por que será que ele ficou tão nervoso por causa daquelas flores? Ele realmente me assustou, ficou tão enfurecido. Mas devia estar certo, pois já me sinto reconfortada por elas. De alguma forma, não temo estar sozinha aqui esta noite, e posso ir dormir sem medo. Não vou me incomodar com as batidas do lado de fora da janela. Oh, que luta terrível tenho travado contra o sono tantas vezes ultimamente; que dor da falta de sono, ou do medo do sono, com tantos horrores desconhecidos que traz para mim! Como são abençoadas certas pessoas cuja vida não tem sustos nem medos, para quem o sono é uma bênção que vem toda noite e não traz nada além de bons sonhos. Bem, aqui estou esta noite, ansiando pelo sono, e deitada como Ofélia na peça, com "guirlandas de virgem e flores de donzela".[24] Nunca gostei de alho antes, mas esta noite é delicioso! Há paz no seu cheiro; já sinto o sono chegar. Boa noite a todos.

DIÁRIO DO DOUTOR SEWARD

13 de setembro. Fui ao Berkeley e encontrei Van Helsing, pontual como de costume. A carruagem chamada pelo hotel estava esperando. O professor pegou sua mala, que ele sempre leva consigo agora.

Que tudo seja registrado com exatidão. Van Helsing e eu chegamos em Hillingham às oito horas. Estava uma manhã linda: o sol claro e toda a sensação de frescor do início do outono pareciam ser a finalização do trabalho anual da natureza. As folhas estavam ganhando todo tipo de cores maravilhosas, mas ainda não haviam começado a cair das árvores. Ao entrarmos, encontramos a senhora Westenra saindo do salão matinal. Ela sempre acorda cedo. Cumprimentou-nos efusivamente e disse:

"Vocês ficarão felizes em saber que Lucy está melhor. A doce criança ainda está dormindo. Olhei no seu quarto e a vi, mas não entrei para não incomodá-la." O professor sorriu e pareceu exultar. Ele esfregou as mãos

24. Refere-se às exéquias de Ofélia no *Hamlet* de Shakespeare, ato v, cena 1: "*Yet here she is allowed her virgin crants,/ Her maiden strewments, and the bringing home/ Of bell and burial*" ("Mas aqui lhe autorizam suas guirlandas de virgem,/ Suas flores de donzela e a trazer para casa/ O sino e o funeral").

e disse: "Aha! Eu sabia que tinha diagnosticado o caso. Meu tratamento está funcionando".

Ao que ela respondeu: "Você não deve assumir todo o crédito, doutor. O estado de Lucy esta manhã deve-se em parte a mim".

"O que a senhora quer dizer?", perguntou o professor.

"Bem, eu estava tão aflita com a doce criança à noite que entrei no seu quarto. Ela estava dormindo profundamente – tão profundamente que até minha chegada não a acordou. Mas o quarto estava horrivelmente abafado. Havia um monte daquelas flores pavorosas de cheiro forte em todo lugar, e ela tinha até um monte delas em volta do pescoço. Receei que o odor forte fosse demais para a doce criança naquele estado frágil, por isso tirei todas elas e abri um tiquinho a janela para deixar entrar um pouco de ar fresco. Você ficará satisfeito com ela, tenho certeza."

Ela se retirou para o seu *boudoir*, onde geralmente toma o café da manhã bem cedo. Enquanto ela falava, observei o rosto do professor e o vi ficar lívido. Ele tinha conseguido manter o autocontrole enquanto a pobre senhora estava presente, pois conhecia seu estado e sabia como um choque seria nocivo; até chegou a sorrir para ela ao segurar a porta para ela entrar em seu aposento. Mas, no instante em que ela desapareceu, ele me puxou repentina e violentamente para dentro da sala de jantar e fechou a porta.

Então, pela primeira vez na minha vida, eu vi Van Helsing desmoronar. Ele ergueu as mãos acima da cabeça num desespero mudo, e depois bateu as palmas de desamparo; finalmente, sentou numa cadeira e, pondo as mãos diante do rosto, começou a soluçar, com soluços altos e secos que pareciam vir das grades do seu coração.

Daí ele levantou os braços novamente, como se apelasse ao universo inteiro. "Deus! Deus! Deus!", exclamou. "O que fizemos, o que fez essa pobre criatura, para sermos castigados tão duramente? Ainda existirá entre nós o fado, enviado do mundo pagão de antanho, para que tais coisas aconteçam, e dessa maneira? Essa pobre mãe, ignorante de tudo, e com a melhor das intenções a seu ver, provoca a perda do corpo e da alma de sua filha; e não devemos lhe contar, não devemos nem mesmo avisá-la, senão ela morrerá, e então ambas morrerão. Oh, como somos castigados! Todos os poderes do demônio estão contra nós!"

Subitamente ele se levantou. "Venha", disse ele, "venha, precisamos ver e agir. Demônio ou não, ou todos os demônios ao mesmo tempo, não importa; nós o enfrentaremos da mesma forma." Ele foi à porta do saguão buscar sua mala e subimos juntos para o quarto de Lucy.

Mais uma vez abri a persiana, enquanto Van Helsing foi em direção à cama. Dessa vez ele não sobressaltou ao olhar para o rosto marcado pela mesma palidez horrorosa de cera de antes. Seu olhar era de tristeza severa e piedade infinita.

"Como eu esperava", ele murmurou, com aquela inspiração sibilante que significava tanto. Sem uma palavra, ele foi trancar a porta, depois começou a dispor na pequena mesa os instrumentos para mais uma operação de transfusão de sangue. Eu já havia reconhecido a necessidade e começado a tirar meu casaco, mas ele me interrompeu com um aviso da mão. "Não!", ele disse. "Hoje você vai operar. Eu vou doar. Você já está enfraquecido." Ao falar, ele tirou o casaco e enrolou a manga da camisa.

De novo a operação; de novo o narcótico; de novo algum retorno de cor nas bochechas macilentas, e a respiração regular de um sono saudável. Dessa vez eu assisti enquanto Van Helsing recrutou a si mesmo e descansou.

Em seguida aproveitou uma oportunidade para dizer à senhora Westenra que ela não devia remover nada do quarto de Lucy sem consultá-lo; que as flores tinham valor medicinal, e que a inalação do seu odor fazia parte do sistema de cura. Daí ele próprio encarregou-se do caso, dizendo que ficaria de vigília naquela noite e na próxima, e que me mandaria chamar quando necessário.

Depois de mais uma hora, Lucy acordou do seu sono revigorada e resplandecente, sem aparentar sequelas da sua terrível provação.

O que quer dizer tudo isso? Estou começando a me perguntar se minha longa convivência entre os insanos estaria começando a afetar minha mente.

DIÁRIO DE LUCY WESTENRA

17 de setembro. Quatro dias e quatro noites de paz. Estou ficando tão forte de novo que mal me reconheço. É como se eu tivesse passado por um longo pesadelo e tivesse acabado de acordar para ver o brilho do sol e sentir o ar fresco da manhã me envolvendo. Tenho uma vaga recordação truncada de longos períodos de ansiedade, esperando e temendo, uma escuridão na qual não havia nem a dor da esperança para tornar a angústia atual mais pungente; e depois longos intervalos de esquecimento, e o retorno à vida como um mergulhador que sobe à superfície sob forte pressão da água. Porém, desde que o doutor Van Helsing está comigo, todos esses pesadelos sumiram; os ruídos que costumavam me deixar louca de medo – as batidas na janela, as vozes distantes que pareciam tão próximas de mim, os sons cavernosos que vinham não sei de onde e me ordenavam fazer não sei o quê – cessaram por completo. Agora vou dormir sem nenhum medo do sono. Eu nem tento me manter acordada. Acabei tomando gosto pelo alho, e uma caixa cheia chega para mim todo dia de Haarlem. Esta noite o doutor Van Helsing vai embora, pois precisa passar um dia em Amsterdã. Mas não precisarei ser vigiada; estou bem o bastante para ficar sozinha.

Obrigada a Deus por mamãe, pelo meu querido Arthur e por todos os nossos amigos, que foram tão gentis! Nem sentirei a mudança, pois na noite passada o doutor Van Helsing dormiu na sua cadeira a maior parte do tempo. Encontrei-o adormecido duas vezes quando acordei, mas não tive medo de voltar a dormir, apesar de os galhos ou morcegos ou seja lá o que for baterem quase com raiva contra as vidraças.

The Pall Mall Gazette, 18 de setembro

O lobo fugido
Perigosa aventura do nosso entrevistador
Entrevista com o guarda do jardim zoológico

Depois de muitas indagações e quase o mesmo número de recusas, e de usar perpetuamente as palavras "*Pall Mall Gazette*" como uma espécie de talismã, consegui encontrar o guarda da seção do jardim zoológico na qual está incluído o departamento dos lobos. Thomas Bilder mora em uma das casinholas no terreno atrás do cercado dos elefantes, e estava sentando-se para tomar chá quando o encontrei. Thomas e sua esposa são hospitaleiros, idosos, sem filhos, e, se a amostra que pude apreciar de sua hospitalidade for do tipo que costumam oferecer, a vida deles deve ser bastante confortável. O guarda não quis entrar no que chamou de "assunto" antes de o jantar terminar e de estarmos todos saciados. Depois que a mesa foi tirada e ele acendeu o cachimbo, ele disse:

"Agora, meu rapaz, pode ir em frente e me perguntar tudo o que quiser. Queira me desculpar por me recusar a falar de assuntos profissionais antes das refeições. Eu dou aos lobos e chacais e hienas na nossa seção o chá deles antes de começar a fazer-lhes perguntas."

"O que o senhor quer dizer com 'fazer-lhes perguntas'?", indaguei, querendo deixá-lo à vontade para falar.

"Bater na cabeça deles com um porrete é uma forma; coçar as orelhas deles é outra, quando os cavalheiros ficam todos empolgados querendo se mostrar um pouco para suas garotas. Eu não ligo tanto para a primeira – bater com o porrete antes de enfiar o jantar goela abaixo; mas eu espero eles tomarem seu xerez e seu café, por assim dizer, antes de tentar coçar as orelhas deles. Sabe", ele acrescentou filosoficamente, "há um bocado da mesma natureza em nós e nos animais. Você vem me fazendo perguntas sobre meu trabalho, e eu sou tão rabugento que, se não fosse pela sua bendita meia-libra, preferia te ver estourar do que te responder. Nem mesmo quando você me perguntou muito sarcasticamente se eu gostaria que perguntasse ao superintendente se podia me fazer perguntas. Sem ofensas, eu lhe disse pra ir pro inferno?"

"Sim, disse."

"E quando você disse que ia me denunciar por uso de linguagem obscena, isso foi igual a bater na minha cabeça; mas a meia-libra consertou isso. Eu não ia brigar, por isso esperei pela comida, e fiz com minha tigela como fazem os lobos, leões e tigres. Mas, pelas barbas do Senhor, agora que a patroa enfiou um pedaço de bolo em mim, e me enxaguou com a bendita chaleira dela, e eu acendi meu cachimbo, você pode coçar minhas orelhas o quanto quiser que eu não vou dar nem um rosnado. Mande ver as suas perguntas. Eu sei aonde você quer chegar, àquele lobo fugido."

"Exato; quero que o senhor me dê sua versão. Conte-me como aconteceu, e quando eu souber os fatos pedirei que diga qual acha que foi a causa, e como acha que esse negócio vai acabar."

"Pode deixar, patrão. A história foi bem assim. Aquele lobo que a gente chamava de Bersicker era um dos três cinzentos que vieram da Noruega para a loja de Jamrach e que compramos dele quatro anos atrás. Era um lobo bem-comportado, que nunca deu nenhum trabalho que se possa lembrar. Fico surpreso que justo ele tenha querido sair, e não qualquer outro animal daqui. Fazer o quê, lobos são como mulheres, não dá pra confiar."

"Não ligue pra ele, rapaz!", interveio a senhora Tom, com uma risada bonacheira. "Ele cuida dos animais há tanto tempo que já ficou igual a um lobo velho! Mas não faz mal a ninguém."

"Bem, rapaz, foi umas duas horas depois de alimentar os bichos ontem que ouvi o tumulto. Eu estava fazendo um ninho na casa dos macacos para um jovem puma que está doente; mas quando ouvi os ganidos e uivos eu vim correndo. Lá estava o Bersicker mordendo as grades feito um louco, como se quisesse sair. Não havia muita gente naquele dia, e por perto estava só um homem, um tipo alto e magro, com nariz aquilino e barba pontuda, com uns fios brancos no meio. Ele tinha um olhar duro e frio e olhos vermelhos, e eu logo me desafeiçoei dele, porque parecia que era com ele que os bichos estavam irritados. Ele estava usando luvas brancas de pelica, e apontou os animais para mim, dizendo: 'Guarda, estes lobos parecem estar irritados com alguma coisa'.

"'Talvez seja você', eu disse, pois não gostei dos ares que ele se deu. Ele não ficou zangado, como achei que ficaria, mas deu um sorriso insolente, com uma boca cheia de dentes brancos e afiados. 'Oh, não, eles não iriam gostar de mim', ele disse.

"'Oh, sim, eles gostariam', eu disse, imitando ele. 'Eles sempre gostam de um osso ou dois para limpar os dentes na hora do chá, e você é um saco de ossos.'

"Bem, foi uma coisa estranha, mas, quando os animais nos viram falando, eles se deitaram, e, quando cheguei perto de Bersicker, ele me deixou coçar suas orelhas como sempre. Então o homem chegou perto, e não é que ele também botou a mão na jaula e coçou as orelhas do lobo!

"'Cuidado', eu disse, 'Bersicker é rápido.'

"'Tudo bem', ele respondeu, 'estou acostumado com eles.'

"'Você também está no ramo?', eu perguntei, tirando o chapéu, porque um homem que negocia lobos e tudo o mais é um bom amigo dos guardas.

"'Não', ele disse, 'não exatamente nesse ramo, mas tenho vários como animais de estimação.' Nisso ele ergueu seu chapéu com a educação de um lorde e foi embora. O velho Bersicker ficou olhando para ele até ele sumir de vista, depois foi se deitar num canto e não saiu de lá a noite inteira. Daí, na noite passada, assim que a lua apareceu, os lobos todos começaram a uivar. Não havia nada para eles uivarem. Não havia ninguém por perto, exceto alguém que estava claramente chamando um cachorro em algum lugar atrás dos jardins na estrada do zoológico. Uma vez ou duas fui ver se estava tudo bem, e estava, daí os uivos pararam. Logo antes da meia-noite, fui dar uma olhada antes de me deitar e, macacos me mordam, quando cheguei diante da jaula de Bersicker vi as grades quebradas e torcidas, e a jaula vazia. E é só isso que eu sei."

"Mais alguém viu alguma coisa?"

"Um dos nossos jardineiros estava voltando naquela hora de uma cantoria, e viu um cachorro cinza grande saindo pela cerca do jardim. Pelo menos foi o que ele disse, mas eu não acredito muito, porque ele não disse uma palavra sobre isso pra patroa dele quando chegou em casa, e foi só depois que a notícia da fuga do lobo foi dada, e que ficamos a noite inteira acordados caçando Bersicker pelo zoológico, que ele lembrou ter visto alguma coisa. Eu acho é que a cantoria bagunçou a cabeça dele."

"Bem, senhor Bilder, o senhor consegue ver alguma explicação para a fuga do lobo?"

"Bem, rapaz", ele disse, com modéstia suspeita, "eu acho que consigo; mas não sei se você vai ficar satisfeito com a teoria."

"Vou, com certeza. Se um homem como o senhor, que tem experiência com animais, não puder arriscar uma boa explicação, quem é que poderá?"

"Muito bem, rapaz, eu explico desta forma: a mim me parece que o tal lobo escapou – simplesmente porque queria sair."

Pela maneira vigorosa como Thomas e sua esposa riram da piada, percebi que ela já havia sido contada antes e que toda a explicação era somente uma troça elaborada. Eu não poderia competir com a pilhéria do bom Thomas, mas julguei conhecer um caminho mais seguro para seu coração, por isso disse:

"Bem, senhor Bilder, vamos considerar que a primeira moeda de ouro foi gasta, e esta irmã dela está esperando para ser adquirida quando o senhor me contar o que acha que acontecerá."

"Você está certo, rapaz", ele disse bruscamente. "Desculpe-me, por favor, por caçoar de você, mas a velha aqui piscou para mim, me dizendo para ir em frente."

"Imagine, eu não!", exclamou a velha senhora.

"Minha opinião é a seguinte: aquele lobo está se escondendo em algum lugar. O jardineiro que não se lembrava disse que ele passou galopando para o norte, mais rápido que um cavalo; mas não acredito, porque, sabe, rapaz, lobos não galopam, assim como os cachorros, porque não são feitos para isso. Lobos ficam bem em contos da carochinha, mas quando eles se juntam em matilhas e caçam alguma coisa não tem nada mais assustador, eles fazem um barulho dos diabos e retalham a coisa, seja lá o que for. Deus me livre, na vida real um lobo é uma criatura baixa, que não tem metade da inteligência ou coragem de um bom cachorro, e que não briga nem um quarto do que ele briga. Aquele lá não estava acostumado a brigar nem a se virar sozinho, e é mais capaz que esteja em algum lugar do zoológico se escondendo e tremendo, e pensando, se é que ele pensa, onde vai conseguir o rango; ou então ele se enfiou em algum lugar e está num porão. Minha nossa, alguma cozinheira vai levar um susto danado quando vir os olhos verdes dele brilhando no escuro! Se ele não conseguir comida, vai começar a procurar, e talvez dê sorte e ache logo um açougue. Senão, se alguma babá for passear com o soldado dela, deixando o bebê no carrinho – daí, então, não ficarei surpreso se o censo contar um bebê a menos. É isso."

Eu estava entregando a moeda a ele quando algo surgiu de repente na janela, e o rosto do senhor Bilder dobrou de comprimento com a surpresa.

"Meu Deus!", ele exclamou. "Mas se não é o velho Bersicker que voltou sozinho!"

Ele foi até a porta e abriu; um procedimento altamente desnecessário, na minha opinião. Toda a vida pensei que um animal selvagem sempre parece melhor quando existe algum obstáculo bem resistente entre nós; uma experiência pessoal já comprovou essa ideia.

Todavia, não há nada como o costume, pois nem Bilder nem sua esposa consideravam o lobo mais do que eu a um cão. O animal era tão dócil e bem-comportado quanto o pai de todos os lobos de ficção, o velho amigo da Chapeuzinho Vermelho, pelo menos enquanto ganhava a confiança dela com trapaças.

A cena foi uma mistura inenarrável de comédia e compaixão. O lobo mau que, por metade de um dia, havia paralisado Londres e feito todas as crianças da cidade tremer da cabeça aos pés estava ali numa atitude penitente, e foi recebido e afagado como uma espécie de filho pródigo lupino. O velho Bilder examinou-o minuciosamente com a mais terna solicitude e, ao terminar de cuidar do seu penitente, disse:

"Eu sabia que o pobre coitado se meteria em algum tipo de encrenca; eu não falei desde o começo? Está com a cabeça toda cortada e cheio de vidro quebrado. Tentou pular por cima de algum bendito muro. É uma pena que deixem as pessoas cobrir seus muros com garrafas quebradas. Veja o que acontece. Vamos, Bersicker."

Ele levou o lobo e o trancou numa jaula, com um pedaço de carne que correspondia, em quantidade pelo menos, às condições elementares de um bezerro engordado, e foi dar a notícia.

Fui embora também, para relatar a única informação exclusiva que é dada hoje a respeito da estranha fuga do zoológico.

DIÁRIO DO DOUTOR SEWARD

17 de setembro. Após o jantar, estive ocupado no meu escritório atualizando meus registros, que, devido à pressão de outros trabalhos e às múltiplas visitas a Lucy, infelizmente estavam ficando atrasados. Subitamente a porta se abriu com violência, e meu paciente entrou correndo, o rosto distorcido de paixão. Fiquei abismado, pois o fato de um paciente entrar por sua própria iniciativa no escritório do superintendente é praticamente inédito.

Sem parar um instante, ele veio na minha direção. Tinha uma faca de mesa na mão e, como vi que era perigoso, tentei manter a mesa entre nós. No entanto, ele era demasiado rápido e forte para mim, pois, antes que eu pudesse me equilibrar, atingiu-me e cortou meu pulso esquerdo com certa gravidade.

Contudo, antes que ele me atingisse novamente, acertei-o com a mão direita, e ele ficou se revirando de costas no chão. Meu pulso sangrava muito, e uma pequena poça formou-se no tapete. Vi que meu amigo não tencionava fazer outra tentativa, e cuidei de atar meu pulso, mantendo o tempo todo um olho atento na figura prostrada. Quando os enfermeiros chegaram correndo, e voltamos nossa atenção para ele, sua atividade me causou intensa repugnância. Ele estava deitado de barriga no chão, lambendo, como um cão, o sangue que havia caído do meu pulso ferido. Ele foi contido com facilidade e, para minha surpresa, acompanhou os enfermeiros muito placidamente, apenas repetindo sem cessar: "O sangue é a vida! O sangue é a vida!".

Não posso me permitir perder sangue neste momento; ultimamente tenho perdido demais para meu estado físico, e o período prolongado da doença de Lucy com suas fases horríveis está me afetando. Estou sobre-excitado e extenuado, e preciso descansar, descansar, descansar. Felizmente, Van Helsing não me convocou, portanto não preciso abdicar do meu sono; esta noite eu não poderia abrir mão dele.

TELEGRAMA DE VAN HELSING, ANTUÉRPIA, PARA SEWARD, CARFAX
(enviado para Carfax, Sussex, na falta de indicação de condado; entregue com vinte e duas horas de atraso)

17 de setembro. Não deixe de estar em Hillingham esta noite. Se não vigiar o tempo todo, visite com frequência e certifique-se de que flores estejam no lugar; muito importante; não falhe. Estarei com você assim que possível após chegada.

DIÁRIO DO DOUTOR SEWARD

18 de setembro. Indo pegar trem para Londres. A chegada do telegrama de Van Helsing me deixou desesperado. Uma noite inteira perdida, e eu sei por amarga experiência o que pode acontecer em uma noite. Claro, é possível que tudo esteja bem, mas o que *pode* ter acontecido? Certamente há alguma sina tremenda pairando sobre nós, que faz com que todo acidente possível nos estorve em tudo que tentamos fazer. Levarei este cilindro comigo, para poder completar meu registro no fonógrafo de Lucy.

MEMORANDO DEIXADO POR LUCY WESTENRA

17 de setembro. Noite. Escrevo isto e deixo para ser visto, para que ninguém possa porventura meter-se em apuros por minha causa. Isto é um registro exato do que aconteceu nesta noite. Sinto que estou morrendo de fraqueza, e mal tenho forças para escrever, mas devo fazê-lo ainda que eu morra nesta tarefa.

Fui para a cama como de costume, cuidando para que as flores estivessem colocadas como o doutor Van Helsing instruiu, e logo adormeci.

Fui acordada pelas batidas na janela, que começaram depois daquela noite de sonambulismo na falésia em Whitby, quando Mina me salvou, e que agora conheço tão bem. Eu não estava com medo, mas queria que o doutor Seward estivesse no quarto ao lado – como o doutor Van Helsing disse que estaria – para que eu pudesse chamá-lo. Tentei dormir de novo, mas não consegui. Então me veio aquele medo de dormir, e decidi ficar acordada. Por ironia perversa, o sono tentava vir quando eu não queria; por isso, como eu temia estar sozinha, abri a porta e chamei: "Tem alguém aí?". Não houve resposta. Receei acordar mamãe, por isso fechei a porta novamente. Então, lá fora entre os arbustos, ouvi uma espécie de uivo, como de cachorro, porém mais grave e feroz. Fui à janela e olhei para fora, mas não consegui ver nada, exceto um grande morcego, que estava evidentemente batendo suas asas contra a janela. Então voltei para a cama mais uma vez, mas determinada a não dormir. Em seguida a porta se abriu, e mamãe olhou para dentro; vendo pela minha movimentação que eu não estava dormindo, ela entrou e se sentou ao meu lado. Ela falou com ainda mais doçura e suavidade do que é seu feitio:

"Estava preocupada com você, minha querida, e vim ver se estava bem".

Receei que ela pudesse pegar um resfriado sentada ali, e pedi que viesse dormir comigo, por isso ela veio para a cama e se deitou ao meu lado; ela não tirou o roupão, pois disse que só ficaria um pouco e depois voltaria para sua cama. Enquanto ela estava ali deitada nos meus braços, e eu nos dela, as batidas na janela recomeçaram. Ela ficou sobressaltada e um pouco assustada, e gritou: "O que é isso?".

Tentei acalmá-la; acabei conseguindo, e ela ficou quieta; mas eu ouvia seu pobre coração batendo terrivelmente. Depois de algum tempo veio o uivo grave novamente entre os arbustos, e pouco depois a janela foi estilhaçada, e um monte de vidro quebrado lançado sobre o chão. A persiana esvoaçou com o vento que entrava com força, e na abertura das vidraças quebradas surgiu a cabeça de um grande lobo, cinza e descarnado.

Mamãe gritou apavorada e lutou para se manter sentada, agarrando em desespero qualquer coisa que a ajudasse. Entre outras coisas, agarrou a coroa de flores que o doutor Van Helsing insistiu que eu usasse em torno do pescoço e arrancou-a de mim. Por um segundo ou dois ela ficou sentada na cama, apontando para o lobo, e teve um gorgolejo estranho e arrepiante na garganta; então caiu de lado, como se tivesse sido atingida por um raio, e sua cabeça acertou minha testa, deixando-me zonza por alguns segundos.

O quarto e tudo em volta parecia girar. Mantive meus olhos fixos na janela, mas o lobo recuou a cabeça, e uma miríade de pequenos flocos foi soprada para dentro através da janela quebrada, rodopiando e girando como a coluna de poeira que os viajantes descrevem quando há um simum no deserto. Tentei me mexer, mas algum tipo de feitiço me impedia, e o corpo da coitada da mamãe, que parecia já estar esfriando – pois seu coração morto parara de bater –, me oprimia; e não me recordo de mais nada depois disso.

O tempo não pareceu longo, mas muito, muito sofrido, até que recobrei a consciência. Em algum lugar próximo, um sino de finados dobrava; os cachorros por toda a vizinhança estavam uivando; e entre os nossos arbustos, aparentemente logo aqui fora, um rouxinol cantava. Eu estava atordoada e confusa de dor, terror e fraqueza, mas o som do rouxinol parecia a voz da minha querida mãe que voltava para me reconfortar. Os sons pareciam ter acordado as criadas também, pois eu ouvia seus pés descalços tamborilando diante da minha porta. Chamei-as; elas entraram e, quando viram o que havia acontecido e o que estava prostrado sobre mim na cama, gritaram. O vento entrou com força pela janela quebrada, e a porta bateu. Elas levantaram o corpo de mamãe e a deitaram na cama, coberta com um lençol, depois de eu ter levantado. Estavam todas tão assustadas e nervosas que as mandei ir para a sala de jantar para tomar uma taça de vinho. A porta abriu-se violentamente por um instante e bateu de novo. As criadas berraram e foram todas juntas para a sala de jantar; e eu coloquei as flores restantes sobre o peito de mamãe. Quando as vi ali, lembrei-me do que o doutor Van Helsing me dissera, mas não quis removê-las, e além disso ia pedir que algumas das criadas ficassem acordadas comigo agora. Achei estranho que as criadas não voltavam. Chamei-as, mas não obtive resposta, por isso fui até a sala de jantar procurá-las.

Quase desfaleci quando vi o que havia acontecido. Todas as quatro estavam desabadas no chão, respirando com dificuldade. O decantador de xerez estava sobre a mesa, cheio pela metade, mas um cheiro acre esquisito permeava o ar. Fiquei desconfiada e examinei o decantador. Tinha cheiro de láudano, e ao olhar sobre o aparador percebi que a garrafa que o médico de mamãe usa para ela – oh! usava – estava vazia. O que fazer? O que fazer? Estou de volta ao quarto com mamãe. Não posso deixá-la, e estou sozinha, salvo pelas criadas adormecidas, que alguém drogou. Sozinha com os mortos! Não ouso sair, pois ouço o uivo grave do lobo através da janela quebrada.

O ar parece cheio de flocos, flutuando e girando na corrente de vento que vem da janela, e as luzes ardem azuis e fracas. O que fazer? Deus me proteja do mal esta noite! Vou esconder este papel junto ao peito, onde o encontrarão quando vierem me sepultar. Minha querida mãe morta! É hora de eu morrer também. Adeus, querido Arthur, se eu não sobreviver a esta noite. Deus te guarde, querido, e Deus me ajude!

XII. Diário do doutor Seward

18 de setembro. Fui imediatamente para Hillingham e cheguei cedo. Pedi ao cabriolé que me esperasse no portão e subi a alameda sozinho. Bati na porta suavemente e toquei a campainha tão ligeiramente quanto possível, pois não queria incomodar Lucy ou sua mãe, e esperava que uma criada atendesse à porta. Depois de algum tempo, como ninguém respondia, bati e toquei novamente; de novo sem resposta. Amaldiçoei a preguiça dos criados por estarem na cama a uma hora daquela – pois já eram dez horas – e bati e toquei de novo, porém com mais impaciência, mas ainda sem obter resposta. Até então tinha somente culpado os criados, mas agora um temor horrível me acometia. Será que tal desolação não era mais um elo na corrente de desgraças que parecia se fechar em torno de nós? Seria realmente uma casa de morte à qual eu teria chegado tarde demais? Eu sabia que minutos, até segundos de atraso poderiam significar horas de perigo para Lucy se ela tivesse tido novamente uma daquelas funestas recaídas; por isso dei a volta na casa para tentar encontrar, por sorte, alguma entrada.

Não consegui encontrar nenhum acesso. Todas as janelas e portas estavam fechadas e trancadas, e retornei desconcertado ao alpendre. Ao fazê-lo, ouvi o trote veloz de um cavalo. Ele parou no portão e, poucos segundos depois, vi Van Helsing, que subia a alameda correndo. Quando ele me viu, expeliu sem fôlego: "Então era você, acabou de chegar. Como ela está? Chegamos tarde demais? Você não recebeu meu telegrama?".

Respondi tão rápida e coerentemente quanto podia que só recebera o telegrama dele naquela manhã, que não havia perdido um minuto para vir para cá e que não conseguia fazer ninguém da casa me atender. Ele parou e levantou o chapéu, dizendo solenemente: "Então temo que tenhamos chegado tarde demais. Que seja feita a vontade de Deus!".

Com sua habitual energia de recuperação, ele prosseguiu: "Venha. Se não há um caminho aberto para entrar, vamos criar um. O tempo está a nosso favor agora".

Demos a volta até os fundos da casa, onde havia a janela da cozinha. O professor pegou um pequeno serrote cirúrgico em sua mala e, ao me entregar o instrumento, apontou para as barras de ferro que protegiam a janela. Ataquei-as de pronto e logo havia cortado três delas. Então, com uma faca longa e fina, empurramos a trava das folhas e abrimos a janela.

Ajudei o professor a entrar e segui-o. Não havia ninguém na cozinha nem nos quartos dos criados, que ficavam ali perto. Olhamos em todos os cômodos à medida que avançávamos, e na sala de jantar, parcamente iluminada pelos raios de luz que atravessavam as persianas, encontramos quatro criadas estiradas no chão. Não havia necessidade de pensar que tinham morrido, pois sua respiração estertorosa e o cheiro acre de láudano no aposento não deixavam dúvida quanto a sua condição.

Van Helsing e eu olhamos um para o outro, e enquanto nos afastávamos ele disse: "Podemos cuidar delas depois". Então subimos para o quarto de Lucy. Por alguns instantes paramos diante da porta para escutar, mas não havia som que pudéssemos ouvir. Com faces lívidas e mãos trementes, abrimos a porta suavemente e entramos no quarto.

Como descreverei o que vimos? Na cama jaziam duas mulheres, Lucy e sua mãe. Esta última estava mais para dentro, coberta com um lençol branco, cuja borda tinha sido assoprada pela corrente de ar que entrava pela janela quebrada, revelando o rosto branco contraído com uma expressão de terror gravada nele. Ao lado dela estava deitada Lucy, com o rosto branco e ainda mais contraído. As flores que estavam ao redor do seu pescoço, encontramo-las sobre o busto de sua mãe, e sua garganta estava desnudada, revelando as duas pequenas feridas que havíamos notado antes, mas com aparência horrivelmente branca e macerada. Sem uma palavra, o professor debruçou-se sobre a cama, quase tocando com sua cabeça o peito da pobre Lucy; então ele virou rapidamente a cabeça, como para escutar, e, levantando-se bruscamente, gritou para mim: "Ainda não é tarde demais! Rápido! Rápido! Traga o conhaque!".

Corri para baixo e voltei com a bebida, tomando o cuidado de cheirar e provar para saber se também não estava adulterada, como o decantador de xerez que encontrei sobre a mesa. As criadas ainda respiravam, só que mais ofegantes, e imaginei que o efeito do narcótico estivesse passando. Não fiquei lá para me certificar, apenas retornei a Van Helsing. Ele esfregou o conhaque, como na outra ocasião, nos lábios e gengivas dela, bem como nos pulsos e na palma das mãos. Ele me disse: "Posso fazer isso, é tudo que pode ser feito por enquanto. Vá acordar as criadas. Acerte-as no rosto com uma toalha molhada, e acerte com força. Mande-as se aquecer junto à lareira e tomar um banho quente. Esta pobre alma está quase tão fria quanto a outra a seu lado. Ela precisa ser aquecida para podermos tomar qualquer outra providência".

Fui imediatamente, e tive pouca dificuldade para acordar três das mulheres. A quarta era apenas uma menina, e a droga evidentemente a tinha afetado com mais força, por isso deitei-a no sofá e deixei-a dormir. As outras estavam inicialmente atordoadas, mas à medida que recordavam o sucedido choravam e soluçavam de modo histérico. Fui severo com elas, todavia, e não as deixei falar. Disse-lhes que já era ruim o bastante perder uma vida, e que, se demorassem, elas sacrificariam a senhorita Lucy. Então, soluçando e chorando, elas seguiram seu caminho, meio despidas que estavam, e prepararam fogo e água. Felizmente, o fogo da cozinha e da caldeira ainda estava aceso, e não faltava água quente. Preparamos um banho, carregamos Lucy tal como estava e a colocamos dentro dele. Enquanto estávamos ocupados friccionando seus membros, ouvimos alguém bater na porta do saguão. Uma das criadas saiu correndo, vestiu mais roupas às pressas e foi atender. Depois voltou e sussurrou para nós que havia um cavalheiro à porta trazendo uma mensagem do senhor Holmwood. Mandei-a simplesmente dizer que ele precisava esperar, pois não podíamos ver ninguém naquele momento. Ela foi embora com a mensagem e, absorto em nosso trabalho, esqueci totalmente dela.

Nunca, em toda a minha experiência, vi o professor trabalhar com tamanha seriedade. Eu sabia – como ele sabia – que esta era uma luta ferrenha contra a morte, e num intervalo eu lhe disse isso. Ele respondeu de uma maneira que não entendi, mas com a expressão mais séria que seu rosto podia conter:

"Se fosse só isso, eu pararia aqui onde estamos e a deixaria fenecer em paz, porque não vejo luz na vida em seu horizonte." Ele continuou seu trabalho com, se é que era possível, vigor renovado e mais frenético.

Logo começamos a perceber que o calor estava começando a surtir algum efeito. O coração de Lucy batia de modo ligeiramente mais audível no estetoscópio, e seus pulmões faziam um movimento perceptível. O rosto de Van Helsing chegou a brilhar, e, enquanto a tirávamos do banho e a enrolávamos num lençol quente para secá-la, ele me disse: "A primeira vitória é nossa! Xeque-mate!".

Levamos Lucy para outro quarto que havia sido preparado e a colocamos na cama; pingamos depois umas gotas de conhaque em sua garganta. Notei que Van Helsing amarrou um lenço de seda macio em torno de seu pescoço. Ela ainda estava inconsciente, e mal como nunca tínhamos visto.

Van Helsing chamou uma das mulheres e mandou que ficasse com Lucy e não tirasse os olhos dela até retornarmos, e depois me fez sinal para sair do quarto.

"Precisamos debater o que deve ser feito", ele disse enquanto descíamos as escadas. No saguão, ele abriu a porta da sala de jantar e, ao entrarmos, fechou a porta cuidadosamente atrás de si. As janelas tinham sido abertas, mas as persianas estavam abaixadas, com aquela obediência à etiqueta do luto que a mulher britânica das classes baixas sempre observa rigidamente. A sala estava, portanto, um pouco escura. Todavia, estava clara o bastante para nosso propósito. A severidade de Van Helsing foi um pouco aliviada por uma expressão de perplexidade. Ele estava, a toda evidência, remoendo algo em sua mente, portanto esperei um instante até ele falar:

"O que faremos agora? A quem pediremos ajuda? Precisamos fazer outra transfusão de sangue, e logo, ou a vida daquela pobre garota não aguentará nem uma hora. Você já está exausto; eu também estou. Receio confiar nessas mulheres, mesmo que tenham coragem de submeter-se. Onde vamos achar alguém que queira abrir suas veias para ela?"

"Por quê? Qual é o problema comigo?"

A voz veio do sofá do outro lado da sala, e seu timbre trouxe alívio e alegria ao meu coração, pois era o de Quincey Morris.

Van Helsing sobressaltou-se irritado ao ouvir o som, mas seu rosto amainou-se e um olhar de contentamento tomou seus olhos quando exclamei: "Quincey Morris!", e corri até ele com as mãos estendidas.

"O que te traz aqui?", perguntei quando nos demos as mãos.

"Creio que Art seja a causa."

Ele me entregou um telegrama: "Sem notícias de Seward há três dias, estou terrivelmente inquieto. Não posso sair. Pai ainda na mesma condição. Diga como Lucy está. Não demore. – Holmwood".

"Acho que cheguei bem na hora. Você sabe que só precisa me dizer o que fazer."

Van Helsing avançou, pegou a mão dele, olhou-o direto nos olhos e disse: "O sangue de um homem corajoso é a melhor coisa deste mundo quando uma mulher está em perigo. Você é um homem, não há engano. Bem, o Diabo pode trabalhar contra nós o quanto quiser, mas Deus nos envia homens quando precisamos deles".

Mais uma vez levamos a cabo a penosa operação. Não tenho coragem de entrar em detalhes. Lucy tinha sofrido um choque terrível, e isso afetou-a mais do que antes; embora muito sangue entrasse em suas veias, seu corpo não reagiu ao tratamento tão bem como nas outras ocasiões. Sua luta para voltar à vida foi algo pavoroso de ver e ouvir. Contudo, a ação do coração e dos pulmões melhorou, e Van Helsing deu-lhe uma injeção subcutânea de morfina, como antes, que teve bom efeito. Seu desmaio transformou-se em sono profundo. O professor manteve a guarda enquanto desci com Quincey Morris e mandei uma das criadas pagar o cocheiro que estava esperando.

Deixei Quincey deitado depois de tomar uma taça de vinho e mandei a cozinheira preparar um bom café da manhã. Então ocorreu-me um pensamento, e voltei para o quarto onde Lucy estava agora. Quando entrei, silenciosamente, encontrei Van Helsing com algumas folhas de papel de carta na mão. Estava claro que ele as tinha lido e estava refletindo, sentado com a mão na testa. Seu rosto tinha uma expressão de resoluta satisfação, como de quem solucionou uma questão. Ele me entregou o papel, dizendo apenas: "Caiu do peito de Lucy quando a carregamos para o banho".

Quando terminei de ler, permaneci em pé olhando para o professor; depois de uma pausa, perguntei: "Meu Deus, o que significa tudo isso? Ela estava, ou está, louca? Ou que tipo de perigo atroz é esse?". Eu estava tão abismado que não sabia mais o que dizer. Van Helsing estendeu a mão e pegou o papel:

"Não se preocupe com isso agora. Esqueça por enquanto. Você saberá e entenderá tudo no momento certo; mas será mais tarde. O que é que você veio me dizer?" Isso me fez recordar o fato, e eu me recompus.

"Vim falar sobre a certidão de óbito. Se não agirmos de modo sábio e apropriado, pode haver uma investigação, e esse papel teria que ser mostrado. Tenho esperança de que não haja investigação, pois se houvesse certamente mataria a pobre Lucy, se nada mais o fizer. Eu sei, e você sabe, e o outro médico que a atendia sabe, que a senhora Westenra tinha uma doença do coração, e podemos certificar que ela morreu disso. Vamos preencher a certidão agora, e eu mesmo a levarei ao tabelião e chamarei o agente funerário."

"Muito bom, meu amigo John! Muito bem pensado! Decerto a senhorita Lucy, apesar de estar triste por causa dos inimigos que a atacam, pelo menos está feliz com os amigos que a amam. Um, dois, três, todos abrem suas veias para ela, além de um velho. Ah, sim, eu sei, amigo John; eu não sou cego! Amo você mais ainda por isso! Agora vá."

No saguão, encontrei Quincey Morris, com um telegrama para Arthur contando-lhe que a senhora Westenra havia morrido; que Lucy também estivera doente, mas agora estava melhorando; e que Van Helsing e eu estávamos com ela. Eu avisei aonde ia, e ele me apressou, mas, quando eu estava saindo, ele disse:

"Quando você voltar, Jack, posso dar uma palavrinha com você a sós?" Assenti com a cabeça e saí. Não tive dificuldade no cartório e combinei com o agente funerário local de ele vir à noite tirar as medidas para o caixão e tomar as providências.

Quando voltei, Quincey estava me esperando. Eu lhe disse que conversaria com ele assim que visse Lucy, e subi ao quarto dela. Ela ainda estava dormindo, e o professor não parecia ter se mexido da cadeira ao lado dela. Ao vê-lo levar um dedo aos lábios, concluí que ele esperava que ela acordasse dentro de pouco tempo e não queria apressar a natureza. Por isso desci para ver Quincey e levei-o ao salão matinal, onde as persianas não estavam abaixadas, e que estava um pouco mais animador, ou menos desanimador, que os outros cômodos.

Ao ficarmos sós, ele me disse: "Jack Seward, eu não quero me intrometer onde não tenho o direito de fazê-lo, mas este não é um caso ordinário. Você sabe que eu amei essa garota e quis me casar com ela; mesmo que tudo isso tenha passado, não posso deixar de me preocupar com ela. O que é que ela tem de errado? O holandês – ele é um bom camarada, dá pra ver isso – disse, quando vocês dois entraram na sala, que vocês tinham que fazer *outra* transfusão de sangue, e que tanto você quanto ele estavam exaustos. Eu sei muito bem que vocês, homens da medicina, falam *in camera*[25] e que um homem não deve esperar saber o que vocês confabulam em particular. Mas este não é um assunto comum, e, seja o que for, eu fiz minha parte. Não é verdade?".

"É verdade", eu disse, e ele continuou:

"Eu presumo que você e Van Helsing já tenham feito o que fiz hoje. Não é verdade?"

"É verdade."

"E imagino que Art tenha estado aqui também. Quando o vi, quatro dias atrás, na casa dele, achei que estava esquisito. Nunca vi nada ser derrubado tão rápido desde que estive nos pampas e vi uma égua que era meu

25. Em latim no original: literalmente "num recinto fechado", ou seja, em particular, reservadamente, em linguagem própria aos iniciados.

xodó ir pro brejo da noite pro dia. Um desses morcegos grandes que eles chamam de vampiros pegou ela de noite, e, com a gula dele e a veia que deixou aberta, não sobrou sangue bastante nela pra mantê-la em pé, e tive que meter uma bala nela deitada ali mesmo. Jack, se você puder me contar sem trair a confiança de ninguém, Arthur foi o primeiro, não é verdade?"

Enquanto falava, o coitado aparentava estar terrivelmente nervoso. Ele estava torturado pelo suspense acerca da mulher que amava, e sua ignorância completa do terrível mistério que parecia rodeá-la intensificava sua dor. Era seu próprio coração que sangrava, e custou-lhe toda a sua virilidade – e ele tinha um bom bocado dela – para impedi-lo de desabar. Fiz uma pausa antes de responder, pois senti que não devia trair nada que o professor queria manter em segredo; mas ele já sabia tanto, e adivinhava tanto, que não havia motivo para não responder, portanto respondi com a mesma expressão:

"É verdade."

"E faz quanto tempo que isso está durando?"

"Uns dez dias."

"Dez dias! Então eu imagino, Jack Seward, que essa pobre belezinha que nós todos amamos recebeu em suas veias, nesse período, o sangue de quatro homens fortes. Caramba, isso não caberia no corpo dela." Então, aproximando-se de mim, ele sussurrou com vigor meio abafado: "O que tirou todo esse sangue?".

Balancei a cabeça. "Esse é o *x* da questão", eu disse. "Van Helsing está ficando doido com isso, e já não sei o que pensar. Não consigo nem arriscar uma explicação. Houve uma série de pequenas circunstâncias que desmantelaram todos os nossos preparativos para que Lucy fosse vigiada adequadamente. Mas não vai acontecer de novo. Ficaremos aqui até todos ficarem bem – ou mal."

Quincey estendeu a mão: "Conte comigo", ele disse. "Você e o holandês me dirão o que fazer, e eu farei."

Quando Lucy acordou, no fim da tarde, seu primeiro movimento foi tatear seu peito e, para minha surpresa, ela puxou o papel que Van Helsing tinha me dado para ler. O professor, cuidadoso, o tinha colocado de volta no lugar de onde o tirara, para que ela não ficasse alarmada ao acordar. Seu olhar recaiu então sobre Van Helsing e sobre mim, e alegrou-se. Daí ela olhou ao redor do quarto e, vendo onde estava, estremeceu; deu um grito forte e pôs suas mãos definhadas diante de seu rosto pálido.

Ambos entendemos o que isso significava: que ela tinha se dado conta plenamente da morte de sua mãe; então tentamos o que podíamos para consolá-la. Sem dúvida, a simpatia aliviou-a um pouco, mas ela estava muito abatida em pensamento e emoção, e chorou, silenciosa e retraída, por muito tempo. Dissemos a ela que ambos ou um de nós ficaria agora com ela o tempo todo, e isso pareceu reconfortá-la. Por volta do anoitecer, ela acabou cochilando. Aconteceu então uma coisa muito estranha. Ainda adormecida, ela pegou o papel do seu peito e rasgou-o em dois. Van Helsing acorreu e tirou dela os pedaços. Mesmo assim, ela continuou com a ação de rasgar, como se o material ainda estivesse em suas mãos; finalmente, ela ergueu as mãos e abriu-as, como se espalhasse os fragmentos. Van Helsing pareceu surpreso, e suas sobrancelhas se juntaram pensativas, mas ele não disse nada.

19 de setembro. Na noite passada, ela dormiu aos trancos, sempre com medo de pegar no sono, e um pouco mais fraca a cada vez que acordava. O professor e eu nos revezamos para vigiá-la e nunca saímos de perto dela um momento sequer. Quincey Morris não disse nada sobre sua intenção, mas eu sei que ficou, a noite toda, de patrulha ao redor da casa.

Ao raiar do dia, sua luz penetrante mostrou a devastação nas forças da pobre Lucy. Ela mal conseguia virar a cabeça, e o pouco de comida que conseguiu ingerir pareceu não lhe fazer bem. A intervalos ela dormiu, e Van Helsing e eu notamos a diferença nela, entre o sono e a vigília. Adormecida ela parecia mais forte, embora mais descomposta, e sua respiração era mais suave; sua boca aberta deixava à mostra as gengivas esbranquiçadas retraídas sobre os dentes, que assim pareciam notavelmente mais longos e afiados do que o normal; quando ela acordava, a doçura de seus olhos mudava visivelmente sua expressão, pois voltava a ser ela mesma, apesar de moribunda. À tarde quis ver Arthur, e telegrafamos para ele. Quincey foi buscá-lo na estação.

Quando ele chegou eram quase seis horas; o sol estava se pondo, cheio e caloroso, e a luz vermelha irradiava pela janela e emprestava mais cor às bochechas desbotadas de Lucy. Ao vê-la, Arthur simplesmente engasgou de emoção, e nenhum de nós conseguiu falar. Nas horas que se passaram, os intervalos de sono, ou da condição comatosa que o substituía, tornaram-se mais frequentes, de forma que as pausas em que a conversa era possível foram encurtadas. Porém a presença de Arthur pareceu agir como um estimulante: ela se recobrou um pouco, e falou com ele com mais vivacidade do que tinha feito desde que chegáramos. Ele também se restabeleceu e falou o mais animadamente que podia, de modo que tudo correu da melhor maneira.

Agora é quase uma da manhã, e ele e Van Helsing estão sentados junto dela. Vou rendê-los dentro de quinze minutos, e estou registrando isto no fonógrafo de Lucy. Até as seis horas eles tentarão descansar. Temo que amanhã nossa vigília termine, pois o choque foi grande demais; a pobre criança não deve se recuperar. Deus ajude a todos nós.

CARTA DE MINA HARKER A LUCY WESTENRA
(não foi aberta por ela)

17 de setembro

Minha querida Lucy,

Parece que faz um *século* desde que tive notícias suas, ou desde que escrevi. Você vai perdoar, eu sei, todas as minhas falhas quando tiver lido o relatório de todas as minhas novidades. Bem, consegui trazer meu marido de volta sem problemas; quando chegamos a Exeter havia uma carruagem esperando por nós, e nela, mesmo sofrendo com um ataque de gota, estava o senhor Hawkins. Ele nos levou para sua casa, onde havia quartos para todos nós, agradáveis e confortáveis, e jantamos juntos. Após o jantar, o senhor Hawkins disse:

"Meus caros, quero brindar à sua saúde e prosperidade; e possam todas as bênçãos recair sobre vocês dois. Conheço-os ambos desde crianças, e foi com amor e orgulho que os vi crescer. Agora quero que façam seu lar aqui comigo. Eu não deixo mulher nem filhos; todos se foram, e no meu testamento deixei tudo para vocês." Eu chorei, Lucy querida, ao ver Jonathan e o velho senhor apertarem as mãos. Nossa noite foi muito, muito feliz.

Portanto aqui estamos, instalados nesta linda casa antiga, e tanto do meu quarto quanto da sala de estar eu vejo de perto os grandes olmos da catedral, com seus grossos troncos negros destacados contra a velha pedra amarela, e ouço as gralhas no ar grasnando e tagarelando e fofocando o dia todo, tal como fazem as gralhas – e os humanos. Estou atarefada, nem preciso dizer, arrumando as coisas e cuidando da casa. Jonathan e o senhor Hawkins ficam ocupados o dia inteiro, pois agora que Jonathan é seu sócio o senhor Hawkins quer lhe contar tudo sobre os clientes.

Como está sua querida mãe? Eu gostaria de ir à cidade por um dia ou dois para ver você, querida, mas não ouso ir ainda, com tanto por fazer; e Jonathan ainda precisa de cuidados. Ele está começando a repor um pouco de carne nos ossos, mas ficou terrivelmente enfraquecido pela doença prolongada; até hoje ele às vezes se sobressalta de modo repentino durante o sono e acorda todo trêmulo, e eu preciso embalá-lo para que recobre sua placidez usual. Todavia, graças a Deus, essas ocasiões ficam menos frequentes conforme passam os dias, e com o tempo vão passar totalmente, creio eu. Agora que lhe contei todas as minhas novidades, deixe-me perguntar das suas. Quando você vai se casar, e onde, e quem vai realizar a cerimônia, e o que você vai vestir, e vai ser um casamento público ou privado? Conte-me tudo, querida; conte-me tudo sobre tudo, pois não há nada que interesse a você que não me seja caro. Jonathan pede que eu lhe envie seus "respeitosos obséquios", mas não acho que seja bom o bastante da parte do sócio júnior da importante firma Hawkins & Harker; portanto, como você me ama, e ele me ama, e eu amo você em todos os modos e tempos do verbo, vou dizer que ele simplesmente lhe manda "beijos". Até logo, minha querida Lucy, e todas as bênçãos para você.

Sua amiga,
Mina Harker

RELATÓRIO DE PATRICK HENNESSEY, *M.D., M.R.C.S.L.K., Q.C.P.I.* ETC. ETC., PARA JOHN SEWARD, *M.D.*

20 de setembro

Prezado senhor,

Conforme sua solicitação, encaminho relatório das condições de tudo de que fui encarregado. [...] Com relação ao paciente Renfield, resta mais a dizer. Ele teve outro surto, que poderia ter tido um final desastroso, mas que, por boa ventura, não foi seguido por nenhum resultado infeliz. Esta tarde uma carroça com dois homens veio dar na casa vazia cujo terreno é lindeiro com o nosso – a casa para onde, como o senhor se lembra, o paciente fugiu em duas ocasiões. Os homens pararam no nosso portão para perguntar o caminho ao porteiro, pois eram estrangeiros.

Eu estava olhando pela janela do escritório, fumando depois do jantar, e vi um deles ir até a casa. Quando ele passou pela janela do quarto de

Renfield, o paciente começou a injuriá-lo lá de dentro, e lançou-lhe todos os impropérios que sua língua conseguia alcançar. O homem, que parecia ser um camarada bem decente, contentou-se em mandar "calar a boca, mendigo desaforado", e nisso o paciente acusou-o de roubá-lo e de querer matá-lo, e disse que o impediria se ele se atrevesse a isso. Abri a janela e fiz sinal ao homem para não dar importância, e com isso ele se contentou, depois de examinar todo o local e constatar em que tipo de lugar ele havia entrado, dizendo: "Deus o abençoe, senhor, eu não ligo para o que me dizem num bendito sanatório. Tenho pena do senhor e do seu patrão por terem que morar numa casa com uma besta selvagem igual a esta".

Então ele perguntou o caminho com bastante civilidade, e eu lhe disse onde estava o portão da casa vazia; ele foi embora, seguido por ameaças, pragas e insultos do paciente. Desci para ver se conseguia descobrir a causa de sua raiva, já que ele costuma ser muito bem-comportado, e, salvo por seus acessos violentos, nada desse tipo acontecera antes. Encontrei-o, para meu espanto, muito sereno e bastante afável em seus modos. Tentei fazê-lo falar sobre o incidente, mas ele perguntou de um jeito apático o que eu queria dizer, fazendo-me acreditar que ele não tinha consciência nenhuma do ocorrido. No entanto, sinto admitir que foi somente mais um exemplo da sua malícia, pois em meia hora o ouvi de novo. Desta vez ele havia quebrado a janela do quarto e estava fugindo pela alameda. Chamei os enfermeiros para me seguirem e corri atrás dele, por medo que tivesse a intenção de causar algum dano. Meu medo foi justificado quando vi a mesma carroça que havia passado antes descendo a estrada, carregada com uns grandes caixotes de madeira. Os homens estavam enxugando a testa e tinham as faces coradas, como se tivessem feito muito esforço. Antes que eu pudesse alcançá-lo, o paciente correu até eles, puxou um deles de cima da carroça e começou a bater a cabeça dele contra o chão. Se eu não o tivesse agarrado naquele momento, acredito que ele teria matado o homem ali mesmo. O outro camarada saltou da carroça e acertou o paciente na cabeça com o cabo do seu pesado chicote. Foi uma tremenda pancada, mas ele não pareceu se incomodar; agarrou este também e lutou com nós três, puxando-nos para lá e para cá como se fôssemos gatinhos. O senhor sabe que não sou nenhum peso-leve, e os outros eram ambos homens troncudos. De início ele estava silencioso durante a luta, porém, conforme começamos a dominá-lo e os enfermeiros foram vestindo a camisa de força nele, ele começou a gritar: "Vou detê-los! Eles não vão me roubar! Não vão me matar aos poucos! Vou lutar pelo meu mestre e senhor!" e todo tipo de destemperos incoerentes nessa linha. Foi com muita dificuldade que o trouxeram de volta para o asilo e o puseram no quarto acolchoado. Um dos enfermeiros, Hardy, teve um dedo quebrado. Mas eu o endireitei e ele está passando bem.

Os dois carregadores foram de início enfáticos nas suas ameaças de processo por danos, e prometeram despejar todas as penalidades da lei sobre nós. Ao ameaçarem, porém, pareciam pedir desculpas por ter sido derrotados por um louco debilitado. Eles disseram que, se não tivessem se esforçado tanto carregando os pesados caixotes na carroça, já teriam dado um jeito nele. Outra desculpa para a própria derrota foi que essa ocupação tão poeirenta os deixa com muita sede e, além disso, seu local de trabalho está longe demais de qualquer lugar onde possam se divertir. Entendi perfeitamente sua digressão, e, após um copo de grogue forte, ou até dois, e tendo recebido um soberano cada um, eles menosprezaram o ataque e juraram que enfrentariam um louco pior a qualquer hora, só pelo prazer de encontrar um "sujeito tão bacana" como este que vos escreve. Anotei o nome e o endereço deles, caso sejam necessários. São os seguintes: Jack Smollet, de Dudding's Rents, King George's Road, Great Walworth, e Thomas Snelling, Peter Farley's Row, Guide Court, Bethnal Green. Ambos trabalham por conta da empresa de mudanças e transportes Harris & Sons, Orange Master's Yard, Soho.

Relatarei ao senhor qualquer assunto de interesse que acontecer aqui, e telegrafarei imediatamente se houver algo importante.

Mui respeitosamente,
seu devotado,
Patrick Hennessey

CARTA DE MINA HARKER A LUCY WESTENRA
(não foi aberta por ela)

18 de setembro

Minha querida Lucy,

Um golpe funesto nos atingiu. O senhor Hawkins morreu muito subitamente. Alguns poderiam pensar que não seria tão triste para nós dois, mas tínhamos passado a amá-lo tanto que realmente parece que perdemos um pai. Eu nunca conheci nem meu pai nem minha mãe, por isso a morte do querido velhinho é um golpe duro para mim. Jonathan está muito abatido. Não é só pela perda do bom homem que foi seu amigo a vida toda e agora no fim o tratou como um filho e lhe deixou uma fortuna que, para pessoas de origem modesta como nós, é uma riqueza que vai além de qualquer sonho de avareza; Jonathan sente uma dor enorme também por outro motivo. Ele diz que agora o tamanho da responsabilidade sobre ele o deixa nervoso. Está duvidando de si mesmo. Tento animá-lo, e minha confiança *nele* o ajuda a ter confiança em si próprio. Mas é nisso que o grave choque que ele sofreu o afeta mais. Oh, é duro demais ver um temperamento tão doce, simples, nobre e forte como o dele – um temperamento que permitiu que ele, com a ajuda do nosso querido e saudoso amigo, subisse de assistente a sócio em poucos anos – ficar tão ferido a ponto de perder a própria essência de sua força. Perdoe-me, querida, se a preocupo com meus problemas no meio da sua felicidade; mas, Lucy querida, preciso contar para alguém, porque a pressão de manter uma aparência valente e risonha diante de Jonathan me exaure, e não tenho ninguém aqui a quem possa fazer confidências. Receio ir a Londres, como teremos que fazer depois de amanhã, pois o pobre senhor Hawkins dispôs em seu testamento que deve ser enterrado no túmulo junto com seu pai. Como não há nenhum parente, Jonathan terá que presidir ao enterro. Tentarei escapar para ver você, querida, ainda que seja somente por uns minutinhos. Desculpe por perturbá-la. Com todas as bênçãos,

Da sua amiga
Mina Harker

DIÁRIO DO DOUTOR SEWARD

20 de setembro. Somente a determinação e o hábito podem me ajudar a gravar um registro esta noite. Estou tão desolado, tão desanimado, tão cansado do mundo e de tudo que há nele, inclusive da própria vida, que não me importaria se ouvisse neste momento o bater das asas do anjo da morte. E ele tem batido suas asas sinistras com muito afã ultimamente: a mãe de Lucy, o pai de Arthur e agora... Mas vou continuar minha tarefa.

Fui render Van Helsing na sua vigília junto a Lucy. Queríamos que Arthur também descansasse, mas ele se recusou de início. Foi somente quando eu disse que precisaríamos da ajuda dele durante o dia, e que não poderíamos todos desabar por falta de descanso, para que Lucy não sofresse, que ele concordou em partir.

Van Helsing foi muito gentil com ele. "Venha, meu filho", ele disse, "venha comigo. Você está doente e fraco, sofreu muita aflição e muita dor mental, sem falar no gravame sobre suas forças que já sabemos. Você não deve ficar sozinho, isso traz tantos medos e sobressaltos. Venha para a sala de jantar, onde há uma grande lareira e dois sofás. Você deitará em um e eu no outro, e nossa simpatia servirá de reconforto para ambos, ainda que não falemos, e mesmo se dormirmos."

Arthur saiu com ele, lançando para trás um olhar saudoso sobre o rosto de Lucy, que repousava no travesseiro, quase mais branco que a fronha. Ela estava totalmente imóvel, e eu passei os olhos pelo quarto para certificar-me de que tudo estava em ordem. Vi que o professor tinha executado neste quarto, como no outro, sua intenção de usar o alho: todos os painéis das janelas exalavam seu cheiro, e em torno do pescoço de Lucy, sobre o lenço de seda que Van Helsing a fez usar, estava um rosário rústico das mesmas flores odoríferas.

Lucy estava respirando com certo estertor, e seu rosto nunca estivera pior, pois a boca aberta mostrava as gengivas descoradas. Seus dentes, na luz fraca e incerta, pareciam mais longos e afiados do que de manhã. Em especial, algum efeito de luz fazia os caninos parecerem mais longos e afiados que o resto.

Sentei junto dela e ela mexeu-se com dificuldade. No mesmo momento ouvi uma batida ou pancada abafada na janela. Fui ver com cuidado e espiei pelo canto da persiana. Era noite de lua cheia, e vi que o barulho era feito por um grande morcego, que rodopiava – sem dúvida atraído pela luz, apesar de fraca – e de quando em vez batia na janela com suas asas. Quando retornei ao meu assento, percebi que Lucy tinha se mexido ligeiramente e arrancado as flores de alho do seu pescoço. Recoloquei-as como pude e sentei-me para vigiá-la.

Enfim ela acordou, e eu lhe dei de comer, como Van Helsing havia orientado. Ela comeu muito pouco, e com lassidão. Agora não parecia haver nela a luta inconsciente pela vida e pela força que até então havia marcado sua doença. Pareceu-me curioso que, no momento em que ela ficou consciente, apertou as flores de alho junto dela. Era deveras estranho que, sempre que ela entrava naquele estado letárgico, com respiração estertorosa, ela afastava as flores, mas quando acordava puxava-as para perto. Não havia possibilidade de erro nisso, pois nas longas horas que se seguiram ela passou por vários períodos de sono e vigília e repetiu ambas as ações muitas vezes.

Às seis horas Van Helsing veio me render. Arthur tinha cochilado e ele teve a misericórdia de deixá-lo dormir. Quando viu o rosto de Lucy, ouvi sua inspiração sibilante, e ele me disse num sussurro áspero: "Levante a persiana; quero luz!". Daí ele se inclinou e, com o rosto quase encostando no de Lucy, examinou-a cuidadosamente. Ele retirou as flores e afastou o lenço de seda do pescoço dela. Ao fazê-lo, ele recuou, e ouvi sua exclamação, *"Mein Gott!"*,[26] sufocada na garganta. Inclinei-me e olhei também, e quando percebi um arrepio estranho me percorreu. As feridas no pescoço tinham desaparecido completamente.

Por cinco minutos inteiros Van Helsing ficou olhando para ela, com o máximo de gravidade no rosto. Então se virou para mim e disse calmamente: "Ela está morrendo. Não vai demorar agora. Vai fazer muita diferença, ouça bem, se morrer consciente ou durante o sono. Acorde aquele pobre rapaz e chame-o para vê-la uma última vez. Ele confia em nós, e prometemos a ele".

Fui à sala de jantar e o acordei. Ele ficou atordoado por um momento, mas quando viu o sol entrando pelas bordas das persianas pensou que estava atrasado, e expressou seu medo. Assegurei-o de que Lucy ainda dormia, mas contei-lhe do modo mais gentil que pude que Van Helsing e eu temíamos que o fim estivesse próximo. Ele cobriu o rosto com as mãos e caiu de joelhos junto ao sofá, onde permaneceu, talvez por um minuto, com a cabeça afundada, rezando, enquanto seus ombros se sacudiam com os soluços. Peguei-o pela mão e levantei-o. "Venha", eu disse, "meu amigo, reúna toda a sua coragem; será melhor e mais fácil para ela."

Quando entramos no quarto de Lucy, vi que Van Helsing tinha, com sua previdência habitual, arrumado as coisas e feito tudo parecer tão agradável quanto possível. Ele tinha até escovado o cabelo de Lucy, que assim escorria pelo travesseiro em suas ondas reluzentes de sempre. Ao entrarmos no quarto, ela abriu os olhos e, vendo-o, murmurou baixinho: "Arthur! Oh, meu amor, estou tão feliz que você veio!".

Ele estava abaixando-se para beijá-la quando Van Helsing segurou-o: "Não", sussurrou ele, "ainda não! Segure a mão dela, isso a confortará mais".

---

26. Em alemão no original: "Meu Deus!".

Então Arthur pegou a mão dela e ajoelhou-se ao seu lado, e ela ganhou sua melhor aparência, com todas as linhas suaves combinando com a beleza angelical dos seus olhos. Daí seus olhos fecharam-se gradualmente e ela adormeceu. Por algum tempo seus seios arfaram docemente, e sua respiração foi e voltou como a de uma criança cansada.

Em seguida, insensivelmente, ocorreu a estranha mudança que eu havia percebido durante a noite. Sua respiração ficou estertorosa, a boca se abriu, e as gengivas esbranquiçadas, retraídas, fizeram os dentes parecer mais longos e afiados do que nunca. Como num transe, de modo vago e inconsciente, ela abriu os olhos, que agora estavam duros e opacos, e disse com uma voz doce e voluptuosa, como eu jamais havia ouvido dos seus lábios: "Arthur! Oh, meu amor, estou tão contente que você veio! Me beije!".

Arthur inclinou-se, ávido para beijá-la, mas nesse instante Van Helsing, que, como eu, ficara perplexo com a voz dela, lançou-se sobre ele e, pegando-o pelo pescoço com uma força furiosa que eu nunca pensei que ele pudesse ter, literalmente o arremessou quase do outro lado do quarto.

"De jeito nenhum!", ele disse, "Nem pela sua alma nem pela dela!" E postou-se entre eles como um leão acuado.

Arthur ficou tão estarrecido que, por um momento, não sabia o que fazer ou dizer; e, antes que qualquer impulso de violência o dominasse, ele se deu conta do lugar e da ocasião e ficou em silêncio, esperando.

Mantive os olhos fixos em Lucy, tal como Van Helsing, e vimos um espasmo de raiva sobrevoar seu rosto como uma sombra; os dentes aguçados se cerraram. Então seus olhos se fecharam e ela começou a respirar pesadamente.

Logo depois ela abriu os olhos com toda a sua doçura e, estendendo sua pequena mão fina e pálida, pegou a de Van Helsing, grande e pardacenta, puxando-a para si e beijando-a. "Meu fiel amigo", ela disse, com uma voz debilitada, mas com emoção indizível, "meu amigo fiel, e dele! Oh, cuide dele, e dê-me paz!"

"Eu juro!", ele disse solenemente, ajoelhando-se ao lado dela e erguendo sua mão, como quem faz uma promessa. Daí ele se voltou para Arthur e disse: "Venha, meu filho, segure a mão dela e beije-a na testa, apenas uma vez".

Seus olhos encontraram-se, em vez dos seus lábios, e assim eles se despediram. Os olhos de Lucy se fecharam; e Van Helsing, que estava observando de perto, pegou Arthur pelo braço e o afastou.

Então a respiração de Lucy ficou estertorosa novamente, e de repente cessou.

"Está acabado", disse Van Helsing. "Ela está morta!"

Peguei Arthur pelo braço e levei-o para a sala de jantar, onde ele se sentou e cobriu o rosto com as mãos, soluçando de um jeito que quase partiu meu coração de ver.

Voltei ao quarto e encontrei Van Helsing olhando para a pobre Lucy, com o rosto mais sério do que nunca. Alguma mudança ocorrera no corpo dela. A morte lhe devolvera parte de sua beleza, pois sua testa e suas bochechas tinham recobrado algo de suas linhas serenas; até os lábios tinham perdido sua palidez funérea. Era como se o sangue, não mais necessário para o funcionamento do coração, tivesse se espalhado para tornar a aspereza da morte tão pouco rude quanto possível.

> Pensamos que ela estivesse morrendo enquanto dormia,
> E que estivesse dormindo quando morreu.[27]

Juntei-me a Van Helsing e disse: "Ah, pobre menina, finalmente encontrou a paz. É o fim!".

Ele se virou para mim e disse, com grande solenidade: "Não, ai, não, infelizmente. É só o começo!".

Quando perguntei o que queria dizer, ele apenas sacudiu a cabeça e respondeu: "Ainda não podemos fazer nada. Espere e verá".

---

27. No original: "*We thought her dying whilst she slept,/ And sleeping when she died*". Versos de "The death-bed", de Thomas Hood. O poema original diz "*when*" em vez de "*whilst*".

XIII. Diário do doutor Seward
(continuação)

O funeral foi organizado para o dia seguinte, para que Lucy e sua mãe pudessem ser enterradas juntas. Compareci a todas as penosas formalidades, e o esmerado agente funerário garantiu que sua equipe estivesse afligida – ou abençoada – por uma parcela da sua própria afabilidade obsequiosa. Até a mulher que executou as cerimônias fúnebres para as falecidas comentou comigo, com confidencialidade e cumplicidade profissional, ao sair da câmara funerária:

"Ela dá um lindo cadáver, meu senhor. É realmente um privilégio cuidar dela. Não é exagero dizer que ela será um orgulho para nosso estabelecimento!"

Percebi que Van Helsing nunca se mantinha distante. Isso era possível devido ao estado desordenado das coisas na residência. Não havia parentes presentes; e, como Arthur tinha que estar de volta no dia seguinte para cuidar do funeral de seu pai, não conseguimos avisar ninguém que devesse ser chamado. Nessas circunstâncias, Van Helsing e eu assumimos a tarefa de examinar documentos etc. Ele insistiu em olhar pessoalmente os papéis de Lucy. Perguntei por quê, receando que ele, por ser estrangeiro, não estivesse a par das exigências legais inglesas e pudesse, por ignorância, criar algum problema desnecessário.

Ele respondeu: "Eu sei, eu sei. Você esquece que sou advogado além de médico. Mas isso não é exatamente pelo direito. Você sabe disso, pois quis evitar o legista. Tenho mais do que ele a evitar. Pode haver papéis mais... como este".

Ao falar, ele tirou de seu bloco de anotações o memorando que estava no peito de Lucy, e que ela tinha rasgado dormindo.

"Quando você achar alguma coisa do advogado para a finada senhora Westenra, lacre todos os papéis dela e escreva para ele esta noite. Quanto a mim, vou vasculhar este quarto aqui e o antigo quarto da senhorita Lucy a noite inteira, para procurar o que houver. Não seria bom que os pensamentos dela caíssem nas mãos de estranhos."

Dei sequência à minha parte do trabalho, e em mais meia hora encontrei o nome e o endereço do advogado da senhora Westenra e escrevi para ele. Todos os papéis da pobre senhora estavam em ordem; instruções explícitas quanto ao local do sepultamento tinham sido dadas. Eu tinha acabado de lacrar a carta quando, para minha surpresa, Van Helsing entrou no cômodo, dizendo:

"Posso ajudá-lo, amigo John? Estou livre, e ao seu dispor, caso queira".

"Você encontrou o que estava procurando?", perguntei.

Ao que ele respondeu: "Não estava procurando nada específico. Apenas esperava encontrar, como de fato encontrei, tudo o que havia – somente algumas cartas e uns poucos memorandos, e um diário recém-começado. Estou com eles aqui, e por enquanto não diremos nada sobre eles. Vou visitar aquele pobre rapaz amanhã à noite e, com a sanção dele, usarei parte disto".

Após terminarmos o trabalho em questão, ele me disse: "Agora, amigo John, acho que podemos ir para a cama. Precisamos dormir, você e eu, e descansar para nos recuperarmos. Amanhã teremos muito o que fazer, mas por hoje não somos requisitados. Pena!".

Antes de nos retirarmos, fomos ver a pobre Lucy. O agente funerário havia realmente feito bem seu trabalho, pois o quarto tinha sido transformado numa pequena *chapelle ardente*.[28] Havia uma profusão de belas flores brancas, e a morte foi tornada tão pouco repulsiva quanto possível. A borda da mortalha recobria a face; quando o professor inclinou-se e dobrou-a gentilmente para trás, nós dois nos espantamos com a beleza diante de nós, que a luz das compridas velas de cera ressaltava. Todo o encanto de Lucy tinha retornado a ela na morte, e as horas que haviam passado, em vez de deixar rastros dos "dedos devastadores da decomposição",[29] tinham restaurado por completo a beleza da vida, a tal ponto que eu não acreditava que estivesse olhando para um cadáver.

O professor fez uma expressão de profunda gravidade. Ele não a havia amado como eu, e não havia necessidade de lágrimas nos seus olhos. Ele me disse: "Fique aqui até eu voltar", e saiu do quarto. Voltou com um punhado de alho selvagem tirado da caixa que estava no saguão, mas que não havia sido aberta, e colocou as flores entre as demais em cima e em torno da cama. Depois tirou do pescoço, de dentro do colarinho, um pequeno crucifixo de ouro e colocou-o sobre a boca. Recolocou a mortalha no lugar e saímos.

---

28. Em francês no original: "capela ardente".

29. Citação do poema *The Giaour*, de Byron: "*Before decay's effacing fingers/ Have swept the lines where beauty lingers*" ("Antes que os dedos devastadores da decomposição/ Apaguem as linhas onde a beleza mora").

Eu estava me despindo no meu quarto quando, com uma batida de aviso na porta, ele entrou e começou logo a falar:

"Amanhã quero que você me traga, antes da noite, um conjunto de facas *post mortem*."[30]

"Precisamos fazer uma autópsia?", indaguei.

"Sim e não. Quero operar, mas não como você pensa. Vou lhe contar agora, mas não diga nada a ninguém. Quero cortar fora a cabeça dela e tirar o coração. Ah, você, um cirurgião, ficar tão chocado! Você, que eu vi, sem tremor na mão ou no coração, realizar operações de vida e morte que fazem os outros estremecer. Oh, mas não posso esquecer, meu caro amigo John, que você a amava; e não esqueci, por isso sou eu que operarei, e você somente ajudará. Gostaria de fazê-lo esta noite, mas por causa de Arthur não poderei; ele estará livre amanhã após o funeral do seu pai, e vai querer ver a moça – ou a *coisa*. Em seguida, quando ela estiver pronta no caixão para o dia seguinte, você e eu viremos quando todos estiverem dormindo. Vamos desparafusar a tampa do esquife e realizar nossa operação, e depois pôr tudo de volta, para que ninguém saiba, exceto nós dois."

"Mas por que fazer tudo isso? A garota está morta. Por que mutilar o corpo da coitada sem necessidade? E, se não há necessidade de autópsia e nada a ganhar com isso – nenhum bem para ela, para nós, para a ciência, para o conhecimento humano –, por que fazer isso? Sem nada disso, é monstruoso."

Em resposta, ele pôs a mão no meu ombro e disse, com infinita ternura: "Amigo John, tenho pena do seu pobre coração destroçado; e amo você mais ainda por ele estar assim. Se eu pudesse, tomaria para mim o peso que você carrega. Mas há coisas que você não sabe, mas saberá, e bendito seja eu por saber, embora não sejam agradáveis. John, meu filho, você, que é meu amigo há muitos anos, já me viu fazer algo sem um bom motivo? Posso errar – sou apenas humano; mas acredito em tudo o que faço. Não foi por esses motivos que você mandou me chamar quando veio o grande perigo? Sim! Você não ficou espantado, que digo: horrorizado, quando não deixei Arthur beijar sua amada – embora ela estivesse morrendo – e arranquei-o dela com toda a minha força? Sim! Mas você viu como ela me agradeceu, com seus olhos moribundos tão belos, e sua voz também tão fraca, e como beijou minha velha mão rugosa e me abençoou?

---

30. Em latim no original: "após a morte", quer dizer, aqui, para realizar autópsias.

Sim! E você não me ouviu fazer a ela uma promessa que a levou a fechar os olhos com gratidão? Sim!

"Bem, eu tenho um bom motivo agora para tudo o que pretendo fazer. Faz muitos anos que você confia em mim; você acreditou em mim nas últimas semanas, quando aconteceram coisas tão estranhas que você bem que poderia duvidar. Acredite mais um pouco, amigo John. Se não acreditar, terei que dizer o que penso, e talvez não seja bom. E, se eu trabalhar – pois trabalhar irei, com ou sem confiança – sem a confiança do meu amigo, trabalharei com o coração e o sentimento pesados, oh! tão solitário, quando precisaria de toda a ajuda e coragem que pudesse encontrar!." Ele parou por um momento e continuou, solene: "Amigo John, temos dias estranhos e terríveis diante de nós. Que não sejamos dois, mas um só, para trabalharmos com bom resultado. Você vai ter fé em mim?".

Peguei sua mão e prometi que sim. Segurei a porta para que saísse e fiquei olhando ele ir para o quarto e fechar a porta. Parado ali, vi uma das criadas passar silenciosa pelo corredor – estava de costas para mim, por isso não me viu – e entrar no quarto onde jazia Lucy. A visão me tocou. A devoção é tão rara, e somos tão gratos àqueles que a demonstram espontaneamente a quem amamos. Ali estava uma pobre menina superando o terror que devia sentir em relação à morte para velar sozinha o ataúde da ama que ela amava, a fim de que o barro inerte não ficasse solitário até ser levado ao seu descanso eterno...

Devo ter dormido longa e profundamente, pois o sol já estava alto quando Van Helsing me acordou entrando no meu quarto. Ele veio até minha cabeceira e disse: "Não precisa se preocupar com as facas; não teremos que usá-las".

"Por que não?", perguntei. Afinal, sua solenidade na noite anterior tinha me impressionado muito.

"Porque", ele respondeu com severidade, "é tarde demais – ou cedo demais. Veja!" Ele mostrou o pequeno crucifixo de ouro.

"Isto foi roubado durante a noite."

"Como, roubado", perguntei admirado, "se você está com ele agora?"

"Porque eu o peguei de volta da desgraçada imprestável que o roubou, da mulher que assalta os mortos e os vivos. Sua punição certamente chegará, mas não através de mim; ela não tinha noção do que fez, e, por não saber, apenas roubou. Agora temos que esperar." Ele saiu ao proferir essas palavras, deixando-me com um novo mistério para ponderar, um novo quebra-cabeça para decifrar.

A manhã foi maçante, mas ao meio-dia veio o advogado, o senhor Marquand, de Wholeman, Sons, Marquand & Lidderdale. Ele foi muito cordial e muito grato por tudo o que fizemos, e assumiu o encargo de todos os detalhes. No almoço, contou-nos que a senhora Westenra esperava, já há algum tempo, uma morte súbita por causa do coração, e tinha deixado seus negócios em absoluta ordem. Ele nos informou que, com exceção de certa propriedade em litígio do pai de Lucy e que agora, na falta de herdeiros diretos, passaria para um ramo distante da família, todo o patrimônio, real e pessoal, fora deixado inteiramente a Arthur Holmwood. Tendo dito isso, ele prosseguiu:

"Francamente, fizemos tudo o que podíamos para obstar essa disposição testamentária e apontamos certas contingências que poderiam deixar sua filha sem um tostão, ou não tão livre como deveria para agir com relação a uma aliança matrimonial. Na verdade, tratamos a questão com tanta insistência que quase entramos em colisão, pois ela nos perguntou se estávamos preparados ou não para cumprir sua vontade. Claro, então não tínhamos alternativa senão aceitar. Estávamos certos em princípio, e em noventa e nove casos de cem poderíamos ter provado, mediante a lógica dos eventos, a exatidão do nosso juízo.

"Francamente, porém, devo admitir que, neste caso, qualquer outra forma de disposição teria tornado impossível o cumprimento da sua vontade. Afinal, se ela tivesse falecido antes da filha, esta última teria herdado a propriedade e, mesmo que tivesse sobrevivido apenas cinco minutos à sua mãe, sua propriedade, caso não houvesse testamento – e um testamento seria uma impossibilidade prática nesse caso –, teria sido tratada, por ocasião do seu falecimento, como intestada. Nesse caso, lorde Godalming, apesar de ser um amigo tão querido, não teria direito algum, e os herdeiros, por serem remotos, certamente não renunciariam a seu justo título por razões sentimentais relativas a um estranho completo. Eu lhes garanto, meus senhores, estou radiante com o resultado, perfeitamente radiante".

Ele era um bom camarada, mas sua satisfação com essa parte ínfima – na qual ele tinha um interesse oficial – de tamanha tragédia foi uma ilustração prática das limitações do entendimento compassivo.

Ele não permaneceu muito tempo, mas disse que voltaria mais tarde naquele dia para ver lorde Godalming. No entanto, sua vinda nos trouxe certo alívio, já que nos assegurava que não teríamos que temer críticas hostis por qualquer um dos nossos atos. Arthur devia chegar às cinco horas, portanto pouco antes disso visitamos a câmara mortuária. De fato era uma, pois agora mãe e filha nela jaziam. O agente funerário, fiel ao seu ofício, tinha feito a melhor exibição que pôde dos seus apetrechos, e o ar fúnebre do lugar abateu nossos ânimos de imediato.

Van Helsing ordenou que o arranjo precedente fosse mantido, explicando que, como lorde Godalming chegaria muito em breve, seria menos doloroso para seus sentimentos ver o que restava de sua *fiancée*[31] a sós.

O agente funerário pareceu chocado com a própria estupidez e desdobrou-se para reverter as coisas ao estado em que as havíamos deixado na noite anterior, de forma que, quando Arthur chegou, foi poupado dos choques aos seus sentimentos que conseguimos evitar.

Pobre coitado! Aparentava estar desesperadamente triste e alquebrado; até sua robusta virilidade parecia ter se encolhido sob a pressão de suas emoções transtornadas. Ele era, eu sabia, muito genuína e devotadamente ligado ao seu pai; e perdê-lo, bem nesse momento, foi um golpe cruel para ele. Comigo ele foi caloroso como sempre, e com Van Helsing foi afetuosamente cortês; mas não pude deixar de notar que havia algum constrangimento nele. O professor também reparou e fez sinal para que eu o levasse para cima. Assim fiz, e deixei-o na porta do quarto, presumindo que quisesse ficar a sós com ela, mas ele pegou no meu braço e conduziu-me para dentro, dizendo com voz rouca:

"Você também a amava, meu velho; ela me contou tudo, e nenhum amigo tinha um lugar mais especial no coração dela do que você. Não sei como agradecer por tudo o que fez por ela. Não consigo pensar ainda..."

De repente ele desabou, lançou os braços em torno dos meus ombros e encostou a cabeça no meu peito, chorando: "Oh, Jack! Jack! O que vou fazer? A vida toda parece ter sido tirada de mim de uma só vez, e não há nada no mundo inteiro que me dê vontade de viver".

Consolei-o como podia. Nesses casos os homens não precisam de muita expressão. Um aperto de mão, um braço passado sobre o ombro, um soluço em uníssono são expressões de simpatia caras ao coração de um homem. Fiquei imóvel e em silêncio até seus soluços sumirem, e então disse com suavidade: "Venha dar uma olhada nela".

Fomos juntos até a cama e ergui a mortalha do rosto dela. Deus! Como ela estava linda! Cada hora que passava parecia aumentar seu encanto. Fiquei um tanto assustado e admirado; quanto a Arthur, caiu tremendo e finalmente ficou tiritando de dúvida como se fosse de febre.

31. Em francês no original: "noiva".

Por fim, depois de uma longa pausa, disse num sussurro débil: "Jack, ela está morta mesmo?".

Assegurei-lhe que infelizmente sim, e continuei sugerindo – pois senti que não podia deixar uma dúvida tão horripilante durar nem um momento mais – que acontecia com frequência; que após a morte o rosto se tornava macio e até recuperava sua beleza juvenil; que isso ocorria especialmente quando a morte era precedida por um sofrimento agudo ou prolongado. Isso pareceu eliminar toda dúvida, e, depois de ajoelhar-se junto do sofá por algum tempo e olhar para ela longa e amorosamente, ele se virou de lado. Eu lhe disse que ele precisava despedir-se, pois o caixão tinha que ser preparado; então ele voltou, pegou a mão morta dela e beijou-a, depois debruçou-se e beijou a testa dela. Daí afastou-se, olhando carinhosamente para ela por cima do ombro enquanto saía.

Deixei-o na sala de estar e disse a Van Helsing que ele tinha se despedido; assim, o professor foi à cozinha dizer aos empregados do agente funerário que continuassem os preparativos e parafusassem o caixão. Quando ele voltou da cozinha, contei a ele o que Arthur tinha perguntado e ele respondeu: "Não estou surpreso. Agora há pouco eu mesmo duvidei por um momento!".

Jantamos todos juntos, e percebi que o pobre Art estava tentando levar as coisas do melhor jeito possível. Van Helsing ficou em silêncio durante todo o jantar, mas depois de acendermos nossos charutos ele disse: "Lorde...", mas Arthur o interrompeu:

"Não, não, isso não, pelo amor de Deus! Pelo menos ainda não. Mas me desculpe, professor: eu não quis ser grosseiro; é somente porque minha perda é muito recente".

O professor respondeu com muita brandura: "Só usei esse nome porque estava na dúvida. Não posso chamá-lo de 'senhor' e passei a amá-lo – sim, meu filho, a amá-lo – como Arthur".

Arthur estendeu a mão e segurou calorosamente a do velho professor. "Chame-me como quiser", ele disse. "Espero que eu possa ter sempre o título de amigo. E deixe-me dizer que não sei como me expressar para agradecê-lo pela sua bondade para com minha pobre amada." Ele parou por um momento, depois seguiu: "Sei que ela entendeu sua bondade ainda melhor do que eu. E, se fui rude ou insensível de qualquer forma nesse período em que o senhor agiu assim, o senhor deve se lembrar" – o professor aquiesceu –, "por favor, me desculpe".

Van Helsing respondeu com circunspecta amabilidade: "Sei que foi difícil para você confiar em mim nessa ocasião, porque confiar em tal violência exige entendimento; e presumo que você não confia – que não pode confiar – em mim agora, porque ainda não entende. E poderá haver mais vezes em que precisarei que você confie mesmo que não consiga – porque não pode – e não deva ainda entender. Mas virá a hora em que sua confiança em mim será inteira e completa, e em que você entenderá como se o próprio sol iluminasse tudo. Então você me bendirá do começo ao fim pelo seu próprio bem, e pelo bem de outros, e pelo bem da nossa querida que jurei proteger".

"E realmente, senhor, realmente", disse Arthur calorosamente, "eu confiarei no senhor de todas as maneiras. Eu sei e acredito que o senhor tem um coração muito nobre e que o senhor é amigo de Jack, como foi dela. Faça o que achar melhor."

O professor limpou a garganta algumas vezes, como se estivesse prestes a falar, e finalmente disse: "Posso perguntar-lhe algo agora?".

"Certamente."

"Você sabe que a senhora Westenra lhe deixou todo o seu patrimônio?"

"Não, pobre coitada; nunca tinha pensado nisso."

"E, como é tudo seu, você tem o direito de dispor dele como quiser. Eu gostaria que você me desse permissão para ler todos os papéis e cartas da senhorita Lucy. Acredite, não é uma curiosidade vã. Tenho um motivo que, fique certo, ela teria aprovado. Estou com todos eles aqui. Peguei-os antes de sabermos que tudo era seu, para que nenhuma mão estranha pudesse tocá-los, nenhum olho estranho pudesse ver sua alma através das palavras. Vou guardá-los, se puder; até mesmo você não pode vê-los ainda, mas vou mantê-los seguros. Nenhuma palavra será perdida; e em boa hora eu os devolverei a você. É algo difícil de pedir, mas você o fará, não é, em nome de Lucy?"

Arthur falou com convicção, como era seu costume: "Doutor Van Helsing, o senhor pode fazer o que quiser. Sinto que, ao dizer isso, faço o que minha amada teria aprovado. Não o importunarei com perguntas até que seja o momento".

O velho professor levantou-se e disse solenemente: "E você está certo. Haverá dor para todos nós, mas nem tudo será dor, nem a dor será a última. Nós e você também – você mais do que todos, meu caro rapaz – teremos que enfrentar as águas da amargura antes de chegar às puras. Mas temos que ser valentes e altruístas, e cumprir nosso dever, e tudo ficará bem!".

Dormi num sofá no quarto de Arthur nessa noite. Van Helsing nem mesmo foi dormir. Ficou indo e voltando, como se patrulhasse a casa, e nunca deixou de vista o quarto onde Lucy jazia no caixão, revestido com as flores de alho selvagem, que exalavam, em meio ao aroma do lírio e da rosa, um cheiro pesado que dominava a noite.

DIÁRIO DE MINA HARKER

22 de setembro. No trem para Exeter. Jonathan dormindo. Parece que foi ontem que escrevi pela última vez, e no entanto quanta coisa aconteceu entre aquele período, em Whitby e no mundo todo diante de mim, Jonathan longe e nenhuma notícia dele, e agora, casada com Jonathan, ele advogado, sócio, rico, dono do seu negócio, o senhor Hawkins morto e enterrado, e Jonathan com outro ataque que pode prejudicá-lo. Algum dia ele pode me perguntar sobre isso. Tudo vai ser anotado. Estou enferrujada na minha estenografia – vejam o que a prosperidade inesperada faz conosco –, portanto, por que não refrescá-la com alguma prática...

A cerimônia foi muito simples e austera. Estávamos apenas nós e os criados, uns poucos velhos amigos dele de Exeter, seu agente londrino e um cavalheiro que representava sir John Paxton, o presidente da Incorporated Law Society. Jonathan e eu nos demos as mãos e sentimos que nosso melhor e mais querido amigo tinha nos deixado.

Voltamos para a cidade em silêncio, pegando um ônibus para o Hyde Park Corner. Jonathan pensou que me interessaria ir um pouco ao Row, por isso nos sentamos; mas havia poucas pessoas lá, e era triste e desolador ver tantas cadeiras vazias. Isso nos fez pensar na cadeira vazia em casa; por isso nos levantamos e andamos por Piccadilly. Jonathan me segurava pelo braço, como costumava fazer nos velhos tempos, antes de eu ir para a escola. Achei que era muito inapropriado, pois você não pode passar uns anos ensinando etiqueta e decoro a outras moças sem que a pedantice disso tudo grude um pouco em você; mas era Jonathan, e ele é meu marido, e não conhecíamos ninguém que estava nos vendo – e não ligávamos se vissem –, por isso fomos andando. Eu estava olhando para uma moça muito atraente, com um grande chapéu de aba larga, sentada numa vitória na frente do Giuliano's, quando senti Jonathan agarrar meu braço com tanta força que me machucou, e ele disse sem fôlego: “Meu Deus!”.

Estou sempre preocupada com Jonathan, pois temo que algum acesso nervoso possa perturbá-lo novamente; por isso me virei para ele rapidamente e perguntei o que o incomodava.

Ele estava muito pálido e seus olhos pareciam saltar das órbitas enquanto, num misto de terror e espanto, ele fitava um homem alto e magro, com um nariz aquilino, bigode preto e barba pontuda, que também estava observando a moça atraente. Ele olhava para ela com tanta intensidade que não viu nenhum de nós, por isso pude examiná-lo bem. Seu rosto não era um bom rosto: era duro, cruel, sensual, e seus grandes dentes brancos, que pareciam ainda mais brancos porque seus lábios eram muito vermelhos, eram pontudos como os de um animal. Jonathan encarou-o tanto que fiquei com medo que ele notasse. Temi que levasse a mal, pois parecia bem feroz e maldoso. Perguntei a Jonathan por que estava tão abalado, e ele respondeu, evidentemente pensando que eu sabia tanto quanto ele acerca disso: "Você está vendo quem é?".

"Não, querido", eu disse. "Não o conheço; quem é?" Sua resposta me chocou e arrepiou, pois foi dita como se ele não soubesse que era comigo, Mina, que ele estava falando: "É aquele homem!".

O coitado estava evidentemente aterrorizado com alguma coisa – muito aterrorizado. Acredito que, se ele não tivesse a mim para apoiar-se e segurá-lo, teria desabado. Ele continuou olhando; um homem saiu da loja com um pequeno embrulho e deu-o à moça, que então partiu. O homem sinistro manteve os olhos fixos nela, e quando a carruagem subiu por Piccadilly ele seguiu na mesma direção e chamou um *hansom*.[32] Jonathan continuou seguindo-o com o olhar, e disse, como para si mesmo:

"Acho que é o conde, mas ele ficou jovem. Meu Deus, se for isso mesmo! Oh, meu Deus! Meu Deus! Se eu soubesse! Se eu soubesse!" Ele estava se desesperando tanto que receei manter sua mente nesse assunto fazendo perguntas, então fiquei calada. Conduzi-o suavemente, e ele, segurando meu braço, veio sem resistir. Continuamos andando, depois entramos no Green Park e nos sentamos um pouco. Era um dia quente para o outono, e havia um banco confortável num lugar sombreado. Após alguns minutos olhando para o nada, os olhos de Jonathan fecharam-se e ele adormeceu calmamente, com sua cabeça no meu ombro. Pensei que

32. Carruagem de aluguel coberta, com um eixo de duas rodas e banco para dois passageiros, puxada por um cavalo. O cocheiro ia sentado num banco elevado do lado de fora. Inventada por Joseph Aloysius Hansom (1803-1882), foi muito comum em Londres no fim do século XIX.

era a melhor coisa para ele, por isso não o incomodei. Depois de uns vinte minutos ele acordou e me disse alegremente:

"Puxa, Mina, eu dormi! Oh, me perdoe por ser tão rude. Venha, vamos tomar uma xícara de chá em algum lugar."

Ele tinha evidentemente esquecido tudo acerca do sinistro desconhecido, assim como durante a doença ele esquecera tudo o que esse episódio o fez recordar. Eu não gosto dessa recaída no esquecimento; pode causar ou prolongar algum dano ao cérebro. Não devo perguntar a ele, pois temo fazer mais mal do que bem; mas de alguma forma preciso saber os fatos da sua viagem ao exterior. Chegou a hora, receio, em que devo abrir aquele pacote e saber o que está escrito. Oh, Jonathan, eu sei que você me perdoará se eu fizer algo errado, mas é pelo seu próprio bem.

Mais tarde. Foi triste chegar em casa, sob todos os aspectos – a casa vazia sem a querida alma que era tão boa para nós; Jonathan ainda pálido e zonzo por causa da ligeira recaída da sua moléstia; e agora um telegrama de Van Helsing, seja ele quem for: "É com pesar que comunico que a senhora Westenra morreu cinco dias atrás e que Lucy morreu anteontem. Ambas foram enterradas hoje".

Oh, que dilúvio de tristeza em poucas palavras! Pobre senhora Westenra! Pobre Lucy! Partiu, partiu para nunca mais retornar entre nós! E coitado, coitado de Arthur, por ter perdido essa doçura da sua vida! Deus ajude todos nós a suportarmos nossas penas.

DIÁRIO DO DOUTOR SEWARD

22 de setembro. Está tudo acabado. Arthur voltou ao Ring e levou Quincey Morris com ele. Que camarada decente esse Quincey! Acredito no fundo do coração que ele sofreu tanto pela morte de Lucy quanto qualquer um de nós; mas comportou-se o tempo todo como um viking moral. Se a América continuar gerando homens assim, será realmente uma potência mundial. Van Helsing está deitado, descansando para preparar-se para sua viagem. Ele vai para Amsterdã esta noite, mas diz que retornará amanhã à noite; que precisa somente tomar algumas providências que só podem ser tomadas pessoalmente. Depois disso virá ficar comigo, se puder; ele diz que tem um trabalho a fazer em Londres que pode lhe tomar algum tempo. Pobre coitado! Temo que a pressão da semana passada tenha rompido até mesmo sua força férrea. Durante todo o enterro ele estava, como notei, exercendo alguma contenção tremenda sobre si mesmo. Quando tudo acabou, estávamos junto de Arthur, que, coitado, estava falando da sua participação na operação em que seu sangue foi transfundido para as veias de Lucy; vi o rosto de Van Helsing ficar alternadamente branco e púrpura. Arthur estava dizendo que, desde então, sentia que os dois estavam realmente casados e que ela era sua esposa diante de Deus. Nenhum de nós disse uma palavra sobre as outras operações, e jamais diremos. Arthur e Quincey foram embora juntos para a estação, e Van Helsing e eu viemos para cá. Assim que ficamos a sós na carruagem ele cedeu a um ataque prolongado de histeria. Depois negou que fosse histeria, e insistiu que era somente seu senso de humor afirmando-se em condições muito desgastantes. Ele riu até chorar, e tive que abaixar as persianas para que ninguém nos visse e pensasse mal; depois ele chorou até rir de novo; e riu e chorou ao mesmo tempo, como faz uma mulher. Tentei ser severo com ele, como se faz com uma mulher nessas circunstâncias, mas não surtiu efeito. Homens e mulheres são tão diferentes em força e fraqueza nervosa! Em seguida, quando seu rosto se tornou grave e severo novamente, perguntei o motivo daquela hilaridade, e por que naquela hora. Sua resposta foi característica dele, pois era lógica, enérgica e misteriosa. Ele disse:

"Ah, você não compreende, amigo John. Não pense que não estou triste, embora esteja rindo. Veja, eu chorei mesmo quando o riso me sufocava. Mas tampouco pense que estou triste quando choro, porque o riso vem da mesma forma. Sempre tenha em mente que o riso que bate na porta e diz 'posso entrar?' não é o riso verdadeiro. Não! Ele é um rei, e vem e volta quando e como quiser. Não pede licença a ninguém; não escolhe a hora adequada. Ele diz 'estou aqui'. Veja, por exemplo, meu coração está de luto por aquela doce menina; dou meu sangue para ela, apesar de ser velho e decrépito; dou meu tempo, minha habilidade, meu sono; deixo meus outros pacientes sofrerem para que ela possa ter tudo. E mesmo assim posso rir dela muito sério – rir quando a terra da pá do sacristão cai sobre o caixão dela e faz 'tum! tum!' no meu coração, até mandar de volta o sangue da minha face. Meu coração também chora por aquele pobre rapaz – aquele querido rapaz, da mesma idade que teria meu filho se eu fosse abençoado de modo que ele estivesse vivo, e com cabelo e olhos iguais.

"Agora você sabe por que o amo tanto. E, mesmo quando ele diz coisas que tocam fundo meu coração de marido e fazem meu coração de pai afeiçoar-se por ele como por nenhum outro homem – nem mesmo por você, amigo John, pois somos mais semelhantes em experiência que pai e filho –, mesmo nesses momentos o Rei Riso vem até mim e grita e berra no meu ouvido 'Estou aqui! Estou aqui!' até o sangue voltar dançando e trazer um pouco do seu brilho à minha face. Oh, amigo John, que mundo estranho este, que mundo triste, que mundo cheio de miséria, sofrimento e problemas; mas quando o Rei Riso vem ele faz todos dançarem conforme a música que ele toca. Corações partidos e ossos secos do cemitério, lágrimas que queimam ao cair – todos dançam juntos ouvindo a música que ele toca com a sua boca sem sorriso. E acredite, amigo John, que ele é bom por vir, e gentil. Ah, nós, homens e mulheres, somos como cordas esticadas pela tensão que nos puxa em direções diversas. Então vêm as lágrimas; e, como a chuva nas cordas, elas nos aliviam, até que porventura a tensão se torna grande demais e nós rompemos. Mas o Rei Riso vem como o brilho do sol e alivia a tensão de novo; e nós aguentamos continuar nosso trabalho, seja ele qual for."

Não quis magoá-lo fingindo não perceber sua ideia; mas, como ainda não entendia a causa do seu riso, perguntei a ele. Ao responder, seu rosto ficou sério, e ele disse num tom muito diferente:

"Oh, foi a dura ironia disso tudo – aquela encantadora senhorita engrinaldada de flores, que parecia tão bela quanto a vida, a tal ponto que, um por um, nós duvidamos se estava realmente morta; foi deposta naquele belo sepulcro de mármore naquele cemitério desolado, onde jazem tantos parentes seus, deposta lá junto com a mãe que a amava, e que ela amava; e aquele sino consagrado fazendo 'blém! blém! blém!', tão triste e lento; e aqueles sacerdotes, com as vestes brancas dos anjos, fingindo ler livros, com olhos que jamais descansam na página; e todos nós com a cabeça baixa. E tudo isso para quê? Ela está morta, ora! Não está?"

"Bem, por mais que eu tente, professor", eu disse, "não consigo ver nada que faça rir em tudo isso. Sua explicação faz disso um enigma ainda maior do que antes. Se até a cerimônia fúnebre foi cômica, o que dizer do pobre Art e suas penas? O coração dele estava simplesmente dilacerado."

"Isso mesmo. Ele não disse que a transfusão do seu sangue para as veias dela fez dela sua noiva legítima?"

"Sim, e foi um pensamento doce e reconfortante para ele."

"Exato. Mas havia uma dificuldade, amigo John. Se foi assim, e quanto aos outros? Ho, ho! Então aquela donzela tão meiga era poliândrica, e eu, com minha pobre esposa morta para mim, mas viva segundo a lei da Igreja, embora totalmente sem juízo – até mesmo eu, que sou um marido fiel a essa não-mais-esposa, sou bígamo."

"Não vejo onde está a piada nisso tampouco!", eu disse; e não fiquei particularmente contente com ele por ter dito tais coisas. Ele pôs a mão no meu braço e disse:

"Amigo John, perdoe-me se o magoo. Não demonstrei meus sentimentos a outros quando os magoaria, mas somente a você, meu velho amigo, em quem posso confiar. Se você pudesse ter olhado dentro do meu coração nesses momentos em que eu quis rir; se você pudesse ter feito isso quando o riso veio; se você pudesse fazê-lo agora, quando o Rei Riso empacotou sua coroa e tudo o que lhe pertence – pois ele vai longe, muito longe de mim, e por muito, muito tempo –, talvez você tivesse mais pena de mim que de todos os outros."

Fui tocado pela ternura do seu tom, e perguntei por quê.

"Porque eu sei!"

E agora estamos todos dispersos; e por muitos longos dias a solidão pousará sobre nossos telhados com asas melancólicas. Lucy jaz no túmulo de sua família, um mausoléu suntuoso num cemitério desolado, longe da Londres fervilhante, ali onde o ar é fresco e o sol se ergue sobre Hampstead Hill, e onde as flores selvagens crescem como querem.

Portanto, posso encerrar este diário; e só Deus sabe se algum dia começarei outro. Se o fizer, ou se um dia abrir este aqui novamente, será um jogo com pessoas diferentes e temas diferentes; pois no final deste aqui, onde o romance da minha história é contado, antes que eu retome o fio do trabalho da minha vida, digo, triste e sem esperança, "FINIS".[33]

The Westminster Gazette, 25 de setembro
Mistério em Hampstead

A vila de Hampstead foi palco recentemente de uma série de eventos que parecem seguir linhas paralelas àquelas do que ficou conhecido dos redatores de manchetes como "O horror de Kensington", "A mulher esfaqueadora" ou "A mulher de negro". Nos últimos dois ou três dias, ocorreram diversos casos de crianças pequenas que desapareceram de casa ou não retornaram dos jogos no Heath. Em todos esses casos, as crianças eram

33. Em latim no original: "fim".

pequenas demais para dar por si mesmas uma explicação devidamente inteligível, mas o consenso das suas desculpas é que elas tinham estado com uma "moça bonita". Era sempre começo da noite quando elas sumiam, e em duas ocasiões as crianças só foram encontradas na manhã seguinte. Supõe-se geralmente na vila que, como a primeira criança desaparecida deu como motivo para ter se ausentado o fato de uma "moça bonita" convidá-la para um passeio, as outras tenham ouvido a expressão e a usado quando a ocasião pedia. Isso é ainda mais natural dado que a brincadeira favorita dos pequenos atualmente é fazer um deles se perder por meio de astúcias. Um correspondente nos escreve que ver alguns dos pequerruchos fingindo ser a "moça bonita" é tremendamente engraçado. Alguns dos nossos caricaturistas poderiam, diz ele, aprender uma lição de ironia grotesca comparando a realidade com a imagem. É somente de acordo com princípios gerais da natureza humana que a "moça bonita" pôde se tornar o papel favorito nessas encenações *al fresco*.[34] Nosso correspondente diz ingenuamente que até Ellen Terry não seria tão irresistivelmente atraente quanto algumas dessas criancinhas de cara suja fingem – e até acreditam – ser.

Não obstante, há um lado possivelmente sério na questão, pois algumas das crianças, na verdade todas aquelas que sumiram à noite, foram ligeiramente arranhadas ou feridas no pescoço. As feridas podem ter sido feitas por um rato ou pequeno cão, e, embora não tenham muita importância individualmente, tenderiam a mostrar que, seja qual for o animal que as inflige, ele tem um sistema ou método próprio. A polícia da divisão foi instruída a ficar atenta a crianças perdidas, especialmente muito pequenas, em Hampstead Heath e arredores, e a qualquer cachorro de rua que esteja à solta.

The Westminster Gazette, 25 de setembro, extraespecial
Horror em Hampstead
Outra criança ferida
A "moça bonita"

Acabamos de receber a informação de que mais uma criança, desaparecida ontem à noite, foi descoberta somente no fim da manhã debaixo de

34. Em italiano no original: "ao ar livre".

um arbusto de tojo na área de Shooter's Hill em Hampstead Heath, que é, talvez, menos frequentada que as outras partes. A criança apresenta as mesmas feridas diminutas no pescoço que foram notadas em outros casos. Ela estava terrivelmente fraca e tinha o aspecto emaciado. Depois de parcialmente revigorada, ela também contou a história corrente de ter sido atraída pela "moça bonita".

XIV. Diário de Mina Harker

23 de setembro. Jonathan está melhor após uma noite ruim. Estou muito contente que ele tenha muito trabalho a fazer, pois isso mantém sua mente longe de coisas tenebrosas; e, oh, estou tão feliz que agora ele não esteja abatido pela responsabilidade da sua nova posição. Eu sabia que ele seria digno de si mesmo, e como estou orgulhosa agora de ver meu Jonathan mostrar-se à altura do seu progresso e dar conta de todas as maneiras de todos os deveres que lhe incumbem! Ele ficará fora o dia todo até tarde, pois disse que não poderia almoçar em casa. Minhas tarefas domésticas estão cumpridas, por isso pegarei aquele diário que ele manteve no exterior, me trancarei no meu quarto e o lerei.

24 de setembro. Não tive ânimo para escrever na noite passada; aquele relato medonho de Jonathan me abalou demais. Coitado! Como ele deve ter sofrido, seja verdade ou somente imaginação. Será que haverá alguma verdade naquilo? Será que ele teve a febre cerebral e depois escreveu todas aquelas coisas pavorosas, ou será que teve algum motivo para isso? Suponho que nunca saberei, pois não ouso abordar o assunto com ele... Mas e aquele homem que vimos ontem? Ele parecia ter tanta certeza de quem era... Coitado! Deve ter sido o funeral que o comoveu e lançou sua mente de volta por esse caminho...

Ele acredita em tudo isso. Lembro-me que, no dia do nosso casamento, ele disse: "a menos que algum dever solene venha me obrigar a voltar às horas penosas, adormecido ou acordado, são ou louco". Parece haver um fio de continuidade que perpassa tudo isso... Aquele conde horripilante estava vindo para Londres... E se isso tiver acontecido, e se ele tiver vindo para Londres, fervilhante com milhões de pessoas... Isso pode constituir um dever solene, e se ele vier não devemos nos furtar a ele... Estarei preparada. Vou pegar minha máquina de escrever agora mesmo e começar a transcrever. Daí estaremos prontos para outros olhos se necessário. E se for preciso, então talvez, se eu estiver pronta, o pobre Jonathan não se aflija, dado que poderei falar por ele e nunca o deixarei ficar perturbado ou preocupado com isso. Se um dia Jonathan superar totalmente o trauma, porventura quererá me contar tudo, e poderei fazer-lhe perguntas e descobrir coisas, e ver como poderei reconfortá-lo.

CARTA DE VAN HELSING À SENHORA HARKER

24 de setembro
(*confidencial*)

Cara senhora,

Peço que me perdoe por escrever, pois fui tão pouco amigo a ponto de enviar-lhe a triste notícia da morte da senhorita Lucy Westenra. Por gentileza de lorde Godalming, fui autorizado a ler as cartas e os papéis dela, pois estou profundamente preocupado com certas questões de vital importância. Entre eles, encontrei algumas cartas escritas pela senhora, que mostram como eram grandes amigas e como a senhora a amava. Oh, senhora Mina, em nome desse amor, eu lhe imploro, ajude-me! É pelo bem de outros que peço, para retificar grandes males e para dissipar preocupações funestas e numerosas, que podem ser maiores do que a senhora imagina. Será que eu poderia encontrá-la? A senhora pode confiar em mim. Sou amigo do doutor John Seward e de lorde Godalming (que era o Arthur da senhorita Lucy). Por enquanto, preciso manter isso oculto de todos. Irei imediatamente a Exeter para encontrá-la se a senhora disser que tenho o privilégio de poder ir, e onde e quando. Imploro seu perdão, minha senhora. Li suas cartas para a pobre Lucy e sei como a senhora é boa e como seu marido sofre; por isso lhe rogo que, se puder, não o informe, para não prejudicá-lo. Mais uma vez me perdoe, e me desculpe.

Van Helsing

TELEGRAMA DA SENHORA HARKER A VAN HELSING

25 de setembro. Venha hoje no trem das dez e quinze se puder pegá-lo. Posso encontrá-lo a qualquer hora.

Wilhelmina Harker

DIÁRIO DE MINA HARKER

25 de setembro. Não posso evitar me sentir tremendamente ansiosa conforme se aproxima a hora da visita do doutor Van Helsing, pois de certa forma espero que lance alguma luz sobre a triste experiência de Jonathan; e, como ele cuidou da minha querida Lucy na sua doença terminal, poderá me falar tudo sobre ela. Mas é esse o motivo da sua vinda: é sobre Lucy e seu sonambulismo, e não sobre Jonathan. Então jamais saberei a verdade! Como fui tola. Aquele diário horroroso toma conta da minha imaginação e tinge tudo com sua própria cor. Claro que é sobre Lucy. O hábito retornou à coitadinha, e aquela noite horrível na falésia deve tê-la deixado doente. Eu tinha quase me esquecido, no meio das minhas coisas, de como ela ficou doente depois disso. Ela deve ter lhe contado da sua aventura sonâmbula na falésia, e de que eu sabia tudo sobre isso; e agora ele quer que eu conte para ele, para poder entender. Espero ter feito a coisa certa em não contar nada para a senhora Westenra; eu nunca me perdoaria se qualquer ato meu, ainda que omissivo, causasse dano à pobre Lucy. Espero, também, que o doutor Van Helsing não me culpe; passei por tantos apuros e tanta aflição ultimamente que sinto não poder suportar mais no momento.

Suponho que o choro nos faça bem de vez em quando – limpa o ar como faz a chuva. Talvez a leitura do diário ontem tenha me abalado, e depois Jonathan saiu esta manhã para ficar longe de mim um dia e uma noite inteiros; é a primeira vez que nos afastamos desde que nos casamos. Espero que meu querido se cuide e que não aconteça nada que o perturbe. São duas horas, e o doutor logo estará aqui. Não direi nada sobre o diário de Jonathan se ele não perguntar. Estou tão aliviada por ter datilografado meu próprio diário; assim, se ele perguntar de Lucy, poderei entregá-lo a ele; isso poupará muitas perguntas.

Mais tarde. Ele veio e se foi. Oh, que encontro esquisito, e como tudo isso faz minha cabeça rodar! Sinto-me como num sonho. Será que é possível, ou pelo menos parte disso? Se eu não tivesse lido o diário de Jonathan, nem teria aceitado essa possibilidade. Coitado, coitado de Jonathan! Como deve ter sofrido. Queira o bom Deus que nada mais o incomode. Vou tentar poupá-lo; mas pode ser até um consolo e uma ajuda para ele – apesar de duro e terrível em suas consequências – saber com certeza que seus olhos, ouvidos e cérebro não o enganaram, e que é tudo verdade. Talvez seja a dúvida que o atormenta e, quando a dúvida for removida, não importa o que – sonho ou vigília – se mostre ser a verdade, talvez ele fique mais sereno e apto a suportar o choque. O doutor Van Helsing deve ser um homem bom e inteligente, já que é amigo de Arthur e do doutor Seward, e que eles o trouxeram lá da Holanda para cuidar de Lucy. Sinto, apenas tendo-o visto, que ele é bom, gentil e de natureza nobre. Quando ele vier, amanhã, perguntarei sobre Jonathan; e, então, queira Deus que toda essa tristeza e aflição chegue a bom termo. Eu costumava pensar que gostaria de fazer entrevistas; o amigo de Jonathan em *The Exeter News* disse-lhe que a memória é tudo nesse trabalho – que você deve ser capaz de anotar exatamente quase todas as palavras pronunciadas, mesmo que tenha que refinar parte disso posteriormente. Essa foi uma entrevista peculiar; vou tentar registrá-la *verbatim*.[35]

Eram duas e meia quando ele bateu à porta. Agarrei minha coragem *à deux mains*[36] e esperei. Em poucos minutos Mary abriu a porta e anunciou o "doutor Van Helsing".

Levantei-me e fiz uma reverência, e ele veio na minha direção; um homem de peso médio, de compleição forte, com os ombros jogados para trás sobre um tórax amplo e largo, e um pescoço bem equilibrado sobre o tronco, tal como a cabeça sobre o pescoço. O porte da cabeça impressiona de pronto como indicativo de reflexão e poder; a cabeça é nobre, larga e grande atrás das orelhas. O rosto, bem barbeado, apresenta um queixo duro e quadrado, uma boca grande, decidida e móvel, um nariz de bom tamanho, mais para reto, mas com narinas velozes e sensíveis, que parecem alargar-se quando as grandes sobrancelhas espessas descem e a boca se aperta. A testa é larga e elegante, primeiro erguendo-se reto e depois curvando-se para trás sobre duas comissuras bem afastadas; tal é a testa que o cabelo ruivo não poderia descer por cima dela, mas cai naturalmente para trás e para os lados. Grandes olhos azul-escuros estão engastados bem separados, e são ágeis, ternos ou severos de acordo com o humor do dono. Ele me disse:

"Senhora Harker, não é?" Curvei-me assentindo.

"Que era a senhorita Mina Murray?" Assenti novamente.

"Foi Mina Murray que vim ver, que era amiga daquela pobre moça Lucy Westenra. Senhora Mina, é em nome dos mortos que eu venho."

"Doutor", eu disse, "o senhor não poderia ter melhor recomendação junto a mim do que ter sido amigo e auxiliador de Lucy Westenra." E estendi minha mão. Ele a pegou e disse com ternura:

"Oh, senhora Mina, eu sabia que ser amigo daquela flor de moça só poderia ser bom, mas ainda não tinha descoberto quanto..." Ele terminou

35. Em latim no original: "literalmente".
36. Em francês no original: "com as duas mãos".

sua fala com uma reverência cortês. Eu lhe perguntei qual assunto era o motivo da sua visita, e ele começou de imediato:

"Li suas cartas para a senhorita Lucy. Perdoe-me, mas eu tinha que começar a investigação por algum lugar, e não havia ninguém a questionar. Eu sei que você esteve com ela em Whitby. Ela às vezes mantinha um diário – não se espante, senhora Mina, ele foi iniciado depois que você partiu e era uma imitação do seu –, e nesse diário ela liga por inferência certas coisas a um episódio de sonambulismo do qual ela diz que você a salvou. Portanto, é com grande perplexidade que eu venho até você e peço, apelando a toda a sua gentileza, que me conte tudo o que conseguir lembrar sobre isso."

"Posso lhe contar, creio eu, doutor Van Helsing, tudo sobre isso."

"Ah, então você tem boa memória para fatos, para detalhes? Nem sempre é o caso com as jovens senhoras."

"Não, doutor, mas anotei tudo naquela época. Posso lhe mostrar, se quiser."

"Oh, senhora Mina, serei muito grato; você me fará um grande favor."

Não pude resistir à tentação de desconcertá-lo um pouco – suponho que seja um gostinho da maçã original que ainda resta em nossa boca –, por isso entreguei-lhe o diário estenografado. Ele o pegou agradecendo com uma reverência e disse: "Posso lê-lo?".

"Se quiser", respondi tão modestamente quanto pude. Ele abriu-o e, por um instante, ficou perplexo. Então se levantou e se curvou.

"Oh, mulher astuta!", ele disse. "Eu sabia há muito tempo que o senhor Jonathan tinha muito pelo que ser grato; mas veja, sua esposa é quem tem todas as qualidades. E você não me fará a honra de ajudar-me lendo para mim? Infelizmente não conheço estenografia." Minha peça já tinha terminado e eu estava quase envergonhada; peguei a cópia datilografada da minha cesta de trabalho e a entreguei a ele.

"Desculpe-me", eu disse, "não pude resistir; mas eu estava pensando que era da querida Lucy que você queria perguntar, e, para que não perdesse tempo – não por minha causa, mas porque sei que seu tempo deve ser precioso –, datilografei tudo para o senhor."

Ele pegou a cópia e seus olhos faiscaram. "É muita bondade sua", ele disse. "Posso ler agora? Posso querer perguntar algumas coisas quando tiver acabado."

"Claro, por favor", eu disse, "leia enquanto eu peço que preparem o almoço; depois você pode me fazer perguntas enquanto comemos."

Ele se curvou, instalou-se numa poltrona de costas para a luz e ficou absorto nos papéis, enquanto eu fui cuidar do almoço, sobretudo para não incomodá-lo. Quando retornei, encontrei-o andando apressado para lá e para cá na sala, com o rosto todo inflamado de agitação. Ele correu até mim e pegou minhas duas mãos.

"Oh, senhora Mina", ele disse, "como poderei dizer o quanto lhe devo? Este documento é como um raio de sol. Ele abre o portal para mim. Estou aturdido, estou ofuscado por tanta luz, e no entanto as nuvens encobrem a luz a todo momento. Mas isso você não compreende, não pode compreender. Oh, mas eu lhe sou grato, mulher astuta. Senhora", ele disse isto com muita solenidade, "se algum dia Abraham Van Helsing puder fazer qualquer coisa por você ou pelos seus, não deixe de me fazer saber. Será um prazer e um deleite poder servi-la como amigo; como amigo, mas tudo o que já aprendi, tudo o que puder fazer, será para você e para os que você ama. Há sombras na vida, e há luzes; você é uma das luzes. Você terá uma vida boa e feliz, e seu marido será abençoado por ter você."

"Mas, doutor, você me elogia demais, e – e nem me conhece."

"Não conheço você? Eu, que sou velho e que estudei toda a minha vida os homens e as mulheres; eu, que fiz do cérebro minha especialidade e de tudo o que lhe diz respeito e decorre dele. E eu li seu diário, que você tão bondosamente datilografou para mim, e que transpira verdade em cada linha. Eu, que li sua carta tão carinhosa para a pobre Lucy, contando do seu casamento e da sua confiança, não conheço você! Oh, senhora Mina, as boas mulheres contam durante a vida inteira, e a cada dia, cada hora e cada minuto, coisas tais que os anjos podem ler; e nós, homens que queremos conhecimento, temos em nós algo dos olhos dos anjos. Seu marido é de natureza nobre, e você também é, pela sua confiança, pois não pode haver confiança quando a natureza é má. E seu marido – fale-me dele. Ele está bem? Toda aquela febre passou, e ele está forte e saudável?"

Vi nisso uma brecha para perguntar sobre Jonathan, e disse: "Ele tinha quase se recuperado, mas ficou muito abalado com a morte do senhor Hawkins".

Ele interrompeu: "Oh, sim, eu sei, eu sei. Li suas duas últimas cartas".

Continuei: "Imagino que ele tenha ficado abalado, pois quando estivemos na cidade, na quinta-feira passada, ele teve um tipo de choque".

"Um choque, e tão pouco tempo depois de uma febre cerebral! Isso não é bom. Que tipo de choque foi esse?"

"Ele pensou ter visto alguém que lembrou algo terrível, algo que levou à sua febre cerebral." E aqui a história toda desabou de repente sobre mim. A piedade por Jonathan, o horror pelo qual ele passou, todo o mistério tenebroso do seu diário, e o medo que paira sobre mim desde então, tudo isso veio num tumulto. Acho que eu estava histérica, pois caí de joelhos e ergui as mãos para ele, implorando que deixasse meu marido bom de novo. Ele pegou minhas mãos e levantou-me, fez-me sentar no sofá e sentou-se ao meu lado; segurou minha mão e me disse com uma doçura infinita:

"Minha vida é árida e solitária, e tão cheia de trabalho que não tive muito tempo para amizades; mas desde que fui convocado aqui pelo meu amigo John Seward conheci tantas boas pessoas e vi tanta nobreza que sinto mais do que nunca – e isso tem crescido conforme avanço em anos – a solidão da minha vida. Acredite, portanto, que venho aqui cheio de respeito por você, e você me deu esperança – esperança não naquilo que estou procurando, mas de que ainda restam boas mulheres para tornar a vida feliz, boas mulheres cujas vidas e cujas verdades podem ser uma boa lição para as crianças que estão por vir. Estou contente, contente em poder ser de alguma utilidade para você; pois se seu marido estiver sofrendo, e estiver sofrendo dentro do alcance do meu estudo e experiência, eu lhe prometo que farei de bom grado *tudo* o que puder por ele, tudo para tornar a vida dele forte e viril, e a sua vida feliz. Agora você precisa comer. Você está extenuada e talvez ansiosa demais. Seu marido, Jonathan, não gostaria de ver você tão pálida; e aquilo que não lhe agrada em quem ele ama não lhe faz bem. Portanto, pelo bem dele, você precisa comer e sorrir. Você me contou tudo sobre Lucy, por isso agora não falaremos disso para não causar angústia. Ficarei em Exeter esta noite, pois quero refletir bastante sobre o que você me contou, e quando tiver refletido quero lhe fazer perguntas, se puder. Daí, você também me contará tudo o que puder sobre o distúrbio do seu marido, Jonathan, mas ainda não. Você precisa comer agora; depois você me contará tudo!"

Após o almoço, quando voltamos para a sala de estar, ele me disse: "Agora conte-me tudo sobre ele".

Quando chegou a hora de falar com esse homem imensamente sábio, comecei a temer que ele pensasse que eu era uma fraca e tola, e Jonathan, um louco – aquele diário é tão estranho –, e hesitei em continuar. Mas ele era tão bondoso e gentil, e tinha prometido ajudar, e eu confiava nele, por isso disse:

"Doutor Van Helsing, o que tenho para lhe contar é tão bizarro que você não deve rir de mim nem do meu marido. Desde ontem estou numa espécie de dúvida febril; você deve ser gentil comigo e não pensar que sou uma tola por ter acreditado, por pouco que seja, em coisas tão estranhas."

Ele me tranquilizou com seus modos e suas palavras quando disse: "Minha cara, se você soubesse quão estranho é o assunto que me traz aqui, seria você que riria. Aprendi a não menosprezar a crença de ninguém, não importa o quanto seja estranha. Tento manter a mente aberta; e não são as coisas ordinárias da vida que podem fechá-la, mas as estranhas, as extraordinárias, as coisas que colocam em dúvida se estamos loucos ou sãos".

"Obrigada, obrigada mil vezes! Você tirou um peso da minha mente. Se me permite, vou lhe dar um papel para ler. É longo, mas eu o datilografei. Ele lhe contará meu transtorno e o de Jonathan. É a cópia do diário que ele manteve no exterior, e de tudo o que aconteceu. Não ouso dizer nada sobre ele; leia por si mesmo e julgue. E depois, talvez, quando eu o encontrar, você terá a gentileza de me dizer o que pensa."

"Eu prometo", ele disse quando lhe dei os papéis. "De manhã, assim que eu puder, virei ver você e seu marido, se consentirem."

"Jonathan estará aqui às onze e meia, você pode vir almoçar conosco e encontrá-lo; você pode pegar o expresso das 15h34, que o deixará em Paddington antes das oito." Ele ficou surpreso com meu conhecimento casual dos trens, só não sabe que decorei todos os trens que saem de e chegam a Exeter, para poder ajudar Jonathan quando estiver com pressa.

Então ele pegou os papéis e foi embora, e eu fiquei sentada aqui pensando – pensando não sei no quê.

CARTA MANUSCRITA DE VAN HELSING À SENHORA HARKER

25 de setembro, seis horas

Cara senhora Mina,

Li o maravilhoso diário de seu marido. Você pode dormir tranquila. Por mais estranho e terrível que seja, é *verdade*! Aposto minha vida nisso. Pode ser pior para outros, mas para ele e para você não existe perigo. Ele é um nobre rapaz; e, permita-me dizer, baseado na experiência que tenho dos homens, alguém que fez o que ele fez, descer por aquela muralha e entrar naquele quarto – e não só uma, mas duas vezes –, não se deixará abater por um choque. Seu cérebro e seu coração estão bem; isso eu juro, antes mesmo de vê-lo; portanto fique tranquila. Terei muito que perguntar a ele sobre outras coisas. Sou abençoado por poder encontrá-los hoje, pois aprendi tanto de uma vez que estou novamente ofuscado – ofuscado mais do que nunca, e preciso pensar.

Seu devotado,
Abraham Van Helsing

CARTA DA SENHORA HARKER A VAN HELSING

25 de setembro, seis e meia da tarde

Meu caro doutor Van Helsing,

Mil vezes obrigada pela sua carta tão gentil, que tirou um peso enorme da minha mente. No entanto, se é verdade, quantas coisas horríveis há no mundo, e que coisa medonha se aquele homem, aquele monstro, realmente estiver em Londres! Tremo de pensar. Recebi neste momento, enquanto escrevo, um telegrama de Jonathan dizendo que partiu hoje de Launceston no trem das 18h25 e estará aqui às 22h18, portanto não terei medo nesta noite. Assim, em vez de almoçar conosco, não quer vir para o café da manhã às oito horas, se não for cedo demais para você? Pode ir embora, se estiver com pressa, no trem das dez e meia, que o deixará em Paddington às 14h35. Não precisa responder; presumirei que, se não tiver resposta, você virá para o café da manhã.

De sua amiga
fiel e agradecida,
Mina Harker

DIÁRIO DE JONATHAN HARKER

26 de setembro. Pensei que nunca escreveria neste diário outra vez, mas chegou a hora. Quando cheguei em casa ontem à noite, Mina tinha deixado o jantar pronto, e depois de jantarmos ela me contou que Van Helsing a tinha visitado, que ela tinha lhe dado os dois diários datilografados, e que estava muito preocupada comigo. Ela me mostrou na carta do doutor que tudo o que escrevi é verdade. Isso me tornou um novo homem. Foi a dúvida sobre se tudo aquilo era real que me derrubou.

Senti-me impotente, ignorante, desconfiado. Mas agora que *sei* não tenho medo, nem mesmo do conde. Então ele teve êxito no seu plano de vir para Londres, e foi ele que vi. Ele rejuvenesceu, mas como? Van Helsing é o homem para desmascará-lo e persegui-lo, se ele for como Mina diz. Ficamos acordados até tarde e conversamos muito sobre isso. Mina está se vestindo, e irei ao hotel em poucos minutos para trazê-lo aqui.

Ele ficou, imagino, surpreso ao me ver. Quando entrei no quarto onde ele estava e me apresentei, ele me segurou pelo ombro e virou meu rosto para a luz, dizendo, após um escrutínio acurado:

"Mas a senhora Mina me disse que você estava doente, que havia tido um choque."

Foi tão engraçado ouvir minha mulher ser chamada de "senhora Mina" por aquele velhote bondoso de rosto forte. Eu sorri e disse: "Eu *estava* doente, eu *tive* um choque; mas o senhor já me curou".

"Mas como?"

"Com a sua carta para Mina ontem à noite. Eu estava em dúvida, e tudo ganhou ares de ficção, e eu não sabia no que acreditar, nem se podia confiar em meus próprios sentidos. Não sabia o que fazer; por isso só podia continuar trabalhando no que tinha sido a trilha da minha vida até então. A trilha deixou de me servir, e desconfiei de mim mesmo. Doutor, o senhor não sabe o que é duvidar de tudo, até de si mesmo. Não, o senhor não sabe; não teria como saber, com sobrancelhas como as suas."

Ele pareceu gostar, e riu ao dizer: "Então você é fisionomista! Aprendo mais aqui a cada hora. É com grande prazer que irei tomar o café da manhã com vocês; e, oh, meu caro, você perdoará o elogio de um velho, mas você é abençoado por ter uma mulher assim".

Eu o ouviria elogiar Mina um dia inteiro, por isso simplesmente fiz que sim com a cabeça e fiquei em silêncio.

"Ela é uma das mulheres de Deus, moldada pela própria mão Dele para mostrar a nós, homens, e a outras mulheres que há um paraíso onde podemos entrar e que sua luz pode estar aqui na Terra. Tão leal, tão doce, tão nobre, e nada egoísta – e isso, permita-me dizer, é muito nesta época, tão cética e individualista. E você, meu caro – eu li todas as cartas para a pobre senhorita Lucy, e algumas delas falam de você, portanto já o conheço há alguns dias pelo olhar de outros; mas vi seu verdadeiro eu na noite passada. Você me dará sua mão, não é mesmo? E sejamos amigos pelo resto de nossas vidas."

Apertamos as mãos, e ele foi tão sincero e tão gentil que me fez engasgar de emoção.

"E agora", ele disse, "posso pedir sua ajuda para mais uma coisa? Tenho uma grande tarefa a cumprir, e a primeira coisa é saber. Você pode me ajudar nisso. Pode me dizer o que aconteceu antes de ir para a Transilvânia? Mais tarde poderei lhe pedir mais ajuda, e de tipo diferente, mas para começar isso basta."

"Veja bem, doutor", eu disse, "o que você tem que fazer diz respeito ao conde?"

"Sim", ele disse, sério.

"Então estou com você de corpo e alma. Como você parte no trem das dez e meia, não terá tempo de lê-los, mas vou pegar o maço de papéis. Você pode levá-los para ler no trem."

Depois do café da manhã levei-o até a estação. Quando estávamos nos despedindo, ele disse:

"Será que você poderia vir à cidade se eu mandar chamá-lo, e trazer a senhora Mina também?".

"Nós dois iremos quando você quiser", eu disse.

Eu tinha providenciado os jornais matutinos para ele, bem como os jornais de Londres da noite anterior, e enquanto conversávamos pela janela do vagão, esperando o trem partir, ele os estava folheando. Seus olhos subitamente captaram algo num deles, *The Westminster Gazette* – eu conhecia pela cor –, e ele ficou muito branco. Leu com atenção, resmungando para si mesmo: "*Mein Gott! Mein Gott!* Tão cedo! Tão cedo!". Acho que ele não se lembrou de mim nessa hora. Então o apito soou e o trem se moveu. Isso o chamou de volta a si, e ele se debruçou na janela, acenando e gritando: "Meus respeitos à senhora Mina; escreverei assim que puder!".

DIÁRIO DO DOUTOR SEWARD

26 de setembro. Na verdade, a finitude é algo que não existe. Não faz nem uma semana que escrevi "*Finis*", e aqui estou eu começando de novo, ou melhor, continuando o mesmo registro. Até esta tarde não tive motivo para pensar no que passou. Renfield tornou-se, em todos os aspectos, são como jamais esteve. Já havia progredido bastante em sua questão com as moscas, e tinha acabado de começar com as aranhas também, portanto não estava me dando trabalho nenhum. Recebi uma carta de Arthur, escrita no domingo, e dela depreendi que ele está indo maravilhosamente bem. Quincey Morris está com ele, o que ajuda muito, porque ele é um poço borbulhante de bom humor. Quincey também me escreveu umas palavras, e por intermédio dele soube que Arthur está começando a recuperar um pouco da sua antiga jovialidade; portanto, quanto a eles minha mente está em paz. Quanto a mim, estava me dedicando ao meu trabalho com o entusiasmo que costumava ter por ele, de modo que posso dizer sem mentir que a ferida que a pobre Lucy me deixara estava cicatrizando.

Porém, agora tudo foi reaberto; e qual será o fim, só Deus sabe. Suspeito que Van Helsing também acredite saber, mas ele só divulga a cada vez o bastante para atiçar a curiosidade. Ele foi para Exeter ontem e ficou lá a noite toda. Hoje voltou e entrou no meu escritório quase aos saltos, por volta das cinco e meia, e jogou *The Westminster Gazette* da noite passada nas minhas mãos.

"O que você acha disso?", ele perguntou, recuando e cruzando os braços.

Percorri o jornal, pois realmente não sabia o que ele queria dizer; mas ele o pegou de mim e apontou um parágrafo sobre crianças raptadas em Hampstead. Isso não me disse muita coisa, até que cheguei num trecho que descrevia as pequenas feridas puntiformes no pescoço das crianças. Uma ideia me ocorreu, olhei para ele. "E então?", ele disse.

"São como as de Lucy."

"E o que você acha disso?"

"Simplesmente que há uma causa em comum. Seja o que for que a feriu, também feriu as crianças." Não entendi bem a resposta dele:

"Isso é verdade indiretamente, mas não diretamente."

"O que você quer dizer, professor?", perguntei. Eu estava inclinado a não levar a gravidade dele muito a sério – afinal, quatro dias de descanso, livre da ansiedade premente e angustiante, ajudam a restaurar o ânimo –, mas quando vi seu rosto entendi que não era brincadeira. Nunca, nem mesmo em meio ao nosso desespero por conta da pobre Lucy, ele se mostrara tão severo.

"Diga-me!", exclamei. "Não consigo arriscar nenhuma opinião. Não sei o que pensar e não tenho dados para basear uma conjectura."

"Você está querendo me dizer, amigo John, que você não tem nenhuma suspeita acerca da causa da morte de Lucy? Nem depois de todas as dicas dadas, não só pelos eventos, mas por mim?"

"De prostração nervosa em decorrência de grande perda de sangue."

"E como o sangue foi perdido?" Sacudi a cabeça.

Ele se aproximou e sentou ao meu lado, prosseguindo: "Você é um homem astuto, amigo John; você raciocina bem, e seu intelecto é ousado; mas tem preconceitos demais. Você não deixa seus olhos verem, nem seus ouvidos ouvirem, e aquilo que está fora da sua vida cotidiana não importa para você. Não acha que existem coisas que você não pode entender, mas que ainda assim existem? Que algumas pessoas veem coisas que outros não podem ver? Mas existem coisas velhas e novas que não devem ser contempladas pelos olhos dos homens, porque eles sabem – ou pensam saber – certas coisas que outros homens lhes contaram. Ah, é culpa da nossa ciência, que quer explicar tudo e, se não explica, diz que não há nada a explicar. No entanto, vemos em torno de nós todos os dias o surgimento de novas crenças, que pensam ser novas e que não passam das velhas, que simulam ser novas – como as damas na ópera. Imagino que você não acredite em transferência corpórea. Não? Nem em materialização. Não? Nem em corpos astrais. Não? Nem em leitura do pensamento. Não? Nem em hipnotismo...".

"Sim", interrompi. "Charcot o provou muito bem."

Ele sorriu ao prosseguir: "Então você está satisfeito com isso. Sim? Então, é claro que você entende como ele age, e pode acompanhar a mente do grande Charcot – pena que ele não está mais entre nós! – no interior da alma do paciente que ele influencia. Não? Então, amigo John, devo presumir que você simplesmente aceita o fato, e fica satisfeito em deixar uma lacuna entre a premissa e a conclusão. Não? Então me diga – pois sou um estudioso do cérebro – como você aceita o hipnotismo e rejeita a leitura do pensamento. Permita-me dizer, meu amigo, que existem coisas feitas hoje na ciência elétrica que teriam sido consideradas bruxaria pelos próprios homens que descobriram a eletricidade – que, por sua vez, não muito tempo antes, teriam sido queimados como feiticeiros. Sempre há mistérios na vida. Por que é que Matusalém viveu novecentos anos, e o Velho Parr cento e sessenta e nove, mas a pobre Lucy, com o sangue de quatro homens em suas veias, não sobreviveu mais um dia? Afinal, se ela tivesse vivido mais um dia, nós poderíamos tê-la salvado. Você conhece todos os mistérios da vida e da morte? Você conhece a totalidade da anatomia comparada e pode dizer por que razão certos homens têm qualidades de brutos e outros não? Pode me dizer por que, se outras aranhas morrem pequenas e precoces, aquela grande aranha viveu por séculos na torre da velha igreja espanhola e cresceu sem parar, até que, ao descer, conseguia beber o óleo de todas as lâmpadas da igreja? Pode me dizer por que, nos pampas, e em outros lugares também, existem morcegos que vêm à noite e abrem as veias do gado e dos cavalos para sugá-las até secá-las? Por que, em certas ilhas dos mares ocidentais, existem morcegos que se penduram nas árvores o dia inteiro, e aqueles que os viram descrevem-nos como nozes ou favas gigantes, e quando os marinheiros dormem no convés, porque está quente, os morcegos baixam sobre eles e depois – e depois, de manhã, eles são encontrados mortos, tão brancos quanto a senhorita Lucy estava?".

"Deus do céu, professor!", exclamei. "Você está querendo me dizer que Lucy foi mordida por um morcego desses, e que uma coisa dessas está aqui em Londres, no século XIX?"

Ele acenou pedindo silêncio, e continuou: "Você pode me dizer por que a tartaruga terrestre vive mais que gerações de homens? Por que o elefante vive até ver dinastias? E por que o papagaio nunca morre, a não ser de mordida de gato ou cachorro, ou de outra moléstia? Pode me dizer por que os homens acreditam, em todas as épocas e lugares, que existem certas pessoas que viverão para sempre se forem permitidas; que há homens e mulheres que não podem morrer? Todos nós sabemos – porque a ciência avalizou o fato – que houve sapos que ficaram presos na rocha por milhares de anos, presos num buraco tão pequeno que os continha desde a juventude do mundo. Pode me dizer como o faquir indiano consegue matar a si próprio, ser enterrado, e sua tumba ser selada e trigo ser semeado sobre ela, e o trigo ser ceifado e colhido, depois semeado, ceifado e colhido de novo, e em seguida virem os homens, tirarem o selo intacto, e ali está o faquir indiano, não morto, mas que se ergue e anda entre eles como antes?".

Aqui eu o interrompi. Eu estava ficando confuso; ele atulhou minha mente com sua lista das excentricidades e possíveis possibilidades da natureza de tal forma que minha imaginação estava pegando fogo. Tive uma vaga noção de que ele estava me ensinando uma lição, como costumava fazer há muito tempo no seu estúdio em Amsterdã; mas naquela época ele costumava me dizer as coisas, para que eu pudesse ter em mente a todo momento o objeto de pensamento. Porém agora ele não me dava essa ajuda, e no entanto eu queria segui-lo, por isso falei:

"Professor, deixe-me ser seu aluno novamente. Diga-me qual é a tese, para que eu possa aplicar seu conhecimento conforme você avança.

Por enquanto estou pulando na minha mente de um ponto para outro, como um doido – e não um são – segue uma ideia. Sinto-me como um novato atolando num pântano na névoa, pulando de um tufo de grama para outro num esforço cego para avançar sem saber aonde vou."

"É uma boa imagem", ele disse. "Bem, vou lhe dizer. Minha tese é esta: quero que você acredite."

"Acredite no quê?"

"Acredite em coisas que não pode acreditar. Vou ilustrar. Ouvi certa vez um americano definir a fé assim: 'a faculdade que nos permite acreditar em coisas que sabemos serem falsas'. Eu sigo esse homem. Ele queria dizer que precisamos ter a mente aberta e não deixar um grão de verdade impedir a torrente de uma grande verdade, como faz um seixo com um vagão de trem. Alcançamos a verdade pequena primeiro. Bom! Guardamo-la e valorizamo-la; mas nem por isso devemos pensar que é toda a verdade do universo."

"Então você não quer que eu deixe alguma convicção prévia inibir a receptividade da minha mente com relação a um assunto estranho. Compreendi sua lição corretamente?"

"Ah, você ainda é meu aluno favorito. Vale a pena ensiná-lo. Agora que está disposto a entender, você deu o primeiro passo para entender. Então você acha que aqueles pequenos furos no pescoço das crianças foram feitos pela mesma criatura que fez os furos na senhorita Lucy?"

"Suponho que sim."

Ele levantou e disse solenemente: "Então você está errado. Oh, se pudesse ser assim! Mas não, infelizmente! Não. É pior, muito, muito pior."

"Em nome de Deus, professor Van Helsing, o que você quer dizer?", gritei.

Ele se jogou numa cadeira, num gesto desesperado, e pôs os cotovelos sobre a mesa, cobrindo seu rosto com as mãos ao falar:

"Eles foram feitos pela senhorita Lucy!"

XV. Diário do doutor Seward
(*continuação*)

Por alguns instantes, uma raiva cega tomou conta de mim; foi como se ele tivesse, quando Lucy era viva, dado um tapa na cara dela. Eu bati forte na mesa e levantei-me, dizendo: "Doutor Van Helsing, você está louco?".

Ele ergueu a mão e olhou para mim, e de algum modo a ternura no seu rosto acalmou-me imediatamente. "Quisera eu!", ele disse. "A loucura seria fácil de suportar, comparada a uma verdade como essa. Oh, meu amigo, por que você acha que fiz tantos rodeios, por que acha que levei tanto tempo para lhe dizer uma coisa tão simples? Seria porque o odeio e o odiei a vida toda? Seria porque eu queria lhe causar dor? Seria porque eu buscava, com tanto atraso, vingança por aquela vez em que você me salvou de uma morte pavorosa? Ah, não!"

"Perdoe-me", eu disse.

Ele continuou: "Meu amigo, foi porque eu queria ser suave ao dar a notícia para você, pois sei que você amava aquela doce senhorita. Mas mesmo agora não espero que você acredite. É tão difícil aceitar de imediato uma verdade abstrata que podemos duvidar que seja possível por termos acreditado sempre na sua negativa; é mais difícil ainda aceitar uma verdade concreta tão penosa, e relacionada a alguém como a senhorita Lucy. Esta noite irei prová-la. Você tem coragem de vir comigo?".

Isso me fez titubear. Um homem não gosta de provar uma verdade dessas. Byron apontou uma exceção, o ciúme.

> E provar a mesma verdade que ele tanto abominava.[37]

Ele percebeu minha hesitação e disse: "A lógica é simples, desta vez não é nenhuma lógica de doido, pulando de tufo em tufo num pântano enevoado. Se não for verdade, então a prova será um alívio; na pior das hipóteses, não fará mal. E se for verdade! Ah, o medo é esse; mas o próprio medo ajudará minha causa, pois nele há alguma necessidade de acreditar. Ouça, vou lhe dizer o que proponho: primeiro, irmos agora ver

---

37. No original em inglês: "*And prove the very truth he most abhorred*". No *Don Juan*, canto I, estrofe CXXXIX: "*To prove himself the thing he most abhorred*" ("Para provar ele mesmo a coisa que mais abominava").

aquela criança no hospital. O doutor Vincent, do North Hospital, onde os jornais dizem que está o garoto, é amigo meu, e acho que seu também desde que vocês frequentaram as aulas em Amsterdã. Ele vai deixar dois cientistas verem seu caso, se não puder deixar dois amigos. Não lhe diremos nada, apenas que queremos aprender. E daí...".

"E daí?"

Ele tirou uma chave do bolso e ergueu-a. "E daí passaremos a noite, você e eu, no cemitério onde Lucy está enterrada. Esta é a chave do mausoléu. O coveiro entregou-a para mim para que eu a desse a Arthur."

Estremeci, pois senti que alguma provação medonha nos aguardava. Porém não podia fazer nada, por isso reuni as forças que tinha e disse que era melhor nos apressarmos, visto que a tarde avançava.

Encontramos o menino acordado. Ele tinha dormido e comido um pouco, e no geral estava indo bem. O doutor Vincent tirou o curativo do seu pescoço e nos mostrou as picadas. Não havia como não ver a semelhança com aquelas que estavam no pescoço de Lucy. Eram menores, e as bordas pareciam mais frescas, apenas isso. Perguntamos a Vincent a que ele as atribuía, e ele respondeu que devia ser mordida de algum animal, talvez um rato; mas, do seu ponto de vista pessoal, ele tendia a pensar que era um dos morcegos que são tão numerosos nos altos do norte de Londres. "Dentre tantos inofensivos", ele disse, "pode haver algum espécime selvagem do sul, de uma espécie mais maligna. Um marinheiro pode ter trazido algum para casa, e ele conseguiu escapar; ou então um animal jovem pode ter fugido do jardim zoológico, ou um que tenha sido gerado de um vampiro. Essas coisas acontecem, você sabe. Faz somente dez dias que um lobo fugiu e foi, creio eu, encontrado nessa direção. Até uma semana depois disso, as crianças só brincavam de Chapeuzinho Vermelho no Heath e em todas as vielas do lugar, até começar essa história de 'moça bonita', que desde então ocupa a preferência delas. Até este coitadinho, quando acordou hoje, perguntou à enfermeira se podia ir embora. Quando ela perguntou por que ele queria ir embora, ele disse que queria ir brincar com a 'moça bonita'."

"Eu espero", disse Van Helsing, "que, quando mandar o menino de volta para casa, você diga aos pais para vigiá-lo de perto. Essas vontades de fugir são muito perigosas; e, se o menino ficar fora outra noite, será provavelmente fatal. Mas, em todo caso, suponho que não vá liberá-lo antes de alguns dias."

"Certamente não, não antes de uma semana pelo menos; e mais que isso se a ferida não sarar."

Nossa visita ao hospital demorou mais do que calculáramos, e o sol já tinha desaparecido quando saímos. Quando Van Helsing viu como estava escuro, disse:

"Não precisamos nos apressar. É mais tarde do que eu pensava. Venha, vamos procurar um lugar para comer, e depois seguiremos nosso caminho."

Jantamos no Jack Straw's Castle junto com uma pequena multidão de ciclistas e outros que eram amigavelmente ruidosos. Por volta das dez horas deixamos a taverna. Já estava muito escuro, e as lâmpadas esparsas tornavam a escuridão mais profunda quando nos afastávamos do alcance de sua luz. O professor tinha evidentemente anotado o caminho que deveríamos seguir, pois avançava sem hesitar; da minha parte, eu estava desorientado. Conforme avançávamos, havia cada vez menos pessoas; no final nos surpreendíamos até com a patrulha da polícia montada fazendo sua costumeira ronda suburbana. Enfim atingimos o muro do cemitério, que saltamos. Com certa dificuldade – pois estava muito escuro e o lugar inteiro parecia muito estranho para nós – encontramos o mausoléu Westenra. O professor pegou a chave, abriu a porta rangente e, recuando, me fez sinal, educada mas inconscientemente, para ir na frente. Havia uma ironia deliciosa na oferta, na cortesia de dar a preferência numa ocasião tão horripilante. Meu companheiro logo me seguiu e encostou a porta cautelosamente, depois de assegurar-se bem de que o fecho era acionado por gravidade e não por uma mola. Neste último caso nós estaríamos em apuros. Depois ele vasculhou sua mala e, tirando de dentro dela uma caixa de fósforos e um pedaço de vela, iluminou o lugar. O mausoléu durante o dia, ornado com flores frescas, já era bastante sinistro e macabro; mas agora, alguns dias depois, quando as flores pendiam murchas e mortas, com o branco virando ferrugem e o verde virando marrom; quando as aranhas e os escaravelhos retomaram seu domínio habitual; quando a pedra descolorida pelo tempo, a argamassa incrustada de pó, o ferro úmido e enferrujado, o latão manchado e as folhagens de prata escurecidas refletiam o brilho vacilante da vela, o efeito era mais miserável e sórdido do que se pode imaginar. Transmitia a inevitável ideia de que a vida – a vida animal – não era a única coisa que podia perecer.

Van Helsing procedeu ao seu trabalho sistemático. Segurando a vela para ler as placas dos caixões, e segurando-a de modo que as gotas caíam em nódoas brancas que se solidificavam ao tocar o metal, ele identificou o caixão de Lucy. Outra busca em sua mala, e ele tirou uma chave de fenda.

"O que você vai fazer?", perguntei.

"Abrir o caixão. Você vai se convencer."

Imediatamente ele começou a retirar os parafusos, e finalmente levantou a tampa, mostrando a urna de chumbo por baixo. A visão foi quase insuportável para mim. Parecia ser uma afronta tão grande aos mortos quanto seria ter arrancado as roupas dela no sono enquanto estava viva; eu cheguei a segurar a mão dele para impedi-lo.

Ele disse apenas: "Você vai ver"; e, vasculhando de novo na sua mala, tirou uma pequena serra de arco. Enfiando a chave de fenda na ranhura com uma rápida pancada para baixo, que me fez recuar, ele abriu um pequeno buraco, que, no entanto, era grande o bastante para deixar passar a ponta da serra. Eu esperava um sopro de gás do cadáver de uma semana. Nós, médicos, que tivemos que estudar os perigos aos quais somos expostos, temos que nos acostumar com tais coisas, por isso me afastei em direção à porta. No entanto o professor não parou nem por um momento; serrou cerca de meio metro de um lado do caixão de chumbo, depois na transversal e do outro lado. Pegando a borda da aba solta, dobrou-a para trás sobre o pé do caixão e, segurando a vela acima da abertura, me fez sinal para olhar.

Aproximei-me e olhei. O caixão estava vazio. Foi certamente uma surpresa para mim, que me causou um choque considerável, mas Van Helsing estava impassível. Agora ele estava mais seguro do que nunca da sua tese, e encorajado a prosseguir na sua tarefa. "Está satisfeito agora, amigo John?", ele perguntou.

Senti toda a tenacidade de minha natureza argumentativa despertar dentro de mim ao lhe responder: "Estou satisfeito que o corpo de Lucy não está neste caixão; mas isso prova somente uma coisa".

"E o que é, amigo John?"

"Que não está aí."

"É uma boa lógica", ele disse, "até esse ponto. Mas como você explica – como pode explicar – que não esteja aqui?"

"Pode haver um ladrão de corpos", sugeri. "Algum dos coveiros pode tê-lo roubado." Senti que estava falando uma besteira, mas era a única causa real que eu conseguia sugerir.

O professor suspirou. "Muito bem", ele disse, "precisamos de mais provas. Venha comigo."

Ele recolocou a tampa do caixão, juntou todas as suas coisas e colocou-as na mala, apagou a chama e pôs a vela na mala também. Abrimos a porta e saímos. Depois de passarmos, ele fechou a porta e trancou. Entregou-me a chave, dizendo: "Pode guardá-la? Melhor que seja num lugar seguro".

Eu ri – não foi um riso muito alegre, devo dizer – ao lhe fazer sinal para ficar com ela. "Uma chave é nada", eu disse, "pode haver cópias; e, de qualquer forma, não é difícil arrombar uma fechadura desse tipo."

Ele não disse nada, simplesmente pôs a chave no bolso. Então me pediu para ficar de guarda de um lado do cemitério enquanto ele vigiaria o outro.

Assumi meu posto atrás de uma cerca-viva e vi seu vulto obscuro se movendo, até sumir atrás das lápides e árvores.

Foi uma vigília solitária. Logo depois de tomar meu lugar, ouvi um relógio distante bater as doze, e depois a uma e as duas. Eu estava gelado e irritado, zangado com o professor por ter me levado nessa empreitada e comigo mesmo por ter ido. Estava com frio e sono demais para observar com atenção, mas não com sono suficiente para cochilar; em suma, foi uma espera monótona e desagradável.

De repente, ao me virar, pensei ter visto algo parecido com uma rajada branca movendo-se entre dois teixos escuros do lado do cemitério mais afastado do mausoléu; ao mesmo tempo, uma massa sombria saiu do lado em que estava o professor e correu naquela direção. Eu também corri, mas tinha que dar a volta em lápides e túmulos cercados, e tropeçava em covas. O céu estava nublado e, em algum lugar na distância, um galo precoce cantou. Pouco mais adiante, atrás de uma fileira de zimbros esparsos que marcavam a vereda para a igreja, uma figura branca esmaecida virou na direção do mausoléu. Este estava escondido pelas árvores, e não consegui ver onde a figura desapareceu. Ouvi o rumor de uma movimentação no lugar onde havia visto a figura branca pela primeira vez e, chegando lá, encontrei o professor segurando nos braços uma criança pequena. Quando ele me viu, mostrou-a para mim e disse: "Está satisfeito agora?".

"Não", respondi de uma maneira que senti ser agressiva.

"Não está vendo a criança?"

"Sim, é uma criança, mas quem a trouxe aqui? E está ferida?"

"Vamos ver", disse o professor, e com um impulso nos dirigimos para fora do cemitério, ele com a criança adormecida no colo.

Depois de percorrermos certa distância, entramos num aglomerado de árvores, riscamos um fósforo e examinamos o pescoço da criança. Não tinha nem um arranhão ou cicatriz.

"Eu estava certo?", perguntei triunfalmente.

"Chegamos bem na hora", disse o professor, agradecido.

Agora era preciso decidir o que fazer com a criança, e debatemos a questão. Se a levássemos para uma delegacia de polícia, teríamos que explicar nossa movimentação durante a noite, ou ao menos dar uma declaração sobre como encontramos a criança. Por isso, finalmente decidimos que a levaríamos para o Heath e, quando ouvíssemos um policial chegando, nós a colocaríamos onde ele não poderia deixar de encontrar; depois, pegaríamos o caminho de casa o mais rápido possível. Tudo correu bem. Na orla de Hampstead Heath ouvimos os passos pesados de um policial; depois de deitar a criança na alameda, esperamos e observamos até que ele a visse à luz da sua lanterna. Ouvimos sua exclamação de espanto e fomos embora em silêncio. Por sorte, pegamos um cabriolé perto do Spaniards e fomos para a cidade.

Não consigo dormir, por isso faço este registro. Mas preciso tentar dormir por algumas horas, pois Van Helsing virá me ver ao meio-dia. Ele insiste que eu vá com ele em outra expedição.

27 de setembro. Eram duas da tarde quando tivemos uma oportunidade adequada para nossa tentativa. O funeral realizado ao meio-dia tinha terminado, e os últimos retardatários entre os pranteadores tinham se retirado com alguma preguiça, quando, observando atentos detrás de um aglomerado de amieiros, vimos o sacristão trancar o portão ao sair. Sabíamos então que estávamos seguros até a manhã caso o desejássemos; mas o professor disse que precisaríamos de uma hora no máximo. Mais uma vez tive aquela sensação horrenda da realidade das coisas, na qual todo esforço de imaginação parecia deslocado, e percebi distintamente os riscos jurídicos que estávamos correndo em nosso trabalho profanador. Além disso, senti que era tudo tão inútil. Se já era ultrajante abrir um caixão de chumbo para ver se uma mulher morta há quase uma semana estava mesmo morta, agora parecia o cúmulo da loucura abrir o túmulo novamente, dado que já sabíamos, por evidência da nossa própria visão, que o caixão estava vazio. Dei de ombros, todavia, e permaneci em silêncio, pois Van Helsing tinha um jeito de seguir seu próprio caminho sem se importar com quem objetava. Ele pegou a chave, abriu o sepulcro e novamente me instou com cortesia a entrar antes dele. O lugar não estava tão macabro quanto na noite passada, mas não tenho palavras para descrever como era abjeto quando a luz do sol entrava! Van Helsing avançou até o caixão de Lucy e eu o segui. Ele se debruçou e forçou a aba de chumbo para trás mais uma vez; então um choque de surpresa e desolação me percorreu.

Ali estava Lucy, aparentemente tal como a víramos na noite anterior ao seu funeral. Ela ostentava, se é que era possível, uma beleza mais radiante do que nunca; e não pude acreditar que ela estava morta. Os lábios estavam vermelhos, até mais vermelhos do que antes; e as bochechas tinham um rubor delicado.

"Isso é uma tramoia?", eu disse.

"Está convencido agora?", respondeu o professor; enquanto falava, ele introduziu a mão e, de um modo que me fez estremecer, repuxou os lábios mortos de Lucy e mostrou seus dentes brancos. "Está vendo?", ele continuou. "Está vendo? Estão ainda mais afiados que antes. Com isto e isto" – ele tocou um canino e o outro abaixo dele – "as criancinhas podem ser mordidas. Você acredita agora, amigo John?"

Mais uma vez, a hostilidade argumentativa despertou em mim. Eu não *podia* aceitar uma ideia tão desconcertante como a que ele sugeria; portanto, numa tentativa de argumentar da qual me envergonhei no mesmo instante, eu disse: "Ela pode ter sido colocada aqui depois de ontem à noite".

"É mesmo? Se foi assim, por quem?"

"Eu não sei. Alguém fez isso."

"Mas ela está morta há uma semana. A maioria das pessoas, nesse ínterim, não teria esse aspecto."

Eu não tinha resposta para isso, portanto me calei. Van Helsing não pareceu notar meu silêncio; pelo menos não demonstrou decepção nem triunfo. Ficou investigando atentamente o rosto da mulher morta, erguendo as pálpebras e observando os olhos, e uma vez mais abrindo os lábios e examinando os dentes. Então virou-se para mim e disse:

"Veja, há uma coisa que é diferente de tudo o que já foi registrado; aqui está uma vida dual que não é como as outras. Ela foi mordida pelo vampiro enquanto estava num transe, sonâmbula – oh, você se espanta; você não sabe disso, amigo John, mas vai saber tudo mais tarde –, e num transe ele podia tirar mais sangue. Ela morreu num transe, e num transe também se tornou morta-viva. E é nisso que ela difere de todas as outras.

Geralmente, quando os mortos-vivos dormem em casa" – ao falar, ele fez um gesto largo com o braço para designar o que era "casa" para um vampiro – "seu rosto mostra o que eles são, mas esta moça, que era tão doce quando não era morta-viva, voltará ao vácuo dos mortos comuns. Não há malignidade aqui. Entende? E isso dificulta ter que matá-la durante o sono."

Isso fez gelar meu sangue, e comecei a perceber que eu estava aceitando as teorias de Van Helsing; mas, se ela estava realmente morta, por que haveria terror na ideia de matá-la?

Ele olhou para mim e visivelmente notou a alteração no meu semblante, pois disse quase com jovialidade: "Ah, você acredita agora?".

Eu respondi: "Não exija demais de mim. Estou disposto a aceitar. Como você executará essa tarefa sangrenta?".

"Vou cortar a cabeça dela e encher sua boca com alho, depois enterrar uma estaca no seu corpo."

Estremeci ao pensar em tal mutilação do corpo da mulher que eu havia amado. Porém, a sensação não foi tão forte quanto eu esperava. Na verdade, eu estava começando a estremecer na presença desse ser, essa morta-viva, como Van Helsing a chamava, e a detestá-lo. Será possível que o amor seja inteiramente subjetivo, ou inteiramente objetivo?

Esperei um tempo considerável para Van Helsing começar, mas ele permanecia imóvel, absorto em seus pensamentos. Por fim ele fechou sua mala com um clique e disse:

"Estive pensando, e decidi o que é melhor. Se eu simplesmente seguisse minha inclinação, faria agora, neste momento, o que tem que ser feito; mas outras coisas ainda virão, coisas que são mil vezes mais difíceis porque não as conhecemos. Isto é simples. Ela ainda não tirou nenhuma vida, mas isso virá com o tempo; e agir agora seria remover o perigo dela para sempre. Mas para isso poderemos precisar de Arthur, e como vamos contar-lhe isto? Se você, que viu as feridas no pescoço de Lucy, e viu as feridas semelhantes no pescoço da criança no hospital; se você, que viu o caixão vazio na noite passada e ocupado hoje por uma mulher que, se mudou, foi para ficar ainda mais rosada e bela uma semana depois de morrer; se você sabe disso, e sabe da figura branca na noite passada que trouxe a criança ao cemitério, e ainda assim não acreditou nos seus próprios sentidos, como, então, posso esperar que Arthur, que não sabe nada dessas coisas, acredite?

"Ele duvidou de mim quando o impedi de beijá-la quando ela estava morrendo. Eu sei que ele me perdoou por ter, numa visão equivocada, feito coisas que o impediram de se despedir como deveria; e ele pode pensar, numa visão ainda mais equivocada, que esta mulher foi enterrada viva; e, na mais equivocada de todas, que nós a matamos. Então ele retrucará que fomos nós, equivocados, que a matamos com nossas ideias, e assim ficará muito infeliz para sempre. Mas nunca poderá ter certeza, e isso é o pior de tudo. E às vezes pensará que aquela que ele amava foi enterrada viva, e isso tingirá seus sonhos com os horrores que ela deve ter sofrido; ou então pensará que podemos estar certos, e que sua amada era realmente uma morta-viva. Não! Eu lhe disse uma vez, e desde então aprendi muito. Agora que sei que é tudo verdade, sei cem mil vezes mais que ele precisa passar pelas águas da amargura para chegar às puras. Coitado, precisará passar por um momento em que a própria face do paraíso ficará sombria para ele; daí poderemos agir para o bem de uma vez por todas e lhe dar paz. Minha decisão está tomada. Vamos. Você voltará esta noite para seu asilo, e cuidará para que tudo esteja bem. Quanto a mim, passarei a noite aqui neste cemitério do meu próprio modo. Amanhã à noite você virá me ver no Hotel Berkeley às dez horas. Mandarei chamar Arthur também, bem como aquele excelente rapaz da América que deu seu sangue. Depois teremos trabalho a fazer. Vou com você até Piccadilly para jantar por lá, pois preciso voltar aqui antes do pôr do sol."

Assim, trancamos o mausoléu e saímos do cemitério pulando o muro, o que não foi muito difícil, e voltamos a Piccadilly.

NOTA DEIXADA POR VAN HELSING EM SEU MALOTE, HOTEL BERKELEY, ENDEREÇADA A JOHN SEWARD, M.D.
(não foi entregue)

27 de setembro

Amigo John,

Escrevo isto caso aconteça alguma coisa. Vou sozinho ficar de guarda naquele cemitério. Fico contente em saber que a morta-viva, senhorita Lucy, não sairá esta noite, de modo que na próxima noite estará mais ávida. Para isso, disporei algumas coisas que lhe desagradam – alho e um crucifixo – e selarei com elas a porta do mausoléu. Ela é uma morta-viva jovem, e as respeitará. Além disso, tais coisas servem apenas para impedir que ela saia; podem não prevalecer caso ela queira entrar, porque nessa hora os mortos-vivos ficam desesperados e tentam encontrar alguma abertura, seja qual for. Estarei a postos a noite toda, do pôr do sol até depois da alvorada, e se houver algo a aprender, eu aprenderei. Não temo pela senhorita Lucy, nem tenho medo dela; mas aquele outro por meio de quem ela se tornou morta-viva tem agora o poder de procurar o túmulo dela e encontrar abrigo. Ele é astucioso, como eu soube pelo senhor Jonathan e pelo modo como ele nos ludibriou o tempo todo quando jogou contra nós pela vida da senhorita Lucy, e perdemos; e os mortos-vivos são fortes de muitas maneiras. Ele tem sempre em sua mão a força de vinte homens; mesmo nós quatro que demos nossa força à senhorita Lucy não somos páreo para ele. Além disso, ele pode convocar seu lobo e sabe lá mais o quê. Portanto, se ele vier aqui esta noite, encontrará a mim, e ninguém mais encontrará – até que seja tarde demais. Mas pode ser que ele não tente vir aqui. Ele não tem motivo para isso; seu campo de caça é mais cheio de presas que o cemitério onde dorme a mulher morta-viva e somente um velho está de guarda.

Portanto, escrevo isto, caso... Leve os papéis que estão junto com isto, os diários de Harker e o resto, e leia-os, e depois encontre esse grande morto-vivo, e corte sua cabeça e queime seu coração ou enterre uma estaca nele, para que o mundo fique livre dele.

Se assim for, adeus.
Van Helsing

DIÁRIO DO DOUTOR SEWARD

28 de setembro. É maravilhoso como uma boa noite de sono nos ajuda. Ontem eu estava quase disposto a aceitar as ideias monstruosas de Van Helsing, mas agora sua extravagância salta aos olhos como um ultraje ao bom senso. Não duvido que ele acredita nisso tudo. Será que sua mente pode ter alucinado de alguma forma? Certamente deve haver *alguma* explicação racional para todas essas coisas misteriosas. Será possível que o professor tenha feito tudo isso? Ele é tão anormalmente inteligente que, se perdesse o juízo, executaria seu intento ditado por alguma ideia fixa de modo extraordinário. Reluto em pensar nisso, e de fato seria um assombro quase tão grande quanto o outro descobrir que Van Helsing está louco; mas de todo modo vou vigiá-lo atentamente. Quem sabe lanço alguma luz sobre o mistério.

29 de setembro, manhã. Na noite passada, pouco antes das dez, Arthur e Quincey vieram ao quarto de Van Helsing; ele nos contou tudo o que queria que fizéssemos, mas dirigindo-se especialmente a Arthur, como se todas as nossas vontades estivessem centradas na dele. Começou dizendo que esperava que fôssemos todos com ele, "pois", disse ele, "há um dever fatídico a ser cumprido aqui. Você sem dúvida ficou surpreso com minha carta, não ficou?". Essa pergunta foi dirigida diretamente a lorde Godalming.

"Fiquei. Ela me alarmou um pouco. Tem caído tanta desgraça sobre minha casa ultimamente que eu dispensaria mais uma. Mas fiquei curioso acerca do que você quer dizer.

"Quincey e eu conversamos sobre isso, mas, quanto mais conversávamos, mais estupefatos ficávamos, a tal ponto que agora posso dizer, da minha parte, que estou completamente desnorteado quanto ao significado disso tudo."

"Eu também", disse Quincey Morris, lacônico.

"Oh", disse o professor, "então vocês estão mais próximos do início, vocês dois, do que o amigo John aqui, que precisa percorrer um longo caminho só para poder chegar perto de começar."

Ficou evidente que ele tinha notado meu retorno ao meu antigo estado de espírito dubitativo sem que eu dissesse uma palavra. Então, virando-se para os outros dois, disse com muita seriedade:

"Quero sua permissão para fazer o que acho que é certo esta noite. Sei que estou pedindo uma enormidade, e, quando souberem o que proponho fazer, vocês verão, e somente então, o quanto é enorme. Portanto, vou pedir que prometam às escuras, para que depois, embora fiquem bravos comigo por algum tempo – não posso ocultar de mim a possibilidade de que isso aconteça –, vocês não se culpem por nada."

"Pelo menos é bem franco", interveio Quincey. "Eu respondo pelo professor. Não vejo aonde quer chegar, mas juro que ele é honesto, e isso basta para mim."

"Obrigado, meu caro", disse Van Helsing com orgulho. "Fiz a mim mesmo a honra de contá-lo como amigo fiel, e seu apoio me envaidece." Ele estendeu a mão, que Quincey apertou.

Então Arthur falou: "Doutor Van Helsing, eu não gosto de 'comprar gato por lebre', como dizem na Escócia, e, se for algo que conflite com minha honra de cavalheiro ou minha fé de cristão, não posso fazer tal promessa. Se você puder me garantir que o que pretende fazer não viola nenhuma das duas, dou meu consentimento agora mesmo, embora, por mais que eu tente, não consiga entender aonde você quer chegar".

"Aceito sua limitação", disse Van Helsing, "e tudo o que peço a você é que, se julgar necessário condenar qualquer ato meu, primeiro o considere bem e perceba que não viola suas reservas."

"Concordo!", disse Arthur. "É justo. E agora que os *pourparlers*[38] terminaram, posso perguntar o que temos que fazer?"

"Quero que venham comigo, e que venham em segredo, ao cemitério de Kingstead."

Arthur ficou estarrecido, dizendo com espanto:

"Onde a pobre Lucy está enterrada?"

O professor fez que sim com a cabeça.

Arthur continuou: "Fazer o que lá?".

"Entrar no mausoléu!"

Arthur levantou-se. "Professor, você está falando sério? Ou será alguma piada monstruosa? Perdoe-me, vejo que está falando sério." Ele sentou-se de novo, mas vi que se sentou firmemente, dono de sua dignidade. Fez-se silêncio até que ele voltou a perguntar: "E dentro do mausoléu?".

"Abrir o caixão."

"Isso é demais!", disse Arthur, levantando-se novamente com raiva. "Estou disposto a ter paciência com todas as coisas que forem razoáveis; mas com isso – essa profanação da tumba – de alguém que..." Ele sufocou de indignação.

O professor olhou para ele com piedade. "Se eu pudesse poupá-lo de uma pontada de dor, meu pobre amigo", disse Van Helsing, "Deus sabe que eu o faria. Mas esta noite nossos pés devem trilhar caminhos espinhosos; senão, mais tarde, e para sempre, os pés que você ama andarão em caminhos de chama!"

Arthur olhou para ele com o rosto duro e lívido e disse: "Tome cuidado, professor, tome cuidado!".

"Não seria bom ouvir o que tenho a dizer?", Van Helsing falou. "Daí você saberá ao menos qual é o limite do meu propósito. Posso continuar?"

"Por mim, tudo bem", interveio Morris.

Após uma pausa, Van Helsing prosseguiu, com esforço evidente: "A senhorita Lucy está morta, não é? Sim! Então nenhum mal pode ser feito a ela. Mas, se ela não estiver morta...".

---

38. Em francês no original: "as tratativas".

Arthur ergueu-se bruscamente. "Deus do céu!", ele gritou. "O que você quer dizer? Houve algum erro? Ela foi enterrada viva?" Ele grunhiu com uma angústia que nem a esperança poderia atenuar.

"Não disse que ela estava viva, meu filho; não pensei nisso. Não faço nada mais senão dizer que ela pode ser uma morta-viva."

"Morta-viva? Não viva? O que você quer dizer? Será que isso é um pesadelo, ou então o quê?"

"Existem mistérios que os homens só podem adivinhar, e com o passar das eras solucionar apenas em parte. Acredite, agora estamos diante de um deles. Mas não acabei. Posso cortar a cabeça da finada senhorita Lucy?"

"Céus, não!", gritou Arthur numa tormenta de paixão. "Por nada no mundo consentirei que haja qualquer mutilação do seu corpo inerte. Doutor Van Helsing, você exige demais de mim. O que lhe fiz eu para que você me torture desta forma? O que fez aquela pobre menina inocente para que você queira lançar tamanha desonra sobre o túmulo dela? Você está louco de dizer essas coisas, ou sou eu que estou louco de ouvi-las? Não ouse pensar mais nessa profanação; não darei meu consentimento a nada do que você quer fazer. Tenho o dever de proteger o túmulo dela do ultraje; e, por Deus, eu o farei!"

Van Helsing levantou-se de onde esteve sentado o tempo todo e disse, grave e severo: "Meu caro lorde Godalming, eu também tenho um dever a cumprir, um dever para com outros, um dever para com você, um dever para com os mortos; e, por Deus, eu o farei! Tudo o que lhe peço agora é que venha comigo, que veja e escute; e se depois, quando eu fizer o mesmo pedido, você não estiver mais ansioso que eu para atendê-lo, então – então eu cumprirei meu dever, qualquer que seja ele. E então, atendendo à solicitação de vossa senhoria, eu me colocarei ao seu dispor para prestar contas, quando e onde quiser". Sua voz falhou um pouco, e ele prosseguiu num tom cheio de piedade:

"Mas eu lhe suplico, não continue zangado comigo. Numa longa vida de atos que muitas vezes não foram agradáveis de perpetrar, e que às vezes partiram meu coração, nunca enfrentei uma obrigação tão penosa quanto esta. Acredite, se chegar a hora em que você mudar de opinião a meu respeito, um olhar seu apagará esta hora tão triste, pois eu farei tudo o que um homem pode fazer para livrá-lo do infortúnio. Pense um pouco. Por que eu me daria tanto trabalho e tanto desgosto? Eu vim do meu país até aqui para fazer o bem que puder; primeiro para agradar ao meu amigo

John, e depois para ajudar uma doce jovem que eu também passei a amar. Para ela – fico envergonhado de dizer isso, mas digo com bondade – eu dei o que você deu, o sangue das minhas veias; eu o dei, eu que não era, como você, seu amado, mas somente seu médico e amigo. Dei a ela minhas noites e meus dias – antes da morte, depois da morte; e, se minha morte puder fazer um bem a ela agora, que ela é uma morta-viva morta, ela a terá de graça." Ele disse isso com um orgulho profundo e sincero, e Arthur ficou muito emocionado. Ele pegou a mão do velho professor e disse com voz embargada:

"Oh, é terrível pensar nisso, e não consigo entender; mas pelo menos irei com você e aguardarei."

XVI. Diário do doutor Seward
(*continuação*)

Eram 23h45 quando entramos no cemitério pulando o muro baixo. A noite estava escura com clarões ocasionais do luar entre as carreiras de nuvens pesadas que deslizavam pelo céu. Mantivemo-nos sempre próximos, com Van Helsing um pouco adiante mostrando o caminho. Quando chegamos perto do mausoléu, olhei bem para Arthur, pois temi que a proximidade de um lugar carregado de memórias tão tristes o abalaria; mas ele estava suportando bem. Presumi que o mistério do procedimento fosse de certa forma um contrapeso à sua mágoa. O professor destrancou a porta e, vendo a hesitação natural entre nós por vários motivos, resolveu a dificuldade entrando primeiro. O resto de nós o seguiu e ele fechou a porta. Então acendeu uma lamparina e apontou para o caixão. Arthur avançou hesitante; Van Helsing me disse: "Você esteve aqui comigo ontem. O corpo da senhorita Lucy estava no caixão?".

"Estava."

O professor virou-se para os outros dizendo: "Vocês ouviram; mas há um de nós que não acredita".

Ele pegou a chave de fenda e tirou novamente a tampa do caixão. Arthur observava, muito pálido mas quieto; quando a tampa foi removida, ele avançou. Ele evidentemente não sabia que havia um caixão de chumbo, ou, pelo menos, não tinha pensado nisso. Quando viu a fenda no chumbo, o sangue subiu à sua face por um instante, mas esvaiu-se igualmente rápido, de modo que ele ficou com uma palidez medonha; ele ainda estava quieto. Van Helsing puxou para trás a aba de chumbo, todos nós olhamos e recuamos.

O caixão estava vazio!

Por vários minutos ninguém disse uma palavra. O silêncio foi rompido por Quincey Morris: "Professor, eu lhe dei meu apoio. Só quero a sua palavra. Normalmente eu não pediria uma coisa dessas – eu não o difamaria insinuando uma dúvida; mas isso é um mistério que vai além da honra ou desonra. Isso é obra sua?".

"Juro a vocês por tudo o que considero sagrado que não a removi nem toquei nela. O que aconteceu foi isto: duas noites atrás meu amigo Seward e eu viemos aqui – com boa intenção, creiam. Eu abri o caixão, que estava lacrado, e nós o encontramos, como agora, vazio. Então esperamos e vimos algo branco passar entre as árvores. No dia seguinte, viemos aqui enquanto estava claro, e ela estava deitada aí. Não estava, amigo John?"

"Sim."

"Naquela noite chegamos bem a tempo. Mais uma criança pequena tinha desaparecido, e nós a encontramos, graças a Deus, ilesa entre as tumbas. Ontem vim aqui antes do pôr do sol, pois é após o pôr do sol que os mortos-vivos podem mover-se. Esperei aqui a noite toda até o sol nascer, mas não vi nada, muito provavelmente porque eu tinha disposto sobre as travas das portas o alho, que os mortos-vivos não suportam, e outras coisas que eles evitam. Na noite passada não houve êxodo; portanto, hoje, antes do pôr do sol, tirei o alho e as outras coisas. E é por isso que encontramos o caixão vazio. Mas tenham paciência comigo. Por enquanto, há muitas coisas estranhas. Esperem comigo lá fora, sem ser vistos nem ouvidos, e coisas ainda mais estranhas ocorrerão. Então" – ele fechou a tampa deslizante da sua lamparina – "vamos para fora." Abriu a porta e saímos em fila, ele vindo por último e trancando a porta atrás de si.

Oh! Como o ar noturno parecia fresco e puro depois do terror daquele sepulcro. Como era agradável ver as nuvens deslizando e os raios do luar passando entre as nuvens velozes, como a tristeza e a amargura de uma vida humana; como era doce respirar o ar límpido, sem exalação de morte e decomposição; como era reconfortante ver o reflexo vermelho no céu atrás da montanha e ouvir na distância o burburinho abafado que marca a vida na cidade grande. Cada um a seu modo estava circunspecto e comovido. Arthur estava quieto e, ao que pude ver, esforçando-se para apreender a finalidade e o significado interior do mistério. Eu estava razoavelmente paciente e novamente inclinado a deixar de lado a dúvida e aceitar as conclusões de Van Helsing. Quincey Morris estava fleumático ao modo de um homem que aceita todas as coisas, e aceita-as com espírito de plácida bravura, mesmo arriscando tudo o que possui. Não podendo fumar, ele cortou um naco de bom tamanho de tabaco e pôs-se a mascá-lo. Quanto a Van Helsing, tinha uma ocupação bem precisa. Primeiro tirou da sua mala uma massa do que parecia ser um biscoito fino e quebradiço, cuidadosamente enrolado num guardanapo branco; depois, tirou dois punhados de um material esbranquiçado, como massa de farinha ou massa de vidraceiro. Ele esmigalhou o biscoito em grãos finos e amalgamou-o na massa com as mãos. Em seguida, pegou-a e, enrolando-a em tiras finas, começou a dispô-las nas brechas entre a porta do mausoléu e o montante. Fiquei um tanto intrigado com isso e, como estava próximo, perguntei o que ele estava fazendo. Arthur e Quincey também se aproximaram, pois estavam igualmente curiosos.

Ele respondeu: "Estou fechando o mausoléu para o morto-vivo não poder entrar".

"E esse negócio que você está pondo aí vai dar conta?"

"Vai sim."

"O que é isso que você está usando?", dessa vez foi Arthur que perguntou. Van Helsing ergueu o chapéu com reverência ao responder:

"Hóstia. Trouxe de Amsterdã. Tenho uma indulgência."

Foi uma resposta que estarreceu até o mais cético de nós, e sentimos, cada um de nós, que, diante de uma intenção tão sincera quanto a do professor, uma intenção que podia levá-lo a usar a coisa mais sagrada para ele, era impossível desconfiar dele. Em silêncio respeitoso, assumimos os lugares designados para nós em círculo próximo ao mausoléu, mas escondidos da vista de qualquer um que se aproximasse. Tive pena dos outros, especialmente de Arthur. Eu já tinha sido habituado em minhas visitas anteriores ao horror dessa vigília, mas mesmo eu, que até uma hora atrás ainda repudiava as provas, senti minhas forças me abandonarem. Nunca as tumbas tinham parecido tão assustadoramente brancas; nunca os ciprestes, ou teixos, ou zimbros tinham materializado tanto a melancolia fúnebre; nunca as árvores ou o mato tinham ondulado ou farfalhado de modo tão agourento; nunca os gravetos tinham estalado tão misteriosamente; e nunca o uivo longínquo dos cães tinha enviado um presságio tão deplorável pela noite afora.

Houve um longo período de silêncio, um grande vácuo doloroso, e então um "S-s-s-s!" alerta vindo do professor. Ele apontou; e, muito longe na alameda de teixos, vimos uma figura branca avançar, uma figura branca esmaecida, que carregava algo escuro junto ao peito. A figura parou e, nesse momento, um raio de luar caiu por entre as massas de nuvens fugazes e mostrou, com destaque assustador, uma mulher de cabelo escuro, trajada com vestes mortuárias. Não podíamos ver seu rosto, pois ela estava debruçada sobre o que vimos ser uma criança de cabelo loiro. Houve uma pausa e um gritinho agudo, como o que emite uma criança no sono, ou um cachorro que sonha deitado em frente ao fogo. Estávamos nos lançando naquela direção, mas a mão erguida do professor, que vimos em pé atrás de um teixo, nos deteve; e então vimos a figura branca avançar novamente. Agora ela estava perto o bastante para que a víssemos com clareza, e o luar perdurava. Meu coração ficou gelado, e ouvi Arthur engasgar, quando reconhecemos os traços de Lucy Westenra. Lucy Westenra, mas como estava mudada! A doçura transformara-se em crueldade adamantina e desalmada, e a pureza, em lascívia voluptuosa.

Van Helsing saiu da tocaia e, obedecendo ao seu gesto, nós todos avançamos também; nós quatro nos postamos em linha diante da porta do mausoléu. Van Helsing ergueu sua lamparina e puxou a tampa; na luz concentrada que caiu sobre o rosto de Lucy pudemos ver que seus lábios estavam rubros com sangue fresco, e que um filete havia escorrido sobre seu queixo e manchado a pureza da sua camisola funerária de linho.

Estremecemos de horror. Pude ver pela luz bruxuleante que até os nervos de aço de Van Helsing haviam cedido. Arthur estava ao meu lado, e, se eu não o tivesse segurado pelo braço, ele teria caído.

Quando Lucy – chamo a coisa que estava diante de nós de Lucy porque tinha sua forma – nos viu, recuou com um grunhido raivoso, como faz um gato quando surpreendido; daí seus olhos nos percorreram. Os olhos de Lucy na forma e na cor, mas os olhos de Lucy sórdidos e cheios de fogo infernal, em vez dos globos puros e gentis que conhecíamos. Nesse momento, o que restava do meu amor transformou-se em ódio e aversão; se ela tivesse que ser morta naquela hora, eu poderia fazê-lo com gozo selvagem. Ao olhar para nós, seus olhos flamejavam com brilho indecente e seu rosto se retorcia num sorriso voluptuoso. Oh, Deus, como me arrepiei ao ver isso! Com um gesto negligente, ela jogou no chão, insensível como um demônio, a criança que até agora tinha segurado tenazmente junto ao peito, rosnando sobre ela como um cão rosna sobre um osso. A criança soltou um grito agudo e ficou ali gemendo. Havia uma perversidade no ato que provocou um grunhido em Arthur; quando ela avançou na direção dele com os braços estendidos e um sorriso lúbrico, ele recuou e escondeu o rosto entre as mãos.

Contudo, ela ainda avançava e, com graça langorosa e voluptuosa, disse: "Venha comigo, Arthur. Deixe esses outros e venha comigo. Meus braços têm fome de você. Venha, e vamos repousar juntos. Venha, meu marido, venha!".

Havia algo diabólico na doçura da sua entonação – algo do tinido de copos vibrando – que ressoou por nosso cérebro ao ouvirmos as palavras dirigidas a outro.

Quanto a Arthur, parecia enfeitiçado; afastando as mãos do rosto, abriu totalmente os braços. Ela estava saltando para dentro deles quando

Van Helsing se lançou e segurou entre ambos seu pequeno crucifixo de ouro. Ela se encolheu ao vê-lo e, com o rosto subitamente distorcido, cheio de raiva, passou correndo pelo professor para entrar no mausoléu.

Porém, quando estava a meio metro da porta, ela parou, como detida por uma força irresistível. Então se virou, e seu rosto apareceu no clarão fúlgido do luar e da lamparina, que agora não tremia na mão de aço de Van Helsing. Jamais tinha visto um rosto com tanta malícia desconcertada, e creio que jamais será visto novamente por olhos mortais. A bela cor tornou-se lívida, os olhos pareciam projetar faíscas de fogo infernal, as sobrancelhas estavam enrugadas como se as dobras da carne fossem os anéis das cobras de Medusa, e a formosa boca manchada de sangue fixou-se num quadrado oco, como nas máscaras de paixão dos gregos e japoneses. Se algum rosto já mostrou intenção de morte – se olhares pudessem matar –, nós o vimos naquele momento.

E assim, por meio minuto, que pareceu uma eternidade, ela permaneceu entre o crucifixo erguido e o lacre sagrado da sua porta de entrada.

Van Helsing quebrou o silêncio perguntando a Arthur: "Responda, meu amigo! Devo proceder ao meu trabalho?".

Arthur caiu de joelhos e, escondendo o rosto entre as mãos, respondeu:

"Faça como quiser, amigo; faça como quiser. Não pode haver horror como este nunca mais"; e ele grunhiu de aflição.

Quincey e eu avançamos simultaneamente na direção dele e pegamos seus braços. Ouvimos o clique da lamparina se fechando quando Van Helsing a pôs no chão; aproximando-se do mausoléu, ele começou a remover das brechas parte da marca sagrada que tinha inserido nelas. Todos vimos com horror e admiração, quando ele recuou, a mulher, com uma massa corpórea tão real naquele momento quanto a nossa, passar pelo interstício onde mal caberia a lâmina de uma faca. Sentimos um alívio agradecido quando vimos o professor repor calmamente as tiras de massa nos cantos da porta.

Tendo terminado isso, ele carregou a criança e disse: "Agora vamos, meus amigos; não podemos fazer mais nada até amanhã. Haverá um funeral ao meio-dia, portanto viremos todos pouco depois disso. Os amigos do morto terão ido embora depois das duas, e, quando o sacristão trancar o portão, nós ficaremos. Então, haverá mais a fazer, mas não como esta noite. Quanto a este pequenino, não está muito ferido, e amanhã à noite estará bem. Vamos deixá-lo onde a polícia poderá achá-lo, como na outra noite; e então iremos para casa".

Aproximando-se de Arthur, ele disse: "Meu amigo Arthur, você passou por uma provação dolorosa; mas depois, quando olhar para trás, verá como foi necessária. Você está agora nas águas da amargura, meu filho. Amanhã a esta hora, com a graça de Deus, você as terá atravessado e bebido das águas puras; portanto, não se lamente demais. Até lá não pedirei o seu perdão".

Arthur e Quincey voltaram para casa comigo, e tentamos animar um ao outro no caminho. Deixamos a criança em segurança e estávamos cansados, por isso dormimos todos um sono mais ou menos profundo.

29 de setembro, noite. Pouco antes do meio-dia, nós três – Arthur, Quincey Morris e eu – fomos ver o professor. Foi curioso notar que, por coincidência, todos usávamos roupas pretas. É claro que Arthur estava de preto por causa do luto profundo, mas o resto de nós se vestiu assim por instinto. Chegamos ao cemitério à uma e meia e demos umas voltas, mantendo-nos longe de observação oficial, de modo que, quando os coveiros terminaram seu trabalho e o sacristão, pensando que todo mundo tinha ido embora, trancou o portão, o lugar era todo nosso. Van Helsing, em vez da sua pequena mala preta, tinha trazido uma mala comprida de couro, parecida com um saco de críquete; era visivelmente bem pesada.

Quando ficamos sós e ouvimos os últimos passos desaparecer no caminho, seguimos o professor silenciosamente, e como se ele o tivesse ordenado, até o mausoléu. Ele destrancou a porta e entramos, fechando-a atrás de nós. Então ele tirou de sua mala a lamparina, que acendeu, e também duas velas de cera, que, depois de acesas, ele fixou, derretendo as extremidades, em outros caixões, para que lhe dessem luz suficiente para trabalhar. Quando ele levantou novamente a tampa do caixão de Lucy, nós todos olhamos – Arthur tremendo como um álamo – e vimos que o corpo jazia lá em todo o seu esplendor de morte. Mas não havia amor no meu coração, nada exceto aversão pela coisa abjeta que havia tomado a forma de Lucy sem sua alma. Pude ver o rosto de Arthur enrijecer enquanto ele olhava. Em seguida ele disse a Van Helsing: "Isto é realmente o corpo de Lucy, ou somente um demônio com a sua forma?".

"É o corpo dela, mas não é. Contudo, espere um pouco, e você a verá como ela era, e é."

Ela parecia uma Lucy de pesadelo deitada ali: os dentes pontudos, a boca voluptuosa manchada de sangue – cuja visão fazia estremecer –, toda a aparência carnal e herética, tal qual um arremedo demoníaco da doce pureza de Lucy. Van Helsing, com sua meticulosidade habitual, começou a tirar os diversos itens de sua mala e a dispô-los prontos para o uso. Primeiro ele pegou um ferro de soldar e um pouco de pasta para solda, depois uma pequena lâmpada a óleo, que emitia, acesa num canto do mausoléu, gás que queimava numa chama azul com calor intenso; em seguida, suas facas de cirurgia, que ele deixou ao alcance da mão; e, por último, uma estaca cilíndrica de madeira, com uns seis a sete centímetros de espessura e cerca de um metro de comprimento. Uma das extremidades tinha sido endurecida por carbonização no fogo, e afiada em ponta fina. Junto com a estaca, ele tirou um martelo pesado, do tipo que em domicílios é usado no porão de carvão para quebrar os caroços. Para mim, os preparativos de um médico para um trabalho de qualquer tipo são estimulantes e animadores, mas o efeito dessas coisas sobre Arthur e Quincey foi uma espécie de consternação. No entanto, ambos guardaram sua coragem e permaneceram imóveis e em silêncio.

Quando tudo estava pronto, Van Helsing disse: "Antes de fazermos qualquer coisa, deixem-me dizer isto: o que sabemos vem da tradição e da experiência dos antigos e de todos aqueles que estudaram os poderes dos mortos-vivos. Quando adquirem essa condição, com a mudança vem a maldição da imortalidade; eles não podem morrer, apenas seguir, era após era, fazendo novas vítimas e multiplicando os males do mundo; pois tudo o que morre presa de um morto-vivo também se torna morto-vivo e caça seus semelhantes. E assim o círculo vai se ampliando, como as marolas de uma pedra jogada na água. Amigo Arthur, se você tivesse correspondido àquele beijo que a pobre Lucy ofereceu antes de morrer, ou então, na noite passada, quando você abriu os braços para ela, você teria também, após a sua morte, se tornado *Nosferatu*, como o chamam no leste europeu, e teria com o tempo criado mais desses mortos-vivos que nos enchem de horror. A carreira desta moça infeliz mal começou. Aquelas crianças das quais ela chupou o sangue ainda não são o pior; porém, se ela continuar a viver, morta-viva, elas perderão mais e mais sangue e virão a ela pelo poder que exerce sobre as crianças; e assim ela extrairá o sangue delas com essa boca pérfida. Mas, se ela morrer de verdade, então tudo cessará; as pequenas feridas nos pescoços desaparecerão, e as crianças retornarão às suas brincadeiras sem lembrar de nada do que aconteceu. Porém a maior bênção de todas, quando esta agora morta-viva puder descansar como morta genuína, é que a alma da pobre moça que amamos estará livre novamente. Em vez de perpetrar maldades à noite e tornar-se mais depravada na sua assimilação durante o dia, ela assumirá seu lugar entre os outros anjos. Por isso, meu amigo, será abençoada para ela a mão que der o golpe que a libertar. Estou disposto a fazer isso; mas não haverá entre nós alguém que tem mais direito? Não será uma alegria pensar nisto depois, no silêncio da noite, quando o sono não vem: 'Foi minha mão que a mandou para as estrelas; foi a mão daquele que mais a amava; a mão que, entre todas, ela mesma teria escolhido, se tivesse tido a escolha'? Diga-me, há entre nós alguém assim?".

Todos olhamos para Arthur. Ele viu que o fizemos, viu a infinita bondade que sugeria que deveria ser dele a mão que restauraria Lucy para nós como memória bendita, e não maldita; ele avançou e falou com bravura, embora sua mão tremesse e seu rosto estivesse branco como neve: "Meu fiel amigo, do fundo do meu coração ferido eu o agradeço. Diga o que devo fazer e não vacilarei!".

Van Helsing pôs a mão no seu ombro e disse: "Rapaz valente! Um momento de coragem e está tudo acabado. Esta estaca tem que ser enfiada nela. Será uma provação tremenda – não se iluda –, mas será apenas por pouco tempo, e depois você terá uma alegria maior do que foi sua dor; deste mausoléu sinistro você sairá como se andasse no ar. Mas não deve hesitar depois de começar. Pense que nós, seus amigos leais, estamos em torno de você, e que rezamos por você o tempo todo".

"Continue", disse Arthur com voz rouca, "diga o que devo fazer."

"Pegue esta estaca com a mão esquerda, pronto para colocar a ponta sobre o coração, e o martelo na mão direita. Daí começamos nossa prece pelos mortos – vou ler, tenho o livro aqui, e os outros acompanharão. Golpeie em nome de Deus, para que tudo fique bem com os mortos que amamos e para que a morta-viva pereça."

Arthur pegou a estaca e o martelo, e, quando sua mente se concentrou na ação, suas mãos não tremeram, nem sequer oscilaram. Van Helsing abriu seu missal e começou a ler, Quincey e eu acompanhamos tão bem quanto podíamos.

Arthur colocou a ponta sobre o coração e, quando olhei, pude ver sua marca na pele branca. Daí ele golpeou com toda a sua força.

A coisa no caixão contorceu-se, e um guincho hediondo, de fazer coalhar o sangue, saiu dos lábios vermelhos abertos. O corpo chacoalhou, estremeceu, retorceu-se em contorções violentas; os dentes brancos afiados cerraram-se até cortar os lábios, e a boca ficou recoberta por uma espuma escarlate. Entretanto Arthur não vacilou. Parecia uma imagem de Thor com o braço inabalável que se erguia e caía, enterrando cada vez mais fundo a estaca libertadora, enquanto o sangue do coração perfurado jorrava e borbulhava em torno dela. O rosto de Arthur estava rígido, e um dever sublime parecia brilhar nele; essa visão nos deu coragem, de modo que nossas vozes ressoavam no pequeno mausoléu.

E então as torções e os tremores do corpo se reduziram, e os dentes se fecharam, e o rosto estremeceu. Finalmente ele ficou imóvel. A terrível tarefa estava cumprida.

O martelo caiu da mão de Arthur. Ele titubeou e teria despencado se não o tivéssemos segurado. Grandes gotas de suor minavam da sua testa, e sua respiração saía engasgada. Foi realmente um tremendo desafio para ele; e, se não tivesse sido forçado a essa tarefa por considerações mais que humanas, ele nunca a teria levado a cabo. Por alguns minutos ficamos tão ocupados com ele que não olhamos para o caixão. Porém, quando o fizemos, um murmúrio de surpresa amedrontada perpassou todos nós. Fitamos com tamanho espanto que Arthur se levantou, pois estava sentado no chão, e também veio ver; e então uma estranha luz de contentamento percorreu seu rosto e dissipou completamente a sombra de horror que o cobria.

Ali no caixão não jazia mais a coisa vil que tínhamos temido tanto e chegado a odiar tanto que o trabalho da sua destruição fora entregue como privilégio ao que tinha mais direito, mas apenas Lucy como a havíamos conhecido em vida, com o rosto de inigualáveis doçura e pureza. É verdade que havia, tal como tínhamos visto em vida, os sinais de preocupação, dor e desgaste; mas até esses nos eram caros, pois marcavam a verdade do que conhecíamos. Sentimos todos que a calma santa que repousava como um raio de sol sobre a face e a forma devastadas era somente um indício e símbolo terreno da calma que reinaria para sempre.

Van Helsing aproximou-se e pôs a mão no ombro de Arthur, dizendo: "E agora, Arthur, meu amigo, caro rapaz, não estou perdoado?".

A reação ao tremendo desafio veio quando ele pegou a mão do velho e, levando-a aos lábios, apertou-a e disse: "Perdoado! Deus o abençoe por ter devolvido a alma à minha querida, e a mim a paz". Ele pôs as mãos nos ombros do professor e, apoiando a cabeça no peito dele, chorou um pouco em silêncio, enquanto esperávamos imóveis.

Quando ele ergueu a cabeça, Van Helsing disse: "E agora, meu filho, você pode beijá-la. Beije seus lábios inertes se quiser, como ela gostaria que você fizesse, se pudesse escolher. Pois agora ela não é mais um demônio escarnecedor, nem uma coisa odiosa por toda a eternidade. Ela não é mais uma morta-viva do Diabo. É uma morta legítima de Deus, cuja alma está com Ele!".

Arthur inclinou-se e beijou-a, e depois mandamos que ele e Quincey saíssem do mausoléu; o professor e eu serramos a parte de cima da estaca, deixando a ponta dentro do corpo. Em seguida, cortamos a cabeça e enchemos a boca com alho. Soldamos o caixão de chumbo, parafusamos a tampa do caixão e, depois de reunir nossos pertences, saímos. Ao trancar a porta, o professor deu a chave a Arthur.

Do lado de fora o ar estava fresco, o sol brilhava e os pássaros cantavam, e parecia que toda a natureza estava afinada num tom diferente. Havia contentamento, felicidade e paz em todo lugar, pois estávamos tranquilos quanto a uma coisa, e estávamos contentes, ainda que fosse com uma alegria mitigada.

Antes de nos afastarmos, Van Helsing disse: "Agora, meus amigos, um passo do nosso trabalho está feito, um dos mais angustiantes para nós. Mas resta uma tarefa maior: encontrar o autor de toda essa nossa desgraça e exterminá-lo. Tenho pistas que podemos seguir; mas é uma tarefa longa e difícil, e nela há perigo e dor. Vocês querem me ajudar? Aprendemos a acreditar, todos nós – não é mesmo? E, sendo assim, não encaramos nosso dever? Sim! E não prometemos ir até as últimas consequências?".

Cada qual na sua vez, apertamos sua mão, e a promessa estava feita. Então o professor disse, enquanto partíamos: "Daqui a duas noites vocês me encontrarão e jantarão às sete horas com o amigo John. Trarei mais duas pessoas, que vocês ainda não conhecem, e estarei pronto para mostrar nosso trabalho e executar nossos planos. Amigo John, venha comigo para casa, pois tenho muito que ponderar, e você pode me ajudar. Esta noite partirei para Amsterdã, mas voltarei amanhã à noite. E então começará nossa grande busca. Mas primeiro terei muito a dizer, para que vocês saibam o que deve ser feito e temido. Então renovaremos mutuamente nossa promessa; pois temos uma tarefa terrível diante de nós, e depois de botarmos o pé na estrada não poderemos recuar".

XVII. Diário do doutor Seward
(*continuação*)

Quando chegamos ao Hotel Berkeley, Van Helsing encontrou um telegrama esperando por ele:

"Estou chegando de trem. Jonathan em Whitby. Notícias importantes. Mina Harker."

O professor ficou encantado. "Ah, essa maravilhosa senhora Mina", ele disse, "pérola entre as mulheres! Ela vai chegar, mas não posso ficar. Ela precisa ir para sua casa, amigo John. Você precisa ir buscá-la na estação. Telegrafe para ela *en route*,[39] para que esteja preparada."

Depois de despachado o telegrama, ele tomou uma xícara de chá; enquanto isso, falou do diário mantido por Jonathan Harker no exterior e me deu uma cópia datilografada dele, bem como do diário da senhora Harker em Whitby. "Leve estas", ele disse, "e estude-as com atenção. Quando eu retornar, você será mestre de todos os fatos, e poderemos iniciar melhor nossa investigação. Mantenha-as seguras, pois nelas há muitos tesouros. Você precisará de toda a sua fé, mesmo você, que teve uma experiência como a de hoje. O que é contado aqui", ele pôs a mão pesada com solenidade sobre o maço de papéis ao falar, "pode ser o começo do fim para você e para mim, e para muitos outros; ou pode soar o dobre de finados para os mortos-vivos que infestam a Terra. Leia tudo, eu lhe peço, com a mente aberta; e, se você puder acrescentar qualquer coisa à história contada aqui, faça isso, pois é extremamente importante. Você manteve um diário de todas essas coisas estranhas, não é? Sim! Então percorreremos tudo isso juntos quando nos encontrarmos." Daí ele se preparou para partir e pouco depois saiu para a Liverpool Street. Segui para Paddington, aonde cheguei cerca de quinze minutos antes do trem.

A multidão dispersou-se com a agitação comum nas plataformas; e eu estava começando a inquietar-me por ter perdido minha convidada, quando uma moça de rosto suave e aspecto delicado aproximou-se de mim e, depois de uma rápida olhada, disse: "Doutor Seward, não é mesmo?".

39. Em francês no original: "no caminho".

"E você é a senhora Harker!", respondi de imediato, e ela estendeu a mão.

"Reconheci você pela descrição da pobre Lucy; mas..." Ela parou subitamente, e um rubor logo tomou conta de seu rosto.

O rubor que subiu às minhas faces de certa forma nos deixou mais à vontade, pois era uma resposta tácita ao dela. Peguei sua bagagem, que incluía uma máquina de escrever, e tomamos o metrô para Fenchurch Street, depois de eu ter enviado um telegrama para minha governanta pedindo que preparasse imediatamente a sala de estar e um quarto para a senhora Harker.

Chegamos na hora prevista. Ela sabia, claro, que o lugar era um sanatório de lunáticos, mas pude ver que ela não conseguiu reprimir um arrepio ao entrarmos.

Ela me disse que, se pudesse, iria diretamente ao meu escritório, pois tinha muito a dizer. Portanto, aqui estou terminando meu registro do diário ao fonógrafo enquanto espero por ela. Ainda não tive a oportunidade de olhar os papéis que Van Helsing deixou comigo, embora estejam abertos diante de mim. Preciso encontrar uma ocupação para ela, para que eu tenha a oportunidade de lê-los. Ela não sabe como o tempo é precioso, ou que tarefa nos incumbe. Preciso tomar cuidado para não assustá-la. Aqui está ela!

DIÁRIO DE MINA HARKER

29 de setembro. Depois de me arrumar, desci ao escritório do doutor Seward. Diante da porta, parei por um momento, pois julguei tê-lo ouvido falando com alguém. Porém, como ele tinha me instado a ser rápida, bati na porta; quando ele disse "Entre", eu entrei.

Para minha grande surpresa, não havia ninguém com ele. Ele estava totalmente só, e sobre a mesa na frente dele havia o que reconheci imediatamente, pela descrição, ser um fonógrafo. Nunca havia visto um, e fiquei muito interessada.

"Espero não ter feito você esperar", eu disse, "mas parei na porta quando ouvi você falando, e pensei que houvesse alguém com você."

"Oh", ele respondeu com um sorriso, "eu estava apenas mantendo meu diário."

"Seu diário?", perguntei surpresa.

"Sim", ele respondeu. "Mantenho-o com isto." Ao falar, ele pôs a mão sobre o fonógrafo. Fiquei muito intrigada com ele, e proferi: "Puxa, isso ganha até da estenografia! Posso ouvi-lo dizer alguma coisa?".

"Certamente", ele respondeu com vivacidade, e levantou-se para fazê--lo funcionar. Mas ele parou e uma expressão preocupada tomou conta do seu rosto.

"Acontece que", ele começou embaraçado, "eu mantenho somente meu diário nele; e como ele é inteiramente – quase inteiramente – relativo aos meus casos, pode ser inoportuno – isto é, quero dizer..." Ele parou, e tentei ajudá-lo a sair do seu constrangimento:

"Você ajudou a tratar da pobre Lucy até o fim. Conte-me como ela morreu; como a conheci muito bem, serei muito grata. Ela era muito, muito querida para mim."

Para minha surpresa, ele respondeu, com uma expressão de horror no rosto: "Contar a morte dela? Por nada no mundo!".

"Por que não?", perguntei, com uma sensação grave e terrível tomando conta de mim.

Ele parou novamente, e pude ver que estava tentando inventar uma desculpa. Por fim ele balbuciou: "Veja bem, não sei como selecionar uma parte específica do diário".

Enquanto falava, uma ideia lhe ocorreu, e ele disse com simplicidade inconsciente, numa voz diferente, e com a ingenuidade de uma criança: "É verdade, juro pela minha honra. Palavra de índio!".

Não pude evitar um sorriso, e ele fez uma careta. "Eu me entreguei dessa vez!", ele disse. "Mas você sabe que, apesar de eu ter mantido o diário por muitos meses, nunca pensei em como poderia achar uma parte específica dele se quisesse?"

A essa altura eu já tinha me convencido que o diário de um médico que tratou de Lucy poderia ter algo a acrescentar à soma do nosso conhecimento daquele terrível ser, por isso falei com ousadia: "Então, doutor Seward, é melhor você me deixar transcrevê-lo para você na minha máquina de escrever".

Ele ficou pálido como um morto ao dizer: "Não! Não! Não! Por nada no mundo eu a deixaria conhecer essa história horrenda!".

Então me apavorei; minha intuição estava certa! Pensei por um momento, e, enquanto meus olhos vasculhavam o cômodo, procurando inconscientemente algo ou alguma oportunidade para me auxiliar, eles foram dar numa grande pilha de papéis datilografados sobre a mesa.

Seu olhar cruzou com o meu e, sem pensar, ele seguiu sua direção. Ao ver o pacote, ele entendeu meu pensamento.

"Você não me conhece", eu disse. "Quando tiver lido esses papéis – meu diário e o do meu marido, que eu datilografei – você me conhecerá melhor. Eu não hesitei em revelar cada pensamento do meu coração nesta causa; mas, é claro, você não me conhece – ainda; e não posso esperar que confie em mim agora."

Ele é certamente um homem de natureza nobre; a pobre Lucy estava certa sobre ele. Ele se levantou e abriu uma gaveta grande, na qual estavam organizados em ordem diversos cilindros ocos de metal cobertos de cera escura, e disse:

"Você está certa. Eu não confiei em você porque não a conheço. Mas agora a conheço; e permita-me dizer que deveria tê-la conhecido há muito tempo. Sei que Lucy falou de mim para você; ela também falou de você para mim. Posso oferecer a única compensação em meu poder? Leve os cilindros e escute-os – a primeira meia dúzia é de assuntos pessoais meus, e eles não a horrorizarão; assim você me conhecerá melhor. Até lá o jantar estará pronto. Enquanto isso vou ler alguns destes documentos, e poderei compreender melhor certas coisas." Ele mesmo carregou o fonógrafo até minha sala de estar e ajustou-o para mim. Agora aprenderei algo agradável, tenho certeza; pois conhecerei o outro lado de um verdadeiro episódio de amor do qual já conheço um lado.

DIÁRIO DO DOUTOR SEWARD

29 de setembro. Eu estava tão absorto naquele maravilhoso diário de Jonathan Harker e no da sua esposa que deixei o tempo passar sem pensar. A senhora Harker não tinha descido quando a criada veio correndo anunciar o jantar, por isso eu disse: "Ela deve estar cansada; pode esperar uma hora para o jantar", e continuei meu trabalho. Eu tinha acabado de terminar o diário da senhora Harker quando ela entrou. Ela estava meiga e bonita, mas muito triste, e seus olhos estavam lavados de lágrimas. Isso me comoveu muito. Ultimamente tenho tido motivo para chorar, Deus sabe! Mas esse alívio me foi negado; e agora a visão desses lindos olhos, brilhando com lágrimas recentes, me atingiu direto no coração. Então falei tão gentilmente quanto podia: "Sinto muito por tê-la perturbado tanto".

"Oh, não, não me perturbou", ela respondeu, "mas fiquei mais comovida do que consigo expressar pelo seu sofrimento. Essa máquina é maravilhosa, mas é cruelmente sincera. Ela me contou, em cada entonação, a angústia do seu coração. Era como uma alma apelando a Deus todo-poderoso. Ninguém deve ouvi-la nunca mais! Veja, eu tentei ser útil. Datilografei as palavras na minha máquina, e agora ninguém mais precisa ouvir como batia seu coração, como eu ouvi."

"Ninguém precisa mais saber, nunca mais saberá", eu disse em voz baixa. Ela pôs sua mão sobre a minha e disse com muita gravidade: "Ah, mas eles precisam!".

"Precisam? Mas por quê?", perguntei.

"Porque faz parte da terrível história, parte da morte da pobre Lucy e de tudo o que levou a isso; porque, na luta que temos diante de nós para livrar a Terra desse monstro horroroso, precisamos ter todo o conhecimento e toda a ajuda que pudermos obter. Acho que os cilindros que você me deu contêm mais do que você queria que eu soubesse; mas vejo que há no seu registro muitas luzes sobre esse mistério sombrio. Você vai me deixar ajudar, não vai? Sei tudo até certo ponto; e já vejo, embora seu diário só tenha me levado até 7 de setembro, como a pobre Lucy foi atormentada e como sua tenebrosa destruição estava sendo tramada. Jonathan e eu temos trabalhado dia e noite desde que encontramos o professor Van Helsing. Ele foi até Whitby para obter mais informações, e estará aqui amanhã para nos ajudar. Não precisamos ter segredos entre nós; trabalhando juntos e com confiança absoluta, podemos certamente ser mais fortes se nenhum de nós estiver desinformado."

Ela olhou para mim tão suplicante, e ao mesmo tempo manifestava tanta coragem e determinação em sua atitude, que cedi imediatamente aos seus desejos. "Você poderá", eu disse, "fazer o que quiser a respeito. Deus me perdoe se eu estiver errado! Ainda há coisas terríveis a descobrir; mas, se você avançou tanto na estrada que leva à morte da pobre Lucy, não se contentará, eu sei, em não saber. Não, o fim – o fim de tudo – poderá lhe dar algum raio de paz. Vamos, o jantar está servido. Devemos nos manter fortes para o que nos espera; temos uma tarefa cruel e assustadora. Depois de comer você saberá o restante, e responderei a todas as perguntas que fizer – se houver algo que você ainda não entende, embora fosse evidente para nós que estávamos presentes."

DIÁRIO DE MINA HARKER

29 de setembro. Após o jantar, fui com o doutor Seward ao seu escritório. Ele trouxe de volta o fonógrafo do meu quarto, e eu peguei minha máquina de escrever. Ele me instalou numa poltrona confortável e acomodou o fonógrafo de modo que eu pudesse operá-lo sem me levantar, e mostrou-me como pará-lo caso eu quisesse fazer uma pausa. Então ele teve a consideração de sentar-se em uma cadeira de costas para mim, para que eu ficasse o mais livre possível, e começou a ler. Eu pus a pinça de metal nas orelhas e escutei.

Quando a história pavorosa da morte de Lucy e... e de tudo que se seguiu terminou, reclinei-me na poltrona, prostrada. Felizmente não sou do tipo que desmaia. Quando o doutor Seward me viu, saltou da cadeira com uma exclamação de horror e, tirando às pressas um estojo de frascos de dentro de um armário, deu-me um pouco de conhaque, que em poucos minutos me revigorou de leve. Meu cérebro estava rodopiando, e se eu não visse, através de toda a profusão de horrores, o raio santo de luz mostrando que minha querida Lucy estava finalmente em paz, não creio que conseguiria ter aguentado sem fazer uma cena. É tudo tão violento, tão misterioso e tão estranho que, se eu não conhecesse a experiência de Jonathan na Transilvânia, não acreditaria. Do modo como era, eu não sabia no que acreditar, por isso saí da minha dificuldade cuidando de outra coisa. Tirei a tampa da minha máquina de escrever e disse ao doutor Seward:

"Deixe-me datilografar tudo isso agora. Devemos estar prontos para quando o doutor Van Helsing chegar. Mandei um telegrama para Jonathan para que venha aqui quando chegar de Whitby em Londres. Neste assunto as datas são tudo, e acho que, se aprontarmos todo o nosso material e colocarmos todos os itens em ordem cronológica, teremos feito muito.

"Você me disse que lorde Godalming e o senhor Morris também virão. Temos que poder contar ao professor quando chegarem."

Em vista disso, ele ajustou o fonógrafo numa velocidade lenta, e comecei a datilografar do início do sétimo cilindro. Usei papel-carbono para fazer três cópias do diário, como tinha feito com o resto. Era tarde quando acabei, mas o doutor Seward continuava seu trabalho de ronda junto aos pacientes; quando terminou, ele voltou e sentou-se perto de mim, lendo, para eu não me sentir muito solitária enquanto trabalhava.

Como ele é bom e atencioso; o mundo parece cheio de homens bons – mesmo se *existem* monstros nele.

Antes de deixá-lo, lembrei-me de algo que Jonathan tinha anotado no seu diário sobre a perturbação do professor ao ler algo num jornal vespertino na estação em Exeter; portanto, vendo que o doutor Seward guardava os jornais, peguei emprestadas as pastas de *The Westminster Gazette* e *The Pall Mall Gazette* e levei-as para meu quarto. Lembrei-me de quanto *The Dailygraph* e *The Whitby Gazette*, dos quais eu tirara recortes, nos ajudaram a entender os eventos nefastos em Whitby quando o conde Drácula desembarcou, por isso percorrerei os vespertinos a partir daquela data, e talvez verei alguma nova luz. Não estou com sono, e o trabalho ajudará a me acalmar.

DIÁRIO DO DOUTOR SEWARD

30 de setembro. O senhor Harker chegou às nove horas. Ele recebeu o telegrama da esposa logo antes de partir. Sua inteligência é incomum, a julgar por seu rosto, e ele é cheio de energia. Se seu diário for verdadeiro – e julgando por minhas próprias experiências fantásticas deve ser –, ele também é um homem de grande coragem. Aquilo de descer à cripta pela segunda vez foi um ato de notável ousadia. Depois de ler o relato dele, eu estava preparado para encontrar um bom espécime de virilidade, mas jamais o cavalheiro discreto e profissional que veio aqui hoje.

Mais tarde. Após o almoço, Harker e sua esposa regressaram ao seu quarto, e ao passar por lá pouco tempo atrás ouvi os cliques da máquina de escrever. Estão trabalhando duro. A senhora Harker diz que eles estão costurando em ordem cronológica todos os fragmentos de provas que têm. Harker conseguiu as cartas trocadas entre os consignatários dos caixotes em Whitby e os carregadores que os levaram para Londres. Agora ele está lendo a transcrição que sua esposa fez do meu diário. O que será que vão descobrir? Aí vêm eles...

É estranho que nunca tivesse me ocorrido que a casa logo ao lado pudesse ser o esconderijo do conde! Deus sabe que tivemos muitas pistas no comportamento do paciente Renfield! O maço de cartas relacionadas à compra da casa estava com o datiloscrito. Oh, se nós as tivéssemos obtido antes, poderíamos ter salvo a pobre Lucy! Chega; é por aí que vem a loucura! Harker foi embora, e está coligindo seu material novamente. Ele disse que, na hora do jantar, poderão mostrar uma narrativa íntegra e articulada. Ele acha que, enquanto isso, eu deveria ir ver Renfield, pois até agora ele tem sido uma espécie de indicativo das idas e vindas do conde. Ainda não vejo isso, mas quando compararmos as datas suponho que verei. Como foi bom a senhora Harker ter datilografado meus cilindros! De outra forma, nunca teríamos achado as datas...

Encontrei Renfield sentado placidamente em seu quarto, com as mãos cruzadas e um sorriso benigno. Naquele momento ele parecia tão são quanto qualquer pessoa. Sentei-me e conversei com ele sobre um monte de assuntos, que ele tratou com naturalidade. Então, por iniciativa própria, ele falou sobre ir para casa, um assunto que, até onde sei, ele nunca mencionou durante sua estadia aqui. Na verdade, ele falou com muita confiança em conseguir alta de imediato. Acredito que, se eu não tivesse falado com Harker e lido as cartas e as datas dos surtos de Renfield, estaria pronto a dispensar o paciente após um breve período de observação. Mas, nesta situação, tenho grandes suspeitas. Todos esses surtos estavam ligados de alguma forma à proximidade do conde. Então o que significa esse contentamento absoluto? Será que seu instinto está confiante no triunfo final do vampiro? Espere; ele é zoófago, e em seus delírios insanos diante da porta da capela da casa abandonada sempre falou em "mestre". Isso parece confirmar nossa ideia. Contudo, depois de uns instantes eu fui embora; meu amigo está um pouco são demais atualmente para que seja seguro submetê-lo a um questionamento profundo. Ele pode começar a pensar, e daí...! Por isso fui embora. Desconfio quando ele está calmo; por isso instruí o enfermeiro para ficar de olho nele e deixar uma camisa de força pronta para o caso de haver necessidade.

DIÁRIO DE JONATHAN HARKER

29 de setembro, no trem para Londres. Quando recebi a mensagem cortês do senhor Billington de que ele me daria todas as informações que estavam em seu poder, achei melhor ir até Whitby e fazer, no local, as investigações que quisesse. Agora meu objetivo era rastrear aquela carga horrenda do conde até seu destino em Londres. Depois poderemos lidar com ela. Billington Jr., um rapaz afável, encontrou-me na estação e levou-me à casa de seu pai, onde eles tinham decidido que eu passaria a noite. Eles são hospitaleiros, com a autêntica hospitalidade de Yorkshire: dar tudo ao hóspede e deixá-lo livre para fazer o que quiser. Sabiam que eu estava atarefado e que minha estadia seria curta, e o senhor Billington tinha deixado prontos no seu escritório todos os papéis referentes à consignação dos caixotes. Quase tive um revertério ao ver novamente uma das cartas que eu havia visto na mesa do conde antes de saber de seus planos diabólicos. Tudo tinha sido cuidadosamente planejado e feito com método e precisão. Ele parecia ter se preparado para todo obstáculo que pudesse surgir por acidente no caminho da execução de suas intenções. Para usar um americanismo, ele não "queria correr riscos", e a exatidão com que suas instruções foram cumpridas era simplesmente o resultado lógico do seu cuidado. Vi a fatura e tomei nota dela: "Cinquenta caixotes de terra comum, para ser usada para fins experimentais". Vi também a cópia da carta para Carter Paterson e sua resposta; de ambas consegui cópias. Era toda a informação que o senhor Billington podia me dar, portanto desci ao porto e encontrei os guardas costeiros, os agentes da alfândega e o capitão do porto. Todos tinham algo a dizer sobre a estranha chegada do navio, que já está tomando seu lugar na tradição local; mas ninguém pôde acrescentar algo à simples descrição "cinquenta caixotes de terra comum". Depois fui ver o chefe de estação, que fez a gentileza de me pôr em contato com os homens que efetivamente receberam os caixotes. Sua conta batia exatamente com a lista, e eles não tinham nada a acrescentar exceto que os caixotes eram "pesados pra burro" e que transportá-los tinha sido um trabalho árido. Um deles afirmou que era dureza que não houvesse nenhum cavalheiro "tal como o senhor" para demonstrar alguma forma de gratidão pelos seus esforços em forma líquida; outro fez um aparte que a sede causada naquela ocasião foi tanta que até hoje não a tinha completamente aliviado. Desnecessário dizer que, antes de partir, tive o cuidado de eliminar, para sempre e adequadamente, essa fonte de crítica.

30 de setembro. O chefe de estação fez a gentileza de me dar um bilhete endereçado ao seu velho colega chefe de estação em King's Cross, de forma que, quando cheguei lá, de manhã, pude perguntar-lhe sobre a entrega dos caixotes. Ele também me pôs imediatamente em contato com os agentes responsáveis, e conferi que a conta deles batia com a fatura original. As chances de sentirem uma sede anormal eram limitadas aqui; porém, havia sido feito uso generoso delas, e mais uma vez fui compelido a lidar com o resultado de modo *ex post facto*.[40]

De lá segui para o escritório central de Carter Paterson, onde fui recebido com extrema cortesia. Eles procuraram a transação na sua agenda e no seu registro de correspondência, e telefonaram de imediato para o escritório em King's Cross para obter mais detalhes. Por sorte, os homens que haviam feito o transporte estavam aguardando trabalho, e o encarregado mandou-os para cá no mesmo instante, enviando igualmente por intermédio de um deles a carta de porte e todos os papéis relacionados à entrega dos caixotes em Carfax. Mais uma vez, a conta batia exatamente; os carregadores puderam suplementar a parcimônia das palavras escritas com alguns detalhes. Estes estavam ligados, como logo descobri, quase unicamente à natureza poeirenta do trabalho e à sede subsequente provocada nos operadores. Quando proporcionei uma oportunidade, mediante moeda corrente do reino, de aliviar, em ocasião posterior, esse mal benéfico, um dos homens comentou:

"Aquela casa lá, patrão, é a mais tétrica onde já entrei. Pela madrugada! Não é tocada há uns cem anos. Havia um pó tão grosso no lugar que daria para dormir no chão sem machucar os ossos; e o lugar estava tão abandonado que dava para sentir o cheiro da velha Jerusalém nele. Mas a velha capela – essa era a pior, com certeza! Eu e meu colega achamos que nunca sairíamos de lá rápido o bastante. Meu Deus, eu não cobraria menos de uma libra por segundo para ficar lá depois de escurecer".

Tendo estado na casa, eu acreditava nele sem esforço; mas, se ele soubesse o que eu sei, teria, acredito, aumentado sua tarifa.

Com uma coisa estou satisfeito agora: *todos* os caixotes que chegaram em Whitby saindo de Varna no *Demeter* foram depositados em segurança na velha capela em Carfax. Deve haver cinquenta deles ali, a menos que algum tenha sido removido – como se depreende do diário do doutor Seward, temo eu.

Tentarei encontrar o carroceiro que levou os caixotes de Carfax quando Renfield os atacou. Seguindo essa pista, poderemos aprender um bocado.

---

40. Em latim no original: "após o fato".

Mais tarde. Mina e eu trabalhamos o dia todo e pusemos todos os papéis em ordem.

DIÁRIO DE MINA HARKER

30 de setembro. Estou tão contente que nem sei como me conter! Imagino que seja a reação ao medo obsessivo que tive, de que essa história terrível e a reabertura dessa velha ferida pudessem ser prejudiciais a Jonathan. Eu o vi partir para Whitby com a expressão mais corajosa que consegui, mas estava doente de apreensão. O esforço, contudo, fez bem a ele. Nunca esteve tão determinado, nunca tão forte, nunca tão cheio de energia vulcânica como agora. É como disse o caro professor Van Helsing: ele é pura fortaleza, e melhora sob uma pressão que mataria alguém de natureza mais fraca. Ele voltou cheio de vida, esperança e determinação; arrumamos tudo para hoje à noite. Sinto uma agitação louca. Suponho que se deva ter pena de algo tão perseguido como o conde. É isso mesmo: essa coisa não é humana – nem mesmo animal. Ler o relato da morte da pobre Lucy pelo doutor Seward, e do que se seguiu, é o bastante para secar as fontes da piedade no coração de qualquer um.

Mais tarde. Lorde Godalming e o senhor Morris chegaram mais cedo do que esperávamos. O doutor Seward tinha saído a trabalho e levado Jonathan com ele, por isso tive que recebê-los. Foi um encontro doloroso para mim, pois trouxe de volta todas as esperanças da pobre Lucy de somente poucos meses atrás. É claro que eles tinham ouvido Lucy falar de mim, e parece que o doutor Van Helsing também tem "feito reclame" de mim, como expressou o senhor Morris. Coitados, nenhum deles sabe que eu sei tudo sobre as propostas que fizeram para Lucy. Eles não sabiam muito bem o que dizer ou fazer, pois ignoravam a extensão do meu conhecimento; por isso tiveram que se ater a assuntos neutros. Todavia, refleti sobre a questão e cheguei à conclusão de que a melhor coisa a fazer seria atualizá-los sobre todos os acontecimentos. Eu sabia pelo diário do doutor Seward que eles tinham estado presentes na morte de Lucy – sua morte verdadeira – e que eu não precisava temer revelar algum segredo antes da hora. Então lhes disse, da melhor forma que pude, que eu havia lido todos os papéis e diários, e que meu marido e eu, depois de datilografá-los, tínhamos acabado de colocá-los em ordem. Dei a cada um deles uma cópia para ler na biblioteca. Quando lorde Godalming pegou a sua e folheou – dá uma bela pilha –, disse: "Você escreveu tudo isso, senhora Harker?".

Fiz que sim com a cabeça, e ele continuou:

"Não vejo muito bem aonde vai dar; mas todos vocês são tão bondosos e gentis, e estão trabalhando com tanto afinco e energia, que tudo o que posso fazer é aceitar suas ideias de olhos fechados e tentar ajudar vocês. Já aprendi uma lição ao aceitar fatos que deveriam manter um homem humilde até a última hora de sua vida. Além disso, sei que você amava minha pobre Lucy...".

Aqui ele se virou e cobriu o rosto com as mãos. Eu podia ouvir as lágrimas na sua voz. O senhor Morris, com delicadeza instintiva, apenas pousou a mão por um momento no seu ombro, depois saiu do aposento em silêncio. Imagino que haja algo na natureza feminina que deixe um homem livre para soltar-se diante dela e expressar seus sentimentos de modo sensível ou emocional sem sentir que seja depreciativo para sua virilidade; pois, quando lorde Godalming se viu a sós comigo, sentou-se no sofá e cedeu completa e abertamente. Sentei ao lado dele e peguei sua mão. Espero que ele não tenha me julgado atrevida e que, se vier a lembrar disso posteriormente, não tenha esse pensamento. Mas sou injusta com ele: eu *sei* que ele nunca pensará isso – ele é um cavalheiro de verdade. Eu lhe disse, pois vi que seu coração estava partido: "Eu amo minha querida Lucy, e sei o que ela foi para você, e você para ela. Ela e eu éramos como irmãs; e agora que ela se foi você não quer me deixar ser sua irmã no seu tormento? Conheço os sofrimentos pelos quais você passou, embora não possa medir a profundidade deles. Se a compaixão e a piedade puderem ser úteis na sua aflição, você não quer me deixar ajudá-lo de alguma forma – em nome de Lucy?".

Num instante o pobre coitado foi subjugado pela dor. Pareceu-me que tudo o que ele havia sofrido em silêncio ultimamente se desafogou de uma vez. Ele chegou a ficar histérico, erguendo as mãos abertas e batendo as palmas em perfeita agonia de dor. Ele se levantou, depois sentou de novo, e as lágrimas escorriam pelas suas faces. Senti uma piedade infinita por ele e abri meus braços sem pensar. Com um soluço, ele deitou a cabeça no meu ombro e chorou como uma criança fatigada, sacudindo de emoção.

Nós, mulheres, temos algo maternal que nos faz estar acima de coisas pequenas quando o espírito materno é invocado; senti a cabeçorra desse homem desolado apoiada em mim, como se fosse a do bebê que um dia poderá estar no meu ventre, e acariciei seu cabelo como se ele fosse meu próprio filho. Não pensei, naquele momento, como era estranho tudo isso.

Pouco depois, seus soluços cessaram e ele se levantou pedindo desculpas, apesar de não disfarçar sua emoção. Ele me contou que, nos últimos dias e noites – dias de preocupação e noites sem sono –, não pudera falar com ninguém como um homem deve falar nesse período de sofrimento. Não havia nenhuma mulher que pudesse lhe oferecer simpatia ou com quem, devido às terríveis circunstâncias que rodeavam seu sofrimento, ele pudesse falar livremente. "Agora eu sei como sofri", ele disse, enxugando os olhos, "mas ainda não sei – e ninguém jamais saberá – o quanto sua doce simpatia significou para mim hoje. Saberei melhor com o tempo; e acredite que, embora eu não seja ingrato agora, minha gratidão crescerá com meu entendimento. Você me deixará ser como um irmão, não deixará, por toda a nossa vida – em nome da querida Lucy?"

"Em nome da querida Lucy", eu disse ao nos darmos as mãos. "E em seu nome também", ele acrescentou, "pois, se vale a pena ganhar a estima e a gratidão de um homem, você as ganhou de mim hoje. Se o futuro lhe trouxer um momento em que você precisar da ajuda de um homem, creia-me, você não me chamará em vão. Queira Deus que esse momento nunca venha interromper o brilho da sua vida; mas, se vier, prometa-me que você me deixará saber."

Ele foi tão sincero, e seu sofrimento era tão vívido, que eu senti que o consolaria, por isso falei: "Eu prometo".

Ao avançar pelo corredor, vi o senhor Morris olhando por uma janela. Ele se virou ao ouvir meus passos. "Como está o Art?", perguntou. Então, notando meus olhos vermelhos, prosseguiu: "Ah, estou vendo que você o estava consolando. Pobre coitado! Ele bem que precisa. Ninguém, a não ser uma mulher, pode ajudar um homem quando ele tem problemas de coração; e ele não teve ninguém para consolá-lo".

Ele suportava sua própria aflição com tanta fortaleza que meu coração teve dó dele. Vi o manuscrito na sua mão e sabia que, quando o lesse, ele perceberia o quanto eu sabia; portanto lhe disse: "Eu gostaria de poder consolar todos os que sofrem do coração. Você me deixará ser sua amiga, e virá até mim em busca de consolo se precisar? Você saberá, mais tarde, porque estou dizendo isso".

Ele viu que eu estava falando sério, e, inclinando-se para pegar minha mão, levou-a aos seus lábios e beijou-a. Parecia pouco consolo para uma alma tão corajosa e altruísta, e impulsivamente eu me inclinei e o beijei. Lágrimas brotaram dos seus olhos e ele ficou momentaneamente engasgado; depois, disse com muita calma: "Minha pequena, você nunca vai se arrepender dessa bondade tão generosa enquanto viver!". Daí ele entrou no escritório para ver seu amigo.

"Minha pequena!" – as mesmas palavras que ele usou para Lucy, e como ele provou ser seu amigo!

XVIII. Diário do doutor Seward

30 de setembro. Cheguei em casa às cinco horas e descobri que Godalming e Morris não só tinham chegado, mas já haviam estudado a transcrição dos diversos diários e cartas que Harker e sua maravilhosa esposa fizeram e ordenaram. Harker ainda não retornara de sua visita aos carregadores, conforme me havia escrito o doutor Hennessey. A senhora Harker nos deu uma xícara de chá, e posso honestamente dizer que, pela primeira vez desde que vivo aqui, esta velha casa parecia ser um *lar*. Ao terminarmos, a senhora Harker disse:

"Doutor Seward, posso pedir um favor? Quero ver seu paciente, o senhor Renfield. Por favor, deixe-me vê-lo. O que você falou sobre ele no seu diário me interessa tanto!".

Ela estava tão suplicante e tão bonita que não pude recusar, e não havia razão possível para tal; então levei-a comigo. Quando entrei no quarto, disse ao homem que uma moça queria vê-lo; ele simplesmente respondeu: "Por quê?".

"Ela está percorrendo a casa e quer ver todos que estão nela", respondi.

"Oh, muito bem", ele disse, "deixe-a entrar, claro; mas espere só um minuto para eu arrumar o lugar."

Seu método de arrumação era peculiar: ele simplesmente engoliu todas as moscas e aranhas que estavam nas caixas antes que eu pudesse impedi-lo. Estava muito claro que ele temia, ou tinha ciúmes de, alguma interferência. Depois de terminar sua tarefa revoltante, ele disse alegremente: "Deixe a moça entrar", e sentou na beira da cama com a cabeça baixa, mas com as pálpebras erguidas para poder vê-la quando ela entrasse. Por um momento pensei que ele pudesse ter alguma intenção homicida; lembrei-me de como ele estava quieto pouco antes de me atacar no meu escritório, e cuidei para ficar ali onde pudesse agarrá-lo imediatamente se ele tentasse saltar sobre ela.

Ela entrou no quarto com uma graciosidade amável que imporia respeito de imediato a qualquer lunático – pois a amabilidade é uma das qualidades que os loucos mais respeitam. Ela avançou até ele com um sorriso agradável e estendeu a mão.

"Boa noite, senhor Renfield", ela disse. "Sabe, eu conheço você, pois o doutor Seward me contou tudo a seu respeito." Ele não respondeu de imediato, apenas olhou-a atentamente com o cenho franzido. Essa expressão cedeu lugar a outra de espanto, que se tornou dúvida; então, para minha grande surpresa, ele disse: "Você não é a moça com quem o doutor queria casar, é? Não pode ser você, sabe, porque ela está morta".

A senhora Harker sorriu gentilmente ao responder: "Oh, não, eu tenho meu marido, com quem me casei antes mesmo de conhecer o doutor Seward, e por amor. Eu sou a senhora Harker".

"Então o que você está fazendo aqui?"

"Meu marido e eu estamos hospedados aqui, visitando o doutor Seward."

"Então não fique."

"Por que não?"

Pensei que esse estilo de conversa pudesse não ser agradável para a senhora Harker, tal como não era para mim, por isso intervim: "Como você sabia que eu queria me casar?".

A resposta dele foi simplesmente desdenhosa, dada numa pausa em que ele voltou os olhos da senhora Harker para mim, voltando-os instantaneamente de novo: "Que pergunta cretina!".

"Não concordo nem um pouco, senhor Renfield", disse a senhora Harker, defendendo-me de pronto.

Ele respondeu para ela com tanta cortesia e respeito quanto tinha de desdém por mim: "A senhora, é claro, entende, senhora Harker, que, quando um homem é tão amado e honrado como nosso anfitrião, tudo relacionado a ele tem... interesse para nossa pequena comunidade. O doutor Seward é amado não só por sua família e seus amigos, mas até pelos seus pacientes, que, por terem – alguns deles – equilíbrio mental precário, são propensos a distorcer causas e efeitos. Desde que eu mesmo sou interno num sanatório de lunáticos, não pude deixar de notar que as tendências sofísticas de alguns dos internos pendem para os erros de *non causa* e *ignoratio elenchi*".[41]

Fiquei de olhos arregalados diante desse novo desenvolvimento. Ali estava meu lunático predileto – o mais pronunciado desse tipo que eu já havia encontrado – falando de filosofia elementar, e com os modos de um cavalheiro refinado. Teria a presença da senhora Harker tocado alguma corda na sua memória? Se essa nova fase foi espontânea, ou devida

41. Duas expressões latinas que denotam as falácias lógicas de *non causa pro causa* (falsa causa) e *ignoratio elenchi* (conclusão irrelevante).

de alguma forma à influência inconsciente dela, ela deve ter algum raro dom ou poder.

Continuamos conversando por algum tempo; e, vendo que ele era aparentemente muito razoável, ela arriscou, interrogando-me com os olhos ao começar, levá-lo ao assunto favorito dele. Mais uma vez fiquei assombrado, pois ele tratou da questão com a imparcialidade própria da mais completa sanidade; ele até citou a si mesmo como exemplo ao mencionar certas coisas.

"Ora, eu mesmo sou um caso de um homem que tinha uma crença estranha. De fato, não espanta que meus amigos estivessem alarmados e insistissem para que eu fosse posto sob controle. Eu costumava pensar que a vida era uma entidade positiva e perpétua, e que, consumindo uma abundância de coisas vivas, por mais baixas que fossem na escala da criação, seria possível prolongar a vida indefinidamente. Por vezes eu me ative a essa crença com tanta força que tentei de fato tomar uma vida humana. O doutor aqui me perdoará a ocasião em que tentei matá-lo no intuito de fortalecer meus poderes vitais assimilando vida ao meu próprio corpo por meio do sangue dele – baseando-me, é claro, na palavra das Escrituras, 'Pois o sangue é a vida', muito embora o vendedor de certa panaceia tenha vulgarizado o truísmo a ponto de ridicularizá-lo. Não é verdade, doutor?"

Fiz que sim com a cabeça, pois estava tão embasbacado que nem sabia o que pensar ou dizer; era difícil imaginar que eu o tinha visto devorar suas aranhas e moscas nem cinco minutos antes. Olhando no meu relógio, vi que tinha que ir à estação buscar Van Helsing, portanto disse à senhora Harker que era hora de ir embora.

Ela veio afinal, depois de dizer amavelmente ao senhor Renfield: "Adeus; espero poder vê-lo com frequência, em condições mais agradáveis para você".

Ao que, para minha surpresa, ele respondeu: "Adeus, minha cara. Peço a Deus que eu nunca mais veja seu rosto gentil novamente. Que Ele te abençoe e guarde!".

Quando fui à estação buscar Van Helsing, deixei os rapazes em casa. O pobre Art parecia mais animado do que já esteve desde que Lucy ficou doente, e Quincey está mais próximo da sua personalidade luminosa do que esteve há muito tempo.

Van Helsing desceu da carruagem com a agilidade ávida de um menino. Viu-me de imediato e correu até mim, dizendo: "Ah, amigo John, como está tudo? Bem? Ótimo! Estive ocupado, pois vim para cá para ficar, se for preciso. Todos os meus assuntos estão resolvidos, e tenho muito a contar. A senhora Mina está com você? Sim. E o excelente marido dela? E Arthur e meu amigo Quincey, estão com você também? Bom!".

Enquanto íamos para casa, contei o que havia acontecido, e como meu diário tinha sido útil graças à sugestão da senhora Harker; aqui o professor me interrompeu:

"Ah, aquela maravilhosa senhora Mina! Ela tem o cérebro de um homem – o cérebro que um homem teria se fosse muito bem dotado – e o coração de uma mulher. O bom Deus criou-a com um motivo, acredite, quando fez essa combinação tão excelente. Amigo John, até agora a fortuna fez essa mulher nos ajudar; depois desta noite ela não deve ter mais nada a ver com esse assunto tenebroso. Não é bom que ela corra um risco tão grande. Nós, homens, estamos determinados – pois não juramos? – a destruir aquele monstro; mas não é trabalho para uma mulher. Mesmo que ela não seja ferida, seu coração pode falhar diante de horrores tão numerosos e profundos; e posteriormente ela pode sofrer – seja acordada, dos nervos, seja dormindo, nos sonhos. Além disso, ela é jovem e casada há pouco tempo; pode ter outras coisas em que pensar no devido tempo, ou até agora. Você me diz que ela escreveu tudo, por isso precisa debater conosco; mas amanhã ela dirá adeus a esse trabalho, e iremos sós."

Concordei efusivamente com ele, depois lhe disse o que tínhamos descoberto na sua ausência: que a casa que Drácula comprou era a vizinha à minha. Ele ficou espantado, e uma grande preocupação pareceu tomar conta dele.

"Oh, se tivéssemos sabido antes!", ele disse, "daí poderíamos tê-lo alcançado a tempo de salvar a pobre Lucy. Porém, 'não vale a pena chorar pelo leite derramado', como se diz. Não vamos pensar nisso, mas seguir nosso caminho até o fim." Então, ele ficou em silêncio até passarmos pelo portão do sanatório. Antes de irmos nos preparar para o jantar, ele disse à senhora Harker: "Foi-me dito, senhora Mina, pelo meu amigo John, que você e seu marido puseram na ordem exata todas as coisas que se passaram até este momento".

"Não até este momento, professor", ela disse impulsivamente, "mas até esta manhã."

"E por que não até agora? Já vimos como as pequenas coisas trouxeram esclarecimentos preciosos. Contamos nossos segredos, e ninguém que os contou ficou pior por causa disso."

A senhora Harker começou a corar e, tirando um papel do bolso, disse: "Doutor Van Helsing, você pode ler isto e me dizer se devo incluir? É meu registro de hoje. Também percebi a necessidade de anotar tudo que acontece até o momento presente, por mais trivial que seja; mas há pouca coisa aqui fora o que é pessoal. Devo incluir?".

O professor leu-o com semblante sério e devolveu-o, dizendo: "Você não precisa incluí-lo se não quiser; mas eu espero que sim. Só poderá fazer seu marido amá-la ainda mais, e todos nós, seus amigos, honrá-la ainda mais, além de estimá-la e amá-la". Ela pegou-o de volta com outro rubor e um sorriso radiante.

Portanto, agora, neste exato momento, todos os registros que temos estão completos e em ordem. O professor levou uma cópia para estudar após o jantar, antes da nossa reunião, que está marcada para as nove horas. O resto de nós já leu tudo; assim, quando nos reunirmos no escritório, estaremos todos informados sobre os fatos, e poderemos traçar nosso plano de batalha contra esse inimigo amedrontador e misterioso.

DIÁRIO DE MINA HARKER

30 de setembro. Quando nos reunimos no escritório do doutor Seward, duas horas depois do jantar, que tinha sido às seis, formamos inconscientemente uma espécie de comissão ou comitê. O professor Van Helsing ocupou a cabeceira da mesa que o doutor Seward lhe indicou quando ele entrou na sala. Ele pediu que eu sentasse a sua direita e atuasse como secretária; Jonathan sentou ao meu lado. Na nossa frente estavam lorde Godalming, o doutor Seward e o senhor Morris – lorde Godalming estava do lado do professor, e o doutor Seward, no centro.

O professor disse: "Posso supor, imagino, que estamos todos familiarizados com os fatos que estão nestes papéis". Todos nós concordamos, e ele continuou: "Então, acho que seria bom lhes dizer algo sobre o tipo de inimigo com o qual temos que lidar. Depois, contarei a vocês algo da história desse homem, que foi averiguado para mim. Daí poderemos debater como devemos agir, e tomar as medidas cabíveis.

"Os entes conhecidos como vampiros são reais; alguns de nós têm provas de que eles existem. Mesmo se não tivéssemos prova por nossa própria experiência infeliz, os ensinamentos e registros do passado dão provas suficientes para as pessoas sãs. Admito que, no início, eu era cético. Se durante longos anos eu não tivesse treinado para manter a mente aberta, não teria acreditado até os fatos trovejarem em meus ouvidos. 'Veja! Veja! Sou prova; sou prova.' Porém, se eu soubesse no começo o que sei agora – se tivesse pelo menos adivinhado –, uma vida das mais preciosas teria sido poupada para todos nós que a amávamos. Mas isso já passou; e precisamos trabalhar para que outras pobres almas não pereçam, enquanto ainda podemos salvá-las. O *Nosferatu* não morre como a abelha, depois de picar uma vez. Ele só fica mais forte; e, sendo mais forte, tem ainda mais poder para fazer o mal. Esse vampiro que está entre nós tem a força física de vinte homens; sua astúcia é mais do que mortal, pois cresce com as eras; ele ainda tem o auxílio da necromancia, que é, como sua etimologia implica, a divinação pelos mortos, e todos os mortos dos quais ele pode se aproximar ficam sob seu comando; ele é brutal, e mais do que brutal; sua insensibilidade é demoníaca, e ele não tem coração; ele pode, com limitações, aparecer quando e onde quiser, e na forma que lhe for mais útil; ele pode, em seu raio de alcance, dirigir os elementos: a tempestade, a neblina, o trovão; ele pode comandar todas as coisas vis: o rato, a coruja e o morcego, a mariposa, a raposa e o lobo; ele pode crescer e ficar pequeno; e às vezes ele pode desaparecer e surgir sem aviso. Então como podemos lançar nosso ataque para destruí-lo? Como descobriremos seu paradeiro e, descobrindo-o, como o destruiremos? Meus amigos, é demais; é uma tarefa assombrosa que empreendemos, e pode haver consequências que fariam tremer os bravos. Afinal, se falharmos nesta nossa luta, ele certamente vencerá; e daí como terminaremos? A vida não é nada; não ligo para ela. Mas falhar aqui não é só uma questão de vida ou morte. Significa que seremos como ele; que a partir de agora nos tornaremos criaturas abjetas das trevas, como ele, sem coração nem consciência, predando os corpos e almas daqueles que mais amamos. Para nós os portões do paraíso estarão eternamente fechados; pois quem os abrirá para nós de novo? Seguiremos para sempre abominados por todos, uma mácula na face do sol de Deus, uma lança nos costados Daquele que morreu pela humanidade. Mas estamos frente a frente com o dever; e, nesse caso, podemos nos esquivar? Quanto a mim, digo que não; mas sou velho, e a vida, com seu sol, seus lugares bonitos, seu canto de passarinhos, sua música e seu amor, ficou para trás. Vocês todos são jovens. Alguns tiveram mágoas, mas ainda há dias felizes à sua espera. O que vocês dizem?"

Enquanto ele falava, Jonathan tinha pego a minha mão. Tive medo, oh, tanto medo, que a natureza aterradora do nosso perigo o estivesse sobrepujando, quando vi sua mão se estender; mas foi vida para mim sentir seu toque – tão forte, tão autoconfiante, tão decidido. A mão de um homem valente fala por si mesma, nem precisa do amor de uma mulher para ouvir sua música.

Quando o professor acabou de falar, meu marido olhou nos meus olhos, e eu nos dele; não havia entre nós necessidade de falar.

"Respondo por Mina e por mim", ele disse.

"Conte comigo, professor", disse o senhor Quincey Morris, laconicamente como sempre.

"Estou com vocês", disse lorde Godalming, "em nome de Lucy, se não houver outro motivo."

O doutor Seward apenas concordou.

O professor levantou-se e, depois de colocar seu crucifixo de ouro sobre a mesa, estendeu as mãos para ambos os lados. Peguei sua mão direita, e lorde Godalming a esquerda; Jonathan segurou minha direita com sua esquerda e esticou a outra para o senhor Morris. Assim, quando todos nos demos as mãos, nosso pacto solene estava feito. Senti meu coração gelado, mas nem me ocorreu recuar. Retomamos nossos lugares, e o doutor Van Helsing continuou com uma espécie de animação que mostrava que a parte séria do trabalho havia começado. Era para ser levado a sério, e de modo profissional, como qualquer outra transação da vida:

"Bem, vocês sabem o que temos que enfrentar; mas nós tampouco carecemos de força. Temos a nosso favor o poder da combinação – um poder negado à raça dos vampiros; temos fontes de ciência; somos livres para agir e pensar; e as horas do dia e da noite são nossas por igual. Na verdade, até onde se estendem nossos poderes, eles não têm limite, e somos livres para usá-los. Temos devoção por uma causa, e um fim a alcançar que não é egoísta. Essas coisas contam muito.

"Agora vejamos em que medida os poderes gerais mobilizados contra nós são restritos, e como os individuais não podem agir. Em suma, vejamos as limitações dos vampiros em geral, e deste em particular.

"Temos a nossa disposição somente tradições e superstições. De início parecem não ser muita coisa, quando se trata de vida e morte – até mais que vida e morte. Mas devemos nos dar por satisfeitos, em primeiro lugar porque só há esse meio a disposição, e em segundo lugar porque, no fim das contas, essas coisas – tradição e superstição – são tudo. Para os outros – não para nós, infelizmente – a crença nos vampiros não se baseia nelas? Um ano atrás, qual de nós teria aceito essa possibilidade, no nosso século XIX científico, cético e pragmático? Até rejeitamos uma crença que vimos justificada diante dos nossos próprios olhos. Vamos presumir, então, que o vampiro, e a crença em suas limitações e sua cura, repousam por enquanto na mesma base. Afinal, eu lhes digo que ele é conhecido em todo lugar onde o homem já esteve. Na Grécia antiga, na Roma antiga; floresceu por toda a Alemanha, na França, na Índia, até no Quersoneso; e na China, tão distante de nós sob todos os aspectos, ele também está, e as pessoas o temem até hoje. Ele seguiu a esteira dos *berserkers* islandeses, dos hunos gerados pelo Diabo, dos eslavos, saxões e magiares.

"Até aqui temos tudo para embasar nossa ação; e digo a vocês que grande parte das crenças é justificada pelo que vimos em nossa própria experiência infeliz. O vampiro mantém-se vivo, e não pode morrer com a mera passagem do tempo; ele pode florescer quando consegue cevar-se com o sangue dos vivos. Mais ainda, vimos entre nós que ele até pode rejuvenescer; que suas faculdades vitais se tornam vigorosas e parecem renovar-se quando seu repasto especial é abundante.

"Mas ele não pode florescer sem essa dieta; ele não come como os outros. Até o amigo Jonathan, que viveu com ele por semanas, nunca o viu comer, nunca! Ele não faz sombra; não tem reflexo no espelho, como Jonathan observou. Ele tem a força de muitos na sua mão – como viu Jonathan quando ele fechou a porta contra os lobos e quando o ajudou a descer da diligência. Ele pode se transformar em lobo, como soubemos após a chegada do navio em Whitby, onde ele dilacerou o cachorro; ele pode ser morcego, como a senhora Mina o viu na janela em Whitby, e como o amigo John o viu voar dessa casa vizinha, e como meu amigo Quincey o viu na janela da senhorita Lucy.

"Ele pode chegar na névoa que cria – o nobre capitão daquele navio foi prova disso; mas, pelo que sabemos, a distância até a qual ele pode criar essa névoa é limitada, e só pode ser em torno dele.

"Ele vem nos raios do luar como poeira elemental – como aquelas irmãs que Jonathan viu no castelo de Drácula. Ele se torna muito pequeno – nós mesmos vimos a senhorita Lucy, antes de ficar em paz, deslizar por um espaço da espessura de um fio de cabelo na porta do mausoléu. Ele pode, quando encontra um caminho, sair de qualquer coisa ou entrar em qualquer coisa, não importa o quanto esteja amarrada, ou mesmo fundida com fogo – soldada, como se diz. Ele pode enxergar no escuro – esse não é um poder desprezível, num mundo cuja metade está sempre oculta da luz. Ah, mas ouçam-me até o fim.

"Ele pode fazer todas essas coisas, mas não é livre. Não, ele é até mais prisioneiro que o escravo na galé, que o louco em sua cela. Ele não pode ir aonde deseja; mesmo quem não pertence mais à natureza precisa obedecer a algumas leis da natureza – o porquê não sabemos. Ele não pode entrar em nenhum lugar pela primeira vez a menos que alguém na casa o convide a fazê-lo; mas depois ele pode vir quando quiser. Seu poder cessa, como o de todas as coisas más, com a chegada do dia.

"Somente em certos momentos ele pode ter uma liberdade limitada. Se ele não estiver no lugar para onde está indo, só pode transformar-se ao meio-dia ou exatamente ao alvorecer ou anoitecer. Essas coisas nos foram contadas, e nesse nosso registro temos prova por inferência. Assim, embora ele possa agir como quiser, dentro dos seus limites, quando tem sua morada na terra, no caixão ou nos infernos, num lugar ímpio, como vimos quando ele foi à tumba do suicida em Whitby, em outros momentos ele só pode transformar-se na hora certa. Diz-se também que ele só pode cruzar a água corrente na maré parada ou na enchente da maré. E há coisas que o afetam tanto que ele perde seu poder, como o alho, que já sabemos; e, quanto às coisas sagradas, como este símbolo, meu crucifixo, que estava entre nós agora quando pactuamos, diante delas ele não é nada, e na sua presença ele se mantém distante e silencioso em respeito. Há outras também, que lhes direi, caso em nossa busca precisemos delas.

"O ramo de rosa-mosqueta sobre seu caixão o impedirá de sair dele; uma bala abençoada atirada no caixão o matará de modo que se torne morto de verdade; quanto à estaca enterrada nele, já sabemos que traz a paz; ou a cabeça cortada, que dá descanso. Vimos isso com nossos olhos.

"Assim, quando encontrarmos a habitação desse homem-finado, poderemos confiná-lo a seu caixão e destruí-lo, se seguirmos o que sabemos. Mas ele é astuto. Pedi a meu amigo Arminius, da universidade de Budapeste, que fizesse um relatório; e, com base em todos os meios que existem, ele me disse o que já foi esse homem. De fato, ele deve ter sido aquele voivoda Drácula que se notabilizou na luta contra os turcos, cruzando o grande rio na fronteira da Turquia. Se foi assim, então ele não era um homem comum; pois naquela época, e por séculos depois, foi dito dele que era o mais inteligente e o mais astuto, bem como o mais corajoso dos filhos da 'terra além da floresta'. Essa mente poderosa e essa resolução férrea foram com ele para o túmulo, e agora se mobilizam contra nós. Os Dráculas eram, diz Arminius, uma estirpe grande e nobre, apesar de vez ou outra haver rebentos seus que os coevos diziam ter tido parte com o Maligno. Eles aprendiam seus segredos na escolomancia, entre as montanhas acima do lago Hermanstadt, onde o Diabo toma para si o décimo aluno como paga. Nos registros aparecem palavras como *stregoica* – bruxa, *ordog* – Satã e *pokol* – inferno; e num manuscrito esse mesmo Drácula é descrito como *wampyr*, que entendemos muito bem. Provieram das entranhas dele grandes homens e boas mulheres, e suas tumbas tornam sagrada a única terra onde essa podridão pode habitar. Pois não é o menor dos seus horrores que essa coisa ruim esteja enraizada profundamente em tudo o que é bom; no solo desprovido de memórias santas ela não pode repousar."

Enquanto ele falava, o senhor Morris estava olhando fixo para a janela, e então se levantou em silêncio e saiu da sala. Houve uma pequena pausa, daí o professor continuou:

"Agora precisamos resolver o que fazer. Temos muitas informações aqui, e devemos traçar um plano de campanha. Sabemos pela investigação de Jonathan que, do castelo para Whitby, vieram cinquenta caixotes de terra, todos entregues em Carfax; também sabemos que pelo menos alguns caixotes foram removidos. Parece-me que nosso primeiro passo deve ser verificar se todos os demais permanecem na casa do outro lado do muro que vemos ali, ou se outros foram removidos. Se assim for, deveremos rastrear..."

Nesse momento fomos interrompidos por um grande susto. De fora da casa veio o som de um tiro de pistola; o vidro da janela foi estilhaçado por uma bala, que, ricocheteando do alto do nicho da janela, atingiu a parede oposta da sala. Temo que no fundo eu seja uma covarde, pois soltei um berro. Todos os homens se levantaram de imediato; lorde Godalming correu até a janela e levantou a folha. Quando ele o fez, ouvimos a voz do senhor Morris do lado de fora: "Desculpe! Acho que assustei vocês. Vou entrar e contar o que aconteceu".

Um minuto depois ele entrou e disse: "Foi uma coisa estúpida que fiz, e peço desculpas, senhora Harker, muito sinceramente; lamento tê-la assustado tanto. O que houve é que, enquanto o professor estava falando, veio um grande morcego que se sentou no peitoril da janela. Tenho tal horror dessas bestas malditas por causa dos eventos recentes que não posso suportá-las, por isso saí para dar um tiro, como tenho feito ultimamente à noite, sempre que vejo uma. Você costumava rir de mim por causa disso, Art".

"Você o acertou?", perguntou o doutor Van Helsing.

"Eu não sei; acho que não, porque ele saiu voando para dentro do bosque." Sem dizer mais nada, ele retomou seu lugar, e o professor continuou sua explicação:

"Precisamos rastrear cada um desses caixotes; e quando estivermos prontos devemos capturar ou matar esse monstro no seu covil; ou devemos, por assim dizer, esterilizar a terra para que ele não possa mais buscar refúgio nela. Assim, no fim, poderemos encontrá-lo em sua forma humana entre o meio-dia e o anoitecer, e enfrentá-lo quando ele está mais fraco.

"Quanto a você, senhora Mina, esta noite é o fim até que tudo esteja bem. Você é preciosa demais para nós para correr esse risco. Quando nos separarmos esta noite, você não deve questionar mais. Nós lhe diremos tudo na hora certa. Somos homens e capazes de suportar; mas você deve ser nossa estrela e nossa esperança, e nós agiremos com mais liberdade se você não estiver em perigo, como estaremos."

Todos os homens, até Jonathan, pareceram aliviados; mas a mim não me pareceu bom que eles afrontem o perigo e, talvez, reduzam sua segurança – pois a força é a melhor segurança – por estarem preocupados comigo; mas eles estavam decididos e, embora para mim fosse difícil de engolir, eu não podia dizer nada, salvo para aceitar seu cuidado cavalheiresco para comigo.

O senhor Morris retomou a discussão: "Como não há tempo a perder, eu voto para darmos uma olhada nessa casa agora mesmo. O tempo é tudo para ele; e uma ação rápida da nossa parte pode salvar mais uma vítima".

Confesso que meu coração começou a falhar ao ver a hora da ação tão próxima, mas eu não disse nada, pois tive mais medo de que, se eu parecesse um fardo ou obstáculo ao seu trabalho, eles me excluíssem totalmente de suas deliberações. Agora foram para Carfax, com meios para entrar na casa.

Como é típico dos homens, disseram-me que eu fosse para a cama dormir; como se uma mulher pudesse dormir quando aqueles que ela ama estão em perigo! Vou me deitar e fingir dormir, para que Jonathan não tenha mais preocupações comigo quando retornar.

DIÁRIO DO DOUTOR SEWARD

1º de outubro, quatro horas. Quando estávamos prestes a sair da casa, trouxeram-me uma mensagem urgente de Renfield perguntando se eu poderia vê-lo imediatamente, pois ele tinha algo de extrema importância para me contar. Pedi ao mensageiro que lhe dissesse que eu atenderia seu pedido de manhã, pois estava ocupado naquele momento.

O enfermeiro acrescentou: "Ele parece muito insistente, doutor. Nunca o vi tão ansioso. Acho que, se o senhor não for vê-lo logo, ele vai ter um daqueles ataques violentos". Eu sabia que o homem não diria isso sem alguma causa, por isso disse: "Tudo bem, eu vou agora"; e pedi aos outros para me esperarem alguns minutos, porque precisava ir ver meu "paciente".

"Leve-me com você, amigo John", disse o professor. "O caso dele no seu diário me interessou muito, e tem influência também, vez ou outra, sobre o *nosso* caso. Eu gostaria muito de vê-lo, especialmente quando sua mente está perturbada."

"Posso ir também?", perguntou lorde Godalming.

"E eu?", disse Quincey Morris. "Posso ir?", disse Harker. Fiz que sim, e adentramos todos pelo corredor.

Encontramo-lo num estado de agitação considerável, porém muito mais racional no seu discurso e nos seus modos do que eu jamais o havia visto. Havia um entendimento incomum de si mesmo que era diferente de tudo que eu já tinha encontrado num lunático; e ele julgava evidente que suas razões prevaleceriam sobre as de outros inteiramente sãos. Nós quatro[42] entramos no quarto, mas nenhum dos outros disse nada de início. Seu pedido era que eu o soltasse imediatamente do sanatório e o mandasse para casa. Ele sustentou isso com argumentos relativos à sua recuperação completa, e aduziu sua sanidade presente.

"Apelo aos seus amigos", ele disse, "que talvez não se incomodem em ser juízes do meu caso. A propósito, você não me apresentou."

Fiquei tão estarrecido que a bizarrice de apresentar um louco num sanatório não me ocorreu no momento; além disso, havia certa dignidade nos modos dele, de forma que, por hábito de igualdade, fiz as apresentações de imediato: "Lorde Godalming, professor Van Helsing, o senhor Quincey Morris, do Texas; o senhor Renfield".

42. Nota do editor: O autor aparentemente se esqueceu de incluir Harker no encontro que se segue.

Ele apertou a mão de cada um, dizendo por sua vez: "Lorde Godalming, tive a honra de secundar seu pai em Windham; sinto saber, ao ver que o senhor ostenta o título, que ele não está mais entre nós. Era um homem amado e honrado por todos os que o conheceram; e na sua juventude ele foi, ouvi dizer, o inventor de um ponche de rum queimado muito apreciado na noite do Derby. Senhor Morris, o senhor deve orgulhar-se de seu grande estado. Sua recepção na União foi um precedente que pode vir a ter efeitos abrangentes, quando o polo e os trópicos jurarem aliança às Estrelas e Listras. O poder dos tratados pode revelar-se uma ferramenta poderosa de expansão, quando a doutrina Monroe assumir seu lugar legítimo como preceito político. O que poderia dizer qualquer homem sobre o prazer de conhecer Van Helsing? Professor, não peço desculpas por deixar de lado todas as formas de prefixo convencional. Quando um indivíduo revolucionou a terapia com sua descoberta da evolução contínua do material cerebral, as formas convencionais eram inadequadas, pois pareceriam limitá-lo a um exemplar de uma classe. Os senhores, cavalheiros, que pela nacionalidade, pela hereditariedade ou pela posse de dons naturais são aptos a ocupar seus respectivos lugares no mundo em movimento, tomo-os como testemunhas de que sou tão são quanto pelo menos a maioria dos homens que estão de plena posse de suas liberdades. E estou certo de que o senhor, doutor Seward, humanista e médico-jurista, além de cientista, reputará uma obrigação moral lidar comigo como alguém que deve ser considerado submetido a circunstâncias excepcionais". Ele fez este último apelo com um ar cortês de convicção que não deixava de ter seu charme.

Creio que estávamos todos estupefatos. Quanto a mim, sentia a convicção, apesar do meu conhecimento do caráter do homem e da sua história, de que sua razão tinha sido restaurada; e sentia um forte impulso de dizer-lhe que estava satisfeito quanto à sua sanidade e que cumpriria as formalidades necessárias para sua soltura de manhã. Porém, julguei melhor esperar antes de fazer uma declaração tão importante, pois já sabia das mudanças súbitas às quais esse paciente específico estava sujeito. Por isso me contentei em fazer uma declaração geral de que ele parecia estar melhorando muito rapidamente, de que eu teria uma conversa mais longa com ele de manhã, e depois veria o que podia fazer no sentido de atender aos seus pedidos.

Isso não o satisfez nem um pouco, pois ele disse apressadamente: "Mas eu temo, doutor Seward, que o senhor não tenha entendido meu pedido. Desejo sair imediatamente – aqui – agora – nesta mesma hora – neste exato momento, se puder. O tempo urge, e no nosso acordo tácito com a velha ceifadora ele é da essência do contrato. Tenho certeza de que basta apresentar a um profissional tão admirável como o doutor Seward um pedido tão simples, mas tão relevante, para garantir que seja atendido".

Ele olhou para mim com entusiasmo e, vendo a negativa no meu rosto, virou-se para os outros, esquadrinhando-os. Sem enxergar uma resposta suficiente, prosseguiu: "Será possível que eu tenha errado na minha suposição?".

"Errou sim", eu disse com franqueza, mas ao mesmo tempo senti que fui brutal.

Houve uma pausa considerável, e enfim ele disse lentamente: "Então suponho que eu deva apenas substituir o fundamento do meu pedido. Deixe-me pedir essa concessão – benesse, privilégio, como quiser. Fico satisfeito em implorar neste caso, não por motivos pessoais, mas pelo bem de outros. Não me é permitido divulgar a totalidade das minhas razões; mas o senhor pode, eu lhe asseguro, confiar quando digo que são boas, sólidas e altruístas, e que brotam do mais alto senso de dever.

"Se pudesse olhar, doutor, dentro do meu coração, o senhor aprovaria plenamente os sentimentos que me animam. Mais do que isso, o senhor me contaria entre os melhores e mais fiéis dos seus amigos."

Mais uma vez ele olhou para todos nós com entusiasmo. Tive uma convicção crescente de que essa mudança súbita de todo o seu método intelectual não passava de outra forma ou fase da sua loucura, por isso decidi deixá-lo prosseguir um pouco mais, sabendo por experiência que ele, como todos os lunáticos, acabaria por se entregar. Van Helsing estava fitando-o com um olhar da maior intensidade, e suas sobrancelhas espessas quase se encontravam devido à concentração fixa dos seus olhos. Ele disse a Renfield num tom que não me surpreendeu na hora, mas somente quando pensei nele mais tarde – porque era o tom de quem fala com um igual: "Você não pode dizer francamente seu motivo real para querer sair daqui esta noite? Eu prometo que, se você me satisfizer – um estranho, sem preconceito, e com o hábito de manter a mente aberta –, o doutor Seward lhe dará, por seu próprio risco e sob sua própria responsabilidade, o privilégio que você pede".

Ele sacudiu a cabeça tristemente e com uma expressão de arrependimento pungente. O professor continuou: "Vamos, meu caro, reflita.

Você invoca o privilégio da razão no mais alto grau, já que procura nos impressionar com sua completa razoabilidade. Você, de cuja sanidade temos motivo para duvidar, faz isso porque ainda não foi liberado do tratamento médico por exatamente esse defeito. Se você não nos ajudar em nosso esforço para escolher o caminho mais acertado, como poderemos cumprir a obrigação que você mesmo nos impõe? Seja sensato e nos ajude; e, se pudermos, nós o ajudaremos a realizar seu desejo".

Ele continuou sacudindo a cabeça ao dizer: "Doutor Van Helsing, não tenho nada a dizer. Seu argumento é completo; se estivesse livre para falar, eu não hesitaria um momento, mas não tenho domínio sobre mim mesmo a esse respeito. Só posso lhe pedir que confie em mim. Se eu não for atendido, não posso me responsabilizar".

Pensei que agora era hora de encerrar essa cena, que estava se tornando comicamente perigosa, por isso fui até a porta, dizendo simplesmente: "Vamos, meus amigos, temos trabalho a fazer. Boa noite!".

Contudo, enquanto eu me aproximava da porta, uma nova mudança acometeu o paciente. Ele se moveu na minha direção tão rapidamente que, naquele momento, temi que ele estivesse prestes a cometer outro ataque homicida. No entanto, meus temores eram infundados, pois ele ergueu ambas as mãos implorando, e fez seu pedido de maneira comovente. Quando viu que o próprio excesso da sua emoção estava militando contra ele, remetendo-nos a nossas antigas relações, ele ficou ainda mais demonstrativo. Olhei de relance para Van Helsing e vi minha convicção refletida nos seus olhos; assim passei a ser um pouco mais rígido no meu proceder, ou até mais severo, e indiquei-lhe que seus esforços eram vãos. Eu já tinha visto algo parecido com essa agitação que crescia constantemente quando ele queria fazer algum pedido que, naquele momento, era muito importante para ele, como quando queria um gato, e nesta ocasião eu estava preparado para vê-lo afundar-se na mesma aquiescência carrancuda.

Porém, minha expectativa não se realizou, pois, quando ele viu que seu apelo não teria sucesso, entrou numa condição frenética. Caiu de joelhos e ergueu as mãos, retorcendo-as numa súplica lamuriante, e despejou uma torrente de imprecações, com lágrimas escorrendo pelas faces, e todo o rosto e o corpo expressando a mais profunda emoção:

"Eu lhe peço, doutor Seward, oh, eu lhe imploro, deixe-me sair desta casa agora mesmo. Mande-me embora como você quiser e para onde você quiser; mande guardas comigo com chicotes e correntes; podem me levar numa camisa de força, algemado e agrilhoado, até para uma prisão; mas deixe-me sair daqui. Você não sabe o que está fazendo ao manter-me aqui. Falo das profundezas do meu coração – da minha própria alma. Você não sabe a quem está contrariando, nem como; e eu não posso dizer. Pobre de mim! Não posso dizer. Por tudo que você considera sagrado – por tudo que você preza – pelo seu amor que morreu – pela sua esperança que vive – em nome do Altíssimo, tire-me daqui e salve minha alma da culpa! Não está me ouvindo, homem? Não entende? Será que você nunca vai aprender? Você não sabe que estou são e sério agora, que não sou um lunático num acesso de loucura, mas um homem são lutando pela sua alma? Oh, ouça-me! Ouça-me! Deixe-me ir! Deixe-me ir! Deixe-me ir!"

Pensei que, quanto mais isso durasse, mais descontrolado ele ficaria, e isso acarretaria um ataque, por isso peguei-o pela mão e levantei-o.

"Venha", eu disse com severidade, "chega disso; já ouvimos o bastante. Vá para a cama e tente comportar-se mais discretamente."

De repente ele parou e olhou atentamente para mim por um longo momento. Daí, sem uma palavra, levantou-se e foi sentar na lateral da cama. O colapso veio, como nas outras ocasiões, tal como eu havia esperado.

Quando eu estava saindo do quarto, o último do nosso grupo a sair, ele me disse numa voz baixa e bem-educada: "Acredito, doutor Seward, que você me fará a justiça de ter em mente, mais tarde, que fiz o que pude para convencê-lo esta noite".

XIX. Diário de Jonathan Harker

1º de outubro, cinco horas. Fui investigar com o grupo com a mente despreocupada, pois nunca vi Mina tão absolutamente forte e disposta. Estou tão contente que ela tenha consentido em retirar-se e deixar que nós, homens, façamos o trabalho. De alguma forma, era um temor para mim que ela estivesse envolvida nesse negócio apavorante; mas, agora que o trabalho dela está feito e que, graças a sua energia, inteligência e previdência, a história toda foi reunida de forma que cada ponto seja esclarecedor, ela pode sentir que sua parte está encerrada e que agora ela pode deixar o resto para nós. Acho que todos ficamos um pouco perturbados pela cena com o senhor Renfield. Quando saímos do quarto dele, ficamos em silêncio até voltar ao escritório.

Então o senhor Morris disse ao doutor Seward: "Olha, Jack, se aquele homem não estava tentando um blefe, ele deve ser o lunático mais são que eu já vi. Não tenho certeza, mas acho que ele tinha alguma intenção muito séria, e se tinha foi bem duro para ele perder aquela chance".

Lorde Godalming e eu ficamos quietos, mas o doutor Van Helsing acrescentou: "Amigo John, você sabe mais sobre lunáticos do que eu, e fico contente por isso, pois, se coubesse a mim decidir, creio que teria, antes daquele último surto histérico, liberado o paciente. Mas vivemos e aprendemos, e na nossa presente tarefa não devemos correr riscos, como diria nosso amigo Quincey. Foi a melhor atitude".

O doutor Seward respondeu a ambos de maneira distraída: "Eu não sei, mas concordo com vocês. Se aquele homem fosse um lunático ordinário, eu teria corrido o risco de acreditar nele. Mas ele parece tão envolvido com o conde, de modo indicativo, que tenho medo de fazer algo errado cedendo aos seus caprichos. Não me esqueço de como ele implorou com fervor quase igual para ter um gato, e depois tentou rasgar minha garganta com seus dentes. Além disso, ele chamou o conde de 'mestre e senhor', e pode querer sair para ajudá-lo de algum modo diabólico. Aquela coisa horrenda tem lobos, ratos e os da sua própria espécie para ajudá-lo, portanto imagino que ele não teria escrúpulos em tentar usar um lunático respeitável. Mas ele realmente parecia sincero. Só espero termos feito o melhor. Essas coisas, em conjunção com o trabalho arriscado que temos a fazer, chegam a abalar um homem".

O professor aproximou-se e, pondo a mão no seu ombro, disse do seu modo grave e gentil: "Amigo John, não tema. Estamos tentando cumprir nosso dever num caso muito triste e tenebroso; só podemos fazer o que julgarmos melhor. O que mais podemos esperar, além da piedade do bom Deus?".

Lorde Godalming tinha saído por alguns minutos, mas então retornou. Ele mostrou um pequeno apito de prata e comentou: "Aquele lugar velho deve estar cheio de ratos, e se for assim tenho um antídoto à mão".

Tendo passado o muro, seguimos em direção à casa, tomando o cuidado de ficar na sombra das árvores no gramado quando o luar brilhava. Quando chegamos ao alpendre, o professor abriu sua mala e tirou um monte de coisas, que dispôs no degrau, dividindo-as em quatro grupos pequenos, evidentemente um grupo para cada um. Então falou:

"Meus amigos, vamos adentrar um perigo terrível, e precisamos de armas de vários tipos. Nosso inimigo não é meramente espiritual. Lembrem-se que ele tem a força de vinte homens e que, embora nossos pescoços ou traqueias sejam do tipo comum – portanto quebráveis ou esmagáveis –, os seus não cedem à mera força. Um homem mais forte, ou um grupo de homens mais fortes do que ele em tudo, pode às vezes segurá-lo, mas não pode feri-lo como ele pode nos ferir. Por isso, precisamos nos defender do seu toque. Guardem isto junto ao coração", ao falar ele ergueu um pequeno crucifixo de prata e estendeu-o para mim, que estava mais perto dele, "ponham estas flores em torno do pescoço", então ele me entregou uma coroa de flores de alho murchas, "para outros inimigos mais mundanos, este revólver e esta faca; e para ajudar em tudo, estas pequenas lanternas elétricas, que vocês podem afixar ao peito; e, por último e acima de tudo, isto, que não devemos profanar sem necessidade."

Era um pedaço de hóstia sagrada, que ele pôs num envelope e me entregou. Cada um dos outros estava equipado do mesmo modo.

"Agora", ele disse, "amigo John, onde estão as chaves mestras? Assim poderemos abrir a porta sem precisar invadir a casa pela janela, como fizemos antes na casa da senhorita Lucy."

O doutor Seward tentou uma ou duas chaves mestras, e sua destreza mecânica de cirurgião foi-lhe de grande valia. Finalmente ele encontrou uma adequada; depois de alguns vaivéns, o pino cedeu e, com uma pancada seca, retraiu-se. Empurramos a porta, as dobradiças enferrujadas rangeram e ela abriu devagar. Era impressionante como se parecia com a imagem que tive da abertura do túmulo da senhorita Westenra ao ler o diário do doutor Seward; imagino que a mesma ideia tenha ocorrido aos outros, pois num mesmo movimento eles recuaram. O professor foi o primeiro a avançar, e passou pela porta aberta.

"In manus tuas, Domine!",[43] ele disse, persignando-se ao cruzar o limiar. Fechamos a porta atrás de nós, para que nossas lanternas acesas não chamassem a atenção de quem passasse pela estrada. O professor testou a fechadura com cuidado, para certificar-se de que podíamos abri-la por dentro caso estivéssemos com pressa para sair. Então todos acendemos nossas lanternas e procedemos à nossa busca.

A claridade das lanternas diminutas gerava todo tipo de formas bizarras quando os raios de luz se cruzavam ou a opacidade dos nossos corpos lançava amplas sombras. Eu não conseguia de modo algum me livrar da sensação de que havia alguém mais entre nós. Creio que era a recordação, trazida de modo tão poderoso pelo ambiente sinistro, daquela terrível experiência na Transilvânia. Acho que a sensação era comum a todos nós, pois notei que os outros olhavam sempre por cima do ombro a cada som e cada nova sombra, assim como eu fazia.

O lugar inteiro estava coberto de pó. No chão ele parecia ter vários centímetros de profundidade, exceto onde havia pegadas recentes, nas quais eu podia ver, abaixando a lanterna, marcas de tachões onde o pó tinha sido removido. As paredes eram forradas e estavam cobertas de pó, e nos cantos havia massas de teias de aranha, sobre as quais o pó tinha se acumulado até que se assemelhassem a velhos trapos esfarrapados, já que o peso as rasgava em partes. Sobre uma mesa no saguão estava um grande molho de chaves, cada qual com uma etiqueta amarelada pelo tempo. Tinham sido usadas várias vezes, pois na mesa havia diversos rastros no cobertor de pó, semelhantes aos que se formaram quando o professor as levantou.

Ele se virou para mim e disse: "Você conhece este lugar, Jonathan. Você copiou mapas dele, e pelo menos sabe mais do que nós. Qual é o caminho para a capela?".

Eu tinha uma ideia da direção, apesar de, na minha última visita, não ter podido entrar; por isso fui na frente e, depois de algumas voltas

43. Em latim no original: "Em tuas mãos, Senhor!".

erradas, vi-me diante de uma porta baixa em arco, de carvalho, reforçada por tiras de ferro.

"Este é o lugar", disse o professor apontando sua lanterna para um pequeno mapa da casa, copiado do arquivo da minha correspondência original acerca da compra. Com alguma dificuldade encontramos a chave no molho e abrimos a porta. Estávamos preparados para algo desagradável, porque enquanto a abríamos um sopro de ar malcheiroso emanou pelas frestas, mas nenhum de nós esperava um odor como o que encontramos. Nenhum dos outros tinha visto o conde de perto, e, quando eu o vira, ele estava no estágio dormente de sua existência em seus aposentos ou, quando inchado de sangue fresco, num edifício arruinado onde o ar circulava. Mas ali o lugar era pequeno e fechado, e o longo desuso havia tornado o ar estagnado e viciado. Havia um cheiro de terra, como de algum miasma seco, que percorria o ar infecto. Mas quanto ao odor em si, como o descreverei? Não só ele era composto de todos os males da mortalidade e do cheiro acre e pungente de sangue, mas parecia que a própria corrupção havia se tornado corrupta. Bah! Fico enojado só de pensar. Cada bafo exalado por aquele monstro parecia ter se agarrado ao lugar e intensificado sua abominação.

Em circunstâncias ordinárias, tamanha pestilência teria levado nossa empreitada ao fim; mas não era um caso ordinário, e o alto e tremendo propósito com que estávamos envolvidos nos dava uma força que se erguia acima das meras considerações físicas. Depois do recuo involuntário decorrente do primeiro bafio nauseabundo, todos juntos nos lançamos ao trabalho como se aquele lugar execrável fosse um jardim de rosas.

Fizemos um exame acurado do lugar, o professor dizendo ao começarmos: "A primeira coisa é ver quantos caixotes sobraram; depois precisamos examinar cada buraco, canto e fenda para ver se conseguimos descobrir alguma pista sobre o que aconteceu com os restantes".

Um relance era suficiente para saber quantos restavam, pois os grandes caixotes de terra eram volumosos e não havia como ignorá-los.

Restavam somente vinte e nove dos cinquenta! Levei um susto, porque, vendo lorde Godalming virar-se de repente e olhar para o corredor escuro do outro lado da porta em arco, também olhei e, por um instante, meu coração parou. Em algum lugar, de dentro das sombras, tive a impressão de ver os traços do rosto maligno do conde, a ponte do nariz, os olhos vermelhos, os lábios vermelhos, a palidez atroz. Foi apenas por um momento, pois, como disse lorde Godalming, "pensei ter visto um rosto, mas foram só as sombras", e retomou sua investigação. Eu apontei minha lanterna naquela direção e entrei no corredor. Não havia sinal de ninguém; e como não havia cantos, nem portas, nem abertura de qualquer tipo, apenas as paredes sólidas do corredor, não podia haver esconderijo nem mesmo para *ele*. Presumi que o medo tinha incitado a imaginação e não disse nada.

Poucos minutos depois, vi Morris recuar subitamente de um canto que ele estava examinando. Todos seguimos seus movimentos com os olhos, pois sem dúvida o nervosismo estava nos vencendo, e vimos uma massa de fosforescência que brilhava como estrelas. Todos retrocedemos instintivamente. O lugar estava cheio de ratos.

Por um momento ou dois ficamos estupefatos, todos salvo lorde Godalming, que parecia estar preparado para tal emergência. Ele correu para a grande porta de carvalho com moldura de ferro que o doutor Seward tinha descrito do lado de fora e que eu mesmo tinha visto, girou a chave na fechadura, puxou as imensas travas e escancarou a porta. Então, tirando do bolso seu pequeno apito de prata, emitiu um silvo agudo quase inaudível. Ele foi respondido detrás da casa do doutor Seward pelo latido de cachorros, e em cerca de um minuto três *terriers* deram a volta correndo na lateral da casa. Tínhamos nos movido inconscientemente em direção à porta, e ao andarmos notei que o pó se deslocara bastante: os caixotes tinham sido retirados por ali. Porém, nesse minuto que havia se passado, o número de ratos aumentara tremendamente. Eles pareciam infestar o lugar inteiro ao mesmo tempo, até que a luz das lanternas, reluzindo nos seus corpos escuros em movimento e nos seus olhos dardejantes e ameaçadores, fez o lugar parecer um banco de terra coberto de vaga-lumes. Os cães vinham correndo, mas no limiar pararam subitamente, rosnando, e daí, erguendo os focinhos ao mesmo tempo, começaram a uivar com o mais lúgubre dos acentos. Os ratos multiplicavam-se aos milhares, e nós saímos.

Lorde Godalming levantou um dos cachorros e, carregando-o para dentro, o pôs no chão. No instante em que suas patas tocaram o piso, ele pareceu recobrar sua coragem e avançou sobre seus inimigos naturais. Eles fugiram dele tão rápido que, antes de ele tirar a vida de um bocado, os outros cães, que agora tinham sido trazidos do mesmo jeito, pegaram somente poucas presas até a massa toda desaparecer.

Com a partida deles, parecia que alguma presença maligna tinha ido embora, pois os cachorros farejavam e latiam alegremente enquanto davam botes súbitos sobre seus inimigos prostrados, revirando-os e lançando-os no ar com golpes ferozes. Todos nós ficamos animados. Quer fosse a purificação da atmosfera mortífera graças à abertura da porta da capela, quer o alívio que sentimos de estar ao ar livre, eu não sei; mas com certeza a sombra do medo pareceu escorregar de nós como um manto, e a ocasião da nossa vinda perdeu algo do seu significado sinistro, apesar de não esmorecermos um átimo em nossa resolução. Fechamos a porta externa, barramo-la e trancamo-la, depois trouxemos os cachorros para iniciar nossa busca pela casa. Não encontramos nada exceto poeira em proporções extraordinárias, tudo intocado, salvo pelas minhas próprias pegadas, que eu tinha deixado na minha primeira visita. Os cachorros não exibiram nenhum sintoma de inquietação, e, mesmo quando voltamos à capela, eles saltitaram como se estivessem voltando da caça aos coelhos num bosque no verão.

A manhã estava despontando no levante quando saímos pela frente. O doutor Van Helsing tinha tirado a chave da porta de entrada do molho e trancou a porta de maneira ortodoxa, pondo a chave em seu bolso ao terminar.

"Até aqui", ele disse, "nossa noite foi altamente exitosa. Não sofremos dano como eu temia que pudesse acontecer, e conseguimos verificar quantos caixotes estão faltando. Mais que tudo, alegra-me que este nosso primeiro passo – e talvez o mais difícil e perigoso – tenha sido realizado sem implicar a participação da nossa querida senhora Mina nem perturbar seus pensamentos ou sonhos com visões, sons e odores de horror que ela poderia nunca esquecer. Também aprendemos uma lição, se for permitido argumentar *a particulari*: que as bestas brutas que estão sob o comando do conde não são suscetíveis ao seu poder espiritual; pois vejam: aqueles ratos que atenderam ao seu chamado, tal como do alto do seu castelo ele convocou os lobos para impedir a sua partida e provocar o choro daquela pobre mãe, embora tenham vindo a ele, fugiram desbaratados dos cachorrinhos do meu amigo Arthur. Temos outras questões diante de nós, outros perigos, outros temores; e aquele monstro não usou seu poder sobre o mundo selvagem pela única nem pela última vez esta noite. Oxalá ele tenha ido para outro lugar. Bom! Isso nos deu a oportunidade de gritar 'xeque' de algumas maneiras neste xadrez em que estão em jogo almas humanas. Agora vamos para casa. A aurora está chegando, e temos motivo para ficar satisfeitos com nossa primeira noite de trabalho. Podemos supor que teremos pela frente muitas noites e muitos dias cheios de adversidade; mas devemos continuar, e não recuaremos diante de nenhum perigo."

A casa estava silenciosa quando retornamos, exceto por uma pobre criatura que não parava de gritar em alguma das alas distantes, e um gemido baixo vindo do quarto de Renfield. O pobre coitado estava sem dúvida torturando-se, como fazem os insanos, com pensamentos inúteis de dor.

Entrei na ponta dos pés no nosso quarto e encontrei Mina dormindo, respirando tão suavemente que precisei aproximar o ouvido para escutar. Ela parece mais pálida que o normal. Espero que a reunião desta noite não a tenha alarmado. Fico sinceramente grato por ela ter sido deixada de fora do nosso trabalho, e até das nossas deliberações. É uma pressão grande demais para uma mulher suportar. Não pensava assim no começo, mas agora sei que é. Então fico contente que isso esteja decidido. Ela poderia se assustar ao ouvir certas coisas, e no entanto ocultá-las poderia ser pior do que lhe contar, se ela suspeitasse de algum ocultamento. Daqui em diante nosso trabalho será um livro fechado para ela, pelo menos até o momento em que pudermos lhe contar que tudo está acabado e a Terra está livre de um monstro das profundezas. Imagino que será difícil começar a manter segredo após uma confidência como a nossa; mas devo ser firme, e amanhã manterei em sigilo as ações desta noite e me recusarei a falar sobre o que aconteceu. Vou descansar no sofá, para não incomodá-la.

1º de outubro, mais tarde. Suponho que seja natural que tenhamos todos dormido demais, pois o dia foi cheio e a noite não trouxe nenhum descanso. Até Mina deve ter se sentido exausta, já que, mesmo eu tendo dormido até o sol estar alto, acordei antes dela e tive de chamá-la duas ou três vezes até ela acordar. Na verdade, ela estava dormindo tão profundamente que, por alguns segundos, não me reconheceu, apenas olhou para mim com uma espécie de terror vazio, como alguém que foi acordado durante um pesadelo. Ela reclamou um pouco que estava cansada, e deixei-a repousar até mais tarde. Sabemos agora que vinte e um caixotes foram removidos, e se vários tiverem sido retirados em alguma dessas transferências poderemos rastrear todos eles. Isso poderia, é claro, simplificar imensamente muito nossa tarefa, e quanto antes o assunto for tratado, melhor. Vou procurar Thomas Snelling hoje.

DIÁRIO DO DOUTOR SEWARD

1º de outubro. Era cerca de meio-dia quando fui acordado pelo professor entrando no meu quarto. Ele estava mais jovial e animado do que o normal, e ficou evidente que o trabalho da noite passada ajudou a tirar parte do peso que incomodava sua mente.

Depois de recordar a aventura da noite, ele disse de repente: "Seu paciente me interessa muito. Será que posso visitá-lo com você esta manhã? Ou, se você estiver muito ocupado, posso ir sozinho se for possível. É uma nova experiência para mim encontrar um lunático que fala de filosofia e raciocina tão bem".

Eu tinha trabalho urgente a fazer, portanto disse que, se ele quisesse ir sozinho, eu ficaria satisfeito, assim não precisaria fazê-lo esperar; então chamei um enfermeiro e dei-lhe as instruções necessárias. Antes de o professor sair do quarto, adverti-o de que meu paciente poderia lhe transmitir falsas impressões.

"Mas", ele respondeu, "quero que ele fale de si mesmo e da sua mania de consumir coisas vivas. Ele disse à senhora Mina, como vi no seu diário de ontem, que já teve essa crença. Por que está sorrindo, amigo John?"

"Perdoe-me", eu disse, "mas a resposta está aqui." Pus a mão sobre o datiloscrito. "Quando nosso lunático são e erudito fez essa declaração de que *tinha* o costume de consumir vida, sua boca estava regurgitando as moscas e aranhas que ele tinha comido pouco antes de a senhora Harker entrar no quarto."

Foi a vez de Van Helsing sorrir. "Bom!", ele disse. "Sua memória é certeira, amigo John. Eu devia ter lembrado. Mas é exatamente essa obliquidade do pensamento e da memória que torna a doença mental um estudo fascinante. Talvez eu obtenha mais conhecimento com a loucura desse insano do que com os ensinamentos dos mais sábios. Quem sabe?"

Continuei meu trabalho, e em pouco tempo tinha acabado o mais premente. Pareceu-me que o tempo tinha sido muito curto, mas lá estava Van Helsing no meu escritório.

"Estou interrompendo?", ele perguntou educadamente, na soleira da porta.

"De modo algum", respondi. "Entre. Terminei meu trabalho e estou livre. Posso ir com você agora, se quiser."

"Não é necessário; já o vi!"

"E então?"

"Receio que ele não tenha muita estima por mim. Nossa entrevista foi breve. Quando entrei, ele estava sentado numa banqueta no meio do quarto, com os cotovelos apoiados nos joelhos, e seu rosto era a imagem do descontentamento aborrecido. Falei com ele do modo mais animado que pude, e com todo o respeito que podia manifestar. Ele não deu nenhuma resposta. 'Você não me conhece?', perguntei. Sua resposta não foi tranquilizadora: 'Eu conheço você muito bem; você é o velho tolo Van Helsing. Como eu queria que você levasse você mesmo e suas teorias idiotas sobre o cérebro para outro lugar! Que se danem todos os holandeses de cabeça dura!'. Ele não disse mais nada, apenas ficou sentado em seu aborrecimento implacável, indiferente a mim como se eu nem estivesse presente. Assim se foi, por enquanto, minha chance de aprender muito com esse lunático tão astuto; por isso vou indo, se me permite, animar-me com algumas palavras alegres com aquela doce alma, a senhora Mina. Amigo John, regozijo-me indizivelmente que ela não sofra mais, não se preocupe mais com nossas coisas terríveis. Sei que sentiremos muita falta da ajuda dela, mas é melhor assim."

"Concordo com você de todo o coração", respondi sinceramente, pois não queria que ele vacilasse nesse ponto. "A senhora Harker está melhor fora disso. As coisas estão ruins o bastante para nós, homens do mundo, que já passamos por muitos apuros em outras épocas; mas não é lugar para uma mulher, e se ela permanecesse ligada a esse assunto com o tempo seria infalivelmente devastada."

Então Van Helsing foi conversar com a senhora Harker; e Harker, Quincey e Art estão fora seguindo as pistas dos caixotes de terra. Vou terminar minha ronda de trabalho e nos encontraremos esta noite.

DIÁRIO DE MINA HARKER

1º de outubro. É estranho para mim não saber o que acontece, como hoje, e depois da confidência total de Jonathan por tantos anos vê-lo evitar tão manifestamente certos assuntos, e logo os mais vitais de todos. Esta manhã dormi até tarde, depois do cansaço de ontem, e, embora Jonathan tenha dormido até tarde também, acordou antes de mim. Ele falou comigo antes de sair, mais meigo e afetuoso do que nunca, porém não disse uma palavra do que aconteceu na visita à casa do conde. Mas com certeza ele sabia como eu estava terrivelmente ansiosa. Coitado dele! Imagino que tenha ficado ainda mais angustiado do que eu. Todos concordaram que era melhor que eu não fosse mais envolvida nesse trabalho horrível, e eu consenti. Mas pensar que ele esconde algo de mim! E agora estou chorando feito uma tonta, mesmo *sabendo* que isso vem do grande amor do meu marido e das boas, ótimas intenções daqueles outros homens fortes.

Isso me fez bem. Algum dia Jonathan me contará tudo; e, para que ele não pense nem por um momento que escondo algo dele, mantenho meu diário como sempre. Assim, se ele duvidar da minha confiança, eu lhe mostrarei, com cada pensamento do meu coração preservado para seus olhos lerem. Sinto-me estranhamente triste e desanimada hoje. Suponho que seja a reação a essa tremenda agitação.

Na noite passada fui para a cama depois que os homens saíram, simplesmente porque eles mandaram. Não estava com sono, e sentia-me cheia de uma ansiedade devorante. Fiquei pensando em tudo o que aconteceu desde que Jonathan veio me ver em Londres, e parece uma tragédia horrível, com o destino impondo implacavelmente algum fim preconcebido. Tudo o que fazemos, não importa quão certo seja, parece provocar justo aquilo que mais deploramos. Se eu não tivesse ido a Whitby, talvez a pobre Lucy estivesse entre nós agora. Ela não tinha criado o hábito de visitar o cemitério até eu chegar, e, se não tivesse ido lá durante o dia comigo, não teria andado até lá enquanto sonâmbula; e, se não tivesse ido lá à noite enquanto sonâmbula, aquele monstro não a teria destruído como fez. Oh, por que eu tinha que ir a Whitby? Olha só, chorando de novo! O que será que me deu hoje? Preciso esconder isso de Jonathan, pois, se ele soubesse que chorei duas vezes em uma manhã – eu, que nunca choro por minha causa, e a quem ele nunca deu motivo para derramar uma lágrima –, o pobre coitado ficaria agoniado. Vou fazer cara de valente, e se tiver vontade de chorar ele nunca vai ver. Suponho que seja uma das lições que nós, pobres mulheres, devemos aprender...

Não consigo lembrar como adormeci ontem à noite. Recordo-me de ouvir o latido repentino de cachorros e um monte de ruídos estranhos, como uma reza bastante ruidosa, vindo do quarto do senhor Renfield, que fica em algum lugar abaixo deste. Então tudo ficou em silêncio, um silêncio tão profundo que me assustou, por isso me levantei e olhei pela janela. Tudo estava escuro e silencioso, e as sombras negras nas frestas do luar pareciam cheias de um mistério próprio. Nada se movia, tudo aparentava ser macabro e rígido como a morte ou a sorte; assim, uma faixa estreita de névoa branca, que se arrastava com lentidão quase imperceptível por cima do gramado em direção à casa, parecia ter senciência e vitalidade próprias. Acho que a digressão de meus pensamentos deve ter me feito bem, pois quando voltei para a cama senti uma letargia tomar conta de mim. Deitei-me um pouco, mas não conseguia dormir, por isso me levantei e olhei pela janela de novo. A névoa estava se espalhando e agora se aproximava da casa, de maneira que eu a via encostar-se espessa contra a parede, como se escalasse as janelas. O pobre homem fazia mais barulho que nunca, e, embora eu não pudesse distinguir uma palavra do que ele dizia, podia de alguma forma reconhecer em sua entonação uma súplica veemente. Então houve um som de luta, e eu soube que os enfermeiros estavam lidando com ele. Fiquei tão assustada que me enfiei na cama e puxei os lençóis sobre a minha cabeça, tapando as orelhas com os dedos. Nessa hora não estava com sono nenhum, ou pelo menos pensava que não; mas devo ter adormecido, pois, exceto pelos sonhos, não me lembro de nada até a manhã, quando Jonathan me acordou. Creio que me custou esforço e algum tempo para perceber onde estava, e que era Jonathan que estava inclinado sobre mim. Meu sonho foi muito peculiar, e era quase típico do modo como os pensamentos que temos quando acordados se fundem com os sonhos ou continuam neles.

Achei que estivesse dormindo, esperando Jonathan voltar. Estava muito preocupada com ele, e não conseguia me mover; meus pés, minhas mãos, meu cérebro estavam pesados, de forma que nada acontecia no ritmo normal. Então dormi agitada e pensativa. Daí comecei a perceber que o ar estava carregado, úmido e frio. Tirei os lençóis do meu rosto e descobri, para minha surpresa, que tudo em volta estava na penumbra. A luz de gás que eu tinha deixado acesa para Jonathan, mas abaixada, surgia apenas como uma diminuta faísca vermelha através do nevoeiro, que tinha evidentemente se tornado mais denso e invadido o quarto. Então me ocorreu que eu tinha fechado a janela antes de vir para a cama. Quis me levantar para ter certeza disso, mas uma letargia de chumbo parecia acorrentar meus membros e até minha vontade. Fiquei deitada e esperei; foi só. Fechei os olhos, mas ainda podia ver através das pálpebras. (Como são incríveis as peças que nos pregam os sonhos, e como podemos imaginar de maneira conveniente.) A neblina ficava cada vez mais densa, e então eu soube como ela entrava, pois vi que era como fumaça – ou como a energia branca da água fervente – escorrendo não pela janela, mas pelas frestas da porta. Ficou cada vez mais densa, até parecer que tinha se concentrado numa espécie de pilar de fumaça no quarto, em cujo topo eu via a luz do gás brilhar como um olho vermelho. As coisas começaram a rodopiar no meu cérebro, assim como a coluna nebulosa estava rodopiando agora no quarto, e no meio de tudo vieram as palavras da Escritura: "um pilar de nuvem de dia e de fogo à noite". Será que era mesmo uma orientação espiritual que me vinha durante o sono? Entretanto o pilar era composto pelos guias diurno e noturno, pois o fogo estava no olho vermelho, que, com esse pensamento, exerceu um novo fascínio sobre mim; até que, enquanto eu olhava, o fogo se dividiu e pareceu brilhar sobre mim através do nevoeiro como dois olhos vermelhos, como Lucy me disse no seu devaneio mental momentâneo na falésia, quando o sol poente atingiu as janelas da igreja de St. Mary. Subitamente eclodiu em mim o terror de que tinha sido assim que Jonathan vira aquelas mulheres horrorosas transformarem-se em realidade a partir da névoa rodopiante ao luar, e no meu sonho eu devo ter desmaiado, pois tudo se tornou escuridão completa. O último esforço consciente que a imaginação fez foi mostrar-me um rosto branco lívido saindo da névoa e debruçando-se sobre mim.

Preciso ter cuidado com esses sonhos, pois eles debilitariam a razão se houvesse muitos deles. Eu pediria ao doutor Van Helsing ou ao doutor Seward que me prescrevessem algo que me fizesse dormir, se não tivesse medo de alarmá-los. Neste momento, um sonho desses aumentaria seus temores a meu respeito. Esta noite vou me esforçar para dormir naturalmente. Se não conseguir, amanhã à noite vou pedir que me deem uma dose de cloral; não vai me fazer mal uma vez, e me proporcionará uma boa noite de sono. A noite passada me cansou mais do que se eu não tivesse dormido nada.

2 de outubro, vinte e duas horas. Na noite passada eu dormi, mas não sonhei. Devo ter dormido profundamente, pois não acordei com Jonathan vindo para a cama; porém o sono não me restaurou, pois hoje me sinto terrivelmente fraca e indolente. Passei o dia todo ontem tentando ler, ou deitada cochilando. À tarde o senhor Renfield perguntou se podia me ver. Coitado, foi tão gentil, e quando eu estava indo embora ele beijou minha mão e pediu a Deus que me abençoasse. De certa forma isso me afetou muito; estou chorando ao pensar nele. É uma nova fraqueza, com a qual devo tomar cuidado. Jonathan ficaria triste se soubesse que estive chorando. Ele e os outros ficaram fora até a hora do jantar, e voltaram todos cansados. Fiz o que pude para animá-los, e imagino que o esforço tenha me feito bem, pois esqueci como estava cansada. Depois do jantar eles me mandaram para a cama e foram todos fumar juntos, como disseram, mas eu sabia que queriam contar uns aos outros o que acontecera com cada um durante o dia. Percebi na atitude de Jonathan que ele tinha algo importante a comunicar. Eu não estava com tanto sono quanto deveria; por isso, antes de eles irem embora, pedi ao doutor Seward que me desse algum tipo de opiato, porque não tinha dormido bem na noite anterior. Ele foi muito gentil de preparar para mim uma poção para dormir, que me entregou dizendo que não me faria mal, pois era muito suave... Eu tomei-a e estou esperando pelo sono, que ainda está arisco. Espero não ter agido mal, pois quando o sono começa a flertar comigo surge um novo medo: o de que eu possa ter sido imprudente ao privar-me assim do poder de despertar. Posso precisar dele. Aí vem o sono. Boa noite.

XX. Diário de Jonathan Harker

1º de outubro, noite. Encontrei Thomas Snelling em sua casa em Bethnal Green, mas infelizmente ele não estava em condições de lembrar nada. A expectativa de cerveja que minha vinda futura criara nele se mostrara irresistível, e ele havia começado cedo demais a tão ansiada dissipação. Fiquei sabendo, contudo, por intermédio de sua esposa, que era uma alma boa e decente, que era somente o assistente de Smollet, que dos dois colegas era a pessoa responsável. Então fui para Walworth, e encontrei o senhor Joseph Smollet em casa, em mangas de camisa, tomando chá num pires. É um camarada decente e inteligente, visivelmente um trabalhador bom e confiável, com a cabeça no lugar. Ele lembrava tudo sobre o incidente dos caixotes, e mediante um maravilhoso bloco de anotações com as bordas amassadas, que ele tirou de um receptáculo misterioso no fundilho das suas calças, e que continha registros hieroglíficos feitos com lápis grosso e meio apagado, ele me informou as destinações dos caixotes. Havia, disse ele, seis no carregamento que levou de Carfax e deixou em 197, Chicksand Street, Mile End New Town, e mais seis que entregou em Jamaica Lane, Bermondsey. Portanto, se o conde pretendia espalhar esses seus refúgios macabros por Londres, esses lugares foram escolhidos para ser os da primeira entrega, de onde depois ele poderia distribuí-los mais amplamente. A maneira sistemática com que isso foi feito me fez pensar que ele não pretendia confinar-se a dois lados de Londres. Ele estava fixado agora na extremidade leste da divisa norte, no leste da divisa sul, e no sul. O norte e o oeste certamente não estavam destinados a ficar de fora do seu plano diabólico – muito menos a própria City e o coração da Londres elegante no sudoeste e no oeste. Perguntei a Smollet se ele saberia dizer se outros caixotes haviam sido tirados de Carfax.

Ele respondeu: "Bem, patrão, o senhor me agradou pra valer", eu tinha lhe dado meio soberano, "por isso vou lhe contar tudo o que sei. Ouvi um homem chamado Bloxam dizer, quatro noites atrás no Hare and Hounds, em Pincher's Alley, como ele e seu colega fizeram um danado dum trabalho poeirento numa casa velha em Purfleet. Não há muitos trabalhos como esse ali, e estou pensando que talvez Sam Bloxam possa lhe dizer algo mais".

Perguntei se ele saberia me dizer onde encontrá-lo. Disse que, se me conseguisse o endereço, ganharia mais meio soberano. Então ele tragou o resto de seu chá e levantou-se, dizendo que ia começar a procurar agora mesmo.

Na porta ele parou e disse: "Olha só, patrão, não faz sentido segurar o senhor aqui. Posso encontrar Sam logo, ou não; mas de qualquer jeito ele não vai estar em condições de lhe dizer muita coisa esta noite. Sam fica esquisito quando começa a beber. Se o senhor quiser me dar um envelope com selo, e botar seu endereço nele, eu vou descobrir onde Sam está e botar no correio esta noite. Mas é melhor o senhor ir atrás dele de manhã cedo, senão não vai encontrá-lo, porque Sam pega no batente cedo, sem ligar para a birita da noite anterior".

Era tudo muito prático, por isso uma das crianças saiu correndo com um *penny* para comprar um envelope e uma folha de papel, e ficar com o troco. Quando ela voltou, enderecei o envelope e colei o selo nele, e, depois de Smollet prometer fielmente, mais uma vez, postar o endereço quando o encontrasse, fui para casa. De qualquer forma, estamos no caminho certo. Estou cansado agora, e quero dormir. Mina está dormindo profundamente, e parece um pouco pálida demais; seus olhos parecem mostrar que ela estava chorando. Coitada, não duvido que fique aflita por não saber de nada, e isso deve deixá-la angustiada por mim e pelos outros. Mas é melhor assim. É melhor ela ficar frustrada e preocupada dessa forma agora do que ter um colapso nervoso. Os médicos tinham razão mesmo de insistir para que ela ficasse de fora dessa história tenebrosa. Preciso ser firme, pois recai especificamente sobre mim esse fardo do silêncio. Nunca abordarei esse assunto com ela, em quaisquer circunstâncias. Na verdade, pode não ser uma tarefa difícil, no fim das contas, porque ela mesma se tornou reticente quanto a esse assunto, e não falou do conde nem de suas ações desde que comunicamos a ela nossa decisão.

2 de outubro, noite. Um dia longo e penoso, mas animador. Pelo correio da manhã, recebi meu envelope sobrescritado com um pedaço sujo de papel dentro dele, no qual estava escrito a lápis de marceneiro, num garrancho: "Sam Bloxam, Korkrans, 4, Poters Cort, Bartel Street, Walworth. Perguntar pelo selador".

Recebi a carta na cama, e levantei-me sem acordar Mina. Ela parecia pálida, dormindo pesadamente, e nada bem. Decidi não acordá-la, mas, quando retornasse dessa nova busca, cuidaria para que voltasse a

Exeter. Acho que ela ficaria mais feliz em nossa própria casa, com suas tarefas diárias para interessá-la, do que aqui entre nós e na ignorância. Vi o doutor Seward apenas por um momento, e disse-lhe para onde estava indo, prometendo voltar e contar o resto assim que tivesse descoberto alguma coisa. Fui até Walworth e encontrei, com certa dificuldade, Potter's Court. A grafia do senhor Smollet enganou-me, pois perguntei o caminho para Poter's Court em vez de Potter's Court. Porém, assim que encontrei a vila, não tive dificuldade em encontrar a pensão de Corcoran.

Quando perguntei ao homem que atendeu à porta se o "selador" estava, ele sacudiu a cabeça e disse: "Não conheço. Não tem ninguém aqui com esse nome. Nunca ouvi falar dele em toda a minha vida. Acho que não tem ninguém assim que vive aqui nem em lugar nenhum".

Peguei a carta de Smollet, e ao lê-la me pareceu que a grafia do nome da vila tinha me dado uma lição. "O que você é?", perguntei.

"Sou o zelador", ele respondeu.

Vi de imediato que estava no caminho certo; a grafia fonética havia me despistado de novo. Uma gorjeta de meio soberano pôs o conhecimento do zelador ao meu dispor, e fiquei sabendo que o senhor Bloxam, que tinha curado a ressaca do restante da sua cerveja na noite anterior na pensão de Corcoran, saíra para o trabalho em Poplar às cinco da manhã. Ele não sabia dizer onde se situava o local de trabalho, mas tinha uma vaga ideia de que era algum tipo de "armazém novinho em folha", e com essa indicação precária tive que ir para Poplar. Era meio-dia quando consegui alguma pista satisfatória do tal edifício, e isso foi num café, onde alguns trabalhadores estavam almoçando. Um deles sugeriu que estava sendo erguido em Cross Angel Street um novo edifício de "armazenamento frio"; e, como ele correspondia à descrição de um "armazém novinho em folha", fui para lá imediatamente. Uma entrevista com um porteiro rabugento e um capataz mais rabugento ainda, ambos aplacados com a moeda do reino, me pôs no rastro de Bloxam. Mandaram chamá-lo depois de eu sinalizar que estava disposto a pagar ao capataz por sua jornada em troca do privilégio de lhe fazer algumas perguntas sobre um assunto particular. Ele era um camarada esperto, apesar de rude na fala e nas maneiras. Quando prometi pagar pela informação e dar um adiantamento, ele me disse que fizera dois trajetos entre Carfax e uma casa em Piccadilly, e tinha levado daquela casa para esta nove grandes caixotes – "pesados pra burro" – com uma carroça puxada por cavalo, que ele alugara para esse fim.

Perguntei se ele podia me dizer o número da casa em Piccadilly, ao que ele respondeu: "Bem, patrão, esqueci o número, mas ficava só algumas portas depois de uma igrejona branca ou alguma coisa assim, construída há pouco tempo. Era uma casa velha poeirenta também, só que nada igual à poeirada da casa de onde tiramos os caixotes".

"Como você entrou nas casas se elas estavam vazias?"

"O sujeito que me contratou estava esperando na casa em Purfleet. Ele me ajudou a levantar os caixotes e colocá-los na carreta. Diacho, era o camarada mais forte com quem já topei, e um velhote ainda por cima, com um bigode branco, tão magro que você acharia que não consegue jogar um seixo."

Como essa frase me fez estremecer!

"Ora, ele levantou o lado dele dos caixotes como se fossem sacos de chá, e eu bufando e soprando para conseguir aprumar o meu – e eu também não sou nenhum frangote."

"Como você entrou na casa em Piccadilly?", perguntei.

"Ele estava lá também. Deve ter saído e chegado lá antes de mim, porque, quando toquei a campainha, ele mesmo veio abrir a porta e me ajudou a carregar os caixotes para dentro do saguão."

"Todos os nove?", perguntei.

"É; tinha cinco no primeiro carregamento e quatro no segundo. Foi trabalho pesado, e não lembro bem como cheguei em casa."

Eu o interrompi: "Os caixotes ficaram no saguão?".

"É; era um saguão grande, e não tinha mais nada nele."

Fiz mais uma tentativa para esclarecer as coisas: "Você não tinha uma chave?".

"Nunca usei chave nem nada. O velhinho abriu a porta ele mesmo e fechou de novo quando fui embora. Não me lembro da última vez – mas aí foi a cerveja."

"E você não lembra o número da casa?"

"Não, senhor. Mas não é difícil. É uma casa alta com uma fachada de pedra com um arco, e uma escadaria alta até a porta. Lembro-me bem dos degraus, tive que subir carregando os caixotes com três vagabundos que vieram ganhar uns cobres. O velho deu uns xelins para eles, e eles, vendo que ganharam muito, queriam mais; mas ele pegou um deles pelo ombro e quase o jogou escadaria abaixo, daí o bando foi embora praguejando."

Julguei que, com essa descrição, eu conseguiria encontrar a casa, portanto, tendo pago meu amigo pela informação, parti para Piccadilly. Tinha aprendido uma nova lição dolorosa: o conde conseguia, era evidente, carregar ele mesmo os caixotes. Assim, o tempo era precioso, pois, agora que ele tinha alcançado certo grau de distribuição, ele podia, no momento que quisesse, completar a tarefa sem ser visto. Em Piccadilly Circus dispensei o cabriolé e andei para oeste; depois de Junior Constitutional, deparei com a casa descrita, e certifiquei-me de que era o próximo covil preparado por Drácula. A casa parecia estar desabitada há muito tempo. As janelas tinham uma crosta de pó e as persianas estavam levantadas. Todas as esquadrias estavam pretas e envelhecidas, e a tinta que cobria o ferro tinha descascado quase inteiramente. Era evidente que, até pouco tempo atrás, havia uma grande placa na frente do terraço; no entanto, ela fora arrancada grosseiramente, e as varas que a sustentavam ainda estavam no lugar. Por trás das grades do terraço vi que havia umas tábuas soltas, cujas bordas ásperas pareciam brancas. O que eu não teria dado para ter visto a placa intacta, já que me daria, talvez, alguma indicação sobre a propriedade da casa. Lembrei-me da minha experiência da investigação e aquisição de Carfax, e não pude deixar de sentir que, se descobrisse o proprietário anterior, poderia haver um meio de obter acesso à casa.

No momento não havia nada a aprender do lado de Piccadilly, e nada que pudesse ser feito, por isso dei a volta por trás para ver se podia apreender algo desse ângulo. A viela estava ativa, dado que a maioria das casas de Piccadilly estavam ocupadas. Perguntei a um ou dois criados e ajudantes que estavam por ali se podiam me dizer algo sobre a casa vazia. Um deles disse ter ouvido que ela tinha sido comprada recentemente, mas não sabia dizer de quem. Ele me disse, porém, que até muito pouco tempo atrás havia uma placa de "vende-se", e que talvez Mitchell, Sons & Candy, os agentes imobiliários, pudessem me contar algo, pois ele acreditava se lembrar de ter visto o nome dessa firma na placa. Não quis parecer ansioso, nem deixar meu informante saber ou adivinhar demais, portanto, agradecendo-o à maneira habitual, saí tranquilamente. Já estava ficando escuro, e a noite de outono se aproximava, por isso não perdi tempo. Tendo obtido o endereço de Mitchell, Sons & Candy numa lista no Berkeley, logo eu estava no escritório deles em Sackville Street.

O cavalheiro que me atendeu era particularmente amável nos seus modos, mas incomunicativo na mesma proporção. Tendo me dito uma vez que a casa de Piccadilly – que durante toda a nossa entrevista ele chamou de "mansão" – estava vendida, ele considerava meu assunto concluído. Quando eu perguntei quem a tinha comprado, ele abriu os olhos um bocadinho a mais e pausou alguns segundos antes de responder: "Está vendida, senhor".

"Perdoe-me", eu disse, com a mesma polidez, "mas tenho um motivo especial para querer saber quem a comprou."

Dessa vez ele fez uma pausa mais longa e ergueu as sobrancelhas mais ainda. "Está vendida, senhor", foi novamente sua resposta lacônica.

"Decerto", eu disse, "você não se importa em me deixar saber isso."

"Sim, eu me importo", ele respondeu. "Os assuntos dos clientes estão absolutamente seguros nas mãos de Mitchell, Sons & Candy."

Ele era manifestamente um pedante de marca maior, e não adiantava discutir. Achei melhor lidar com ele nos seus próprios termos, portanto disse: "Seus clientes, meu senhor, estão contentes em ter um guardião tão determinado da sua confiança. Eu também sou um profissional".

Então lhe entreguei meu cartão. "Neste caso, não sou movido pela curiosidade; ajo a mando de lorde Godalming, que deseja saber algo sobre a propriedade que estava, julgava ele, à venda até recentemente."

Tais palavras deram à coisa uma nova coloração. Ele disse: "Ficarei feliz em auxiliá-lo no que puder, senhor Harker, e especialmente em auxiliar vossa senhoria. Certa vez, cuidamos de uma pequena questão de alugar aposentos para ele quando era o excelentíssimo Arthur Holmwood. Se o senhor puder me fornecer o endereço de vossa senhoria, consultarei a diretoria a respeito e entrarei em contato, sem falta, com vossa senhoria pelo correio da noite. Será um prazer podermos abrir uma exceção às nossas regras para prestar a informação requisitada por vossa senhoria".

Quis garantir um amigo, e não fazer um inimigo, por isso lhe agradeci, dei o endereço do doutor Seward e fui embora. Já estava escuro, e eu estava cansado e faminto. Tomei uma xícara de chá na Aerated Bread Company e fui para Purfleet no trem seguinte.

Encontrei todos os outros em casa. Mina parecia cansada e pálida, mas fez um esforço colossal para ficar alegre e animada. Cortou meu coração pensar que eu tinha que esconder algo dela e isso lhe causava inquietude. Graças a Deus esta será a última noite em que ela observará nossas conferências e se sentirá desdenhada por não mostrarmos nossa confiança. Precisei de toda a minha coragem para manter a sábia resolução de deixá-la de fora da nossa sinistra tarefa. Ela parece mais conformada, ou então o assunto deve ter se tornado repugnante para ela, pois, quando alguma alusão acidental é feita, ela estremece. Estou feliz que tomamos nossa resolução a tempo, pois, com um sentimento desses, nosso conhecimento crescente seria uma tortura para ela.

Eu só poderia contar aos outros minha descoberta do dia quando estivéssemos a sós; portanto, após o jantar – seguido por um pouco de música para manter as aparências até para nós mesmos –, levei Mina ao seu quarto e deixei-a ir para a cama. Minha querida menina estava mais afetuosa comigo do que nunca, e abraçou-me como se fosse me reter; mas havia muito a debater, por isso fui embora. Graças a Deus, deixar de contar as coisas não fez diferença entre nós.

Quando desci novamente, encontrei os outros reunidos em torno da lareira no escritório. No trem, eu havia escrito meu diário até o presente, e simplesmente o li para eles por ser o melhor meio de atualizá-los quanto às minhas informações.

Quando terminei, Van Helsing disse: "Foi um ótimo dia de trabalho, amigo Jonathan. Estamos sem dúvida na pista dos caixotes faltantes. Se encontrarmos todos nessa casa, então nosso trabalho estará próximo do fim. Mas, se alguns estiverem faltando, precisaremos procurar até encontrá-los. Então daremos nosso *coup*[44] final e caçaremos o desgraçado até sua verdadeira morte".

Ficamos sentados em silêncio por algum tempo, e de repente o senhor Morris falou: "Mas como vamos conseguir entrar naquela casa?".

"Nós entramos na outra", respondeu lorde Godalming rapidamente.

"Mas, Art, isso é diferente. Invadimos a casa em Carfax, mas tínhamos a noite e um parque murado para nos proteger. Será uma coisa bem diferente praticar invasão de domicílio em Piccadilly, de dia ou de noite. Confesso que não vejo como vamos conseguir entrar, a menos que aquele pateta da agência nos empreste alguma chave; talvez saibamos quando você receber sua carta de manhã."

As sobrancelhas de lorde Godalming contraíram-se, ele se levantou e andou pela sala. Pouco depois ele parou e disse, voltando-se sucessivamente para cada um de nós: "O raciocínio de Quincey está correto. Esse negócio de arrombamento está ficando sério. Nós nos safamos uma vez, mas agora temos um trabalho arriscado a fazer – a menos que encontremos a cesta de chaves do conde".

44. Em francês no original: "golpe".

Como nada podia ser feito antes da manhã, e como seria pelo menos aconselhável esperar até lorde Godalming receber notícias do Mitchell, decidimos não dar nenhum passo antes da hora do café da manhã. Por um bom tempo ficamos sentados fumando, discutindo a questão em seus vários ângulos e aspectos; aproveitei a oportunidade para atualizar este diário até este momento. Estou com muito sono e vou para a cama...

Só uma linha. Mina está dormindo profundamente e sua respiração é regular. Sua testa está franzida em pequenas rugas, como se estivesse pensando até enquanto dorme. Ela ainda está pálida demais, mas não parece tão extenuada como estava hoje cedo. O amanhã trará, espero, remédio para tudo isso; Mina voltará a ser ela mesma em casa, em Exeter. Puxa, como estou cansado!

DIÁRIO DO DOUTOR SEWARD

1º de outubro. Estou intrigado novamente com Renfield. Seu humor muda tão rápido que tenho dificuldade em acompanhá-lo e, como ele sempre significa algo mais do que seu próprio bem-estar, forma um estudo deveras interessante. Esta manhã, quando fui vê-lo depois de sua rejeição a Van Helsing, sua atitude era a de um homem que comanda o destino. Ele estava, realmente, comandando o destino – subjetivamente. Não ligava de verdade para nenhuma das meras coisas terrenas; ele estava nas nuvens e olhava para baixo, para todas as fraquezas e carências de nós, pobres mortais.

Pensei em aproveitar a ocasião para aprender algo, por isso perguntei: "E agora, o que houve com as moscas?".

Ele sorriu para mim com ar de superioridade – um sorriso que conviria ao rosto de Malvolio – e respondeu: "A mosca, meu caro senhor, tem uma característica marcante: suas asas são típicas dos poderes aéreos das faculdades psíquicas. Os antigos fizeram bem ao tipificar a alma como uma borboleta!".

Pensei em levar sua analogia ao seu extremo lógico, por isso disse rapidamente: "Oh, agora é uma alma que você está procurando, é?".

Sua loucura turvava sua razão, e uma expressão de espanto espalhou-se por seu rosto quando, sacudindo a cabeça com uma determinação que vi nele poucas vezes, ele disse: "Oh, não, oh, não! Não quero almas. Só quero vida". Então se animou: "Estou indiferente a isso no momento.

Minha vida está boa, tenho tudo o que quero. Você vai precisar de um novo paciente, doutor, se quiser estudar a zoofagia!".

Isso me intrigou um pouco, por isso incitei-o: "Então você comanda a vida; você é um deus, imagino?".

Ele sorriu com uma superioridade inefavelmente complacente. "Oh, não! Longe de mim arrogar-me os atributos da Deidade. Não estou nem preocupado com Seus atos especificamente espirituais. Se eu puder enunciar minha posição intelectual, eu estou, no que tange às coisas puramente terrestres, mais ou menos na posição que Enoque ocupava espiritualmente!"

Isso era um enigma para mim. No momento não consegui entender a relevância de Enoque, portanto tive de fazer uma pergunta simples, apesar de sentir que, ao fazê-lo, eu me rebaixava aos olhos do lunático: "E por que Enoque?".

"Porque ele andava com Deus."

Não compreendi a analogia, mas não quis admitir; então retomei o que ele havia negado: "Parece que você não liga para a vida e não quer almas. Por que não?". Fiz a pergunta rapidamente e com certa severidade, de propósito, para desconcertá-lo.

O esforço foi bem-sucedido; por um instante ele recaiu inconscientemente na sua velha atitude servil, inclinou-se baixo diante de mim, e chegou a me adular ao responder: "Não quero almas, não mesmo, não mesmo! Não quero. Não poderia usá-las se as tivesse; elas não teriam utilidade para mim. Não poderia comê-las nem...".

Ele parou subitamente e o velho olhar malicioso espalhou-se pelo seu rosto como uma rajada de vento sobre a superfície da água.

"Mas, doutor, quanto à vida, o que ela é, afinal? Quando você tem tudo de que precisa, e sabe que nunca carecerá de nada, é só isso. Tenho amigos – bons amigos – como você, doutor Seward"; isso foi dito com um olhar repugnante de inexprimível malignidade. "Eu sei que nunca me faltarão os meios de vida!"

Creio que, através da nebulosidade da sua insanidade, ele via algum antagonismo em mim, pois imediatamente se retirou para o último refúgio daqueles como ele – um silêncio obstinado. Depois de pouco tempo vi que, por enquanto, era inútil falar com ele. Ele estava amuado, por isso fui embora.

Mais tarde ele mandou me chamar. Normalmente eu não iria sem um motivo especial, mas no momento estou tão interessado nele que faço o esforço com prazer. Além disso, fico contente em ter algo para ajudar a passar o tempo. Harker saiu para seguir pistas, bem como lorde Godalming e Quincey. Van Helsing está sentado no meu escritório, relendo o registro preparado pelos Harker; ele acredita que o conhecimento acurado de todos os detalhes lhe fornecerá alguma pista. Ele não quer ser incomodado em seu trabalho sem motivo. Eu o teria levado comigo para ver o paciente, mas pensei que, depois da sua última rejeição, ele podia não querer ir de novo. Também havia outro motivo: Renfield poderia não falar tão à vontade diante de um terceiro como faz quando estamos somente ele e eu.

Encontrei-o sentado no meio do quarto na sua banqueta, uma pose que geralmente indica alguma energia mental da sua parte. Quando entrei, ele disse de chofre, como se a pergunta estivesse esperando nos seus lábios: "E quanto às almas?".

Ficou evidente que minha suposição estava correta. A cerebração inconsciente estava fazendo seu trabalho, mesmo num lunático. Decidi resolver o assunto.

"O que você acha delas?", perguntei.

Ele não respondeu por um momento, apenas olhou ao redor, e para cima e para baixo, como se esperasse encontrar inspiração para uma resposta.

"Não quero alma nenhuma!", ele disse de modo débil e apologético. A questão parecia estar rondando sua mente, por isso decidi usá-la – para "ser cruel somente para ser gentil". Então disse: "Você gosta de vida, e você quer vida?".

"Oh, sim! Mas isso está certo; você não precisa se preocupar com isso!"

"Mas", perguntei, "como vamos obter a vida sem obter também a alma?"

Isso pareceu desnorteá-lo, por isso continuei: "Você vai passar um bom bocado alguma hora, quando estiver voando lá fora, com as almas de milhares de moscas, aranhas, pássaros e gatos zumbindo, piando e miando em volta de você. Você pegou suas vidas, sabe, e precisará aguentar suas almas!".

Algo pareceu afetar sua imaginação, pois ele tampou as orelhas com os dedos e fechou os olhos, apertando-os como faz um menino pequeno quando alguém lhe ensaboa o rosto. Havia algo patético nisso que me comoveu; também me deu uma lição, pois parecia que diante de mim estava uma criança – somente uma criança, embora os traços estivessem marcados e as cerdas da barba fossem brancas. Era evidente que ele estava sofrendo algum processo de distúrbio mental, e, sabendo como seus humores passados tinham interpretado coisas aparentemente alheias a ele, pensei em entrar na sua mente como pudesse para acompanhá-lo.

O primeiro passo era restaurar a confiança, então lhe perguntei, falando bem alto para ele me ouvir através das orelhas fechadas: "Você quer um pouco de açúcar para atrair suas moscas de novo?".

Ele pareceu acordar de repente, e sacudiu a cabeça. Rindo, respondeu: "Acho que não! Moscas são coisas reles, afinal!". Após uma pausa, ele acrescentou: "E também não quero suas almas zumbindo em volta de mim".

"Ou aranhas?", prossegui.

"Danem-se as aranhas! Para que servem aranhas? Não têm nada para comer nem..." Ele parou repentinamente, como se lembrasse de um tema proibido.

"Ora, ora", pensei comigo mesmo, "é a segunda vez que ele subitamente empaca na palavra 'beber'; o que isso quer dizer?"

Renfield parecia saber que tinha cometido um lapso, pois se apressou, como para distrair minha atenção: "Não dou importância nenhuma a esses assuntos. 'Ratos e camundongos e outros bichos miúdos',[45] como diz Shakespeare, 'ração da despensa', poderiam ser chamados. Deixei para trás todas essas bobagens. É mais fácil pedir a um homem que coma moléculas com um par de palitos do que tentar fazer que eu me interesse pelos carnívoros inferiores, pois eu sei o que me espera".

"Entendi", eu disse. "Você quer coisas grandes para cravar os dentes? O que você diria de desjejuar um elefante?"

"Que besteira ridícula você está dizendo!" Ele estava ficando desperto demais, então tentei pressioná-lo mais ainda.

"Imagino", eu disse pensativamente, "como será a alma de um elefante!"

O efeito que eu desejava foi obtido, pois de pronto ele desceu dos tamancos e tornou-se criança de novo.

"Não quero uma alma de elefante, nem alma nenhuma!", ele disse. Por alguns momentos, ele ficou sentado contrariado. De repente se levantou, com os olhos flamejando e todos os sinais de excitação cerebral intensa. "Vão para o inferno, você e as suas almas!", ele gritou. "Por que

---

45. Paráfrase de *Rei Lear*, ato III, cena 4: "*But mice and rats, and such small deer,/ Have been Tom's food for seven long year*" ("Mas camundongos e ratos, e outros bichos miúdos,/ São a comida de Tom há sete longos anos").

você me importuna com almas? Já não tenho o bastante para me preocupar, me afligir e me distrair, sem pensar em almas?"

Ele ficou tão hostil que parecia propenso a outro ataque homicida, por isso soprei meu apito.

Porém, no instante em que o fiz ele ficou calmo, e disse apologeticamente: "Me desculpe, doutor; eu me extraviei. Você não precisa de ajuda. Estou com tanta preocupação na minha mente que é fácil ficar irritado. Se você soubesse o problema que tenho que enfrentar, e que estou resolvendo, você teria dó, e toleraria, e me perdoaria. Por favor, não me ponha numa camisa de força. Quero pensar, e não consigo pensar livremente quando meu corpo está confinado. Tenho certeza de que você entenderá!".

Ele tinha autocontrole evidente; por isso, quando os enfermeiros chegaram, disse para não se incomodarem, e eles se retiraram. Renfield os observou saindo; quando a porta se fechou, ele disse, com considerável dignidade e candura: "Doutor Seward, você teve muita consideração comigo. Acredite que sou muito, muito grato a você!".

Julguei bom deixá-lo nesse estado, e fui embora. Certamente há algo a ponderar na condição desse homem. Diversos pontos parecem compor o que o entrevistador americano chama de "matéria", se pudéssemos colocá-los na ordem certa. Aqui estão eles:

Não menciona "beber".

Teme a ideia de suportar o fardo da "alma" de qualquer coisa.

Não teme carecer de "vida" no futuro.

Despreza as formas de vida mais baixas em geral, embora tema ser atormentado pelas suas almas.

Logicamente, todas essas coisas apontam numa direção! Ele tem algum tipo de certeza de que vai adquirir uma vida superior.

Ele teme a consequência – o fardo de uma alma. Então é uma vida humana que ele está procurando!

E a certeza...?

Deus misericordioso! O conde esteve com ele, e algum novo plano de terror está em curso!

Mais tarde. Após minha ronda, fui ver Van Helsing e contei-lhe minha suspeita. Ele ficou muito sério e, depois de refletir um pouco sobre o assunto, pediu-me que o levasse para ver Renfield. Assim fiz. Ao chegarmos diante da porta, ouvimos o lunático lá dentro cantando alegremente, como costumava fazer num tempo que agora parece muito distante.

Quando entramos, vimos com surpresa que ele havia espalhado o açúcar como antes; as moscas, letárgicas no outono, estavam começando a entrar no quarto zumbindo. Tentamos fazê-lo falar sobre o assunto da nossa conversa anterior, mas ele não quis colaborar. Continuou cantando como se não estivéssemos presentes. Ele tinha um pedaço de papel e estava dobrando-o para formar um bloco de anotações. Tivemos que sair tão ignorantes quanto entramos.

O caso dele é realmente curioso; precisamos observá-lo esta noite.

CARTA DE MITCHELL, SONS & CANDY A LORDE GODALMING

1º de outubro

Prezado senhor,

Para nós é sempre um grande prazer poder atender a seus pedidos. No que tange ao desejo de vossa senhoria expressado pelo senhor Harker em seu nome, vimos por meio desta fornecer as seguintes informações relativas à venda e aquisição do nº 347, Piccadilly. Os vendedores originais são os executores do finado senhor Archibald Winter-Suffield. O comprador é um aristocrata estrangeiro, o conde De Ville, que efetuou pessoalmente a compra, pagando o montante devido em cédulas de "dinheiro vivo", se vossa senhoria nos perdoar o uso de expressão tão vulgar. Afora isso não sabemos nada mais sobre ele.

Subscrevemo-nos, vossa senhoria,
Seus leais servidores,
Mitchell, Sons & Candy

DIÁRIO DO DOUTOR SEWARD

2 de outubro. Pus um homem de sentinela no corredor na noite passada e pedi que tomasse nota atentamente de qualquer som que ouvisse no quarto de Renfield, dando-lhe instruções para chamar-me se houvesse algo estranho. Após o jantar, quando tínhamos todos nos reunido em torno da lareira no escritório – a senhora Harker tinha ido para a cama –, discutimos as tentativas e descobertas do dia. Harker era o único que conseguira algum resultado, e temos grande esperança de que essa pista seja importante.

Antes de ir para a cama, fui até o quarto do paciente e olhei através da portinhola de observação. Ele estava dormindo profundamente, e seu peito subia e descia com a respiração regular.

Esta manhã o homem de plantão me informou que, pouco depois da meia-noite, o paciente ficou agitado e repetia suas preces em voz alta. Perguntei se era só isso; ele respondeu que só tinha ouvido isso. Havia algo tão suspeito na sua atitude que perguntei à queima-roupa se ele havia dormido. Ele negou ter dormido, mas admitiu ter "cochilado" um pouco. É muito ruim não poder confiar nos homens a menos que sejam vigiados.

Hoje Harker saiu para seguir sua pista, e Art e Quincey foram procurar cavalos. Godalming acha que será bom ter cavalos sempre prontos, pois quando conseguirmos as informações que procuramos não teremos tempo a perder. Precisamos, entre o alvorecer e o anoitecer, esterilizar toda a terra importada; assim pegaremos o conde em seu momento mais vulnerável, e sem refúgio para esconder-se. Van Helsing foi ao British Museum pesquisar referências sobre medicina antiga. Os antigos médicos registravam coisas que seus seguidores não aceitam, e o professor está procurando curas para bruxas e demônios, que podem ser úteis para nós mais tarde.

Às vezes acho que estamos todos loucos e que vamos despertar para a sanidade amarrados em camisas de força.

Mais tarde. Reunimo-nos novamente. Parece que enfim estamos no caminho certo, e nosso trabalho amanhã pode ser o começo do fim. Será que a calma de Renfield tem alguma coisa a ver com isso? Seu humor segue as ações do conde de tal forma que a destruição impendente do monstro pode afetá-lo de algum modo sutil. Se conseguíssemos alguma indicação do que se passou em sua mente entre o momento da minha discussão com ele ontem e sua retomada da caça às moscas, isso poderia nos dar uma pista valiosa. Agora ele está quieto há bastante tempo... Ou não? Esse grito desesperado parece ter vindo do seu quarto...

O enfermeiro irrompeu no meu quarto e contou que Renfield tinha sofrido um acidente. Ele o ouvira gritar, e, quando foi ver, Renfield estava caído de cara no chão, todo coberto de sangue. Preciso ir já...

XXI. Diário do doutor Seward

3 de outubro. Vou registrar com exatidão tudo o que aconteceu, tal como me lembro, desde a última vez em que escrevi. Nenhum detalhe deve ser esquecido; devo agir com toda a calma.

Quando cheguei ao quarto de Renfield, encontrei-o caído no chão, virado do seu lado esquerdo, numa poça de sangue reluzente. Quando fui movê-lo, ficou evidente de imediato que ele tinha sofrido ferimentos terríveis; não havia nem mesmo aquela unidade de propósito entre as partes do corpo que caracteriza a sanidade letárgica. Como o rosto estava exposto, vi que estava horrivelmente contundido, como se tivesse sido espancado – de fato, era das lesões no rosto que se originava a poça de sangue.

O enfermeiro que estava ajoelhado ao lado do corpo me disse, enquanto o virávamos para cima: "Creio, doutor, que sua coluna esteja quebrada. Veja, seu braço e sua perna direita, assim como todo esse lado do seu rosto, estão paralisados". Como isso podia ter acontecido escapava totalmente ao entendimento do enfermeiro. Ele parecia perplexo, e suas sobrancelhas se juntaram quando ele disse: "Não entendo como pode ter havido as duas coisas. Ele poderia ferir seu rosto dessa forma batendo a própria cabeça no chão. Vi uma moça fazer isso uma vez no sanatório Eversfield sem que ninguém conseguisse segurá-la. E imagino que ele possa ter quebrado o pescoço ao cair da cama, se tiver caído de mau jeito. Mas não consigo entender de forma alguma como aconteceram as duas coisas ao mesmo tempo. Se sua coluna já estivesse quebrada, ele não poderia bater a cabeça; e, se seu rosto estivesse assim antes de ele cair da cama, haveria marcas".

Eu disse: "Vá chamar o doutor Van Helsing e peça a ele que venha imediatamente. Quero ele aqui sem demora".

O homem saiu correndo, e em poucos minutos apareceu o professor, de roupão e pantufas. Quando viu Renfield no chão, olhou atentamente para ele por um momento, depois virou-se para mim. Acho que reconheceu meu pensamento em meus olhos, pois disse com muita calma, e para que o enfermeiro ouvisse: "Ah, que acidente infeliz! Ele vai precisar ser vigiado com atenção e receber muitos cuidados. Eu mesmo vou ficar com você; mas antes vou me vestir. Se você ficar aqui, em poucos minutos junto-me a você".

O paciente agora estava respirando com estertor, e era fácil ver que tinha sofrido algum ferimento terrível.

Van Helsing retornou com extraordinária rapidez, trazendo uma mala cirúrgica. A toda evidência, ele tinha pensado e tomado uma decisão, pois, antes mesmo de olhar para o paciente, sussurrou para mim: "Mande o enfermeiro embora. Precisamos estar a sós com o paciente quando ele recobrar a consciência, após a operação".

Então eu disse: "Por enquanto é só, Simmons. Fizemos tudo o que podíamos no momento. É melhor você retomar sua ronda, e o doutor Van Helsing vai operar. Avise-me imediatamente se acontecer algo estranho em qualquer lugar".

O homem retirou-se, e procedemos a um exame minucioso do paciente. As lesões do rosto eram superficiais; o ferimento real era uma fratura do crânio por afundamento, que se estendia até a área motora.

O professor pensou um momento e disse: "Precisamos reduzir a pressão e voltar às condições normais, tanto quanto possível; a rapidez da sufusão mostra a natureza extrema do ferimento. Toda a área motora parece afetada. A sufusão do cérebro vai aumentar rapidamente, por isso precisamos trepanar imediatamente, senão pode ser tarde demais!".

Enquanto ele falava, ouvimos uma batida tímida na porta. Fui abrir e encontrei no corredor Arthur e Quincey, de pijama e pantufas; o primeiro falou: "Ouvi seu funcionário chamar o doutor Van Helsing e relatar um acidente. Então acordei Quincey, ou chamei-o, já que não estava dormindo. As coisas estão acontecendo de maneira rápida e estranha demais para que qualquer um de nós consiga dormir direito nos últimos tempos. Estive pensando que amanhã à noite tudo pode ter mudado. Teremos que olhar para trás e para a frente um pouco mais do que temos feito. Posso entrar?".

Fiz que sim com a cabeça e segurei a porta aberta até eles entrarem, depois fechei de novo. Quando Quincey viu a posição e o estado do paciente, e notou a poça medonha no chão, disse em voz baixa: "Meu Deus! O que aconteceu com ele? Pobre coitado!".

Contei-lhe brevemente, e acrescentei que esperávamos que ele recobrasse a consciência após a operação – por um curto tempo, pelo menos. Ele avançou de imediato e sentou-se na beira da cama, e Godalming do lado dele; nós todos observamos com paciência.

"Vamos esperar", disse Van Helsing, "apenas o suficiente para identificar o melhor ponto para a trepanação, para podermos remover o coágulo sanguíneo com mais rapidez e perfeição; pois é evidente que a hemorragia está aumentando."

Os minutos que aguardamos passaram com lentidão atroz. Senti uma pressão horrível no coração e, pelo rosto de Van Helsing, adivinhei que ele sentia algum medo ou apreensão pelo que estava por vir. Tive receio das palavras que Renfield poderia dizer. Estava aterrorizado só de pensar, mas tive a convicção do que vinha pela frente, porque tinha lido sobre os homens que acompanharam os agonizantes. A respiração do desgraçado vinha em soluços incertos. A cada instante parecia que ele abriria os olhos e falaria, mas depois vinha uma respiração estertorosa prolongada e ele recaía numa insensibilidade mais fixa. Mesmo estando habituado aos velórios de doentes e à morte, esse suspense foi tomando conta de mim. Podia quase ouvir as batidas do meu coração, e o sangue correndo pelas minhas têmporas soava como golpes de martelo. Finalmente, o silêncio se tornou excruciante. Olhei para meus companheiros, um depois do outro, e vi em seus rostos deslavados e frontes umedecidas que estavam suportando a mesma tortura. Um suspense nervoso pairava sobre nós, como se algum sino funesto acima de nós fosse repicar poderosamente quando menos esperássemos.

Enfim, chegou uma hora em que ficou evidente que o paciente estava se esvaindo rapidamente e poderia morrer a qualquer momento. Olhei para o professor e vi seus olhos fixos nos meus. Seu rosto estava rígido e severo ao falar:

"Não há tempo a perder. Suas palavras podem valer muitas vidas; estive pensando nisso enquanto estava aqui de pé. Pode haver uma alma em jogo! Vamos operar logo acima da orelha."

Sem mais uma palavra, ele fez a operação. Por alguns momentos, a respiração continuou estertorosa. Então veio uma inspiração tão prolongada que parecia que ia estourar seu peito. Subitamente, seus olhos se abriram e tornaram fixos numa mirada aflita e desamparada. Isso continuou por alguns instantes, depois amainou, numa grata surpresa, e dos lábios saiu um suspiro de alívio. Ele se moveu convulsivamente, e, fazendo isso, disse: "Vou ficar calmo, doutor. Peça a eles que tirem a camisa de força. Tive um sonho terrível, que me deixou tão fraco que não consigo me mexer. O que aconteceu com meu rosto? Está todo inchado e dói demais".

Ele tentou virar a cabeça, mas com o esforço seus olhos começaram a ficar vítreos novamente, por isso a virei de volta suavemente. Então, Van Helsing disse num tom grave e sereno: "Conte seu sonho, senhor Renfield".

Ao ouvir a voz, seu rosto iluminou-se, apesar da mutilação, e ele disse: "É o doutor Van Helsing. Como é gentil da sua parte estar aqui. Dê-me um pouco d'água, meus lábios estão secos; e vou tentar contar. Eu sonhei...".

Ele parou e parecia que ia desmaiar; chamei Quincey discretamente: "O conhaque – está no meu escritório – rápido!". Ele foi correndo e voltou com uma taça, o decantador de conhaque e uma jarra d'água. Umedecemos os lábios esturricados e o paciente recobrou-se rapidamente.

Parecia, no entanto, que seu cérebro contundido tinha trabalhado nesse intervalo, pois, quando ficou consciente, ele lançou para mim um olhar penetrante, com uma confusão agonizante da qual nunca me esquecerei, e disse: "Não devo me iludir; não foi sonho, mas a dura realidade". Então seus olhos vagaram pelo quarto; quando depararam com as duas figuras sentadas pacientemente na beira da cama, ele continuou: "Se eu já não tivesse certeza, saberia ao vê-los".

Por um instante, seus olhos se fecharam – não de dor ou de sono, mas voluntariamente, como se ele estivesse reunindo todas as suas faculdades; quando os abriu, ele disse, apressado e com mais energia do que jamais tinha demonstrado: "Rápido, doutor, rápido. Estou morrendo! Sinto que tenho somente poucos minutos, e depois preciso voltar para a morte – ou pior! Molhe meus lábios com conhaque de novo. Tenho algo que preciso dizer antes de morrer, ou antes de o meu cérebro dilacerado morrer. Obrigado! Foi naquela noite depois que você me deixou, quando eu lhe implorei para me deixar ir embora. Eu não podia falar então, pois sentia que minha língua estava atada; mas eu estava tão são naquele momento, exceto por esse detalhe, quanto estou agora. Fiquei agonizando de desespero por muito tempo depois que você me deixou; parece que foram horas. Então me veio uma paz repentina. Meu cérebro pareceu acalmar-se novamente, e eu percebi onde estava. Ouvi os cachorros latindo atrás da nossa casa, mas não onde Ele estava!".

Enquanto ele falava, os olhos de Van Helsing não piscavam, mas ele estendeu a mão e agarrou a minha com força. Entretanto ele não se traiu; acenou ligeiramente e disse: "Continue", em voz baixa.

Renfield prosseguiu: "Ele veio até a janela na névoa, como eu o tinha visto fazer muitas vezes antes; mas dessa vez ele estava sólido, não um fantasma, e seus olhos estavam ferozes como os de um homem zangado. Sua boca vermelha ria, e os dentes brancos afiados cintilaram ao luar quando ele se virou para trás para olhar para o cinturão de árvores, onde os cachorros estavam latindo. De início não quis convidá-lo para entrar, embora soubesse que ele queria – como sempre quis. Então ele começou a me prometer coisas – não com palavras, mas fazendo-as". Ele foi interrompido por uma palavra do professor: "Como?".

"Fazendo-as acontecer, assim como ele costumava mandar as moscas quando o sol estava brilhando. Moscas grandes e gordonas com aço e safira nas asas, e grandes mariposas à noite, com caveira e ossos cruzados no dorso."

Van Helsing acenou para ele enquanto sussurrava para mim inconscientemente: "A *Acherontia atropos* das esfinges – como você chama a 'borboleta-caveira'?".

O paciente continuou sem parar. "Então ele começou a sussurrar: 'Ratos, ratos, ratos! Centenas, milhares, milhões deles, cada um deles uma vida; e cães para comê-los, e gatos também. Todas vidas! Todas com sangue vermelho, com anos de vida nele, e não meras moscas zumbidoras!'. Ri dele, pois queria ver o que ele conseguia fazer. Então os cachorros uivaram, atrás das árvores sombrias na casa dele. Ele me chamou até a janela. Levantei-me e olhei para fora, e ele ergueu suas mãos, como se chamasse sem usar palavras. Uma massa escura espalhou-se sobre a grama, acorrendo com a forma de uma língua de fogo; e então ele deslocou a névoa para a direita e para a esquerda, e vi que havia milhares de ratos com olhos vermelhos dardejantes – como os dele, só que menores. Ele ergueu a mão e todos pararam; e pensei que ele estava dizendo: 'Todas essas vidas eu lhe darei, sim, e muitas mais e maiores, pelas eras sem fim, se você se curvar e me reverenciar!'. Então uma nuvem vermelha, da cor do sangue, cobriu meus olhos; e antes que eu soubesse o que estava fazendo vi-me abrindo a folha da janela e dizendo a ele: 'Entre, mestre e senhor!'. Todos os ratos tinham sumido, mas ele deslizou para dentro do quarto através da folha, embora a abertura fosse apenas de três centímetros, assim como a própria lua já entrou várias vezes pela mais ínfima rachadura e postou-se diante de mim em todo o seu tamanho e esplendor."

Sua voz estava mais fraca, por isso molhei seus lábios com o conhaque de novo, e ele continuou; mas parecia que sua memória havia trabalhado no intervalo, pois a história avançara. Eu ia pedir a ele que retomasse de onde tinha parado, mas Van Helsing cochichou para mim: "Deixe-o continuar. Não o interrompa; ele não pode voltar, e talvez não consiga nem prosseguir se perder o fio do seu pensamento".

Ele continuou: "O dia inteiro esperei notícias dele, mas não me mandou nada, nem mesmo uma mosca verde, e quando a lua surgiu eu estava muito bravo com ele. Quando entrou deslizando pela janela, embora estivesse fechada, sem sequer bater, fiquei furioso. Ele zombou de mim, seu rosto branco destacou-se entre a névoa com os olhos vermelhos reluzindo, e ele continuou como se possuísse todo o lugar e eu não fosse ninguém. Ele não tinha nem o mesmo cheiro quando passou por mim. Não consegui segurá-lo. Pensei que, de alguma forma, a senhora Harker tinha entrado no quarto".

Os dois homens sentados na cama levantaram-se e aproximaram-se, de pé atrás dele para que ele não os visse, mas de onde poderiam ouvi-lo melhor. Ambos estavam em silêncio, mas o professor se sobressaltou e tremeu; seu rosto, porém, ficou ainda mais sombrio e severo. Renfield prosseguiu sem notar: "Quando a senhora Harker veio me ver hoje à tarde, ela não era a mesma; era como chá depois que a chaleira foi lavada". Todos nos alvoroçamos um pouco, mas ninguém disse nada.

Ele continuou: "Eu não sabia que ela estava aqui até ela falar; e ela não tinha a mesma cara. Eu não ligo para pessoas pálidas; gosto delas com muito sangue, e o dela parecia ter se esvaído todo. Não pensei nisso na hora; mas depois que ela foi embora comecei a pensar, e fiquei bravo de saber que ele estava tirando a vida dela". Senti que o resto tremeu, como eu, mas fora isso ficamos imóveis. "Por isso, quando ele veio me ver hoje à noite, eu estava pronto para ele. Vi a névoa entrando sorrateiramente e agarrei-a com força. Ouvi dizer que os loucos têm uma força sobrenatural; e, como eu sabia que era louco – de vez em quando, pelo menos –, resolvi usar meu poder. E ele sentiu, porque teve que sair da névoa para lutar comigo. Segurei forte e pensei que ia vencer, pois não queria que ele continuasse tirando a vida dela, mas então vi seus olhos. Eles queimaram dentro de mim, e minha força virou água. Ele escorreu por ela e, quando tentei apanhá-lo, ele me ergueu e me jogou no chão. Vi uma nuvem vermelha na minha frente e ouvi um barulho de trovão, e a névoa escapou por baixo da porta".

Sua voz estava se tornando mais fraca e sua respiração mais estertorosa. Van Helsing levantou-se instintivamente.

"Sabemos o pior agora", ele disse. "Ele está aqui, e conhecemos seu propósito. Talvez não seja tarde demais. Vamos nos armar, como na outra noite, mas sem perder tempo; não há um instante a desperdiçar."

Não havia necessidade de pôr nosso temor, ou convicção, em palavras – nós compartilhávamos. Corremos para pegar em nossos quartos as coisas que trouxéramos quando entramos na casa do conde.

O professor tinha as suas em mãos, e quando nos encontramos no corredor ele apontou bem para elas, dizendo: "Estão sempre comigo, e estarão até que esse negócio infeliz tenha acabado. Sejam prudentes também, meus amigos. Não estamos lidando com um inimigo comum. Que horror! Que horror que a querida senhora Mina tenha que sofrer!". Ele parou, com a voz embargada; e não sei se era a raiva ou o terror que predominava no meu coração.

Do lado de fora da porta dos Harker, paramos. Art e Quincey detiveram-se, e o segundo falou: "Precisamos incomodá-la?".

"Devemos", disse Van Helsing soturnamente. "Se a porta estiver trancada, vou arrombá-la."

"Não vai amedontrá-la? Não se costuma arrombar o quarto de uma dama!"

Van Helsing disse, solene: "Você está totalmente certo; mas isso é questão de vida ou morte. Todos os quartos são iguais para um médico; e, mesmo que não fossem, são todos iguais para mim esta noite. Amigo John, quando eu girar a maçaneta, se a porta não abrir, arremeta de ombro contra ela; e vocês também, meus amigos. Já!".

Ele girou a maçaneta ao falar, mas a porta não cedeu. Lançamo-nos contra ela; abriu com o tranco, e quase caímos de cabeça dentro do quarto. O professor realmente caiu, e olhei por cima dele enquanto se apoiava nas mãos e nos joelhos para se levantar. O que vi petrificou-me. Senti meu cabelo eriçar-se na nuca como farpas, e meu coração pareceu parar.

O luar estava tão brilhante que, mesmo através da grossa persiana amarela, estava claro o bastante no quarto para enxergar. Sobre a cama, do lado da janela, Jonathan Harker, com o rosto exangue, respirava com dificuldade, como num estupor. Ajoelhada na extremidade da cama, olhando para fora, a figura trajada de branco de sua mulher. Do lado dela um homem alto e magro vestido de preto. Seu rosto não estava virado para nós, mas no mesmo instante todos reconhecemos o conde – em todos os aspectos, até na cicatriz da testa. Com a mão esquerda ele segurava ambas as mãos da senhora Harker, afastando-as com os braços esticados ao máximo; com a mão direita ele a agarrava pela nuca, forçando sua face para baixo junto ao peito dele. A camisola branca dela estava manchada de sangue, e um filete gotejava pelo tórax desnudo do homem, revelado por sua roupa rasgada. A atitude de ambos assemelhava-se terrivelmente à de uma criança que força o focinho de um gatinho para dentro de um prato de leite para obrigá-lo a beber. Quando irrompemos no quarto, o conde virou o rosto, e o olhar infernal que me tinha sido descrito apoderou-se dele. Seus olhos vermelhos dardejavam com paixão demoníaca; as amplas narinas do nariz branco e aquilino dilatavam-se e vibravam nas bordas; e os dentes brancos e afiados, atrás dos lábios grossos da boca que pingava sangue, cerravam-se como os de uma fera. Com um empurrão que lançou sua vítima de volta na cama como que jogada do alto, ele se virou e saltou sobre nós. Mas nesse momento o professor já se levantara e brandia na direção dele o envelope com a hóstia sagrada. O conde parou subitamente, tal como a pobre Lucy tinha feito fora do mausoléu, e recuou. Foi recuando e recuando enquanto nós, levantando nossos crucifixos, avançávamos. De repente o luar sumiu, pois uma grande nuvem escura cruzou o céu; e quando a luz do gás brilhou, graças ao fósforo de Quincey, não vimos nada a não ser um vapor esvaecido. Enquanto olhávamos, ele passou por baixo da porta, que tinha rebatido com o tranco e retornado à sua antiga posição. Van Helsing, Art e eu fomos ver a senhora Harker, que a essa altura tinha recuperado a respiração e dado um grito de estourar os tímpanos, tão louco e desesperado que tenho a impressão de que vai ressoar nos meus ouvidos até o dia da minha morte. Por alguns segundos, ela ficou deitada na sua atitude de desamparo e desalinho. Seu rosto estava medonho, com uma palidez acentuada pelo sangue que manchava seus lábios, faces e queixo; da sua garganta gotejava um filete de sangue; seus olhos estavam doidos de terror. Então ela pôs diante do rosto suas pobres mãos esmagadas, que levavam em sua brancura a marca vermelha da pressão ferrenha do conde; de trás delas veio um gemido baixo e desolado que fez o grito explosivo parecer somente a expressão veloz de uma agonia infinita. Van Helsing avançou e puxou gentilmente a manta sobre o corpo dela, enquanto Art, depois de olhar para o rosto dela em desespero por um instante, saiu correndo do quarto.

Van Helsing cochichou para mim: "Jonathan está no estupor que sabemos que o vampiro pode produzir. Não podemos fazer nada com a pobre senhora Mina por algum tempo, até que ela se recupere; preciso acordá-lo!".

Ele mergulhou a ponta de uma toalha na água fria e começou a dar uns piparotes no rosto dele; enquanto isso, sua esposa escondia a face entre as mãos e soluçava de uma maneira que cortava o coração. Ergui a persiana e olhei para fora da janela. O luar estava forte, e pude ver Quincey Morris atravessar o gramado correndo e esconder-se na sombra de um grande teixo. Fiquei intrigado ao pensar por que ele estava fazendo isso, mas nesse instante ouvi a exclamação curta de Harker, que recobrava parcialmente a consciência e se virava para a cama. Seu rosto, como era de esperar, tinha uma expressão de espanto alucinado. Ele pareceu desnorteado por alguns segundos, depois a plena consciência eclodiu nele repentinamente e ele sobressaltou.

Sua esposa alarmou-se com o movimento súbito e virou-se para ele com os braços esticados, como para abraçá-lo; porém no mesmo instante ela os recolheu e, juntando os cotovelos, segurou as mãos diante do rosto e estremeceu até a cama debaixo dela chacoalhar.

"Em nome de Deus, o que quer dizer isso?", perguntou Harker. "Doutor Seward, doutor Van Helsing, o que é isso? O que aconteceu? O que está errado? Mina, querida, o que foi? O que é esse sangue? Meu Deus, meu Deus! Acabou acontecendo!" Pondo-se de joelhos, bateu as mãos desesperadamente. "Deus nos ajude! Ajude-a! Oh, ajude-a!"

Com um movimento rápido, ele saltou da cama e começou a vestir-se, completamente desperto diante da necessidade de empenho imediato. "O que aconteceu? Contem-me tudo!", ele gritou sem se deter. "Doutor Van Helsing, você ama Mina, eu sei. Oh, faça algo para salvá-la. Ele não pode ter ido muito longe. Tome conta dela enquanto eu procuro *ele*!"

Sua esposa, apesar do seu horror e sofrimento, viu algum perigo iminente para ele; esquecendo instantaneamente sua própria aflição, agarrou-o e gritou:

"Não! Não! Jonathan, não me deixe. Já basta o quanto sofri hoje, Deus me livre do medo de ele feri-lo. Você precisa ficar comigo. Fique com estes amigos que vão cuidar de você!" Sua expressão tornou-se frenética enquanto ela falava; e, quando ele cedeu, ela o puxou para que ele se sentasse na cama e agarrou-o impetuosamente.

Van Helsing e eu tentamos sossegá-los. O professor ergueu seu pequeno crucifixo de ouro e disse com calma admirável: "Não tenha medo, querida. Estamos aqui; e enquanto isto estiver perto de você nenhuma criatura vil poderá se aproximar. Você está segura por hoje; precisamos nos acalmar e deliberar juntos".

Ela estremeceu e ficou em silêncio, com a cabeça baixa sobre o peito do marido. Quando a levantou, o roupão branco dele estava manchado de sangue onde os lábios dela haviam tocado e onde encostara a pequena ferida aberta no pescoço dela, que purgava. No instante em que viu a mancha, ela recuou com um gemido baixo e murmurou, engasgada em soluços:

"Impura, impura! Não devo mais tocá-lo nem beijá-lo. Oh, por que tenho agora que ser sua pior inimiga, a pessoa que ele tem mais motivo para temer?"

A isso ele respondeu resoluto: "Bobagem, Mina. É uma vergonha para mim ouvir essa palavra. Não quero ouvir isso de você, não vou ouvir isso de você. Que Deus me julgue pelos meus desertos e me puna com sofrimento ainda mais amargo que o desta hora se por qualquer ato ou vontade minha qualquer coisa se interpuser entre nós!".

Ele estendeu seus braços e apertou-a junto ao peito; e por alguns momentos ela ficou ali soluçando. Ele olhou para nós por cima da cabeça inclinada dela, com olhos que piscavam úmidos acima de suas narinas trêmulas; sua boca estava dura como aço.

Após uns instantes os soluços dela foram ficando menos frequentes e mais débeis, e então ele me disse, falando com uma calma estudada que eu senti que forçava seu sistema nervoso ao máximo:

"E agora, doutor Seward, conte-me tudo. Sei bem demais os fatos em geral; conte-me tudo o que aconteceu."

Contei-lhe exatamente o que tinha acontecido, e ele ouviu com aparente impassibilidade; mas suas narinas contraíam-se e seus olhos ardiam conforme eu contava como as mãos impiedosas do conde tinham segurado sua esposa naquela posição horripilante, com a boca junto da ferida aberta no peito dele. Interessou-me, mesmo naquele momento, ver que, enquanto a face lívida e rígida de paixão se contorcia acima da cabeça inclinada, as mãos acarinhavam com ternura e amor o cabelo desgrenhado. Assim que terminei, Quincey e Godalming bateram na porta. Atendendo ao nosso convite, eles entraram. Van Helsing olhou para mim de modo inquisitivo. Entendi que ele queria perguntar se deveríamos aproveitar a chegada deles para distrair, se possível, os pensamentos do marido e da mulher infelizes de cada um e de si mesmos; portanto, quando fiz que sim com a cabeça, ele perguntou aos dois homens o que tinham visto ou feito. A isso lorde Godalming respondeu:

"Não o vi em lugar nenhum, nem no corredor nem nos quartos. Olhei no escritório, mas, apesar de ele ter estado lá, já tinha saído. Porém, ele…". Ele parou subitamente, olhando para a pobre figura desfalecida na cama.

Van Helsing disse gravemente: "Continue, amigo Arthur. Não vamos ocultar mais nada aqui. Nossa esperança agora é saber tudo. Conte livremente!".

Então Art prosseguiu: "Ele tinha estado lá e, embora só possa ter sido por alguns segundos, fez um estrago danado no lugar. Todo o manuscrito foi queimado, e as chamas azuis estavam tremulando entre as cinzas brancas; os cilindros do seu fonógrafo também foram jogados no fogo, e a cera alimentou as chamas".

Aqui eu interrompi: "Graças a Deus, há outra cópia no cofre!".

Ele se animou por um momento, mas esmoreceu de novo ao continuar: "Daí corri para baixo, mas não vi sinal dele. Fui ver no quarto de Renfield, mas não havia vestígio, exceto...!". Ele parou de novo.

"Continue", disse Harker, com voz rouca; então ele abaixou a cabeça e, umedecendo os lábios com a língua, acrescentou: "exceto que o pobre coitado está morto".

A senhora Harker levantou a cabeça; olhando de um para outro de nós, ele disse solenemente: "Que seja feita a vontade de Deus!".

Não pude deixar de sentir que Art estava escondendo alguma coisa; porém, como supus que ele tinha um motivo, não disse nada.

Van Helsing virou-se para Morris e perguntou: "E você, amigo Quincey, tem algo a contar?".

"Tenho", ele respondeu. "Pode vir a ser muito, mas por enquanto não sei. Pensei que seria bom saber, se possível, para onde iria o conde quando saísse da casa. Não o vi, mas vi um morcego sair da janela de Renfield e voar para oeste. Imaginei que ele voltaria sob qualquer forma a Carfax, mas ele evidentemente procurou outro refúgio. Não vai voltar esta noite, pois o céu está vermelhando a leste e a aurora está próxima. Precisamos trabalhar amanhã!"

Ele disse as últimas palavras através dos dentes cerrados. Num intervalo de alguns minutos fez-se silêncio, e tive a impressão de ouvir nossos corações batendo.

Então Van Helsing disse, pondo a mão com muita ternura na cabeça da senhora Harker: "Agora, senhora Mina – pobre, querida senhora Mina –, conte-nos exatamente o que aconteceu. Deus sabe que não quero que você sofra; mas precisamos saber tudo. Agora mais que nunca todo o trabalho tem que ser feito com rapidez e precisão, e com determinação inabalável. Está chegando o dia em que teremos que pôr um fim nisso tudo, se pudermos; e agora temos uma chance de viver e aprender".

A pobre moça estremeceu, e pude ver a tensão dos seus nervos no modo como ela puxava seu marido para mais perto dela e inclinava a cabeça mais e mais sobre o peito dele. Então ela ergueu a cabeça, altiva, estendeu uma mão para Van Helsing, que a pegou e, depois de curvar-se e beijá-la com reverência, segurou-a firmemente. Sua outra mão ficou entrelaçada com a do seu marido, que a abraçava com o outro braço em sinal de proteção. Depois de uma pausa em que estava visivelmente ordenando seus pensamentos, ela começou:

"Tomei a poção para dormir que você tinha me dado tão gentilmente, mas por muito tempo ela não fez efeito. Parecia que eu estava ficando mais acordada, e miríades de devaneios horrorosos começaram a abarrotar minha mente, todos ligados com a morte e vampiros, com sangue, dor e tormento". Como seu marido deu um gemido involuntário, ela se virou para ele e disse, amorosa: "Não se aflija, querido. Você precisa ser corajoso e forte para me ajudar nessa tarefa horrível. Se soubesse o esforço que é para mim ter que contar essa história medonha, você entenderia como preciso da sua ajuda. Bem, eu vi que precisava cooperar para que o remédio fizesse efeito, se quisesse que ele me trouxesse algum bem, por isso me determinei a dormir. Decerto o sono deve ter vindo logo, pois não me lembro de mais nada. A chegada de Jonathan não me acordou, pois a próxima coisa de que me lembro é que ele estava deitado ao meu lado. Havia no quarto a mesma névoa branca e fina que eu tinha notado antes. Mas não sei se vocês sabem disso; vocês o encontrarão no meu diário, que mostrarei mais tarde. Senti o mesmo terror indefinido que tinha se apossado antes de mim, e a mesma sensação de que havia uma presença. Virei-me para acordar Jonathan, mas percebi que ele dormia tão profundamente que parecia que ele é que tinha tomado a poção para dormir, e não eu. Tentei, mas não consegui acordá-lo. Cheia de medo, olhei em torno aterrorizada. E então senti meu sangue gelar: ao lado da cama, como se tivesse saído da névoa – ou como se a névoa tivesse se solidificado na sua figura, pois tinha desaparecido inteiramente –, estava um homem alto e magro, todo de preto. Reconheci-o imediatamente pela descrição dos outros. O rosto como de cera; o nariz alto e aquilino, sobre o qual a luz incidia numa fina linha branca; os lábios vermelhos entreabertos, com os dentes brancos afiados aparecendo entre eles; e os olhos vermelhos que eu pensei ter visto no pôr do sol nas janelas da igreja de St. Mary em Whitby. Reconheci também a cicatriz vermelha na testa, onde Jonathan o havia golpeado. Por um instante meu coração parou, e eu teria gritado se não estivesse paralisada. Nessa pausa, ele falou numa espécie de sussurro incisivo e cortante, apontando para Jonathan:

"'Silêncio! Se você fizer um som, vou pegá-lo e espremer seus miolos para fora diante dos seus olhos.' Fiquei apavorada e aturdida demais para fazer ou dizer qualquer coisa. Com um sorriso sarcástico, ele pôs uma mão no meu ombro e, segurando-me com força, despiu minha garganta com a outra, dizendo ao fazer isso: 'Primeiro um pequeno refresco para recompensar meus esforços. É melhor você ficar quieta; não é a primeira vez, nem a segunda, que suas veias aplacam minha sede!'. Fiquei atônita e, estranhamente, não quis impedi-lo. Suponho que seja parte da maldição horrível que se instala quando ele toca sua vítima. E oh, meu Deus, meu Deus, tenha dó de mim! Ele encostou seus lábios fétidos na minha garganta!" Seu marido gemeu de novo. Ela agarrou a mão dele com mais força e olhou para ele com piedade, como se fosse ele a vítima, e continuou:

"Senti minha força se esvaindo, e estava meio desfalecida. Quanto tempo durou esse horror eu não sei, mas parece que muito tempo passou até ele tirar sua boca nojenta, execrável, sardônica. Eu vi o sangue fresco pingando dela!" A recordação pareceu subjugá-la por um momento; ela esmoreceu e teria desabado não fosse o braço do marido a sustentá-la. Com grande esforço ela se recobrou e prosseguiu:

"Então ele falou, escarnecendo de mim: 'Então você, como os outros, queria medir sua inteligência com a minha. Você queria ajudar esses homens a me caçar e a frustrar meus desígnios! Agora você sabe, e eles já sabem em parte, e em pouco tempo saberão plenamente, o que implica cruzar meu caminho. Eles deveriam ter poupado suas energias para usá-las mais perto de casa. Enquanto mediam sua inteligência com a minha – eu que comandei nações, conspirei por elas, e lutei por elas, centenas de anos antes de eles nascerem –, eu estava minando seus esforços. E você, a predileta de todos eles, agora é minha, carne da minha carne, sangue do meu sangue, membro da minha família, minha generosa prensa de vinho por enquanto, e mais tarde será minha companheira e ajudante. Você também será vingada, pois todos eles atenderão às suas necessidades. Mas por enquanto deve ser punida pelo que fez. Você ajudou a me frustrar; agora atenderá ao meu chamado. Quando minha mente lhe disser *Venha!*, você cruzará terra e mar para obedecer ao meu comando; e para isso...'.

"Nisso ele abriu a camisa com um puxão, e com suas longas unhas afiadas abriu uma veia no seu peito. Quando o sangue começou a jorrar, ele pegou minhas mãos com uma mão dele, segurando-as bem forte, e com a outra agarrou meu pescoço e empurrou minha boca contra a ferida, de forma que ou eu sufocava ou engolia o... Oh, meu Deus! Meu Deus! O que foi que eu fiz? O que fiz para merecer essa maldição, eu que procurei ser humilde e correta todos os dias da minha vida? Deus tenha piedade de mim! Olhe para esta pobre alma em perigo pior do que fatal, e tenha misericórdia daqueles que lhe querem bem!" Então ela começou a esfregar os lábios, como para limpá-los da conspurcação.

Enquanto ela contava sua terrível história, o céu começou a iluminar-se no Oriente, e tudo foi ficando cada vez mais claro. Harker estava quieto e imóvel, mas no seu rosto, à medida que a narrativa horripilante avançava, foi se formando uma expressão funérea que se aprofundava ao alvorecer, até que, quando o primeiro raio vermelho da aurora surgiu, a carne se destacou obscura contra o cabelo esbranquiçado.

Combinamos que um de nós ficará próximo ao desafortunado casal até podermos nos reunir para decidir a próxima ação.

De uma coisa estou certo: hoje o sol nasce sobre a casa mais miserável em toda a grande ronda do seu curso diário.

XXII. Diário de Jonathan Harker

3 de outubro. Como preciso fazer algo para não enlouquecer, escrevo este diário. Agora são seis horas e devemos nos reunir no escritório dentro de meia hora para comer alguma coisa, pois o doutor Van Helsing e o doutor Seward concordaram que, se não comermos, não poderemos dar o máximo no trabalho. Hoje, bem sabe Deus, o máximo será exigido. Preciso escrever sempre que puder, pois não ouso parar para pensar. Todos, grandes ou pequenos, um dia perecem, e talvez o fim das pequenas coisas seja o que mais nos ensine. O ensinamento, grande ou pequeno, não poderia ter deixado Mina ou eu pior do que estamos hoje. Contudo, devemos confiar e esperar. A pobre Mina me disse agora mesmo, com lágrimas escorrendo pelas suas belas faces, que é no tormento e na provação que nossa fé é testada, que devemos continuar acreditando, e que Deus nos ajudará até o fim. O fim! Oh, meu Deus! Que fim?... Ao trabalho! Ao trabalho!

Quando o doutor Van Helsing e o doutor Seward voltaram da visita ao pobre Renfield, discutimos seriamente o que deveria ser feito. Primeiro, o doutor Seward nos contou que, quando ele e o doutor Van Helsing desceram ao quarto abaixo do nosso, encontraram Renfield caído no chão, todo encurvado. Seu rosto estava completamente contundido e esmagado, e os ossos do pescoço estavam quebrados.

O doutor Seward perguntou ao enfermeiro que estava de plantão no corredor se tinha ouvido algo. Ele disse que estava sentado – confessou ter cochilado – quando ouviu vozes altas no quarto, e então Renfield gritou diversas vezes: "Deus! Deus! Deus!"; depois disso ele ouviu um barulho de queda, e quando entrou no quarto encontrou o paciente caído no chão, com o rosto virado para baixo, tal como os médicos o viram. Van Helsing perguntou se ele tinha ouvido "vozes" ou "uma voz", e ele disse que não sabia, que primeiro lhe pareceu ter ouvido duas, mas, como não havia ninguém mais no quarto, só podia ter sido uma. Ele podia jurar, se preciso fosse, que a palavra "Deus" tinha sido dita pelo paciente.

O doutor Seward nos disse, quando estávamos a sós, que não queria dar seguimento ao assunto; a questão de uma investigação teria que ser considerada, e nunca adiantaria apresentar a verdade, porque ninguém acreditaria. Dessa forma, ele pensava que, com base no depoimento do enfermeiro, ele poderia emitir uma certidão de óbito por acidente ao cair da cama. Caso o legista solicitasse, haveria uma investigação formal, necessariamente com o mesmo resultado.

Quando começamos a discutir qual deveria ser nosso próximo passo, a primeira coisa que decidimos foi que Mina deveria ser incluída em tudo; que coisa alguma, de nenhum tipo – não importa quão dolorosa fosse – deveria ser escondida dela. Ela mesma concordou com essa decisão, e era lancinante vê-la tão corajosa e ao mesmo tempo tão aflita, num desespero tão profundo.

"Não deve haver ocultamento", ela disse, "pois disso já tivemos demais, infelizmente! Não há nada no mundo que possa me causar mais dor do que já suportei – do que sofro agora! Aconteça o que acontecer, só poderá me trazer uma nova esperança ou uma nova coragem!"

Van Helsing a fitava enquanto ela falava, e disse, de súbito mas com calma: "Mas, querida senhora Mina, você não está com medo, não por si mesma, mas por outros também, depois do que aconteceu?".

O rosto dela ficou rígido, mas seus olhos brilharam com a devoção de um mártir ao responder: "Ah, não! Pois estou decidida!".

"A quê?", ele perguntou gentilmente, enquanto estávamos todos imóveis, pois cada um a seu modo tinha uma vaga ideia do que ela estava querendo dizer.

Sua resposta veio com uma simplicidade direta, como se ela estivesse meramente enunciando um fato: "Se eu encontrar em mim mesma – e vou observar atentamente – um sinal de que farei mal a qualquer um que eu amo, eu morrerei!".

"Você está querendo dizer que se mataria?", ele perguntou com voz rouca.

"Sim; se eu não tiver nenhum amigo que me ame e queira me livrar desta dor, desta atitude tão desesperada!" Ela olhou bem para ele ao falar.

Ele estava sentado, mas então se levantou e se aproximou dela, pondo a mão sobre sua cabeça enquanto dizia solenemente: "Minha filha, você tem tal amigo se for para o seu bem. Eu mesmo poderia incluir na minha conta com Deus a realização de uma eutanásia em você, e o faria agora mesmo, se isso fosse melhor. Ou se fosse seguro! Mas, minha filha...".

Por um instante ele pareceu engasgar, e um grande soluço agitou sua garganta; ele o reprimiu e continuou: "Aqui há alguns que se interporiam entre você e a morte. Você não deve morrer. Você não deve morrer pela mão de ninguém, muito menos pela sua própria. Até que aquele que maculou sua vida pura esteja verdadeiramente morto, você não deve morrer; pois, se ele ainda estiver entre os mortos-vivos recentes, a sua morte tornaria você igual a ele. Não, você deve viver! Você deve lutar e esforçar-se para viver, embora a morte pareça uma dádiva indescritível. Você precisa combater a própria morte, venha ela a você na dor ou na alegria, de dia ou de noite, na segurança ou no perigo! Pela sua alma que vive, eu lhe ordeno que não morra – nem pense em morrer – até que este grande mal termine".

A coitada ficou branca como a morte, tremeu e chacoalhou, como vi a areia movediça tremer e chacoalhar com a subida da maré. Estávamos todos quietos; não podíamos fazer nada. Por fim, ela se acalmou e, virando-se para ele, disse com doçura, mas com muita tristeza, estendendo a mão: "Eu lhe prometo, meu bom amigo, que, se Deus me deixar viver, me esforçarei para isso; até que, na hora em que Lhe parecer melhor, esse horror tenha ficado para trás".

Ela foi tão boa e valente que todos sentimos o coração fortalecido para trabalhar e suportar tudo em nome dela, e começamos a discutir o que deveríamos fazer. Disse a ela que deveria pegar todos os papéis no cofre, e todos os papéis ou diários e fonógrafos que poderíamos usar mais tarde, e manter o registro, como tinha feito antes. Ela ficou contente com a perspectiva de algo para fazer – se é que "contente" pode ser usado em um assunto tão lúgubre.

Como de costume, Van Helsing pensara antes de todos, e tinha preparado uma ordenação exata do nosso trabalho.

"Talvez tenha sido bom", ele disse, "na nossa reunião após nossa visita a Carfax, termos decidido não fazer nada com os caixotes de terra que estavam lá. Se tivéssemos feito algo, o conde poderia ter adivinhado nosso intuito, e certamente teria tomado medidas antecipadas para frustrar nossos esforços com relação aos outros; mas agora ele não conhece nossas intenções. Mais do que isso, é bem provável que ele não saiba que dispomos do poder de esterilizar seus covis para que não possa usá-los como antes.

"Agora estamos tão avançados em nosso conhecimento da sua localização que, depois de examinarmos a casa em Piccadilly, poderemos encontrar os últimos deles. Portanto, hoje o dia é nosso; e nele está nossa esperança. O sol que iluminou nossa mágoa esta manhã nos protege no seu curso. Até ele se pôr hoje à noite, aquele monstro terá que conservar a forma que adotou agora. Ele está confinado às limitações do seu invólucro terreno. Não pode se esvanecer no ar nem desaparecer através de fendas, trincas ou frestas. Se quiser passar por uma porta, terá que abri-la como um mortal. Portanto, temos este dia para caçar todos os seus covis e esterilizá-los. Assim poderemos, se ainda não o tivermos capturado e destruído, acuá-lo em algum lugar onde a captura e a destruição serão, como o tempo, garantidas."

Então sobressaltei-me, pois não pude me conter diante da ideia de que os minutos e segundos tão preciosos para a vida e a felicidade de Mina estavam escapando de nós, já que, enquanto falávamos, era impossível agir. Mas Van Helsing ergueu a mão em advertência.

"Não, amigo Jonathan", ele disse, "nisto, o caminho mais rápido para casa é o mais longo, como diz seu provérbio. Agiremos todos, e agiremos com rapidez desesperada, quando chegar a hora. Mas pense: é bem provável que a chave da situação esteja naquela casa em Piccadilly. O conde pode ter comprado muitas casas. Delas ele terá escrituras de compra, chaves e outras coisas. Terá papéis em que escreveu, terá seu talão de cheques. Há muitos pertences que ele deve guardar em algum lugar; por que não nesse lugar tão central, tão sossegado, onde ele pode entrar e de onde pode sair pela frente ou por trás a todo momento, já que, com o tráfego intenso, ninguém perceberia? Iremos lá e examinaremos a casa; e, quando soubermos o que ela contém, faremos o que nosso amigo Arthur chama, no seu jargão de caça, de 'tapar as tocas', e desencovaremos nossa raposa velha – não é isso?"

"Então vamos imediatamente", exclamei, "estamos perdendo um tempo precioso!"

O professor não se mexeu, dizendo apenas: "E como vamos entrar na casa em Piccadilly?".

"De qualquer jeito!", gritei. "Arrombaremos se precisar."

"E a polícia, onde estará, e o que dirá?"

Fiquei estarrecido; mas sabia que, se ele estava querendo postergar, tinha um bom motivo para isso. Então eu disse, tão calmamente quanto podia: "Não espere mais do que for preciso; estou certo de que você conhece a tortura pela qual tenho passado".

"Ah, meu filho, como sei! E realmente não tenho a intenção de aumentar sua angústia. Mas pense no que poderemos fazer quando o mundo todo estiver envolvido. Então terá chegado nossa hora. Pensei muito, e me parece que o jeito mais simples é o melhor. Agora queremos entrar na casa, mas não temos a chave; não é isso?" Fiz que sim com a cabeça.

"Agora suponha que você fosse o proprietário legítimo da casa, e não conseguisse entrar; caso você não tivesse nenhuma tendência ao arrombamento, o que faria?"

"Procuraria um chaveiro respeitável e pediria que abrisse a fechadura para mim."

"E a polícia, ela interferiria, não é?"

"Oh, não! Não se soubesse que o homem foi devidamente empregado."

"Então", ele olhou para mim com a mesma argúcia com que falava, "tudo o que está em jogo são a consciência do empregador e a crença dos policiais de que esse empregador tem boa-fé ou não. Sua polícia deve realmente ser composta de homens zelosos e experientes – oh, muito experientes! – em ler o coração, para incomodar-se com tais assuntos. Não, não, amigo Jonathan, você pode arrancar a fechadura de uma centena de casas vazias nesta sua Londres, ou em qualquer cidade do mundo, e, se o fizer da forma como essas coisas devem ser feitas, e na hora em que essas coisas são feitas, ninguém interferirá. Li acerca de um cavalheiro que possuía uma casa admirável em Londres e, quando foi passar os meses de verão na Suíça e trancou a casa, um ladrão entrou quebrando a janela dos fundos. Depois, abriu as persianas da frente e saiu e entrou pela porta, diante dos olhos da polícia. Em seguida, organizou um leilão na casa, anunciou-o, e pôs um grande cartaz; quando chegou o dia, ele pôs à venda por intermédio de um leiloeiro famoso todos os bens daquele outro homem que os possuía. Então, foi procurar um construtor e vendeu a casa para ele, fazendo um acordo para pô-la abaixo e levar tudo embora num prazo estipulado. E a polícia e outras autoridades ajudaram em tudo o que podiam. Quando o proprietário voltou de suas férias na Suíça, encontrou somente um buraco onde estava a sua casa. Tudo isso foi feito *en règle*,[46] e no nosso trabalho o faremos *en règle* também. Não iremos cedo demais para que os policiais, com pouca coisa a fazer nessa hora, não achem estranho; mas iremos depois das dez, quando há muita circulação e tais coisas seriam feitas caso fôssemos os verdadeiros proprietários da casa."

Não pude deixar de ver como ele estava certo, e o terrível desespero no rosto de Mina aliviou-se um pouco; havia esperança nesse bom conselho.

Van Helsing prosseguiu: "Ao entrarmos na casa, encontraremos mais pistas; pelo menos alguns de nós podem ficar lá enquanto o resto vai aos outros lugares onde há mais caixotes – em Bermondsey e Mile End".

46. Em francês no original: "nos conformes".

Lorde Godalming levantou-se. "Nisso posso ser útil", disse ele. "Vou telegrafar ao meu pessoal para deixar cavalos e carruagens prontos onde for mais conveniente."

"Veja bem, compadre", disse Morris, "é uma ideia brilhante deixar tudo pronto caso a gente queira cavalgar; mas você não acha que uma das suas carruagens grã-finas com adornos heráldicos, numa viela de Walworth ou Mile End, atrairia atenção demais para nossos objetivos? Acho que devíamos pegar um cabriolé para ir ao sul ou ao leste, e dispensá-lo em algum lugar antes de chegar ao bairro onde vamos."

"O amigo Quincey está certo!", disse o professor. "Ele tem, como vocês dizem, a cabeça no lugar. É uma coisa difícil a que vamos fazer, e não queremos pessoas nos observando, se possível."

Mina ficou cada vez mais interessada em tudo, e alegrei-me ao ver que as exigências práticas ajudavam-na a esquecer por um tempo a terrível experiência da noite. Ela estava muito, muito pálida, quase lívida, e tão magra que seus lábios estavam retraídos, mostrando seus dentes com alguma proeminência. Não mencionei este último fato para não lhe causar uma dor desnecessária; mas meu sangue gelou nas veias quando pensei no que ocorreu com a pobre Lucy quando o conde sugou o sangue dela. Por enquanto não havia sinal dos dentes ficando mais agudos; mas tinha passado pouco tempo, e ainda havia muito a temer.

Quando chegamos à discussão da sequência dos nossos esforços e da disposição das nossas forças, havia novas fontes de dúvida. Ficou finalmente acordado que, antes de irmos para Piccadilly, destruiríamos o covil do conde mais próximo de nós. Caso ele o descobrisse cedo demais, ainda estaríamos adiante dele em nosso trabalho de destruição; e sua presença na forma puramente material, e em seu estado mais fraco, poderia nos dar uma nova pista.

Quanto à disposição das forças, foi sugerido pelo professor que, após nossa visita a Carfax, deveríamos todos entrar na casa em Piccadilly; que os dois médicos e eu ficaríamos lá, enquanto lorde Godalming e Quincey encontrariam os covis em Walworth e Mile End e os destruiriam. Era possível, ou até provável, advertiu o professor, que o conde aparecesse em Piccadilly durante o dia, e nesse caso poderíamos ter condições de lidar com ele ali mesmo. De qualquer forma, poderíamos segui-lo com força. A esse plano apresentei uma objeção enérgica no que dizia respeito à minha ida, pois pretendia ficar e proteger Mina. Julgava que minha decisão era irrevogável, mas Mina não quis aceitar minha objeção. Ela disse que poderia surgir algum assunto jurídico no qual eu seria útil; que entre os papéis do conde poderia haver alguma pista que eu entenderia graças à minha experiência na Transilvânia; e que, naquelas condições, todas as forças que pudéssemos reunir seriam exigidas para enfrentar o poder extraordinário do conde. Tive que ceder, pois a decisão de Mina estava tomada; ela disse que era a última esperança para *ela* que trabalhássemos todos juntos.

"Quanto a mim", ela disse, "não tenho medo. As coisas não podem piorar; aconteça o que acontecer, deve me trazer algum elemento de esperança ou conforto. Vá, meu marido! Deus poderá, se quiser, proteger-me tão bem sozinha quanto com alguém presente."

Então me levantei gritando: "Em nome de Deus, vamos agora mesmo, pois estamos perdendo tempo. O conde pode ir a Piccadilly mais cedo do que pensamos".

"Não!", disse Van Helsing, erguendo a mão.

"Por quê?", perguntei.

"Está esquecendo", ele disse, até sorrindo, "que na noite passada ele fez um lauto banquete, e dormirá até tarde?"

Se esqueci! Como poderia – jamais poderei! Poderá algum de nós algum dia esquecer aquela cena terrível? Mina batalhou para manter sua postura destemida, mas a dor sobrepujou-a e ela pôs as mãos diante do rosto, estremecendo ao gemer. Van Helsing não tencionara recordar sua experiência apavorante. No seu esforço intelectual, tinha simplesmente perdido de vista Mina e sua participação no caso.

Quando percebeu o que tinha dito, ficou horrorizado com sua insensibilidade e tentou consolá-la.

"Oh, senhora Mina", ele disse, "minha querida senhora Mina, como pude! Eu, que entre todos mais a reverencio, como pude dizer algo tão leviano! Estes meus estúpidos e velhos lábios e esta estúpida cabeça velha não merecem isso; mas você esquecerá, não esquecerá?" Ele debruçou-se ao lado dela ao falar.

Ela pegou sua mão e, olhando para ele através das lágrimas, disse com voz rouca: "Não, não vou esquecer, pois é bom que me lembre; e junto com isso tenho tantas lembranças agradáveis de você que aceito todas juntas. Mas vocês precisam ir logo. O café da manhã está pronto, e precisamos todos comer para ficarmos fortes".

O café da manhã foi uma refeição estranha para todos nós. Tentamos ser alegres e encorajar uns aos outros, e Mina era a mais sorridente e mais animada de todos. Quando acabou, Van Helsing levantou-se e disse: "Agora, caros amigos, vamos nos lançar na nossa terrível empreitada. Estamos todos armados, como estávamos naquela noite em que visitamos pela primeira vez o covil do nosso inimigo, armados contra ataques carnais e também fantasmáticos?".

Todos garantimos que sim.

"Muito bem, então. Bem, senhora Mina, em todo caso você está *bastante* segura aqui até o pôr do sol; e antes disso vamos retornar – se retornarmos! Mas antes de irmos deixe-me armá-la contra ataques pessoais. Depois que você desceu, eu mesmo preparei seu quarto dispondo coisas que sabemos que o impedirão de entrar. Agora deixe-me resguardá-la. Tocarei sua testa com este pedaço de hóstia sagrada, em nome do Pai, do Filho e..."

Ouvimos um grito medonho que quase fez gelar nosso sangue. Quando ele encostou a hóstia na testa de Mina, ela calcinou a pele e queimou a carne como se fosse um pedaço de metal incandescente. O cérebro de minha amada informou-lhe o significado do fato tão rápido quanto seus nervos registraram sua dor; e ambas as coisas subjugaram-na de tal modo que sua natureza transtornada encontrou voz naquele grito horroroso.

Mas as palavras de seu pensamento vieram rapidamente; o eco do grito ainda não tinha cessado de vibrar no ar quando veio a reação, e ela caiu de joelhos no chão, numa agonia de degradação. Cobrindo o rosto com seu formoso cabelo, como fazia o leproso de outrora com o manto, ela se lastimou:

"Impura! Impura! Até o Todo-Poderoso evita minha carne poluída! Vou carregar esta marca da vergonha na minha testa até o dia do Juízo."

Todos pararam. Eu tinha me jogado ao lado dela numa agonia de sofrimento impotente, pondo meus braços em volta dela para abraçá-la forte. Por alguns minutos nossos corações lancinados bateram juntos, enquanto os amigos em torno de nós desviaram os olhos, que vertiam lágrimas silenciosamente. Em seguida Van Helsing virou-se e disse gravemente, tão gravemente que não pude deixar de sentir que ele estava de alguma maneira inspirado, e declarando coisas que estavam além de sua compreensão:

"Pode ser que você tenha que carregar essa marca até quando Deus estimar conveniente, assim como Ele certamente consertará, no dia do Juízo, todos os males da Terra e dos Seus filhos que Ele pôs nela. E, oh, senhora Mina, minha querida, minha querida, que nós que a amamos possamos estar aqui para ver essa cicatriz vermelha, o sinal do conhecimento de Deus do que já foi, desaparecer e deixar sua testa tão pura quanto o coração que conhecemos. Pois, tão certo quanto estarmos vivos, essa cicatriz desaparecerá quando Deus julgar apropriado retirar o fardo que pesa sobre nós. Até então, carregaremos nossa cruz, como Seu filho fez em obediência à Sua vontade. Pode ser que sejamos instrumentos escolhidos ao Seu talante, e que ascenderemos ao Seu comando como aquele outro por meio de faixas e vergonha, por meio de lágrimas e sangue, por meio de dúvidas e temores, e tudo o que faz a diferença entre Deus e o homem."

Havia esperança nas suas palavras, e consolo, que ensejavam resignação. Mina e eu sentimos isso, e pegamos simultaneamente cada qual uma das mãos do velho, inclinamo-nos e beijamo-las. Em seguida, sem uma palavra, todos nos ajoelhamos e, dando-nos as mãos, juramos fidelidade mútua. Nós, homens, comprometemo-nos a tirar o véu do sofrimento da cabeça daquela que, cada qual a seu modo, amávamos; e oramos por auxílio e orientação na tarefa amedrontadora que tínhamos diante de nós. Estava na hora de começar. Eu me despedi de Mina, uma despedida que nenhum de nós esquecerá até o dia da nossa morte; e partimos.

Uma coisa eu decidi: se descobrirmos que Mina virá a ser um vampiro no fim, ela não entrará sozinha nessa terra desconhecida e assustadora. Suponho que seja por isso que, antigamente, um vampiro significava muitos; assim como seus corpos hediondos só podiam repousar em terra sagrada, também o amor mais santo era o sargento que recrutava para suas fileiras macabras.

Entramos em Carfax sem dificuldade e encontramos todas as coisas como estavam na primeira ocasião. Era difícil acreditar que, num cenário tão prosaico de abandono, pó e decadência, havia motivo para um medo tal como o conhecíamos. Se não estivéssemos determinados, e se não houvesse memórias terríveis para nos incitar, não poderíamos ter dado seguimento à nossa tarefa. Não encontramos papéis, nem qualquer sinal de uso da casa; e na velha capela os grandes caixotes estavam exatamente como os tínhamos visto da última vez.

O doutor Van Helsing disse solenemente, quando estávamos todos diante deles: "Agora, meus amigos, temos um dever a cumprir aqui. Precisamos esterilizar esta terra, tão santificada por memórias sagradas, que ele trouxe de um país muito distante para um uso tão maléfico. Ele escolheu esta terra porque ela foi santa. Assim, derrotamo-lo com sua própria arma, tornando-a mais santa ainda. Foi santificada para uso de homem, agora a santificamos para Deus".

Enquanto falava, ele tirou da sua mala uma chave de fenda e uma chave de boca, e logo a tampa de um dos caixotes foi aberta. A terra tinha um cheiro úmido e rançoso, mas de algum modo não ligamos, pois nossa atenção estava concentrada no professor. Tirando da sua caixa um pedaço de hóstia sagrada, ele o colocou com reverência na terra, depois fechou a tampa parafusando-a novamente, e nós o ajudamos no seu trabalho.

Um por um, demos o mesmo tratamento a cada um dos grandes caixotes, e deixamo-los aparentemente intocados; mas em cada um havia um pedaço de hóstia. Quando fechamos a porta ao sair, o professor disse solenemente: "Isso já está feito. Se pudermos ter o mesmo êxito com todos os outros, o crepúsculo de hoje poderá brilhar sobre a fronte da senhora Mina toda branca como marfim, sem mancha alguma!".

Ao atravessarmos o gramado no caminho para a estação para pegar nosso trem, avistamos a frente do sanatório. Olhei ansioso, e na janela do meu quarto vi Mina. Acenei para ela e fiz sinal com a cabeça para indicar que nosso trabalho tinha sido bem-sucedido. Ela fez sinal com a cabeça para mostrar que tinha entendido. Quando olhei pela última vez, ela estava acenando para despedir-se. Foi com o coração apertado que chegamos à estação e pegamos por pouco o trem, que estava fumegando quando pisamos na plataforma. Escrevi isto no trem.

Piccadilly, meio-dia e meia. Logo antes de chegarmos a Fenchurch Street, lorde Godalming me disse: "Quincey e eu vamos procurar um chaveiro. É melhor você não vir conosco, pode haver alguma dificuldade. Nas atuais circunstâncias, não seria nada mau arrombar uma casa vazia. Mas você é advogado, e a Incorporated Law Society poderia repreendê-lo".

Objetei por não tomar parte em nenhum perigo, nem mesmo de difamação, mas ele continuou: "Além disso, vai chamar menos atenção se não houver muitos de nós. Meu título vai impressionar o chaveiro, e qualquer policial que possa aparecer. É melhor você ir com Jack e o professor e ficar em Green Park, em algum lugar à vista da casa; e quando vocês virem a porta aberta e o chaveiro tiver ido embora, venham correndo. Estaremos esperando vocês, e abriremos a porta".

"É um bom conselho!", disse Van Helsing, portanto não dissemos mais nada. Godalming e Morris saíram correndo num cabriolé, nós seguimos em outro. Na esquina de Arlington Street, nosso contingente desceu e caminhou para o Green Park. Meu coração saltou quando vi a casa na qual tantas esperanças nossas estavam centradas, sinistra e silenciosa na sua condição deserta entre suas vizinhas mais vivazes e bem cuidadas. Sentamos num banco com uma boa vista e começamos a fumar charutos para chamar o menos de atenção possível. Os minutos pareciam passar com pés de chumbo enquanto aguardávamos a chegada dos outros.

Por fim, vimos uma carruagem estacionar. Dela, de modo despreocupado, desceram lorde Godalming e Morris; e da boleia desceu um trabalhador atarracado com sua cesta de ferramentas de junco trançado. Morris pagou o cocheiro, que tocou o chapéu e partiu. Ambos subiram os degraus e lorde Godalming indicou o que era preciso fazer. O trabalhador tirou o casaco vagarosamente e pendurou-o numa das barras da grade, dizendo algo a um policial que veio perambulando bem nessa hora. O policial concordou com a cabeça, e o homem, ajoelhando-se, pôs sua mala no chão do seu lado. Depois de vasculhá-la, tirou uma seleção de ferramentas que começou a dispor ao seu lado de maneira ordenada. Então ele se levantou, olhou dentro da fechadura, assoprou dentro dela e, virando-se para seus empregadores, fez algum comentário. Lorde Godalming sorriu, e o homem ergueu um molho de chaves de bom tamanho; selecionando uma delas, começou a testar a fechadura, como se sentisse o caminho com a chave. Depois de tatear um pouco, ele tentou uma segunda chave, daí uma terceira. De repente a porta abriu com um empurrãozinho, e ele e os dois outros entraram no saguão. Continuamos sentados; meu charuto queimava furiosamente, mas o de Van Helsing ficou totalmente frio. Esperamos pacientemente até vermos o trabalhador sair levando sua mala. Então ele segurou a porta parcialmente aberta, firmando-a com os joelhos, enquanto encaixava uma chave na fechadura. Finalmente a entregou a lorde Godalming, que tirou a carteira e lhe deu alguma coisa. O homem tocou seu chapéu, pegou sua mala, pôs seu casaco e partiu; nem uma alma percebeu toda a transação.

Quando o homem estava longe, nós três cruzamos a rua e batemos na porta. Ela foi imediatamente aberta por Quincey Morris, de cujo lado estava lorde Godalming, acendendo um charuto.

"O lugar tem um cheiro medonho", disse este último quando entramos. Realmente tinha um cheiro medonho – como a velha capela em Carfax – e graças à nossa experiência prévia estava claro para nós que o conde estivera usando o lugar com bastante liberdade. Fomos explorando a casa, mantendo-nos sempre juntos em caso de ataque, pois sabíamos que tínhamos um inimigo forte e ardiloso a enfrentar, e até o momento não sabíamos se o conde estava na casa.

Na sala de jantar, que ficava no fundo do saguão, encontramos oito caixotes de terra. Somente oito caixotes dos nove que procurávamos! Nosso trabalho não tinha acabado, e nunca acabaria enquanto não encontrássemos o caixote faltante.

Primeiro abrimos as venezianas da janela que dava para um estreito pátio pavimentado com pedras, encostado na fachada cega de um estábulo, pintada para ter o aspecto da frente de uma casa em miniatura. Não havia janelas nele, portanto não tivemos medo de ser avistados. Não perdemos tempo para examinar os caixotes. Com as ferramentas que tínhamos trazido, abrimo-los um por um e tratamo-los como tínhamos tratado os outros na velha capela. Estava evidente para nós que o conde não estava presente na casa, e começamos a procurar pertences seus.

Depois de uma olhada superficial no resto dos cômodos, do porão ao sótão, chegamos à conclusão de que a sala de jantar continha todos os objetos que podiam pertencer ao conde; por isso começamos a examiná-los minuciosamente. Estavam jogados numa espécie de desordem ordenada sobre a grande mesa de jantar.

Havia escrituras de propriedade da casa de Piccadilly num grande maço; escrituras da compra das casas de Mile End e Bermondsey; papel de carta, envelopes, canetas e tinta. Todos estavam cobertos com fino papel de embalagem para protegê-los do pó. Também havia uma escova de roupa, uma escova de cabelo e um pente, uma jarra com bacia – esta última continha água suja avermelhada como que de sangue. Por último, havia um pequeno molho de chaves de todos os tipos e tamanhos, provavelmente as das outras casas.

Ao examinarmos esta última descoberta, lorde Godalming e Quincey Morris, tomando nota com precisão dos diversos endereços das casas no leste e no sul, levaram com eles as chaves num grande molho, e foram destruir os caixotes nesses lugares. O resto de nós está, com a paciência que conseguimos ter, esperando a volta deles – ou a chegada do conde.

XXIII. Diário do doutor Seward

3 de outubro. O tempo pareceu terrivelmente longo enquanto esperávamos a chegada de Godalming e Quincey Morris. O professor tentou manter nossa mente ativa usando-a o tempo todo. Percebi sua intenção benéfica nos olhares de soslaio que ele lançava de tempos em tempos para Harker. Ver o coitado esmagado por essa tristeza é desesperador. Na noite passada ele era um homem franco e feliz, com um rosto forte e juvenil, cheio de energia, e com cabelo castanho-escuro. Hoje ele é um velho abatido e desalinhado, cujo cabelo branco combina com seus olhos ocos ardentes e as rugas rasgadas pelo sofrimento no seu rosto. Sua energia ainda está intacta; na verdade, ele é como uma chama viva. Isso ainda pode ser sua salvação, pois, se tudo correr bem, vai sustentá-lo no período de desespero, quando ele acordará novamente, de certa forma, para as realidades da vida. Coitado; eu pensava que meus problemas eram ruins, mas os dele!

O professor sabe muito bem disso, e está fazendo tudo o que pode para manter a mente dele ativa. O que ele disse foi, naquelas circunstâncias, de interesse envolvente. Até onde consigo me lembrar, foi o seguinte:

"Eu estudei, repetidas vezes desde que os tive em minhas mãos, todos os papéis relacionados a esse monstro; e, quanto mais estudo, maior parece a necessidade de aniquilá-lo. Em todo lugar há sinais do seu avanço, não só do seu poder, mas do seu conhecimento dele. Como aprendi por meio das pesquisas do meu amigo Arminius de Budapeste, em vida ele foi um homem dos mais extraordinários. Soldado, estadista e alquimista – este último era o mais alto desenvolvimento do conhecimento científico na sua época. Ele tinha um cérebro possante, uma erudição sem igual, e um coração sem medo nem remorso. Atreveu-se até a frequentar a escolomancia, e não há ramo do conhecimento da sua época em que ele não tenha se aventurado.

"Nele, os poderes mentais sobreviveram à morte física, embora pareça que a memória não está totalmente completa. Em certas faculdades da mente ele foi, e é, apenas uma criança; mas está crescendo, e certas coisas que eram pueris de início agora estão da estatura de um homem. Ele está experimentando, e fazendo-o bem; e, se nós não tivéssemos cruzado seu caminho, ele seria – e pode ser ainda, se falharmos – o pai ou promotor de uma nova ordem de seres, cujo caminho deve levar à morte, não à vida."

Harker gemeu e disse: "E tudo isso está mobilizado contra minha amada! Mas como ele está experimentando? Saber isso pode nos ajudar a derrotá-lo!".

"Desde que chegou, ele vem testando seu poder, lenta mas seguramente; seu grande cérebro infantil está trabalhando. Melhor para nós que ainda seja um cérebro infantil, pois, se ele tivesse, logo no começo, tentado certas coisas, estaria há muito tempo fora do nosso alcance. Contudo, ele está determinado a ter êxito, e um homem que tem séculos pela frente pode dar-se ao luxo de esperar e ir devagar. *Festina lente*[47] bem que poderia ser seu lema."

"Não consigo entender", disse Harker exaurido. "Por favor, seja mais claro! Talvez o sofrimento e a preocupação estejam entorpecendo meu cérebro."

O professor pôs a mão com ternura sobre seu ombro ao falar: "Ah, meu filho, eu serei claro. Você percebeu como, ultimamente, esse monstro está adquirindo conhecimento de forma experimental? Como ele usou o paciente zoófago para entrar na casa do amigo John? Pois o vampiro, embora posteriormente possa ir e vir quando e como quiser, precisa primeiro ser convidado por um residente. Mas esses não são seus experimentos mais importantes. Não vimos que, no início, todos aqueles caixotes volumosos foram carregados por outras pessoas? Ele achava então que tinha que ser assim. Mas durante todo esse tempo aquele grande cérebro infantil dele estava crescendo, e ele começou a pensar se ele mesmo não poderia carregar os caixotes. Daí passou a ajudar; e, quando viu que dava certo, tentou carregá-los sozinho. E assim ele progride, e espalha essas suas tumbas; e ninguém além dele sabe onde estão escondidas.

"Ele pode ter a intenção de enterrá-las fundo no solo. Como ele as usa somente de noite, ou na hora em que pode mudar de forma, elas lhe servirão igualmente bem, e ninguém saberá onde estão seus esconderijos! Mas, meu filho, não se desespere; esse conhecimento veio a ele tarde demais! Todos os seus covis, exceto um, já foram tornados estéreis para ele, e antes do pôr do sol o último também o será. Então, ele não terá nenhum lugar para se esconder. Hoje de manhã eu me detive para termos certeza. Não há mais em jogo para nós que para ele? Então por que não seríamos

47. Em latim no original: "apressa-te lentamente".

ainda mais cuidadosos do que ele? No meu relógio é uma hora, e neste momento, se tudo tiver corrido bem, os amigos Arthur e Quincey estão vindo nos encontrar. Hoje é nosso dia, e precisamos ser cautelosos, ainda que lentos, para não perder nenhuma chance. Veja! Haverá cinco de nós quando os ausentes retornarem."

Enquanto ele falava, fomos surpreendidos por uma batida na porta do saguão, a batida dupla do menino do telégrafo. Seguimos todos para o saguão no mesmo impulso, e Van Helsing, erguendo a mão para nos pedir silêncio, avançou até a porta e abriu-a. O menino entregou uma mensagem. O professor fechou a porta novamente e, depois de conferir o endereço, abriu e leu em voz alta.

"Cuidado com D. Acaba de sair agora, 12h45, de Carfax em direção ao sul, com pressa. Parece estar fazendo a ronda e deve procurá-los. Mina."

Houve uma pausa, quebrada pela voz de Jonathan Harker: "Deus seja louvado, vamos enfrentá-lo logo!".

Van Helsing virou-se para ele rapidamente e disse: "Deus agirá na Sua própria hora e maneira. Não tema, mas ainda não se alegre; pois o que desejamos, neste momento, pode vir a ser nossa ruína".

"Não ligo para nada agora", ele respondeu destemperado, "exceto para eliminar essa besta da face da Criação. Eu venderia minha alma para fazê-lo!"

"Oh, cale-se, cale-se, meu filho!", disse Van Helsing. "Deus não compra almas desse modo; e o Diabo, mesmo que compre, não paga. Deus, porém, é misericordioso e justo, e conhece sua dor e sua devoção à querida senhora Mina. Pense como a dor dela seria dobrada se ela ouvisse suas palavras insensatas. Não tema nenhum de nós, somos todos devotados a esta causa, e hoje veremos seu fim. Está chegando a hora da ação; hoje o vampiro está limitado aos poderes humanos, e até o pôr do sol não poderá transformar-se. Ele levará um certo tempo para chegar aqui – veja, é uma e vinte agora, e ele ainda vai demorar, mesmo que seja rápido. O que devemos esperar é que lorde Arthur e Quincey cheguem primeiro."

Cerca de meia hora depois de recebermos o telegrama da senhora Harker, ouvimos uma batida suave e decidida na porta do saguão. Era uma batida ordinária, como a que dão a toda hora milhares de cavalheiros, mas fez o coração do professor e o meu bater com força. Olhamos um para o outro, e juntos fomos para o saguão; cada um tinha à mão, prontos para usar, nossos diferentes armamentos – o espiritual na esquerda, o mortal na direita. Van Helsing puxou o trinco e, segurando a porta meio aberta, recuou, com ambas as mãos prontas para a ação. A alegria do nosso coração deve ter se mostrado em nosso rosto quando vimos, no degrau junto à porta, lorde Godalming e Quincey Morris. Eles entraram rapidamente e fecharam a porta atrás deles, o primeiro dizendo, enquanto avançavam no saguão:

"Está tudo certo. Encontramos ambos os lugares; seis caixotes em cada um, e destruímos todos eles!"

"Destruíram?", perguntou o professor.

"Para ele!" Ficamos em silêncio por um minuto, e então Quincey disse: "Não há nada a fazer senão esperar aqui. No entanto, se ele não aparecer até as cinco horas, teremos que partir, pois não podemos deixar a senhora Harker sozinha após o crepúsculo".

"Ele deve chegar em pouco tempo", disse Van Helsing, que estava consultando seu bloco de anotações. "*Nota bene*,[48] o telegrama da senhora Harker diz que ele foi para o sul saindo de Carfax, o que significa que cruzaria o rio, e só poderia fazê-lo com a maré parada, o que deve ter ocorrido antes da uma hora. O fato de ter ido para o sul tem significado para nós. Por enquanto ele apenas suspeita, e foi de Carfax primeiro para o lugar onde há menos suspeita de interferência. Vocês devem ter estado em Bermondsey pouco tempo antes dele. O fato de ele não estar aqui agora mostra que ele foi para Mile End em seguida. Isso lhe tomou algum tempo, pois ele teria de ser transportado de alguma forma para cruzar o rio. Acreditem, meus amigos, agora não teremos que esperar muito. Precisamos elaborar um plano de ataque para não desperdiçarmos nenhuma chance. Silêncio, não há mais tempo. Peguem suas armas! Estejam prontos!" Ele ergueu a mão em alerta ao falar, pois todos ouvimos uma chave ser inserida suavemente na fechadura da porta do saguão.

Não pude deixar de admirar, mesmo nesse momento, a maneira como um espírito dominante se afirma. Em todas as nossas expedições de caça e aventuras em diferentes partes do mundo, Quincey Morris sempre foi aquele que propunha o plano de ação, e Arthur e eu estávamos acostumados a obedecer implicitamente. Agora, o velho hábito parecia renovar-se como por instinto. Com um olhar rápido pelo cômodo, ele logo traçou nosso plano de ataque e, sem pronunciar uma palavra, com um gesto, colocou cada um de nós na sua posição. Van Helsing, Harker e eu estávamos logo atrás da porta, de modo que, quando fosse aberta, o professor

---

48. Em latim no original: "repare bem".

pudesse guardá-la enquanto nós dois ficaríamos entre o ingressante e a porta. Godalming, na frente, e Quincey, atrás, estavam ocultos, prontos para interpor-se diante da janela. Esperamos num suspense que fez os segundos passarem com lentidão de pesadelo. Os passos lentos e cautelosos aproximavam-se no saguão; era evidente que o conde estava preparado para uma surpresa – ou pelo menos a temia.

Subitamente, com um salto, ele entrou no cômodo, conseguindo passar por nós antes que qualquer um pudesse levantar a mão para detê-lo. Havia algo de pantera no seu movimento, algo tão inumano que nos imobilizou com o choque da sua chegada. O primeiro a agir foi Harker, que, com um movimento rápido, se postou diante da porta que dava para o quarto da frente. Quando o conde nos viu, um rosnado horroroso deformou sua face, revelando os caninos superiores longos e pontudos; mas o sorriso maléfico transformou-se rapidamente em mirada fria de desdém leonino. Sua expressão mudou novamente quando, num único impulso, avançamos todos sobre ele. Foi uma pena não termos um plano de ataque mais organizado, pois ainda nesse momento eu me perguntava o que deveríamos fazer. Eu não sabia se nossas armas letais nos seriam úteis.

Harker evidentemente quis tirar a dúvida, pois sacou da sua grande faca *kukri* e fez um corte incisivo e repentino nele. O golpe foi poderoso; somente a velocidade diabólica do conde, que deu um pulo para trás, o salvou. Um segundo a menos e a lâmina teria dilacerado seu coração. Porém, a ponta apenas cortou o tecido do seu casaco, abrindo um buraco largo do qual caíram um maço de cédulas e um punhado de ouro. A expressão no rosto do conde era tão infernal que, por um momento, tive medo por Harker, apesar de vê-lo erguer a temível faca mais uma vez para outro golpe. Por instinto, avancei seguindo um impulso protetor, com o crucifixo e a hóstia na minha mão esquerda. Senti um poder colossal percorrer meu braço, e foi sem surpresa que vi o monstro retroceder acovardado diante de recuo semelhante e espontâneo de cada um de nós. Seria impossível descrever a expressão de ódio e malignidade frustrada, de raiva e fúria demoníaca que tomou conta do rosto do conde. Sua tonalidade cerosa tornou-se amarelo-esverdeada em contraste com seus olhos ardentes, e a cicatriz vermelha na testa destacava-se sobre a pele descolorida como uma ferida palpitante. No instante seguinte, com um mergulho sinuoso, ele passou por baixo do braço de Harker, antes que o segundo golpe pudesse atingi-lo, e, agarrando um punhado de dinheiro do chão, atravessou o cômodo correndo e jogou-se contra a janela. Entre o ruído e o reflexo do vidro estilhaçado, ele despencou na área pavimentada logo abaixo. Em meio ao som do vidro caindo, pude ouvir o tilintar do ouro conforme alguns soberanos batiam no chão.

Corremos até lá e o vimos levantar-se com um salto, ileso. Ele subiu os degraus correndo, atravessou o pátio pavimentado e empurrou a porta do estábulo. Ali ele se virou e nos disse:

"Vocês pensam que podem me deter, vocês – com seus rostos pálidos enfileirados, como ovelhas num açougue. Vocês ainda vão se arrepender, todos vocês! Vocês pensam ter me deixado sem lugar para descansar, mas eu tenho mais. Minha vingança apenas começou! Arquitetei-a por séculos, e o tempo está a meu favor. As moças que vocês amam já são minhas, e por intermédio delas vocês e outros mais serão meus – minhas criaturas, para me obedecer e ser meus vassalos quando eu quiser me alimentar. Bah!"

Com um ricto de escárnio, ele passou rapidamente pela porta, e ouvimos a trava enferrujada ranger quando ele a trancou. Uma porta mais adiante abriu e fechou. O primeiro de nós a falar foi o professor, quando, percebendo a dificuldade de segui-lo através do estábulo, avançamos pelo saguão.

"Aprendemos alguma coisa – muitas coisas! Não obstante suas palavras de bravata, ele nos teme; ele teme o tempo, teme a carência! Se não temesse, por que tanta pressa? Seu próprio tom o trai, ou engana meus ouvidos. Por que levar o dinheiro? Sigam-no de perto. Vocês são caçadores de feras selvagens, e entendem disso. Quanto a mim, vou me certificar de que nada aqui possa ser usado por ele, se voltar."

Enquanto falava, ele pôs o dinheiro restante no bolso, pegou as escrituras do maço tal qual Harker as havia deixado, e varreu o resto para dentro da lareira, onde pôs fogo em tudo com um fósforo.

Godalming e Morris tinham corrido para o pátio, e Harker descera pela janela para seguir o conde. Todavia, ele trancara a porta do estábulo; e, até eles conseguirem arrombá-la, não havia sinal dele. Van Helsing e eu tentamos investigar os fundos da casa, mas a viela estava deserta e ninguém o tinha visto sair.

A tarde estava chegando ao fim e o pôr do sol não estava longe. Tivemos que reconhecer que a caçada tinha terminado; com o coração pesaroso, concordamos com o professor quando ele disse: "Vamos voltar à senhora Mina – a pobre senhora Mina. Tudo o que podíamos fazer agora está feito; e lá poderemos, ao menos, protegê-la. Mas não precisamos nos desesperar. Sobrou apenas um caixote de terra, e precisamos encontrá-lo; quando tivermos feito isso, tudo poderá se resolver".

Percebi que ele falava com toda a coragem possível para consolar Harker. O coitado estava desolado; de vez em quando soltava um gemido baixo que não conseguia conter – estava pensando na sua esposa.

Com o coração entristecido, voltamos a minha casa, onde encontramos a senhora Harker aguardando por nós com uma aparência de jovialidade que honrava sua bravura e seu altruísmo. Quando ela viu nossos rostos, o dela tornou-se pálido como a morte; por uns segundos, seus olhos se fecharam como numa prece secreta.

Então ela disse, animada: "Nunca vou agradecê-los o bastante. Oh, meu querido!".

Enquanto falava, ela segurou a cabeça grisalha do marido em suas mãos e beijou-a.

"Encoste a cabeça aqui e descanse. Tudo vai ficar bem, querido! Deus nos protegerá, se assim o quiser no Seu bom intento." O pobre coitado gemeu. Não havia lugar para palavras no seu sofrimento sublime.

Comemos juntos uma espécie de jantar perfunctório, e acho que isso nos animou de certa forma. Foi, talvez, o mero calor animal da comida para pessoas famintas – pois nenhum de nós havia comido desde o café da manhã – ou o senso de companheirismo pode ter nos ajudado; mas de qualquer modo estávamos menos infelizes, e vimos o amanhã não totalmente desprovido de esperança.

Fiéis a nossa promessa, contamos à senhora Harker tudo o que tinha acontecido; e, embora ela ficasse branca como neve certas vezes, quando o perigo parecia ter ameaçado seu marido, e vermelha em outras, quando a devoção dele a ela se manifestava, ela ouviu com calma e coragem. Quando chegamos à parte em que Harker havia se lançado sobre o conde com grande imprudência, ela agarrou o braço do marido e o segurou com força, como se, se agarrando a ele, pudesse protegê-lo de qualquer mal que adviesse. Porém, ela não disse nada até a narração terminar e os assuntos serem atualizados até o presente.

Daí, sem soltar a mão do marido, ela se levantou no meio de nós e falou. Oh, queria eu poder dar uma ideia da cena, daquela doce e boa mulher em toda a radiante beleza da sua juventude e animação, com a cicatriz vermelha na testa, da qual ela tinha consciência e que víamos rangendo os dentes, lembrando-nos de onde viera, e de como tinha acontecido; sua gentileza amorosa contra nosso ódio sombrio; sua fé generosa contra todos os nossos medos e dúvidas; e nós, sabendo que, no que diz respeito aos símbolos, ela, com toda a sua bondade, pureza e fé, era uma rejeitada de Deus.

"Jonathan", ela disse, e o nome soou como música em seus lábios, de tão cheio que estava de amor e ternura, "Jonathan, meu querido, e todos vocês, meus fiéis e dedicados amigos, quero que vocês tenham algo em mente durante todo este período medonho. Eu sei que vocês precisam lutar, que precisam até destruir, assim como destruíram a falsa Lucy para que a verdadeira Lucy pudesse viver no além; mas não é um trabalho de ódio. Aquela pobre alma que provocou toda esta infelicidade é o caso mais lamentável de todos. Pensem como ele ficará feliz quando também tiver sua pior parte destruída para que sua melhor parte possa ter imortalidade espiritual. Vocês também devem ter piedade dele, embora isso não impeça suas mãos de destruí-lo."

Enquanto ela falava, eu vi o rosto do seu marido ensombrecer-se e contrair-se, como se a paixão nele estivesse ressecando a essência do seu ser. Instintivamente, a pressão na mão da sua mulher intensificou-se, até que os nós dos seus dedos ficaram brancos. Ela não se retraiu diante da dor que sei que deve ter sentido, mas olhou para ele com olhos mais atraentes do que nunca.

Quando ela parou de falar, ele se levantou bruscamente, quase arrancando sua mão da dela ao dizer:

"Queira Deus cedê-lo à minha mão pelo tempo suficiente para destruir sua vida terrena à qual estamos visando. Se, além disso, eu pudesse mandar sua alma para sempre para o fogo do inferno, eu o faria!"

"Oh, cale-se! Cale-se, em nome do bom Deus! Não diga essas coisas, Jonathan, meu marido, ou você vai me esmagar de medo e horror. Pense, meu querido – estive pensando nisso durante todo este longo dia –, que... talvez... algum dia... eu também possa precisar dessa piedade, e que alguém como você – com o mesmo motivo para raiva – me poderia negá-la! Oh, meu marido! Meu marido, eu realmente lhe teria poupado esse pensamento se houvesse outro jeito; mas rogo a Deus que não tenha dado atenção às suas palavras insensatas, salvo como o lamento desconsolado de um homem muito apaixonado e duramente atingido. Oh, Deus, que esses pobres cabelos brancos sejam prova do que ele sofreu, ele que, em toda a sua vida, não fez mal algum e sobre quem tantos tormentos desabaram."

Nós, homens, estávamos todos chorando agora. Não havia como resistir, e as lágrimas rolaram soltas. Ela chorou também ao ver que seus doces conselhos tinham prevalecido. Seu marido caiu de joelhos ao lado dela e, pondo os braços ao seu redor, escondeu o rosto nas dobras da sua saia. Van Helsing fez sinal para nós, e saímos discretamente da sala, deixando os dois corações apaixonados a sós com seu Deus.

Antes de recolherem-se para a noite, o professor arrumou o quarto contra uma possível chegada do vampiro, e garantiu à senhora Harker que ela podia descansar em paz. Ela tentou convencer-se disso e, manifestamente por amor ao marido, tentou parecer satisfeita. Foi uma luta honrosa, que não ficou, creio, sem recompensa. Van Helsing deixou à mão um sino que ambos poderiam tocar em caso de emergência. Quando eles se recolheram, Quincey, Godalming e eu combinamos de ficar de guarda, dividindo a noite entre nós para cuidar da segurança da pobre moça aflita. O primeiro turno ficou com Quincey, portanto o resto de nós irá para a cama assim que puder.

Godalming já foi deitar-se, pois o segundo turno é dele. Agora que meu trabalho está feito, eu também vou dormir.

DIÁRIO DE JONATHAN HARKER

3-4 de outubro, perto da meia-noite. Pensei que ontem nunca terminaria. Um desejo de dormir tomou conta de mim, numa crença cega de que, ao despertar, veria as coisas mudadas, e que qualquer mudança agora seria para melhor. Antes de nos despedirmos, discutimos qual seria nosso próximo passo, mas não conseguimos chegar a nenhum resultado. Tudo o que sabíamos era que restava um caixote de terra, e que somente o conde sabia onde ele estava. Se ele decidir ficar escondido, pode nos evitar por anos; e enquanto isso... A ideia é horrível demais, não ouso pensar nisso agora. Só sei que, se já houve alguma mulher completamente perfeita, essa mulher é a minha pobre e injustiçada amada. Amo-a mil vezes mais pela sua doce piedade da noite passada, uma piedade que fez meu ódio por aquele monstro parecer detestável. Decerto, Deus não permitirá que o mundo se torne mais pobre com a perda de uma criatura como ela. Isso me dá esperança. Estamos todos à deriva em direção aos recifes, e a fé é nossa única âncora. Graças a Deus! Mina está dormindo, e dormindo sem sonhos. Receio como possam ser seus sonhos, com memórias tão pavorosas para alimentá-los. Ela não esteve tão calma, diante de mim, desde o pôr do sol. Depois disso, por alguns instantes, seu rosto cobriu-se de um repouso que era como a primavera após as ventanias de março. Pensei na hora que era a suave vermelhidão do pôr do sol sobre seu rosto, mas agora penso que tinha um significado mais profundo. Não estou com sono, apesar de extenuado – exausto de morrer. Contudo, preciso tentar dormir, pois tenho de estar pronto para amanhã, e não haverá descanso para mim enquanto...

Mais tarde. Devo ter adormecido, pois fui despertado por Mina, que estava sentada na cama com uma expressão de susto no rosto. Vi com facilidade, pois não deixamos o quarto escuro; ela tinha colocado a mão sobre a minha boca para me avisar, e agora cochichava ao meu ouvido: "Psiu! Tem alguém no corredor!". Levantei com cuidado, atravessei o quarto e abri a porta devagar.

Do lado de fora, esticado num colchão, estava o senhor Morris, totalmente acordado. Ele ergueu a mão em alerta, pedindo silêncio ao sussurrar: "Quieto! Volte para a cama; está tudo certo. Um de nós estará aqui a noite toda. Não vamos correr nenhum risco!".

Seu olhar e seu gesto proibiam qualquer discussão, por isso voltei e contei a Mina. Ela suspirou, e um sorriso fugaz mas genuíno percorreu seu pobre rosto pálido enquanto ela me enlaçava e dizia suavemente: "Oh, Deus, obrigada pelos homens corajosos!". Com outro suspiro ela se deitou novamente para dormir. Estou escrevendo isto agora porque não estou com sono, embora deva tentar dormir de novo.

4 de outubro, manhã. Mais uma vez, durante a noite fui acordado por Mina. Dessa vez tínhamos dormido bem, pois o cinza da aurora vindoura estava transformando as janelas em oblongos pontudos, e a chama do gás era mais como um ponto que um disco de luz.

Ela me disse, afoita: "Vá chamar o professor. Quero vê-lo agora mesmo".

"Por quê?", perguntei.

"Tive uma ideia. Imagino que tenha me ocorrido durante a noite, e maturado sem que eu percebesse. Ele precisa me hipnotizar antes da aurora, para que eu consiga falar. Ande rápido, querido; está chegando a hora."

Fui até a porta. O doutor Seward estava descansando no colchão e, ao me ver, levantou-se de repente.

"Alguma coisa errada?", perguntou, alarmado.

"Não", respondi, "mas Mina quer ver o doutor Van Helsing agora mesmo."

"Vou chamá-lo", ele disse, e correu até o quarto do professor.

Dois ou três minutos mais tarde, Van Helsing estava de roupão no quarto, e o senhor Morris e lorde Godalming estavam com o doutor Seward na porta, fazendo-lhe perguntas. Quando o professor viu Mina, um sorriso, um sorriso de verdade, afugentou a ansiedade do seu rosto.

Ele esfregou as mãos e disse: "Oh, minha querida senhora Mina, que mudança! Veja, amigo Jonathan, temos aqui, hoje, nossa querida senhora Mina, como antes, de volta para nós!". Então, virando-se para ela, ele disse alegremente: "E o que posso fazer por você? Nunca quis nada".

"Eu quero que você me hipnotize!", ela disse. "Faça-o antes da aurora, pois sinto que agora posso falar, e falar livremente. Seja rápido, pois o tempo é curto!" Sem uma palavra, ele fez sinal para que ela se sentasse na cama.

Olhando fixamente para ela, ele começou a fazer passes, com uma mão e depois com a outra, de cima da cabeça dela para baixo. Mina olhou para ele fixamente por alguns minutos, durante os quais meu coração batia como um martinete, pois eu sentia que alguma calamidade estava por vir. Gradualmente, seus olhos se fecharam e ela se sentou completamente imóvel; somente pelo movimento suave do seu busto se podia adivinhar que estava viva. O professor fez mais alguns passes e parou, e eu pude ver que sua testa estava coberta com grandes gotas de suor. Mina abriu os olhos, mas não parecia ser a mesma mulher. Ela tinha um olhar distante, e sua voz tinha um tom triste de devaneio que era novo para mim. Erguendo a mão para impor silêncio, o professor me fez sinal para trazer os outros. Eles vieram na ponta dos pés, fechando a porta atrás de si, e ficaram junto ao pé da cama, observando. Mina parecia não vê-los. A quietude foi quebrada pela voz de Van Helsing, que falava num tom baixo e constante que não perturbaria o fluxo dos pensamentos dela:

"Onde você está?". A resposta veio neutra:

"Não sei. O sono não tem um lugar próprio." Por vários minutos fez-se silêncio. Mina estava sentada rígida, e o professor, em pé, olhava para ela fixamente.

O resto de nós nem ousava respirar. O quarto estava ficando mais claro; sem tirar os olhos do rosto de Mina, o doutor Van Helsing me fez sinal para abrir a persiana. Assim fiz, e o dia parecia prestes a chegar. Um raio vermelho lampejou, e uma luz rósea difundiu-se pelo quarto. Nesse instante, o professor falou de novo:

"Onde você está agora?".

A resposta veio como num sonho, mas com intenção; era como se ela estivesse interpretando algo. Eu a ouvi usar o mesmo tom ao ler suas anotações estenografadas.

"Eu não sei. É tudo estranho para mim!"

"O que você vê?"

"Não consigo ver nada; está tudo escuro."

"O que você ouve?" Pude detectar a tensão na voz paciente do professor.

"Água batendo. Está gorgolejando, e pequenas ondas batem. Ouço-as lá fora."

"Então você está num navio?"

Olhamos uns para os outros, tentando adivinhar algo. Tínhamos medo de pensar.

A resposta veio rápida: "Oh, sim!".

"O que mais você ouve?"

"O som de homens em tropel correndo acima de mim. O ranger de uma corrente e o tinido sonoro da lingueta do cabrestante caindo na roda dentada."

"O que você está fazendo?"

"Estou imóvel, tão imóvel... É como a morte!" A voz sumiu numa respiração profunda como de quem dorme, e os olhos abertos se fecharam de novo.

A essa altura, o sol já tinha nascido e estávamos todos em plena luz do dia. O doutor Van Helsing pôs as mãos nos ombros de Mina e deitou sua cabeça suavemente no travesseiro. Por alguns instantes ela ficou deitada como uma criança adormecida; depois, com um longo suspiro, acordou e arregalou os olhos, espantada ao ver todos em torno dela.

"Eu falei enquanto dormia?", foi tudo o que ela disse. No entanto, parecia saber da situação sem que lhe contássemos, mas estava ansiosa para saber o que tinha dito. O professor repetiu a conversa, e ela disse: "Então não há um momento a perder: talvez ainda não seja tarde demais!".

O senhor Morris e lorde Godalming correram em direção à porta, mas a voz calma do professor os chamou de volta:

"Fiquem, meus amigos. Esse navio, esteja onde estiver, estava levantando âncora enquanto ela falava. Há muitos navios levantando âncora neste momento no grandioso porto de Londres. Qual deles é o que vocês procuram? Agradeçamos a Deus por termos mais uma pista, apesar de não sabermos aonde ela vai nos levar. Estávamos cegos de certa forma, cegos à maneira dos homens, pois, quando olhamos para trás, vemos o que poderíamos ter visto olhando para a frente se tivéssemos tido a capacidade de ver! Mas essa frase ficou um emaranhado, não? Sabemos agora o que estava na mente do conde quando ele pegou aquele dinheiro, apesar de a faca afiadíssima de Jonathan tê-lo exposto a um perigo que até mesmo ele teme. Ele queria escapar. Ouçam-me, ESCAPAR! Ele viu que, com apenas um caixote de terra sobrando e um bando de homens seguindo-o como cães atrás de uma raposa, Londres não era lugar para ele. Ele pôs seu último caixote de terra a bordo de um navio e saiu do país. Ele quer escapar, mas não! Vamos segui-lo. 'Avante!', como diria o amigo Arthur ao vestir sua casaca vermelha! Nossa velha raposa é matreira, muito matreira, e precisamos segui-la com matreirice. Eu também sou matreiro, e dentro em pouco conseguirei decifrar sua mente. Nesse ínterim, podemos descansar em paz, pois há águas entre nós que ele não quer cruzar, nem poderia se quisesse – a menos que o navio aportasse, e mesmo assim somente na maré alta ou parada. E vejam, o sol acaba de nascer, por isso temos o dia todo até o pôr do sol. Vamos nos lavar e vestir, e tomar o café de manhã de que todos precisamos, e que podemos desfrutar confortavelmente porque ele não está no mesmo país que nós."

Mina olhou para ele suplicante, perguntando: "Mas por que precisamos ir atrás dele, se ele fugiu de nós?".

Ele pegou a mão dela e deu-lhe uns tapinhas enquanto respondia: "Ainda não me pergunte nada. Depois de tomarmos o café, eu responderei a todas as perguntas". Ele não disse mais nada, e nos separamos para nos vestir.

Após o café da manhã, Mina repetiu sua pergunta. Ele olhou para ela muito sério por um minuto e, então, disse com tristeza: "Porque, minha querida senhora Mina, agora mais do que nunca devemos encontrá-lo, mesmo se tivermos que segui-lo até a boca do inferno!".

Ela empalideceu ainda mais ao perguntar timidamente: "Por quê?".

"Porque", ele respondeu solenemente, "ele pode viver por séculos, e você é apenas uma mulher mortal. O tempo está contra nós desde que ele deixou essa marca na sua garganta."

Eu consegui segurá-la bem na hora em que ela caiu para a frente desmaiada.

XXIV. Diário fonográfico do doutor Seward
(*narrado por Van Helsing*)

Isto é para Jonathan Harker.

Você ficará com sua querida senhora Mina. Nós iremos em nossa busca – se posso chamá-la assim, pois não é busca mas conhecimento, e procuramos somente confirmação. Fique e tome conta dela hoje. Essa é sua melhor e mais santa incumbência. Neste dia nada poderá encontrá-lo aqui.

Deixe-me contar a você para que saiba o que nós quatro já sabemos, pois contei a eles. Ele, nosso inimigo, foi embora; voltou para seu castelo na Transilvânia. Tenho certeza disso, como se uma grande mão de fogo o tivesse escrito no muro. Ele se preparou para isso de alguma forma, e aquele último caixote de terra estava pronto a bordo de um navio em algum lugar. Por isso, ele levou o dinheiro. Por isso, correu no fim, para que não o pegássemos antes de o sol se pôr. Era sua última esperança, além da possibilidade de se esconder no mausoléu que ele imaginava que a pobre senhorita Lucy, sendo como ele, tinha deixado aberto para ele. Mas não havia tempo. Quando isso falhou, ele foi direto para o seu último recurso – seu último refúgio terreno, eu poderia dizer, se almejasse uma *double entente*.[49] Ele é astuto, muito astuto! Ele sabe que seu jogo aqui acabou, por isso decidiu voltar para casa. Encontrou um navio que fazia a rota contrária à que ele veio, e embarcou nele.

Agora vamos descobrir em qual navio, e para onde ele foi; e, quando tivermos descoberto isso, voltaremos para lhe contar tudo. Então, consolaremos você e a querida senhora Mina com nova esperança. Quando pensar a respeito, você verá que há esperança. Essa criatura que perseguimos levou centenas de anos para chegar a Londres; mas, em um único dia, nós, que sabíamos como lidar com ele, o expulsamos. Ele é finito, embora tenha poder para fazer muito estrago e não sofra como nós. Mas somos fortes, cada qual com um propósito, e somos ainda mais fortes juntos. Revigore-se, caro marido da senhora Mina. Esta batalha apenas começou, e no fim a venceremos – tão certo quanto Deus

49. Em francês no original: "duplo sentido".

estar sentado nas alturas olhando pelos Seus filhos. Portanto, fique sossegado até retornarmos.

Van Helsing

DIÁRIO DE JONATHAN HARKER

4 de outubro. Quando li para Mina a mensagem de Van Helsing no fonógrafo, a coitadinha animou-se consideravelmente. A certeza de que o conde saiu do país já lhe trouxe consolo, e o consolo é força para ela. Da minha parte, agora que esse perigo horrível não está face a face conosco, parece quase impossível acreditar nele. Até minhas terríveis experiências no Castelo Drácula parecem um sonho esquecido há tempos. Aqui, no ar fresco de outono, na luz clara do sol.

Mas ai! Como posso esquecer! No meio do meu pensamento, meu olhar incidiu sobre a cicatriz vermelha na testa branca da minha pobre querida. Enquanto ela perdurar, não pode haver esquecimento. E, posteriormente, a memória disso tudo manterá a fé cristalina. Mina e eu receamos ficar ociosos, por isso percorremos todos os diários repetidas vezes. De alguma forma, embora a realidade pareça maior a cada vez, a dor e o medo parecem menores. Há uma certa finalidade orientadora que se manifesta em toda parte e traz alívio. Mina diz que talvez sejamos os instrumentos de um bem supremo. Quem sabe! Tentarei pensar como ela. Ainda não falamos sobre o futuro. É melhor esperar até encontrarmos o professor e os outros após suas investigações.

O dia está passando mais rápido do que pensei que um dia poderia passar para mim de novo. Agora são três horas.

DIÁRIO DE MINA HARKER

5 de outubro, dezessete horas. Relatório da nossa reunião. Presentes: professor Van Helsing, lorde Godalming, doutor Seward, senhor Quincey Morris, Jonathan Harker, Mina Harker.

O doutor Van Helsing descreveu os passos tomados durante o dia para descobrir em qual navio e para onde o conde Drácula empreendeu sua fuga:

"Como eu sabia que ele queria voltar para a Transilvânia, tive certeza de que ele deveria ir pela foz do Danúbio, ou por algum lugar no mar Negro, pois tinha vindo por ali. Era um vácuo assustador que se descortinava diante de nós. *Omne ignotum pro magnifico*;[50] portanto, foi com o coração pesado que começamos a procurar quais navios tinham partido para o mar Negro na noite passada. Ele estava num veleiro, já que a senhora Mina falou de velas sendo desfraldadas. Como os veleiros não são tão importantes a ponto de figurar na lista de navegação do *Times*, fomos, por sugestão de lorde Godalming, ao Lloyd's, que toma nota de todos os navios que zarpam, por menores que sejam. Ali descobrimos que somente um navio partiu com a maré rumo ao mar Negro. É o *Czarina Catherine*, que zarpou do Doolittle's Wharf para Varna, e dali para outras partes, Danúbio acima. 'Aha!', exclamei, 'esse é o navio em que está o conde.' Fomos então para o Doolittle's Wharf, e ali encontramos um homem num escritório de madeira tão pequeno que o homem parecia maior que o escritório. Perguntamos a ele o itinerário do *Czarina Catherine*. Ele praguejava muito, tinha uma cara vermelha e uma voz alta, mas era um bom camarada mesmo assim; e, quando Quincey lhe deu algo do seu bolso que crepitou quando ele o enrolou e colocou num saco minúsculo que levava escondido na roupa, ele se tornou um camarada melhor ainda e nosso humilde criado. Ele veio conosco e indagou muitos homens rudes e quentes; eles também se tornavam melhores camaradas quando não estavam mais com sede. Falavam muito de droga, diabo e desgraça, e outras coisas que eu não compreendia, embora adivinhasse o que eles queriam dizer; e, não obstante contaram-nos todas as coisas que queríamos saber.

"Eles nos fizeram saber, entre outras coisas, que, na tarde de ontem, por volta das cinco horas, chegou um homem muito apressado. Um homem alto, magro e pálido, com nariz alto e dentes muito brancos, e olhos que pareciam queimar. Estava todo de preto, exceto por um chapéu de palha que não combinava nem com ele nem com a ocasião. Ele distribuiu seu dinheiro fazendo perguntas afoitas sobre qual navio zarpava para o mar Negro e quando. Alguns homens o levaram ao escritório e depois ao navio, a bordo do qual ele não quis subir, parando na beirada da prancha junto ao cais e pedindo ao capitão que fosse até ele. O capitão foi quando lhe disseram que seria bem pago; e, apesar de praguejar muito de início,

---

50. Em latim no original: "tudo que é desconhecido é tido por maravilhoso".

concordou com a proposta. Daí o homem magro foi embora e alguém lhe disse onde poderia alugar um cavalo e uma carroça. Ele foi e logo voltou, conduzindo uma carroça com um grande caixote; ele mesmo o descarregou, embora muitos homens tenham sido necessários para embarcá-lo no navio. Ele falou muito com o capitão sobre como e onde seu caixote deveria ser colocado, mas o capitão não gostou e praguejou contra ele em muitas línguas, dizendo que, se quisesse, ele podia ir lá ver onde ficaria. Mas ele disse que não, que ainda não iria, pois tinha muito que fazer. Nisso, o capitão lhe disse que era melhor ele se apressar – que diabos – pois seu navio sairia da droga do lugar antes da virada da droga da maré. Então o homem magro sorriu e disse que, evidentemente, partiria quando achasse mais apropriado, mas que ficaria surpreso se partisse tão cedo. O capitão praguejou novamente, poliglota, e o homem magro fez-lhe uma reverência, agradecendo-o e dizendo que abusaria mais um pouco da sua gentileza embarcando antes da partida. Finalmente o capitão, mais vermelho do que nunca, e em mais línguas, lhe disse que não queria nenhuma droga de franceses desgraçados na sua droga de navio. Assim, depois de perguntar onde poderia adquirir os formulários navais, ele partiu.

"Ninguém sabia para onde ele fora, 'nem estavam se lixando', como disseram, pois tinham mais coisas em que pensar – que diabos; pois logo ficou aparente para todos que o *Czarina Catherine* não zarparia como esperado. Uma névoa fina começou a subir do rio, e cresceu, e cresceu, até que logo um nevoeiro espesso envolveu o navio e tudo em torno dele. O capitão praguejou poliglota – muito poliglota – poliglota com droga e diabo e desgraça, mas não podia fazer nada. A água subiu e subiu, e ele começou a temer que perderia completamente a maré. Não estava de bom humor quando, bem na maré alta, o homem magro atravessou a prancha e pediu para ver onde seu caixote tinha sido guardado. O capitão respondeu que queria que ele e sua droga de caixote desgraçado dos diabos estivessem no inferno. Mas o homem magro não se ofendeu, desceu com o imediato, viu onde estava o caixote, subiu de novo e ficou um pouco no convés coberto pelo nevoeiro. Deve ter ido embora sem avisar, pois ninguém mais o viu. Na verdade nem pensaram nele, pois logo o nevoeiro começou a dissipar-se e tudo ficou claro novamente. Meus amigos com sede e linguagem de droga, diabo e desgraça riram ao contar que as pragas do capitão excederam até seu poliglotismo habitual e foram mais do que nunca pitorescas quando, ao questionar outros marinheiros que se movimentavam para cima e para baixo no rio naquela hora, descobriu que poucos deles tinham visto qualquer nevoeiro, exceto ali em volta do atracadouro. Contudo, o navio saiu na vazante da maré, e pela manhã já estava sem dúvida longe da foz do rio. Quando eles falaram conosco, ele já estava em alto-mar.

"E assim, minha querida senhora Mina, temos que descansar por algum tempo, pois nosso inimigo está no mar, com o nevoeiro ao seu comando, a caminho da foz do Danúbio. Cruzar os mares em um navio leva tempo, por mais veloz que ele seja; e, quando partirmos, iremos mais rápido por terra e o encontraremos lá. Nossa melhor aposta é alcançá-lo quando estiver dentro do caixote, entre o nascer e o pôr do sol, pois então ele não poderá opor resistência, e poderemos lidar com ele como devemos. Temos alguns dias para aprontar nosso plano. Sabemos tudo sobre seu destino, pois vimos o armador do navio, que nos mostrou faturas e todos os papéis possíveis. O caixote que procuramos deve ser desembarcado em Varna e entregue a um agente, um certo Ristics, que apresentará suas credenciais; e assim nosso amigo mercador terá feito a sua parte. Quando ele perguntou se havia algo errado, pois se houvesse ele poderia telegrafar para Varna e pedir que investigassem, dissemos que não, pois o que precisa ser feito não é para a polícia nem para a alfândega. Deve ser feito somente por nós e ao nosso modo."

Quando o doutor Van Helsing terminou de falar, perguntei se ele tinha certeza de que o conde permanecera a bordo do navio. Ele respondeu: "Temos a melhor prova disso: seu depoimento, quando submetida ao transe hipnótico hoje de manhã". Perguntei de novo se era mesmo necessário que eles perseguissem o conde, pois eu temo ficar sem Jonathan, e sei que ele certamente iria se os outros fossem. Ele respondeu com paixão crescente, começando com calma. No entanto, à medida que prosseguia, foi ficando mais bravo e mais veemente, até que no fim pudemos ver em que consistia pelo menos um pouco daquela dominância pessoal que fazia dele há tanto tempo um mestre entre os homens:

"Sim, é necessário – necessário – necessário! Para o seu bem em primeiro lugar, e depois pelo bem da humanidade. Esse monstro já causou muito estrago no alcance limitado em que se encontra e no tempo curto em que, até agora, ele era somente um corpo tateando em sua medida reduzida na escuridão e na ignorância. Tudo isso eu contei aos outros; você, minha querida senhora Mina, o aprenderá no fonógrafo do meu amigo John ou no do seu marido. Eu lhes contei como a decisão de sair do seu país deserto – deserto de gente – e vir para um novo país onde a vida humana abunda como se fosse uma multidão de espigas de milho foi um trabalho de séculos. Se outro morto-vivo como ele tentasse fazer o que ele fez, talvez nem todos os séculos do mundo que já passaram, ou passarão, pudessem ajudá-lo. Mas no seu caso todas as forças da natureza que estão ocultas e profundas e fortes devem ter operado juntas de algum modo maravilhoso. O próprio lugar onde ele se manteve vivo, ou morto-vivo, por todos esses séculos é cheio de bizarrices do mundo geológico e químico. Há cavernas e fissuras profundas que ninguém sabe aonde chegam. Houve vulcões, dos quais algumas aberturas ainda emitem águas com propriedades estranhas e gases que matam ou vivificam. Sem dúvida, há algo magnético ou elétrico em algumas dessas combinações de forças ocultas que colaboram, de algum modo estranho, para a vida física; e nele próprio já havia de início certas qualidades extraordinárias. Numa época dura e belicosa, ele foi celebrado por ter mais nervos de aço, um cérebro mais sutil, um coração mais valente do que qualquer outro homem. Nele, um princípio vital encontrou de forma estranha seu ápice; e, conforme seu corpo se mantém forte, cresce e desenvolve-se, seu cérebro cresce também. Tudo isso sem aquele auxílio diabólico que lhe é garantido, pois teve de ceder perante os poderes que vêm do bem e são símbolo dele. E agora isto é o que ele é para nós. Ele infectou você – oh, perdoe-me, querida, por ter de dizer isso; mas é pelo seu bem que falo. Ele a infectou de tal maneira que, mesmo que ele não faça mais nada, você tem apenas que viver – viver do seu jeito doce e costumeiro – para que, com o tempo, a morte, que é o destino comum dos homens, faça de você, com a sanção de Deus, algo como ele. Isso não pode acontecer! Juramos juntos que não pode acontecer. Assim, somos ministros da vontade de Deus de que o mundo, e os homens por quem Seu filho morreu, não será entregue a monstros cuja própria existência O difama. Ele já nos permitiu resgatar uma alma, e partimos como os velhos cavaleiros da Cruz para resgatar mais. Como eles, viajaremos em direção ao levante; e como eles, se tombarmos, tombaremos por uma boa causa."

Ele fez uma pausa e eu disse: "Mas será que o conde não tomará seu revés com cautela? Como ele foi expulso da Inglaterra, será que não a evitará, como o tigre evita a aldeia de onde foi afugentado?".

"Aha!", ele disse, "seu exemplo do tigre é bom para mim, e vou adotá-lo. O devorador de homens, como os indianos chamam o tigre que já provou do sangue humano, não se interessa mais por outra presa, mas caça o homem sem cessar até conseguir pegá-lo. Esse que nós afugentamos da nossa aldeia é um tigre também, um devorador de homens, e nunca cessará de caçar. Sua natureza não é a de se retirar e ficar afastado. Na sua vida, sua vida de vivente, ele cruzou a fronteira com a Turquia e atacou o inimigo no seu próprio território; foi rechaçado, mas aquietou-se? Não! Foi de novo, e de novo, e de novo. Vejam sua tenacidade e resistência. Com o cérebro infantil que lhe coube, ele concebeu há muito tempo a ideia de ir para uma grande cidade. O que ele fez? Encontrou o lugar que no mundo inteiro lhe era mais promissor. Então, determinado, começou a preparar-se para a tarefa. Descobriu com paciência qual era sua força e quais eram seus poderes. Estudou novas línguas. Aprendeu uma nova vida social, um novo ambiente de velhos costumes, a política, o direito, as finanças, a ciência, o hábito de um novo país e de um novo povo que surgiram desde que ele se fora. O vislumbre que ele teve somente aguçou seu apetite e atiçou seu desejo. Mais que isso, ajudou a fazer crescer seu cérebro, pois tudo lhe provou como suas primeiras suposições estavam corretas. Ele fez isso sozinho, inteiramente sozinho, de uma tumba arruinada num país esquecido! O que mais ele não poderá fazer quando o mundo maior do pensamento estiver aberto para ele? Ele, que pode sorrir diante da morte, como sabemos; que pode florescer em meio a doenças que exterminam povos inteiros. Oh, se alguém assim viesse de Deus, e não do Diabo, que força para o bem ele não seria neste nosso velho mundo. Mas nós juramos libertar o mundo. Nossa labuta deve ser feita em silêncio, e nossos esforços, em total segredo; pois, nesta época esclarecida, em que os homens não acreditam nem no que veem, a dúvida dos homens sábios seria a maior força dele. Seria, ao mesmo tempo, sua bainha e armadura, e sua arma para destruir a nós, seus inimigos, que estamos dispostos a arriscar até mesmo nossa alma pela segurança daquela que amamos – pelo bem da humanidade, e pela honra e glória de Deus."

Depois de uma discussão geral, foi determinado que, nesta noite, nada seria decidido definitivamente; que deveríamos todos dar aos fatos uma noite de sono e tentar pensar nas conclusões apropriadas. Amanhã, no café da manhã, nos reuniremos novamente e, depois de comunicar nossas conclusões reciprocamente, decidiremos algum curso de ação definitivo.

Sinto uma paz e um repouso maravilhosos esta noite. É como se alguma presença assombradora tivesse sido removida de mim. Talvez...

Minha hipótese foi interrompida, não podia sê-lo; pois avistei no espelho a marca vermelha na minha testa, e sabia que ainda estava impura.

DIÁRIO DO DOUTOR SEWARD

5 de outubro. Todos acordamos cedo, e acredito que o sono fez bem a todos nós. Quando nos reunimos para o café da manhã havia mais alegria geral do que qualquer um de nós esperava sentir novamente.

É realmente maravilhoso ver quanta resiliência existe na natureza humana. Basta que uma causa obstrutiva, não importa qual, seja removida de qualquer forma – até pela morte – para voltamos correndo aos primeiros princípios da esperança e do desfrute. Mais de uma vez, enquanto estávamos sentados à mesa, meus olhos se abriram indagando se o conjunto dos últimos dias tinha sido um sonho. Foi apenas quando avistei a nódoa vermelha na testa da senhora Harker que fui trazido de volta à realidade. Até mesmo agora, quando estou revolvendo o assunto com circunspecção, é quase impossível perceber que a causa de todos os nossos problemas ainda existe. Até a senhora Harker parece perder de vista seu tormento por longos períodos; é só às vezes, quando algo o traz de volta à sua mente, que ela pensa na terrível cicatriz. Vamos nos reunir aqui em meu escritório em meia hora e decidir nosso curso de ação. Vejo somente uma dificuldade imediata, de que sei mais por instinto que por razão: todos teremos de falar francamente, mas temo que, de alguma maneira misteriosa, a língua da pobre senhora Harker esteja atada. Eu *sei* que ela tira suas próprias conclusões, e, por tudo o que aconteceu, posso adivinhar que são brilhantes e verdadeiras; mas ela não quer, ou não pode, exprimi-las. Mencionei isso a Van Helsing, e ele e eu vamos conversar a respeito quando estivermos a sós. Suponho que seja aquele veneno horrendo instilado nas suas veias que esteja começando a agir. O conde tinha algum desígnio quando lhe deu o que Van Helsing chamou de "batismo de sangue do vampiro". Bem, pode haver um veneno que se destila de coisas boas; numa era em que a existência de ptomaínas é um mistério, não devemos nos espantar com nada! Uma coisa eu sei: que, se meu instinto estiver correto com relação aos silêncios da pobre senhora Harker, então há uma terrível dificuldade – um perigo desconhecido – no trabalho por fazermos. O mesmo poder que força seu silêncio pode forçar sua fala. Não ouso pensar mais nisso, senão em meus pensamentos eu desonrarei uma nobre mulher!

Van Helsing virá ao meu escritório pouco antes dos outros. Tentarei abordar o assunto com ele.

Mais tarde. Quando o professor entrou, falamos sobre o estado das coisas. Percebi que ele tinha algo em mente que queria dizer, mas sentia alguma hesitação para falar do assunto. Depois de fazer alguns rodeios, ele disse subitamente: "Amigo John, há algo que você e eu precisamos discutir a sós, pelo menos no começo. Mais tarde, poderemos ter de compartilhar com os outros".

Daí ele parou, por isso esperei; então prosseguiu: "A senhora Mina, nossa pobre, querida senhora Mina está mudando".

Um arrepio gelado me percorreu quando vi meus piores temores assim confirmados. Van Helsing continuou:

"Após a triste experiência da senhorita Lucy, dessa vez precisamos estar atentos antes que as coisas piorem demais. Agora, na realidade, nossa tarefa é mais difícil do que nunca, e esse novo problema confere a cada hora a mais severa importância. Vejo as características do vampiro tomando conta da sua face. Ainda são extremamente ligeiras, mas podem ser vistas se tivermos olhos para notar sem prejulgar. Seus dentes estão mais afiados, e às vezes seus olhos ficam mais duros. E isso não é tudo: ela fica em silêncio com mais frequência, assim como foi com a senhorita Lucy. Lucy não falou nem mesmo ao escrever aquilo que queria que fosse conhecido mais tarde. Agora meu medo é este: se ela pode, através de transe hipnótico, contar o que o conde está vendo e ouvindo, será que ele, que a hipnotizou primeiro, bebeu do seu sangue e a fez beber do dele, também não pode, se quiser, forçar a mente dela a divulgar a ele o que ela sabe?".

Aquiesci com a cabeça; ele prosseguiu: "Então, o que devemos fazer é impedir isso; devemos deixá-la ignorante das nossas intenções, para que ela não possa contar o que não sabe. É uma tarefa dolorosa! Tão dolorosa que me parte o coração de pensar nela, mas tem de ser assim. Quando nos reunirmos hoje, devo dizer a ela que, por razões que não diremos, ela não poderá mais fazer parte do nosso conselho, mas ser simplesmente protegida por nós".

Ele enxugou a testa, da qual manava profusa transpiração ao pensar na dor que ele teria de infligir àquela pobre alma já tão torturada. Eu sabia que traria algum alívio para ele se eu lhe contasse que tinha chegado à mesma conclusão, ou pelo menos lhe tiraria a dor da dúvida. Eu lhe disse, e o efeito foi como eu esperava.

Agora está perto da hora da nossa reunião geral. Van Helsing saiu para preparar-se para a palestra e sua parte dolorosa nela. Acredito que sua intenção real é poder rezar sozinho.

Mais tarde. Logo no início da nossa reunião, um grande alívio pessoal foi sentido por Van Helsing e por mim. A senhora Harker tinha enviado por intermédio do seu marido uma mensagem para dizer que não se juntaria a nós agora, pois achava melhor ficarmos livres para discutir nossos movimentos sem sua presença para nos constranger. O professor e eu olhamos um para o outro por um instante, e ambos parecíamos aliviados. Quanto a mim, pensei que, se a senhora Harker percebia o perigo por si mesma, evitava-se muita dor e muito risco. Nessas circunstâncias, concordamos, com um olhar questionador e uma resposta com dedo no lábio, em guardar silêncio acerca das nossas suspeitas, até podermos conversar novamente a sós. Passamos imediatamente para nosso plano de campanha.

Van Helsing primeiro expôs os fatos sumariamente: "O *Czarina Catherine* saiu do Tâmisa ontem de manhã. Vai levar, na velocidade mais rápida que já alcançou, pelo menos três semanas para chegar em Varna; mas nós podemos viajar por terra para o mesmo lugar em três dias. Ora, se contarmos dois dias a menos para a viagem do navio, devido às influências meteorológicas que sabemos que o conde pode exercer, e se contarmos um dia e uma noite inteiros para quaisquer atrasos que possamos sofrer, então teremos uma margem de quase duas semanas. Portanto, para estarmos bem seguros, devemos partir daqui no dia 17 no mais tardar. Daí estaremos em Varna pelo menos um dia antes de o navio chegar, e poderemos fazer os preparativos necessários. É claro que iremos todos armados – armados contra coisas ruins, espirituais e físicas".

Aqui, Quincey Morris acrescentou: "Pelo que entendi, o conde vem de um país onde há lobos, e pode acontecer de ele chegar lá antes de nós. Proponho adicionarmos Winchesters ao nosso armamento. Tenho uma crença forte na Winchester quando há um perigo desse tipo por perto. Você se lembra, Art, quando aquela matilha nos perseguiu em Tobolsk? O que não teríamos dado então por uma espingarda para cada um!".

"Bom!", disse Van Helsing, "Que venham as Winchesters. O juízo de Quincey é sólido em todas as ocasiões, mas principalmente quando se trata de caçar, ainda que a metáfora seja mais desonrosa para a ciência do que os lobos são perigosos para o homem. Enquanto isso, não podemos fazer nada aqui; e, como penso que Varna não é conhecida por nenhum de nós, por que não ir para lá mais cedo? Demora o mesmo tanto esperar lá ou aqui. Hoje à noite e amanhã podemos nos aprestar, e daí, se tudo estiver certo, nós quatro partiremos na nossa jornada."

"Nós quatro?", perguntou Harker, olhando para cada um de nós.

"É claro!", respondeu o professor rapidamente. "Você precisa ficar para tomar conta da sua amada esposa!"

Harker ficou em silêncio por um momento, depois disse, numa voz oca: "Vamos falar sobre isso amanhã de manhã. Quero conversar com Mina".

Achei que este era o momento de Van Helsing pedir-lhe que não divulgasse nossos planos a ela, mas ele não se manifestou. Olhei bem para ele e tossi. Em resposta, ele levou um dedo aos lábios e virou-se para o outro lado.

DIÁRIO DE JONATHAN HARKER

5 de outubro, à tarde. Por algum tempo depois da nossa reunião desta manhã eu não consegui pensar. A nova fase das coisas deixou minha mente num estado de assombro que não abriu espaço para o pensamento ativo. A decisão de Mina de não tomar parte na discussão me fez pensar; e, como eu não podia debater o assunto com ela, só podia adivinhar. Agora estou mais longe do que nunca de uma solução. O modo como os outros receberam o fato também me intrigou; da última vez que falamos no assunto, concordamos que não haveria mais ocultamento de nada entre nós. Mina está dormindo agora, calma e doce como uma criancinha. Seus lábios estão curvados e seu rosto resplandece de felicidade. Graças a Deus, ainda há desses momentos para ela.

Mais tarde. Como isso tudo é estranho. Fiquei sentado olhando o sono feliz de Mina, e cheguei tão perto de ficar feliz quanto imagino que jamais ficarei. À medida que a noite se aproximava e a terra se cobria com as sombras do sol que baixava, o silêncio do quarto ficou mais e mais imponente para mim.

De repente, Mina abriu os olhos e, olhando para mim com ternura, disse: "Jonathan, quero que você me prometa uma coisa com sua palavra de honra. Uma promessa feita para mim, mas feita com santidade aos ouvidos de Deus, e que não deve ser quebrada nem que eu caia de joelhos e implore com lágrimas de amargura. Rápido, você deve me prometer já".

"Mina", eu disse, "uma promessa como essa eu não posso fazer já. Pode ser que eu não tenha o direito de fazê-la."

"Mas, meu querido", ela disse, com tamanha intensidade espiritual que seus olhos eram como estrelas polares, "sou eu que desejo assim; e não é para mim mesma. Você pode perguntar ao doutor Van Helsing se estou certa; se ele disser que não, você pode fazer como quiser. Não, mais do que isso, se todos vocês concordarem comigo, você estará livre da promessa logo mais."

"Eu prometo!", eu disse, e por um momento ela pareceu supremamente feliz, embora na minha opinião toda felicidade lhe fosse negada pela cicatriz vermelha na sua testa.

Ela disse: "Prometa-me que você não me contará nada dos planos elaborados para a campanha contra o conde. Nem por palavra, nem por inferência, nem por implicação; em nenhum momento enquanto isto permanecer em mim!", e apontou solenemente para a cicatriz. Vi que ela falava sério, e disse solenemente: "Eu prometo!", e ao dizê-lo senti que, a partir daquele instante, uma porta se fechara entre nós.

Mais tarde, meia-noite. Mina esteve alegre e animada a noite toda. Tanto que o resto de nós pareceu ganhar coragem, como se contaminados pela sua jovialidade; por conseguinte, até mesmo eu senti como se a mortalha de melancolia que pesa sobre nós tivesse sido temporariamente levantada. Todos nos recolhemos cedo. Agora, Mina está dormindo como uma criancinha; é maravilhoso que sua capacidade de dormir se mantenha em meio à sua temível provação. Dou graças a Deus por isso, pois assim ela pode pelo menos esquecer seu tormento. Talvez seu exemplo me afete tal como sua jovialidade o fez nesta noite! Vou tentar. Oh, que venha um sono sem sonhos!

6 de outubro, manhã. Outra surpresa. Mina acordou-me cedo, mais ou menos na mesma hora de ontem, e pediu-me para chamar o doutor Van Helsing. Pensei que fosse outra ocasião para hipnotismo, e, sem questionar, fui buscar o professor. Ele evidentemente esperava algum chamado desse tipo, pois encontrei-o vestido no seu quarto. Sua porta estava entreaberta, de modo que ele podia ouvir a porta do nosso quarto se abrindo. Ele veio imediatamente; ao entrar no quarto, perguntou a Mina se os outros podiam vir também.

"Não", ela disse com simplicidade, "não será necessário. Você pode contar a eles. Preciso ir com vocês na sua viagem."

O doutor Van Helsing ficou tão espantado quanto eu. Após uma breve pausa, ele perguntou: "Mas por quê?".

"Vocês precisam me levar junto. Estarei mais segura com vocês, e vocês estarão mais seguros também."

"Mas por quê, minha querida senhora Mina? Você sabe que sua segurança é nosso dever mais solene. Vamos enfrentar perigos aos quais você está, ou poderá estar, mais exposta que qualquer um de nós por causa – por causa de circunstâncias – coisas que aconteceram." Ele parou, envergonhado.

Ao responder, ela ergueu o dedo e apontou para a testa: "Eu sei. É por isso que tenho de ir. Posso lhe dizer isso agora, enquanto o sol está nascendo; talvez não possa fazê-lo depois. Sei que, quando o conde me convocar, terei de ir. Sei que, se ele me mandar ir em segredo, terei de ir usando a astúcia, usando qualquer expediente para ludibriar – até mesmo Jonathan". Só Deus sabe o olhar que ela voltou para mim ao falar, e, se realmente houver um Anjo Anotador, esse olhar está registrado para sua eterna honra. Só consegui segurar sua mão. Não consegui falar; minha emoção era grande demais para ser aliviada com lágrimas.

Ela prosseguiu: "Vocês, homens, são bravos e fortes. São fortes em número, pois podem desafiar aquilo que romperia a resistência humana de alguém que tivesse de vigiar sozinho. Além disso, posso ser útil, já que você pode me hipnotizar e saber aquilo que nem eu mesma sei".

O doutor Van Helsing disse com muita gravidade: "Senhora Mina, você é, como sempre, muito sábia. Você virá conosco, e juntos faremos aquilo que nos propomos realizar".

Quando ele acabou de falar, o longo silêncio de Mina me fez olhar para ela. Ela tinha caído de volta sobre o travesseiro, adormecida. Não acordou nem quando levantei a persiana e deixei a luz do sol inundar o quarto. Van Helsing fez sinal para que eu fosse junto com ele discretamente. Fomos para o seu quarto, e dentro de um minuto lorde Godalming, o doutor Seward e o senhor Morris estavam conosco.

Ele lhes contou o que Mina tinha dito, e prosseguiu: "De manhã, vamos partir para Varna. Agora, temos de lidar com um novo fator: a senhora Mina. Oh, mas sua alma é fiel. Para ela é uma agonia nos contar tudo o que ela contou; mas o que diz está certo, e fomos avisados a tempo. Não devemos perder nenhuma chance, e em Varna devemos estar prontos para agir no instante em que aquele navio chegar".

"O que faremos exatamente?", perguntou o senhor Morris laconicamente.

O professor fez uma pausa antes de responder: "Primeiro, vamos embarcar no navio; depois, quando tivermos identificado o caixote, colocaremos um ramo de rosa-mosqueta sobre ele. Nós o amarraremos, pois, enquanto ele estiver ali, o vampiro não poderá sair; pelo menos é o que diz a superstição. E é na superstição que devemos confiar para começar; foi a fé do homem nos primórdios, e ainda tem sua raiz na fé. Então, quando conseguirmos a oportunidade que buscamos, quando ninguém estiver por perto para ver, abriremos o caixote e – e tudo ficará bem".

"Eu não vou esperar uma oportunidade", disse Morris. "Quando eu vir o caixote, vou abri-lo e destruir o monstro, mesmo se houver mil homens olhando e eu tiver que ser aniquilado no próximo instante!" Agarrei sua mão instintivamente e constatei que estava firme como um pedaço de aço. Acho que ele entendeu meu olhar; espero que sim.

"Bom garoto", disse Van Helsing. "Corajoso. Quincey é todo másculo. Deus o abençoe por isso. Meu filho, acredite, nenhum de nós se encolherá nem se imobilizará de medo. Mas eu digo o que podemos fazer – o que devemos fazer. Só não podemos mesmo dizer o que vamos fazer. Há tantas coisas que podem acontecer, e seus modos e fins são tão variados, que, até o momento, não podemos dizer. Estaremos todos armados, de todas as formas; e, quando tiver chegado a hora do fim, nosso esforço não esmorecerá. Mas vamos hoje pôr todos os nossos assuntos em ordem. Que todas as coisas que tocam a outros caros a nós, e que dependem de nós, estejam completas; pois nenhum de nós pode dizer qual, nem quando, nem como será o fim. Quanto a mim, meus assuntos estão resolvidos; e, como não tenho mais nada a fazer, vou cuidar dos preparativos para a viagem. Pegarei as passagens e tudo o mais para nossa jornada."

Não havia nada mais a ser dito, por isso nos separamos. Agora, vou resolver todos os meus assuntos terrenos, e estar pronto para o que vier.

Mais tarde. Tudo está feito; meu testamento está redigido, e tudo está terminado. Mina, caso sobreviva, será minha única herdeira. Se assim não for, aqueles que foram tão bons para nós receberão o espólio.

Agora, o pôr do sol se aproxima; o desconforto de Mina chama minha atenção. Tenho certeza de que há algo na mente dela que a hora exata do pôr do sol vai revelar. Essas ocasiões estão se tornando momentos angustiantes para todos nós, pois cada nascer e cada pôr do sol mostram um novo perigo, uma nova dor, que, no entanto, nos planos de Deus, pode ser um meio para um bom fim. Escrevo todas essas coisas no diário, já que minha querida não deve ouvi-las agora; mas, se algum dia ela puder vê-las de novo, estarão prontas.

Ela está me chamando.

XXV. Diário do doutor Seward

11 de outubro, noite. Jonathan Harker me pediu para registrar isto, pois diz não estar à altura da tarefa, e quer que um registro exato seja mantido.

Creio que nenhum de nós ficou surpreso quando fomos chamados para ver a senhora Harker pouco antes da hora do pôr do sol. Ultimamente, viemos a entender que o nascer e o pôr do sol são para ela momentos de liberdade peculiar, quando sua personalidade anterior pode se manifestar sem nenhuma força controladora que a sujeita ou reprime, ou a incita à ação. Esse humor ou condição começa cerca de meia hora ou mais antes do efetivo nascer ou pôr do sol, e dura até que o sol esteja alto, ou enquanto as nuvens ainda estiverem iluminadas pelos raios que ultrapassam o horizonte. No começo, há uma espécie de condição negativa, como se algum nó fosse afrouxado, e depois a liberdade absoluta segue-se rapidamente; no entanto, quando a liberdade cessa, a mudança ou recaída vem rápido, precedida somente por um momento de silêncio anunciador.

Esta noite, quando nos reunimos, ela estava um tanto contida e apresentava todos os sinais de uma luta interna. Atribuí isso ao fato de ela ter feito um esforço violento no primeiro instante em que podia.

Poucos minutos, porém, já lhe deram controle completo de si mesma; daí, chamando seu marido para sentar-se ao lado dela no sofá em que ela estava reclinada, ela fez o resto de nós aproximar as cadeiras.

Pegando a mão do seu marido, ela começou: "Estamos todos juntos aqui em liberdade, quem sabe pela última vez! Eu sei, querido; eu sei que você sempre estará comigo até o fim". Isso ela disse ao seu marido, cuja mão, como podíamos ver, tinha apertado a dela. "De manhã, partiremos para cumprir nosso dever, e só Deus sabe o que está reservado para nós. Vocês me farão a bondade de me levar junto com vocês. Eu sei que tudo o que homens corajosos e sinceros podem fazer por uma pobre e frágil mulher, cuja alma talvez esteja perdida – não, não, ainda não, mas está pelo menos em risco –, vocês farão. Mas precisam lembrar que eu não sou como vocês. Há um veneno no meu sangue, na minha alma, que pode me destruir; que vai me destruir, a menos que algo nos socorra. Oh, meus amigos, vocês sabem tão bem quanto eu que minha alma está em jogo; e, embora eu saiba que há uma saída para mim, vocês não devem e eu não devo recorrer a ela!". Olhou suplicante para cada um de nós, começando e terminando pelo marido.

"E qual é?", perguntou Van Helsing, com voz rouca. "Qual é essa saída que não devemos – não podemos – usar?"

"Que eu morra agora, seja pela minha própria mão, seja pela de outrem, antes que o mal maior se consume. Eu sei, e vocês sabem, que, se eu morresse, vocês poderiam libertar, e efetivamente libertariam, meu espírito imortal, como fizeram com o da minha pobre Lucy. Se a morte, ou o medo da morte, fosse a única coisa que nos impede, eu não hesitaria em morrer aqui, agora, entre os amigos que me amam. Entretanto a morte não é tudo. Não posso crer que morrer num caso assim, quando há esperança diante de nós e uma tarefa cruenta a cumprir, seja a vontade de Deus. Portanto, da minha parte, abro mão aqui da certeza do descanso eterno e adentro a escuridão onde pode haver as coisas mais tenebrosas que o mundo ou o submundo contêm!"

Ficamos todos em silêncio, pois sabíamos instintivamente que isso era apenas um prelúdio. Os rostos dos outros estavam fixos, e o de Harker ficou lívido; talvez ele adivinhasse melhor do que nós o que estava por vir.

Ela continuou: "Isso é o que eu posso trazer ao inventário". Não pude deixar de notar a expressão jurídica inesperada que ela usou nessa ocasião, e com toda a seriedade. "O que cada um de vocês vai trazer? Suas vidas, eu sei", ela prosseguiu rapidamente, "isso é fácil para homens corajosos. A vida de vocês é de Deus, e vocês podem devolvê-la a Ele; mas o que darão a mim?" Ela lançou outro olhar de interrogação, mas dessa vez evitou o rosto do seu marido. Quincey pareceu entender; ele aquiesceu, e o rosto dela se iluminou. "Então, vou lhes dizer sem rodeios o que quero, pois não pode haver matéria para dúvida com relação a isso entre nós agora. Vocês precisam me prometer, todos vocês – até você, meu marido querido –, que, se a hora chegar, vocês me matarão."

"E qual é essa hora?" A voz era de Quincey, mas estava baixa e estrangulada.

"Quando vocês se convencerem de que estou tão mudada que é melhor eu morrer do que viver. Quando eu estiver morta na carne dessa forma, não devem demorar para enterrar uma estaca em mim e cortar minha cabeça, ou fazer o que mais for preciso para me trazer descanso!"

Quincey foi o primeiro a levantar-se depois da pausa. Ele se ajoelhou diante dela e, pegando sua mão, disse, solene: "Eu sou só um camarada bronco, que talvez não tenha vivido como um homem deveria para merecer essa distinção, mas juro por tudo o que me é sagrado e caro que, se essa hora chegar, não fugirei do dever que você nos impôs. E prometo também que me assegurarei de tudo, pois, se eu tiver somente uma dúvida, vou presumir que a hora chegou!".

"Meu fiel amigo!", foi tudo o que ela conseguiu dizer entre suas lágrimas abundantes, enquanto se inclinava para beijar a mão dele.

"Juro a mesma coisa, minha querida senhora Mina", disse Van Helsing. "Eu também!", disse lorde Godalming, cada um por sua vez ajoelhando-se diante dela para fazer o juramento. Eu também os segui.

Então, o marido virou-se para ela com olhos exauridos e uma palidez esverdeada que atenuava a brancura de neve do seu cabelo e perguntou: "Eu também preciso fazer essa promessa, oh, minha esposa?".

"Você também, meu querido", ela disse, com infinita aflição de piedade na sua voz e nos seus olhos. "Você não deve hesitar. É o mais próximo, o mais querido, o mundo todo para mim; nossas almas estão entrelaçadas numa só, por toda a vida e pelo resto dos tempos. Pense, querido, que houve épocas em que homens corajosos mataram suas mulheres e suas parentes para impedir que caíssem nas mãos do inimigo. Suas mãos não tremeram porque aquelas que eles amavam os imploraram para matá-las. É o dever dos homens para com aquelas que eles amam, nesses tempos de amarga provação! E, oh, meu querido, se eu tiver de encontrar a morte pela mão de alguém, que seja pela mão daquele que mais me ama. Doutor Van Helsing, eu não esqueci sua misericórdia no caso da pobre Lucy por aquele que amava" – ela parou com um rubor fugaz, e mudou sua frase –, "por aquele que tinha mais direito de lhe dar a paz. Se essa hora chegar de novo, recorro a você para dar à vida do meu marido a feliz memória de que foi sua mão amorosa que me libertou da odiosa servidão que se abateu sobre mim."

"Juro mais uma vez!", ressoou a voz do professor.

A senhora Harker sorriu, sorriu sinceramente, e, com um suspiro de alívio, encostou-se e disse: "E agora uma palavra de advertência, uma advertência que vocês não devem esquecer nunca: essa hora, se chegar, pode vir de modo rápido e inesperado, e nesse caso vocês não devem perder tempo para usar sua oportunidade. Nessa hora eu poderei estar – não! Se a hora vier, eu *estarei* – aliada ao seu inimigo contra vocês".

"Mais um pedido"; ela se tornou muito solene ao dizer isto: "este não é vital nem necessário como o outro, mas quero que vocês façam uma coisa por mim, se puderem."

Todos aquiescemos, mas ninguém falou nada; não havia necessidade de falar. "Quero que vocês leiam a Oração Fúnebre." Ela foi interrompida por um gemido profundo do seu marido; pegando a mão dele, ela a segurou sobre o coração e continuou: "Vocês precisam ler para mim algum dia. Seja qual for o desfecho de todo esse estado de coisas calamitoso, será um pensamento reconfortante para todos nós ou alguns dentre nós. Espero que você, meu querido, possa ler, porque então ela estará com sua voz na minha memória para sempre – venha o que vier!".

"Mas, oh, minha querida", ele implorou, "a morte está muito longe de você."

"Não", ela disse, erguendo a mão em alerta. "Estou mais profundamente enredada na morte neste momento do que se o peso de uma tumba terrena me esmagasse!"

"Oh, minha esposa, devo ler a oração?", ele disse, antes de começar.

"Vai me reconfortar, meu marido!", foi tudo o que ela disse; e ele começou a ler depois que ela aprontou o livro.

Como posso – como qualquer um poderia – descrever essa estranha cena, sua solenidade, sua melancolia, sua tristeza, seu horror; e, contudo, sua ternura. Mesmo um cético, que não vê nada além de travestimento da dura verdade em qualquer coisa santa ou emocional, teria tido o coração derretido se tivesse visto esse pequeno grupo de amigos amorosos e devotados ajoelhando-se em torno dessa moça sofrida e aflita; ou ouvido a doce paixão na voz do marido, em tons tão entrecortados de emoção que muitas vezes ele teve de pausar, lendo a simples e bela oração do Enterro dos Mortos. Eu... eu não consigo continuar... as palavras... e... a v-voz... m-me f-faltam!

Ela estava certa em seu instinto. Por mais estranha que fosse, por mais bizarra que possa parecer no futuro, mesmo para nós que sentimos sua forte influência naquele momento, a leitura nos trouxe muito consolo; e o silêncio, que anunciou a perda iminente da liberdade de alma da senhora Harker, não pareceu tão cheio de desespero para nós como temíamos.

DIÁRIO DE JONATHAN HARKER

15 de outubro, Varna. Saímos de Charing Cross na manhã do dia 12, chegamos a Paris na mesma noite e tomamos os assentos reservados para nós no Expresso do Oriente. Viajamos dia e noite, chegando aqui por volta das cinco horas. Lorde Godalming foi ao consulado ver se tinha chegado algum telegrama para ele, enquanto o restante de nós veio para este hotel, o Odessus. A viagem teve seus incidentes; eu estava, no entanto, ansioso demais para prosseguir, de modo que não liguei para eles. Até o *Czarina Catherine* chegar ao porto, não terei interesse por mais nada no mundo todo. Graças a Deus, Mina está bem e parece estar se fortalecendo; sua cor está voltando. Ela dorme muito; durante a viagem dormiu quase o tempo todo. Antes do nascer e do pôr do sol, porém, ela fica muito desperta e alerta; e tornou-se um hábito para Van Helsing hipnotizá-la nesses momentos. No começo algum esforço era necessário, e ele tinha que ministrar muitos passes, mas agora ela parece ceder imediatamente, como se fosse costume, e praticamente nenhuma ação é necessária. Ele parece ter, nesses instantes precisos, o poder de simplesmente querer, e os pensamentos dela obedecem. Ele sempre lhe pergunta o que ela está vendo ou ouvindo.

Ela responde à primeira: "Nada; está tudo escuro".

E à segunda: "Ouço as ondas batendo contra o navio e a água correndo. Velame e cordame tendem-se, mastros e vergas rangem. O vento está forte – ouço-o nos ovéns, e a proa joga a espuma para trás".

É evidente que o *Czarina Catherine* ainda está no mar, singrando a caminho de Varna. Lorde Godalming acaba de voltar. Recebeu quatro telegramas, um para cada dia desde que saímos, e todos com o mesmo teor: que o *Czarina Catherine* não havia sido anunciado ao Lloyd's de lugar algum. Antes de sair de Londres, ele tinha cuidado para que seu agente lhe enviasse todo dia um telegrama dizendo se o navio havia sido anunciado. Ele deveria receber uma mensagem mesmo que o navio não fosse anunciado, para ter certeza de que a vigilância estava sendo mantida do outro lado da linha.

Fomos jantar e nos deitamos cedo. Amanhã vamos ver o vice-cônsul e combinar, se pudermos, como vamos embarcar no navio assim que ele chegar. Van Helsing diz que nossa chance será embarcar entre o nascer e o pôr do sol. O conde, mesmo se assumir a forma de morcego, não pode cruzar a água corrente quando quiser, e por isso não pode deixar o navio. Como ele não ousa assumir forma humana sem levantar suspeita – que ele evidentemente quer evitar –, ele precisa ficar no caixote. Então, se conseguirmos subir a bordo depois do nascer do sol, ele estará à nossa mercê; assim poderemos abrir o caixote e dar cabo dele, como fizemos com a pobre Lucy, antes que ele acorde. Que misericórdia ele terá de nós não conta muito. Acho que não teremos muito problema com os oficiais ou os marujos. Graças a Deus, este é o país onde o suborno consegue qualquer coisa, e estamos bem abastecidos de dinheiro. Precisamos apenas evitar que o navio entre no porto entre o nascer e o pôr do sol sem sermos avisados, e estaremos seguros. O juiz Pecúlio vai resolver este caso, certamente!

16 de outubro. O relatório de Mina ainda é o mesmo: ondas batendo e água correndo, escuridão e ventos favoráveis. Estamos evidentemente bem adiantados, e, quando ouvirmos falar do *Czarina Catherine*, estaremos prontos. Como ele tem que passar pelo Dardanelos, certamente teremos notícias.

17 de outubro. Tudo está bem organizado agora, creio, para acolher o conde no retorno da sua excursão. Godalming disse aos estivadores que ele acreditava que o caixote enviado ao exterior poderia conter algo roubado de um amigo seu, e obteve um consentimento oficioso para abri-lo por sua conta e risco. O armador deu-lhe um papel dizendo ao capitão para lhe propiciar toda comodidade para fazer o que quiser a bordo do navio, e também uma autorização semelhante para seu agente em Varna. Fomos ver o agente, que ficou muito impressionado com a atitude gentil de Godalming para com ele, e ficamos todos satisfeitos que tudo o que ele puder fazer para atender aos nossos desejos será feito.

Já combinamos o que fazer ao abrirmos o caixote. Se o conde estiver lá, Van Helsing e Seward cortarão sua cabeça imediatamente e enterrarão uma estaca no seu coração. Morris, Godalming e eu impediremos qualquer interferência, mesmo se tivermos que usar as armas que teremos à mão. O professor diz que, se pudermos tratar assim o corpo do conde, logo depois ele se desfará em pó. Nesse caso não haverá prova contra nós, caso alguma suspeita de assassinato seja levantada. Mas, ainda que não o seja, teremos que assumir nosso ato para o bem ou para o mal, e talvez algum dia este escrito possa servir de prova para interpor-se entre algum de nós e uma forca. Quanto a mim, correrei esse risco com muita gratidão caso se ofereça. Não pouparemos esforços para executar nosso plano. Combinamos com alguns oficiais de, no instante em que o *Czarina Catherine* for avistado, sermos informados por um mensageiro especial.

24 de outubro. Uma semana inteira de espera. Telegramas diários para Godalming, mas sempre a mesma história: "Ainda não anunciado". A resposta matutina e vespertina de Mina hipnotizada é invariável: ondas batendo, água correndo e mastros rangendo.

TELEGRAMA

24 de outubro. Rufus Smith, Lloyd's, Londres, a lorde Godalming, aos cuidados do vice-cônsul de sua majestade britânica, Varna.

Czarina Catherine anunciado esta manhã no Dardanelos.

DIÁRIO DO DOUTOR SEWARD

25 de outubro. Como sinto falta do meu fonógrafo! Escrever um diário a caneta é incômodo para mim, mas Van Helsing diz que devo fazê-lo. Ficamos todos tremendamente agitados ontem quando Godalming recebeu o telegrama do Lloyd's. Agora sei o que sentem os homens em batalha quando ouvem o chamado à ação. A senhora Harker foi a única do nosso grupo que não demonstrou sinal algum de emoção. Mas não é estranho que não o tenha feito, pois tomamos cuidado especial para não deixá-la saber de nada, e todos tentamos não demonstrar qualquer emoção quando estávamos na presença dela. Nos tempos passados, ela teria notado, tenho certeza, não importa quanto tentássemos esconder; mas, nisso, ela mudou muito nas últimas três semanas. Sua letargia aumenta, e, embora ela pareça forte e saudável, e esteja recuperando sua cor, Van Helsing e eu não estamos satisfeitos. Falamos muito dela, mas não dissemos uma palavra aos outros. Quebraria o coração do pobre Harker – certamente seus nervos – se ele soubesse que temos uma suspeita, por menor que seja, a esse respeito. Van Helsing disse-me que examina os dentes dela com muito cuidado enquanto ela está em condição hipnótica, pois ele diz que, enquanto eles não começarem a se aguçar, não há perigo ativo de mudança nela. Se essa mudança acontecer, será necessário tomar medidas!... E ambos sabemos quais medidas teriam que ser essas, embora não mencionemos nossos pensamentos um ao outro. Nenhum de nós dois se acovardaria diante da tarefa, por mais horroroso que seja pensar nela. "Eutanásia" é uma palavra excelente e reconfortante! Sou grato a quem a inventou.

A navegação do Dardanelos até aqui dura somente cerca de vinte e quatro horas, na velocidade a que o *Czarina Catherine* tem vindo de Londres. Portanto, ele deve chegar de manhã; mas, como há a possibilidade de chegar antes disso, todos nos preparamos para dormir cedo. Vamos levantar à uma hora, para estarmos prontos.

25 de outubro, meio-dia. Ainda sem notícias da chegada do navio. O relatório hipnótico da senhora Harker hoje de manhã foi o mesmo de sempre, por isso é possível que tenhamos notícias a qualquer momento. Nós, homens, estamos numa febre de agitação, exceto Harker, que está calmo; suas mãos estão frias como gelo, e uma hora atrás encontrei-o amolando o corte da grande faca *gurkha* que agora ele sempre leva consigo. Não será nada bom para o conde se o corte dessa faca *kukri* tocar sua garganta impelido por essa mão rija e glacial!

Van Helsing e eu ficamos um pouco alarmados com a senhora Harker hoje. Por volta do meio-dia, ela caiu numa espécie de letargia que não nos agradou; apesar de não dizer nada aos outros, nenhum de nós dois ficou contente com isso. Ela estivera inquieta a manhã inteira, portanto de início ficamos aliviados em saber que estava dormindo. Porém, quando seu marido mencionou por acaso que ela estava dormindo tão profundamente que ele não conseguiu acordá-la, fomos ao quarto dela ver por nós mesmos. Ela respirava naturalmente e aparentava estar tão saudável e pacífica que concordamos que o sono era melhor para ela que qualquer outra coisa. Pobre moça, tem tanto a esquecer que não espanta que o sono, ao trazer-lhe o oblívio, lhe faça bem.

Mais tarde. Nossa opinião foi justificada, porque, depois de um sono restaurador de algumas horas, ela acordou aparentando estar mais animada e melhor do que esteve há dias. Ao pôr do sol, ela deu o relatório hipnótico habitual. Esteja onde estiver no mar Negro, o conde corre para seu destino. Para sua destruição, espero!

26 de outubro. Mais um dia sem notícias do *Czarina Catherine*. Já deveria estar aqui agora. É patente que ele ainda está navegando em *algum lugar*, pois o relatório hipnótico da senhora Harker ao nascer do sol ainda era o mesmo. É possível que a embarcação esteja estacionária, talvez por causa do nevoeiro; alguns dos vapores que chegaram na noite passada relataram trechos de nevoeiro ao norte e ao sul do porto. Devemos continuar nossa vigilância, pois o navio pode ser anunciado a qualquer momento.

27 de outubro, meio-dia. Muito estranho; ainda sem notícias do navio que estamos aguardando. A senhora Harker relatou na noite passada e nesta manhã o de sempre: "ondas batendo e água correndo", embora acrescentando que "as ondas estão muito fracas". Os telegramas de Londres foram os mesmos: "sem mais notícias". Van Helsing está terrivelmente ansioso, e acabou de me dizer que teme que o conde esteja escapando de nós.

Acrescentou, enfático: "Não gostei daquela letargia da senhora Mina. Almas e memórias podem fazer coisas estranhas durante o transe". Eu ia perguntar mais, mas Harker entrou bem nessa hora e ele ergueu a mão em alerta. Hoje ao pôr do sol temos de tentar fazê-la falar mais em seu estado hipnótico.

28 de outubro. Telegrama.

Rufus Smith, Londres, a lorde Godalming, aos cuidados do vice-cônsul de sua majestade britânica, Varna

Czarina Catherine anunciado entrando em Galatz à uma hora hoje.

DIÁRIO DO DOUTOR SEWARD

28 de outubro. Quando chegou o telegrama anunciando a chegada em Galatz, penso que não foi para nós o choque que se esperava. Decerto não sabíamos de onde, nem como, nem quando o golpe viria; mas creio que todos esperávamos que algo estranho aconteceria. O atraso da chegada em Varna deixou-nos individualmente convencidos de que as coisas não seriam como esperávamos; apenas aguardávamos para saber onde a mudança ocorreria. Não obstante, foi uma surpresa. Imagino que a natureza opere numa base tão esperançosa que acreditamos, apesar de nós mesmos, que as coisas serão como deveriam ser, não como deveríamos saber que serão. O transcendentalismo é um farol para os anjos, ainda que seja um fogo-fátuo para os homens. Foi uma experiência esquisita, e cada um de nós encarou de modo diferente. Van Helsing levantou a mão sobre a cabeça por um momento, como se protestasse contra o Todo-Poderoso;

mas não disse uma palavra, e, em poucos segundos, levantou-se com o semblante rígido e severo.

Lorde Godalming ficou muito pálido e sentou-se respirando pesadamente. Eu fiquei meio atordoado e olhei espantado de um para o outro. Quincey Morris apertou o cinto com aquele movimento ágil que conheço tão bem; em nossos dias de andança de outrora, isso significava "ação". A senhora Harker ficou de uma brancura cadavérica, de modo que a cicatriz na sua testa parecia queimar, mas juntou as mãos docilmente e olhou para o alto em prece. Harker sorriu – sorriu de verdade – o sorriso sombrio e amargo de quem não tem esperança; mas, ao mesmo tempo, sua ação desmentiu suas palavras, pois suas mãos instintivamente procuraram o punho da grande faca *kukri* e ficaram ali.

"Quando sai o próximo trem para Galatz?", perguntou Van Helsing.

"Às seis e meia da manhã!" Todos nos sobressaltamos, pois a resposta veio da senhora Harker.

"Como é que você sabe?", perguntou Art.

"Você se esquece – ou talvez não saiba, embora Jonathan saiba e o doutor Van Helsing também – que sou fanática por trens. Em casa, em Exeter, eu sempre costumava decorar os horários, para ajudar meu marido. Percebi que era tão útil às vezes que agora sempre faço um estudo dos horários. Eu sabia que, se algo nos levasse ao Castelo Drácula, teríamos que ir por Galatz, ou então por Bucareste, portanto decorei os horários com muito cuidado. Infelizmente, não há muitos a decorar, pois o único trem amanhã parte na hora que eu disse."

"Que mulher maravilhosa!", murmurou o professor.

"Não podemos pegar um trem especial?", perguntou lorde Godalming.

Van Helsing sacudiu a cabeça: "Temo que não. Este país é muito diferente do seu ou do meu; mesmo se pegássemos um especial, provavelmente não chegaria tão rápido quanto o trem ordinário. Além disso, temos algo a preparar. Precisamos pensar. Vamos nos organizar. Você, amigo Arthur, vai à estação pegar as passagens e deixar tudo pronto para partirmos de manhã. Você, amigo Jonathan, vai ao agente do navio obter dele cartas para o agente em Galatz, com autoridade para fazer busca no navio tal como era aqui. Quincey Morris, você vai ver o vice-cônsul e pedir a ajuda dele com seu colega em Galatz e tudo o que ele puder fazer para tornar nosso caminho desimpedido, para não perdermos tempo no Danúbio. John ficará com a senhora Mina e eu, e debateremos. Assim, se houver demora e vocês se atrasarem, não importa que o sol se ponha, pois estarei aqui com a senhora para fazer o relatório".

"E eu", disse a senhora Harker animada, e mais como era antes do que havia sido por muitos dias, "tentarei ser útil de todas as maneiras, e pensarei e escreverei por você como costumava fazer. Algo está mudando em mim de alguma forma estranha, e sinto-me mais livre do que estive ultimamente!"

Os três homens mais jovens pareceram mais felizes naquele momento ao imaginar o significado das palavras dela; mas Van Helsing e eu, olhando um para o outro, deparamos reciprocamente com um olhar grave e aflito. Porém, na hora não dissemos nada.

Quando os três homens saíram para realizar suas tarefas, Van Helsing pediu à senhora Harker para consultar a cópia dos diários e encontrar a parte do diário de Harker no Castelo. Ela foi buscá-lo.

Quando a porta se fechou, ele me disse: "Pensamos a mesma coisa! Fale!".

"Há alguma mudança. É uma esperança que me deixa angustiado, pois pode nos enganar."

"Exatamente. Você sabe por que pedi a ela para pegar o manuscrito?"

"Não", eu disse, "a menos que fosse uma oportunidade para falar comigo a sós."

"Você está certo em parte, amigo John, mas somente em parte. Quero lhe contar algo. Oh, meu amigo, estou assumindo um risco grande – terrível – mas creio que seja certo. No momento em que a senhora Mina disse aquelas palavras que detiveram nosso entendimento, veio-me uma inspiração. No transe de três dias atrás, o conde enviou a ela seu espírito para ler a mente dela; ou foi mais que ele levou-a para vê-lo em seu caixote no navio com água correndo, assim que ficou livre no nascer e no pôr do sol. Ele descobriu então que estamos aqui, pois ela tem mais para contar sobre sua vida, com olhos para ver e ouvidos para escutar, do que ele, trancado no seu caixote. Agora ele está fazendo seu maior esforço para escapar de nós. Por enquanto ele não a quer.

"Ele tem certeza, com seu imenso conhecimento, de que ela atenderá ao seu chamado; mas ele a isolou – libertou-a, como pode fazer, do seu poder, para que ela não vá até ele. Ah! Nisso tenho esperança, em que nosso cérebro adulto, que pertenceu ao homem por tanto tempo e não perdeu a graça de Deus, superará seu cérebro infantil que jazeu no túmulo por séculos, que ainda não atingiu nossa estatura e que só trabalha de modo egoísta, portanto pequeno. Aí vem a senhora Mina; nem uma palavra para ela sobre o seu transe! Ela não sabe disso, e isso a arrasaria e desesperaria bem no momento em que precisamos de toda a sua esperança, toda a sua coragem; quando mais precisamos do seu formidável cérebro, que é treinado como o de um homem, mas é de uma doce mulher e tem um poder especial que o conde lhe deu e que ele não pode revogar totalmente – embora ele não pense assim. Psiu! Deixe-me falar, e você aprenderá. Oh, John, estamos em apuros. Tenho medo como nunca tive antes. Só podemos confiar no bom Deus. Silêncio! Aí vem ela!"

Pensei que o professor fosse descontrolar-se e ficar histérico, como aconteceu quando Lucy morreu, mas, com um grande esforço, ele dominou a si mesmo e estava em perfeita postura nervosa quando a senhora Harker entrou saltitando no quarto, animada e alegre, e, na execução do trabalho, aparentemente esquecida do seu sofrimento. Ao entrar, ela entregou diversas folhas datilografadas a Van Helsing. Ele as consultou com ar grave, e seu rosto se iluminava enquanto ele lia.

Então, segurando as páginas entre o indicador e o polegar, ele disse: "Amigo John, para você, já com tanta experiência – e para você também, querida senhora Mina, que é jovem –, eis uma lição: nunca tenham medo de pensar. Um esboço de pensamento estava zumbindo com frequência no meu cérebro, mas eu receava deixá-lo soltar as asas. Agora, com mais conhecimento, eu retorno para o lugar de onde veio esse esboço de pensamento e descubro que não era um esboço coisa nenhuma, que era um pensamento por inteiro, embora tão jovem que ainda não seja forte o bastante para usar suas asinhas. Como o Patinho Feio do meu amigo Hans Andersen, ele não é pensamento-pato nenhum, mas um belo pensamento-cisne, que voa nobremente com asas majestosas quando chega a hora de experimentá-las. Leiam aqui o que Jonathan escreveu:

"Aquele outro da sua raça que, em época posterior, cruzou o grande rio com suas forças, repetidas vezes, para invadir a Turquia? Que, ao ser rechaçado, voltou, e voltou, e voltou, ainda que tivesse de regressar sozinho do campo sangrento onde suas tropas estavam sendo massacradas, já que sabia que somente ele poderia triunfar no final.

"O que isso nos diz? Não muito? Não! O pensamento infantil do conde não enxerga nada, por isso ele fala tão livremente. Seu pensamento adulto não enxerga nada; meu pensamento adulto não enxergava nada, até agora há pouco. Não! Mas aqui vem outra palavra de alguém que fala sem pensar porque ela tampouco sabe o que significa – o que *pode* significar. Assim como há elementos que repousam, porém, no curso da natureza, seguem seu caminho e se tocam – então puf! Vem um clarão de luz que cobre os céus, que cega e mata e destrói alguns, mas mostra toda a terra abaixo por léguas e léguas. Não é mesmo? Bem, vou explicar. Para começar, vocês já estudaram a filosofia do crime? 'Sim' e 'não'. Você, John, sim; pois é um estudo da insanidade. Você, não, senhora Mina; pois o crime não lhe tocou – exceto uma vez. Mesmo assim, sua mente funciona bem, e não argumenta *a particulari ad universale*.[51] Existe uma peculiaridade nos criminosos. Ela é tão constante, em todos os países e em todas as épocas, que até a polícia, que não sabe muito de filosofia, vem a saber disso empiricamente, porque é. Isso é ser empírico. O criminoso sempre trabalha em um crime – isto é, o verdadeiro criminoso, que parece predestinado ao crime, e que não quer outra coisa. Esse criminoso não tem um cérebro plenamente adulto. Ele é esperto, astuto e engenhoso, mas não tem estatura de homem quanto ao cérebro. Ele tem um cérebro infantil em muitas coisas. Esse nosso criminoso é também predestinado ao crime; ele também tem um cérebro infantil, e é próprio de criança fazer o que ele fez. O passarinho, o peixinho, o animalzinho não aprendem por princípio, mas empiricamente; e, quando aprendem a fazer, é daí que partem para fazer mais. '*Dos pou sto*',[52] disse Arquimedes. 'Dê-me um fulcro e eu moverei o mundo!' Fazer uma vez é o fulcro por meio do qual o cérebro infantil se torna cérebro adulto; e, enquanto ele não tiver o fito de fazer mais, continua a fazer igual todas as vezes, exatamente como fez antes! Oh, minha querida, vejo que seus olhos estão abertos e que para você o clarão de luz mostra todas as léguas", pois a senhora Harker começou a bater palmas e seus olhos brilhavam.

Ele prosseguiu: "Agora fale você. Diga a estes dois homens de ciência céticos o que você vê com esses olhos tão brilhantes". Ele pegou a mão dela e segurou-a enquanto ela falava. O indicador e o polegar dele fecharam-se sobre o pulso dela, como que instintiva e inconscientemente, e ela falou:

"O conde é um criminoso, e de tipo criminoso. Nordau e Lombroso assim o classificariam, e, por ser criminoso, sua mente não é totalmente formada. Assim, diante da dificuldade, ele procura refúgio no hábito.

---

51. Em latim no original: "do particular para o universal".
52. Transliteração incompleta do grego: "δῶς μοι πᾶ στῶ καὶ τὰν γᾶν κινάσω" ("Dê-me um lugar onde me apoiar, e eu moverei o mundo").

Seu passado é uma pista, e a única página dele que conhecemos – e dos seus próprios lábios – nos diz que, numa outra ocasião, quando ele estava no que o senhor Morris chamaria de 'um aperto', voltou ao seu país fugindo do lugar que tentou invadir, e de lá, sem desistir do seu intento, preparou-se para uma nova tentativa. Depois, retornou mais bem equipado para o trabalho, e venceu. Assim ele foi a Londres invadir um novo país. Foi derrotado, e, quando todas as esperanças de sucesso estavam perdidas, e sua existência estava em perigo, ele fugiu por mar para sua casa, assim como antes tinha fugido da Turquia cruzando o Danúbio."

"Bom, bom! Oh, que mulher inteligente!", disse Van Helsing entusiasmado, inclinando-se e beijando a mão dela. No momento seguinte, ele me disse, tão calmamente como se estivéssemos numa consulta médica: "Setenta e dois somente, e com toda essa agitação. Tenho esperança".

Virando-se para ela novamente, ele disse com expectativa aguçada: "Continue, continue! Há mais para contar se você quiser. Não tenha medo; John e eu sabemos. Eu sei pelo menos, e lhe direi se você estiver certa. Fale sem medo!".

"Vou tentar; mas vocês me desculpem se eu parecer narcisista."

"Nada disso, não tema! Você deve ser narcisista, pois é em você que estamos pensando."

"Então, por ser criminoso, ele é egoísta; e, como seu intelecto é pequeno, e sua ação é baseada no egoísmo, ele se limita a um propósito. Esse propósito é impiedoso. Assim como ele fugiu cruzando o Danúbio e deixando suas forças para ser estraçalhadas, agora sua intenção é ficar seguro, sem importar-se com nada. Assim, seu próprio egoísmo liberta um pouco minha alma do terrível poder que ele adquiriu sobre mim naquela noite horrorosa. Eu o senti! Oh, eu o senti! Graças a Deus por Sua misericórdia! Minha alma está mais livre do que jamais esteve desde aquela hora temível; e a única coisa que me preocupa é o medo de que, em algum transe ou sonho, ele possa ter usado meu conhecimento para seus fins."

O professor levantou-se: "Ele de fato usou sua mente; foi assim que ele nos deixou aqui em Varna, enquanto o navio que o levava singrava através do nevoeiro acobertador para Galatz, onde, sem dúvida, ele tinha feito preparativos para escapar de nós. Mas sua mente infantil só enxergou até aí; e pode ser, como sempre acontece com a providência divina, que a coisa mesma que o malfeitor mais tenha cobiçado para seu interesse egoísta acabe sendo seu maior prejuízo. O caçador é pego na sua própria armadilha, como diz o grande salmista. Agora que ele pensa estar livre de qualquer interferência nossa, e que escapou com muitas horas na nossa dianteira, seu cérebro infantil egoísta o incitará ao sono. Ele também pensa que, por ter se isolado do conhecimento da sua mente, você não pode ter conhecimento dele; é aí que ele se engana! Aquele terrível batismo de sangue que ele lhe deu torna você livre para ir até ele em espírito, como você já fez nas suas horas de liberdade, quando o sol nasce e se põe. Nesses momentos, você vai pela minha vontade, e não pela dele; e esse poder para o bem, seu e de outros, você conquistou pelo seu sofrimento nas mãos dele. Isso é ainda mais precioso agora porque ele não sabe disso, e, para resguardar-se, ele até se isolou do conhecimento da nossa localização. Nós, no entanto, não somos egoístas, e acreditamos que Deus está conosco em toda esta provação e nestas tantas horas de dificuldade. Nós o seguiremos e não vacilaremos, mesmo nos expondo ao risco de nos tornarmos como ele. Amigo John, essa foi uma experiência valiosa, que contribuiu muito para nos fazer avançar em nosso caminho. Você deve ser o escriba e anotar tudo isso, para que, quando os outros retornarem do seu trabalho, você possa entregar a eles; assim eles saberão o que nós sabemos".

De fato o escrevi enquanto aguardamos o retorno deles, e a senhora Harker datilografou na sua máquina tudo o que aconteceu desde que ela nos trouxe o manuscrito.

XXVI. Diário do doutor Seward

29 de outubro. Escrevo isto no trem de Varna para Galatz. Na noite passada nos reunimos todos pouco antes da hora do pôr do sol. Cada um tinha feito seu trabalho tão bem quanto podia; no que tange ao pensamento, empenho e oportunidade, estamos preparados para toda a nossa jornada e para o nosso trabalho quando chegarmos a Galatz. Quando chegou a hora costumeira, a senhora Harker preparou-se para seu esforço hipnótico; e, depois de Van Helsing fazer um esforço mais longo e sério do que geralmente foi necessário, ela entrou em transe. Normalmente ela fala ao primeiro estímulo, mas dessa vez o professor teve de fazer perguntas, e com bastante determinação, para sabermos alguma coisa; finalmente ela respondeu:

"Não consigo ver nada; estamos imóveis; não há ondas batendo, apenas o turbilhão constante da água correndo suavemente contra a boça. Ouço vozes de homens gritando, perto e longe, e o giro e rangido de remos nas forquetas. Uma arma é disparada em algum lugar; seu eco parece distante. Há um tropel de pés acima de mim, cordas e correntes são arrastadas. O que é isso? Há um raio de luz; sinto o ar soprando em mim".

Então ela parou. Ela tinha se levantado, como que impulsivamente, do sofá de onde estava deitada e levantado ambas as mãos, com as palmas para cima, como se levantasse um peso. Van Helsing e eu olhamos um para o outro com compreensão. Quincey ergueu as sobrancelhas de leve e olhou para ela com atenção, enquanto Harker fechou instintivamente a mão sobre o punho da sua faca *kukri*. Houve uma pausa longa. Todos sabíamos que a hora em que ela podia falar estava passando, mas sentimos que era inútil dizer algo.

Subitamente, ela se sentou e, abrindo os olhos, disse suavemente: "Algum de vocês quer uma xícara de chá? Vocês devem estar tão cansados!".

Só nos restava deixá-la feliz, por isso aceitamos. Ela saiu apressada para fazer o chá; quando saiu, Van Helsing disse: "Estão vendo, meus amigos. *Ele* está próximo da terra e saiu do seu caixote. Mas ainda precisa desembarcar. À noite, ele pode ficar escondido em algum lugar; porém, se não for carregado para a margem, ou se o navio não encostar nela, ele não poderá alcançar a terra. Nesse caso ele poderá, se for de noite, mudar de forma e saltar ou voar para a margem, como fez em Whitby. Mas, se o dia vier antes de ele chegar à margem, então, a menos que seja carregado, ele não poderá escapar. E, se ele for carregado, os homens da alfândega talvez descubram o que contém o caixote. Portanto, em resumo, se ele não escapar nesta noite para a margem, ou antes da aurora, perderá o dia inteiro. Então, poderemos chegar a tempo, pois, se ele não escapar à noite, poderemos alcançá-lo durante o dia, encaixotado e à nossa mercê; afinal, ele não ousará revelar sua verdadeira natureza, desperto e visível, para não ser descoberto".

Não havia mais nada a dizer, portanto esperamos pacientemente até a aurora, quando poderíamos saber mais por intermédio da senhora Harker.

De manhã cedo escutamos, com a respiração cortada pela ansiedade, a resposta dela em transe. O estágio hipnótico demorou ainda mais para chegar do que antes, e, quando veio, o tempo restante até o sol nascer por completo era tão curto que começamos a nos desesperar. Van Helsing parecia pôr toda a sua alma nesse esforço; por fim, obedecendo à sua vontade, ela respondeu:

"Tudo está escuro. Ouço a água batendo, no mesmo nível que eu, e o ranger de madeira." Ela pausou, e o sol despontou vermelho. Temos que esperar até a noite.

E, assim, estamos viajando para Galatz numa expectativa agoniada. A hora prevista de chegada era entre duas e três da manhã, mas já em Bucareste estamos três horas atrasados, portanto só poderemos chegar muito depois do nascer do sol. Assim, teremos mais duas mensagens hipnóticas da senhora Harker; uma delas ou ambas poderão lançar mais luz sobre o que está acontecendo.

Mais tarde. O pôr do sol veio e se foi. Felizmente, veio numa hora em que não havia distração; se tivesse ocorrido enquanto estávamos numa estação, poderíamos não ter garantia nenhuma da calma e do isolamento necessários. A senhora Harker cedeu à influência hipnótica com dificuldade ainda maior que hoje de manhã. Temo que seu poder de ler as sensações do conde desapareça bem agora que mais precisamos dele. Parece-me que sua imaginação está começando a trabalhar. Até agora, durante o transe, ela se atinha aos fatos mais simples. Se isso continuar, pode acabar nos iludindo. Se eu soubesse que o poder do conde sobre ela fosse sumir junto com o poder de conhecimento dela, seria um pensamento reconfortante; mas receio que não seja assim.

Quando enfim ela falou, suas palavras foram enigmáticas: "Algo está saindo; sinto-o passar por mim como um vento frio. Ouço, a distância, sons confusos – como de homens falando em línguas estranhas, água caindo com força, e o uivo de lobos". Ela parou e um arrepio a sacudiu, aumentando de intensidade por alguns segundos, até que, no fim, estava chacoalhando como numa epilepsia. Ela não disse mais nada, nem para responder ao questionamento imperativo do professor. Quando despertou do transe, estava com frio, exausta e entorpecida, mas sua mente estava alerta. Ela não se lembrava de nada, mas perguntou o que tinha dito; quando lhe contamos, ela meditou longamente sobre isso em silêncio.

30 de outubro, sete horas. Estamos perto de Galatz agora, e talvez eu não tenha tempo de escrever depois. O nascer do sol desta manhã foi ansiosamente esperado por todos nós. Sabendo da dificuldade crescente de obter o transe hipnótico, Van Helsing começou seus passes mais cedo que de costume. Contudo, eles não surtiram efeito até a hora habitual, quando ela cedeu com dificuldade ainda maior, somente um minuto antes de o sol nascer. O professor não perdeu tempo para questionar.

A resposta dela veio com igual rapidez: "Está tudo escuro. Ouço barulho de água, no nível dos meus ouvidos, e o ranger de madeira contra madeira. Gado mugindo longe. Há outro som, esquisito, como de...". Ela parou e empalideceu, depois ficou ainda mais branca.

"Vamos, vamos! Fale, eu lhe ordeno!", disse Van Helsing, com voz agoniada. Também havia desespero em seus olhos, pois o sol nascido estava avermelhando até o rosto pálido da senhora Harker. Ela abriu os olhos, e todos nos sobressaltamos quando ela disse, com doçura e, ao que parece, sem a mínima preocupação:

"Oh, professor, por que me pedir para fazer o que você sabe que não consigo? Não me lembro de nada". Então, vendo a expressão de espanto em nosso rosto, ela disse, virando-se de um para o outro com ar aflito: "O que eu disse? O que eu fiz? Não sei de nada, só que estava deitada aqui, meio dormindo, e ouvi você dizer 'Vamos! Fale, eu lhe ordeno!'. Foi tão engraçado ouvir você me dar ordens como se eu fosse uma criança levada!".

"Oh, senhora Mina", ele disse com tristeza, "é uma prova, se é que era necessária, de quanto eu a amo e venero o fato de que uma palavra pronunciada para o seu bem, com mais seriedade do que nunca, pareça tão estranha porque é para ordenar àquela a quem tenho orgulho de obedecer!"

Os apitos estão soando; estamos nos aproximando de Galatz. Estamos inflamados de ansiedade e expectativa.

DIÁRIO DE MINA HARKER

30 de outubro. O senhor Morris levou-me ao hotel onde nossos quartos foram reservados por telégrafo, por ser ele o que mais podia ser poupado, já que não fala nenhuma língua estrangeira. As forças foram distribuídas como haviam sido em Varna, exceto que lorde Godalming foi ver o vice-cônsul, dado que seu título pode servir de garantia imediata para o diplomata, por estarmos com extrema pressa. Jonathan e os dois médicos foram ver o agente de navegação para saber detalhes da chegada do *Czarina Catherine.*

Mais tarde. Lorde Godalming retornou. O cônsul está ausente e o vice-cônsul, doente; por isso, o trabalho de rotina foi executado por um funcionário. Ele foi muito atencioso e ofereceu fazer tudo o que estivesse em seu poder.

DIÁRIO DE JONATHAN HARKER

30 de outubro. Às nove horas, o doutor Van Helsing, o doutor Seward e eu fomos ver os senhores Mackenzie & Steinkoff, os agentes da firma londrina Hapgood. Eles tinham recebido um telegrama de Londres em resposta à solicitação telegráfica de lorde Godalming pedindo-lhes que demonstrassem para conosco toda a cortesia de que dispunham. Eles foram mais do que gentis e corteses, e nos levaram imediatamente a bordo do *Czarina Catherine*, que estava ancorado no porto do rio. Ali encontramos o capitão, de nome Donelson, que nos relatou sua viagem. Ele disse que, em toda a sua vida, nunca tinha feito um percurso tão favorável.

"Homem!", ele disse. "Como isso nos botou medo, pois imaginamos que teríamos que pagar com um belo quinhão de má sorte, para manter a média! Não é prudente correr de Londres para o mar Negro com um vento traseiro como se o próprio Diabo estivesse soprando sua vela com algum propósito próprio. E, nessa carreira, não conseguimos enxergar nada. Quando chegávamos perto de um navio, ou porto, ou promontório, um nevoeiro nos cercava e navegava conosco, e, depois que ele se dissipava, não conseguíamos ver mais nada. Passamos por Gibraltar sem poder dar sinal; e até chegarmos ao Dardanelos, onde tivemos de esperar para obter a autorização de passagem, nunca chegamos perto de coisa alguma. No começo, quis baixar as velas e ficar à deriva até o nevoeiro passar; mas daí pensei que, se o Diabo tinha botado na cabeça de nos levar rápido para o mar Negro, ele ia fazer isso, quer quiséssemos, quer não. Se nossa viagem fosse rápida, não íamos ficar mal com os armadores, nem prejudicaria nosso tráfego; e o Tinhoso, que teve sua própria finalidade atendida, ficaria muito grato a nós por não atrapalhá-lo."

Essa mistura de simplicidade e astúcia, de superstição e raciocínio comercial estimulou Van Helsing, que disse: "Meu amigo, esse Diabo é mais esperto do que alguns pensam; e ele sabe quando encontra um adversário à altura!".

O capitão ficou satisfeito com o elogio, e prosseguiu: "Quando passamos pelo Bósforo, os homens começaram a resmungar; alguns deles, os romenos, vieram me pedir para lançar ao mar um grande caixote que tinha sido embarcado por um velhote esquisito logo antes de zarparmos de Londres. Eu os tinha visto olhar para o camarada e apontar dois dedos quando o viram, para esconjurar o mau-olhado. Homem! Como a superstição dos estrangeiros é perfeitamente ridícula! Mandei eles voltarem aos seus afazeres bem rápido; mas, como logo depois o nevoeiro nos cercou, me senti um tiquinho igual a eles acerca de alguma coisa, mas não diria que foi por causa do caixote. Bem, lá fomos nós, e, como o nevoeiro não se dissipou por cinco dias, eu só deixei o vento nos levar, pois, se o Diabo queria chegar em algum lugar, ele com certeza ia conseguir. E, se não queria, então era melhor ficar de olho aberto de qualquer jeito. Com certeza tivemos vento forte e água mansa o tempo todo; e, dois dias atrás, quando o sol da manhã atravessou o nevoeiro, nós nos vimos no rio bem diante de Galatz. Os romenos estavam doidos, e queriam por bem ou por mal que eu tirasse o caixote e o jogasse no rio. Tive de debater a questão com eles com um espigão; e, quando o último deles deixou o convés com a cabeça entre as mãos, eu os convenci de que, mau-olhado ou não, a propriedade e a confiança de meus armadores estavam mais garantidas em minhas mãos do que no fundo do rio Danúbio. Eles tinham, vejam vocês, trazido o caixote para o convés, prontos para atirá-lo na água, e, como ele estava marcado Galatz via Varna, pensei em deixá-lo ali até descarregarmos no porto e nos livrarmos dele de vez. Não descarregamos muita coisa nesse dia, e tivemos de passar a noite ancorados; mas logo de manhã, bem cedo, antes de o sol nascer, um homem subiu a bordo com uma ordem, escrita para ele da Inglaterra, para receber um caixote marcado para um tal de conde Drácula. Com certeza o assunto estava em suas mãos. Toda a papelada dele estava correta, e fiquei contente em me livrar daquela encrenca, pois estava começando a me sentir incomodado com aquilo. Se o Diabo tinha alguma bagagem a bordo, acho que era aquela mesmo!".

"Qual era o nome do homem que a levou?", perguntou o doutor Van Helsing, contendo sua ansiedade.

"Já vou lhe dizer!", ele respondeu, e, descendo à sua cabine, trouxe um recibo assinado "Immanuel Hildesheim". Burgenstrasse 16 era o endereço. Confirmamos que isso era tudo o que o capitão sabia, portanto agradecemos e fomos embora.

Encontramos Hildesheim em seu escritório, um hebreu mais para o tipo Adelphi Theatre, com um nariz como de carneiro e um barrete sobre a cabeça. Seus argumentos eram pontuados em espécie – nós nos encarregamos da pontuação –, e com alguma barganha ele nos contou o que sabia. Acabou sendo simples mas importante. Ele tinha recebido uma carta do senhor De Ville, de Londres, pedindo-lhe que recebesse, se possível antes da aurora para evitar a alfândega, um caixote que chegaria em Galatz no *Czarina Catherine*. Ele devia entregá-lo a um certo Petrof Skinsky, que lidava com os eslovacos que negociavam rio abaixo até o porto. Ele havia sido pago pelo seu trabalho com uma cédula inglesa, que havia sido devidamente descontada em ouro no Danube International Bank. Quando Skinsky veio vê-lo, ele o levou ao navio e entregou o caixote, para evitar a estiva. Era tudo o que ele sabia.

Em seguida, procuramos Skinsky, mas não conseguimos encontrá-lo. Um de seus vizinhos, que parecia não ter nenhuma afeição por ele, disse que ele fora embora dois dias antes, ninguém sabia para onde. Isso foi corroborado pelo senhorio, que tinha recebido através de um mensageiro a chave da casa junto com o aluguel devido, em dinheiro inglês. Isso acontecera entre dez e onze horas ontem à noite. Estávamos num impasse de novo.

Enquanto falávamos, alguém veio correndo e disse ofegante que o corpo de Skinsky havia sido encontrado dentro do muro do cemitério de São Pedro, e que a garganta havia sido rasgada como se fosse por um animal selvagem. Aqueles com quem estávamos falando saíram correndo para ver o horror, as mulheres gritando: "É trabalho de eslovaco!". Nós nos afastamos rapidamente para não sermos envolvidos de alguma forma no caso e detidos.

No trajeto de volta, não conseguimos chegar a nenhuma conclusão definitiva. Estávamos todos convencidos de que o caixote estava a caminho, por via aquática, de algum lugar; mas teríamos de descobrir para onde. Com pesar no coração, voltamos ao hotel para ver Mina.

Quando nos encontramos, a primeira coisa que fizemos foi debater se Mina devia ficar a par de tudo novamente. A situação está ficando desesperadora, e pelo menos é uma chance, ainda que arriscada. Como medida preliminar, fui liberado da minha promessa feita a ela.

DIÁRIO DE MINA HARKER

30 de outubro, noite. Eles estavam tão cansados, exauridos e desanimados que não havia nada a fazer antes que descansassem; por isso, pedi a todos que se deitassem por meia hora enquanto eu fazia o registro de tudo até o momento. Sou tão grata ao homem que inventou a máquina de escrever Traveller's, e ao senhor Morris por obter esta para mim. Eu me sentiria muito perdida fazendo o trabalho se tivesse que escrever a caneta...

Está tudo pronto; coitado do meu querido Jonathan; como deve ter sofrido, como deve estar sofrendo agora. Deitado no sofá, mal parece respirar, e todo o seu corpo aparenta ter sofrido um colapso. Suas sobrancelhas se tocam, seu rosto está contraído de dor. Coitado, talvez esteja pensando, e vejo seu rosto todo contorcido pela concentração dos seus pensamentos. Oh, se pelo menos eu pudesse ajudar... Farei o que posso.

Pedi ao doutor Van Helsing, e ele me trouxe todos os papéis que ainda não vi... Enquanto estão descansando, vou ler todos com atenção, e talvez chegue a alguma conclusão. Vou tentar seguir o exemplo do professor, e pensar sem preconceito nos fatos que se apresentam a mim...

Acredito que, guiada pela providência divina, eu tenha feito uma descoberta. Vou pegar os mapas e consultá-los.

Estou mais segura do que nunca de que estou certa. Minha nova conclusão está pronta, por isso vou reunir o grupo e lê-la. Eles poderão julgá-la; é bom ser precisa, e cada minuto é valioso.

MEMORANDO DE MINA HARKER
(inserido em seu diário)

Objeto investigado: o problema do conde Drácula é regressar ao seu lar.

(*a*) Ele precisa ser *levado de volta* por alguém. Isso é evidente, pois, se ele tivesse o poder de movimentar-se como quisesse, poderia ir como homem, ou lobo, ou morcego, ou de alguma outra forma. Ele evidentemente teme descobertas ou interferências no estado de vulnerabilidade em que deve encontrar-se – confinado como está entre a aurora e o crepúsculo no seu caixote de madeira.

(*b*) Como ele deve ser levado? Aqui, um processo por exclusão pode nos ajudar. Por estrada, por trem, por água?

1. Por estrada: há inúmeras dificuldades, especialmente ao sair da cidade.

(*x*) Há pessoas, e as pessoas são curiosas, e investigam. Uma dica, uma suposição, uma dúvida sobre o que pode haver dentro do caixote o destruiriam.

(*y*) Há, ou pode haver, alfândega e agentes tributários a passar.

(*z*) Seus perseguidores podem segui-lo. Esse é seu maior medo; e, para prevenir que seja traído, ele repeliu, até onde pode, até mesmo sua vítima – eu!

2. Por trem: Ninguém fica cuidando do caixote. Ele teria que correr o risco de se atrasar; e um atraso seria fatal, com inimigos no seu encalço. É certo que ele poderia escapar à noite; mas o que seria dele, deixado num lugar estranho sem um refúgio para o qual voar? Não é isso que ele pretende, e ele não quer correr esse risco.

3. Por água: é o caminho mais seguro, num aspecto, mas com o maior perigo, noutro. Sobre a água ele fica indefeso, exceto à noite; mesmo então ele só pode invocar o nevoeiro, a tempestade e a neve, bem como seus lobos. Mas, se naufragasse, a água corrente o engoliria, impotente; e ele estaria realmente perdido. Ele poderia fazer a nau procurar a terra; mas, se fosse uma terra hostil, onde ele não pudesse mover-se, sua posição ainda seria desesperadora.

Sabemos pelo registro que ele estava sobre a água; logo, o que temos a fazer é averiguar *qual* água.

A primeira coisa a ser feita é verificar exatamente o que ele fez até agora; assim, poderemos, talvez, esclarecer qual deve ser sua próxima empreitada.

Primeiro. Devemos diferenciar o que ele fez em Londres como parte do seu plano geral de ação do que ele fez ao ser pressionado momentaneamente, quando tinha que se virar como podia.

Segundo. Precisamos ver, até onde podemos presumir com base nos fatos que conhecemos, o que ele fez aqui.

Quanto ao primeiro, ele evidentemente tinha intenção de chegar em Galatz, e enviou uma fatura a Varna para nos enganar caso descobríssemos seu meio de sair da Inglaterra; seu propósito único e imediato era escapar. A prova disso é a carta com instruções enviada a Immanuel Hildesheim para liberar e levar embora o caixote antes da aurora. Também há as instruções para Petrof Skinsky. Essas só podemos adivinhar; mas deve ter havido alguma carta ou mensagem, já que Skinsky foi até Hildesheim.

Que até aqui seus planos foram bem-sucedidos nós sabemos. O *Czarina Catherine* fez uma viagem fenomenalmente veloz – tanto que levantou as suspeitas do capitão Donelson; mas sua superstição, unida à sua prudência, jogou a favor do conde, e ele singrou com vento favorável através de nevoeiros e tudo o mais até chegar de olhos vendados em Galatz. Que os arranjos do conde foram bem-feitos, isso foi provado. Hildesheim liberou o caixote, levou-o embora e entregou-o a Skinsky. Skinsky pegou-o – e aí perdemos a pista. Sabemos apenas que o caixote está em algum lugar sobre a água, movendo-se. A alfândega e a tributação, se havia, foram evitadas.

Agora passamos ao que o conde deve ter feito depois da sua chegada, em terra, a Galatz.

O caixote foi entregue a Skinsky antes da aurora. Ao nascer do sol, o conde podia aparecer na sua própria forma. Aqui, perguntamos por que ter escolhido alguém, esse Skinsky, para ajudar na tarefa? No diário do meu marido, menciona-se que Skinsky lidava com os eslovacos que negociam rio abaixo até o porto; e o comentário do homem,[53] de que o assassinato era trabalho de eslovaco, revela o sentimento geral contra sua classe. O conde queria isolamento.

Minha suposição é esta: que em Londres o conde decidiu retornar ao seu castelo por água, por ser o caminho mais seguro e secreto. Ele foi trazido do castelo pelos Szgany, e provavelmente eles entregaram sua

53. Pouco acima, no final da última entrada no diário de Harker, está dito que esse comentário foi feito por mulheres.

carga a eslovacos, que então levaram os caixotes para Varna, pois de lá eles foram enviados para Londres. Assim, o conde tinha conhecimento das pessoas que podiam prestar esse serviço. Quando o caixote foi posto em terra, antes da aurora ou após o crepúsculo, ele saiu do caixote, encontrou Skinsky e orientou-o quanto ao que deveria fazer para organizar o transporte do caixote subindo algum rio. Quando isso foi feito e ele sabia que tudo estava correndo bem, ele apagou seus rastros, ou pelo menos assim pensou, assassinando seu agente.

Examinei o mapa e constatei que o rio mais adequado para os eslovacos terem subido é o Pruth ou o Sereth. Li no datiloscrito que, durante meu transe, ouvi vacas mugindo, barulho de água no nível de meus ouvidos e madeira rangendo. Logo, o conde, no seu caixote, estava num rio, num barco aberto – impulsionado provavelmente por remos ou varas, pois as margens estão próximas e ele avança contra a corrente. Não haveria esse som se estivesse flutuando rio abaixo.

Claro, pode não ser nem o Sereth nem o Pruth, mas podemos continuar a investigar. Desses dois, o Pruth é mais facilmente navegável, mas o Sereth, em Fundu, recebe o Bistritza, que corre contornando o passo Borgo. A curva que ele faz é claramente o mais próximo que se pode chegar do Castelo Drácula por água.

DIÁRIO DE MINA HARKER
(continuação)

Quando terminei de ler, Jonathan me pegou nos seus braços e me beijou. Os outros apertavam sem parar ambas as minhas mãos, e o doutor Van Helsing disse:

"Nossa querida senhora Mina é, uma vez mais, nossa professora. Seus olhos enxergaram onde estávamos cegos. Agora estamos na pista de novo, e dessa vez poderemos ter êxito. Nosso inimigo está no seu estado de maior vulnerabilidade; e, se conseguirmos alcançá-lo de dia, por água, nossa tarefa estará acabada. Ele saiu na dianteira, mas não pode se apressar, pois não pode sair do seu caixote sem levantar suspeita naqueles que o transportam; e, se eles suspeitarem, serão compelidos a lançá-lo no regato, onde ele perecerá. Ele sabe disso, e não o fará. Agora, homens, ao nosso conselho de guerra; aqui e agora, devemos planejar o que cada um deve fazer."

"Vou arranjar um barco a vapor e segui-lo", disse lorde Godalming.

"E eu vou seguir com cavalos pela margem, caso ele desembarque", disse o senhor Morris.

"Bom!", disse o professor. "Bom, vocês dois. Mas nenhum de vocês deve ir só. Deve haver força para superar a força, se houver necessidade; os eslovacos são fortes e brutais, e portam armas rudes." Todos os homens sorriram, pois, somados, eles carregavam um pequeno arsenal.

Disse o senhor Morris: "Eu trouxe algumas Winchesters; são muito úteis em aglomerações, e pode haver lobos. O conde, se vocês se lembram, tomou outras precauções; ele fez solicitações a outros, que a senhora Harker não pôde ouvir nem entender. Devemos estar prontos em todos os aspectos".

O doutor Seward disse: "Acho melhor eu ir com Quincey. Estávamos acostumados a caçar juntos, e nós dois, bem armados, seremos páreo para qualquer coisa que aparecer. Você não deve ir sozinho, Art. Pode ser necessário combater os eslovacos, e uma facada traiçoeira – pois não imagino que esses camaradas tenham armas de fogo – desfaria todos os nossos planos. Não devemos correr riscos desta vez; não descansaremos até que a cabeça e o corpo do conde tenham sido separados e que estejamos seguros de que ele não pode reencarnar".

Ele olhou para Jonathan ao falar, e Jonathan olhou para mim. Vi que o pobre coitado estava dividido em sua mente. É claro que ele queria estar comigo; mas a dupla do barco seria, muito provavelmente, a que destruiria o... o... o... vampiro. (Por que hesitei para escrever a palavra?)

Ele ficou um pouco em silêncio, e durante seu silêncio o doutor Van Helsing falou: "Amigo Jonathan, isto é para você por duas razões. Primeiro, porque você é jovem e corajoso e pode lutar, e todas as energias podem ser necessárias no final; e depois porque é seu direito destruir aquele – ou aquilo – que trouxe tanto sofrimento para você e para os seus. Não tema pela senhora Mina, ela estará aos meus cuidados, se me permitir. Estou velho. Minhas pernas não são tão rápidas para correr como dantes; e não estou acostumado a cavalgar tanto tempo ou perseguir se necessário, nem a lutar com armas letais. Mas posso ser útil de outra maneira; posso lutar de outra forma. E posso morrer, se necessário, tanto quanto os homens mais jovens. Deixe-me dizer como eu gostaria que fosse: enquanto vocês – meu lorde Godalming e o amigo Jonathan – vão em seu veloz barquinho a vapor rio acima, e enquanto John e Quincey guardam a margem onde porventura ele pode ter desembarcado, eu levarei a senhora Mina direto para o coração do território inimigo. Enquanto a velha raposa estiver presa no seu caixote, flutuando sobre a água corrente, da qual não pode escapar para a terra – e onde não ousa erguer a tampa do seu caixão para que seus carregadores eslovacos, apavorados, não o abandonem para morrer –, nós seguiremos a trilha que Jonathan percorreu, de Bistritz pelo Borgo, e acharemos o caminho para o Castelo Drácula. Lá, o poder hipnótico da senhora Mina certamente ajudará, e acharemos o caminho – que de outra forma seria escuro e desconhecido – após a primeira aurora em que estivermos próximos ao lugar fatídico. Há muito que fazer, e outros lugares a santificar para que o ninho de víboras seja obliterado".

Aqui, Jonathan o interrompeu acalorado: "Você quer dizer, professor Van Helsing, que pretende levar Mina, na sua triste condição e maculada como está pela enfermidade daquele demônio, direto para as garras da sua armadilha mortal? Por nada neste mundo! Por nada no céu ou no inferno!".

Ele ficou quase sem voz por um minuto, depois prosseguiu: "Você sabe o que é aquele lugar? Você viu aquele covil atroz de infâmia demoníaca, onde o próprio luar está vivo com formas sinistras, e cada grão de pó que rodopia ao vento é um embrião de monstro devorador? Você sentiu os lábios do vampiro na sua garganta?".

Então, ele se virou para mim, e, quando seus olhos deram na minha testa, lançou os braços para cima com um grito: "Oh, meu Deus, o que fizemos para que este horror caia sobre nós!", e caiu no sofá num colapso de infortúnio.

A voz do professor, falando com tons claros e suaves, que pareciam vibrar no ar, acalmou todos nós:

"Oh, meu amigo, é porque eu salvaria a senhora Mina daquele lugar horrível que eu iria. Deus me livre de levá-la para dentro daquele lugar. Há trabalho – trabalho sujo – a ser feito lá, que os olhos dela não podem ver. Nós, homens, aqui, todos salvo Jonathan, vimos com nossos próprios olhos o que deve ser feito para que aquele lugar seja purificado. Lembrem-se que estamos na maior dificuldade. Se o conde escapar de nós desta vez – e ele é forte, sutil e sagaz –, pode decidir dormir por um século, e então, com o tempo, nossa querida" – ele pegou minha mão – "iria lhe fazer companhia, e seria como aquelas outras que você, Jonathan, viu. Você nos falou dos seus lábios extasiados; você ouviu seu riso obsceno quando elas agarraram o saco que se mexia, e que o conde jogou para elas. Você treme; e é assim mesmo. Perdoe-me por lhe causar tamanha dor, mas é preciso. Meu amigo, não é por uma necessidade tremenda que estou dando, possivelmente, a minha vida? Se alguém tiver de ir àquele lugar para ficar, serei eu que irei lhes fazer companhia".

"Faça como quiser", disse Jonathan, com um soluço que o sacudiu inteiro, "estamos nas mãos de Deus!"

Mais tarde. Oh, como me fez bem ver o modo como esses homens valentes trabalham. Como poderiam as mulheres não amar os homens quando são tão sinceros, tão fiéis, tão corajosos! E também me fez pensar no poder maravilhoso do dinheiro! O que ele consegue fazer quando é empregado adequadamente, e o que pode fazer quando usado com vileza. Fiquei tão grata por lorde Godalming ser rico, e por ele e o senhor Morris, que também tem muito dinheiro, estarem dispostos a gastá-lo sem restrição. De outro modo, nossa pequena expedição não poderia partir nem tão rapidamente nem tão bem equipada, como o fará dentro de mais uma hora. Não faz três horas desde que combinamos qual parte cabia a cada um de nós; e agora lorde Godalming e Jonathan têm um belo barco a vapor, pronto para partir a qualquer momento. O doutor Seward e o senhor Morris têm meia dúzia de bons cavalos, bem arreados. Temos todos os mapas e aparelhos de diversos tipos que podem ser obtidos. O professor Van Helsing e eu vamos sair no trem das 23h40 nesta noite para Veresti, onde pegaremos uma carruagem para ir ao passo Borgo. Estamos levando uma boa quantia de dinheiro vivo, pois deveremos comprar uma carruagem e cavalos. Nós mesmos dirigiremos, pois não há ninguém em quem podemos confiar nessa questão. O professor sabe um pouco de uma grande quantidade de línguas, por isso deveremos nos virar bem. Todos temos armas, até para mim foi dado um revólver de grande calibre; Jonathan não ficou satisfeito enquanto eu não estava armada como os outros. Pena que não posso portar uma arma que os outros têm; a cicatriz na minha testa me impede. O querido doutor Van Helsing me conforta dizendo que estou totalmente armada, pois pode haver lobos; o clima está ficando mais frio a cada hora, e rajadas de neve que vêm e vão servem de alerta.

Mais tarde. Precisei de toda a minha coragem para dizer adeus ao meu querido. Pode ser que nunca mais nos vejamos. Coragem, Mina! O professor está olhando para você intensamente; seu olhar é uma advertência. Não pode haver lágrimas agora – a menos que Deus queira deixá-las cair de alegria.

DIÁRIO DE JONATHAN HARKER

30 de outubro, noite. Estou escrevendo isto à luz da porta da fornalha do barco a vapor: lorde Godalming está acendendo o fogo. Ele tem experiência nesse trabalho, pois teve durante anos um barco seu no Tâmisa, e outro em Norfolk Broads. Quanto aos nossos planos, decidimos finalmente que o palpite de Mina estava correto, e que, se algum curso d'água foi escolhido pelo conde para fugir para o seu castelo, o Sereth e depois o Bistritza na sua junção seriam usados. Presumimos que algum lugar por volta dos quarenta e sete graus de latitude norte seria escolhido para cruzar o terreno entre o rio e os Cárpatos. Não receamos subir o rio em boa velocidade à noite; a água é alta e as margens são suficientemente afastadas para uma navegação a vapor, mesmo noturna, com bastante facilidade. Lorde Godalming me disse para dormir um pouco, pois é suficiente por enquanto que apenas um fique de vigia. Mas não consigo dormir – não sei como poderia, com o terrível perigo que paira sobre minha querida, com sua ida para aquele lugar horroroso...

Meu único consolo é que estamos nas mãos de Deus. Se não fosse por essa fé, seria mais fácil morrer do que viver, e assim ficar livre de todo este tormento. O senhor Morris e o doutor Seward saíram para a sua longa cavalgada antes de partirmos; eles vão seguir pela margem direita, longe o bastante para alcançar as terras mais altas, de onde poderão ver um bom trecho do rio e evitar acompanhar suas curvas. Eles levaram, nos primeiros estágios, dois homens para cavalgar e conduzir seus cavalos de reserva – quatro ao todo, para não suscitar curiosidade. Quando dispensarem os homens, o que deve acontecer em breve, eles mesmos cuidarão dos cavalos. Pode ser necessário para nós unir forças; se assim for, o grupo todo poderá montar. Uma das selas tem um pito móvel e pode ser facilmente adaptada para Mina, caso necessário.

É uma aventura louca esta em que estamos. Aqui, singrando através da escuridão, com o frio que se levanta do rio e nos atinge, com todas as vozes misteriosas da noite que nos cercam, tudo vem para casa. Parece que penetramos em lugares e modos desconhecidos, em todo um mundo de coisas sombrias e assustadoras. Godalming está fechando a porta da fornalha...

31 de outubro. Ainda navegando. O dia nasceu, e Godalming está dormindo. Estou de vigia. A manhã está fria de amargar; o calor da fornalha é acolhedor, apesar de nossos pesados casacos de pele. Até agora, cruzamos somente umas poucas barcaças, mas nenhuma tinha a bordo qualquer caixote ou volume do tamanho do que procuramos. Os homens ficavam com medo sempre que voltávamos nossa lanterna elétrica para eles, e caíam de joelhos rezando.

1º de novembro, noite. Sem notícias o dia todo; não achamos nada igual ao que procuramos. Agora entramos no Bistritza; e, se estivermos errados na nossa suposição, perdemos nossa chance. Vasculhamos todos os barcos, grandes e pequenos. Hoje cedo, uma tripulação nos tomou por uma embarcação do governo e nos tratou dessa maneira. Vimos nisso um modo de facilitar as coisas, portanto em Fundu, onde o Bistritza deságua no Sereth, obtivemos uma bandeira romena que agora arvoramos ostensivamente. Com todos os barcos que abordamos desde então, o truque funcionou: fomos recebidos com toda a deferência, e nenhuma objeção ao que decidíamos pedir ou fazer. Alguns dos eslovacos nos disseram que um barco grande passou por eles, em velocidade maior que a normal, pois tinha tripulação dobrada a bordo. Isso foi antes de chegarem a Fundu, por isso não podiam nos dizer se o barco tomou o Bistritza ou continuou pelo Sereth. Em Fundu não ouvimos falar desse barco, portanto ele deve ter passado por lá à noite. Estou com muito sono; talvez o frio esteja começando a me afetar, e a natureza precisa descansar alguma hora. Godalming insiste em manter a primeira vigia. Deus o abençoe por toda a sua bondade para com minha querida Mina e comigo.

2 de novembro, manhã. É dia claro. Meu bom amigo não quis me acordar. Ele disse que teria sido um pecado fazer isso, pois eu estava dormindo pacificamente e esquecendo meus problemas. Parece horrivelmente egoísta da minha parte ter dormido tanto e deixá-lo de vigia a noite toda; mas ele estava certo. Sou um novo homem esta manhã; e, enquanto estou sentado aqui olhando-o dormir, posso fazer tudo o que é necessário para cuidar do motor, guiar e ficar de guarda. Sinto que minha força e energia estão voltando. Onde estará Mina agora, e Van Helsing? Devem ter chegado a Veresti por volta do meio-dia na quarta-feira. Teriam levado algum tempo para obter a carruagem e os cavalos; portanto, se partiram e viajaram sem parar, devem estar chegando agora ao passo Borgo. Deus os guie e ajude! Tenho medo de pensar no que pode acontecer. Se pudéssemos ir mais rápido! Mas não podemos; os motores estão vibrando e dando o máximo. Como será que o doutor Seward e o senhor Morris estão avançando? Parece haver infinitos riachos descendo das montanhas para o rio, mas, como nenhum deles é muito largo – no momento, pelo menos, embora sejam terríveis sem dúvida no inverno e quando a neve derrete –, os cavaleiros não devem ter encontrado muitos obstáculos. Espero que, antes de chegarmos a Strasba, consigamos vê-los; se até lá não tivermos alcançado o conde, será necessário debatermos juntos o que fazer depois.

DIÁRIO DO DOUTOR SEWARD

2 de novembro. Três dias na estrada. Sem notícias, e sem tempo para escrever se tivesse tido, pois cada momento é precioso. Tivemos apenas o descanso necessário para os cavalos, mas nós dois estamos aguentando estupendamente. Aqueles nossos dias aventurosos estão se revelando úteis. Temos de ir adiante; não ficaremos contentes até avistar o barco novamente.

3 de novembro. Ouvimos em Fundu que o barco tinha subido o Bistritza. Queria que não estivesse tão frio. Há sinais de neve chegando, e, se ela cair com força, vai nos deter. Nesse caso, teremos de arranjar um trenó, para continuar à moda russa.

4 de novembro. Hoje, ouvimos que o barco tinha sido detido por um acidente ao tentar forçar a passagem pelas corredeiras acima. Os barcos eslovacos conseguem subir bem, com a ajuda de uma corda e de guias experimentados. Alguns tinham subido somente poucas horas antes. Godalming é um mecânico diletante, e evidentemente foi ele que botou o barco em ordem de novo.

Finalmente, eles conseguiram subir as corredeiras, com ajuda local, e retomaram a perseguição. Receio que o barco tenha sido afetado no acidente; os camponeses disseram que, depois de voltar às águas calmas, ele ficava parando vez e outra enquanto esteve em vista. Temos que ir adiante com mais força do que nunca; nossa ajuda pode ser solicitada em breve.

DIÁRIO DE MINA HARKER

31 de outubro. Chegamos em Veresti ao meio-dia. O professor me disse que, esta manhã, ao nascer do dia, ele mal conseguiu me hipnotizar, e que a única coisa que eu falei foi: "escuro e silencioso". Agora ele foi comprar uma carruagem e cavalos. Ele disse que depois vai tentar comprar mais cavalos, para podermos trocá-los no caminho. Temos mais de cento e vinte quilômetros a percorrer. A paisagem é linda e muito interessante; se as condições fossem diferentes, seria encantador poder ver tudo isso. Se Jonathan e eu estivéssemos viajando a sós por aqui, seria uma delícia. Parar e ver pessoas, aprender algo da vida delas, encher nossa mente e nossa memória com todo o colorido e o pitoresco do país belo e selvagem e da gente singular! Mas, ai!...

Mais tarde. O doutor Van Helsing retornou. Conseguiu a carruagem e cavalos; vamos jantar e sair em uma hora. A estalajadeira está preparando para nós uma cesta imensa de mantimentos, que parece suficiente para uma companhia de soldados. O professor a incentiva, e cochicha para mim que pode se passar uma semana antes de conseguirmos alguma comida boa de novo. Ele também fez compras, e mandou entregar uma encomenda maravilhosa de casacos e estolas de pele, e todo tipo de coisas que aquecem. Não corremos risco algum de passar frio.

Logo partiremos. Tenho medo de pensar no que pode acontecer conosco. Estamos realmente nas mãos de Deus. Só Ele sabe o que pode advir, e rogo a Ele, com toda a força da minha alma triste e humilde, que guarde meu amado marido; que, aconteça o que acontecer, Jonathan saiba que eu o amei e honrei mais do que posso dizer, e que meu último e mais fiel pensamento será sempre para ele.

XXVII. Diário de Mina Harker

1º de novembro. Viajamos o dia todo, e com boa velocidade. Os cavalos parecem saber que são tratados com carinho, pois seguem o itinerário com a melhor disposição. Já fizemos tantas trocas e deparamos com a mesma coisa tão constantemente que somos estimulados a pensar que a jornada será fácil. O doutor Van Helsing é lacônico; ele diz aos fazendeiros que está correndo para Bistritz, e paga bem a eles pela troca de cavalos. Recebemos sopa quente, ou café, ou chá; e continuamos. É um país adorável, cheio de belezas de todos os tipos que se imaginam, e as pessoas são valentes, fortes, simples, e parecem cheias de boas qualidades. Elas são *muito, muito* supersticiosas. Na primeira casa onde paramos, quando a mulher que nos serviu viu a cicatriz na minha testa, ela se persignou e apontou dois dedos para mim, para esconjurar o mau-olhado. Creio que se deram ao trabalho de pôr uma quantidade extra de alho na nossa comida, e eu não posso suportar alho. Desde então, tenho tido o cuidado de não tirar meu chapéu ou véu, e assim escapei às suas superstições. Estamos viajando rápido, e, como não temos condutor conosco para fazer fofocas, estamos livres do escândalo, mas suponho que o medo de mau-olhado vá nos seguir de perto por todo o caminho. O professor parece incansável; durante o dia inteiro, não descansou nada, embora tenha me feito dormir por um longo período. Na hora do crepúsculo, ele me hipnotizou, e disse que eu respondi, como sempre, "escuridão, água batendo e madeira rangendo"; então, nosso inimigo ainda está no rio. Receio pensar em Jonathan, mas, de certa forma, agora não temo por ele, nem por mim. Escrevo isto enquanto esperamos, numa casa de fazenda, os cavalos serem aprontados. O doutor Van Helsing está dormindo. Coitado, ele parece muito cansado, velho e grisalho, mas sua boca está firme como a de um conquistador; até no sono ele está cheio de determinação. Bem, depois de partirmos vou fazê-lo descansar enquanto dirijo. Vou dizer a ele que temos dias pela frente, e ele não pode estar esgotado quando toda a sua força for mais necessária... Tudo pronto; vamos sair já.

2 de novembro, manhã. Tive sucesso, e nos revezamos para dirigir a noite toda; agora já é dia, claro apesar de frio. Há um estranho peso no ar – digo peso na falta de palavra melhor; quero dizer que nos oprime. Está muito frio, e somente nossos grossos casacos nos mantêm confortáveis.

Ao raiar do dia, Van Helsing me hipnotizou; ele disse que eu respondi "escuridão, madeira rangendo e água rugindo", portanto o rio está mudando à medida que eles sobem. Espero que meu querido não corra nenhum perigo – não mais do que precisa; mas estamos nas mãos de Deus.

2 de novembro, noite. Dirigindo o dia todo. A paisagem vai ficando mais selvagem conforme avançamos, e as vertentes imensas dos Cárpatos, que em Veresti pareciam tão distantes de nós e tão baixas no horizonte, agora parecem nos rodear e elevar-se à nossa frente. Ambos estamos animados; acho que fazemos esforço para encorajar um ao outro, e assim encorajamos a nós mesmos. O doutor Van Helsing disse que, pela manhã, devemos alcançar o passo Borgo. As casas agora são muito esparsas, e o professor disse que os últimos cavalos que conseguimos terão de seguir conosco, pois talvez não consigamos trocá-los. Ele pegou mais dois além do par que trocamos, assim temos agora uma possante atrelagem de quatro cavalos. Os mansos animais são pacientes e bondosos, e não nos dão trabalho. Não estamos preocupados com outros viajantes, por isso até eu posso dirigir. Vamos chegar ao passo à luz do dia; não queremos chegar antes. Por isso, vamos com calma, e cada um de nós ganha um longo descanso na sua vez. O que será que o amanhã vai nos trazer? Vamos ao encontro do lugar onde meu pobre querido sofreu tanto. Deus queira nos guiar corretamente e dignar-se a zelar pelo meu marido e por aqueles que nos são caros e que correm perigo tão letal. Quanto a mim, não sou merecedora aos olhos Dele. Ai de mim! Sou impura aos Seus olhos, e o serei até que Ele se digne a me deixar apresentar-me à Sua vista como uma daquelas que não incorreram na Sua ira.

MEMORANDO DE ABRAHAM VAN HELSING

4 de novembro. Isto é para meu velho e fiel amigo John Seward, *M.D.*, de Purfleet, Londres, caso eu não o veja. Talvez explique. É de manhã, e escrevo junto de um fogo que mantive aceso a noite toda, com a senhora Mina me ajudando. Está frio, frio; tão frio que o céu cinza e pesado está cheio de neve, que quando cair ficará por todo o inverno, pois o solo está endurecendo para recebê-la. Isso parece ter afetado a senhora Mina; ela ficou com a cabeça tão pesada durante o dia todo que não parecia ela mesma. Ela dorme, e dorme, e dorme! Ela, que de costume é tão alerta, não fez literalmente nada o dia todo; até perdeu o apetite. Não tem escrito no seu pequeno diário, ela que escreve tão fielmente a cada pausa. Algo me sussurra que não está tudo bem. Contudo, nesta noite ela está mais *vif*.[54] Seu longo sono do dia inteiro revigorou-a e restaurou-a, pois agora ela está meiga e alegre como sempre. Ao crepúsculo tentei hipnotizá-la, mas infelizmente sem efeito; o poder tem enfraquecido a cada dia, e nesta noite falhou-me completamente. Bem, que seja feita a vontade de Deus – seja ela qual for, e leve aonde levar!

Agora vamos ao histórico; já que a senhora Mina não escreve na sua estenografia, devo fazê-lo, ao meu velho modo desajeitado, para que nem um dia nosso deixe de ser registrado.

Chegamos ao passo Borgo ontem de manhã, logo após o nascer do sol. Quando vi os sinais da aurora, preparei-me para o hipnotismo. Paramos nossa carruagem e descemos para não sermos incomodados. Fiz um colchão de peles, e a senhora Mina, deitando-se, entregou-se como de costume, porém mais devagar e faltando menos tempo do que nunca, ao sono hipnótico. Como antes, veio a resposta "escuridão e o turbilhão da água". Então ela acordou alegre e radiante, seguimos nosso caminho e logo chegamos ao passo. Nessa hora e nesse lugar, ela se inflamou toda de zelo; algum novo poder guiador manifestou-se nela, pois ela apontou para uma estrada e disse: "Este é o caminho".

"Você sabe?", perguntei.

"É claro que sei", ela respondeu, e, após uma pausa, acrescentou: "Meu Jonathan não viajou por aqui e escreveu sobre sua viagem?".

De início achei um pouco estranho, mas logo vi que havia uma única estrada vicinal desse tipo. Ela é pouco usada, e muito diferente da estrada para carruagens de Bucovina a Bistritz, que é mais larga e dura, e mais usada.

Portanto pegamos essa estrada; quando cruzávamos outros caminhos – nem sempre tínhamos certeza de que eram estradas, pois estavam malcuidados e neve ligeira havia caído –, os cavalos sabiam, e eles apenas. Soltei a rédea deles, e eles seguiram com paciência. Aos poucos, fomos encontrando todas as coisas que Jonathan anotou naquele seu maravilhoso diário. Depois, seguimos por horas e horas. No começo, disse à senhora Mina que dormisse; ela tentou, e conseguiu. Dormiu o tempo todo; até que, enfim, tive uma suspeita e tentei acordá-la. Mas ela

54. Em francês no original: "ativo"; a forma feminina correta seria *vive*.

continuou dormindo, e não consegui acordá-la por mais que tentasse. Não quis insistir demais para não prejudicá-la, pois sei que ela sofreu muito, e o sono às vezes é tudo para ela. Acho que cochilei, pois de repente senti-me culpado, como se tivesse feito algo; tive um sobressalto e vi-me com as rédeas na mão, e os bons cavalos indo no trote de sempre. Olhei para baixo e vi a senhora Mina ainda adormecida. Agora não está longe do crepúsculo, e sobre a neve a luz do sol flui numa grande corrente amarela, de modo que lançamos sombras alongadas sobre as montanhas que se erguem tão íngremes. Vamos subindo, subindo; e tudo é tão selvagem e rochoso, como se fosse o fim do mundo.

Daí acordei a senhora Mina. Dessa vez, ela despertou sem muita dificuldade, e tentei induzi-la ao sono hipnótico. Mas ela não dormiu, e foi como se eu nem estivesse lá. Ainda tentei e tentei, até que de repente nos vimos no escuro; olhei em torno e percebi que o sol tinha se posto. A senhora Mina riu, e virei-me para olhar para ela. Ela estava totalmente desperta, e parecia melhor do que jamais a vira desde aquela noite em Carfax quando entramos pela primeira vez na casa do conde. Fiquei espantado e não me senti à vontade; mas ela é tão alegre, meiga e atenciosa comigo que esqueço todo o medo. Acendi uma fogueira, pois trouxemos um estoque de lenha conosco, e ela preparou comida enquanto eu desarreava os cavalos e os soltava, amarrados ao abrigo, para pastar. Quando retornei à fogueira, ela havia preparado meu jantar. Fui servi-la, mas ela sorriu e me disse que já tinha comido, que estava com tanta fome que não pôde esperar. Não gostei disso, e tenho sérias dúvidas; mas receio assustá-la, portanto não disse nada. Ela me ajudou, e comi sozinho; depois nos enrolamos nas peles e deitamos ao lado da fogueira, e eu disse a ela para dormir enquanto eu vigiava. Mas logo esqueci totalmente da vigia; e, quando subitamente lembrei de vigiar, encontrei-a deitada quieta, mas desperta, olhando para mim com olhos reluzentes. Uma vez, duas vezes mais aconteceu a mesma coisa, e dormi muito até antes da manhã. Quando acordei, tentei hipnotizá-la, mas, apesar de ela, obedientemente, fechar os olhos, não conseguiu dormir. O sol subiu, subiu, subiu; e o sono veio a ela tarde demais, mas tão profundo que ela não acordava. Tive de levantá-la e colocá-la dormindo na carruagem depois de ter arreado os cavalos e deixado tudo pronto. Ela ainda dorme, e no seu sono parece mais saudável e mais corada do que antes. Eu não gosto disso. E tenho medo, medo, medo! Tenho medo de todas as coisas – até de pensar, mas preciso seguir meu caminho. O que está em jogo é a vida e a morte, ou mais do que isso, e não podemos esmorecer.

5 de novembro, manhã. Que eu seja preciso em tudo, pois, embora você e eu tenhamos visto coisas estranhas juntos, você pode pensar de início que eu, Van Helsing, estou louco – que os muitos horrores e a tensão prolongada dos nervos enfim afetaram meu cérebro.

Ontem viajamos o dia todo, cada vez mais próximos das montanhas, e avançando numa terra cada vez mais selvagem e deserta. Há precipícios abissais e muitas quedas d'água, e a natureza parece ter realizado aqui seu carnaval. A senhora Mina ainda está dormindo, dormindo; e, embora eu estivesse com fome e a tivesse aplacado, não consegui acordá-la – nem para comer. Comecei a temer que o feitiço mortal do lugar a tivesse alcançado, por estar maculada com o batismo do vampiro. "Bem", disse para mim mesmo, "se acontecer de ela dormir o dia inteiro, eu tampouco dormirei à noite." Enquanto viajávamos pela estrada rude, pois era uma estrada antiga e imperfeita, deixei pender a cabeça e dormi.

De novo acordei com uma sensação de culpa e de tempo passado, e descobri a senhora Mina ainda dormindo, e o sol já baixo. Mas tudo tinha mudado; as montanhas imponentes pareciam mais distantes, e estávamos próximos do topo de uma colina escarpada, em cujo cume havia um castelo como aquele que Jonathan descreveu em seu diário. Ao mesmo tempo exultei e temi, pois agora, para o bem ou para o mal, o fim estava próximo.

Acordei a senhora Mina e tentei novamente hipnotizá-la, mas sem sucesso, até que ficou tarde demais. Daí, antes de a escuridão total nos cobrir – pois até depois do pôr do sol os céus refletem na neve o sol partido, e tudo ficou por algum tempo num grande crepúsculo –, eu soltei os cavalos e alimentei-os no abrigo que pude achar. Depois, acendi uma fogueira, e ao lado dela fiz a senhora Mina, agora desperta e mais encantadora do que nunca, sentar-se confortavelmente entre os tapetes. Preparei a comida, mas ela não quis comer, simplesmente dizendo que não estava com fome. Não insisti, sabendo da sua indisposição. Mas eu comi, pois agora preciso estar forte para tudo. Então, com medo pelo que poderia acontecer, tracei um círculo grande o bastante para o conforto dela, em torno de onde a senhora Mina estava sentada; e sobre o círculo espalhei um pouco de hóstia, esmigalhando-a, para tudo ficar bem protegido. Ela ficou imóvel o tempo todo – imóvel como uma morta; e foi ficando cada vez mais branca, até que a neve não fosse mais alva do que ela; e não disse uma palavra. Mas, quando eu me aproximei, ela se agarrou a mim, e percebi que a pobre alma chacoalhava da cabeça aos pés com um tremor que doía de ver.

Depois, eu disse, quando ela tinha se acalmado: "Não quer vir para perto do fogo?", pois queria testar o que ela podia fazer. Ela se levantou obediente, mas, quando deu um passo, parou e ficou imóvel, como que fulminada.

"Por que não vai em frente?", perguntei. Ela sacudiu a cabeça e, recuando, sentou-se no seu lugar. Então, olhando para mim com olhos arregalados, como quem acorda do sono, ela disse simplesmente:

"Não consigo!", e ficou em silêncio. Alegrei-me, pois sabia que o que ela não podia nenhum daqueles que temíamos podia. Apesar de poder haver perigo para o corpo, sua alma estava segura!

Daí os cavalos começaram a urrar, e puxaram suas rédeas até eu ir vê-los e aquietá-los. Quando sentiram minhas mãos neles, relincharam baixo como de alegria, lamberam-nas e ficaram quietos por um tempo. Muitas vezes durante a noite fui vê-los, até chegar a hora fria em que toda a natureza está em seu ponto mais baixo; e toda a minha presença os aquietava. Na hora fria, o fogo começou a morrer, e fiquei ocupado avivando-o, pois agora a neve vinha em lufadas cortantes e, com ela, uma névoa gelada. Mesmo no escuro, havia um tipo de luz, como sempre há sobre a neve; e parecia que as rajadas de neve e as guirlandas de névoa assumiam a forma de mulheres arrastando suas vestes. Tudo estava num silêncio soturno de morte, salvo pelos cavalos, que relinchavam e recuavam, como se aterrorizados pelo pior. Comecei a ter medo – um medo horrível; mas daí me veio a sensação de segurança naquele círculo dentro do qual eu estava. Comecei também a pensar que minha imaginação provinha da noite, da escuridão e do cansaço pelos quais eu tinha passado, e de toda a terrível ansiedade. Era como se minhas memórias de toda a experiência horrenda de Jonathan estivessem caçoando de mim; pois os flocos de neve e a névoa começaram a rodopiar e girar, até que eu tive a impressão de avistar uma sombra daquelas mulheres que tentaram beijá-lo. E então os cavalos retraíram-se mais e mais, e grunhiram de terror como fazem os homens de dor. Até a loucura do assombro não lhes cabia, para fugir rompendo as amarras. Tive receio pela minha querida senhora Mina quando essas figuras bizarras se aproximaram e nos cercaram. Olhei para ela, mas estava sentada calmamente, e sorria para mim; quando eu quis andar até o fogo para avivá-lo, ela pegou em mim e me segurou, murmurando, numa voz como a que se ouve em sonho, de tão baixa que era:

"Não! Não! Não saia daqui. Aqui você está seguro!"

Virei-me para ela e, olhando nos seus olhos, disse: "Mas e você? É por você que tenho medo!".

Disso ela riu – um riso baixo e irreal – e disse: "Medo por *mim*! Por que ter medo por mim? Ninguém no mundo todo está mais a salvo delas do que eu", e, enquanto eu meditava o significado das suas palavras, um pé de vento fez a chama saltar, e vi a cicatriz vermelha na sua testa. Ai, então eu soube! Se não, logo teria descoberto, pois as figuras rodopiantes de névoa e neve aproximaram-se, mas mantendo-se sempre fora do círculo sagrado. Então, começaram a materializar-se, até que – se Deus não tirou minha razão, pois eu vi com meus próprios olhos – havia diante de mim, em carne e osso, as mesmas três mulheres que Jonathan viu no quarto e que queriam beijar seu pescoço. Reconheci as formas curvas ondulantes, os olhos duros e luzidios, os dentes brancos, a coloração avermelhada, os lábios voluptuosos. Elas sorriam sem parar para a pobre senhora Mina; e, enquanto seu riso atravessava o silêncio da noite, elas enlaçavam seus braços e apontavam para ela, dizendo naqueles tons doces e arrepiantes que Jonathan disse que tinham a doçura intolerável dos cristais: "Venha, irmã. Junte-se a nós. Venha! Venha!".

Com medo, virei-me para minha pobre senhora Mina, e meu coração saltou de alegria como uma flama, pois o terror nos seus olhos ternos, a repulsa, o horror me contavam uma história toda de esperança. Graças a Deus ela ainda não era uma delas. Peguei um pouco de lenha que estava perto de mim e, segurando um pedaço de hóstia, avancei sobre elas na direção do fogo. Elas se afastaram diante de mim e soltaram seu temível risinho. Alimentei o fogo e não tive medo delas, pois sabia que estávamos seguros dentro da nossa proteção. Elas não podiam aproximar-se de mim, assim armado, nem da senhora Mina enquanto ela permanecesse dentro do círculo, do qual ela não podia sair e no qual elas não podiam entrar. Os cavalos tinham parado de grunhir e estavam deitados, imóveis, no chão; a neve caía sobre eles suavemente, e eles estavam ficando brancos. Eu soube que, para os pobres animais, não havia mais terror.

E assim ficamos, até que a vermelhidão da aurora começou a luzir através das sombras nevadas. Eu estava desolado e assustado, cheio de desgosto e terror; mas, quando aquele lindo sol começou a subir no horizonte, a vida voltou para mim. Com a primeira luz da aurora, as figuras horrendas dissolveram-se na névoa e na neve que giravam; as guirlandas de sombras transparentes afastaram-se na direção do castelo e sumiram.

Instintivamente, com a aurora que vinha, virei-me para a senhora Mina, pretendendo hipnotizá-la; mas ela estava deitada, num sono profundo e repentino, do qual não consegui despertá-la. Tentei hipnotizá-la dormindo, mas ela não reagiu de forma alguma; e o dia chegou. Ainda receio mexer-me. Acendi a fogueira e fui ver os cavalos; estão todos mortos. Hoje tenho muito a fazer aqui, e vou esperar até o sol estar alto, pois posso precisar ir a lugares onde a luz do sol, ainda que obscurecida pela neve e pela névoa, me trará segurança.

Vou fortalecer-me com o desjejum, e depois começarei meu trabalho terrível. A senhora Mina ainda está dormindo, e graças a Deus está calma no seu sono...

DIÁRIO DE JONATHAN HARKER

4 de novembro, noite. O acidente com o vapor foi uma coisa terrível para nós. Se não fosse por ele, teríamos alcançado o barco há muito tempo; e agora minha querida Mina estaria livre. Receio pensar nela, lá nos descampados perto daquele lugar horrível. Obtivemos cavalos, e vamos seguir a trilha. Anoto isto enquanto Godalming está se preparando. Temos nossas armas. Os Szgany que fiquem de olho aberto se quiserem briga. Se pelo menos Morris e Seward estivessem conosco! Só nos resta esperar. Se eu não escrever mais, adeus, Mina! Deus te abençoe e guarde.

DIÁRIO DO DOUTOR SEWARD

5 de novembro. Com a aurora, vimos a companhia de Szgany à nossa frente afastando-se do rio às pressas com sua carroça. Eles a cercavam compactos e corriam como se estivessem sendo perseguidos. A neve está caindo ligeiramente e há uma agitação estranha no ar. Pode ser apenas nossos sentimentos, mas a depressão é esquisita. A distância ouço o uivo dos lobos; a neve os faz descer das montanhas, e há perigos para nós de todos os lados. Os cavalos estão quase prontos, e logo partiremos.

Cavalgamos rumo à morte de alguém. Só Deus sabe de quem, ou onde, ou o quê, ou quando, ou como será...

MEMORANDO DO DOUTOR VAN HELSING

5 de novembro, à tarde. Pelo menos estou são. Em todo caso, agradeço a Deus por essa bênção, embora a prova disso tenha sido aterradora. Deixei a senhora Mina dormindo dentro do círculo sagrado e segui o caminho para o castelo. O martelo de ferreiro que pus na carruagem em Veresti foi útil; embora as portas estivessem todas abertas, tirei-as das dobradiças enferrujadas quebrando-as para que ninguém mal-intencionado ou mal-afortunado pudesse fechá-las, fazendo com que, depois de entrar, eu não pudesse sair. A amarga experiência de Jonathan me foi útil aqui. Lembrando do seu diário, achei o caminho para a velha capela, pois sabia que era lá que eu deveria fazer meu trabalho. O ar era opressivo, como se houvesse algum fumo sulfuroso, que às vezes me deixava zonzo. Havia um rugido nos meus ouvidos, ou eu estava ouvindo de longe o uivo de lobos. Pensei então na minha querida senhora Mina, e vi-me num tremendo apuro. O dilema me segurava entre os chifres.

Eu não tinha ousado trazê-la para este lugar, e a deixara a salvo do vampiro naquele círculo sagrado; mas até ali haveria lobos! Decidi que meu trabalho estava aqui, e que, quanto aos lobos, devíamos acatar a vontade de Deus. De qualquer forma, havia somente a morte e a liberdade diante de nós. Então escolhi por ela. Se tivesse sido para mim, a escolha teria sido fácil: melhor descansar nas mandíbulas do lobo que na tumba do vampiro! Então fiz a escolha para poder continuar meu trabalho.

Eu sabia que havia pelo menos três túmulos a encontrar – túmulos que são habitados; procurei, procurei, e achei um deles. Ela jazia no seu sono de vampira, tão cheia de vida e voluptuosa beleza que estremeci como se tivesse vindo cometer um assassinato. Ah, não duvido que, outrora, quando tais coisas existiam, muitos homens que se dispunham a cumprir tarefa como a minha viam, no fim, seu coração falhar, e depois seus nervos. Daí eles adiavam, e adiavam, e adiavam, até que a mera beleza e o fascínio da luxuriosa morta-viva os hipnotizava; e assim eles permaneciam, até que, vindo o crepúsculo, terminava o sono da vampira. Então, os lindos olhos da bela mulher abriam-se com expressão amorosa, e a boca voluptuosa oferecia-se ao beijo – e o homem é fraco. E arrebanhava-se, assim, mais uma vítima para o rebanho vampírico, mais uma para inchar as fileiras macabras e apavorantes dos mortos-vivos!...

Há algo de fascinação, decerto, quando me comovo com a mera presença de alguém como ela, mesmo jazendo num túmulo erodido pelo tempo e oprimido pelo pó dos séculos, mesmo apesar do odor pútrido que exala dos covis do conde. Sim, eu estava comovido – eu, Van Helsing, com toda a minha determinação e meu motivo para odiá-la –, estava comovido por uma ânsia de delonga que parecia paralisar minhas faculdades e obstruir minha própria alma. Pode ser que a necessidade natural de sono e a estranha opressão do ar estivessem começando a me sobrepujar. É certo que eu estava caindo no sono, o sono de olhos abertos de quem cede a um doce fascínio, quando veio através do ar imóvel e nevado um gemido longo e baixo, tão cheio de tristeza e piedade que me despertou como o som de um clarim. Pois foi a voz de minha querida senhora Mina que eu ouvi.

Então, concentrei-me novamente na minha tarefa horripilante e encontrei, arrancando tampas de túmulos, outra das irmãs, a outra morena. Não ousei parar para olhar para ela como tinha feito com sua irmã, para não começar a ser encantado uma vez mais; continuei procurando até que, pouco depois, encontrei num grande túmulo alto, como feito para alguém muito querido, a irmã loira que, como Jonathan, eu vira aglutinar-se dos átomos da névoa. Ela era tão bonita de olhar, tão radiante em seu esplendor, tão deliciosamente voluptuosa, que o instinto de homem em mim, que impele alguns do meu sexo a amar e proteger uma do dela, fez minha cabeça girar com nova emoção. Mas, graças a Deus, aquele gemido plangente da minha querida senhora Mina não morrera em meus ouvidos; e, antes que o feitiço atuasse mais sobre mim, eu tinha me fortalecido para meu trabalho inclemente. A essa altura, eu já vasculhara todos os túmulos da capela, até onde podia ver; e, como apareceram apenas três desses espectros de mortas-vivas em torno de nós à noite, presumi que não havia outros mortos-vivos ativos existentes. Havia um grande túmulo, mais senhorial que todo o resto; era imenso, e de nobres proporções. Nele, somente uma palavra: DRÁCULA

Então este era o lar funéreo do rei-vampiro, a quem se deviam tantos outros. O fato de estar vazio confirmava eloquentemente o que eu sabia.

Antes de começar a devolver aquelas mulheres à sua morte real por meio do meu horroroso trabalho, coloquei no túmulo de Drácula um pouco da hóstia, e assim bani-o de lá, morto-vivo, para sempre.

Então, comecei minha tarefa assombrosa, apesar do pavor que me inspirava. Ainda se fosse apenas uma, teria sido relativamente fácil. Mas três! Ter de recomeçar esse ato de horror duas vezes depois de encerrá-lo; pois, se foi terrível com a doce senhorita Lucy, o que não seria com aquelas estranhas criaturas que haviam sobrevivido por séculos e que haviam se fortalecido com o passar dos anos; que teriam, se pudessem, lutado por suas vidas abomináveis...

Oh, meu amigo John, foi um trabalho de açougueiro; se eu não fosse encorajado pelas lembranças de outros mortos, e dos vivos sobre os quais pairava essa mortalha de terror, eu não teria conseguido prosseguir. Ainda estou tremendo, embora, até que tudo terminasse, graças a Deus, meus nervos tenham aguentado. Se eu não tivesse visto o repouso no primeiro rosto, e o contentamento que o cobriu logo antes da dissolução final, percebendo que a alma tinha sido libertada, eu não teria conseguido levar adiante minha carnificina. Eu não teria suportado o guincho medonho conforme a estaca era enfiada; as convulsões da forma que se retorcia, e os lábios espumando com sangue. Eu teria fugido aterrorizado e deixado meu trabalho incompleto. Mas acabou! E as pobres almas, agora posso apiedar-me delas e chorar, pensando nelas plácidas no sono definitivo da morte por um curto momento antes de desaparecer. Pois, amigo John, minha faca mal havia cortado a cabeça delas e o corpo inteiro começava a dissolver-se e esfarelar-se, virando o pó de que viera, como se a morte que deveria ter vindo séculos atrás tivesse finalmente se apresentado e dito alto e forte: "Estou aqui!".

Antes de sair do castelo, preparei as entradas de maneira tal que nunca mais o conde possa ingressar lá enquanto for morto-vivo.

Quando pisei no círculo onde a senhora Mina dormia, ela acordou do seu sono e, ao me ver, gritou num lamento que eu havia suportado demais.

"Venha!", ela disse. "Afaste-se desse lugar horrível! Vamos encontrar meu marido, que sei que está vindo na nossa direção." Ela estava magra, pálida e fraca, mas seus olhos estavam puros e brilhavam com fervor. Fiquei contente em ver sua palidez e morbidez, pois minha mente estava cheia do horror recente daquele sono vampiresco fortalecido.

E, assim, com confiança e esperança, ainda que cheios de medo, rumamos para leste para encontrar nossos amigos – e *ele* – que a senhora Mina diz *saber* que estão vindo ao nosso encontro.

DIÁRIO DE MINA HARKER

6 de novembro. A tarde já estava bem avançada quando o professor e eu seguimos caminho rumo a leste, de onde eu sabia que Jonathan estava vindo. Não fomos rápido, embora o caminho tivesse uma declividade acentuada, pois tivemos de levar pesadas mantas e estolas conosco; não ousávamos enfrentar a possibilidade de ficar sem aquecimento no frio e na neve. Tivemos de levar também parte das nossas provisões, pois estávamos numa desolação total e, até onde podíamos ver através da neve que caía, não havia sequer sinal de habitação. Após percorrermos cerca de um quilômetro e meio, fiquei cansada de andar carregada e sentei-me para repousar. Então, olhamos para trás e vimos a linha nítida do Castelo Drácula cortando o céu; pois estávamos tão abaixo da colina sobre a qual ele se assenta que o ângulo da perspectiva dos Cárpatos estava muito abaixo dele. Vimo-lo em toda a sua grandiosidade, erigido a trezentos metros de altura, no cume de um precipício íngreme, e aparentemente com um abismo enorme entre ele e a encosta das montanhas adjacentes de qualquer lado. O lugar tinha algo selvagem e misterioso. Ouvíamos o uivo distante dos lobos. Estavam longe, mas o som, mesmo chegando abafado através da neve que caía, amortecendo-o, vinha cheio de terror. Percebi na maneira como o doutor Van Helsing procurava em torno que ele estava buscando algum ponto estratégico onde estaríamos menos expostos em caso de ataque. A trilha árdua ainda levava para baixo; podíamos adivinhá-la por baixo da neve varrida.

Depois de pouco tempo, o professor fez sinal para mim, portanto levantei-me e juntei-me a ele. Ele tinha achado um ótimo local, uma espécie de oco natural numa pedra, com uma entrada igual a um pórtico entre dois rochedos. Pegou-me pela mão e levou-me para dentro:

"Veja", ele disse, "aqui você estará abrigada; e, se os lobos vierem, posso enfrentá-los um a um."

Ele trouxe nossas peles e fez um ninho confortável para mim, pegou algumas provisões e insistiu para que eu comesse. Mas não consegui comer; até tentar fazê-lo me causava repulsa, e, por mais que eu quisesse agradar-lhe, não pude completar a tentativa. Ele pareceu muito triste, mas não me repreendeu. Tirando seu binóculo do estojo, subiu no alto da rocha e começou a perscrutar o horizonte.

De repente, ele chamou: "Veja, senhora Mina, veja, veja!".

Levantei rapidamente e subi ao lado dele na rocha; ele me passou o binóculo e apontou. A neve estava caindo com mais intensidade, e rodopiava com violência, pois um vento forte estava começando a soprar. Todavia, às vezes havia pausas entre as rajadas de neve e dava para ver muito longe. Da altura em que estávamos era possível enxergar a longa distância; e lá longe, além da vasta desolação nevada, eu avistei o rio, que serpenteava como uma fita negra, com voltas e nós. Bem na nossa frente, e não muito afastado – na verdade, tão perto que me espantei que não tivéssemos notado antes –, vinha um grupo apressado de homens a cavalo. No meio deles havia uma carroça, um longo *Leiterwagen* que balançava de um lado para o outro, como um rabo abanado por um cachorro, a cada brusca imperfeição da estrada. Delineados contra a neve, vi homens que, pelas roupas, eram camponeses ou ciganos de algum tipo.

Sobre a carroça estava um grande baú retangular. Meu coração sobressaltou ao vê-lo, pois senti que o fim estava chegando. A noite se aproximava, e eu bem sabia que, no crepúsculo, a Coisa, que ainda estava aprisionada lá, ganharia uma nova liberdade e poderia, assumindo uma de suas diversas formas, escapar a qualquer perseguição. Atemorizada, virei-me para o professor; para minha consternação, porém, ele não estava ali. Um instante depois, eu o vi mais abaixo. Em torno da rocha, ele tinha traçado um círculo, como o que tinha nos abrigado na noite passada.

Após completá-lo, voltou ao meu lado, dizendo: "Pelo menos aqui você estará a salvo *dele*!". Ele pegou o binóculo de mim e, no intervalo seguinte da neve, vasculhou todo o espaço abaixo de nós. "Veja", ele disse, "eles estão vindo rápido; estão açoitando os cavalos e galopando o máximo que podem."

Ele parou e continuou, com voz oca: "Estão correndo para aproveitar o pôr do sol. Talvez seja tarde demais para nós. Seja feita a vontade de Deus!". Veio outra lufada intensa de neve que nos cegou, e toda a paisagem foi apagada. Mas logo ela passou, e o binóculo do professor estava novamente fixo na planície.

De repente, ele gritou: "Veja! Veja! Veja! Ali, dois cavaleiros vêm velozes, chegando do sul. Devem ser Quincey e John. Pegue o binóculo. Olhe antes que a neve apague tudo!". Peguei-o e olhei. Os dois homens podiam ser o doutor Seward e o senhor Morris. Eu sabia, em todo caso, que nenhum deles era Jonathan. Ao mesmo tempo, eu *sabia* que Jonathan não estava longe; olhando ao redor, vi, do lado norte do grupo que vinha, dois outros homens cavalgando numa velocidade alucinada. Um deles eu sabia que era Jonathan, e o outro eu presumi, claro, que fosse lorde Godalming. Eles também estavam perseguindo o grupo com a carroça. Quando contei ao professor, ele gritou de alegria como um menino, e, depois de olhar com atenção até que uma rajada de neve tornou a visão impossível, deixou sua espingarda Winchester pronta para usar, encostada no rochedo na abertura do nosso abrigo.

"Estão todos convergindo", ele disse. "Quando chegarem aqui, teremos ciganos de todos os lados." Deixei meu revólver à mão, pois, enquanto falávamos, o uivo dos lobos tornava-se mais alto e mais próximo. Quando a tempestade de neve amainou por um momento, olhamos de novo. Era estranho ver a neve caindo em flocos tão grossos perto de nós, e, mais além, o sol brilhando cada vez mais forte à medida que baixava na direção dos longínquos picos das montanhas. Vasculhando com o binóculo em torno de nós, vi aqui e ali pontos que avançavam sós ou aos pares, em trio ou em maior número – os lobos estavam cercando sua presa.

Cada instante parecia uma eternidade enquanto esperávamos. O vento vinha agora em lufadas violentas, e a neve era impelida com fúria ao cair sobre nós em torvelinhos; às vezes, não conseguíamos enxergar a uma braçada diante de nós, já em outras, quando o vento sibilante nos fustigava, ele parecia limpar o ar ao redor, de modo que enxergávamos longe. Ultimamente, estávamos tão acostumados a esperar a aurora e o crepúsculo que sabíamos com precisão quando ocorreriam; e sabíamos que em breve o sol ia se pôr. Era difícil acreditar que, pelos nossos relógios, fazia menos de uma hora que estávamos esperando naquele abrigo de pedra os diversos grupos começarem a convergir para perto de nós. O vento vinha agora em rajadas mais fortes e mais cortantes, e principalmente do norte. Ele parecia ter afastado de nós as nuvens de neve, pois, salvo lufadas ocasionais, a neve cessou. Podíamos distinguir claramente os indivíduos de cada grupo, os perseguidos e os perseguidores. Mas era estranho que os perseguidos não pareciam perceber ou se incomodar com o fato de estarem sendo perseguidos; no entanto, pareciam apressar-se com velocidade redobrada conforme o sol baixava mais e mais sobre o topo das montanhas.

Eles estavam chegando cada vez mais perto. O professor e eu nos agachamos atrás da nossa pedra e apontamos nossas armas; eu vi que ele estava determinado a não deixá-los passar. Nenhum deles suspeitava da nossa presença.

Subitamente, duas vozes gritaram "Alto lá!". Uma era a do meu Jonathan, elevada num tom alto de paixão; a outra, do senhor Morris, num tom forte e decidido de comando. Os ciganos podiam não saber a língua, mas o tom não deixava dúvida, em qualquer língua que as palavras fossem ditas. Instintivamente, eles puxaram as rédeas, e, no mesmo instante, lorde Godalming e Jonathan acorreram de um lado, e o doutor Seward e o senhor Morris, do outro. O líder dos ciganos, um camarada espetacular que cavalgava seu cavalo como um centauro, fez sinal para que retrocedessem, e numa voz virulenta deu ordem aos seus companheiros para prosseguir. Eles chicotearam os cavalos, que dispararam; mas os quatro homens ergueram suas espingardas Winchester, e, de maneira inconfundível, ordenaram que parassem. No mesmo momento, o doutor Van Helsing e eu nos levantamos de trás da pedra e apontamos nossas armas para eles. Vendo que estavam cercados, os homens seguraram as rédeas e pararam. O líder virou-se para eles e deu uma ordem, diante da qual todos os homens do grupo cigano puxaram a arma que tinham, faca ou pistola, e ficaram de prontidão para atacar. A questão foi resolvida num instante.

O líder, com um movimento veloz da sua rédea, arremeteu com seu cavalo e, apontando primeiro para o sol – agora muito baixo sobre o topo das montanhas – e depois para o castelo, disse algo que não entendi. Em resposta, os quatro homens do nosso grupo saltaram dos cavalos e correram na direção da carroça. Eu deveria ter sentido um medo terrível ao ver Jonathan em tal perigo, mas o ardor da batalha deve ter me tomado tanto quanto a eles; não senti medo, somente um desejo doido e repentino de fazer alguma coisa. Ao ver o movimento rápido do nosso grupo, o líder dos ciganos deu uma ordem; seus homens circundaram instantaneamente a carroça numa espécie de formação indisciplinada, cada um empurrando o outro com os ombros na ânsia de executar a ordem.

No meio disso eu vi que Jonathan, de um lado do círculo de homens, e Quincey, do outro, estavam forçando a passagem na direção da carroça; era evidente que estavam decididos a encerrar sua tarefa antes de o sol se pôr. Nada parecia detê-los, nem mesmo atrasá-los. Nem as armas apontadas nem as facas reluzentes dos ciganos diante deles, nem o uivo dos lobos atrás, pareciam sequer chamar sua atenção. A impetuosidade de Jonathan, e o foco manifesto do seu intento, pareciam assombrar aqueles na sua frente; eles recuaram instintivamente e deixaram-no passar. Num instante, ele saltou sobre a carroça e, com uma força que parecia inacreditável, levantou o grande caixote e arremessou-o por cima da roda no chão. Enquanto isso, o senhor Morris teve que usar a força para passar pelo seu lado do círculo dos Szgany. Durante todo o tempo em que fiquei sem fôlego observando Jonathan, eu o vi, com o canto do olho, forçando desesperadamente a passagem, e vi as facas dos ciganos lampejarem quando ele conseguiu passar e eles o cortaram. Ele se defendeu com sua grande faca Bowie, e, de início, pensei que ele também passara ileso; mas, quando ele surgiu ao lado de Jonathan, que agora tinha saltado da carroça, vi que, com a mão esquerda, segurava o próprio flanco e o sangue jorrava através de seus dedos. Mesmo assim, não se deteve, pois, quando Jonathan, com energia desesperada, atacou um lado do caixote, tentando arrancar a tampa com sua grande faca *kukri*, ele atacou o outro freneticamente com sua Bowie. Sob os esforços dos dois homens, a tampa começou a ceder; os pregos saíam com um som curto e cortante, e a tampa do caixote foi jogada para trás.

Nesse momento, os ciganos, vendo-se na mira das Winchesters e à mercê de lorde Godalming e do doutor Seward, tinham se rendido e não ofereciam mais resistência. O sol já tinha quase encostado no topo das montanhas, e as sombras do grupo todo incidiam sobre a neve. Vi o conde deitado dentro do caixote sobre a terra, e parte dela, com a queda brusca da carroça, havia se espalhado sobre ele. Ele exibia uma palidez de morte, como uma imagem de cera, e seus olhos vermelhos faiscavam com o pavoroso olhar de vingança que eu conhecia tão bem.

Vi quando os olhos enxergaram o sol poente, e a expressão de ódio neles transformou-se em triunfo.

Porém nesse instante vieram o brilho e o golpe da faca de Jonathan. Soltei um grito agudo ao vê-la rasgar a garganta; no mesmo momento, a faca Bowie do senhor Morris penetrou no coração.

Foi como um milagre; mas, diante dos nossos olhos, e quase num respirar, o corpo inteiro desfez-se em pó e sumiu da nossa vista.

Ficarei contente, enquanto eu viver, com o fato de, no próprio instante da dissolução final, ter havido no rosto uma expressão de paz que eu nunca imaginei que pudesse se ocultar ali.

O Castelo Drácula destacava-se contra o céu vermelho, e cada pedra das suas ameias quebradas desenhava-se contra a luz do sol poente.

Os ciganos, tomando-nos de algum modo como a causa do extraordinário desaparecimento do morto, deram as costas sem uma palavra e cavalgaram como se temessem por sua vida. Os que não estavam montados pularam sobre a carroça e suplicaram aos cavaleiros que não os abandonassem. Os lobos, que tinham recuado a uma distância segura, seguiram atrás deles, deixando-nos a sós.

O senhor Morris, que caíra no chão, apoiou-se no cotovelo, segurando o flanco com a mão; o sangue ainda escorria entre seus dedos. Corri até ele, pois agora o círculo sagrado não me detinha mais; os dois médicos também. Jonathan ajoelhou-se atrás dele e o ferido encostou a cabeça no seu ombro. Com um suspiro, ele pegou, num esforço trêmulo, minha mão com aquela que não estava manchada.

Ele deve ter visto a angústia do meu coração no meu rosto, pois sorriu para mim e disse: "Fico muito feliz de ter prestado algum serviço! Oh, Deus!", ele gritou de repente, lutando para ficar em posição sentada e apontando para mim. "Por isso vale a pena morrer! Vejam! Vejam!"

O sol encostara no topo das montanhas, e os raios vermelhos incidiam em meu rosto, que estava banhado numa luz rósea. Num mesmo impulso, os homens caíram de joelhos e um "Amém" profundo e sincero brotou de todos quando seus olhos seguiram o dedo que ele apontava.

O moribundo falou: "Graças a Deus que nada foi em vão! Vejam! A neve não é mais imaculada do que a testa dela! A maldição sumiu!".

E, para nossa maior tristeza, com um sorriso e em silêncio, ele morreu, um galante cavalheiro.

Nota

Sete anos atrás, passamos todos pelas chamas; e a felicidade de alguns de nós desde então decerto vale, cremos, a dor que sofremos. É mais uma alegria para Mina e para mim que o aniversário de nosso filho seja no mesmo dia em que Quincey Morris morreu. Sei que sua mãe acredita secretamente que parte do espírito do nosso corajoso amigo passou para ele. Seu rosário de nomes junta todos os homens do nosso pequeno grupo; mas nós o chamamos de Quincey.

No verão deste ano, fizemos uma viagem à Transilvânia e percorremos aquele território que para nós era, e é, tão cheio de memórias vívidas e assustadoras. Foi quase impossível acreditar que as coisas que vimos com nossos próprios olhos e ouvimos com nossos próprios ouvidos eram verdades vivas. Todos os vestígios do que houve foram apagados. O castelo está de pé como antes, erguido acima de uma vasta desolação.

Ao chegar em casa, estávamos falando dos velhos tempos, para os quais podemos todos olhar sem desespero, pois Godalming e Seward estão casados e felizes. Tirei os papéis do cofre onde ficaram desde que retornamos, há tanto tempo. Ficamos impressionados com o fato de que, em toda aquela massa de material que compõe o registro, é difícil achar um documento autêntico; ela não passa de um monte de datiloscritos, além dos últimos blocos de anotações de Mina e de Seward e do meu, e do memorando de Van Helsing. Dificilmente poderíamos pedir a alguém, mesmo se quiséssemos, que os aceitasse como prova de uma história tão inverossímil. Van Helsing resumiu tudo quando disse, com nosso filho no joelho:

"Não queremos provas; não pedimos a ninguém para acreditar em nós! Este menino saberá algum dia a mulher corajosa e valente que é a sua mãe. Ele já conhece sua doçura e seu cuidado amoroso; mais tarde, entenderá por que alguns homens a amaram tanto a ponto de se arriscar por ela."

Jonathan Harker

Este livro foi impresso pela Paym Gráfica e Editora
em fonte Adobe Jenson Pro sobre papel Chambril Avena 80g
para a Edipro no outono de 2017.